TAMARA McKINLEY

Matildas letzter Walzer

TAMARA McKINLEY

Matildas letzter Walzer

Roman

Aus dem australischen Englisch
von Rainer Schmidt

Weltbild

Genehmigte Lizenzausgabe
für Weltbild Verlag GmbH, Augsburg 2001

Die Originalausgabe erschien unter dem Titel *Matilda's Last Waltz*
Bei Judy Piatkus (Publishers) Ltd. of 5 Windmill Street, London WIP IHF
Aus dem australischen Englisch von Rainer Schmidt
Umschlaggestaltung: Thomas Uhlig, Augsburg
Umschlagfoto: gettyone Stone, München: Paul Edmondson
Autorenfoto: Joseph Mick, Köln
Gesamtherstellung: GGP Media, Pößneck

Gedruckt auf chlor- und säurefreiem Papier

Printed in Germany

ISBN 3-8289-0455-6

Dieses Buch widme ich meinen Söhnen Brett und Wayne, die nun verstehen, warum ich Australien liebe. Und meiner Tochter Nina, die die Heldin in sich selbst suchte und fand – ich bin so stolz auf Dich!

Marcus danke ich für seine Hilfe am Computer, für sein konsequentes Training und für seine Gitarrenserenaden; und seiner Schwester für ihre Unterstützung.

Mit Liebe denke ich an Ollie, der mich zu ertragen hat, wenn ich schreibe.

Zu guter Letzt, aber keinesfalls weniger herzlich danke ich meinem Stiefvater Eric Ivory für seine Liebe, seinen Humor und seine Fähigkeit, Schlangen zu riechen. Er ist ein echter Tasmanier.

»And his ghost may be heard as you pass by that billabong,
you'll come a-waltzing Matilda with me.«

Andrew Barton »The Banjo« Paterson, 1917

PROLOG

Churinga. Das Seufzen des warmen Windes in den Pfefferbäumen schien den Namen zu wispern. Churinga. Ein Ort der Magie, der heiligen Mysterien, aus Gestrüpp und Buschwerk geschnitten von ihren Großeltern. Er hatte manches Herz und manches Rückgrat gebrochen, aber bis jetzt war Matilda bereit gewesen, den Preis zu zahlen. Denn er war alles, was sie je gekannt, was sie sich je gewünscht hatte.

Es schnürte ihr die Kehle zu, als sie über den Familienfriedhof hinaus in die Wildnis schaute. Sie durfte nicht weinen. So tief der Schmerz, so hart der Verlust auch sein mochte, die Erinnerung an ihre starke, scheinbar unbezwingbare Mutter verbot es. Aber in all ihren dreizehn Jahren hatte es nichts gegeben, was diesem Empfinden der Verlassenheit vergleichbar gewesen wäre, diesem Gefühl, daß die Kindheit vorüber war, daß es ihr bestimmt war, einen einsamen Pfad durch diesen großen, schönen, träumenden Ort zu beschreiten, der ihre Heimat war.

Der Horizont flimmerte; das leuchtende Ockergelb der Erde zerfloß im unfaßbaren Blau des gewaltigen Himmels, und ringsum hörte sie die Geräusche, die sie von Geburt an kannte. Denn dieses weite, leer wirkende Land war lebendig und hatte eine eigene Stimme, und darin fand sie Trost. Das Rumoren der Schafe in den Pferchen, das Gezänk der Galahs und der Gelbhaubenkakadus, das ferne Gackern des Kookaburra und das leise Klirren des Zaumzeugs waren ihr so vertraut wie der eigene Pulsschlag. Selbst jetzt, im dunkelsten Augenblick ihres Lebens, ließ der Zauber von Churinga sie nicht im Stich.

»Willst du 'n paar Worte sagen, Merv?«

Die Stimme des Schafscherers durchbrach die Stille auf dem Friedhof und riß sie zurück in die Gegenwart und Wirklichkeit. Sie schaute zu ihrem Vater auf und wünschte sich, daß er sprechen, daß er irgendeine Regung zeigen möge.

»Mach du das lieber. Ich und Gott, wir sprechen sozusagen nicht miteinander.«

Mervyn Thomas war ein Riese von einem Mann, ein Fremder, der fünf Jahre zuvor aus Gallipoli zurückgekommen war. Von dem, was er dort gesehen hatte, waren ihm Narben an Leib und Seele geblieben. Er sprach nie darüber, höchstens nachts, wenn seine Träume ihn verrieten oder wenn der Alkohol seine Zunge und seine Beherrschung lockerte. Jetzt stand er ernst in staubigem Schwarz und stützte sich schwer auf den Gehstock, den er sich behelfsmäßig aus einem Ast zurechtgeschnitzt hatte. Sein Gesicht lag im Schatten unter der tief herabgezogenen Krempe, aber Matilda wußte, daß seine Augen blutunterlaufen waren und daß das Zittern seiner Hände nicht von der Trauer kam, sondern davon, daß er wieder etwas zu trinken brauchte.

»Ich tu's«, sagte sie leise in die verlegene Stille. Sie trat aus dem kleinen Kreis der Trauernden, das zerfledderte Gebetbuch fest in der Hand, und stellte sich vor den Haufen Erde, der nur zu bald den rauhen Holzsarg ihrer Mutter bedecken würde. Zum Trauern war wenig Zeit gewesen. Am Ende war der Tod schnell gekommen, und wegen der Hitze war es unmöglich, auf Nachbarn und Freunde zu warten, die ein paar hundert Meilen reisen mußten, um dabeizusein.

Ihre Einsamkeit wuchs, als sie die Feindseligkeit ihres Vaters spürte. Um einen Augenblick Zeit zu gewinnen und ihren Mut zu sammeln, schaute sie in die Runde der vertrauten Gesichter, der Viehtreiber, Schafscherer und Hilfsarbeiter, die auf Churinga arbeiteten.

Die Aborigines drängten sich bei ihren Gunyahs, den Hütten, die sie am Bach gebaut hatten, und sahen neugierig aus der Ferne zu. Der Tod war für sie kein Grund zum Trauern, sondern nur die Rückkehr zu dem Staub, aus dem sie gekommen waren.

Schließlich wanderte ihr Blick zurück zu den schiefen Grabsteinen, in denen sich die Geschichte dieses winzigen Eckchens von New South Wales spiegelte. Sie drehte das Medaillon, das ihre Mutter ihr gegeben hatte, in den Fingern, und als sie ihren Mut wiedergefunden hatte, wandte sie sich den Trauernden zu.

»Mum kam nach Churinga, als sie erst ein paar Monate alt war. Da steckte sie in der Satteltasche vom Pferd meines Großvaters. Es war eine weite Reise aus der Alten Welt hierher, aber meine Großeltern hungerten nach Land und nach der Freiheit, es zu bebauen.« Matilda sah, daß die sonnenverbrannten Gesichter zustimmend nickten. Sie kannten die Geschichte; es war das Echo ihrer eigenen.

»Patrick O'Connor wäre stolz auf seine Mary gewesen. Sie hat dieses Land ebenso sehr geliebt wie er, und es ist ihr zu verdanken, daß Churinga heute das ist, was es ist.«

Mervyn Thomas trat unruhig von einem Fuß auf den anderen und funkelte sie so streitsüchtig an, daß sie stockte. »Mach schon weiter«, knurrte er.

Matilda hob das Kinn. Mum verdiente einen anständigen Abschied, und sie war entschlossen, dafür zu sorgen, daß sie ihn auch bekam.

»Als Dad in den Krieg ging, sagten manche, Mum werde es niemals schaffen, aber sie wußten nicht, wie hartnäckig die O'Connors sein können. Deshalb ist Churinga zu einer der besten Besitzungen in der ganzen Gegend geworden, und ich und Dad werden dafür sorgen, daß es auch so bleibt.«

Sie schaute zu Mervyn hinüber, aber statt einer Bestätigung starrte er sie nur finster grollend an. Es wunderte sie nicht. Sein Stolz hatte sich nie davon erholt, daß er seine Frau bei seiner Rückkehr aus dem Großen Krieg unabhängig und den Besitz in voller Blüte vorgefunden hatte. Schon bald danach hatte er Trost auf dem Grund der Flasche gefunden, und sie bezweifelte, daß der Tod seiner Frau daran etwas ändern würde.

Die Seiten des Gebetbuchs waren abgegriffen und spröde; Matilda mußte die Tränen niederkämpfen, als sie die Worte las, die Father Ryan gelesen hätte, wenn sie Zeit gehabt hätten, ihn zu holen. Mum hatte so schwer gearbeitet. Hatte ihre Eltern und vier ihrer Kinder auf diesem kleinen Friedhof begraben, noch ehe sie fünfundzwanzig geworden war. Jetzt bekam die Erde sie zurück und konnte sie zu einem Teil des Träumens machen. Endlich hatte sie Ruhe.

In der nun folgenden Stille klappte Matilda das Buch zu und bückte sich, um eine Handvoll Erde aufzuheben. Sie rieselte zwischen ihren

Fingern hindurch und prasselte leise auf die Holzkiste. »Schlaf gut, Mum«, flüsterte sie. »Ich achte für dich auf Churinga.«

Mervyn spürte die Hitze und die Wirkung des Whiskys in seinem Bauch, als sein Pferd auf Kurrajong zu stapfte. In seinem zerschossenen Bein pochte es, und seine Stiefel drückten, was seine Laune nicht gerade besserte. Mary war jetzt seit zwei Wochen unter der Erde, aber noch immer fühlte er überall ihre Anwesenheit und ihre Mißbilligung.

Sogar in Matilda war sie zu spüren gewesen, und obwohl er ihr nach dieser abscheulichen Aufführung bei der Beerdigung seinen Gürtel zu schmecken gegeben hatte, beäugte sie ihn weiterhin mit der gleichen Verachtung wie ihre Mutter. Zwei Tage eisigen Schweigens waren verstrichen; dann hatte er Churinga polternd verlassen und war nach Wallaby Flats in den Pub geritten. Da konnte man in Frieden mit seinen Freunden trinken. Konnte plaudern und sich Mitgefühl und Whisky spendieren lassen und vielleicht auch ein bißchen mit der Kellnerin schmusen.

Nicht, daß sie ein großartiger Anblick gewesen wäre, wie er zugeben mußte. Tatsächlich war sie eine ziemlich reife alte Schnepfe, aber er war nicht besonders wählerisch, wenn der Drang ihn überkam, und er brauchte sie dabei ja auch nicht anzuschauen.

Er beugte sich halsbrecherisch aus dem Sattel, um das letzte der vier Tore auf dem Besitz des Nachbarn zu schließen. Die Sonne brannte herab, der Whisky brodelte in seinem Leib, und sein eigener saurer Gestank wehte aus seinen Kleidern. Das Pferd tänzelte unruhig hin und her und quetschte sein schlimmes Bein an den Zaunpfahl; vor Schmerz schrie er auf, und fast hätte er nicht nur sein Frühstück, sondern dazu sein Gleichgewicht verloren.

»Steh still, du Bastard!« knurrte er und riß am Zügel. Merv stützte sich auf den Sattelknauf und wischte sich mit dem Ärmel über den Mund, während er darauf wartete, daß der Schmerz nachließ. Nachdem er sich übergeben hatte, war sein Kopf ein bißchen klarer; er rückte seinen Hut gerade, gab Lady einen Schlag auf die Flanke und trieb sie voran. Das Gehöft lag am Horizont, und er hatte Geschäftliches zu besprechen.

Kurrajong stand stolz auf dem Kamm einer niedrigen Anhöhe, durch eine Gruppe von Teebäumen vor der Sonne geschützt; die Veranda lag kühl und einladend unter dem Wellblechdach. Es war eine stille Oase inmitten der lärmenden Betriebsamkeit einer Viehzuchtfarm. Pferde fraßen das fette Gras auf der Koppel vor dem Haus, die durch das Bohrloch bewässert wurde, das Ethan vor zwei Jahren angelegt hatte, und Mervyn hörte den Klang des Hammers aus der Schmiede. Nach dem Lärm zu urteilen, wurde im Scherschuppen immer noch gearbeitet, und die Schafe in den Pferchen machten ein großes Getöse, während sie von den Hunden auf die Rampen zugetrieben wurden.

Mervyn betrachtete dies alles, als er die lange Zufahrt zum Anbindepfosten hinaufritt, und was er sah, hob seine Stimmung nicht. Das Land von Churinga mochte gut sein, aber das Haus war ein Loch, verglichen mit diesem Anwesen. Der Himmel wußte, weshalb Mary und Matilda so große Stücke darauf hielten, aber das war ja typisch für diese verdammten O'Connors. Sie hielten sich für besser als alle anderen, weil sie von Pionieren abstammten, was in dieser Gegend fast als königliche Herkunft galt.

Na, dachte er grimmig, das werden wir schon noch sehen! Frauen sollten wissen, wo ihr Platz ist. Mir reicht es. Ich bin nicht ihr Eigentum.

Der Alkohol hatte seine Streitsucht angefacht. Er rutschte von seinem prunkvollen spanischen Sattel herunter, packte seinen roh geschnitzten Stock und stapfte in Schlangenlinien auf die Stufen der Veranda zu. Die Haustür öffnete sich, als er anklopfen wollte.

»Guten Tag, Merv. Wir haben dich erwartet.« Ethan Squires sah makellos wie immer aus; seine Moleskinhose leuchtete weiß über den schwarzen, polierten Reitstiefeln, und das offene Hemd hing frisch über breiten Schultern und einem flachen Bauch. Im dunklen Haar war kaum eine Spur von Grau, und die Hand, die er Mervyn reichte, war braun und schwielig, aber die Nägel waren sauber, und der Ring an einem der Finger funkelte feurig in der Morgensonne.

Mervyn fühlte sich im Vergleich dazu alt und fett, obwohl der Altersunterschied zwischen ihnen nur ein paar Monate betrug. Außerdem war ihm bewußt, daß er dringend ein Bad benötigte, und jetzt bereute er, daß er das Angebot nicht angenommen hatte, bevor er das Hotel verlassen hatte.

Aber nun war es zu spät für diese Reue; um sein Unbehagen zu verbergen, lachte er bellend auf und schüttelte Ethan allzu jovial die Hand. »Wie geht's, mein Freund?«

»Beschäftigt wie immer, Merv. Du weißt ja, wie das ist.«

Mervyn wartete, bis Ethan sich gesetzt hatte, und tat es dann auch. Ethans Begrüßung hatte ihn verblüfft. Er hatte nicht die Absicht gehabt, diesen Besuch zu machen – wieso also hatte Ethan ihn erwartet?

Die beiden Männer schwiegen, während das junge Hausmädchen, eine Aborigine, etwas zu trinken servierte. Der Wind, der über die Veranda strich, war kühl, und jetzt, da Mervyn nicht mehr im Sattel saß, hatte sich auch sein Magen beruhigt. Er streckte das verletzte Bein von sich und legte den Stiefel auf das Verandageländer. Es hatte keinen Sinn, sich über Ethans Begrüßung den Kopf zu zerbrechen; der Mann sprach immer in Rätseln. Kam sich wahrscheinlich schlau dabei vor.

Das Bier glitt kalt durch seine Kehle, aber den bitteren Geschmack spülte es nicht herunter, den er empfand, wenn er daran dachte, was für ein Glückspilz Ethan war. Das Gemetzel von Gallipoli hatte er nicht erleben müssen; statt dessen hatte er in einem Offiziersquartier gesessen, meilenweit entfernt von den Kämpfen. Kein zerschmettertes Bein, keine Alpträume, keine Erinnerung an Kameraden ohne Gesichter, ohne Arme und Beine, keine qualvollen Schreie, die ihn Tag und Nacht verfolgten.

Aber Ethan Squires hatte ja schon immer ein verzaubertes Leben geführt. Auf Kurrajong geboren und aufgewachsen, hatte er Abigail Harmer geheiratet, die nicht nur die hübscheste Witwe weit und breit, sondern auch eine der reichsten war. Sie hatte einen Sohn mitgebracht, Andrew, und sie hatte Ethan noch drei weitere Kinder geschenkt, bevor sie bei einem Reitunfall ums Leben kam. Drei lebende, gesunde Söhne. Mary hatte nur ein mickriges Mädchen zustande gebracht, die anderen hatte sie verloren.

Mervyn hatte einst davon geträumt, eine Frau wie Abigail für sich zu gewinnen, aber als Verwalter einer Viehfarm war er nicht gut genug. Geld ging noch immer zum Gelde, und als Patrick O'Connor mit seinem außergewöhnlichen Angebot zu ihm gekommen war, hatte er die

Gelegenheit beim Schopf gepackt. Woher hätte er wissen sollen, daß Mary reich an Land, aber arm an Bargeld war und daß Patricks Versprechungen allesamt leer gewesen waren?

»Mein Beileid wegen Mary.«

Mervyn sah sich aus seinen finsteren Gedanken gerissen. Es war, als könne Ethan Gedanken lesen.

»Aber ich denke, sie hatte wohl genug gelitten. Es ist nicht gut, soviel Schmerzen zu ertragen.« Ethan starrte in die Ferne, den Stumpen zwischen die gleichmäßigen weißen Zähne geklemmt.

Mervyn grunzte. Mary hatte sich lange Zeit gelassen mit dem Sterben, aber nicht ein einziges Mal hatte sie geklagt oder ihre stahlharte Entschlossenheit verloren. Vermutlich hätte er sie bewundern müssen, aber aus irgendeinem Grund hatte ihre Stärke ihn nur geschwächt. An ihrem Mut waren seine eigenen kraftlosen Versuche zerschellt, das Grauen des Krieges und den Schmerz in seinem Bein zu verdrängen. In dem Handel, den er mit Patrick abgeschlossen hatte, fühlte er sich betrogen, eingesperrt in eine Ehe ohne Liebe, in der ihm noch dazu der Respekt versagt blieb, den er doch so ersehnte. Kein Wunder, daß er da die meiste Zeit in Wallaby Flats verbrachte.

»Wie wird Matilda damit fertig, Mervyn?«

Ethans hellblaue Augen betrachteten ihn eine Zeitlang und schauten dann weg, aber Mervyn war nicht sicher, ob er nicht einen Schimmer von Verachtung in diesem flüchtigen Blick entdeckt hatte. Oder war es Einbildung? »Sie kommt zurecht. Ist wie ihre Ma, die Kleine.«

Ethan mußte die Bitterkeit in seiner Antwort gespürt haben, denn er drehte sich um und sah Mervyn schärfer an. »Ich schätze, du hast den weiten Weg hierher nicht gemacht, um über Mary und Matilda zu plaudern.«

Das war typisch für Ethan. Verschwendete keine Zeit mit Belanglosigkeiten, wenn er einen anderen übertölpeln konnte. Mervyn hätte lieber ein oder zwei Stunden auf der Veranda gesessen, Bier getrunken und der Arbeit ringsum zugeschaut und dabei auf den richtigen Augenblick gewartet, um den Grund für seinen Besuch zu offenbaren. Er trank sein Glas leer und nahm den Fuß vom Geländer. Jetzt konnte er die Sache auch hinter sich bringen, nachdem Ethan die Initiative ergriffen hatte.

»Die Lage ist verfahren, Kumpel. Es ist nicht mehr wie früher auf Churinga, seit ich wieder zurück bin, und ich schätze, jetzt, wo Mary nicht mehr da ist, wird es Zeit, daß ich abhaue.«

Ethan kaute auf seiner Zigarre, und sein Blick folgte der Rauchwolke. Als er schließlich sprach, klang sein Tonfall nachdenklich. »Das Land ist das einzige, wovon du was verstehst, Mervyn. Du bist ein alter Hund, der nicht mehr so leicht ein neues Kunststück lernt, und Churinga ist eine nette kleine Zuchtfarm, nach all der Arbeit, die Mary reingesteckt hat.«

Da war es wieder. Lobpreis für Mary. Zählte seine jahrelange Arbeit denn gar nichts? Mervyn ballte die Fäuste und bohrte sie in den Schoß. Er brauchte noch ein Bier, aber sein Glas war leer, und Ethan bot ihm keins mehr an.

»Nicht, wenn man's mit Kurrajong vergleicht. Wir müssen einen neuen Brunnen graben, das Dach fällt bald ein, die Termiten fressen die Schlafbaracke, und die Dürre hat die meisten Lämmer krepieren lassen. Der Scheck für die Wolle wird die Unkosten so gerade decken.«

Ethan drückte seine Zigarre aus, nahm sein Glas und trank es leer. »Und was willst du von mir, Mervyn?«

Ungeduld durchströmte ihn. Ethan wußte genau, was er wollte. Mußte er noch Salz in die Wunde reiben und ihn zum Kriechen zwingen? »Ich will, daß du Churinga kaufst.« Sein Tonfall war bemüht gleichmütig. Es hatte keinen Sinn, Ethan merken zu lassen, wie verzweifelt er war.

»Ah.« Ethan lächelte. Es war ein spöttisches Lächeln voller Genugtuung; Mervyn wußte, daß der andere immer auf ihn herabgesehen hatte, und er haßte ihn dafür.

»Nun?«

»Das muß ich mir natürlich überlegen. Aber vielleicht könnten wir uns einigen.«

Mervyn beugte sich vor, erpicht auf das Ende der Verhandlung. »Das Land um Churinga hat dir immer gefallen, und da dein Besitz doch an meinen grenzt, hättest du die größte Viehzucht in ganz New South Wales.«

»Die hätte ich allerdings.« Ethan zog eine dunkle Braue hoch, und der Blick seiner blauen Augen war fest. »Aber hast du nicht eine winzige Kleinigkeit vergessen?«

Mervyn schluckte. »Was denn für 'ne Kleinigkeit?« fragte er nervös und wich Ethans durchdringendem Blick aus, während er sich mit der Zunge über die Lippen fuhr.

»Matilda natürlich. Du hast doch sicher nicht vergessen, daß deine Tochter leidenschaftlich an Churinga hängt.«

Erleichterung durchflutete ihn, und hastig faßte er sich wieder. Es war alles in Ordnung. Ethan wußte nichts von dem Testament. »Matilda ist noch zu jung, um sich in Männergeschäfte einzumischen. Sie wird tun, was ich sage.«

Ethan stand auf und lehnte sich an das verzierte Geländer. Die Sonne stand hinter ihm, so daß sein Gesichtsausdruck nicht zu erkennen war. »Da hast du recht, Mervyn. Sie ist jung, aber sie hat ein Gespür für das Land, das so natürlich für sie ist wie das Atmen. Ich habe sie arbeiten sehen, habe gesehen, wie sie reitet, so schnell und so gut wie jeder Viehknecht, wenn sie beim Zusammentreiben der Meute folgt. Das Land zu verlieren würde ihr die Lebensgeister rauben.«

Mervyns Geduld war zu Ende. Er stand von seinem Stuhl auf und überragte Ethan mit seiner riesenhaften Gestalt. »Hör zu, Kumpel. Ich habe einen Besitz, auf den du seit Jahren ein Auge geworfen hast. Außerdem habe ich Schulden. Ob Matilda das Land liebt oder nicht, hat damit nichts zu tun. Ich verkaufe, und wenn du nicht kaufen willst, gibt es andere, die es mir mit dem größten Vergnügen abnehmen werden.«

»Wie gedenkst du das Land denn zu verkaufen, wenn es dir gar nicht gehört, Mervyn?«

Mervyn war der Wind aus den Segeln genommen. Er wußte es also doch. Der Mistkerl hatte es die ganze Zeit gewußt! »Das braucht ja niemand zu erfahren«, krächzte er. »Wir machen den Handel auf der Stelle perfekt, und ich bin weg. Ich werde niemandem was sagen.«

»Aber ich werde es wissen, Mervyn.« Seine Stimme klang eisig, und die Pause, die er eintreten ließ, war so lang, daß es Mervyn in den Fäusten juckte. »Mary war vor ein paar Monaten bei mir. Gleich nachdem der Arzt ihr gesagt hatte, daß sie nicht mehr viel Zeit hat. Sie befürchtete, du könntest versuchen, Churinga zu verkaufen und Matilda mittellos zurücklassen. Ich habe sie beraten, wie sie das Erbe des Mädchens am besten schützen könnte. Das Land wird treuhänderisch für Matilda verwaltet. Die Bank hat sämtliche Papiere, bis sie fünfundzwanzig wird. Du siehst, Mervyn, du kannst Churinga gar nicht verkaufen, um deine Spielschulden zu begleichen.«

Mervyn wollte sich der Magen umdrehen. Die Gerüchte hatte er wohl gehört, aber er hatte es nicht glauben wollen – bis jetzt.

»Das Gesetz besagt, daß die Habe einer Frau ihrem Mann gehört. Patrick hat mir alles versprochen, als ich sie heiratete, und ich habe das Recht zu verkaufen. Und überhaupt«, brauste er auf, »was hat meine Frau denn dich um Rat zu bitten?«

»Ich habe mich nur nachbarschaftlich verhalten und ihr die Dienste meines Anwalts zur Verfügung gestellt.« Ethans Gesicht war versteinert, als er Mervyns Hut aufhob und ihm reichte. »Vielleicht hätte ich Churinga gern, aber nicht so gern, daß ich das Wort breche, das ich einem geachteten Menschen gegeben habe. Und ich glaube, du wirst feststellen, daß es sich bei den meisten Siedlern hier in der Gegend nicht anders verhält. Guten Tag, Mervyn.«

Ethan schob die Hände in die Taschen und lehnte sich an den weißgestrichenen Verandapfosten, während Mervyn die Stufen hinunter zu seinem Pferd hinkte und erbost am Zügel riß, um das Tier über den hartgebackenen Lehmplatz vor dem Kochhaus zu führen. Ethan fragte sich, ob dieser Jähzorn jemals über Mary oder – Gott behüte – über Matilda hereingebrochen war.

Er warf einen Blick zum Scherschuppen hinüber, bevor er wieder ins Haus ging. Der Sommer war fast vorüber, und der Scheck für die Wolle würde willkommen sein. Wenn der Regen ausblieb, mußte teures Futter zugekauft werden, und nach dem Himmel zu urteilen, würde ihnen die Trockenheit noch ein Weilchen erhalten bleiben.

»Was hat Merv Thomas gewollt?«

Ethan sah seinen zwanzigjährigen Stiefsohn an und lächelte ohne Heiterkeit. »Was glaubst du wohl?«

Andrews Stiefel dröhnten auf dem gebohnerten Boden, als er ins

Arbeitszimmer ging. »Matilda tut mir leid. Wenn man sich vorstellt, daß sie mit diesem Bastard zusammenleben muß.«

Andrew ließ sich in einen Ledersessel fallen und warf ein Bein über die Armlehne. Ethan betrachtete ihn liebevoll. Er war fast einundzwanzig, aber seine kräftige, drahtige Gestalt und der dunkle, kastanienbraune Haarschopf ließen ihn jünger aussehen. Obwohl der Junge das Land verschmäht hatte, war Ethan so stolz auf ihn, als wäre er sein eigen Fleisch und Blut. Die englische Erziehung war jeden Penny wert gewesen. Jetzt zeigte er gute Leistungen an der Universität, und nach dem Examen würde er als Partner in eine angesehene Anwaltskanzlei in Melbourne eintreten.

»Vermutlich können wir nicht viel tun, oder, Dad?«

»Es geht uns nichts an, Junge.«

Andrews blaue Augen blickten nachdenklich. »Das hast du nicht gesagt, als Mary Thomas hier war.«

Ethan drehte seinen Stuhl zum Fenster. Mervyn ritt den Weg hinunter zum ersten Tor. Bis Churinga würde er mindestens einen Tag und eine Nacht unterwegs sein. »Das war etwas anderes«, sagte er leise.

Schweigen erfüllte das Zimmer, durchbrochen nur vom Ticken der Standuhr, die Abigail aus Melbourne mitgebracht hatte. Ethans Gedanken schweiften ab, als er auf sein Land hinausblickte. Ja, Mary war anders gewesen. So zäh und unbezwingbar diese kleine Frau gewesen war, gegen dieses schreckliche Etwas, das sie langsam von innen zerfressen hatte, war sie machtlos gewesen. Er sah sie so deutlich, als stünde sie wieder vor ihm.

Im Gegensatz zu Abigail mit ihrer kühlen, hellen Schönheit und erstaunlichen Größe war Mary eher klein und kantig gewesen, und die Flut ihrer roten Haare hatte sie unter einem unansehnlichen Filzhut gebändigt. Sommersprossen sprenkelten ihre Nase, und große blaue Augen mit dunklen Wimpern schauten ihn an, während sie mit dem schwarzen Wallach rang, der unter ihr tänzelte. Wütend war sie gewesen, als sie sich nach ihrer Rückkehr nach Churinga zum ersten Mal begegnet waren. Die Zäune waren umgestürzt, und ihre Herde hatte sich mit seiner vermischt.

Lächelnd erinnerte er sich an ihr irisches Temperament; an ihre blitzenden Augen und an die Art, wie sie den Kopf in den Nacken warf, als sie ihn anschrie. Fast eine Woche hatte es gedauert, die Herden auseinanderzusortieren, und in dieser Zeit hatten sie einen heiklen Waffenstillstand geschlossen, der noch nicht ganz zu einer Freundschaft geworden war.

»Was gibt's zu lachen, Dad?«

Andrews Stimme vertrieb die Erinnerungen, und Ethan kehrte widerwillig in die Gegenwart zurück. »Ich glaube, um Matilda brauchen wir uns keine allzu großen Sorgen zu machen. Wenn sie auch nur ein bißchen Ähnlichkeit mit ihrer Mutter hat, muß man eher für Mervyn fürchten.«

»Du hattest Mary gern, nicht wahr? Wieso habt ihr nie ...?«

»Sie war mit einem anderen Mann verheiratet!« fuhr Ethan dazwischen.

Andrew stieß einen Pfiff aus. »Hui! Ich habe doch nicht etwa an einen wunden Punkt gerührt, oder?«

Seufzend erinnerte Ethan sich an die Zeit, da er seine Chance gehabt und verpaßt hatte. »Unter anderen Umständen – wer weiß, was hätte werden können? Wenn Mervyn nicht verkrüppelt aus Gallipoli nach Hause gekommen wäre, dann ...«

Er ließ den unvollendeten Satz in der Schwebe, und die Bilder und Geräusche des Krieges kamen ihm in den Sinn. Noch immer bereiteten sie ihm Alpträume, auch noch nach sechs Jahren, und dabei war er einer von denen gewesen, die Glück gehabt hatten. Mervyn war fast zwei Jahre nach Kriegsende schließlich aus dem Lazarett entlassen worden, aber da war er ein anderer Mann als der, der 1916 so eifrig den Zug bestiegen hatte. Dahin waren das faule Lächeln und der sorglose Charme des jungen Mannes; an seine Stelle war ein hinkendes Wrack getreten, das nach langer Genesungszeit nur noch mit der Flasche Erleichterung fand.

Ein schlechter Tausch für seine Frau, dachte Ethan. Und ich trage die Schuld, Gott helfe mir. Er zügelte seine Gedanken. Solange Merv ans Bett gefesselt war, konnte sie zumindest ein Auge auf seine Trinkerei haben. Aber kaum war er wieder auf den Beinen und in der Lage, ein Pferd zu besteigen, da verschwand er wochenlang, und sie mußte allein mit der Farm fertigwerden. Sie war zäher gewesen, als er gedacht hatte, und auch wenn aus seinen Plänen nichts geworden war, nötigte ihm ihre Kraft Hochachtung ab.

»Ich habe sie bewundert, ja. Sie hat unter harten Bedingungen ihr Bestes getan. Nur selten hat sie um Hilfe gebeten, aber ich habe versucht, es ihr zu erleichtern, so gut ich konnte.« Er zündete sich einen Stumpen an und klappte das Wollkontobuch auf. Es gab Arbeit, und der halbe Tag war bereits vertan.

Andrew nahm das Bein von der Armlehne des Sessels und beugte sich vor. »Wenn Merv weiter solche Schulden macht, wird von Matildas Erbe nichts übrigbleiben. Wir könnten ihr in zwei Jahren jederzeit ein Angebot unterbreiten und das Land billig kaufen.«

Ethan lächelte breit, die Zigarre im Mund. »Ich gedenke es umsonst zu bekommen, mein Sohn. Warum für etwas bezahlen, wenn es nicht sein muß?«

Andrew legte den Kopf schräg, und ein Lächeln spielte in seinen Mundwinkeln. »Wie denn? Matildas Treuhandvermögen ist unantastbar, und sie wird es nicht einfach verschenken.«

Ethan tippte sich mit dem Zeigefinger an den Nasenflügel. »Ich habe meine Pläne. Aber sie erfordern Geduld, und ich möchte nicht, daß du dich verplapperst.«

Andrew wollte etwas erwidern, aber sein Vater fiel ihm ins Wort. »Überlaß die Sache nur mir, und ich garantiere dir, daß Churinga in fünf Jahren uns gehört.«

Matilda war unruhig. Die Stille im Haus war zu tief, und sie wußte, daß ihr Vater bald zurückkehren würde. Er war nie länger als zwei Wochen am Stück verschwunden, und so lange war er inzwischen schon fort.

Es war glühend heiß, auch im Haus, und der rote Staub, den sie vom Boden gefegt hatte, senkte sich schon wieder herab. Ihr knöchellanges Kattunkleid klebte ihr am schweißfeuchten Rücken; sie band die grobleinene Schürze los und legte sie über einen Stuhl. Der Duft eines Kanincheneintopfs drang aus dem Ofen, und unter der Decke summten ein paar Fliegen. Das Fliegenpapier, das sie an die Kerosinlampe gehängt hatte, war schwarz von toten Tieren, obwohl Mutter vor zwei Jahren Fensterläden und Fliegentüren angebracht hatte.

Sie strich sich das Haar aus dem verschwitzten Gesicht und steckte es auf dem Kopf zu einer widerspenstigen Schnecke zusammen. Sie haßte ihr Haar. Es war zu üppig und ließ sich nicht bändigen. Und zu allem Überfluß war es auch nur eine blasse Imitation der irisch-roten Pracht ihrer Mutter.

Matilda stieß die Fliegentür auf und trat auf die Veranda hinaus. Die Hitze sprang sie an wie die heiße Woge vor einem Hochofen, loderte von der hartgestampften Erde der Feuerschneise im vorderen Hof zurück und flimmerte über dem Horizont. Die Pfefferbäume auf der Koppel vor dem Haus hingen herab, und die Trauerweiden am Bach sahen erschöpft aus; ihre Zweige baumelten kraftlos über dem Rinnsal aus grünem Schmadder, das noch übriggeblieben war. »Regen«, sagte sie leise, »wir brauchen Regen.«

Die drei Stufen, die zum Anbindepfosten und in den Hof hinunterführten, mußten repariert werden; sie nahm sich vor, es erledigen zu lassen. Das Haus könnte einen neuen Anstrich vertragen, und da, wo Dad das Dach ausgebessert hatte, begann es schon wieder auseinanderzubrechen. Aber wenn sie sich mitten auf den Hof stellte und die Augen schloß, wußte sie, wie Churinga aussehen würde, wenn sie das Geld für die nötigen Reparaturen hätte.

Die Ausmaße des Gebäudes waren nicht eben groß, aber das eingeschossige Queensland-Haus war solide auf einem Ziegelsockel gebaut und an der Südseite von jungen Pfefferbäumen geschützt. Das Dach senkte sich bis über die Veranda herab, die das Haus an drei Seiten umgab und mit einem zierlichen verschnörkelten Eisengeflecht gesäumt war. Ein robuster Steinkamin ragte an der Nordseite empor, und die Fensterläden und Fliegentüren waren grün gestrichen.

Unterirdische Quellen hielten die Weiden rings um das Haus grün, und mehrere Pferde grasten dort zufrieden vor sich hin, ohne daß die Wolken von Fliegen, die ihre Köpfe umsummten, sie dabei zu stören schienen. Im Scherschuppen und in der Wollscheune war es still, denn die Saison war vorüber und die Wolle auf dem Weg zum Markt. Die Schafe würden auf den Weiden bleiben, die dem Wasser am nächsten waren, aber wenn die Trockenheit noch länger andauerte, würden sie noch mehr Tiere verlieren.

Als Matilda den Hof überquerte, stieß sie einen Pfiff aus, und unter dem Haus ertönte zur Antwort ein Bellen. Ein zotteliger Kopf erschien, gefolgt von einem zappelnden Körper und einem wedelnden Schwanz. »Komm her, Bluey. Hierher, mein Junge.«

Sie zerzauste ihm den Kopf und zog an den zerfransten Ohren. Der Queensland Blue war fast sieben Jahre alt und der beste Hütehund weit und breit. Ihr Vater ließ ihn nicht ins Haus. Er war ein Arbeitshund wie alle anderen, aber was Matilda anging, so hätte sie sich keinen besseren Freund wünschen können.

Bluey trottete neben ihr her, vorbei am Hühnerstall und Schweinekoben. Hinter dem Lagerschuppen türmte sich ein Holzstapel, und das klare, glockenhelle Klingen einer Axt verriet ihr, daß einer der schwarzen Arbeiter fest daran arbeitete, ihn noch zu vergrößern.

»Hallo, Schatz. Heiß, was?« Peg Riley wischte sich durch das puterrote Gesicht und grinste. »Was würde ich nicht für'n ausgiebiges Bad im Bach geben.«

Matilda lachte. »Ich hab' nichts dagegen, Peg. Aber es ist nicht mehr viel Wasser drin, und das, was noch da ist, ist grün. Wieso fahrt ihr nicht hinauf zu dem Wasserloch unten am Berg? Da oben ist das Wasser kalt.«

Die Landfahrerin schüttelte den Kopf. »Schätze, darauf muß ich verzichten. Ich und Bert, wir müssen morgen in Windulla sein, und wenn er hier zu lange rumhängt, verliert er seinen ganzen Lohn beim Münzwerfen, das sie hinten in der Schlafbaracke spielen.«

Bert Riley arbeitete hart und reiste mit seinem Karren durch ganz Zentralaustralien, aber wenn es ums Glücksspiel ging, war er ein ewiger Verlierer. Matilda hatte Mitleid mit Peg. Jahr für Jahr kam sie nach Churinga, um im Kochhaus zu arbeiten, während Bert sich bei der Schafschur den Rücken verdarb. Aber nur ein Bruchteil dessen, was sie verdienten, begleitete sie zum nächsten Job.

»Hast du das Umherfahren nie satt, Peg? Ich kann mir nicht vorstellen, je von Churinga wegzugehen.«

Peggy verschränkte die Arme unter dem üppigen Busen und machte ein nachdenkliches Gesicht. »Es kann schon mal schwer sein, einen Ort zu verlassen, aber das vergißt man bald und freut sich auf den nächsten. 'türlich, wenn ich und Bert Kinder hätten, wär's anders, aber wir haben keine, und so werden wir wohl weiter durch die Gegend fahren, bis einer von uns tot umfällt.«

Ihr Lachen perlte durch den üppigen Körper, daß es aussah, als tanzte sie unter dem Baumwollkleid. Sie mußte Matildas besorgte Miene bemerkt haben, denn sie streckte beide Arme aus und erdrückte sie in einer zärtlichen Umarmung. »Sorg dich nicht um mich, Schatz. Gib auf dich selbst acht, dann sehen wir dich nächstes Jahr wieder.« Sie trat einen Schritt zurück, und dann wandte sie sich zu ihrem Pferd und dem Wagen um und kletterte auf den Bock. Sie packte die Zügel und stieß einen mächtigen Ruf aus.

»Bert Riley, ich fahre los, und wenn du nicht in genau einer Sekunde hier bist, fahre ich ohne dich!«

Sie knallte zwischen den Ohren des Pferdes mit der Peitsche und rollte auf das erste Tor zu.

Bert kam mit dem eigentümlich breitbeinigen Gang aller Schafscherer aus der Schlafbaracke und eilte ihr nach. »Bis nächstes Jahr«, schrie er, während er auf den Karren kletterte.

Churinga kam Matilda plötzlich verlassen vor; sie schaute dem Karren nach, der in einer Staubwolke verschwand, und kraulte Blues Ohren, bis er ihr tröstend die Hand leckte. Als sie einen Blick in den Wollschuppen geworfen und den uralten Generator abgeschaltet hatte, wandte sie ihre Aufmerksamkeit dem Kochhaus zu, das Peg makellos hinterlassen hatte. Dann ging sie in die Schlafbaracke. Der Termitenschaden war noch schlimmer geworden, aber daran war kaum etwas zu ändern; sie fegte rasch, reparierte eine Kleinigkeit an einem der Betten, und dann schloß sie die Tür hinter sich und trat hinaus in die Hitze.

Die Männer der Aborigines lungerten wie immer vor ihren Gunyahs herum, schlugen nach den Fliegen und plauderten träge miteinander, während ihre Frauen in dem schwarzen Topf über dem Feuer rührten. Sie gehörten zum Volk der Bitjarra, das ebenso ein Teil von Churinga war wie Matilda; aber Matilda wünschte doch, sie würden ihr Brot und ihren Tabak verdienen, statt hier herumzusitzen oder spazierenzugehen.

Sie musterte Gabriel, ihren Anführer, einen halbwegs lesekundigen, listigen alten Mann, der von Missionaren großgezogen worden war; er saß mit gekreuzten Beinen vor dem Feuer und schnitzte an einem Stück Holz.

»Tag, Missus«, sagte er feierlich.

»Gabriel, es gibt Arbeit. Ich habe dir gesagt, ihr müßt euch um die Zäune an der Südweide kümmern.«

»Später, Missus, hm? Müssen erst 'n Happen essen.« Er grinste und zeigte dabei fünf gelbe Zähne, auf die er sehr stolz war.

Matilda betrachtete ihn kurz; sie wußte, daß es keinen Sinn hatte, mit ihm zu streiten. Er würde sie einfach ignorieren und den Auftrag erledigen, wenn es ihm paßte. Sie kehrte zum Haus zurück und stieg die Stufen zur Veranda hinauf. Die Sonne stand hoch am Himmel, und die Hitze war ungeheuer. Sie würde sich zwei Stunden ausruhen und dann die Rechnungsbücher durchgehen. Während Mums Krankheit hatte sie die Zügel schleifen lassen.

Matilda wuchtete den großen Kupferkessel vom Herd und goß das Wasser in den Waschzuber. Dampf quoll in die stickige Hitze der Küche, und der Schweiß lief ihr in die Augen, als sie mit dem schweren Kessel kämpfte, aber das bemerkte sie kaum. In Gedanken war sie bei den Kontobüchern und den Zahlen, die sich ihr nicht fügen wollten, so oft sie es auch versuchte. Sie hatte in der Nacht zuvor wenig geschlafen, und nachdem sie den Vormittag im Sattel verbracht und Gabriels Arbeit an den Zäunen überpruft hatte, war sie jetzt müde bis auf die Knochen.

Die Kontobücher lagen aufgeklappt auf dem Tisch hinter ihr. Sie hatte gehofft, daß der Morgen ihr eine Lösung bringen werde, aber all ihre Mühe hatte ihr nur Kopfschmerzen eingebracht: Kopfschmerzen und die Erkenntnis, daß der Scheck für die Wolle nicht ausreichen würde, um alle Schulden zu bezahlen und sie bis zur nächsten Saison zu ernähren.

Ihr Zorn schwoll an, als sie Mervyns Moleskinhose mit einem Knüppel ins Wasser drückte. »Ich hätte seine Ausgaben im Auge behalten sollen, wie Mum es mir gesagt hat«, brummte sie. »Hätte das Geld ordentlich verstecken sollen.«

Seine Moleskinhose kreiselte in geisterhaften Wirbeln im Wasser, während sie sie niederstieß, und die Ungerechtigkeit des Ganzen ließ alles vor ihren Augen verschwimmen. Sie und Mum waren gut zurechtgekommen, hatten in den Kriegsjahren sogar einen kleinen Gewinn erwirtschaftet, aber Dads Rückkehr hatte alles verdorben. Sie packte die schwere Arbeitskleidung und begann sie mit einer Energie zu schrubben, in der sich ihr Zorn und ihre Frustration Luft machten.

Wie er heimgekehrt war, daran erinnerte sie sich, als wäre es gestern gewesen, und vermutlich hätte sie Mitleid mit ihm haben müssen, aber wie sollte sie, wenn er nichts getan hatte, womit er ihre Achtung oder ihr Mitleid verdient hätte? In den Jahren der Abwesenheit hatte er nur selten geschrieben, und aus dem Lazarett war lediglich eine kurze Notiz gekommen, in der seine Verwundung beschrieben wurde. Fast ein Jahr später war er auf einem Wagen nach Hause gebracht worden, und sie und Mutter hatten eigentlich nicht gewußt, was sie erwarten sollten. Sie hatte sich nur verschwommen an ihn erinnert, an einen großen Mann, der nach Lanolin und Tabak roch und dessen Bartstoppeln im Gesicht kratzten, als er sie zum Abschied küßte. Aber damals war sie erst fünf Jahre alt gewesen und mehr an der Blaskapelle interessiert, die so laut auf dem Bahnsteig spielte, als an den Männern in den stumpfbraunen Uniformen, die den Zug bestiegen. Vom Krieg hatte sie nichts verstanden und nicht gewußt, was er für sie und Mum bedeuten konnte.

Ihre Hände verharrten in dem, was sie taten, als sie an die zwei Jahre dachte, in denen er ans Bett gefesselt gewesen war; sie erinnerte sich an das abgearbeitete Gesicht ihrer Mutter, als sie hin und her hastete und dafür nichts als Beschimpfungen und einen harten Schlag erntete, wenn sein Verband zu straff war oder wenn er etwas zu trinken haben wollte. Seine Heimkehr hatte die Stimmung auf Churinga verändert. Vom Zauber zur Verzweiflung. Vom Licht zum Dunkel. Es war fast eine Erleichterung gewesen, zu sehen, wie er auf sein Pferd stieg und nach Wallaby Flats ritt, und auch ihre Mutter war in den Tagen, die darauf folgten, nicht mehr so sehr auf der Hut gewesen.

Aber natürlich kam er zurück, und der Lauf ihres Lebens war für immer verändert.

Matilda stützte sich auf den Waschzuber und starrte aus dem Fenster auf den verlassenen Hof und zu den Schafpferchen hinüber. Die drei Treiber brachten die Herde nach Wilga, wo es noch Wasser und Gras gab. Gabriel und die anderen waren nirgends zu sehen, und sie vermutete, daß sie jetzt herumstreunten, nachdem die Schur vorbei war. Trotz der Sittiche, die sich um die Insekten in den Eukalyptusbäumen zankten, und obwohl die Grillen im Gras beständig zirpten, war es friedlich; sie wünschte sich, es möge immer so bleiben. Aber auch wenn die Tage ohne ein Lebenszeichen von Mervyn vergingen, wußte sie doch, daß es nicht so bleiben würde.

Als Matilda mit dem Waschen fertig war, schleppte sie den Korb hinter das Haus und hängte alles auf. Hier draußen im Schatten der Bäume war es kühler, und sie hatte einen klaren Blick über Weide und Friedhof. Der weiße Lattenzaun, der den Friedhof umgab, mußte auch gestrichen werden, und wuchernde Känguruhpfote und wilder Efeu hatten mehrere Grabsteine erobert. Violette Bougainvilleen rankten sich um einen Baumstamm, und darin wimmelte es von summenden Bienen und prachtvollen flatternden Schmetterlingen. Irgendwo in der Ferne ertönte der läutende Ruf eines Glockenvogels, und ein Waran starrte sie von einem umgestürzten Baumstamm an, auf dem er sich sonnte. Mit einem scharrenden Geräusch seiner tödlichen Klauen verschwand er dann im sonnengefleckten Unterholz.

Matilda ließ sich auf die oberste Verandastufe sinken, stützte die Ellenbogen auf die Knie und das Kinn in die Hände. Die Lider wurden ihr schwer, und der hypnotische Duft von heißer Erde und trockenem Gras schläferte sie ein.

Trotz der Hitze war es Mervyn kalt. Die Wut über die Demütigung durch Ethan Squires und die Doppelzüngigkeit seiner Frau brannte nicht mehr in seinen Eingeweiden, sondern hatte sich kalt und böse verfestigt, als er jetzt auf Churinga zu ritt.

Die Nacht hatte er, in eine Decke gerollt, unter den Sternen verbracht; der Sattel war sein Kopfkissen gewesen, und nur ein spärliches Feuer hatte ihm in der eisigen Finsternis im Busch ein wenig Wärme gespendet. Dort hatte er gelegen und zum Kreuz des Südens hinaufgestarrt und zum weiten Bogen der Milchstraße, die mit ihrem Mondlicht die Erde berührte, die rote Landschaft mit Reif überhauchte und das Gespenstergrau der riesigen Geistergummibäume noch verstärkte, und er hatte darin keine Schönheit gesehen. So hatte er sich seine Zukunft in den Jahren im Schützengraben nicht vorgestellt. Das war nicht die Art, wie man Helden behandelte, und er wollte verdammt sein, wenn er sich von dieser schmächtigen Göre um das bringen ließe, was Patrick ihm damals versprochen hatte.

Beim ersten Morgengrauen war er aufgestanden; er hatte sich Tee gekocht und den Rest von dem Hammelfleisch und dem harten Brot gegessen, das die Köchin von Kurrajong ihm mitgegeben hatte. Jetzt war es Spätnachmittag, und die Sonne schien ihm grell in die Augen, als sie auf den fernen Berg herniedersank, der Churinga seinen Namen gegeben hatte.

Er hustete Schleim herauf und spuckte auf die riefige Erde. Die Aborigines nannten diesen Ort verzaubert, ein schützendes Steinamulett mit der Macht der Traumzeit, ein Tjuringa. Na, dachte er säuerlich, für mich hat er keinen Zauber, heute nicht mehr. Und je eher ich ihn loswerde, desto besser.

Er gab seiner Stute die Sporen, als das erste verriegelte Tor in Sicht kam. Es war Zeit, daß er sein Recht geltend machte.

Die Farm kam in Sicht, als er das letzte Tor hinter sich schloß. Ein Rauchfähnchen stieg aus dem Kamin, und tiefe Schatten krochen über den Hof, als die Sonne hinter den Bäumen versank. Die Farm sah verlassen aus. Keine Axt erklang, keine Schafe oder Hunde wimmelten herum, keine schwarzen Gesichter spähten aus den Gunyahs. Die Schur mußte vorbei sein, und die Wanderarbeiter und Scherer schienen zur nächsten Farm weitergezogen zu sein.

Er tat einen Seufzer der Erleichterung. Matilda mußte genug Geld beiseite geschafft haben, um sie alle auszuzahlen. Er fragte sich, wo ihr neues Versteck sein mochte; er hatte gedacht, er hätte sie alle gefunden. Aber ab heute abend kam es darauf nicht mehr an. Es wurde Zeit, daß Matilda lernte, wo ihr Platz war, und aufhörte, sich in Sachen einzumischen, die sie einen Dreck angingen. Er würde sie zwingen, es ihm zu verraten. Er würde ihr klarmachen, daß er hier das Kommando hatte, und dann würde er einen Weg finden, ihr Churinga wegzunehmen.

Er hob den Sattel vom Pferd und führte es auf die Koppel. Dann warf er sich die Satteltaschen über die Schulter, polterte die Verandatreppe hinauf und riß krachend die Fliegentür auf. Kanincheneintopf köchelte auf dem Herd; der würzige Duft erfüllte das kleine Haus, daß ihm der Magen knurrte.

Die Stille war drückend. Da, wo das Licht der Kerosinlampe nicht hinreichte, waren die Schatten fast undurchdringlich. »Wo steckst du, Mädchen? Komm raus, und hilf mir mit den Taschen!«

Eine fast unmerkliche Bewegung der Schatten zog seinen Blick auf sich. Da stand sie, dort in der Tür zu ihrem Zimmer, und starrte ihn an. Ihre blauen Augen glitzerten im spärlichen Licht, und die Strahlen der sterbenden Nachmittagssonne, die durch die Ritzen der Blendläden drangen, ließen ihr Haar wie einen Heiligenschein leuchten. Sie sah aus wie eine Steinfigur: stumm und alles sehend in ihrer Verachtung für ihn.

Bang durchrieselte es ihn. Einen Augenblick lang glaubte er, Marys Geist sei ihm erschienen. Aber als das Mädchen ins Licht trat, war ihm klar, daß es Einbildung gewesen war. »Was schleichst du hier rum?« Laut klang seine Stimme durch die Stille, schroffer als beabsichtigt, während er sich noch bemühte, sich von seinem Schrecken zu erholen.

Matilda nahm ihm stumm die Satteltaschen ab und schleifte sie über den Küchenboden. Sie packte den Kattunsack Mehl und das Paket Zucker aus und legte beides in die Speisekammer. Kerzen und Streichhölzer wurden über dem Herd gestapelt, und die Teebüchse kam neben den rußgeschwärzten Wasserkessel.

Mervyn schlug seinen Schlapphut am Oberschenkel aus, bevor er ihn ungefähr in die Richtung der Kleiderhaken neben der Tür warf. Dann zog er den Stuhl vom Tisch zu sich heran und ließ ihn absichtlich über den Boden scharren, weil er sehen konnte, daß sie ihn gerade erst geschrubbt hatte.

Sie reagierte nicht. Als er sah, wie sie sich in der kleinen Küche bewegte, erinnerte er sich wieder an ihre Mutter. Mary war eine hübsche Frau gewesen, bevor die Krankheit sie überfallen hatte. Ein bißchen schmächtig für seinen Geschmack, aber was ihr an Größe und Breite fehlte, machte sie durch Tatkraft wett. Wäre sie nicht so verdammt hochnäsig gewesen, hätte sie eine gute Frau abgegeben – und Matilda hatte sämtliche Anlagen dazu, genauso zu werden. Vielleicht nicht ganz so energisch, aber ebenso selbstsicher. Diese verdammten O'Connors, dachte er. Die Arroganz lag ihnen im Blut.

»Hör auf, da rumzumurksen«, schnarrte er. »Ich will mein Abendessen.«

Er spürte ein genüßliches Kribbeln, als er sah, wie sie durcheinandergeriet und fast den kostbaren Sack Salz fallen gelassen hätte, den sie so sorgfältig in eine alte Teedose hatte stopfen wollen. Er schlug mit der Faust auf den Tisch, um seinen Worten noch größere Wirkung zu verleihen, und lachte dann, als sie hastig zum Herd eilte, um das Stew mit der Kelle in eine abgesplitterte Schüssel zu löffeln, und dabei ein wenig auf den Boden verschüttete.

»Jetzt mußt du wieder putzen, was?« bemerkte er niederträchtig.

Matilda trug die Schüssel zum Tisch und stellte sie vor ihn hin. Ihr Kinn war hoch erhoben, und ihre Wangen waren gerötet, aber er sah wohl, daß das Selbstbewußtsein ihr nicht genug Kraft verlieh, um ihm in die Augen zu blicken.

Er packte ihr mageres Handgelenk, als er sah, wie Bluey sich durch die Küche schlich und das vergossene Essen aufleckte. »Was macht das verdammte Vieh hier drin? Ich habe dir verboten, es ins Haus zu lassen.«

Jetzt endlich schaute Matilda ihn doch an, aber die Angst in ihren Augen konnte sie nicht ganz verbergen. »Er muß mit dir reingekommen sein. Vorher war er nicht hier.« Ihre Stimme klang ruhig, aber ein leise bebender Unterton verriet, daß die Ruhe vorgetäuscht war.

Mervyn ließ sie nicht los, als er nach dem Hund trat. Er verfehlte ihn um eine Handbreit, und das Tier flüchtete zur Tür hinaus. »Bloß gut, daß du kein Hund bist, Matilda. Sonst bekämst du ebenfalls meinen Stiefel in den Arsch«, knurrte er und ließ sie los; er hatte das Spielchen satt, und der Duft des Kaninchens verlieh seinem Hunger zusätzliche Schärfe.

Er stieß den Löffel in den Eintopf und hob ihn zum Mund. Frisches Brot tunkte er in die Sauce. Er hatte schon eine Weile gegessen, als er merkte, daß sie sich nicht zu ihm an den Tisch gesetzt hatte.

»Ich habe keinen Hunger«, sagte sie leise. »Ich habe schon gegessen.«

Mervyn wischte den letzten Rest Sauce auf, lehnte sich dann zurück und klimperte mit dem Kleingeld in seiner Hosentasche, während er seine Tochter musterte. Sie war schlank, aber nicht mehr so fohlenhaft ungelenk wie als kleines Mädchen, und wo Kinn und Wangen einst weich und rund gewesen waren, sah man jetzt die festen Konturen einer Erwachsenen. Die Sonne hatte ihre Haut dunkel werden und die Sommersprossen und das Blau der Augen hervortreten lassen; ihr langes, wildes Haar war halbwegs gezähmt oben auf dem Kopf zusammengebunden. Er sah, daß einzelne Strähnen sich gelöst hatten; sie umschmiegten ihr Gesicht und liebkosten ihren Hals.

Ein Schreck durchfuhr ihn bei diesem Anblick. Das war kein schwaches, fügsames Kind, das er einschüchtern und unterwerfen konnte, sondern eine Frau. Eine Frau mit der gleichen unversöhnlichen Persönlichkeit wie ihre Mutter. Er würde seine Taktik ändern müssen, und zwar schnell. Wenn sie erst einen Ehemann gefunden hätte, wäre Churinga für ihn auf ewig verloren.

»Wie alt bist du eigentlich genau?« fragte er schließlich.

Matilda schaute ihm geradewegs und herausfordernd ins Gesicht. »Ich werde heute vierzehn.«

Mervyn ließ seinen Blick über sie wandern. »Fast eine Frau«, murmelte er beifällig.

»Erwachsen bin ich schon vor langer Zeit geworden«, erwiderte sie bitter und kam zum Tisch. »Die Hühner müssen gefüttert werden, und ich muß nach den Hunden sehen. Wenn du fertig bist, räume ich ab.«

Mervyn griff nach ihrer Hand, als sie die Schüssel nehmen wollte. »Warum trinken wir beide nicht ein Gläschen zur Feier deines Geburtstags? Es wird Zeit, daß wir uns besser kennenlernen. Besonders jetzt, wo deine Ma nicht mehr da ist.«

Matilda riß sich los und lief zur Tür. »Ich habe zu arbeiten.«

Die Fliegentür fiel hinter ihr zu, und er lauschte ihrem leichten Schritt, als sie über die Veranda und die Stufen hinunterlief. Tief in Gedanken versunken, griff er nach der Whiskyflasche in seiner Satteltasche.

Matilda schlug das Herz bis zum Hals, als sie mit dem Futtereimer den Hof überquerte. An ihrem Dad war eine Veränderung spürbar, die ihr viel mehr Angst einjagte als sein Jähzorn, und doch konnte sie diese Veränderung nicht in Worte fassen. Es war nichts Greifbares, aber es war gleichwohl vorhanden, und sie ahnte, daß diese neue Bedrohung weit gefährlicher war als alles, was er mit seinen Fäusten anstellen konnte.

Sie war bei den Hundezwingern angekommen und nestelte an dem Riegel am Gatter, doch sie bückte sich nicht wie sonst zu den Welpen, um sie zu streicheln. Das aufgeregte Kläffen in den Zwingern zerriß die Stille, die Churinga umgab, aber das tiefe Unbehagen, das sie ergriffen hatte, durchdrang es nicht.

Sie bewegte sich mechanisch, als sie den Futtereimer in die flachen Tröge leerte und dann den Auslauf harkte. Die Sonne war hinter dem Tjuringa Mountain verschwunden, nur noch ihr orangegelber Glanz erfüllte den Himmel. Die Nacht kam hier draußen schnell, und meistens war ihr die Stille, die sie brachte, willkommen. Heute abend aber graute ihr davor, denn sie wurde das Gefühl nicht los, daß sich etwas verändert hatte, und zwar nicht zum Besseren.

Die Hühner gackerten, als sie das Futter ausstreute. Sie kontrollierte den Drahtzaun auf Löcher. Ein Dingo liebte nichts mehr als eine hübsche fette Henne, und sie hatten in letzter Zeit etliche verloren. Schlangen waren auch ein Problem, aber gegen die konnte sie nicht viel unternehmen.

Zögernd wandte sie sich wieder dem Haus zu; sie hielt den Eimer fest und bemühte sich, das bange Frösteln zu unterdrücken, während ihr Herz klopfte. Dad beobachtete sie von der Veranda aus. Sie sah die Glut seiner Zigarette.

»Was machst du da draußen? Wird Zeit, daß du ins Haus kommst.«

Matilda hörte, wie schwerzüngig er sprach, und wußte, daß er getrunken hatte. »Hoffentlich so viel, daß du bald einschläfst«, murmelte sie inbrünstig. Ihre Schritte stockten, und es überlief sie kalt, als sie die eigenen Worte vernahm. Sie war ein Echo ihrer Mutter.

Mervyn räkelte sich im Schaukelstuhl, die Beine quer über die Veranda gestreckt, die Whiskyflasche an der Brust; sie war fast leer. Als Matilda durch die Tür ins Haus gehen wollte, stieß er den Stiefel an den Rahmen und versperrte ihr den Weg. »Trink was mit mir.«

Ihr Pulsschlag raste, und ihre Kehle war wie zugeschnürt. »Nein danke, Dad«, brachte sie schließlich hervor.

»Das war keine Einladung«, knurrte er. »Verdammt, du wirst ausnahmsweise tun, was ich sage!« Der Stiefel stampfte dröhnend auf den Boden, und sein Arm umschlang ihre Taille.

Matilda verlor das Gleichgewicht und fiel ihm auf den Schoß. Sie wand sich und zappelte und trat mit den Absätzen gegen seine kräftigen Beine, um ihm zu entkommen. Aber sein Griff lockerte sich nicht.

»Sitz still«, schrie er. »Du verschüttest den verfluchten Schnaps!«

Matilda hörte auf, sich zu wehren, und erschlaffte. Sie würde jetzt auf den richtigen Augenblick warten und dann hoffentlich der Faust ausweichen können, die gewiß nach ihr schlagen würde, sobald sie sich losgerissen hätte.

»Das ist schon besser. Und jetzt trink was.«

Er zwängte ihr die Flasche zwischen die Lippen, und der Strom von stinkendem, bitterem Alkohol ließ Matilda würgen. Sie bekam keine Luft, aber wagte auch nicht auszuspucken. Endlich gelang es ihr, die Flasche wegzuschieben. »Bitte, Dad, zwing mich nicht dazu. Ich mag nicht.«

Seine Augen weiteten sich in gespielter Überraschung. »Aber du hast doch Geburtstag, Matilda. Zu deinem Geburtstag mußt du was geschenkt bekommen.« Er kicherte, und seine Bartstoppeln scheuerten an ihrer Wange, als er den Mund an ihr Ohr drückte.

Sein Atem war faulig, und vom Gestank seiner schmutzigen Kleider wurde ihr übel. Die Luft wollte ihr nicht aus der Lunge weichen, und sein Arm umschlang sie wie ein Schraubstock. Ihr Magen rebellierte. Sie schluckte, schluckte noch einmal. Aber ihr Kopf füllte sich mit Gewitterwolken, und der Magen wollte sich umdrehen. Sie krallte sich in seinen Arm und versuchte verzweifelt, sich zu befreien. »Laß mich los. Ich muß gleich …«

In einem Schwall bespritzte der erbrochene Whisky sie beide. Mervyn schrie angeekelt auf und stieß sie von seinem Knie. Die Flasche zerklirrte auf dem Holzboden. Matilda fiel hart in die Scherben, aber sie spürte kaum Schmerz. Die Welt drehte sich wie verrückt, und die scharfe Brühe, die sich aus ihrem Mund ergoß, schien nicht enden zu wollen.

»Jetzt sieh bloß, was du gemacht hast, du dummes Luder. Ihr seid alle gleich, verdammt!«

Sein Stiefel traf ihre Hüfte, und sie kroch davon, tastete blindlings nach der Tür und dem rettenden Haus.

»Du bist genau wie deine Ma!« brüllte er und stand schwankend über ihr. »Aber ihr verfluchten O'Connors wart ja immer zu gut für meinesgleichen!« Wieder trat er nach ihr, und sie flog krachend gegen die Wand. »Wird Zeit, daß du mal lernst, was Respekt heißt!«

Matilda kroch zur Tür und ließ ihn dabei nicht aus den Augen. Er kehrte zu seinem Stuhl zurück, eine neue Flasche in der Hand.

»Verpiß dich!« knurrte er. »Ich kann dich nicht gebrauchen. Genau wie deine Ma!«

Das ließ sie sich nicht zweimal sagen. Taumelnd kam sie auf die Beine und schlich sich zur Tür.

Mervyn nahm einen großen Schluck aus der Flasche. Er wischte sich mit dem Ärmel über den Mund und beäugte sie streitsüchtig. Dann kicherte er wieder. »Nicht mehr so etepetete, wie?«

Matilda schlüpfte ins Haus. Sie schloß die Tür hinter sich, lehnte sich eine Weile dagegen und atmete ein paarmal tief und schaudernd aus. Der Schmerz in ihrer Hüfte war nichts im Vergleich zu dem in ihrem Bein, und als sie hinschaute, sah sie auch, warum das so war: Eine scharfkantige Glasscherbe saß tief in ihrem Schenkel.

Sie humpelte in die Speisekammer, holte den Medizinkasten herunter und versorgte die Wunde schnell. Das Antiseptikum brannte, und sie biß sich auf die Lippe, aber als das Glas entfernt war und ein sauberer Verband die zerfetzten Wundränder zusammendrückte, kam es ihr schon nicht mehr so schlimm vor.

Wachsam lauschte sie nach draußen, ob Mervyn nicht von seinem Stuhl aufstand, und hastig streifte sie ihr besudeltes Kleid ab und weichte es im Eimer ein, während sie sich wusch. Sie hörte nur das Knarren des Schaukelstuhls auf den Dielen der Veranda und sein unverständliches Gemurmel.

Humpelnd durchquerte sie die Küche zu dem Kämmerchen, in dem sie schlief. Sie klemmte einen Stuhl unter den Türknauf und ließ sich dann erschöpft ins Bett fallen, wo sie wachsam und mit weit geöffneten Augen liegenblieb. Die Geräusche der Nacht drangen durch die Fensterläden herein, der Buschduft von Eukalyptus und Akazie, von trockenem Gras und abgekühlter Erde wehte durch die Ritzen des Holzhauses.

Sie kämpfte gegen den Schlaf, aber es war ein langer Tag mit einem schockierenden Ende gewesen, und die Augen fielen ihr zu. Ihr letzter Gedanke vor dem Einschlafen galt ihrer Mutter.

Es war ein fremdes Geräusch, das sie jäh aus dem Schlaf riß.

Der Türknauf drehte sich. Er ratterte im Holz. Matilda richtete sich langsam auf, zog sich das dünne Laken bis unters Kinn und sah, wie der Stuhl sich hin und her bewegte.

Sie schrie auf, als etwas Schweres gegen die Tür prallte, daß das Holz splitterte und der Stuhl über den Boden geschleift wurde. Laut kreischten rostige Angeln, als die Tür gegen die Wand flog.

Mervyns mächtige Gestalt füllte den Rahmen. Das Licht einer Kerze tauchte seine starren Augen in tiefe Schatten.

Matilda rutschte in die hinterste Ecke ihres Bettes. Sie preßte sich mit dem Rücken an die Wand und zog die Knie an die Brust. Wenn sie sich klein genug machte, würde sie vielleicht unsichtbar.

Mervyn kam ins Zimmer. Er hielt die Kerze hoch und schaute auf sie herab.

»Nicht.« Sie streckte eine Hand aus, um ihn abzuwehren. »Bitte, Dad. Nicht schlagen!«

»Aber ich will dir dein Geschenk geben, Matilda.« Auf unsicheren Beinen kam er auf sie zu und fummelte dabei an seinem Gürtel.

Sie dachte daran, wie er sie das letzte Mal geschlagen hatte, wie die Gürtelschnalle sich so tief ins Fleisch geschnitten hatte, daß sie danach tagelang Qualen gelitten hatte.

»Ich will nicht«, schluchzte sie. »Nicht mit dem Gürtel! Bitte nicht mit dem Gürtel!«

Die Kerze wurde vorsichtig auf dem Nachttisch abgestellt. Rülpsend zog Mervyn den Gürtel aus den Schlaufen der Hose. Es war, als habe sie gar nicht gesprochen. »Du kriegst es ja nicht mit dem Gürtel«, sagte er und bekam einen Schluckauf. »Diesmal nicht.«

Matildas Schluchzen brach jäh ab, und ihre Augen weiteten sich entsetzt, als er an seinen Hosenknöpfen nestelte. »Nein«, hauchte sie. »Nicht das.«

Die Moleskinhose fiel zu Boden, und er schleuderte sie mit dem Fuß beiseite. Sein Atem ging rauh und stoßweise, und in seinen Augen glühte nicht nur der Whisky. »Du warst schon immer ein undankbares Luder«, grunzte er. »Na, ich werde dir eine Lektion in Manieren erteilen, und wenn ich fertig bin, wirst du es dir zweimal überlegen, ob du noch mal frech zu mir sein willst.«

Matilda rollte sich aus dem Bett, als er zu ihr hinein sprang. Aber er war zwischen ihr und der Tür, und das Fenster war wegen der Mücken fest verschlossen. Sie konnte nirgends hin, konnte niemanden zu Hilfe rufen, und als er sie packte, fing sie an zu schreien.

Doch ihre Schreie wurden vom Wellblechdach zurückgeworfen und verloren sich in der endlosen Stille von Nimmerland.

Dunkle Wolken wirbelten in ihrem Kopf herum, und Matilda fühlte sich, als schwebe sie in einem Kokon. Sie empfand keinen Schmerz, kein Grauen, nur endlose Dunkelheit lockte sie, zog sie in ihre Tiefen, versprach ihr Frieden.

Und dennoch, irgendwo in dieser Dunkelheit hörte man die Geräusche einer anderen Welt. Hähnekrähen und morgendlichen Vogelgesang. Die Dunkelheit verblaßte grau, und die ersten Sonnenstrahlen vertrieben sie vollends in die entlegenen Bereiche ihrer Sinne. Matilda versuchte die Wolken zurückzurufen. Sie wollte sich nicht aus dieser schützenden Umhüllung reißen und in die kalte Wirklichkeit schleudern lassen.

Aber das Sonnenlicht brach durch die Wolken, wärmte ihr Gesicht, zwang sie ins Bewußtsein zurück. Eine Zeitlang lag sie noch mit geschlossenen Augen da und fragte sich, wieso sie solche Schmerzen hatte. Dann stürzte die Erinnerung über sie herein, und sie riß die Augen auf.

Er war weg, aber da, auf der Matratze, waren die Spuren dessen, was er getan hatte: Wie eine dämonische Rose blühte das Blut auf dem Kapok, und die Blütenblätter leuchteten verstreut auf dem Laken und auf den Fetzen ihres Unterrocks.

Matilda kauerte auf dem Boden. Sie konnte sich nicht erinnern, wie sie dort hingekommen war, aber sie vermutete, daß sie irgendwann in die Ecke gekrochen war, als er wieder gegangen war. Sie schob die Bilder der furchtbaren Nacht von sich und zog sich behutsam an der Wand hoch.

Ihre Knie zitterten, und alles tat weh. Auch an ihr selbst war Blut, eingetrocknet und dunkel, und in seinen Kupfergeruch mischte sich noch etwas anderes; als Matilda an ihrem nackten Leib hinunterblickte, wurde ihr klar, was es war. Es war sein Geruch, der Geruch seines ungewaschenen Körpers, seiner rauhen, fordernden Hände; seines Whiskyatems, seiner schieren Übermacht.

Der schrille Schrei eines Kakadus ließ sie zusammenfahren, aber zugleich schärfte er ihre Entschlossenheit: Er würde es nie wieder tun.

Als sie das Zittern überwunden hatte, zog Matilda einen sauberen Unterrock an und ging dann unter Schmerzen um das Bett herum, um ihre spärliche Habe einzusammeln. Sie zog das Medaillon aus seinem Versteck unter den Bodendielen, nahm das Kopftuch ihrer Mutter vom Bettpfosten. Sie legte ihre beiden Kleider dazu, einen Rock, eine Bluse und die oft geflickte Unterwäsche. Als letztes nahm sie das Gebetbuch, das ihre Großeltern auf dem weiten Weg von Irland hierher mitgebracht hatten. Sie wickelte alles in das Tuch und ließ nur die Moleskinhose, Stiefel und Hemd draußen, um alles anzuziehen, wenn sie sich gewaschen hätte.

Sie schlich sich an den Trümmern des beiseite geschleuderten Stuhls vorbei und blieb stehen, bis sie sicher war, daß Mervyn noch schlief. Dann begann sie ihre endlose Wanderung durch die Küche.

Jedes Knarren, jedes Ächzen des Hauses dröhnte ihr in den Ohren. Sicher würde es das Schnarchen nebenan gleich beenden ...

Wieder blieb sie stehen. Das Blut sang ihr in den Ohren, der Puls trommelte in ihrem Kopf. Das rhythmische Schnarchen hörte nicht auf, als sie die Tür erreicht hatte. Sie hielt den Atem an. Mit schweißfeuchten Händen nahm sie den Wassersack vom Haken neben der Tür. Er war gottlob voll und schwer. Jetzt die Haustür.

Sie quietschte in den Angeln – das Schnarchen brach ab –, Bettfedern ächzten, Mervyn murmelte vor sich hin.

Matilda erstarrte. Sekunden dehnten sich ewig.

Mit einem Grunzen begann das Schnarchen von neuem, und Matilda konnte wieder atmen. Sie schlüpfte um die Tür herum, stahl sich am Fliegengitter vorbei und rannte die Verandastufen hinunter. Mit einem Blick sah sie, daß Gabriel und sein Stamm nicht zurückgekommen waren, und auch die Treiber waren nicht da. Sie war allein, und sie hatte keine Ahnung, wie lange es dauern würde, bis Mervyn aufwachte.

Ihre bloßen Füße wirbelten den Staub des Hofes auf, als sie zum Bach hinuntereilte. Die Uferböschungen waren steil und von Weiden beschirmt, und nun, da sie zum seichten, trägen Wasser hinunterrutschte, wußte sie, daß man sie vom Haus aus nicht sehen konnte.

Das Wasser war kalt, denn die Sonne stand noch nicht hoch genug am Himmel, um es zu wärmen, aber es wusch die Spuren seiner schmutzigen Anwesenheit ab und reinigte ihre Haut. Dennoch wußte sie, daß sein Gestank weiter an ihr hing und sie nie mehr verlassen würde. Es fröstelte sie, während sie sich abschrubbte. Äußerlich mochte sie sauber aussehen, aber kein Wasser auf der Welt konnte den Schmutz von ihrer Seele waschen.

Sie rieb sich grob mit ihrem Hemd trocken und zog sich dann rasch an. Sie wagte nicht, quer über den Hof zum Sattelschuppen zu gehen; die Hunde würden anschlagen und Mervyn wecken. Es half nichts; sie mußte den Schmerz ignorieren und ohne Sattel reiten. Als der Entschluß einmal gefaßt war, raffte sie ihr Bündel an sich, und mit den Stiefeln in der Hand tappte sie am Bach entlang bis zur Koppel hinter dem Haus.

Sie sah sich um. Nichts rührte sich hinter den geschlossenen Fenstern; sein Schnarchen hallte durch die schlaftrunkene Morgendämmerung.

Sie atmete rauh und bebte, als sie über den Zaun kletterte und auf die Koppel sprang. Die meisten Pferde waren Brumbys, halb zugerittene Wildpferde; mit ihnen hätte sie schneller fliehen können, aber für Matilda kam nur die alte Stute in Frage. Es gab sie schon so lange, wie Matilda sich erinnern konnte, und im Gegensatz zu den anderen konnte man bei ihr nicht sicher sein, ob sie nicht doch zur heimatlichen Koppel zurückkehren würde, wenn man sie freiließe.

Die Brumbys wieherten und warfen die Köpfe, und sie liefen durcheinander, als Matilda sich Mervyns grauer Stute näherte. »Psst, Lady. Alles in Ordnung, mein Mädchen. Wir machen einen kleinen Ausritt«, flüsterte sie und streichelte die weichen Nüstern.

Lady rollte mit den Augen und stampfte, als Matilda sich an ihre Mähne klammerte und sich unter Schmerzen auf ihren bloßen Rücken schwang.

»Hooo, mein Mädchen. Ganz ruhig«, sagte Matilda beschwichtigend. Sie schmiegte die Wange an den zuckenden Hals und flüsterte in die aufgestellten Ohren, aber ihre Finger waren fest mit der rauhen Mähne verflochten. Lady war an Mervyns rauhe Behandlung und an sein Gewicht gewöhnt; man konnte nicht wissen, wie sie auf dieses ungewohnte Verhalten reagieren würde, und Matilda wollte sich nicht abwerfen lassen.

Mit dem leinenen Wassersack auf dem Rücken und ihrem Bündel im Arm trieb sie die Stute voran und öffnete das Tor am hinteren Ende der Koppel. Dann trieb sie die anderen zusammen wie eine Schafherde und verbrachte kostbare Minuten damit, die Brumbys zu ermuntern, ihre Koppel zu verlassen, und sie ins weite Weideland von Churinga zu führen.

Kaum hatten sie von der unerwarteten Freiheit gekostet, waren sie auf und davon; Matilda lächelte, als sie Lady die Fersen in die Flanken stieß und ihnen hinterhergaloppierte. Man würde eine Weile brauchen, um sie wieder einzufangen, und so hätte sie einen kleinen Vorsprung. Ohne Pferd konnte Mervyn kaum hoffen, sie einzuholen.

Donner grollte in den Fernen seines Traums, und Mervyn straffte sich und wartete auf den grellen Blitz und auf das Trommeln des Regens auf dem Wellblechdach. Als beides nicht kam, drehte er sich um und wühlte sich behaglicher in die Kissen.

Aber da der Schlaf einmal unterbrochen war, ließ er sich nicht wiederfinden; Mervyn merkte, daß er nicht wieder zur Ruhe kam. Irgend etwas stimmte nicht an diesem Donner. Etwas, das sich seinen Gedanken widersetzte.

Er öffnete ein verquollenes Auge und versuchte den Blick auf das leere Bett neben ihm zu konzentrieren. Auch dort stimmte etwas nicht, aber er hatte Kopfschmerzen, und seine Gedanken waren benebelt von dem Verlangen, etwas zu trinken. Er hatte einen sauren Geschmack im Mund, und als er mit der Zunge über die trockenen Lippen fuhr, zuckte er zusammen, denn er berührte dabei eine brennende Platzwunde und konnte sich doch nicht erinnern, woher er sie hatte.

»Muß hingefallen sein«, knurrte er und betastete sie mit der Zungenspitze. »Mary! Wo zum Teufel steckst du?« brüllte er dann.

Der Trommler hinter seinen Augen schlug einen schmerzhaften Wirbel, und aufstöhnend ließ Mervyn sich in die Kissen zurückfallen. Das verfluchte Weib war nie da, wenn man es brauchte.

Er blieb liegen, und seine Gedanken wehten ziellos durch den Nebel des Schmerzes. »Mary«, stöhnte er, »komm her, Weib!«

Aber zur Antwort ertönte kein eiliges Fußgetrappel, kein Töpfeklappern aus der Küche, kein geschäftiges Treiben auf dem Hof. Es war überhaupt zu still.

Mervyn wälzte sich aus dem Bett und stand vorsichtig auf. In seinem Bein pochte der gleiche Rhythmus, der auch seinen Kopf erfüllte, und der ausgezehrte Schenkelmuskel erbebte, als er ihn mit seinem Gewicht belastete. Wo zum Teufel steckten nur alle? Wie konnten sie es wagen, einfach zu verschwinden?

Schwerfällig taumelte er zur Tür und riß sie auf. Krachend flog sie gegen die Wand, und dabei erwachte eine schemenhafte Erinnerung, auf die er sich keinen Reim machen konnte. Er wischte sie beiseite und stolperte in die verlassene Küche. Er brauchte etwas zu trinken.

Als der letzte Schluck Whisky durch seine Kehle gerollt war und das Trommeln in seinem Kopf ein wenig dämpfte, musterte Mervyn seine Umgebung. Kein Porridge blubberte auf dem Herd, kein Wasserkessel dampfte, keine Mary war weit und breit zu sehen. Er riß den Mund auf, um nach ihr zu rufen, und dann fiel es ihm ein: Mary war unter der Erde. Schon seit mehr als zwei Wochen.

Seine Beine wollten ihn plötzlich nicht mehr tragen, und er ließ sich schwer auf einen Stuhl fallen. Eine Kälte überkam ihn, die kein Whisky vertreiben konnte, als die Erinnerung mit voller Wucht zurückkehrte.

»Was habe ich getan?« wisperte er in die schreckliche Stille.

Der Stuhl polterte zu Boden, als er sich vom Tisch erhob. Er mußte Matilda suchen. Er mußte ihr erklären … Sie mußte verstehen, daß es der Whisky gewesen war, der ihn dazu gebracht hatte, so etwas zu tun.

Ihre Kammer war leer. Die zersplitterte Tür hing nur noch an einer Angel. Das Bett war eine blutige Erinnerung an das, was er getan hatte. Die Tränen strömten ihm übers Gesicht. »Ich hab's nicht so gemeint, Molly. Ich dachte, du wärst Mary«, schluchzte er.

Er lauschte in die Stille, schluckte dann schniefend die Tränen hinunter und betrat das Zimmer. Sie hatte sich wahrscheinlich versteckt; aber er mußte sie sehen, sie davon überzeugen, daß alles nur ein schrecklicher Irrtum gewesen war. »Wo steckst du, Molly?« rief er leise. »Komm zu Daddy.« Absichtlich rief er sie bei ihrem kindlichen Kosenamen, vielleicht würde sie eher darauf hören.

Aber noch immer kam keine Antwort, und kein Rascheln verriet ihr Versteck. Er schlug das besudelte Laken zurück und schaute unter das Bett; er öffnete den schweren Kleiderschrank und tastete in der dunklen, leeren Höhle herum. Er wischte sich mit dem Ärmel über die Nase und versuchte nachzudenken. Sie mußte in die Scheune geflohen sein oder in eins der anderen Außengebäude.

Er hinkte in die Küche zurück, sah die Flasche auf dem Tisch und fegte sie zu Boden, wo sie mit einer ansehnlichen Explosion von Glassplittern zerbarst. »Nie wieder«, knurrte er. »Nie, nie wieder.«

Der Fuß seines verkrüppelten Beins schleifte über den Boden, während er zur Fliegentür eilte, und als er eben auf die Veranda hinaustreten wollte, stach ihm etwas ins Auge, nicht weil es dort war, sondern weil es nicht dort war, wo es hätte sein sollen.

Mervyn blieb stehen und schaute den nackten Haken an, und als er so über den verschwundenen Wassersack nachdachte, fügten sich nach und nach auch andere Dinge ins Bild. Der Kleiderschrank war leer gewesen. Matildas Stiefel hatten nicht unter dem Bett gestanden. Marys Kopftuch hatte nicht am Bettpfosten gehangen.

Seine Tränen trockneten, und an die Stelle des reumütigen Selbstmitleids trat Angst. Wo zum Teufel war sie hin? Und wie lange war sie schon weg?

Die Sonne war immer noch nicht vollständig aufgegangen; ihr gleißendes Licht stach ihm in die Augen, und er mußte blinzeln. In seinem Schädel pochte es. Er drückte sich den Hut tief ins Gesicht und wandte sich den Scheunen und Schuppen zu. Sie mußte ja hier sein, irgendwo. Nicht einmal Matilda war so dumm, einfach wegzulaufen, nicht, wenn der nächste Nachbar fast hundert Meilen weit entfernt wohnte.

Er dachte kurz an die Treiber, die vor zwei Tagen mit den Schafen losgezogen waren. Sie würde ihnen vielleicht begegnen, aber die würden klug genug sein, das Maul zu halten, wenn ihnen ihre Arbeit am Herzen lag. Doch der Gedanke, daß sie sich bis Wilga durchschlagen könnte, zu diesem neugierigen Schnüffler Finlay und seiner Frau, der bereitete ihm doch Sorgen. Das wäre schon schlimm genug, aber was, wenn sie nach Kurrajong zu Ethan wollte?

Eisiges Entsetzen ließ seinen Puls rasen, und er beschleunigte seinen schwerfälligen Gang. Er mußte sie finden, und zwar rasch.

Wenige Augenblicke später war er mit Sattel und Zaumzeug auf dem Weg zur Koppel; ein Sack mit frischem Trinkwasser schwappte auf seinem Rücken. Wut und Angst erfüllten ihn. Wenn Matilda es schaffte, nach Wilga oder nach Kurrajong zu gelangen, wäre sein Leben auf Churinga zu Ende. Mit flinken Lügen würde er sich diesmal nicht retten können.

Er überquerte den Hof und blieb dann wie angewurzelt stehen. Die Koppel war leer, das Tor offen. Das Weideland dahinter erstreckte sich leer bis zum Horizont. Wutentbrannt schleuderte er den Sattel zu Boden. Im Gegensatz zu Ethan Squires hatte er nicht das Geld für ein Auto. Ohne Pferd würde er dieses verschlagene kleine Luder niemals einfangen.

Er zündete sich eine Zigarette an, und dann stapfte er wutschnaubend durch das hohe Gras. Sie hätte doch den Whisky nicht trinken und sich nicht auf sein Knie setzen sollen, wenn sie nicht willig gewesen wäre. Wenn sie dazu alt genug war, dann war sie auch alt genug für andere Sachen. Und sie hätte auch nicht aussehen sollen wie ihre Ma und ihn nicht so behandeln sollen wie Dreck, wenn sie nicht bestraft werden wollte.

Und überhaupt, dachte er schließlich, als er das offene Tor am hinteren Ende der Koppel erreicht hatte: Wahrscheinlich ist sie nicht mal meine Tochter. Es war offensichtlich, daß zwischen Mary und Ethan etwas gewesen war, und wenn man den Gerüchten glauben konnte, dann hatte es schon lange vor seiner Ehe mit Mary angefangen. Das würde auch Patricks außergewöhnliches Angebot erklären, Mervyn Churinga zu übereignen, wenn er seine Tochter heiratete – und es erklärte, weshalb Mary und Ethan sich verschworen hatten, um ihn zu betrügen.

Als er sich eingeredet hatte, daß er nichts Unrechtes getan hatte, schob er den Hut in den Nacken und spähte düster in die Ferne. Matilda mußte gefunden werden, und das sofort. Man durfte nicht zulassen, daß sie irgend jemandem erzählte, was geschehen war. Die Leute würden es nicht verstehen, und außerdem ging es sie einen Dreck an.

Seine hitzigen Gedanken kamen zur Ruhe, und er war plötzlich angespannt. Da draußen bewegte sich etwas, aber es war so weit weg, daß man nicht erkennen konnte, was es war. Er beschirmte die Augen und beobachtete den dunklen Fleck, der in der flirrenden Luft näher kam. Das Brumby spitzte die Ohren, als Mervyn pfiff; nachdem es ein paarmal nervös mit der Mähne gezuckt hatte, ließ die Neugier es in Trab verfallen.

Mervyn blieb stocksteif stehen und wartete, daß das Tier zu ihm kam. Es war ein junges Pferd; offenbar war es von der Herde getrennt worden, hatte seine Einsamkeit verwirrend gefunden und war an den einzigen Ort zurückgekommen, den es kannte.

Mervyn konnte seine Ungeduld kaum bezähmen, als das Pferd zögerte und den Kopf werfend außer Reichweite blieb. Aus Erfahrung wußte er, daß ein rauher Umgang oder plötzliche Geräusche das Brumby in die Flucht jagen würden; also ließ er sich Zeit und sprach mit ihm, um es zu beruhigen, bevor er ihm den Sattel auflegte. Als er schließlich aufgestiegen war, studierte er die Spuren der Brumbys und folgte ihnen dann. Die aufgewühlte Erde machte die Verfolgung leicht, und nach ungefähr einer Stunde hatte er die Spur eines einzelnen Pferdes gefunden, das sich in gerader Linie voran bewegte.

Und diese Linie führte nach Süden. Nach Wilga.

Matilda ließ die Zügel schleifen. Die ersten paar Meilen hatte sie schnell zurückgelegt, aber jetzt wurde die Stute müde und hatte ihren Schritt zu einem leichten Trab verlangsamt. Von keinem Pferd, schon gar nicht, wenn es so alt war wie Lady, konnte man erwarten, daß es in dieser Hitze lange galoppierte. Besser war es, sich Zeit zu lassen, als zu riskieren, daß das Tier sich verletzte oder verausgabte.

Der Vormittag war weit fortgeschritten, die Sonne brannte unerbittlich vom Himmel. Luftspiegelungen schimmerten wäßrig über der verbrannten Erde, und das silbrige Gras raschelte unter Ladys Hufen. Die gewaltige Leere umschloß sie, und der Klang ihrer Stille kam als flirrendes Echo zu ihr zurück, aber sie hätte keine Angst gehabt, wenn sie nicht auf der Flucht gewesen wäre. Denn dieses schroffe, schöne Land war ebenso ein Teil ihrer selbst wie das Atmen.

Seine großartige Pracht reizte ihre Sinne, und die rohen Farben weckten tief in ihrem Innern die Sehnsucht, dies alles zu umfangen – und davon umfangen zu werden. Doch in dieser uralten Landschaft fand sich auch die sanfte Schönheit zarter Blätter, blasser Blüten und aschgrauer Rinde, der süße Duft von Akazie und Kiefer und das fröhliche Trillern der Lerche.

Matilda verlagerte ihr Gewicht auf dem Rücken der Stute. Ihr Unwohlsein wuchs, während sich der Abstand zwischen ihr und Churinga vergrößerte, aber sie hatte keine Zeit sich auszuruhen. Sie wischte sich den Schweiß aus dem Gesicht und rückte die Krempe ihres alten Filzhuts zurecht. Das Wasser im Schlauch war warm und schmeckte brackig; sie war durstig, aber sie mußte sparsam damit umgehen. Das nächste Wasserloch war noch viele Meilen entfernt.

Lange und gründlich suchte sie den Horizont ab, von einem Ende bis zum anderen, ohne eine Spur von Mervyn zu entdecken; dann machte sie es sich auf dem breiten Rücken so bequem wie möglich und konzentrierte sich auf den Blick zwischen Ladys Ohren hindurch. Der stete Rhythmus der stampfenden Hufe wurde zu einem Wiegenlied, und wie ein Kokon hüllte die Hitze sie ein in träge Gleichgültigkeit.

Die Schlange hatte zusammengerollt in einem schmalen Spalt in der gerieften Erde gelegen, durch ein überhängendes Grasbüschel vor der Sonne geschützt. Die Erschütterung durch das nahende Pferd hatte sie geweckt und in höchste Wachsamkeit versetzt. Rotbraun gezeichnet, glitt sie durch den Staub, die gespaltene Zunge zuckte, während sie das Mädchen und das Reittier aus starren Augen beobachtete.

Matilda war das Kinn auf die Brust gesunken, und die Verlockungen des Schlafes hatten die Lider schwer werden lassen. Ihre Finger lockerten den Griff in der Mähne, und sie nickte dem Hals des Pferdes entgegen.

Ein scharfer Huf schlug klingend auf steinigen Grund. Grasbüschel flogen. Die Schlange schnellte aus kraftvollen Windungen vorwärts, die Zähne entblößt, die gelben Augen starr auf ihr Ziel gerichtet. Hart und schnell stieß sie zu.

Die Stute bäumte sich auf, als das Gift spritzte. Mit blitzenden Hufen schlug sie in die Luft und wieherte dabei entsetzt. Die Augen wild aufgerissen, warf sie den Kopf zurück und blähte die Nüstern, und die Hinterbeine tänzelten über den Schieferboden.

Matilda griff in die wild flatternde Mähne und umklammerte die Flanken des Tieres instinktiv mit Knien und Füßen.

Die peitschenden Hufe der Stute krachten auf den Boden. Matilda ließ die Mähne fahren, aber sie umklammerte den schweißnassen, angespannten Hals. Lady bäumte sich auf, um den rettenden Tanz wiederaufzunehmen, und Matildas verzweifeltes Bemühen, oben zu bleiben, fand ein Ende. Die rote Erde raste auf sie zu.

Lady drehte sich auf den Hinterbeinen, bleckte die Zähne, stampfte auf den Boden. Matilda rang nach Atem, als sie vor den tödlich herniederkrachenden Hufen beiseite rollte, und fragte sich die ganze Zeit, wo die Schlange wohl sein mochte.

Schnaubend warf Lady den Kopf in den Nacken, wandte sich um und galoppierte den Weg zurück, den sie gekommen war. Der Staub wirbelte auf, die Erde bebte unter den donnernden Hufen, und Matilda blieb zurück, ein zerschlagenes Häuflein am Boden. »Komm zurück!« schrie sie. »Lady, komm zurück!«

Aber nur die Staubwolke zeigte noch an, wo die Stute verschwunden war, und nach einer Weile hatte auch sie sich gelegt.

Matilda betastete behutsam Arme und Beine. Gebrochen hatte sie sich anscheinend nichts, aber durch die Fetzen ihres Hemdes sah sie, daß sie ziemlich verschrammt war. Sie schloß die Augen, um den Wirbel des Schreckens zur Ruhe zu bringen, den der plötzliche, heftige Sturz hinterlassen hatte, aber sie wußte, daß die Schlange noch ganz in der Nähe sein konnte, was bedeutete, daß sie wenig Zeit hatte, wieder zu sich zu kommen.

Sie rappelte sich auf, sammelte Wasserschlauch und Bündel ein und blieb einen Augenblick lang in der Stille stehen. Die Schlange war nirgends zu entdecken, aber das hieß nicht, daß sie nicht noch irgendwo lauerte.

»Nimm dich zusammen«, murmelte sie. »Nach all dem Lärm hat sie wahrscheinlich mehr Angst als Lady und ist inzwischen längst verschwunden.«

Sie drückte sich den Hut fest in die Stirn, warf sich ihre Habe über die Schulter und betrachtete ihre Lage. Die ellipsenförmige, blaugraue Erhebung, die die Aborigines Tjuringa Mountain nannten, war jetzt näher. Wilga lag auf der anderen Seite des von Eukalyptus und Kiefern bewachsenen Berges, aber sie wußte, daß sie noch viele Stunden würde marschieren müssen, bevor sie es zu Gesicht bekäme.

Mit einem bebenden Seufzer ließ sie den Blick über den Horizont wandern. Lady war fort, aber von Mervyn war immer noch nichts zu sehen. Sie hob das Kinn und brach auf. Am Fuße des Tjuringa gab es Wasser und Schutz. Wenn sie es schaffte, bis zum Einbruch der Dunkelheit dorthin zu gelangen, könnte sie sich ausruhen.

Angst und die ungewisse Frage, wie groß ihr Vorsprung sein mochte, trieben Mervyn voran. Er gab dem Pferd die Sporen, und es griff gleich weiter aus; behende galoppierten die Hufe über harten, unnachgiebigen Boden. Die Sonne stand hoch am Himmel, und als er ein paar Stunden geritten war, wußte Mervyn, daß der Wallach der Erschöpfung nahe war. Er hatte ihn hart angetrieben, aber noch immer war nichts von ihr zu sehen, immer noch keine Staubwolke, die ihrem Weg folgte. Er zügelte das Pferd und ließ sich aus dem Sattel gleiten.

Er hätte einen anständigen Drink gebrauchen können, aber er mußte sich mit dem Wasser aus dem Lederschlauch begnügen. Er spülte sich mit der nach Leder schmeckenden Flüssigkeit den Mund und befeuchtete damit seine trockene Zunge. Dann füllte er seinen Hut und hielt ihn dem Pferd hin. Das Tier soff in tiefen Zügen; noch immer wogten seine Flanken von der Anstrengung, und der Hals war fleckig vom Schweiß. Als sie beide genug getrunken hatten, um sich auf den Beinen zu halten, drückte Mervyn sich den kühlen nassen Hut wieder auf den

Kopf und führte das Pferd weiter. Eine Zeitlang würde er neben dem Tier herlaufen; wenn sie das Wasserloch am Fuße des Tjuringa erreicht hätten, könnten sie sich abkühlen und trinken, soviel sie wollten.

Fliegen summten in der Luft, und die Hitze strahlte von dem rauhen Schiefer und den zerklüfteten Felsen empor. Ein Habicht schwebte über schimmerndem Grasland, ein schwereloser Räuber auf der Suche nach Beute. Mervyns Gedanken waren finster. Schwerelose Jagd, die gab es für ihn nicht, und auch nicht das weitsichtige Auge des Habichts, sondern nur diese endlose Plackerei unter sengender Sonne auf der Suche nach einer Beute, die ihn bisher überlistet hatte. Vor allem der Gedanke daran, wie er sie bestrafen würde, wenn er sie erst gefunden hätte, ließ ihn weitergehen. Der – und die Angst, entdeckt zu werden.

Seine Gedanken kehrten zurück nach Gallipoli. Zurück zu der Nacht, in der er aus dem stinkenden Erdloch gekrochen war, das für so viele seiner Kameraden zum Grab geworden war. Zu der Nacht, in der er es nur seiner Geistesgegenwart und Gerissenheit verdankte, daß er nicht entdeckt worden war.

Monatelang hatte er im dicksten Getümmel gesteckt, und das Bersten und Dröhnen der türkischen Granaten gellte noch in seinem Kopf, als der Geschoßhagel schon lange zu Ende war. Zuckend hatte er jedes Bild, jedes Geräusch des Gemetzels, das sie durchgemacht hatten, noch einmal erlebt. Der Gestank von Kordit und Blut war immer bei ihm – ebenso wie das Grauen. Es ließ ihn schwitzen und zittern und sich winden im Schlamm und peinigte ihn mit einer klaustrophobischen Panik, die er nicht mehr beherrschen konnte.

Mervyn erinnerte sich, wie er im Schutz der Dunkelheit davongekrochen war, während die Überlebenden ringsum im Schlaf murmelten, die Gewehre trostsuchend an sich gedrückt. Er war durch die Schützengräben gehastet und hatte sich immer weiter von der Front und dem sicheren Tod entfernt. Wie ein gejagtes Tier hatte er nach einem Schlupfloch gesucht, nach einer winzigen Zuflucht, wo die Granaten ihn nicht finden, wo der Tod ihm nicht länger im Nacken sitzen würde.

Er hatte den Befehlsstand umgangen, der ein paar hundert Meter vom Brückenkopf entfernt in einer geschützten Senke gelegen hatte, und dann hatte er endlich gefunden, was er suchte. Er war an der Leiche vorbeigekrochen, die von den Sanitätern übersehen worden sein mußte, und hatte sich in die enge, klamme Höhle gedrückt. Er hatte sich auf den Boden gekauert, die Hände über dem Kopf verschränkt, die Knie bis ans Kinn gezogen.

Sporadisch hallte Gefechtfeuer ringsum von den Wänden wider, daß er sich winselnd duckte. Er wollte, daß es aufhörte und ihn in Ruhe ließ. Er ertrug es nicht mehr.

Das Schürfen der Stiefel auf dem Höhlenboden hörte er nicht, und er sah den Soldaten nicht kommen.

»Steh auf, du elender Feigling!«

Mervyn hob den Kopf. Ein Bajonett war nur eine Handbreit von seinem Gesicht entfernt. »Laß mich«, flehte er, »ich kann nicht wieder da raus.«

»Du dreckiger feiger Dingo! Ich sollte dich an Ort und Stelle abknallen und hier verfaulen lassen.« Das Bajonett durchstach die Luft zwischen ihnen. »Auf die Beine!«

Roter Nebel erfüllte Mervyns Kopf. Das Grauen des Schützengrabens verblaßte hinter der Gefahr, der er sich jetzt ausgesetzt sah. Das Standgericht wäre schnell vorbei, das Erschießungskommando gewiß. Er war in die Enge getrieben. Ihm blieb nur der Angriff, und noch ehe ihm klar wurde, was er da tat, feuerte sein Karabiner auf einen Landsmann.

Der Knall wurde von den Wänden zurückgeworfen und dröhnte in seinem Kopf. Ein dumpfer Schlag gegen sein Knie schleuderte ihn zu Boden, und lange lag er wie betäubt da und wußte nicht, was passiert war. Als der rote Nebel verflogen war und seine Sinne nicht mehr in Aufruhr waren, blickte er durch den engen Raum.

Der andere Soldat lag am Boden, sein Gewehr neben sich. Man sah keine Bewegung, hörte kein Atmen, und als Mervyn auf ihn zu kroch, erkannte er, warum. Der Mann hatte kein Gesicht mehr. Mervyns Kugel hatte es fortgerissen.

Er inspizierte die eigene Wunde, und das Grauenhafte seiner Tat wischte Angst und Schmerz für einen Augenblick beiseite und ließ ihn eiskalt kalkulieren, was als nächstes zu tun sei. Die Kugel des anderen hatte sein Knie zerschmettert und war hoch durch den Schenkel gefahren, bevor sie ihm ein Loch in die Hüfte gerissen hatte. Der Schmerz verzehrte alles, und er verlor so schnell Blut, daß er nicht mehr viel länger hierbleiben konnte.

Er betrachtete den toten Soldaten. Der Mann war klein und schmächtig. Er dürfte ihm keine großen Probleme bereiten. Mervyn faßte einen raschen Entschluß: Er packte ihn und warf ihn über die Schulter. Auf sein Gewehr gestützt, humpelte er zum Ausgang der Höhle. Auf der türkischen Seite wurde immer noch geschossen, noch immer flackerten Lichter im Lazarettzelt, am Befehlsstand wimmelte es von eiligen Läufern, und man hörte Befehlsgebrüll.

Mervyn ließ den Mann von der Schulter auf den Rücken rutschen, schlang sich die toten Arme um den Hals und umklammerte die leblosen Hände vor seinem Hals. So gab der Tote einen perfekten Schutzschild ab, falls sich eine Kugel über die Anhöhe verirren sollte.

Der steile Aufstieg zum Lazarettzelt war eine Qual gewesen, aber seine Ankunft im Chaos dort hatte eine zufriedenstellende Wirkung, wie er es vorausgesehen hatte. Er war der heimkehrende Held. Trotz seiner Verwundung hatte er sein Leben für einen Kameraden riskiert. Fast hätte er gelacht, als sie ihm ernst mitteilten, daß sein Kamerad tot sei, und ihn dabei mitleidsvoll anschauten.

Mervyn kehrte in die Gegenwart zurück und starrte in die Sonne. Sie hatten ihm einen Orden gegeben und, nachdem er monatelang im Lazarett gelegen hatte, auch noch eine Fahrkarte in die Heimat. Sein Glück und seine Gerissenheit hatten ihn in jener Nacht gerettet, und sie würden es auch heute tun, denn dort am Horizont lief Lady.

Er grinste, als die Stute ihm entgegengaloppierte. Er packte die baumelnden Zügel, stieg wieder auf sein Brumby und trieb es zum Galopp. Wenn Matilda abgeworfen worden war, würde er nicht mehr lange brauchen, um sie zu finden.

Als die Sonne unterging, kamen die langen, kühlen Schatten, und stolpernd, doch erleichtert, bahnte Matilda sich ihren Weg durch das verfilzte Unterholz und suchte Schutz unter dem Laubdach der Bäume. Jeder Atemzug tat weh, jede Bewegung, ja, jeder Gedanke. Sie war erschöpft.

Die Laute des Buschs umgaben sie, als sie sich an einen Stamm lehnte, um sich einen Augenblick lang auszuruhen, aber das Plätschern und Rieseln von Wasser lockte sie weiter. Zum Ausruhen war keine Zeit, aber sie könnte sich waschen und ihren Wasserschlauch füllen, bevor sie weiterzog, und der Gedanke an den kalten, frischen Bergbach belebte ihre nachlassenden Lebensgeister.

Der Wasserfall begann hoch oben auf dem Berg; er rauschte hernieder und nahm unterwegs andere Quellen in sich auf, ehe er ein paar hundert Fuß tiefer im Felsental ankam. Aber als Matilda schließlich aus dem schattengrünen Licht des Hinterlands hervortrat, sah sie, daß der Wasserlauf nach dem Ausbleiben des Regens nur noch ein kläglich dünnes Rinnsal war. Das Wasser, das da über die glatten, glitzernden Steine tröpfelte, reichte kaum aus, um die Tümpel weiter unten zu füllen. Mächtige Baumwurzeln, sonst vom Wasser bedeckt, traten als nacktes, arthritisches Geflecht zutage. Waldfarn ließ die versengten Wedel hängen, und dicke Stränge von welkem Efeu hingen kraftlos von knarrenden, verdorrten Akazien und King-Billy-Kiefern.

Matilda kletterte auf einen breiten, flachen Stein hinunter, der über einen der Felsentümpel hinausragte, und zog sich die Stiefel aus. Sie machte sich nicht die Mühe, sich weiter auszuziehen: Sie war verdreckt, und die Fetzen ihrer Sachen waren es ebenfalls. Als sie sich so ins eiskalte Wasser sinken ließ, erschauderte sie vor Behagen. Die Blasen an ihren Füßen würden bald verheilen, und der Sonnenbrand auf ihren entblößten Armen würde sich bald in Bräune verwandeln.

Sie schloß die Augen, hielt sich die Nase zu und ließ sich unter die Oberfläche sinken. Schmutz und Schweiß lösten sich von ihr. Die eisige Liebkosung nahm dem Schmerz zwischen ihren Beinen die Schärfe. Ihr Haar schwebte im Wasser, und die ausgedörrte Haut wurde wieder geschmeidig.

Nach Luft schnappend, tauchte sie auf, und dann trank sie in tiefen Zügen aus den gewölbten Händen, bevor sie ihren Wasserschlauch füllte. Die Vögel, die bei ihrer Ankunft verstummt waren, sangen jetzt wieder aus Leibeskräften, und sie schaute hinauf in die Baumkronen. Dies war immer ein besonderer Ort gewesen. Hier hatte Mary ihr von Einhörnern und Feen erzählt und von dem kleinen Volk der Leprechauns.

Als sie sich jetzt umschaute, konnte sie fast glauben, daß es sie gab – aber die rauhe Wirklichkeit wußte das alles als Unfug zu entlarven.

Widerstrebend stemmte sie sich aus dem Wasser und zog die Stiefel wieder an. Sie zuckte zusammen, als das Leder über die rohen Blasen scheuerte, aber dieser Schmerz genügte nicht, um sie zu entmutigen – nicht nach dem, was sie in den letzten Stunden erduldet hatte. Sie raffte Wassersack und Bündel an sich und drang ins tiefe Gebüsch ein. Der Weg dort hindurch war kürzer als der außen herum, und wenn sie immer weiter nach Süden wanderte, würde sie auf dem Kamm oberhalb von Wilga herauskommen.

Als sie aus dem feuchtgrünen Schatten ins ersterbende Sonnenlicht heraustrat, war sie naßgeschwitzt. Aber Stolz auf das Erreichte durchfuhr sie, als sie auf die weite Ebene der Weiden von Wilga hinunterschaute und die dünne Rauchspirale sah, die von dem Haus am Horizont aufstieg. Sie hatte es fast geschafft.

Während die Bäume lichter wurden und die Sonne immer tiefer sank, suchte Matilda sich ihren Weg zwischen den wild verstreuten Felsblöcken am Fuße des Tjuringa Mountain. Der Wasserschlauch hing schwer an ihrer Schulter, und das Bündel war lästig. Schlitternd und stolpernd bewegte sie sich über den lockeren, tückischen Untergrund, aber sie dachte nicht daran, etwas wegzuwerfen, denn was sie bei sich hatte, war kostbar. Tiere huschten und glitten unter den Steinen davon, als sie sich in ihrem spätnachmittäglichen Schlummer gestört sahen, und Eselsgelächter verhöhnte ihr Fortkommen, aber endlich erreichte sie doch ebenes Gelände und blieb für einen Augenblick stehen, um zu Atem zu kommen und einen Schluck Wasser zu trinken.

Es dämmerte schon fast, und bis Wilga waren es noch mindestens drei Stunden Fußweg. Sie mußte all ihre Kraft zusammennehmen, um weiterzugehen; es konnte sein, daß Mervyn Lady begegnet war, und womöglich war er nur wenige Meilen hinter ihr.

Sie drückte den Stopfen in den Wassersack, trat hinaus in die Ebene und wandte sich dem Rauchfähnchen am Horizont zu.

Die Zeit verlor alle Bedeutung, als sie so dahin wanderte. Sie sah nur die wachsenden Schatten und den Schimmer von Wilga in der Ferne. Ihre Stiefel schlurften über die trockene Erde und durch das silbrige Gras, und ihre Gedanken richteten sich auf Tom und April Finlay.

Tom Finlays Familie besaß Wilga schon seit Jahren; sie erinnerte sich an den mageren Jungen, der sie erbarmungslos geärgert und sie an den Haaren gerissen hatte. Der alte Finlay war ein paar Monate nach seiner Frau verstorben, und Tom, der verheiratet war, führte den Besitz. Sie hatte ihn lange nicht gesehen – nicht mehr, seit Mum krank war und Mervyn ihm verboten hatte, sie zu besuchen. Dennoch wußte sie, daß sie in Wilga Zuflucht finden würde. Sie und Tom waren zusammen aufgewachsen; und sie wußte, auch wenn er ein paar Jahre älter war als sie, so betrachtete er sie doch als eine Schwester, die er nie gehabt hatte.

Ein vertrautes Geräusch riß sie aus ihren Gedanken, und jäh fuhr sie herum.

Hufschlag ließ den Boden erzittern, und dort, weit hinter ihr, sah sie verschwommen die unverkennbaren Umrisse eines Reiters. Endlich. Jemand hatte sie gesehen und kam ihr zu Hilfe.

Sie winkte. »Hier bin ich. Hier drüben«, rief sie.

Auf ihr Rufen kam keine Antwort, aber das Pferd kam näher.

Matilda erschauderte, als das erste sorgenvolle Kribbeln sie überrieselte. Es waren zwei Pferde – aber nur ein Reiter. Sie wich einen Schritt zurück. Dann noch einen. Als die Konturen schärfer wurden, kehrte auch ihre Angst zurück. Die massige Gestalt auf dem Rücken des Brumby war nicht zu verwechseln, und Ladys Umrisse ebenfalls nicht.

Sie drehte sich um und rannte.

Das Hufgetrappel kam näher. Wilga rückte in unerreichbare Ferne.

Adrenalin rauschte in ihrem Blut, als Matilda durch das hohe Gras rannte. Mit ihren Stiefeln rutschte sie aus, und sie stolperte über unebenen Boden. Der Hut flog ihr vom Kopf und baumelte auf dem Rücken. Aber ihre Augen waren starr auf den fernen Lichtfunken der Farm gerichtet, wo sie Zuflucht finden würde. Sie mußte es schaffen. Ihr Leben hing davon ab.

Die donnernden Hufe verlangsamten ihr Tempo zu einem gleichmäßigen Schritt.

Sie wagte nicht, sich umzusehen, aber sie vermutete, daß er nur ein-, zweihundert Meter hinter ihr war und mit ihr spielen wollte wie die

Katze mit der Maus – spaßend, provozierend, aber immer auch bedrohlich. Ein verzweifeltes Schluchzen unterbrach ihr Keuchen, als sie wieder strauchelte. Er wartete nur darauf, daß sie hinfiel. Wartete auf seinen Augenblick. Sie wußten beide, daß sie ihm nicht entkommen konnte.

Das Weideland erstreckte sich endlos vor ihr, und das hohe Gras behinderte ihre Flucht. Die Erde schien es darauf abgesehen zu haben, ihr ein Bein zu stellen. Und doch fand sie die Kraft, auf den Füßen zu bleiben und weiterzurennen.

Das stete Stapfen der Hufe folgte ihr; es kam nicht näher, aber es war immer da. Sie hörte leises, bösartiges Glucksen und das Klirren des Zaumzeugs. Es spornte sie an.

Die Farm war jetzt näher; sie sah sogar schon den Lichtschimmer in einem der Fenster, und Mervyn würde nicht wagen, ihr etwas anzutun, wenn sie erst den Brandwall erreicht hätte, der das Anwesen umgab.

Ihre Füße wirbelten über den Boden, und verzweifelt hielt sie Ausschau nach einem Lebenszeichen – nach einer Bestätigung dafür, daß da jemand war, der sie bemerken würde. Wo war Tom? Wieso kam niemand heraus, um ihr zu helfen?

Der Trommelschlag der Verfolgung wurde schneller. Näher und näher kam er, und sein Nahen erfüllte die Welt mit seinem Geräusch, bis für nichts anderes mehr Platz war.

Ihr Atem ging stoßweise. Ihr Herz hämmerte gegen ihre Rippen, als der kastanienbraune Wallach an ihrer Seite auftauchte. Schweiß schäumte auf seinen Flanken, und der mächtige Blasebalg seiner Lunge rasselte, als das Tier rutschend vor ihr zum Stehen kam.

Matilda wandte sich um.

Das Pferd folgte ihr.

Sie wich den trampelnden, stampfenden Beinen aus und schlängelte sich zwischen Grasbüscheln hindurch.

Das Pferd kam heran, ein Stiefel löste sich aus dem Steigbügel und versetzte ihr einen Tritt.

Der Stiefel traf sie seitlich am Kopf und ließ sie taumeln; sie ruderte mit beiden Armen und griff ins Zaumzeug, um ihr Gleichgewicht zu behalten. Aber dann fiel sie doch. Sie fiel und fiel, die Erde flog ihr entgegen, umarmte sie mit einer Wolke aus Staub und grausamen Steinen, preßte ihr die Luft aus der Lunge.

Mervyns massige Gestalt verfinsterte den Rest der Sonne, als er sie überragte. »Wie weit, dachtest du, würdest du kommen?«

Matilda spähte durch das Gras zu der stillen, einsamen Farm hinüber. Wenn sie nicht gerastet hätte, hätte sie es geschafft.

Mit brutaler Faust packte er ihren Arm und riß sie auf die Beine. Sadistische Lust glitzerte in seinen Augen, als er in ihr Haar griff und sie zwang, zu ihm aufzuschauen. Er wollte, daß sie schrie, das wußte Matilda, daß sie ihn anflehte, ihr nicht weh zu tun, aber diese Genugtuung würde sie ihm nicht schenken – mochte er sie noch so sehr quälen.

Sein Atem stank, und sein Mund war nur wenige Zoll von ihrem Gesicht entfernt. Seine Stimme war ein leises, bedrohliches Schnarren. »Was auf Churinga passiert, geht niemanden etwas an. Verstanden? Wenn du noch mal ausreißt, bring' ich dich um.«

Matilda wußte, daß dies keine leere Drohung war. Sie senkte den Blick und bemühte sich, nicht zusammenzuzucken, als seine Finger ihr noch fester ins Haar griffen.

»Sieh mich an!« knurrte er.

Sie raffte ihren letzten Mut zusammen und starrte ihm ins Gesicht.

»Niemand wird dir glauben. Ich bin ein Held, verstehst du, und ich habe einen Orden, der es beweist.«

Matilda schaute ihm in die Augen, und ihr war, als sehe sie hinter seinen Drohungen noch etwas anderes – konnte es Angst sein? Unmöglich. Denn seine Worte hatten den Klang der Wahrheit, und in diesem Augenblick wußte sie, daß sie wirklich allein war.

EINS

Sydney schmorte in der Hitze, und die anmutig geschwungenen weißen Segel des neuen Opernhauses schimmerten kühl vor den dunklen Eisenstreben der Harbour Bridge. Circular Key war ein Kaleidoskop von Farben; es wimmelte von Menschen, und auf dem Wasser herrschte ein reger Verkehr von Schiffen und Booten in allen Größen und Formen. Australien feierte, wie man es nirgends besser konnte, und in den schmalen Straßen der aufstrebenden Metropole herrschte lärmendes Treiben. Jenny hatte sich angeschaut, wie die Queen das Opernhaus eröffnete; sie war aus Neugier hingegangen und um die Stunden eines weiteren langen Tages auszufüllen. Aber die Schwärme von Menschen, die sich mit ihr auf dem sonnenüberfluteten Kai drängten, hatten ihr nicht geholfen, das Gefühl der Isolation zu vertreiben, und so war sie nach Hause zurückgefahren, sobald die Feierlichkeiten vorbei waren, zurück in ihr Haus im nördlichen Vorort Palm Beach.

Jetzt stand sie auf dem Balkon und umklammerte das Geländer mit der gleichen Verzweiflung, mit der sie sich in den letzten sechs Monaten der Trauer an die Trümmer ihres Lebens geklammert hatte. Der Tod ihres Mannes und ihres Kindes war nicht sanft gekommen, nicht so, daß sie Zeit gehabt hätte, sich vorzubereiten, die Worte zu sagen, die hätten gesagt werden sollen, sondern mit einer obszönen Schnelligkeit, eine Springflut, die alles fortgeschwemmt und sie gestrandet zurückgelassen hatte. Das Haus erschien ihr zu groß, zu leer, zu still. Und in jedem Zimmer fand sich eine Erinnerung daran, wie es einmal gewesen war. Aber ein Zurück gab es nicht, und kein Erbarmen. Sie waren fort.

Der Pazifik glitzerte in der Sonne, seine Reflexe spiegelten sich in den Fenstern der am Hang gelegenen eleganten Villen mit Meerblick; die leuchtendvioletten Köpfe der Bougainvilleen nickten vor den weißen Stuckwänden des Hauses. Peter hatte sie gepflanzt, weil sie die gleiche Farbe wie ihre Augen hatten, und jetzt konnte sie es kaum ertragen, sie anzuschauen. Aber was ihr den Verlust besonders schwer erträglich machte, war der Anblick der Kinder, die am Rand des Wassers planschten. Der zweijährige Ben hatte das Wasser geliebt.

»Ich dachte mir, daß ich dich hier finden würde. Warum bist du einfach weggelaufen? Du hast mir einen Schrecken eingejagt, Jen.«

Sie drehte sich um, als sie Dianes sanfte Stimme hörte. Ihre Freundin stand in der Tür, wie immer in einen Kaftan gehüllt; ihre dunklen Locken waren mit einem Seidentuch zusammengebunden. »Tut mir leid. Ich wollte dich nicht ängstigen, aber nachdem ich mich sechs Monate selbst eingesperrt habe, waren mir der Lärm und das Gedränge in der Stadt einfach zuviel. Ich mußte weg.«

»Du hättest sagen können, daß du gehen wolltest. Ich wäre mitgekommen.«

Jenny schüttelte den Kopf. »Ich mußte ein Weilchen allein sein, Diane. Mich vergewissern, daß …«

Sie konnte den Satz nicht zu Ende bringen, konnte die aberwitzige Hoffnung nicht in Worte fassen, die sie jedesmal erfüllte, wenn sie das Haus verließ. Denn sie kannte ja die Wahrheit, hatte gesehen, wie die Särge in die Erde gesenkt wurden. »Es war ein Fehler. Das weiß ich jetzt.«

»Kein Fehler, Jen. Nur die Bestätigung deiner schlimmsten Befürchtungen. Aber das wird besser. Ich versprech's dir.«

Jenny betrachtete sie voller Zuneigung. Die exotische Kleidung, der grelle Schmuck und das dicke Make-up verbargen ein weiches Herz, dessen Existenz Diane vehement geleugnet hätte. Aber Jenny kannte sie schon zu lange, um sich noch etwas vormachen zu lassen. »Woher weißt du soviel darüber?«

Trauer flackerte in Dianes braunen Augen auf. »Vierundzwanzig Jahre Erfahrung«, sagte sie trocken. »Das Leben kann gemein sein, aber wir beide haben es so lange überlebt, also laß dir bloß nicht einfallen, mich jetzt hängenzulassen.«

Das Kaleidoskop ihres Lebens funkelte in Jennys Erinnerung auf, als sie sich umarmten. Sie hatten sich im Waisenhaus von Dajarra kennengelernt, zwei kleine Mädchen mit der inbrünstigen Hoffnung, ihre Eltern zu finden. Als dieser Traum zerplatzt war, hatten sie sich einen neuen geschaffen und dann noch einen.

»Weißt du noch, wie wir damals nach Sydney runterkamen? Wir hatten so viele Pläne. Wieso ist alles schiefgegangen?«

Diane löste sich behutsam aus der Umarmung; ihre silbernen Armreifen klingelten, als sie Jenny das lange braune Haar aus dem Gesicht strich. »Garantien gibt es nie, Jen. Es hat keinen Sinn, über das Schicksal zu grübeln.«

»Aber es ist nicht fair!« explodierte Jenny, und endlich besiegte der Zorn ihren Jammer.

»Stimmt«, sagte Diane mit unergründlicher Miene. »Aber leider können wir daran nichts ändern.« Sie packte Jenny mit kräftigen Fingern beim Arm. »Laß es raus, Jen! Werde wütend, weine, schrei die Welt an und alles, was drin ist, wenn du dich dann besser fühlst. Denn du tust dir keinen Gefallen, wenn du dich davon auffressen läßt.«

Jenny kämpfte mit sich selbst, als sie sich abwandte und über die Bucht hinaus schaute. Es wäre ein leichtes gewesen, zu toben und den Tränen und Vorwürfen freien Lauf zu lassen; aber es mußte einen Teil ihres Lebens geben, den sie unter Kontrolle hatte, und diese erzwungene Ruhe war der einzige Schutz, den sie noch besaß.

Diane schob ihre langen Ärmel zurück, zündete sich eine Zigarette an und beobachtete die innere Schlacht, die sich auf Jennys Gesicht widerspiegelte. Ich wünschte, ich könnte etwas tun oder sagen, um diese mächtige Mauer des Widerstands einzureißen, die sie immer aufbaut, wenn sie verletzt ist, dachte sie; aber wie ich Jenny kenne, wird sie schon wieder vernünftig werden, wenn sie soweit ist. So war es ihr Leben lang gewesen, und Diane sah nicht, warum es in diesem Fall anders sein sollte.

Ihre Gedanken wanderten zurück zum Waisenhaus und zu dem schweigsamen, eigenbrötlerischen kleinen Mädchen, das fast nie weinte, mochte es noch so sehr leiden. Jenny hatte man immer für die Stärkere von ihnen beiden gehalten. Bei ihr gab es keine Wutanfälle und

Tränen, kein Toben über das, was das Leben ihnen auftischte, aber Diane wußte, daß sich hinter dieser Fassade der Stärke ein weicher, ängstlicher Kern verbarg, dem Schmerz nichts Fremdes war, denn wie sonst hätte die Freundin ihr durch die Hölle helfen können, nachdem man ihr mitgeteilt hatte, daß sie keine Kinder bekommen konnte? Wie hätte sie sonst verstehen können, welche Qualen Diane litt, als David sie am Traualtar versetzt hatte, um mit einem fruchtbaren Flittchen durchzubrennen, das er im Büro kennengelernt hatte?

Diane drückte die Zigarette aus, als die alte Wut wieder an die Oberfläche kam. Zwei Jahre und eine Menge harte Arbeit im Studio hatten ihrem Zorn den Stachel genommen, aber bis dahin waren viele Tränen geflossen, und die hatten zum Heilungsprozeß dazugehört. Damit mußte auch Jenny sich abfinden, wenn sie eine Zukunft haben wollte.

Die Frustration darüber, daß sie nicht an Jenny herankam, ließ sie rastlos werden. Eigentlich sollte sie in der Galerie sein, die ihnen beiden gehörte, und Andy dabei helfen, ihre Skulpturen für die bevorstehende Ausstellung zu positionieren, aber es widerstrebte ihr wegzugehen, bevor sie sicher sein konnte, daß mit Jenny alles in Ordnung war.

Jenny wandte sich vom Balkongeländer ab, und die violetten Augen in ihrem blassen Gesicht waren unergründlich. »Ich nehme an, du willst die Bilder.« Ihre Stimme war tonlos, ihre Empfindungen streng beherrscht.

»Die Ausstellung ist erst in einem Monat, und ich weiß schon, wie ich sie hängen will. Das hat noch ein Weilchen Zeit.« Wie zum Teufel kann sie nur so ruhig sein? dachte sie. Wenn mein Mann kürzlich gestorben wäre und das Baby mitgenommen hätte, ich würde die Wände hochgehen, verflucht, und nicht an irgendwelche Kunstausstellungen denken.

»Ich habe sie schon verpackt. Sie stehen im Studio.« Jenny warf einen kurzen Blick auf die Uhr. »Ich muß los.«

Diane sah sie verblüfft an. »Los? Wohin? Heute ist alles geschlossen.«

»Zum Anwalt. John Wainwright will ausführlicher über bestimmte Aspekte von Petes Testament sprechen.«

»Aber das Testament ist seit mehr als sechs Monaten rechtskräftig. Was zum Teufel will er da noch besprechen?«

Jenny zuckte die Achseln. »Das wollte er mir am Telefon nicht sagen, aber es hat etwas damit zu tun, daß ich gestern fünfundzwanzig geworden bin.«

»Ich komme mit.« Dianes Besorgnis wegen der unnatürlichen Ruhe ihrer Freundin ließ ihre Stimme besonders schneidend klingen.

»Das brauchst du nicht. Aber tu mir einen Gefallen, Diane. Nimm die Bilder mit. Im Augenblick kann ich Andy nicht ertragen – und die Galerie auch nicht.«

Diane sah den Geschäftsführer der Galerie plötzlich scharf umrissen vor sich. Der effeminierte Andy neigte dazu, beim kleinsten Mißgeschick aus der Haut zu fahren, aber abgesehen von seinen Tobsuchtsanfällen war er unentbehrlich. Er kümmerte sich Tag für Tag um die Galerie und gab Jenny und Diane die Freiheit, sich kreativ zu betätigen. »Er ist ein großer Junge, Jenny. Er wird allein zurechtkommen müssen«, sagte sie entschlossen.

Jenny schüttelte den Kopf, und ihr glänzendes Haar schwang über die Schultern. »Ich gehe lieber allein, Diane. Bitte hab' Verständnis.«

Diane hob ihre Schultertasche auf. Es hatte keinen Sinn, zu widersprechen, wenn Jenny so war. »Ich wünschte nur, du würdest dir mehr von mir helfen lassen«, brummte sie.

Jenny legte ihr eine kalte Hand auf den Arm; die Nägel waren abgekaut, die Finger fleckig von Ölfarbe. »Ich weiß, Darling, und du hast mir ja geholfen. Aber ich bin auch schon groß, genau wie Andy, und es wird Zeit, daß ich auf eigenen Füßen stehe.«

Jenny steuerte den klapprigen Holden den steilen Hang hinunter auf die Hauptstraße. Palm Beach lag an der Küste, am Nordrand des Großraums Sydney, aber obwohl es nur eine Stunde von der Harbour Bridge entfernt war, lag es doch in einer anderen Welt als die City mit ihrem geschäftigen Treiben und den bunten Lichtern. Stille Buchten beherbergten Segelboote, und in den baumgesäumten Straßen fanden sich teure Boutiquen und behagliche kleine Restaurants. Die Gärten waren eine Pracht von Farben und grünblättrigem Schatten, und die Häuser mit Blick auf die Buchten waren von jener zurückhaltenden Eleganz, wie sie nur durch Geld zustande kam. Trotz ihrer Stimmung empfand

Jenny unwillkürlich einen gewissen Frieden. Normalerweise liebte sie den Trubel der Großstadt, aber das entspannte maritime Flair der nördlichen Vorstadt war ihre Rettung geworden.

Windsor lag schlaftrunken in der Hitze des Hawkesbury Valley, eines etwa fünfunddreißig Meilen nördlich von Sydney gelegenen Tals. Die Häuser waren überwiegend holzverschalt und mit Terrakotta gedeckt, und sie standen im Schatten großer Eukalyptusbäume. Es war ein Pionierstädtchen, gegründet zu Gouverneur Macquaries Zeiten, und dieses Erbe war sichtbar in der Kolonialarchitektur des Gerichts und der St.-Matthew's-Kirche.

Jenny parkte am Stadtrand, und sie blieb eine ganze Weile im Wagen sitzen und schaute aus dem Fenster, ohne etwas zu sehen; sie brauchte Zeit, um sich zu sammeln, bevor sie John Wainwright wieder gegenübertrat.

Die erste Verlesung des Testaments war vergangen, ohne daß ihr klar geworden war, wie es sich auf sie auswirken würde. Der Verlust war zu frisch, zu plötzlich gewesen; sie hatte von einem Tag zum anderen in einem schützenden Vakuum gelebt, in dem nichts sie anrühren konnte. Sie hatte Dinge über ihren toten Mann erfahren, die sie nicht zur Kenntnis nehmen wollte; sie hatte sie beiseite geschoben und gehofft, daß sie sich schon irgendwie erklären würden, wenn man sie lange genug unbeachtet ließe.

Aber jetzt würde sie sich ihnen vermutlich stellen müssen; sie mußte die Dinge, die er getan hatte, hinterfragen und sie sich deutlich vor Augen führen, um damit umgehen zu können.

Nach dem Auftauchen aus ihrem tranceähnlichen Zustand war es schwer, sich damit abzufinden, daß das Leben trotz der Tragödie weitergegangen war. Peter war der Fels gewesen, auf dem sie das Fundament ihres Erwachsenenlebens errichtet hatte. Er war gescheit und erfindungsreich gewesen, hatte an ihr Talent geglaubt und sie dazu ermutigt, ihre Gemälde auszustellen. Aber sein eigener Traum, aufs Land zurückzukehren, hatte sich nie erfüllt. Er war zu sehr damit beschäftigt gewesen, in der Bank zu arbeiten und seiner Familie ein Heim zu schaffen, als daß er Zeit für Träume gehabt hätte.

Und doch hatte sein Testament eine andere Seite seiner selbst zum

Vorschein gebracht. Eine ganz fremde Seite des Mannes, den sie gekannt und geliebt hatte.

Jenny seufzte. Wenn sie doch nur nicht so sicher gewesen wären, daß die Zeit auf ihrer Seite war! Wenn Peter doch nur ehrlich zu ihr gewesen wäre und ihr von dem vielen Geld erzählt hätte, das er beiseite gelegt hatte – und wenn er es benutzt hätte, um die Träume zu erfüllen, die sie gemeinsam hatten. Denn was nutzte ein Vermögen, wenn sie es nicht zusammen ausgeben konnten?

Sie starrte in die Ferne. Diane wußte nichts von dem Testament, aber vielleicht wäre es besser gewesen, mit ihr darüber zu sprechen und festzustellen, ob ihre Freundin Peter vielleicht in einem anderen Licht gesehen und womöglich geahnt hatte, was er da trieb. Aber woher hätte Diane etwas wissen sollen? überlegte sie bei sich. Ehen wurden hinter geschlossenen Türen geführt, und wenn das Zusammenleben mit Peter ihr den wahren Menschen nicht offenbart hatte, wie konnte sie dann erwarten, daß Diane besser Bescheid wußte?

Sie sah auf die Uhr und stieg aus. Es war Zeit zu gehen.

Die Anwaltskanzlei Wainwright, Dobbs und Steel befand sich in einem soliden viktorianischen Haus, in dessen Mauern sich der Schmutz der Jahre eingegraben hatte. Jenny blieb stehen und atmete tief durch. Selbstbeherrschung war das A und O. Ohne sie würde ihre Welt zerbrechen, und sie wäre verloren.

Mit gleichmäßigen Schritten stieg sie die kurze Treppe hinauf und stieß die schwere Tür auf. Drinnen war es trotz der großen Kronleuchter düster; die Gebäude ringsum hielten das Licht des australischen Sommers ab. Aber der Marmorboden und die steinernen Säulen verliehen dem Haus eine angenehme Kühle, die ihr nach der Hitze im Park sehr willkommen war.

»Jennifer?«

John Wainwright war ein kleiner, rundlicher, vorzeitig kahl gewordener Engländer mit einer randlosen Brille, die auf halber Höhe der Nase saß. Die Hand, die er ihr reichte, war zart wie die einer Frau, seine Finger waren unberingt und schmal zulaufend, die Nägel makellos manikürt. Er arbeitete seit Jahren als Anwalt für Peters Familie, aber Jenny hatte sich eigentlich nie so recht für ihn erwärmen können.

Sie folgte ihm in sein düsteres Büro und setzte sich in einen glänzenden Ledersessel. Ihr Puls raste, und sie verspürte das starke Bedürfnis, wieder aufzustehen und hinauszulaufen. Sie wollte nichts hören, wollte nicht glauben, daß Peter Geheimnisse gehabt hatte. Aber sie wußte, wenn sie alles verstehen wollte, mußte sie bleiben.

»Ich bedauere, daß ich so hartnäckig sein mußte, meine Liebe. Das alles muß höchst betrüblich für Sie sein.« Er polierte seine Brille mit einem sehr weißen Taschentuch, und seine kurzsichtigen grauen Augen blickten seelenvoll.

Jenny betrachtete den grauen Nadelstreifenanzug, den steifen Hemdkragen und die diskret gemusterte Krawatte. Nur ein Engländer konnte mitten im australischen Hochsommer solche Kleidung tragen. Sie zwang sich zu einem höflichen Lächeln und faltete die Hände im Schoß. Ihr Baumwollkleid klebte bereits am Rücken. Es gab hier keine Klimaanlage, kein offenes Fenster, und unter der Decke summte eine Fliege. Sie fühlte sich eingesperrt. Erstickt.

»Es wird nicht lange dauern, Jennifer.« Er nahm eine Kanzleiakte zur Hand und schnürte das rote Band auf. »Aber ich muß sicher sein, daß Sie Peters Testament in seiner ganzen Bedeutung verstanden haben.«

Er beäugte sie über seine Brille hinweg. »Ich nehme nicht an, daß Sie bisher alles ganz verdaut haben, und es gibt noch weitere Dinge, die erörtert werden müssen, nachdem Sie nun fünfundzwanzig geworden sind.«

Jenny verlagerte ihr Gewicht in dem unbequemen Ledersessel und schaute zu der Wasserkaraffe auf seinem Schreibtisch hinüber. »Könnte ich bitte etwas zu trinken bekommen? Es ist sehr warm hier.«

Er lachte; es war ein angespanntes, sprödes kleines Lachen von nervösem Humor. »Ich dachte, Australier wären immun gegen die Hitze.«

Aufgeblasener Idiot, dachte sie, als sie trank. »Danke.« Sie stellte das Glas auf den Schreibtisch; ihre Hand zitterte so sehr, daß sie es beinahe fallen gelassen hätte. »Können wir fortfahren?«

»Gewiß, meine Liebe.« Er schob sich die Brille auf der Nase nach oben, hob die Hände unters Kinn und legte die Fingerspitzen zusammen, während er das Dokument überflog. »Wie ich Ihnen schon gesagt habe, Ihr Gatte hat sein Testament vor zwei Jahren nach der Geburt Ihres Sohnes aufgesetzt. Es gibt mehrere später hinzugefügte Kodizille, die durch die jüngst erlittene Tragödie berührt werden, aber im Kern bleibt alles beim alten.«

Er schaute auf, nahm die Brille ab und polierte sie von neuem. »Wie kommen Sie zurecht, meine Liebe? Eine so tragische Geschichte! Es kann nicht leicht sein, sie beide auf diese Weise zu verlieren.«

Jenny dachte daran, wie der Polizist an jenem schrecklichen Morgen vor der Tür gestanden hatte. Dachte an die Embolie, die Peter so unverhofft und mit so tödlicher Sicherheit ereilt hatte. Mit einem einzigen grausamen Schlag hatte sie ihre ganze Familie ausgelöscht und ihr nur die zerfetzten Trümmer des Autos hinterlassen, die sie aus dem Graben unterhalb der heimwärts führenden Küstenstraße gezogen hatten.

Sie waren zwanzig Minuten von ihr entfernt gewesen, und sie hatte es nicht gewußt, hatte nichts gespürt, bis die Polizei gekommen war. Wie war das möglich? fragte sie sich zum hundertsten Mal. Wie konnte es sein, daß eine Mutter den Tod ihres Kindes nicht spürte, eine Ehefrau nicht ahnte, daß nicht alles in Ordnung war?

Sie drehte den Verlobungsring an ihrem Finger und betrachtete den Diamanten, der im Licht funkelte. »Es geht schon«, sagte sie leise.

Er musterte sie ernst; dann nickte er und wandte sich wieder seinen Papieren zu. »Wie Sie bereits wissen, war Peter ein gewiefter Investor. Er verwandte große Sorgfalt darauf, sein Vermögen für seine Familie zu sichern, und hat eine ganze Reihe von Treuhandschaften und Versicherungen abgeschlossen.«

»Das ist es, was ich nicht so recht verstehe«, unterbrach sie ihn. »Peter hat in einer Bank gearbeitet und hatte dort ein paar Aktien, aber abgesehen von dem Haus, das mit Hypotheken belastet ist, und der Beteiligung an der Galerie hatten wir praktisch kein Vermögen, geschweige denn überschüssiges Bargeld für Börsenspekulationen. Woher kam denn das viele Geld?«

»Die Versicherung hat die Hypotheken getilgt, und seine Beteiligung an der Galerie fällt an Sie und Diane zurück. Was das Kapital angeht, mit dem er an der Börse war, so läßt es sich mit seinen klug angelegten Immobiliengeschäften erklären.«

Jenny dachte an die lange Liste von Immobilien, die sie bekommen hatte. Peter hatte überall an der Nordküste Häuser gekauft, als die Marktpreise in den Keller gefallen waren; er hatte sie sanieren lassen und wieder verkauft, als die Preise gestiegen waren, und sie hatte davon keine Ahnung gehabt. »Aber dazu brauchte er doch Geld«, wandte sie ein.

Der Anwalt nickte und wandte sich seiner Akte zu. »Er hatte ein beträchtliches Hypothekendarlehen aufgenommen und Ihr Haus damit belastet, um die ersten Immobilien zu kaufen; als er sie wieder veräußert hatte, hat er mit dem Erlös den Rest finanziert.«

Sie dachte an das hohe Guthaben auf ihrem Bankkonto und daran, wie sie jahrelang gespart und jeden Penny umgedreht hatten, um ihre Rechnungen zu bezahlen. »Er hat mir nie irgend etwas davon erzählt«, sagte sie leise.

»Ich nehme an, er wollte Sie mit finanziellen Dingen nicht belasten«, sagte der Anwalt mit gönnerhaftem Lächeln.

Sie musterte ihn kühl und wechselte das Thema. »Was hat das alles mit meinem Geburtstag zu tun?«

John Wainwright suchte in den Papieren auf seinem Schreibtisch und nahm eine andere Mappe zur Hand. »Dies war Peters spezielle Verfügung – nur für Sie. Er wollte sie Ihnen an Ihrem Geburtstag präsentieren, aber …«

Sie beugte sich vor. Ungeduld und Angst waren ein seltsamer Cocktail. »Was ist es?«

»Es ist die Besitzurkunde zu einer Schafzuchtfarm.«

Das verschlug ihr die Sprache, und sie ließ sich in den Sessel zurücksinken. »Ich glaube, das sollten Sie mir erklären«, sagte sie schließlich.

»Es ist eine Farm, die vor etlichen Jahren von den Eigentümern aufgegeben wurde. Ihr Mann sah dort die Gelegenheit, sich einen Traum zu erfüllen, den Sie, glaube ich, beide hegten, und er ergriff sie beim Schopf.« Wainwright lächelte. »Er war ganz aufgeregt. Es sollte eine Überraschung werden – an Ihrem fünfundzwanzigsten Geburtstag. Ich habe geholfen, die bürokratische Seite zu regeln und so weiter. Außerdem habe ich einen Vertrag für den Verwalter aufgesetzt, der auf dem Anwesen bleiben und sich darum kümmern sollte, bis Sie und Peter es in Besitz nähmen.«

Jenny verlor sich in Gedanken; sie hatte Mühe, das alles aufzunehmen. Das Ticken der Uhr erfüllte die Stille, während sie ihre Gedanken mühsam in eine gewisse Ordnung brachte. Allmählich fügte sich das Bild ineinander. Peter hatte ihr gesagt, ihr nächster Geburtstag werde ganz gewiß unvergeßlich werden, aber er hatte ihr die geheimen Pläne, die er offensichtlich schmiedete, nicht offenbaren wollen. Und jetzt das! Es überstieg ihre wildesten Träume. Es war beinahe unfaßbar.

»Warum haben Sie mir bei der Testamentseröffnung nichts davon gesagt?«

»Weil es den Anweisungen Ihres Gatten zufolge erst an Ihrem Geburtstag geschehen durfte«, antwortete er nüchtern. »Und für Wainwright, Dobbs und Steel ist der Wunsch des Klienten Gesetz.«

Jenny schwieg. Das alles kam zu spät. Es war unmöglich, ihren Traum jetzt noch zu verwirklichen – nicht, wenn sie es allein tun mußte. Aber ihre Neugier war geweckt.

»Erzählen Sie mir von der Farm, John. Wo liegt sie?«

»In der Nordwestecke von New South Wales. ›Back of Bourke‹, wie die Australier es ausdrücken. Und so abgelegen im Outback, wie es nur möglich ist. Der Name des Anwesens ist Churinga; wie ich aus zuverlässiger Quelle erfahren habe, ist das ein Wort der Aborigines für ›heiliger Zauber‹ oder ›Amulett‹.«

»Und wie hat er die Farm gefunden? Was hat ihn veranlaßt, sie zu kaufen? Was ist an diesem Churinga so Besonderes?«

Er betrachtete sie eine ganze Weile, und als er schließlich sprach, hatte Jenny den Eindruck, daß er mit etwas hinter dem Berg hielt. »Churinga befand sich zufällig im Immobilien-Portfolio unserer Kanzlei. Die ursprünglichen Eigentümer hatten uns anheimgestellt, es weiterzuführen, bis wir es für angebracht hielten, es zu verkaufen. Peter war zufällig im richtigen Moment am richtigen Ort.« Er lächelte. »Er wußte, wann sich eine Gelegenheit bot. Churinga ist ein guter Besitz.«

Die Stille lastete schwer, und das Ticken der Uhr markierte den Gang der Zeit, während sie darauf wartete, daß er ihr mehr erzählte.

»Mir ist klar, daß es ein gewisser Schock für Sie sein muß, Jennifer, und ich bitte um Entschuldigung dafür, daß ich es Ihnen nicht schon eher gesagt habe. Aber ich war Peter gegenüber verpflichtet, seinen Wünschen nachzukommen.«

Jenny wußte, daß die Entschuldigung ehrlich gemeint war, und nickte. Offensichtlich konnte er ihr nichts weiter erzählen, aber ihre Neugier war noch nicht befriedigt.

»Ich schlage vor, Sie denken ein Weilchen darüber nach; in ein paar Wochen kommen Sie wieder her, und dann besprechen wir, was Sie mit Ihrem Erbe anzufangen gedenken.« Er lächelte sein kühles kleines Lächeln. »Wir können Ihnen selbstverständlich helfen, die Farm zu veräußern, wenn Sie sie nicht übernehmen möchten. Ich kenne mehrere Investoren, die sich darauf stürzen würden, wenn sie auf den Markt käme. Die Wollpreise stehen im Augenblick gut, und Churinga ist ein profitabler Zuchtbetrieb.«

Jenny hatte das alles immer noch nicht ganz verdaut, aber die Vorstellung, die Farm zu verkaufen, bevor sie auch nur einen Blick darauf geworfen hätte, paßte ihr nicht. Gleichwohl war sie noch nicht bereit, ihre Bedenken zu äußern. John hatte recht. Sie brauchte Zeit zum Nachdenken.

John Wainwright zog seine Taschenuhr aus der Weste. »Ich würde Ihnen raten, Churinga zu verkaufen, Jennifer. Das Outback ist keine Gegend für eine junge Frau, und wie ich höre, liegt die Farm sehr einsam. Für Frauen ist das Leben dort nicht leicht, besonders nicht, wenn sie an die Großstadt gewöhnt sind.«

Er beäugte ihre zierlichen Sandalen mit den Stilettabsätzen und das teure Baumwollkleid. »Es ist immer noch eine Männerwelt, die Schafzucht in Australien, aber vermutlich wissen Sie das bereits.«

Sie hätte beinahe gelächelt. Die Jahre, die sie in Dajarra und Waluna gelebt hatte, waren offenbar spurlos an ihr vorübergegangen. »Ich werde es mir überlegen«, sagte sie.

»Wenn Sie mir nur diese Papiere unterschreiben würden, womit Sie bestätigen, daß Sie diese letzte Verfügung zur Kenntnis genommen haben? Das brauchen wir für unsere Unterlagen.«

Sie überflog das Juristenlatein, konnte sich aber keinen rechten Reim darauf machen. Ihre Unterschrift auf dem Papier war noch nicht trocken, als er ihr eine zweite Akte vorlegte.

»Das ist eine Kopie des Aktiendepots Ihres Gatten; ich habe mit der Bank vereinbart, daß Sie die Einkünfte daraus erhalten. Wenn Sie nur das hier unterschreiben würden – hier, hier und hier –, dann kann ich ein Konto einrichten.«

Jenny gehorchte. Es war, als sei ihr Autopilot eingeschaltet; sie hatte die Lage nicht mehr in der Hand und fühlte sich wie vor einem Zusammenbruch. Sie mußte hinaus aus der bedrängenden Atmosphäre dieses Büros, hinaus in die Sonne. Sie brauchte Zeit, um nachzudenken und die Neuigkeiten dieses außergewöhnlichen Nachmittags zu verdauen.

»Ich werde in drei Wochen einen Termin mit Ihnen vereinbaren. Bis dahin dürften Sie eine Vorstellung von dem haben, was Sie mit Churinga anfangen wollen.«

Mit gemischten Gefühlen trat sie hinaus auf die Straße. Verwirrung, Trauer und Neugier waren eine schwindelerregende Mischung, und als sie durch den Park zurückging, versuchte sie sich die Farm im Outback vorzustellen. Wahrscheinlich war sie wie hundert andere auch – aber trotzdem etwas Besonderes, weil Peter sie für sie gekauft hatte.

»Churinga«, flüsterte sie und erprobte, wie sich das Wort auf der Zunge und in Gedanken anfühlte. So alt wie die Zeit, magisch und mysteriös. Ein Frösteln der Erwartung überlief sie. Magie gab es nicht, nicht in der wirklichen Welt, aber vielleicht könnte sie im Outback Trost finden.

Diane wußte sofort, daß etwas nicht stimmte, als Jenny die Galerie betrat. Ein beiläufiger Beobachter hätte nur die langen braunen Beine bemerkt, die schmalen Hüften, die mühelose, beiläufige Anmut, mit der sie sich bewegte, und die verblüffenden violetten Augen. Aber Diane kannte Jenny zu gut.

Sie wandte sich an Andy, der nonchalant mit einem Staubbesen über eine Skulptur wedelte. »Du kannst ruhig gehen. Wir haben für heute getan, was wir konnten.«

Andy zog die Brauen hoch und schaute zu Jenny hinüber, ehe sein Blick zu Diane zurückkehrte. »Mädchengespräche, wie? Na, ich weiß, wann ich überflüssig bin; also sage ich *ciao*.«

Diane sah ihm nach, als er hüftschwenkend ins Hinterzimmer verschwand; dann ging sie zu Jenny und gab ihr einen Kuß auf die Wange.

Jenny fühlte sich kalt an und zitterte ein bißchen, aber ihre Augen glänzten fiebrig.

»Du wirst nie erraten, was passiert ist«, sagte sie atemlos.

Diane legte warnend einen Finger an die Lippen. »Die Wände haben Ohren, Darling.«

Beide drehten sich um, als Andy wieder aus dem Hinterzimmer kam, das Jackett über der Schulter. Das pinkfarbene Hemd und die ausgestellte Hose waren makellos wie immer, und das goldene Medaillon blinkte auf der gleichmäßig gebräunten Brust, aber seine Augen waren schmal vor Neugier.

»*Good-bye*, Andy«, riefen die beiden Frauen im Chor.

Geringschätzig hob er das Kinn, riß die Galerietür auf und stürmte die Treppe hinunter zur Straße. Diane schaute Jenny an und kicherte. »Mein Gott, er kann nerven. Schlimmer als eine altjüngferliche Tante.«

»Da wir beide keine altjüngferliche Tante haben, kann ich dazu nichts sagen«, antwortete Jenny ungeduldig. »Diane, wir müssen miteinander reden. Ich habe ein paar gewaltige Entscheidungen zu treffen.«

Diane runzelte die Stirn, als Jenny ein amtlich aussehendes Dokument aus ihrer Schultertasche zog. »Petes Testament? Ich dachte, damit wäre alles erledigt.«

»Dachte ich auch«, sagte Jenny. »Aber die Sache sieht jetzt anders aus.«

Diane führte sie ins Hinterzimmer und schenkte ihnen beiden ein Glas Wein ein. Dann zündete sie sich eine Zigarette an und ließ sich auf eines der dicken Bodenkissen plumpsen, die sie aus Marokko mitgebracht hatte. »Was bringt dich denn so durcheinander, Jen. Er hat dir doch nicht etwa einen Haufen Schulden hinterlassen, oder?«

Dianes Gedanken überschlugen sich. Wie sie Peter gekannt hatte, wäre so etwas das letzte gewesen, was er getan hätte. Sie hatte noch nie einen so gut organisierten Mann getroffen – aber man wußte ja nie, was passierte, wenn Anwälte und Steuereintreiber die Dinge in die Hand bekamen, und sie wußte ja, daß es finanzielle Engpässe gegeben hatte.

Jenny schüttelte den Kopf und lächelte. Sie zog das Depotverzeichnis, die Urkunden und das Testament aus der Tasche. »Lies das, Diane. Danach können wir uns unterhalten.«

Diane schob die langen Ärmel hoch und überflog die ersten paar

Absätze des Testaments. Es handelte sich um Juristenkauderwelsch, das darauf angelegt war, nicht von jedermann verstanden zu werden. Als ihr die volle Bedeutung dessen, was sie da las, allmählich dämmerte, klappte sie den Mund auf und machte ihn bis zum Schluß nicht mehr zu.

Stumm reichte Jenny den Depotauszug hinüber, und Diane, die von einem alten Boyfriend das eine oder andere über den Aktienmarkt gelernt hatte, war beeindruckt von Peters Investments. »Ich wünschte, ich hätte gewußt, daß er sich mit solchen Sachen beschäftigt. Ich hätte ein paar Tips gebrauchen können. Hier gibt's ein paar gute Sachen.«

»Ich wußte ja gar nicht, daß du spekulierst. Seit wann denn das?«

Diane blickte auf. Die Zigarette verglühte zwischen ihren Fingern. »Seit ich meine erste Skulptur verkauft habe. Der Freund, den ich damals hatte, war Börsenmakler. Ich dachte, das wüßtest du.«

Jenny schüttelte den Kopf. »Seltsam, nicht wahr? Da denkt man, man weiß alles über einen Menschen, und dann passiert etwas, und die komischsten Dinge kommen zum Vorschein.«

»Ich erzähle dir ja auch nicht die schmutzigen Details meines Sexuallebens, aber das bedeutet nicht, daß ich keins habe – oder daß ich irgend etwas zu verbergen habe.« Diane war erbost über sich selbst und über Jenny. Es gab absolut keinen Grund, weshalb Jenny ihr Schuldgefühle einflößen sollte, aber sie tat es – und das ärgerte sie.

Jenny langte herüber, nahm ihr die Zigarette aus den Fingern und drückte sie aus. »Ich werfe dir ja nichts vor, Di. Ich stelle nur eine Tatsache fest: Ich hatte keine Ahnung, daß ihr an der Börse spekuliert habt, du und Pete. Ich hatte keine Ahnung, daß wir soviel Geld hatten. Und das ist es, was mich beunruhigt. Wie konnte er solche Geheimnisse haben, während ich ihm alles erzählt habe? Warum haben wir von der Hand in den Mund gelebt, wenn wir Geld auf der Bank hatten?«

Diane wußte darauf keine Antwort. Sie hatte Pete Sanders gemocht, weil er Jenny und den kleinen Ben offensichtlich angebetet hatte. Und treu war er auch gewesen – im Gegensatz zu diesem Mistkerl David, der so moralisch war wie eine Ratte. Aber Peter hatte immer etwas distanziert gewirkt, wie sie insgeheim zugeben mußte. Da war eine Barriere gewesen, die sie nicht durchbrechen konnte, und das hatte ihre Gefühle für ihn gemäßigt.

Sie wollte etwas sagen, irgendein Klischee anführen, als Jenny ihr die letzte Urkunde herüberreichte. »Was ist das?«

»Petes Überraschungsgeschenk für meinen Geburtstag«, sagte Jenny leise. »Und ich weiß nicht, was ich damit anfangen soll.«

Diane las die Unterlagen durch, und als sie fertig war, saßen die beiden Frauen geraume Zeit schweigend da. Das alles war allzu phantastisch, und sie verstand Jennys Ratlosigkeit. Schließlich räusperte sie sich und zündete sich wieder eine Zigarette an. »Ich weiß nicht, wieso du in Panik gerätst. Du hast Geld auf der Bank, ein schuldenfreies Haus und eine Schafzucht am hinteren Ende von nirgendwo. Wo liegt das Problem, Jen? Ich dachte, das ist es, was du dir immer gewünscht hast.«

Jenny raffte die Dokumente zusammen und rappelte sich aus dem tiefen Kissen hoch. »Ich wünschte wirklich, du würdest mal richtige Stühle anschaffen«, brummte sie und zog sich den kurzen Rock über die Oberschenkel herunter. »Es ist wenig damenhaft, auf dem verdammten Fußboden herumzukrabbeln.«

Diane grinste. Zumindest zeigte Jen wieder den alten Kampfgeist; es tat gut, ihn nach so langer Zeit wieder einmal zu sehen. »Du weichst aus, Jen. Ich möchte wissen …«

»Ich hab's gehört«, fiel Jenny ihr ins Wort. »Es war nur ein Schock für mich, und ich hab's immer noch nicht ganz begriffen. Wieso fahre ich einen vergammelten alten Holden? Wieso hat Pete abends und am Wochenende gearbeitet? Wieso sind wir nie in Urlaub gefahren? Wieso haben wir nie neue Möbel angeschafft?«

Sie fuhr herum, und ihr Gesicht war blaß vor Anspannung. »Ich war mit einem Fremden verheiratet, Diane. Er hat Darlehen auf unser Haus aufgenommen, hat an der Börse spekuliert, hat Immobilien gekauft und verkauft, von denen ich nichts wußte. Was hatte er sonst noch für Geheimnisse?«

Diane sah zu, wie Jenny in ihrer Tasche wühlte, ein Bündel Papier herauszog und ihr damit vor der Nase herumwedelte. Das war gut. Das bedeutete, daß Jenny endlich aus dem dunklen, geheimen Loch hervorkam, in dem sie sich die letzten sechs Monate verkrochen hatte.

»Sieh dir diesen Katalog seiner Investitionen an, Diane«, fauchte sie. »Reihenhäuser in Surry Hills, ein zweistöckiges Objekt in Coogee, ein anderes in Bondi. Die Liste ist endlos. Gekauft, saniert und mit gewaltigem Profit verkauft, für den er dann Aktien erworben hat.« Sie zitterte vor Wut. »Und während er damit beschäftigt war, ein Vermögen zusammenzutragen, habe ich mich abgeplagt, um die verfluchte Stromrechnung zu bezahlen.«

Diane rettete die zerknüllten Blätter und strich sie wieder glatt. »Pete war also ein heimlicher Kapitalist. Er hat doch nur getan, was er für das beste hielt, auch wenn er es hinter deinem Rücken getan hat – und die Farm war etwas, was ihr beide haben wolltet.«

Jennys Zorn schien so schnell zu verebben, wie er aufgelodert war; sie ließ sich wieder auf die Bodenkissen sinken und nagte an einem Fingernagel.

»Rauch eine Zigarette«, sagte Diane und bot ihr entschlossen die schmale, flache Schachtel Craven A an. »Du hattest wunderschöne Fingernägel, bevor du es dir abgewöhnt hast.«

Jenny schüttelte den Kopf. »Wenn ich wieder anfange, höre ich nie mehr auf. Außerdem sind Fingernägel billiger als Zigaretten.« Sie lächelte dünn und nippte an ihrem Wein. »Jetzt bin ich wohl kurz ausgerastet, wie? Aber mir scheint alles außer Kontrolle zu geraten, und manchmal frage ich mich, ob ich von alldem nicht einfach verrückt werde.«

Diane lächelte. Ihre silbernen Armreifen klimperten. »Künstler sind immer Verrückte, zumindest solche wie du und ich, mein Mädchen. Aber ich werde dir Bescheid sagen, wenn du endgültig durchdrehst, und dann werden wir uns zusammen in die Tiefen des Wahnsinns stürzen.«

Da mußte Jenny lachen, und auch wenn ein hysterischer Unterton darin lag, war es gut zu hören.

»Und was wirst du mit dieser Farm anfangen?«

Jenny runzelte die Stirn und biß sich auf die Unterlippe. »Ich weiß es nicht. Im Moment gibt es dort einen Verwalter, aber John Wainwright hat vorgeschlagen, ich soll sie verkaufen.« Sie schaute auf ihre Finger, und ihr volles braunes Haar fiel wie ein Schleier über ihr Gesicht, so daß Diane ihren Ausdruck nicht sehen konnte. »Ohne Pete wäre es nicht das gleiche, und ich verstehe sehr wenig von Schafen und noch viel weniger davon, wie man einen Zuchtbetrieb führt.«

Diane beugte sich interessiert vor. Vielleicht war Churinga genau das richtige, um Jenny aus ihrem Elend zu reißen und ihr Gelegenheit zu geben, sich auf etwas anderes zu konzentrieren. »Aber sie haben uns zu den Pflegeeltern nach Waluna gegeben, und du hast es liebgewonnen wie ein Dingo ein Hühnchen. Du könntest den Verwalter behalten und wie eine Landadlige leben.«

Jenny zuckte die Achseln. »Ich weiß nicht, Diane. Ich fühle mich versucht, hinzufahren und mir die Farm anzusehen, aber ...«

»Kein Aber.« Dianes Geduld war zu Ende. Diese verdrossene, hilflose, diese zaudernde, Ausflüchte suchende Jenny war ihr neu. »Bist du denn kein bißchen neugierig? Willst du die Überraschung nicht sehen, die Pete für dich gekauft hat?« Sie bemühte sich, ruhig zu bleiben. »Ich weiß, daß es nicht mehr das gleiche sein wird, wenn er und Benny nicht mehr dabei sind, aber es könnte deine Chance sein, für ein Weilchen aus allem herauszukommen, das Haus in Palm Beach und alle Erinnerungen, die damit verbunden sind, hinter dir zu lassen. Nimm es als Abenteuer! Als einen etwas anderen Urlaub.«

»Was ist mit der Ausstellung und mit dem Parramatta-Auftrag, den ich noch nicht fertiggestellt habe?«

Diane nahm einen tiefen Zug von ihrer Zigarette. »Die Ausstellung wird stattfinden müssen, denn wir haben schon viel Arbeit reingesteckt. Damit werden Andy und ich aber fertig, und deine Landschaft ist doch auch fast vollendet.« Sie musterte Jenny ernst und feierlich. »Du siehst, es gibt eigentlich keine Ausrede. Du mußt hinfahren. Pete würde es so gewollt haben.«

Jenny ließ sich von Diane zu einem späten Abendessen in Kings Cross überreden. Es war ein kurzer Fußweg von der Galerie ins Herz des Künstlerviertels von Sydney, eine Lieblingsgegend der beiden. Neonlichter blinkten und blitzten, Musik schallte aus den Bars und Stripclubs, und das Publikum war so bizarr und extravagant wie immer, aber Jenny war nicht in der Stimmung, sich entspannt zurückzulehnen und alles auf sich wirken zu lassen, wie sie es sonst zu tun pflegte. Die Lichter waren zu grell, die Musik zu schrill, und die Huren und umherstolzierenden Exhibitionisten kamen ihr schmuddelig vor. Sie beschloß, nicht mit Diane zurückzugehen, sondern gleich die einstündige Heimfahrt zum eigenen Haus anzutreten.

Es war ein wundervolles, dreigeschossiges Haus an einem Hang mit Blick über die Bucht, und sie hatten Glück gehabt, daß sie es so billig bekommen hatten. In den ersten paar Jahren, bevor Ben gekommen war, hatten sie ihr ganzes Geld für die Renovierung ausgegeben. Mit einem neuen Dach, einer Klimaanlage, Panoramafenstern und einem frischen Anstrich war es sehr viel mehr wert, als sie insgesamt dafür ausgegeben hatten. Palm Beach war plötzlich schick geworden, und auch wenn das endlose Prozessionen von Wochenend-Surfern und Sonnenanbetern mit sich brachte, hatte keiner von beiden von hier wegziehen wollen. Ben hatte den Strand geliebt; er hatte eben angefangen, schwimmen zu lernen, und jedesmal getobt, wenn es Zeit wurde, den Hang hinauf nach Hause zu gehen.

Ich würde alles dafür geben, wenn er noch einmal einen Tobsuchtsanfall bekommen könnte, dachte sie, als sie den Schlüssel in die Tür zu ihrem Dachstudio schob. Alles. Alles.

Sie schloß die Tür auf und warf sie fest hinter sich zu. Alles Wünschen der Welt würde sie nicht zurückholen, aber hier im Haus wurden die Erinnerungen klarer und schmerzhafter. Vielleicht hatte Diane recht, wenn sie ihr riet, für einige Zeit fortzugehen.

Die Beleuchtung im Atelier war notwendigerweise grell, denn sie malte oft abends, wenn die Sonne nicht mehr durch die Kuppel schien. Aber jetzt hatte sie das Bedürfnis nach Sanftem; also schaltete sie das Licht aus. Als sie ein paar Kerzen und ein Räucherstäbchen angezündet hatte, streifte sie die Schuhe ab und wackelte mit den Zehen. Das Überbein an ihrem kleinen Zeh war rot und wund, aber daran war sie selbst schuld. Sie hatte sich geweigert, diesem sechsten Zeh irgendeinen Einfluß auf ihr Leben einzuräumen, und da die Ärzte auch nichts dagegen hatten tun wollen, hatte sie beschlossen, ihn so weit wie möglich zu ignorieren. Hin und wieder aber wurde er von den modischen Schuhen wund gescheuert, die sie mit Entschlossenheit trug.

Sie zog sich bis auf die Unterwäsche aus, legte ihren Schmuck ab und rollte sich auf der Chaiselongue zusammen. Es war ein sehr altes Möbel; die Füllung drang hier und da durch den braunen Samt, aber es war bequem, und dem großen Doppelbett unten konnte sie sich noch nicht ausliefern. Es fühlte sich zu leer an.

Das Meeresrauschen drang durch das offene Fenster, und der ferne Ruf eines Kookaburra, der sein Revier verteidigte, hallte durch die Stille. Die Kerzen flackerten, der warme, sinnliche Duft des Räucherstäbchens wehte durch den vertraut scharfen Geruch von Farbe und Terpentin, und Jenny begann endlich, sich zu entspannen.

Sie ließ ihre Gedanken durch die vier kurzen Jahre wandern, die sie mit Peter verbracht hatte, hielt hier und da bei den Postkartenbildern aus glücklichen Zeiten inne, die sich für immer in ihr Gedächtnis eingeprägt hatten. Ben im Sand, der entzückt kicherte, als das Meer über seine Zehen kroch. Peter oben auf einer Leiter, der nach einem Unwetter die Dachrinne reparierte, die sonnenbraune Gestalt so geschmeidig und sexy in den engen Shorts.

Sie hatten sich beim Tanzen kennengelernt, kurz nachdem sie und Diane nach Sydney gekommen waren. Da hatte er schon bei der Bank gearbeitet, aber er war tief im Northern Territory verwurzelt, auf einer Rinderzuchtfarm, die seine beiden älteren Brüder geerbt hatten. Er war gescheit und witzig gewesen, und sie hatte sich sofort in ihn verliebt. Sie besaßen den gleichen Humor und die gleichen Interessen, und als er über das Land gesprochen hatte und über seine brennende Sehnsucht, eines Tages eine eigene Farm zu haben, da hatte sie das gleiche Verlangen in sich selbst erkannt. Die Jahre auf Waluna hatten einen unauslöschlichen Eindruck hinterlassen, und Peters Begeisterung hatte ihre eigene wieder entfacht.

Sie verkroch sich tiefer in das alte Sofa. Gott, er fehlt mir so, dachte sie. Sein Geruch, seine Wärme, sein Lächeln, die Art, wie er mich zum Lachen brachte. Ich vermisse die Art, wie er meinen Hals küßte, wenn ich am Herd stand, und das wunderbare Gefühl, ihn neben mir im Bett zu haben. Aber vor allem fehlt mir das Gespräch mit ihm. Daß ich den Tag mit ihm besprechen kann, mag er noch so trivial gewesen sein, daß wir zusammen darüber staunen, wie schnell Ben wächst, und gemeinsam stolz sind auf unseren wunderbaren kleinen Sohn.

Endlich kamen die Tränen und rollten langsam über ihr Gesicht, und ihr Widerstand brach zusammen. Tiefes, ersticktes Schluchzen ließ den Damm brechen, und zum ersten Mal seit jenem furchtbaren Tag gab sie ihm nach. Diane hatte recht; das mußte sie zugeben. Das Schicksal war grausam, und es gab absolut nichts, was sie dagegen hätte tun können. Der Traum von einer eigenen Familie war zerplatzt, genau wie all die anderen Träume, die sie und Diane vor all den Jahren in Dajarra miteinander geträumt hatten. Aber unter dieser Flut von Trauer kam auch das Wissen, daß Peter ihr einen Traum hinterlassen hatte, den sie sich erfüllen konnte. Er würde ihn nicht mit ihr teilen können – aber vielleicht war sein Geschenk eine Möglichkeit, ein neues Leben zu beginnen.

Die Sonne war schon aufgegangen, als Jenny die Augen öffnete; sie strahlte ins Atelier, und Stäubchen tanzten in den Strahlen, die sich in den Kristallprismen brachen, die sie unter die Decke gehängt hatte. Jenny hatte Kopfschmerzen und geschwollene Augenlider, aber sie empfand eine tiefe Ruhe und Zielstrebigkeit. Es war, als hätten die Tränen der vergangenen Nacht die falschen Barrieren fortgeschwemmt, die sie in dem Irrglauben errichtet hatte, sie könnten sie schützen, und als hätten sie ihr eine tiefere Einsicht in das gebracht, was sie nun zu tun hatte.

Sie lag da und genoß diesen Moment. Ihr Blick wanderte zu der Staffelei am Fenster und zu der fast fertiggestellten Landschaft. Der Mann aus Paramatta hatte ihr das Foto einer Rinderzuchtfarm gebracht. Seine Frau hatte einmal dort gewohnt, und das Bild wollte er ihr zum Geburtstag schenken.

Jenny musterte das Bild kritisch und suchte nach Unzulänglichkeiten, und sie entdeckte eine Andeutung von Nachlässigkeit in einem Pinselstrich, der ausgebessert werden mußte. Sie hatte eine Zeitlang nicht mehr daran gearbeitet, aber jetzt, im Licht des neuen Morgens, spürte sie, wie die altvertraute Begeisterung zurückkehrte. Sie kletterte von der Chaiselongue, tappte durch das Atelier und griff zur Palette. Sie würde das Gemälde vollenden und dann Pläne machen.

Während sie die Farben mischte, verspürte sie bebende Erwartung. Churinga. Es schien sie zu rufen, sie vom kühlen Blau des Pazifik fortzulocken zur heißen roten Erde im Herzen des Landes.

Drei Wochen später lehnte Diane sich auf der alten Chaiselongue zurück. Die vielen Ringe an ihren Fingern funkelten im Sonnenlicht, das durch Kuppel und Fenster hereinfiel, und die winzigen Glöckchen an ihren Ohrringen klingelten, als sie die Kissen zurechtschob und Jenny bei der Arbeit zuschaute.

Das Gemälde war fast fertig, und sie wünschte, sie hätte es für die Ausstellung haben können. Nichts liebte das australische Publikum ja mehr als einen Blick auf das eigene Erbe, die Erinnerung an das wahre Herz dieses endlosen und wunderschönen Landes. Die meisten waren niemals weiter gekommen als bis zu den Blue Mountains, und hier, unter Jennys Pinselstrichen, nahm das wahre Australien Gestalt an.

Diane legte den Kopf schräg und studierte das Gemälde eingehend. In Jennys Arbeit zeigte sich eine Leidenschaft für ihr Thema, ein Gefühl für die endlose Weite des Landes und die Einsamkeit der Farm, wie sie es nie zuvor bemerkt hatte. »Ich glaube, es ist das beste, was du seit langem gemacht hast«, sagte sie leise. »Es spricht wirklich zum Betrachter.«

Jenny trat von der Staffelei zurück, legte den Kopf in den Nacken und betrachtete ihr Werk. Sie trug zerfranste Shorts und ein Bikini-Oberteil. Das lange Haar hatte sie oben auf dem Kopf zu einem unordentlichen Knoten zusammengedreht und mit einem Pinsel festgesteckt. Sie war barfuß – was nur vorkam, wenn sie allein oder mit Diane zusammen war. Der einzige Schmuck, den sie trug, waren ihre Ringe und das Medaillon, das Pete ihr zu Weihnachten geschenkt hatte.

»Stimmt«, sagte sie leise. »Obwohl ich sonst nicht gern nach Fotos arbeite.«

Diane sah zu, mit welcher Sorgfalt Jenny sich um die letzten Details kümmerte. Aus Erfahrung wußte sie, daß die ganze harte Arbeit, die sie bis dahin geleistet hatte, durch sie vollendet oder zunichte gemacht werden konnte. Es kam ein Augenblick, in dem es hieß: Genug ist genug. Und nur der Instinkt half, ihn zu erkennen.

Jenny trat zurück, betrachtete das Bild eine ganze Weile und fing dann an aufzuräumen. Die Pinsel wurden zum Einweichen in Terpentin gestellt, Palette und Messer abgeschabt und auf dem Tisch neben der Staffelei gestapelt. Jenny löste ihr Haar und schüttelte es aus, und dann streckte sie die Arme zur Decke, um die Verspannungen in Nacken und Schultern zu lockern. »Fertig«, seufzte sie. »Jetzt kann ich anfangen, Pläne zu schmieden.«

Es ist schön, sie wieder so lebhaft zu sehen, dachte Diane. Und es ist gut, sie aus dem schrecklichen Schmerz hervorkommen zu sehen, der sie beinahe vernichtet hätte. Sie stand vom Sofa auf, und ihre goldenen Sandalen schlappten über den Boden, als sie das Atelier durchquerte.

Jenny drehte sich um und lächelte. »Hast du wirklich nichts dagegen, dich um das Haus zu kümmern, während ich im Busch bin?«

Diane schüttelte den Kopf, und ihre Ohrringe klingelten. »Natürlich nicht. Es ist ein Schlupfloch, in dem mich kein Mensch stört, und ich kann hier ein bißchen Ruhe finden. Jetzt, wo die Ausstellung bevorsteht und Rufus mir andauernd ewige Treue schwört, ist es genau das, was ich nötig habe.«

Jenny grinste. »Er ist doch nicht etwa immer noch hinter dir her? Ich dachte, er wäre nach England zurückgekehrt.«

Diane dachte an den stämmigen Kunstkritiker mittleren Alters mit seinen grellen Hemden und noch grelleren Krawatten, die in ständigem Wettstreit mit seiner Stimme und seinem überschwenglichen Auftreten standen. »Ich wünschte, er wäre es«, sagte sie trocken. »Er macht mich fertig mit seinen Predigten über die Roheit der Aussie-Kunst im Vergleich zum Raffinement der englischen Schule.«

»Er versucht doch nur, dich zu beeindrucken. Er kann ja nichts dazu, daß er Engländer ist.«

»Das vielleicht nicht, aber ich wünschte doch, er würde mir sein England nicht ständig unter die Nase reiben.« Sie schaute aus dem Fenster. Am Strand war es schon voll, und aus einem fernen Transistorradio tönte ein Song der Beatles. »Davon abgesehen kann ich ihn meistens ganz gut leiden. Er bringt mich zum Lachen, und das ist doch wichtig, oder findest du nicht?«

Jenny trat mit wehmütigem Gesicht neben sie ans Fenster. »O ja«, sagte sie leise. Dann richtete sie den Blick ihrer violetten Augen auf Diane. »Aber versprich mir, daß du ihn nicht einfach heiratest, während ich weg bin. Ich kenne Rufus gut genug, um zu wissen, wie überzeugend er wirken kann, und er ist offensichtlich ganz vernarrt in dich.«

Diane war darüber so beglückt, daß sie selbst überrascht war. »Meinst du wirklich?«

Jenny nickte und wandte sich ab. »Genug von Rufus! Komm nach unten, und ich mache uns einen Brunch. Dann kannst du mir helfen, eine Reiseroute nach Churinga auszuarbeiten, bevor ich zu John Wainwright fahre.«

Diane schaute in die lebhaften violetten Augen und war jetzt sicher, daß ihre Freundin wieder genas. Vielleicht würde dieses Abenteuer der Anfang eines neuen Lebens werden – und selbst wenn nicht, war sie Peter dankbar für die Voraussicht, mit der er gewußt hatte, daß Jenny dahin zurückkehren mußte, wohin sie gehörte.

John Wainwright trug seinen dreiteiligen Anzug, das Fenster war geschlossen, und das einzige Zugeständnis an die Hitze war ein Ventilator unter der Decke, der aber nichts weiter tat, als die stickige Luft im Zimmer umzurühren.

Jenny sah zu, wie er die Papiere auf seinem Schreibtisch säuberlich stapelte. Er schien sich wohl zu fühlen – so, als sei er eins mit den getäfelten Wänden und ledergebundenen Büchern. Als sei er in einer Zeitschleife gefangen, in einem kleinen Stück England, hierher verfrachtet wie ein Sträfling, deplaziert und unpassend. Sie lächelte ihn an und bekam ein freundliches Lächeln zurück. Er schien heute besserer Laune zu sein; seine Augen blickten nicht mehr ganz so kalt.

»Haben Sie sich überlegt, was Sie mit Ihrem Erbe anfangen wollen?«

Sie nickte. Aber es war ein einschüchternder Gedanke, Peters Geschenk endgültig anzunehmen und anzuerkennen, daß es von jetzt an ihr gehörte. »Ich habe beschlossen, Churinga zu behalten. Ja, ich habe vor, für ein Weilchen hinzufahren.«

Seine Finger bildeten ein Spitzdach unter dem Doppelkinn, und seine Miene war besorgt. »Haben Sie sich das wirklich genau überlegt, Jennifer? Es ist eine weite Reise für eine junge Frau, und es gibt rauhe Typen auf diesen einsamen Straßen.«

Das war genau die Reaktion, die sie erwartet hatte, aber als sie ihren Entschluß eben verteidigen wollte, blätterte er in seinem Terminkalender und kam ihr zuvor.

»Ich könnte meine Termine verlegen und sie begleiten. Aber erst in etwa einer Woche.« Er schaute sie über seine Brille hinweg an. »Ich glaube nicht, daß es klug wäre, wenn Sie sich allein an einem so entlegenen Ort aufhielten.«

Jennys Gedanken purzelten durcheinander. Das letzte, was sie gebrauchen konnte, war dieser präzise kleine Mann mit seinem adretten Anzug und seinen makellosen Fingernägeln als Reisebegleiter. Sie sah ihn vor sich, wie er mit schwarzem Stockschirm, Melone und Aktenkoffer die lehmige Straße eines abgelegenen Städtchens im Outback entlangschritt, und unterdrückte ein Lächeln. Sie wollte ihn nicht kränken. Er wollte schließlich nur nett sein. Aber er würde ihr nichts nützen – bei der bloßen Andeutung von Schwierigkeiten würde er vergehen.

Sie lächelte, um ihre Worte abzumildern. »Das ist nett von Ihnen, John, aber ich war schon öfter im Busch und weiß, was mich erwartet. Es wird nicht so schlimm, wie Sie glauben. Die Leute da draußen sind eigentlich ganz zivilisiert, wissen Sie.«

Seine Erleichterung war ihm anzusehen, auch wenn sie von Zweifeln gefärbt war. Jenny sprach eilig weiter, bevor er protestieren konnte. »Ich habe bereits Reisevorbereitungen getroffen, und wie Sie sehen, werde ich eigentlich überhaupt nicht allein sein.« Sie legte die Zug- und Busfahrkarten auf den Tisch. »Ich fahre mit der Indian Pacific bis Broken Hill, und dann nehme ich den Bus nach Wallaby Flats. Ich dachte mir, da ich ja nun einmal Zeit habe, könnte ich mir möglichst viel vom Land anschauen. Wenn Sie mit dem Verwalter von Churinga Kontakt aufnehmen und ihn bitten könnten, mich in Wallaby Flats abzuholen, wäre ich Ihnen allerdings dankbar.«

John betrachtete die Tickets. »Sie scheinen alles gut organisiert zu haben, Jennifer.«

Sie lehnte sich nach vorn und legte die Ellenbogen auf seinen Schreibtisch. Auch wenn ihre Aufregung schier überbordete, so hatte sie doch Mitleid mit diesem kleinen Mann, der sich wahrscheinlich nie mehr aus seinem Büro herauswagen würde, nachdem er es einmal von England bis hierher geschafft hatte.

»Ich fahre morgen nachmittag um vier. Die Fahrt nach Wallaby Flats dauert mindestens zwei Tage, aber ich kann mir Zeit lassen. Ich hoffe, daß ich dort eine Mitfahrgelegenheit finden oder ein Auto mieten kann, falls der Verwalter niemanden schicken kann, der mich abholt.«

John Wainwrights ausdrucksloser Blick wurde durch die dicken Brillengläser verstärkt. »Wallaby Flats ist keine Großstadt, Jennifer. Es ist ein vergessenes Minenkaff mit ein paar Hütten, Wellblechbaracken und einem Pub für Landstreicher, Viehtreiber und Goldsucher, die aufgelassene Minen durchstöbern. Es liegt mitten im Nirgendwo. Sie können tagelang dort festsitzen, bevor Sie jemanden finden, der Sie nach Churinga bringt.«

Jenny bemerkte, daß er vor Mißfallen schauderte. Sie hatte recht gehabt, als sie vermutete, er würde sich nur als Belastung erweisen, wenn der bloße Gedanke an diesen Ort ihm schon solches Unbehagen bereitete.

»Dann müssen Sie einfach dafür sorgen, daß der Verwalter jemanden schickt, der mich abholt«, sagte sie entschlossen. Er mochte sie für töricht und eigensinnig halten, aber dies war ihr Abenteuer, und sie würde sich nicht davon abbringen lassen.

»Wie Sie wünschen.« Sein Tonfall klang geringschätzig.

»Ich habe keine Angst vor dem Outback und auch nicht vor dem Alleinreisen, John. Ich bin in einem Waisenhaus in Dajarra aufgewachsen, und ich mußte mein Leben lang selbst auf mich achtgeben. In den Jahren, die ich auf einer Schafzuchtfarm in Queensland zugebracht habe, bin ich einigen der rauhesten Arbeiter in einer der härtesten Gegenden überhaupt begegnet. Es sind Leute wie Sie und ich. Ehrliche, hart arbeitende und schwer trinkende Leute, die mir kein Haar krümmen würden. Glauben Sie mir, John, hier in der Stadt sind die Gefahren für mich viel größer.«

Sie schwieg, um ihm Gelegenheit zu geben, ihre Worte zu verdauen. »Peter hat mir Churinga hinterlassen, damit ich aufs Land zurückkehren kann. Das Outback ist ein Teil meiner selbst, John – ich habe dort nichts zu befürchten.«

Ihre leidenschaftliche Rede schien für ihn den Ausschlag zu geben. »Ich werde Kontakt mit Churinga aufnehmen und Brett Wilson sagen, daß Sie unterwegs sind. Wenn Sie einen Augenblick warten wollen, versuche ich gleich durchzukommen. Ich möchte nicht, daß Sie abreisen, bevor ich sicher bin, daß Sie abgeholt werden.«

Er zog eine Braue hoch, und Jenny nickte zustimmend. Zumindest lag ihm am Herzen, wie es ihr erging; dafür war sie dankbar.

Eine Dreiviertelstunde und zwei Tassen dünnen Tees später kam er wieder herein. Mit selbstzufriedener Miene rieb er sich die Hände. »Ich habe mit Mr. Wilson gesprochen. Er sorgt dafür, daß jemand Sie in drei Tagen vom Bus abholt. Wahrscheinlich kommen Sie am frühen Abend an; er schlägt daher vor, daß Sie im Hotel übernachten, für den Fall, daß im letzten Moment noch etwas dazwischenkommt. Er hat mir versichert, daß es sich durchaus schickt, wenn eine junge Dame die Nacht allein in einem solchen Hotel verbringt.«

Jenny erhob sich lächelnd. Die Hand, die er ihr reichte, war warm und schlaff. »Danke für Ihre Freundlichkeit, John, und für Ihre Sorge wegen meiner Reisepläne.«

»Ich wünsche Ihnen alles Gute, Jennifer. Und ich darf sagen, daß ich Ihren Mut bewundere. Lassen Sie mich wissen, wie es Ihnen ergeht, und wenn Sie irgend etwas brauchen – nun, Sie wissen, wo Sie mich finden.«

Mit sicherem, leichtem Schritt verließ Jenny das düstere Gebäude und ging die Macquarie Street hinunter. Endlich freute sie sich auf ihre Zukunft.

ZWEI

Mit gemischten Gefühlen verabschiedete Jenny sich von Diane, die wie üblich in einen exotischen Kaftan gekleidet war und ein dickes Augen-Make-up und zuviel klimpernden Schmuck trug. »Ich bin nervös und überhaupt nicht sicher, ob es richtig ist, was ich tue«, sagte sie mit leicht zittriger Stimme.

Diane lachte und nahm sie in die Arme. »Aber natürlich ist es richtig. Du brauchst ja nicht dazubleiben, wenn es dir nicht gefällt, und ich verspreche dir, daß ich in deinem Haus keine wüsten Künstlerpartys veranstalte.« Sie gab Jenny einen kleinen Schubs, als der Lärm zuschlagender Waggontüren durch den Hauptbahnhof von Sydney hallte. »Jetzt verschwinde, ja? Bevor ich anfange zu heulen und mir die ganze Wimperntusche verläuft.«

Jenny gab ihr einen Kuß, rückte den Rucksack auf ihren Schultern zurecht und wandte sich dem Zug zu. Im Hauptbahnhof herrschte Hochbetrieb. Die Leute verließen die Stadt und fuhren ins Wochenende; viele waren gekleidet wie sie – Shorts, Hemd, dicke Strümpfe und feste Schuhe. Den Filzhut hatte sie in den Rucksack gestopft, zusammen mit Mückenschutzmittel, Pflaster, Zeichenmaterial und dreifacher Garderobe. Da, wo sie hinfuhr, würde sie nicht viel brauchen, und sie konnte sich auch nicht vorstellen, daß sie lange bleiben würde. Dies war eine Erkundungsreise; sie wollte ihre Neugier befriedigen und noch einmal ins Outback zurückkehren, um zu sehen, ob sie die Scherben ihres alten Lebens wieder einsammeln könnte.

Sie winkte Diane ein letztes Mal zu, stieg in den alten Dieselzug und suchte ihren Platz in der Economy-Klasse. Sparsamkeit war eine Angewohnheit, auch wenn sie deshalb die luxuriösen Schlafabteile nicht benutzen konnte und die ganze Reise im Sitzen verbringen mußte. Dennoch war sie mit ihrer Entscheidung zufrieden. Sie würde so Gelegenheit haben, andere Fahrgäste kennenzulernen und mit ihnen zu plaudern; dann wäre sie vielleicht nicht ganz so allein.

Als der Zug langsam aus dem Bahnhof rollte, verspürte sie kribbelnde Aufregung. Wie würde es in Churinga sein – und würde sie das Outback noch immer mit den gleichen Augen sehen, mit denen sie es als Kind betrachtet hatte? Sie hatte sich inzwischen weiterentwickelt, sie war älter und hoffentlich klüger geworden, aber auch verweichlicht von den Jahren in der Großstadt, wo es Klimaanlagen gab, Geschäfte, Wasser im Überfluß und schattige Parks.

Sydney glitt vor dem Fenster vorbei, und sie schaute hinaus in die Vororte. Der alte Holden hätte die Reise niemals überstanden; sie war froh, daß sie den Zug genommen hatte. Aber als alles Vertraute allmählich in der Ferne zurückblieb, wünschte sie doch, Diane wäre mitgekommen.

Der Zug rollte rasch aus der Stadt in die Blue Mountains. Der Anblick wirkte auf Jenny wie ein majestätisches, magisches Bilderbuch, das zu einem atemberaubenden Panorama aufgeklappt war. In mächtigen, steilen Schluchten tosten Wasserfälle in blaugrün bewaldete Täler. Zerklüftete Felsen, weichgezeichnet vom blauen Dunst des Eukalyptusöls, bildeten Zinnen, die sich in endlose Ferne bis zum flimmernden Horizont erstreckten. Verstreute Ferienhäuser blitzten zwischen den Bäumen hervor, und kleine Ortschaften aus älteren Häusern duckten sich auf steilwandigen Plateaus. Aber nichts beeinträchtigte die Schönheit dieser ehrfurchtgebietenden Landschaft.

Die Touristen hatten ihre Fotoapparate hervorgeholt, und es klickte und surrte durch das aufgeregte Geschnatter der anderen Fahrgäste. Jenny bereute inbrünstig, daß sie ihren nicht mitgenommen hatte, aber als die Gleise sich Meile um Meile ins Gebirge schlängelten, wußte sie, daß diese Szenerie sich auch so für alle Zeit in ihr Gedächtnis einprägen würde.

Ein paar Stunden später hatten sie eine Bergkette hinter sich gelassen und die nächste erreicht. Der Zug fuhr durch Lithgow, Bathurst und Orange und rauschte dann durch die Herveys Range nach Gondobolin.

Nur hin und wieder hielt er ein paar Augenblicke an staubigen, abgelegenen Bahnsteigen, um ein paar Passagiere zusteigen zu lassen.

Jenny wurde nicht müde, die Schafe anzuschauen, die auf diesem Land mit hartem, gelbem Gras weideten, und obgleich die Berge Ehrfurcht erregten, weckten diese struppigen Bäume und die rote Erde zugleich urtümliche Gefühle in ihr. Der Anblick eines Rudels Känguruhs, die in weiten Sprüngen über das Grasland hetzten, riß die anderen zu Entzückensschreien hin, und Jenny genoß im stillen die Freude dieser Leute an ihrem schönen Land.

Der Abend kam rasch, und das Flüstern der Räder auf den Schienen lullte sie ein. »Nach Hause. Nach Hause. Nach Hause…«

Der Tag dämmerte mit einem orangeroten Himmel, der über das Land kroch und seine Farben in der Erde wiederfand, die er wärmte. Jenny schaute aus dem Fenster, während sie ihren Kaffee trank. Das Land schien in der Hitze zu reifen. Wie schön es war, wie verlassen und schmerzlich einsam. Und doch, wie machtvoll waren die Empfindungen, die es weckte! Wie tapfer die Bäume mit ihren welken Blättern und der gespenstisch grau gebleichten Rinde in der Sonne standen! Sie verliebte sich noch einmal von neuem in ihr Land.

Noch ein Tag, noch eine Nacht. Durch den Naturpark, vorbei an Mount Manara und dem Gun Lake, und das dünnbevölkerte Land erstreckte sich zu beiden Seiten in die Unendlichkeit. Kleine Dörfer, verlassene Weiden, stille Seen und schweigende Berge zogen in majestätischer Lautlosigkeit vorbei.

Wieder wurde es Morgen, und inzwischen waren ihr vom langen Sitzen Hals und Nacken steif geworden. Je näher sie dem Ziel kam, desto weniger hatte sie geschlafen; den größten Teil der Nacht hatte sie mit einer Gruppe junger englischer Rucksacktouristen Karten gespielt und Bier getrunken. Der Zug verlangsamte die Fahrt und erreichte die Wüstenoase Broken Hill. Die Spurweite der Gleise änderte sich hier, und für die nächste Etappe ihrer Reise würden die anderen umsteigen müssen.

Jenny packte ihren Reiseführer ein und machte sich zum Aussteigen bereit. Silver City, wie der Ort einst geheißen hatte, lag am Ufer des River Darling. Üppiges Buschwerk und bunte Blüten hoben sich grell vor dem Hintergrund der staubigen Gebäude aus der Zeit der Jahrhundertwende ab.

Der unverhoffte Anblick einer schlichten Eisenmoschee aus dem neunzehnten Jahrhundert rief unter den anderen ein aufgekratztes Geplapper hervor; sie redeten auch davon, daß sie die Geisterstadt Silverton westlich von Broken Hill besuchen wollten, die fast nur noch für Filmaufnahmen benutzt wurde. Jenny wäre gern mitgefahren; als sie sich von den Rucksacktouristen verabschiedete, bedauerte sie ein bißchen, daß sie die Fahrt nicht fortsetzen und quer durch das Land bis Perth fahren konnte. Aber der Bus wartete wahrscheinlich schon, und ihr Ziel lag in einer anderen Richtung. Vielleicht ein anderes Mal, nahm sie sich insgeheim vor.

Sie zog die Schultergurte des Rucksacks zurecht und ging die Straße hinunter. Broken Hill war ein altmodisches Dorf im Outback mit großstädtischen Ambitionen. Prächtige Gebäude aus der Blütezeit des Silberbergbaus wechselten sich mit Holzhütten und Ladenkolonnaden ab. Die katholische Kathedrale wetteiferte mit der Trades Hall und dem Glockenturm der Post um Aufmerksamkeit inmitten der neueren, ziemlich protzigen Hotels und Motels.

Der Bus wartete vor dem Prince Albert Hotel, das stolz in einem üppigen Garten stand. Jenny war enttäuscht. Sie hatte gehofft, ein bißchen die Stadt erkunden und vielleicht duschen, sich umziehen und etwas essen zu können. Aber wenn sie den Bus verpaßte, würde sie eine Woche auf den nächsten warten müssen, und da Brett Wilson sie in Wallaby Flats erwartete, kam das nicht in Frage.

»Les mein Name. Ich nehm' Ihnen das ab, Schätzchen. Springen Sie nur rein, und machen Sie sich's bequem. Im Kühlfach ist kaltes Bier und Saft; legen Sie das Geld in die Büchse.«

Der Busfahrer schnappte sich ihren Rucksack und verstaute ihn. Er trug Shorts, ein weißes Hemd, Boots und lange weiße Strümpfe, die dicht unter dem Knie sorgfältig umgeschlagen waren. Er machte einen freundlichen Eindruck; sein Gesicht war von der Sonne ledrig gegerbt, und unter dem dunklen Schnurrbart strahlte ein Lächeln.

Sie lächelte zurück und kletterte in den Bus. Mit einer Flasche Bier in der Hand erwiderte sie nickend die Grüße der anderen Fahrgäste, als sie zu ihrem Platz ging. Der Gang zwischen den Sitzen war schmal, die Luft stickig, und Fliegen summten vor ihrem Gesicht herum. Sie wedelte sie weg, eine automatische Geste, für einen Australier so natürlich wie das Blinzeln, und trank einen großen, erfrischenden Schluck Bier. Ihre Aufregung wuchs. In acht Stunden würde sie in Wallaby Flats sein.

Als der Bus in einer roten Staubwolke losfuhr, verschwanden die Fliegen, und ein warmer Wind wehte zu den offenen Fenstern herein und wurde mit Hüten und Zeitungen weitergefächelt; aber so ungemütlich es auch war, Jenny liebte das alles. Dies war das echte Australien, das in der Großstadt und am Strand, im Park und im Shopping-Center nicht zu finden war. Hier erschloß sich das wahre Wesen des Landes mit all seinen Fehlern.

Die Hitze nahm zu, die Biervorräte gingen aus, und Les unterhielt die ganze Gesellschaft mit unaufhörlichem Geplauder und entsetzlichen Witzen. In Nuntherungie wurde neues Bier gekauft, wie an jeder weiteren Station der achtstündigen Reise. Der Schlafmangel, die Hitze, das viele Bier und die Aufregung hatten Jenny erschöpft. Zum Lunch hatte es Sandwiches auf der Veranda eines kleinen Hotels mitten im Nirgendwo gegeben, aber zum Waschen und Umziehen war keine Zeit gewesen.

Es war fast dunkel, aber gottlob ein bißchen kühler, als der Bus endlich in Wallaby Flats eintraf. Jenny stieg mit den anderen aus und streckte sich. Hemd und Shorts waren dunkel verschwitzt, und nach dem Aussehen der anderen zu urteilen, mußte sie ein schreckliches Bild abgeben. Aber ihre Stimmung war vorzüglich, denn sie hatte die Reise hinter sich und das Ziel fast erreicht.

Sie stand in der Dämmerung und schnupperte. »Was ist das für ein furchtbarer Gestank?« fragte sie und schnappte nach Luft.

Les grinste. »Das wird die Schwefelquelle sein, Schätzchen. Aber an den Mief werden Sie sich bald gewöhnen. Keine Sorge.«

»Na hoffentlich«, brummte sie und holte ihren Rucksack.

Das Queen Victoria Hotel war von verblichener Pracht; ein schäbiges Schild hing schief über dem Eingang. Vor Jahren muß es ziemlich toll gewesen sein, dachte sie, aber jetzt sieht es nur noch traurig und baufällig aus. Das zweistöckige Sandsteingebäude war von einem Balkon und einer Veranda umgeben. Die Farbe blätterte ab, und das filigrane Schmiedeeisen war verrostet und lückenhaft. Schwere Läden hingen neben den schmalen Fenstern, und Drahtgitter hielten Fliegen und Moskitos fern. Staubige Pferde waren an einen Pfosten gebunden; sie wedelten mit den Schweifen und beugten die Hälse über einen Wassertrog. Die langgestreckte Veranda unter dem Balkon schien ein kühler Platz zu sein und war offensichtlich ein beliebter Treffpunkt für die Männer des Ortes. Sie saßen mit breitkrempigen Hüten, die nach ihrem Aussehen zu urteilen schon seit vielen Jahren ihren Dienst taten, in Schaukelstühlen oder auf den Stufen und beobachteten die Touristen.

Jenny betrachtete das alles mit den Augen der Malerin. Die ältesten Männer hatten ein Stoppelkinn, und ihre wettergegerbten Gesichter und die von der Sonne schmalen Augen erzählten von mancher Strapaze unter einer erbarmungslosen Sonne. Ich wünschte, ich könnte an meine Zeichensachen, dachte sie, als sie die Stufen hinaufstieg. Ein paar von diesen alten Kerlen würden wunderbare Studien liefern. Sie blieb stehen und streifte den schweren Rucksack ab. »Tag. War wieder heiß heute.« Ihr Blick wanderte von einem stoischen Gesicht zum nächsten.

Endlich antwortete ein grauhaariger Alter: »Tag.« Einen flüchtigen Moment lang schimmerte Neugier in seinem Blick, doch dann starrte er wieder in die dämmrige Landschaft hinaus.

Jenny merkte, daß sie verlegen waren, und sie fragte sich, ob der plötzliche Ansturm so vieler Leute von den Männern vielleicht als Störung ihres ruhigen, geregelten Lebens empfunden wurde. Vielleicht hatte das isolierte Dasein in diesem Städtchen im Outback ihnen ein tiefes Mißtrauen gegen Fremde eingeflößt.

Sie schleppte ihr Gepäck durch die Tür und folgte den anderen in die Bar. Ein Drink, eine Dusche und etwas zu essen, und dann wäre sie bereit für einen guten Nachtschlaf.

Ein paar Männer, die flachen Stiefelabsätze an die fleckigen, fest am Boden verschraubten Messingstützen der Hocker gestemmt, lehnten mit dem Bierglas in der Hand an der Bar und beäugten unter ihren Hüten hervor die Neuankömmlinge; ihre Hemden und Moleskinhosen zeigten Spuren der Tagesarbeit. Die Gespräche, falls es welche gegeben hatte, waren verstummt, aber in ihrem Schweigen lag keine Feindseligkeit, sondern nur amüsierte Neugier.

Ein Deckenventilator rührte träge in der schwülen Luft, und schwarzes Fliegenpapier hing an jedem Balken, an jeder Bilderschiene. Die Bar selbst, eine lange Holztheke, erstreckte sich durch den ganzen Raum; dahinter herrschte ein dünner Mann mit einer Habichtsnase, der über seinem ärmellosen Unterhemd Hosenträger, aber auch einen Gürtel um die ausgebeulte Hose trug. Ein Sortiment von verstaubten Flaschen säumte die Wände, im Radio knisterte es, und eine uralte Weihnachtsdekoration tat ihr Bestes, um die Düsterkeit aufzuhellen.

»Die Ladies' Lounge ist hinten«, sagte der Wirt und deutete mit einer unbestimmten Kopfbewegung zu einer Tür am hinteren Ende der Bar.

Jenny folgte den anderen Frauen. Es war ärgerlich, als Bürger zweiter Klasse behandelt zu werden; man lebte schließlich in den siebziger Jahren, Himmel noch mal! Aber sie wußte, daß es keinen Sinn hatte, sich zu beschweren, als sie den Rucksack fallen ließ und in einen Peddigrohrsessel sank. Selbst in Sydney war man noch nicht so fortschrittlich. Die australischen Männer sahen ihre Frauen nicht gern im Pub; das war für sie der Zusammenbruch eines Systems, das ihnen jahrelang gut gepaßt hatte, und sie sahen nicht ein, weshalb man es jetzt ändern sollte. Aber es ändert sich, und zwar je eher, desto besser, dachte Jenny, bevor sie sich fragte, ob man sie je bedienen würde. Sie war ausgedörrt.

Eine Blondine kam klimpernd herein; ihre spitzen Absätze trommelten einen Wirbel auf die Bodendielen. Sie hatte offensichtlich soeben ihren Lippenstift erneuert, der aber nicht zu den pinkfarbenen Plastikohrringen und dem engen orangegelben Rock paßte. Ein zu üppiger Busen wippte unter einer gekräuselten Bluse, und zahlreiche billige Armreifen klirrten an ihren Handgelenken. Sie war Ende Zwanzig, schätzte Jenny, und wahrscheinlich zu jung, um die Frau des Wirts zu sein, aber sie schien ganz freundlich zu sein und brachte jedenfalls ein bißchen Leben und Farbe in den tristen Raum.

»Ich habe genug Bier getrunken, danke«, sagte sie, als ihr eines angeboten wurde. »Eine Limonade oder eine Tasse Tee wäre jetzt ganz gut.«

»Okay. Geht nichts über 'n Täßchen Tee bei dem Staub, was?« Sie lächelte strahlend und flatterte mit den Wimpern. »Bin übrigens Lorraine. Wie geht's?«

»'s wird gehen, wenn ich getrunken, geduscht und gegessen habe, danke.« Jenny lächelte. Der Duft von Lammbraten weckte ihren Appetit und machte ihr bewußt, daß der Lunch eine ferne Erinnerung war.

Wenige Minuten später trank sie ihren Tee. Er war stark und heiß und genau das richtige zur Wiederbelebung ihrer nachlassenden Energie. Lorraine war in der Bar verschwunden, und man hörte das Klappern ihrer hohen Absätze inmitten von Scherzen und rauhem Gelächter. Jenny schaute sich in der stillen Lounge um. Die meisten Frauen schliefen halb, und die anderen starrten ins Leere, selbst für oberflächliches Geplauder zu müde. Jenny wäre am liebsten zu Lorraine hinübergegangen. In der Bar war es offenbar viel lustiger.

Erst nach einer guten halben Stunde kam Lorraine zurück, und nachdem alle ihr in die Küche gefolgt waren und Lorraine ihnen Platten mit Bergen von Fleisch und Gemüse aufgetischt hatte, lenkte Jenny ihre Aufmerksamkeit auf sich. »Gibt es irgendeine Nachricht für mich? Ich hatte damit gerechnet, daß mich jemand abholt.«

Lorraines dünn gezupfte Brauen fuhren in die Höhe. »Wie war denn gleich wieder der Name, Schätzchen? Ich frage mal nach.«

»Jenny Sanders.« Auf die Reaktion war sie nicht vorbereitet.

Lorraines Gesicht erstarrte mitten im Lächeln, und ihr Blick wurde scharf und raubtierhaft, als sie Jenny musterte. »Keine Nachricht«, sagte sie knapp. »Brett ist noch nicht da.«

»Dann haben Sie doch ein Zimmer für mich reserviert?«

»Du liebe Zeit, das weiß ich aber nicht, Mrs. Sanders. Wissen Sie, Dad hat den Laden voll. Der Bus und so weiter ...«

Jenny schaute in ein argloses Gesicht mit großen, trügerisch unschuldigen Augen. Die Frau log – aber warum? »Mr. Wilson hat gesagt, er hat ein Zimmer für mich gebucht«, erklärte sie entschlossen. »Ich habe die Bestätigung hier.« Sie reichte Lorraine das Telegramm, das er an John Wainwright geschickt hatte.

Lorraine ließ sich nicht beeindrucken. Sie warf einen flüchtigen Blick darauf und zuckte die Achseln. »Ich werde sehen, ob Dad Sie noch reinquetschen kann, aber Sie werden sich 'n Zimmer teilen müssen.« Rasch wandte sie sich ab und balancierte geübt ein Tablett mit leeren Gläsern auf einer Hand hinaus.

Die anderen Frauen erhoben ein mißbilligendes Gemurmel, aber

Jenny zuckte die Achseln und lachte. »Keine Sorge. Ich könnte überall schlafen, so müde bin ich.«

»Na, ich find's trotzdem unerhört«, zischte eine Frau mittleren Alters, deren füllige Gestalt von einem strengen marineblauen Baumwollkleid gebändigt wurde. Während der langen Busfahrt hatte Jenny erfahren, daß sie Mrs. Keen hieß und unterwegs zum Northern Territory war, um ihre Enkelkinder zu besuchen.

»Wenn Sie für ein Zimmer bezahlt haben, müssen Sie auch eins bekommen.«

Zustimmendes Gemurmel ging um den Tisch, und Jenny empfand allmählich Unbehagen. Sie wollte keinen Aufstand veranstalten und hatte vor allem keine Lust, es sich mit Lorraine zu verderben, die sie offenbar jetzt schon gegen sich aufgebracht hatte – obgleich nur der Himmel wußte, wodurch.

»Das wird sich sicher regeln lassen«, meinte sie leise. »Es ist zu warm, um Wirbel zu machen. Warten wir ab, was Lorraine zu sagen hat, wenn sie zurückkommt.«

Die runde Mrs. Keen legte Jenny sanft die Hand auf den Arm, zwinkerte verschwörerisch und beugte sich vor. »Es ist schon gut, Schätzchen«, flüsterte sie. »Sie können bei mir unterkommen. Lorraine glaubt offensichtlich, Sie wären hinter ihrem Freund her – diesem Brett, der Sie hier abholen soll.«

Jenny starrte sie an. Vielleicht war das die Erklärung. Mit Lorraine war alles in Ordnung gewesen, bis die Rede auf Mr. Wilson gekommen war. Gott, sie mußte wirklich müde sein, daß ihr da nicht eher ein Licht aufgegangen war. Aber die ganze Sache war ja absurd, und je schneller sie alles aufklärte, desto besser.

»Brett Wilson ist der Verwalter meiner Schafzuchtfarm. Ich kann mir nicht denken, daß ich für Lorraine eine Bedrohung darstelle.«

Die Körpermassen der älteren Frau wogten vor Lachen. »Ich habe im Leben noch keine Frau gesehen, die so sehr von Eifersucht zerfressen war wie Lorraine, als sie Sie zu Gesicht bekommen hat, Schätzchen. Aber ob Sie 'ne Bedrohung darstellen – tja …« Sie wischte sich die Tränen aus den Augen. »Ich schätze, Sie haben in letzter Zeit wohl nicht in den Spiegel geguckt.«

Jenny wußte nicht, was sie antworten sollte, aber die ältere Frau ergriff die Initiative. »Ich würde wetten, daß Lorraine die Klauen in Ihren Verwalter geschlagen hat und Pläne schmiedet. Denken Sie an meine Worte«, sagte sie feierlich. »Sie sollten sie im Auge behalten.« Dieser Ratschlag wurde begleitet von einer machtvollen Attacke ihrer Gabel auf Lamm und Kartoffeln.

Lorraine kam wieder herein, als die Unterhaltung zwischen den Frauen allmählich hitzig wurde. »Wir sind ausgebucht – Sie müssen sich also ein Zimmer teilen«, erklärte sie eisig. »Oder Sie bekommen eine Matratze auf die hintere Veranda. Da sind Fliegengitter; Sie sind also ungestört.«

Mrs. Keen wischte mit einem Stück Brot die Sauce von ihrem Teller. »Ich habe ein Zimmer mit zwei Betten; Jenny kann bei mir schlafen.«

Lorraines Augen funkelten, als sie zwischen Jenny und Mrs. Keen hin- und herschaute. Aber offenbar spürte sie die Feindseligkeit der anderen Frauen, denn sie antwortete nicht.

Jenny aß zu Ende und half Mrs. Keen dann mit ihren Sachen. Sie gingen durch die Hintertür hinaus auf die Veranda. Von dort führte eine roh gezimmerte Treppe zu einem Zimmer über der Bar, in dem ein Deckenventilator ächzend die stickige Luft bewegte. Zwei Feldbetten, ein Stuhl und eine Frisierkommode waren das ganze Mobiliar in dem düsteren kleinen Raum. Die Blendläden waren fest geschlossen, zum Schutz vor der Nacht und den Mücken. Die Toilette war draußen hinter dem Haus, und die Waschgelegenheit bestand aus einer Schüssel und einem Krug mit lauwarmem Wasser, das gefärbt war wie Teereste.

»Nicht gerade das Ritz, was?« sagte Mrs. Keen und ließ sich auf eines der Feldbetten fallen. »Aber macht nichts. Nach dieser Busfahrt ist jedes Bett der Himmel.«

Jenny wandte sich ihrem Rucksack zu, während Mrs. Keen sich auszog und wusch, bevor sie zu Bett ging. Zumindest die Wäsche ist sauber, dachte sie, und frische Handtücher und ein Stück Seife gibt's auch.

Nachdem Jenny sich rasch gewaschen hatte, zog sie ein dünnes Baumwoll-T-Shirt an. Sie saß noch in der Dunkelheit und genoß den Frieden und die Stille nach der langen Reise, als Mrs. Keen schon leise ins Kopfkissen schnarchte. Nach einer Weile trieb die Unruhe Jenny aus dem stickigen Zimmer hinaus auf den Balkon.

Sie lehnte sich ans Geländer und schaute zum Himmel hinauf. Die Nacht war samtig mild; die Milchstraße versprühte ihre Sterne in weiter Bahn über den tintenschwarzen Himmel. Orion und das Kreuz des Südens leuchteten hell und klar über der schlummernden Erde, und einen Augenblick lang wünschte sie, sie hätte doch hier draußen auf einer Matratze schlafen können.

Wie schön das alles ist, dachte sie, und dann lächelte sie. Das leise, gespenstische Kichern eines Kookaburra hallte durch die Stille. Sie würde sich wieder an dieses Land gewöhnen müssen, das man Outback nannte. Aber sie wußte, sie war schon jetzt ein Teil davon.

DREI

Die ersten Lichtstrahlen drangen durch die Ritzen der Fensterläden und wärmten ihr das Gesicht. Langsam tauchte Jenny aus tiefem Schlaf auf, und einen Moment lang kniff sie die Augen vor dem grellen Licht zusammen. Zum ersten Mal seit Monaten hatte sie eine traumlose Nacht verbracht; sie fühlte sich zwar erfrischt, aber es war, als ob Pete und Ben ihr allmählich entglitten. Verblaßte Silhouetten, die am Horizont verschwammen, während Raum und Zeit den Schmerz ihres Verlustes linderten – wie rasch doch die menschliche Seele mit dem Prozeß der Heilung begann.

Sie zog die Fotos unter dem Kopfkissen hervor und schaute die Gesichter an. Dann küßte sie sie und steckte sie weg. In ihrer Erinnerung würden sie lebendig bleiben, so groß der Abstand zwischen ihnen auch sein mochte.

Mrs. Keen hatte noch geschnarcht; jetzt wachte sie plötzlich auf, die Augen verquollen, das Haar zerwühlt. »Schon Morgen?«

Jenny nickte und fing an, sich das Haar zu bürsten. »Fängt früh an hier draußen.«

»Kann man wohl sagen. Es ist erst fünf!« Mrs. Keen streckte und kratzte sich wohlig. »Wann servieren sie denn hier wohl das Frühstück?«

Jenny drehte sich das Haar zusammen und steckte es mit Schildpattspangen fest. Als Mrs. Keen von der Toilette zurückkam, hatte Jenny sich gewaschen und angezogen und war bereit, die Umgebung zu erkunden. »Bis später«, sagte sie rasch und drängte sich an der älteren Frau vorbei. Der Tag war zu schön, um im Haus zu hocken.

Die Toilette war ein Schuppen in der hinteren Ecke des Gartens, weit weg von der Küche. Es war dunkel dort und stank abscheulich, und man hielt sich dort nicht länger auf als nötig. Jenny schauderte es bei dem Gedanken an lauernde Spinnen, und sie war bald wieder draußen im Frühsonnenschein.

Es war schon warm und versprach noch wärmer zu werden. Der Himmel war rosa- und orangerot gestreift, und die Erde reflektierte die Wärme am endlosen schimmernden Horizont. Als Jenny außen um das Hotel herumging, hörte sie Töpfeklappern und Lorraines schrille Stimme. Sie vergrub die Hände in den Taschen ihrer Shorts und spürte, wie die tiefe Ruhe zurückkehrte, die ihr so lange gefehlt hatte. Der Tag war schön, und nicht einmal Lorraine konnte ihn verderben.

Eine unbefestigte Straße schlängelte sich am Hotel vorbei und verlor sich in der Wüste. Die Häuser auf beiden Seiten hatten unter der Hitze und dem Staub gelitten. Überall blätterte rissige Farbe ab, und hölzerne Fensterläden hingen geschrumpft an rostigen Angeln. Der Fluß, der jetzt nur ein Rinnsal war, verlief parallel zur Straße; er schien während der Regenzeit regelmäßig über die Ufer zu treten, denn alle Häuser standen auf Steinpfeilern.

Jenny spazierte zu den Schwefelquellen. Les hatte recht gehabt; sie bemerkte den Geruch kaum noch, aber beim Anblick des gallegelben Wassers verzichtete sie doch darauf, seine heilenden Kräfte zu erproben, und erkundete lieber die Bergwerksschächte.

Sie waren nichts weiter als tiefe Löcher in der Erde, mit Eisenbahnschwellen verstrebt. Ihrem Reiseführer zufolge hatten Opale hier früher für ein großes Geschäft gesorgt, aber die Schächte sahen aus, als ob hier seit Jahren nichts mehr abgebaut wurde. Sie beugte sich über den Rand und hätte fast das Gleichgewicht verloren, als eine Stimme ihr ins Ohr dröhnte.

»Passen Sie da lieber auf, Lady.«

Sie fuhr herum und sah einen Gnom vor sich. Ein kleiner, schmächtiger Mann mit knorriger Nase und hellblauen Augen schaute sie unter buschigen weißen Brauen hervor durchdringend an.

»Tag. Gehört das Ihnen?« Sie hatte Mühe, ernst zu bleiben, nachdem sie über den ersten Schreck hinweggekommen war.

»Ganz recht. Schürfe hier seit zwei Jahren. Schätze, bald werde ich

’n großen Treffer landen.« Er grinste. Nur zwei Zähne waren zu sehen – und die waren verfault.

»Es gibt also noch Opale hier?«

»Ja. Hab’ neulich noch ’ne Schönheit gefunden.« Er schaute sich um und beugte sich dann vor. »Hat keinen Sinn, es rumzuposaunen, sonst kommt noch irgend’n Halunke und beklaut mich. Aber ich könnte Ihnen Geschichten erzählen, da ständen Ihnen die Haare zu Berge, Lady, und das ist Tatsache.«

Daran zweifelte sie keinen Augenblick lang. Wie die meisten Australier hatte er offenbar Spaß am Erzählen, und nichts vertrieb die Zeit besser als eine tolle Geschichte.

»Wollen Sie sich umsehen?«

»Da unten?«

Jenny war sich da gar nicht so sicher. Es schien ziemlich tief und schrecklich finster zu sein. Außerdem gab es dort wahrscheinlich sowieso nichts zu sehen.

»*Yeah*, das ist okay. Da unten gibt’s keine Schlangen mehr – wie früher, als die Schürfer sie zur Bewachung hielten. Kommen Sie, ich zeig’s Ihnen.«

Seine Hand war rauh, und sie spürte die Kraft in seinen Fingern, als er ihren Arm umfaßte und ihr zeigte, wie sie am besten die Leiter hinunterkletterte. Er mochte klein und Gott weiß wie alt sein, aber er war erstaunlich stark, und während sie so auf den wackligen Sprossen balancierte, war sie keineswegs sicher, daß es klug war, mit ihm in dieses Loch hinabzusteigen.

»Warten Sie«, sagte er, als sie unten angekommen waren. »Machen wir ein bißchen Licht.« Er riß ein Streichholz an, und der warme Schein einer Kerosinlampe vertrieb die Dunkelheit.

Es war kühl in der Erde, und als sie sich umschaute, vergaß sie ihr Unbehagen. Das hier war kein Loch, sondern ein endloses Netz von Gängen, in denen die Erde weggemeißelt war und jahrhundertealte Farben und Strukturen zutage traten.

»Schön, nicht?« Er grinste stolz und zwinkerte dann. »Aber was in der Erde versteckt ist, das ist erst was.« Er wandte sich ab und griff in einen schmalen Spalt, der in eine Tunnelwand gegraben war. Er holte einen Lederbeutel hervor, zog die Schnur auf und schüttete den Inhalt in seine flache Hand.

Jenny schnappte nach Luft. Das Lampenlicht fing sich in den Opalen und ließ im milchigen Weiß ein Feuer aufsprühen, rot und blau und grün. Und vereinzelt dazwischen lagen die seltensten von allen: die schwarzen Opale, schimmernd und geheimnisvoll, mit faszinierendem Gold gesprenkelt.

Er nahm ein besonders schönes Stück und legte es ihr in die Hand. »Ich hab' ihn poliert, so gut ich konnte. Schätze, in der Stadt bringt er mir 'ne Stange Geld.«

Jenny hielt den Stein ins Licht und drehte ihn hin und her, so daß sein tiefrotes Feuer blitzte und tanzte. »Er ist prachtvoll«, hauchte sie.

»Kann man wohl sagen.« Er zwinkerte. »Ich mache Ihnen einen guten Preis, wenn Sie ihn kaufen wollen.«

Jenny betrachtete den Opal. Sie hatte ähnliche schon beim Juwelier in Sydney gesehen und wußte, was sie kosteten. »Ich glaube, das kann ich mir nicht leisten«, sagte sie betrübt. »Außerdem, bringen Opale nicht Unglück?«

Der Alte warf den Kopf in den Nacken, und sein Gelächter hallte durch das Labyrinth von Höhlen. »Nehmen Sie's mir nicht übel, Lady, aber Sie haben sich da was von Leuten erzählen lassen, die keine Ahnung haben, wovon sie reden. Unglück haben nur die armen Schweine, die nichts finden.«

Sie lächelte, als er die Steine wieder in den Beutel schüttete und in ihr Versteck zurücklegte. »Haben Sie keine Angst, jemand könnte herunterkommen und Sie bestehlen?«

Er schüttelte den Kopf und holte einen kleinen Drahtkäfig hervor. »Ich setze Skorpione rein, wenn ich die Mine allein lasse. Mit denen legt sich keiner an.« Er ließ die Skorpione heraus und verschloß den Spalt mit einer dicken Steinplatte. »Jetzt muß es aber Zeit fürs Frühstück sein. Lorraine ist 'ne prima Köchin, auch wenn sie aussieht wie 'n Unfall in 'ner Farbenfabrik.« Er lachte und kletterte die Leiter hinauf.

In freundschaftlichem Schweigen spazierten sie zurück zum Hotel. Jenny hätte sich gern nach Lorraine und Brett Wilson erkundigt, aber sie wußte, daß ihre Neugier an einem so kleinen Ort Aufsehen erregt hätte. Außerdem mußte sie zugeben, daß es sie eigentlich nichts anging, solange es seine Arbeit nicht beeinträchtigte.

Die Küche war riesig und laut. Lange Tische auf Holzböcken waren mit Plastikdecken und Tellern gedeckt, und auf den Bänken drängten sich die Touristen aus dem Bus zusammen mit durchreisenden Viehtreibern und Prospektoren, die hier übernachtet hatten.

»Juhuu.« Mrs. Keens Stimme segelte über dem allgemeinen Getöse. »Hier drüben, Schätzchen. Ich hab' Ihnen einen Platz freigehalten.«

Jenny hatte sich kaum neben ihre Zimmergenossin gezwängt, als Lorraine einen Teller mit Steak, Eiern und Bratkartoffeln vor sie hindonnerte. Entsetzt schaute Jenny darauf. »Ich frühstücke normalerweise nicht. Nur einen Kaffee, bitte.«

»Wir haben nur Tee. Sie sind hier nicht in 'nem Nobelhotel in Sydney, wissen Sie.« Der Teller wurde weggerissen, die Teekanne hingeknallt.

»Das stimmt, das merkt man immer wieder«, fauchte Jenny. Und bereute es auf der Stelle, als es mäuschenstill wurde und alle Blicke zwischen ihr und Lorraine hin- und herwanderten. Sie hörte, wie Mrs. Keen den Atem anhielt.

»Wieso fahren Sie dann nicht wieder hin?« Lorraine warf den Kopf in den Nacken und marschierte mit klirrenden Armreifen hinauf.

Jenny lachte, um ihre Beschämung darüber zu verbergen, daß sie so leicht die Geduld verloren hatte. »Und gleich noch mal diese verdammte Busfahrt unternehmen? Nein danke«, sagte sie in den Raum hinein.

Man hörte erleichterte Seufzer, und bald war der Speiseraum wieder erfüllt von Geplauder und klapperndem Besteck. Dennoch wußte Jenny, daß sie ihren Aufenthalt hier schlecht begonnen hatte. Hier draußen im Busch waren Frauen selten genug, und da war es dumm gewesen, gleich die erste, die ihr begegnete, vor den Kopf zu stoßen.

Mrs. Keen fuhr eine Stunde später mit dem Bus weiter, und nachdem Jenny ihr zum Abschied gewinkt hatte, setzte sie sich mit ihrem Skizzenblock auf die Veranda. Sie brannte darauf anzufangen; es gab hier so vieles, was sie zu Papier bringen wollte. Die Farben ringsum waren einfache Grundfarben, aber jede war um eine Schattierung heller oder dunkler als die nächste, und alles verschmolz zu einem prachtvollen Teppich aus Rot und Braun, Orange und Ocker. Es war unmöglich, so etwas mit zarten Pastell- oder Bleistiftstrichen einzufangen, und Jenny bereute, daß sie nicht Ölfarben und Leinwand mitgenommen hatte.

Sie war ganz in ihrer Arbeit versunken und füllte Blatt um Blatt mit Farbe und Bewegung, während die Wüstenszenerie sich im Licht der aufgehenden Sonne verwandelte.

»Mrs. Sanders?«

Sie hatte ihn nicht kommen hören, aber der freundliche, gedehnte Tonfall erschreckte sie trotzdem nicht. Sie schaute in graue, grün und golden gesprenkelte Augen mit langen schwarzen Wimpern. Die Sonne hatte die Augenwinkel in feine Fältchen gelegt, und ein kantig rauhes Gesicht schaute im Schatten eines Viehtreiberhutes auf sie herab. Das Kinn war gekerbt, die Nase lang und gerade, der Mund sinnlich und humorvoll gekräuselt. Er schien um die Dreißig zu sein, aber es war schwer, das Alter eines Mannes hier draußen zu schätzen, wenn die Sonne ihn einmal erwischt hatte.

»Brett Wilson. Entschuldigen Sie die Verspätung. Bin auf der Farm aufgehalten worden.«

»Tag«, brachte sie hervor, als sie wieder Luft bekam. Dieser große, gutaussehende Mann ist also der Verwalter von Churinga, dachte sie. Kein Wunder, daß Lorraine ihn gegen alle Neuankömmlinge verteidigt. »Ich bin Jenny«, sagte sie hastig. »Nett, Sie endlich kennenzulernen.«

Er zog seine Hand zurück, aber sein Blick verweilte einen Moment länger auf ihr, als behaglich war. »Es ist wohl besser, ich nenne Sie Mrs. Sanders«, sagte er schließlich. »Die Leute hier draußen reden gern, und Sie sind der Boß.«

Jenny war überrascht. Es war höchst ungewöhnlich für einen Australier, auch wenn er angestellt war, sein Gegenüber nicht mit dem Vornamen anzureden. Aber irgend etwas in seinem Blick hinderte sie daran, etwas zu sagen, und so raffte sie eilig ihre Sachen zusammen. »Ich nehme an, Sie wollen gleich zurückfahren.«

Er schüttelte den Kopf. »Keine Sorge. Könnte vorher noch ein, zwei Glas Bier gebrauchen. Möchten Sie, daß Lorraine Ihnen auch eins rausbringt, während Sie warten?«

Eigentlich wollte sie es nicht, aber wenn sie schon warten mußte, dann konnte er ihr wenigstens ein Bier spendieren. »Okay, Mr. Wilson. Aber lassen Sie uns nicht zu lange trödeln. Ich möchte Churinga sehen.«

Er schob den Hut zurück, und Jenny sah schwarzes, lockiges Haar, bevor er die Krempe wieder fest in die Stirn zog. »Keine Sorge«, sagte er. »Churinga läuft nicht weg.« Er schlenderte zurück ins Hotel.

Jenny ließ sich wieder auf den Stuhl fallen und hob ihr Skizzenbuch auf. Sie würde sich an dieses langsamere Tempo gewöhnen müssen, auch wenn es frustrierend war.

Sie hörte Lorraines aufgeregtes Plappern, und ein paar Augenblicke später klapperten ihre hohen Absätze über die Holzveranda. »Bitte sehr, ein Bier. Brett sagt, es wird nicht allzu lange dauern«, erklärte sie triumphierend. Dann schlug die Fliegentür hinter ihr zu.

»Blöde Kuh«, knurrte Jenny in ihr Bier. Es war so eiskalt wie ihre Miene. Brett Wilson sollte sich beeilen. Sie hatte nicht vor, den ganzen verdammten Tag lang hier herumzusitzen und zu warten, während er mit Lorraine herumschäkerte. Zwei Bier sollten reichen; dann wollte sie los.

Sie trank ihr Bier, verließ die Veranda und ging hinauf, um ihren Rucksack zu holen. Als sie sich Gesicht und Hände gewaschen hatte, setzte sie sich hin und bürstete sich das Haar. Das beruhigte sie immer, und als das Haar glänzte, war auch ihre gute Laune wiederhergestellt. Sie würde jetzt wieder hinuntergehen und die Gegend genießen. Brett hatte recht. Churinga lief nicht weg, und sie ebenfalls nicht, bis er bereit war, sie hinzubringen.

Das Bierglas stand noch auf der Armlehne, wo sie es abgestellt hatte. Lorraine war offensichtlich anderweitig beschäftigt. Lächelnd stellte Jenny das Glas auf den Boden und nahm ihre Zeichensachen zur Hand. Sie erinnerte sich daran, wie es anfangs mit Pete gewesen war. Wie sie jeden Augenblick genutzt hatten. Wie sie ins Bett gepurzelt waren und die Hände nicht voneinander lassen konnten.

Sie seufzte. Der Sex mit Pete war gut gewesen, und sie vermißte diese Vertrautheit, dieses Gefühl einer anderen Haut an ihrer, das Klopfen eines zweiten Herzens. Ungeduldig warf sie den Kopf nach hinten und holte ihre Gedanken in die Gegenwart zurück. Es hatte keinen Sinn, über solche Dinge zu grübeln. Das brachte nur den Schmerz zurück.

Ihre Aufmerksamkeit richtete sich auf den alten Opalschürfer, der in einem Schaukelstuhl am anderen Ende der Veranda saß. Ihr Bleistift flog über das Papier, und sie vergaß Brett und Lorraine. Der alte Mann war ein wunderbares Modell; er bewegte sich kaum und starrte ins Leere, und der breitkrempige Hut war gerade so weit aus dem Gesicht geschoben, daß man das wettergegerbte Profil sehen konnte.

»Das ist wirklich gut. Ich wußte nicht, daß Sie zeichnen können, Mrs. Sanders.«

Jenny blickte auf und lächelte Lorraine an. Vielleicht war das ein Friedensangebot, nachdem sie sich vergewissert hatte, daß sie Brett fest in den Krallen hatte. »Danke.«

»Sie sollten versuchen, Ihre Sachen an die Galerie in Broken Hill zu verkaufen, wenn Sie vorhaben, länger hierzubleiben. Die Touristen lieben so was.«

Jenny hätte fast gesagt, daß ihre Arbeit in Australien schon recht gut bekannt sei, aber dann hielt sie sich zurück. Sie wollte diesen Versuch, Frieden zu schließen, nicht durch blasierte Reden verderben. »Es ist nur ein Zeitvertreib.«

Lorraine setzte sich auf die Armlehne und schaute zu, wie Jenny die Zeichnung fertigstellte. »Sie haben den alten Joe genau richtig getroffen«, sagte sie voller Bewunderung. »Sogar, wie er die Unterlippe irgendwie vorschiebt, wenn er nachdenkt.«

Jenny riß die Zeichnung vom Block. »Behalten Sie sie, Lorraine. Ein Geschenk.«

Lorraine machte große Augen vor Überraschung. »Wirklich? Oh, danke.« Der rosarote Hauch auf ihren Wangen hatte mit Rouge nichts zu tun. »Tut mir übrigens leid, daß ich … Sie wissen schon. Normalerweise fahre ich nicht so leicht aus der Haut, und hier draußen gibt's nur wenig Frauen, so daß es ein Jammer wäre, wenn wir uns zanken würden.« Sie streckte die Hand aus. »Vertragen?«

Jenny schob ihren Groll beiseite, nahm die Hand und nickte. »Vertragen.«

Lorraine schien zufrieden zu sein und wandte sich wieder der Zeichnung zu. »Haben Sie was dagegen, wenn ich es Joe zeige? Er wird sich höllisch geschmeichelt fühlen.«

»Nur zu!« Jenny lächelte.

»Dafür spendier' ich Ihnen ein Bier. Und Brett müßte gleich kommen.« Lorraine rutschte von der Armlehne herunter und trabte hinüber zu Joe, um ihm das Bild zu zeigen.

Der Alte lachte und schaute die Veranda herauf. »Gut gemacht, Missus. Besser als 'n Spiegel.« Grüßend hob er sein leeres Glas.

Jenny verstand den Wink. »Eins auf mich, Lorraine. Joe hat es verdient, weil er ein so gutes Modell ist.«

Brett trat aus dem Halbdunkel der Bar durch die Fliegentür auf die Veranda. Mrs. Sanders saß neben Joe und lauschte seinen wilden Geschichten vom Opalbergbau; sie merkte nicht, daß er da war, und so nahm er sich ein paar Augenblicke Zeit, um sie zu betrachten.

Sie war viel jünger, als er erwartet hatte, und sah ziemlich gut aus mit ihrem glänzenden Haar und den langen braunen Beinen; er bereute, daß er so kurz angebunden mit ihr gesprochen hatte. Der alte Wainwright hatte nur gesagt, sie sei Witwe; auf eine solche Überraschung war er daher nicht vorbereitet gewesen. Aber was ihn am meisten aus der Fassung gebracht hatte, das waren ihre Augen. Gleich, als sie das erste Mal aufgeblickt hatte, war er fasziniert gewesen; ihre Farbe wechselte von dunklem Veilchenblau bis zu blassem Amethyst. Sie würde niemals eine gute Pokerspielerin abgeben – nicht mit diesen Augen.

Brett schob den Hut aus der Stirn und wischte sich den Schweiß ab. Sie sah zu zart aus für Churinga. Wahrscheinlich würde sie nicht mehr als zwei Wochen überstehen, bis sie wieder zurück nach Sydney flüchtete. Lorraine hatte recht. Sie waren alle gleich, diese Städter. Mächtige Flausen vom Leben im Busch, aber wenn sie der Wirklichkeit gegenüberstanden, in der es kein fließendes Wasser gab, aber dafür Feuer, Hochwasser und Dürre, dann waren sie bald wieder weg. Und drei Kreuze hinterher, dachte er. Ich bin nicht darauf vorbereitet, Befehle von einer Bohnenstange entgegenzunehmen, die bei einem Schaf den Arsch nicht vom Ellenbogen unterscheiden kann.

Er sah, wie die Sonne ihr bernsteinfarbene Lichter ins Haar setzte, sah, wie ihre Hände flatterten, als sie Joe etwas beschrieb, und er revidierte seine Meinung. Vom Trauma des kürzlich erlittenen Verlustes war nichts zu bemerken; sie mußte es tief in sich vergraben haben; das erforderte Kraft und Mut. Außerdem hatte sie die Reise hierher ganz allein unternommen, und es hatte ihr anscheinend nichts ausgemacht. Sie erschien ihm so exotisch wie manche der phantastischen Vögel, die den Busch bewohnten, und auch sie gediehen hier draußen. Vielleicht war sie doch aus härterem Holz, als er zuerst gedacht hatte.

Sie drehte sich um, und ein Ruck durchfuhr ihn, als ihre schönen Augen ihn anschauten. Er drückte sich den Hut tiefer in die Stirn und ging zu ihr. Sie ist mein Boß – und von ihr hängt alles ab. Wenn sie Churinga haßt, wird sie es wahrscheinlich verkaufen. Aber wenn sie bleibt … Dann könnte die Sache kompliziert werden.

»Ich komme sofort, Mr. Wilson. Joe erzählt mir gerade eine Geschichte.«

Brett bemerkte, daß ihre Augen sich im Schatten der Veranda dunkelblau färbten, und er wußte, daß sie jetzt sein eigenes Spiel mit ihm spielte – und die Ironie der Sache entging ihm nicht. Er hätte gern gesagt, er warte dann im Geländewagen draußen, aber Joes Geschichten waren legendär, und es gefiel ihm, wie Mrs. Sanders beim Zuhören den Kopf schräg legte. Also lehnte er sich mit bemühter Langeweile an das Verandageländer und zündete sich eine Zigarette an.

Als die Geschichte zu Ende war, stand sie auf. Er war sich ihrer langen, schlanken Beine bewußt, hielt den Blick aber fest in unbestimmte Fernen gerichtet. Sie war groß – sicher eins siebzig –, aber es paßte zu ihr. Brett Wilson, schimpfte er innerlich, reiß dich zusammen und hör auf zu träumen wie ein Idiot!

»*Bye*, Joe. Bis dann.« Er hob ihren Rucksack auf. »Fahren wir«, sagte er knapp. »Es ist ’n weiter Weg.«

Er hörte ihre Schritte auf den Holzdielen, als sie ihm über die Veranda und die Stufen hinunter folgte, aber er machte keine Anstalten, mit ihr zu reden oder sich umzuschauen. Für Small talk hatte er nichts übrig, und er bezweifelte ohnedies, daß sie viel zu sagen hatte, was ihn interessieren könnte.

Der verbeulte Geländewagen schmorte hinter dem Hotel in der Sonne. Brett warf Jennys Rucksack hinter den Sitz, nahm die Kiste mit den Lebensmitteln, die Lorraine ihm reichte, und schob sie auf die Ladefläche unter der Plane. Er wollte jetzt so schnell wie möglich weg, ehe Lorraine etwas Dummes sagen oder tun konnte. Sie war in letzter Zeit viel zu anspruchsvoll geworden, und deshalb hatte er es vermieden, in die Stadt zu kommen. Das ist das Problem bei den Frauen, dachte er düster. Schenk ihnen ein Lächeln und ein bißchen angenehme Gesellschaft, und schon glauben sie, du gehörst ihnen. Er stieg ein und schlug die Tür zu.

Lorraine beugte sich ins Fenster, und ihr Parfüm erfüllte die Kabine. »*Bye*, Jen. Wir sehen uns sicher bald wieder.«

Brett drehte den Zündschlüssel um und trat das Gaspedal herunter, um ihre Stimme zu übertönen. Er schrak zusammen, als Lorraine seinen Arm mit festem Griff umfaßte. Bei der Entschlossenheit in ihrem Blick überlief es ihn kalt.

»Bis bald also, Brett. Und vergiß nicht, du hast versprochen, am ANZAC-Tag mit mir zum Rennen zu gehen.«

»Okay. Bis dann«, sagte er hastig. Er zog seinen Arm weg und legte den Rückwärtsgang ein. Einen Augenblick lang hatte er geglaubt, diese verdammte Frau würde ihn vor Mrs. Sanders küssen. Lorraine wurde ihm allzu besitzergreifend, und das gefiel ihm ganz und gar nicht. Er legte den Vorwärtsgang ein. Je schneller er wieder nach Churinga kam, desto besser. Dort wußte er zumindest, wie er mit den Problemen umzugehen hatte. Tiere waren so viel leichter zu verstehen als Frauen.

Jenny verfolgte die Szene als Außenstehende amüsiert. Die arme Lorraine würde sich mächtig anstrengen müssen, wenn sie dieses besonders launische Exemplar einfangen wollte. Ob alle Männer hier draußen diese Einstellung gegenüber Frauen hatten? Oder genierte sich Brett nur vor ihr? Wahrscheinlich. Lorraine machte sich ziemlich energisch an ihn heran, und es mußte peinlich sein, wenn man dabei seine Chefin neben sich sitzen hatte.

Sie schaute aus dem Fenster, als die Landschaft sich vor ihr auftat, und in ihrem Staunen hatte sie die beiden bald vergessen. Rostbraune Termitenhügel standen Wache neben der Wüstenpiste. Klaffende ausgetrocknete Flußbetten ließen harte Stöße in die Räder fahren und drohten in jeder Kurve das Fahrzeug zu kippen. Geistergummibäume mit silbriger Rinde und hängenden Blättern ragten welk zwanzig Meter über das Hellgrün und Gelb des Graslandes empor. Die Erde war ockerfarben und schwarz gestreift, der Himmel weit und unglaublich blau.

Sie nahm sich vor, sich bei Gelegenheit den Geländewagen zu borgen und in die Wildnis hinauszufahren, um zu malen. Aber vorher mußte sie mit Diane Kontakt aufnehmen und sich Farben und Leinwand schicken lassen.

Sie fuhren schweigend; man hörte nur das Heulen des Motors und gelegentlich das Kratzen eines Streichholzes am Armaturenbrett, wenn Brett sich eine Zigarette anzündete. Aber das war ihr auch lieber so. Es gab ihr Zeit, das Wesen des Outback in sich aufzunehmen; sinnloses höfliches Geplauder hätte die Vollkommenheit beeinträchtigt.

Schwärme von exotischen Vögeln kreisten über den Bäumen, und ihre Farben hoben sich schneidend bunt vom Himmel ab, ein verblüffender Anblick. Weiße Gelbhaubenkakadus zankten sich, Kookaburras lachten, und das Flirren der Hitze mischte sich mit dem Zirpen der Grillen, während Brett den Geländewagen von einer unsichtbaren Straße auf die nächste lenkte.

Sie waren fast zehn Stunden gefahren, als sie eine Reihe von Teebäumen und eine lange, oben abgeflachte Felskuppe am Horizont sah.

»Tjuringa Mountain. Die Aborigines haben ihn wegen seiner Form so genannt: Er sieht aus wie ein steinernes Amulett, ein Churinga. Der Berg ist einer ihrer Traumorte. Heilig.«

Jenny klammerte sich ans Armaturenbrett, als die Vorderräder in ein besonders tiefes Schlagloch prallten. »Wann sehe ich das Haus?«

Brett lächelte trocken. »In ungefähr anderthalb Stunden. Wir haben noch rund fünfzig Meilen, wenn wir an den Bäumen da vorbei sind.«

Sie starrte ihn an. »Wie groß ist Churinga denn? Fünfzig Meilen von den Bäumen bis zum Haus. Es muß ja riesig sein.«

»Nur zirka fünfundsechzigtausend Hektar. Das ist hier draußen ziemlich wenig«, erklärte er nonchalant; mit schmalen Augen blinzelte er in die Sonne und konzentrierte sich darauf, den Schlaglöchern auszuweichen.

Jenny wünschte, sie hätte John Wainwright aufmerksamer zugehört. Er mußte ihr das alles erzählt haben, aber es war doch ein Schock, obgleich ihr durchaus bekannt war, daß riesige Ländereien das Herz der australischen Agrarindustrie bildeten. »Mr. Wainwright sagt, er hat Sie vor zwei Jahren als Verwalter nach Churinga geholt. Wo waren Sie davor?«

»Auch hier. Weihnachten sind's zehn Jahre, daß ich mit meiner Frau hierhergezogen bin. Wir haben's dann von dem alten Knaben übernommen, als der in Rente ging, und die Bank hat mich eingestellt.«

Sie schaute ihn erstaunt an. Von einer Frau war nie die Rede gewesen, und sie hatte angenommen, er sei ledig. Wieso zum Teufel schäkerte er dann mit Lorraine herum? Kein Wunder, daß Lorraines Benehmen ihm peinlich war! Sie lehnte sich zurück und schaute nachdenklich aus dem Fenster. Dieses spezielle stille Wasser war offenbar tiefer, als sie gedacht hatte. Es wäre interessant, die Frau hinter diesem Mann kennenzulernen.

»Vor uns liegt jetzt die Farm Churinga«, sagte Brett leise, als die Sonne sich auf den Berg herabsenkte.

Jenny hörte die Zärtlichkeit in seinem Ton, als er mit dem Kopf auf das flache Gebäude vor einer Kulisse aus hohen Eukalyptusbäumen deutete. Und als die ganze Pracht des Anwesens sich vor ihr entfaltete, verstand sie ihn.

Es war ein altes Queensland-Haus aus weißen Schalbrettern und mit einem Dach aus Wellblech, und es stand auf Ziegelpfeilern. An der Südseite wurde es von riesigen Pfefferbäumen abgeschirmt, die, von der Tageshitze erschöpft, über dem Dach hingen; in ihren blaßgrünen Wedeln summten die Bienen. Eine Veranda erstreckte sich über die ganze Breite des Hauses; das Geländer war von Efeu und Bougainvilleen überwuchert. Die Rahmen der Fliegentüren waren rot gestrichen, und die Koppel vor dem Haus war leuchtend grün inmitten der ockergelben Fläche des Hofes.

Brett deutete auf die Koppel, während er den Wagen anhielt. »Die wird vom Brunnen bewässert. Wir sind auf unterirdische Quellen angewiesen, um das Vieh am Leben zu halten, aber wir haben Glück hier auf Churinga; wegen der Bergbäche hat es noch nie einen gefährlichen Wassermangel gegeben. Während des Krieges soll Churinga eine zehnjährige Dürre überstanden haben.«

Jenny stieg aus und streckte sich. Sie waren den ganzen Tag gefahren, und jetzt war sie steif, und alle Knochen taten ihr weh. Sie schaute zu den Pferden auf der Koppel hinüber und beneidete sie um den Schatten der Bäume. Obwohl die Sonne bald unterginge, war es immer noch extrem heiß.

»Was sind das für Gebäude da drüben?« Das Anwesen war viel größer als Waluna – eher ein kleines Dorf als eine Farm.

Brett deutete nacheinander auf jedes Gebäude. »Das ist für die Viehknechte, und das daneben ist die Küche. Die große Baracke da drüben ist für die Schafscherer, und die kleinere ist für die Treiber und die *jackaroos*, die Hilfsarbeiter. Holzlager und Schlachthaus sind dahinter im Hof.«

Er drehte sich um und zeigte zur Ostseite des Hauses. »Das dort ist der Wollschuppen, der Sortierspeicher und die Tauchtanks. Wir können bis zu zwanzig Scherer gleichzeitig unterbringen. Pferche, Hundezwinger und Auslauf sind nebenan. Dann gibt's da noch Hühnerställe, Schweine- und Kuhstall. Jedes Hauptgebäude hat einen eigenen Generator.«

»Mir war nie klar, wie weit die Selbstversorgung hier gehen muß«, sagte sie. »Erstaunlich.«

Brett scharrte mit dem Stiefel im Staub und schob den Kopf in den Nacken. Der Stolz in seinem Blick war unübersehbar. »Für das meiste können wir selbst sorgen, aber wir sind immer noch auf die Royal Mail angewiesen, was Lebensmittel, Benzin und Kerosin angeht. Wir kaufen Heu zu, wenn die Trockenheit zu schlimm wird, und Mais, Zucker und Mehl. Landwirtschaftsmaschinen müssen per Katalog bestellt werden, aber zum Glück haben wir einen guten Schlosser hier; der hält sie in Schuß, bis sie wirklich auseinanderfallen. Die Scheune da drüben ist das Lager für Maschinen und Futtermittel, die Schmiede ist daneben, die Schreinerei am Ende.«

Jenny betrachtete das alles, als sein Tonfall ernst wurde. »Die Tanks hinter dem Haus sind Süßwassertanks, Mrs. Sanders. Sie sind ausschließlich für Trinkwasser.« Er drehte sich um und wies auf ein schmales Rinnsal, das träge unter ein paar Trauerweiden am westlichen Rand der Koppel entlangfloß. »Das Wasser zum Waschen und für die Hausarbeit kommt aus dem Bach da.«

Jenny fand, daß es Zeit wurde, ihn aufzuklären. »Ich habe schon hinterm Horizont gewohnt, Mr. Wilson. Ich weiß, wie kostbar Wasser ist.«

Er musterte sie mit flüchtigem Interesse, bevor er zu seinem Vortrag zurückkehrte. Offenbar hatte er sich überlegt, was er sagen wollte, und nichts würde ihn jetzt aus dem Gleis bringen. »Wenn die Bäche Hochwasser haben, steht der Hof mehrere Fuß tief unter Wasser. Deswegen stehen alle Gebäude auf Stelzen. Wegen der Termiten sind sie gemauert.«

»Kein Wunder, daß Sie diesen Platz lieben«, hauchte sie. »Er ist atemberaubend.«

»Er kann aber auch grausam sein«, antwortete er in scharfem Ton. »Machen Sie sich keine romantischen Vorstellungen von dieser Gegend.«

Jenny erkannte, daß nichts von dem, was sie sagen oder tun konnte, ihn in seiner Überzeugung erschüttern könnte, sie sei eine Städterin und deshalb ahnungslos. Also sah sie stumm zu, wie er sich abwandte, um den Geländewagen zu entladen. An der langgestreckten, schlanken Gestalt war nicht ein Gramm überschüssiges Fett, und seine Muskulatur war fein wie die eines jungen Fohlens. Er würde ein wunderbares Modell für Dianes Bildhauerei abgeben, aber sie bezweifelte, daß er davon viel halten würde. Sie rief ihre Gedanken zur Ordnung.

»Ist Ihre Frau im Haus, Mr. Wilson? Ich bin gespannt darauf, sie kennenzulernen.«

Er blieb vor ihr stehen, die Arme voller Lebensmittel, und runzelte die Stirn. »Sie ist in Perth«, knurrte er.

Jenny beschirmte ihre Augen vor der tiefstehenden Sonne, als sie zu ihm aufblickte. Sie sah die Kränkung in seinem Blick und an der Art, wie er die Lippen zusammenpreßte. Hier war nicht alles in Ordnung – vielleicht hatte die abwesende Frau sein Verhältnis zu Lorraine bemerkt.

Brett trat von einem Fuß auf den anderen. »Nicht auf Urlaub, wenn Sie sich das fragen«, sagte er abwehrend. »Sie ist für immer dort.« Er stapfte zur Veranda, hakte die Stiefelspitze unter die Fliegentür und stürmte ins Haus.

Jenny lief ihm nach. In der Küche hatte sie ihn eingeholt. »Es tut mir leid, ich wollte nicht neugierig sein.«

Brett wandte den Blick nicht von den Lebensmitteln, die er auspackte. »Keine Sorge. Sie sind hier fremd; woher sollten sie über mich und Marlene Bescheid wissen?« Er drehte sich unvermittelt um und sah sie finster an. »Marlene hat's hier nicht gefallen. Sie sagte, sie würde sich in all dieser Weite eingesperrt fühlen. Ist zurück nach Perth gegangen, in die Bar, in der ich sie gefunden hatte.«

Lange war es still. Einen Augenblick lang hätte sie fast versucht, ihn zu trösten, wenn sie gewußt hätte, wie – aber was hätte sie für Worte finden können, um ein so ramponiertes Ego zu besänftigen.

»Ich wollte Sie nicht anfauchen«, sagte er schließlich entschuldigend. »Aber ich hasse Klatsch und Tratsch; also dachte ich, am besten erzähle ich es Ihnen, bevor es jemand anders tut. So – gibt's noch was, bevor ich gehe? Die Männer müßten bald zurückkommen, und ich habe noch zu arbeiten, bevor es zu dunkel wird.«

Sie nahm seine Entschuldigung lächelnd an. »Wer kocht denn hier für all die Männer? Haben Sie eine Haushälterin?«

Die Spannung verflog. Brett schob die Hände hinten unter den Gürtel, und ein breites Lächeln erhellte plötzlich sein Gesicht, das die Fältchen an seinen Augenwinkeln vertiefte und ihn noch besser aussehen ließ. »Verflixt, ihr Städter habt komische Vorstellungen. Meistens versorgen wir uns selbst, aber in der Schersaison – also jetzt zum Beispiel – kümmert sich eine der Wanderarbeiterfrauen ums Essen.«

Er schob den Hut zurück und ging zur Tür. »Ich erzähle Ihnen später mehr über die Farm. Essen gibt's in einer halben Stunde, und da es Ihr erster Abend ist, essen Sie am besten mit im Kochhaus. Ma Baker hat da das Kommando. Sie und ihr Mann kommen jedes Jahr, und sie weiß wahrscheinlich genauso viel über den Laden hier wie ich.«

Jenny hatte keine Zeit, ihm zu danken. Er war schon draußen.

Sie stand in den Schatten, die durch die Küche krochen, und lauschte den Geräuschen von Churinga. Das tiefe Klingen eines Hammers auf dem Amboß, das Blöken der Schafe und die Rufe der Männer mischten sich mit dem Geschnatter der Galahs und dem Bellen der Hunde. Sie hatte Stille erwartet, aber als sie jetzt dastand, erinnerte sie sich an ihre Kindheit, und wie es damals gewesen war, und als die Erinnerungen zurückkehrten, entspannte sie sich langsam. Sie war aufs Land heimgekehrt, nachdem sie viel zu lange fort gewesen war – aber das Echo von allem war noch gespenstisch vertraut.

Die Schafzuchtfarm Waluna lag in Queensland, im Herzen von Mulga. Das Wohnhaus war kleiner als das von Churinga, aber auf die gleiche Weise gebaut, mit Blechdach und Veranda. Weideland erstreckte sich meilenweit um die Farm, und Jenny konnte sich noch genau an den Geruch der Sonne auf dem Gras erinnern und an das sanfte Rascheln des Windes in den Teebäumen.

John und Ellen Carey waren ein paar Monate nach Jennys siebtem Geburtstag ins Waisenhaus von Dajarra gekommen. Sie konnte sich an den Morgen erinnern, als wäre es gestern gewesen. Die Nonnen scheuchten sie und die anderen Kinder von ihrer Alltagsarbeit in den Tagesraum, wo sie sich unter den strengen Blicken der Mutter Oberin aufstellen mußten. Eine aufgeregte Stimmung lag in der Luft, denn die Ankunft von Leuten in Dajarra bedeutete, daß eins von ihnen in eine Pflegefamilie kommen und vielleicht, mit viel Glück, sogar adoptiert werden würde: für immer befreit von Schwester Michael.

Jenny hatte Dianes Hand ganz festgehalten. Sie hatten einen Pakt geschlossen: Sie würden sich niemals voneinander trennen lassen, und auch wenn sie sich danach sehnten, den Klauen der Nonne zu entrinnen, wußten sie doch, wenn sie Dajarra verlassen sollten, würden ihre wirklichen Eltern sie nicht finden können.

Sie lächelte, als sie daran dachte, wie Ellen und John an der langen Reihe von Kindern entlanggegangen waren. Ellen war lange vor ihr stehengeblieben, aber die Mutter Oberin hatte den Kopf geschüttelt und sie weitergedrängt. Jenny hatte den gemurmelten Kommentar nicht verstanden, als die Gäste weiter an der Reihe entlanggeschritten waren, aber sie hatte gewußt, daß sie und Diane wieder einmal nicht ausgesucht werden würden.

Schließlich hatte man den Kindern befohlen, den Raum zu verlassen, und sie waren zurück in die Bibliothek gehuscht, um weiter Staub zu wischen. Sie erinnerte sich, daß sie enttäuscht und gleichzeitig froh gewesen war, aber da dies keine neue Erfahrung gewesen war, hatte sie sich verhalten wie immer und ihre Gefühle einfach verdrängt.

Die Überraschung war gekommen, als Schwester Michael sie beide hatte holen lassen, um ihnen mitzuteilen, daß sie mit den Careys gehen würden. Sie hatte in das kalte, empfindungslose Gesicht geschaut und sich gefragt, ob dies eine neue Methode war, sie zu bestrafen. Aber wenige Tage später waren sie und Diane auf dem Weg in ein neues Leben und ein neues Zuhause gewesen, und die Mutter Oberin hatte versprochen, daß man sie sogleich zurückholen werde, sollten ihre wirklichen Eltern auftauchen.

Jenny starrte in die Ferne, als die alten Zweifel sich wieder regten. Andere Kinder aus Dajarra waren adoptiert worden, aber bei ihr und Diane war es anders gewesen. Und sie hatte sich immer gefragt, warum. Ellen und John waren alt genug gewesen, um ihre Großeltern zu sein, aber sie hatten ihnen ein gutes Leben geschenkt, und ihnen verdankten sie es, daß sie und Diane der Welt mit Selbstwertgefühl entgegentreten konnten. Das Jahr auf Waluna hatte sie aufblühen lassen, und auch wenn diese beiden wunderbaren Pflegeeltern inzwischen nicht mehr da waren, erinnerte sie sich mit tiefer Zuneigung an den Ort und die Menschen.

Sie erwachte aus ihrem Tagtraum und schaute sich um. Es wurde Zeit, sich Churinga anzusehen.

Die Küche war einfach, aber zweckmäßig. Eine Reihe von Schränken säumte eine Wand, gefüllt mit zusammengewürfeltem Porzellan und einem guten Eßservice. Unter dem Fenster war ein Spülstein aus fleckigem Porzellan mit hölzernen Abtropfgittern, und die Mitte des Raumes wurde von einem großen, blankgeschrubbten Holztisch beherrscht. Das Funkgerät besetzte eine Ecke, stumm und brütend – die einzige Verbindung zur Welt.

Sie blieb am Tisch stehen und blickte sich um. Die Küche war durch einen Anbau erweitert worden; man sah einen Bereich mit Polstersesseln, von denen man durch hohe Fenster an der Rückseite des Hauses hinausschauen konnte. Bücherregale und ein paar gute Aquarelle schmückten die Wände.

Bei näherem Hinsehen zeigte sich, daß die Bilder allesamt das Outback zeigten, aber ein Bild von Churinga erregte ihre besondere Aufmerksamkeit. Es mußte vor vielen Jahren gemalt worden sein, denn das Haus wirkte kleiner und vernachlässigter, und die Bäume warfen weniger Schatten als heute. Jenseits des Hofes standen nur ein paar baufällige Schuppen, und die Trauerweiden am Bach waren noch Schößlinge, deren Zweige kaum das Wasser berührten.

Jenny beäugte das Bild kritisch. Es war nicht signiert und offensichtlich das Werk eines Amateurs, aber es hatte einen gewissen Charme. Die Malerin – und Jenny war überzeugt, daß es eine Frau gewesen war – hatte ihr Motiv geliebt. Aber wer war sie gewesen, diese Frau mit dem zarten Pinselstrich? Die Frau eines Schafzüchters, eine Tagelöhnersfrau, die ein paar Shilling zum Lohn ihres Mannes dazuverdient hatte? Oder eine reisende Malerin, die im Austausch für das Bild Kost und Logis gefunden hatte?

Sie zuckte die Achseln. Es war im Grunde nicht wichtig; wer immer das Bild gemalt hatte, hatte ein kraftvolles und unanfechtbares Zeugnis der Geschichte dieses Anwesens hinterlassen.

Sie setzte ihre Besichtigung fort und entdeckte ein kleines Bad mit Toilette und Dusche. Alles wirkte ein bißchen ländlich, aber egal: Eine Dusche war eine Dusche, und sie konnte nicht widerstehen. Sie schälte sich aus den verschwitzten Kleidern, stellte sich unter das spärlich tröpfelnde, trübe Wasser und schrubbte den Staub der Straße von sich ab. Dann wickelte sie sich in ein sauberes Handtuch und tappte den schmalen Korridor entlang, um das Schlafzimmer zu suchen.

Als sie die erste Tür öffnete, sah sie gleich, daß sie in Bretts Reich eingedrungen war. Auf dem Boden lag ein Durcheinander von Stiefeln und beiseite geworfenen Arbeitskleidern. Das Bett war ungemacht, und es roch kräftig nach Lanolin, Rasiercreme und Stall. Sie betrachtete das Chaos und fragte sich, ob sie diesen launischen, unberechenbaren Mann wirklich in so enger Nachbarschaft haben wollte.

Sie schloß die Tür und ging weiter zum nächsten Raum. Von hier aus hatte man einen Blick über die Koppel an der Rückseite des Hauses; das Zimmer war kürzlich gewischt und gebohnert worden, und jemand hatte ein Marmeladenglas mit Wiesenblumen auf die Fensterbank gestellt. Eine aufmerksame Geste, die aber höchstwahrscheinlich eher von Ma Baker als von Brett stammte.

Kopf- und Fußende des Bettes waren aus verschnörkeltem Messing, und es war mit einer Patchworkdecke in sanften Farbtönen bedeckt. Auf dem Dielenboden lag ein Flickenteppich, und das Mobiliar bestand aus einem Stuhl, einem weißlackierten Schrank und einer Frisierkommode. Eine Weile stand Jenny in der Dämmerung und versuchte sich die Leute vorzustellen, die einmal hier gewohnt hatten, aber sie sah nur das leere Bett. Unvermittelt zog die Trauer über sie hinweg, und sie ließ sich auf das Bett sinken. »Oh, Pete«, seufzte sie, »ich wünschte, du wärst hier.«

Tränen brannten hinter ihren Lidern; sie wischte sie weg, holte ihren Rucksack und packte ihn aus. Dann zog sie frische Shorts und ein Hemd an. Du bist müde, hungrig und fremd hier, dachte sie. Aber es hat keinen Sinn, sich davon aus der Fassung bringen zu lassen.

Mit größerer Entschlossenheit, als sie empfand, raffte sie ihre restlichen Sachen zusammen und begann sich häuslich niederzulassen. Als sie die Schranktür öffnete, prallte ihr der schwere Geruch von Mottenkugeln und Lavendel entgegen. Kleider waren nicht da; vermutlich hatte Ma Baker sie weggeräumt. Schade, dachte Jenny. Wäre vielleicht interessant gewesen.

Rastlosigkeit erfaßte sie; jetzt, da sie alles im Haus gesehen hatte, fühlte sie sich zur Koppel und zu dem kleinen Friedhof hingezogen, den sie vorhin bemerkt hatte.

Lange Abendschatten lagen auf dem Land, als sie von der Veranda herunterstieg und durch das hohe Gras stapfte. Von der Rückseite des Hauses blickte man auf die Weide, auf der Pferde träge unter den Bäumen herumstanden. Dahinter lag ein kleines, überwuchertes Grundstück mit einem weißen Lattenzaun. Holzkreuze standen auf Grabhügeln, die von Känguruhblumen und wilden Lilien bedeckt waren. Es war eine friedvolle Ruhestätte für die Familie, die hier einmal gewohnt hatte. So viel persönlicher als ein öffentlicher Friedhof auf einem Hügel am Stadtrand von Sydney, dachte sie betrübt.

Als sie die Pforte öffnete, sah sie, daß die Angeln geölt waren; auch das Gras war kürzlich gemäht worden. Zumindest kümmert sich noch jemand drum, dachte sie.

Acht Grabkreuze ragten noch aus dem Gewucher, die übrigen hatte die herankriechende Wildnis fast verschluckt. Jenny las die Inschriften auf dem verwitterten Holz. Die O'Connors waren gegen Ende des neunzehnten Jahrhunderts gestorben; sie mußten Pioniere aus der alten Heimat gewesen sein. Mary und Mervyn Thomas waren kurz nach dem Weltkrieg gestorben, wenige Jahre nacheinander.

Die kleineren Kreuze waren schwieriger zu entziffern; die Schrift war verwittert, das Holz dünn wie Papier. Die kleinen Grabmale standen dicht beieinander, als wollten sie sich umarmen, und Jenny mußte die Ranken beiseite schieben, bevor sie etwas lesen konnte. Auf allen stand das gleiche: »Knabe. Bei der Geburt verstorben.«

Sie schluckte. Brett hatte recht – Churinga konnte grausam sein.

Sie ging weiter zu den beiden jüngsten Gräbern. Auf ihnen standen rohbehauene Steine, aus dem gleichen dunklen Fels geschlagen; die Lettern schimmerten immer noch weiß unter den Flechten – aber die Inschrift auf dem Grabstein der Frau ergab keinerlei Sinn. Jenny hockte sich davor und fragte sich, weshalb man so etwas dort hingeschrieben haben mochte.

»Essen ist fertig.«

Jenny fuhr aus ihren Gedanken hoch. »Bedeutet es das, was ich glaube?« fragte sie, während sie auf den Stein zeigte.

Brett schob den Hut in den Nacken und schob dann die Hände in die Taschen. »Weiß ich nicht, Mrs. Sanders. War vor meiner Zeit. Man munkelt, daß sich hier vor Jahren eine Tragödie abgespielt hat. Aber das ist nur Klatsch; ich würde mir darüber nicht den Kopf zerbrechen.«

»Man munkelt? Was munkelt man denn?« Jenny stand auf und klopfte sich die Erde von den Händen. Für ein gutes Geheimnis war sie immer zu haben.

»Nichts, was die Aufregung lohnt«, sagte er beiläufig. »Kommen Sie – sonst kriegen wir nichts mehr ab.«

Jenny schaute ihn an, aber er wich ihrem Blick aus. Er wußte etwas, aber offenbar behielt er es lieber für sich. Sie verließ mit ihm den Friedhof und folgte ihm über den Hof. Sie mußte schlucken, wenn sie daran dachte, daß mit der Geschichte von Churinga eine Intrige verbunden sein könnte.

VIER

Brett war nicht überrascht gewesen, sie auf dem Friedhof zu finden; der gehörte schließlich zu Churinga wie alles andere, und da sie ja erst kürzlich verwitwet war, lag es nahe, daß sie hinging. Aber er bereute, daß er die Gerüchte erwähnt hatte. Mrs. Sanders war offensichtlich neugierig und einfallsreich, und wie die meisten Frauen, mit denen er in Berührung gekommen war, würde sie jetzt wahrscheinlich keine Ruhe mehr geben, bis er ihr erzählte, was er wußte.

Was nicht viel ist, dachte er, als er über den Hof zum Kochhaus ging. Aber er hatte genug Klatschgeschichten gehört, um zu wissen, daß man die Vergangenheit von Churinga besser ruhen ließ.

Er zog sich den Hut in die Stirn, als sie neben ihn trat. Der Geruch des Wollschuppens war ihm besser vertraut als ein exotisches Parfüm aus Sydney. Mrs. Sanders beunruhigte ihn. Je eher er in der Schlafbaracke wäre, desto besser. Er hätte seine Sachen schon am Abend zuvor aus dem Haus schaffen sollen, und er hätte es auch getan, wenn seine Stute nicht ein Eisen verloren hätte, so daß er fünf Meilen weit zu Fuß nach Hause hatte gehen müssen.

Brett hielt Jenny die Fliegentür auf und warf dann seinen Hut an den Haken neben dem Eingang. Ma Baker hatte strenge Vorschriften, was das Tragen von Hüten im Haus betraf. Fröhlicher Lärm erfüllte die Küchenbaracke, aber beim Anblick von Mrs. Sanders wurde es plötzlich totenstill.

»Das ist euer neuer Boß, Leute. Mrs. Sanders.« Grinsend sah er die erstaunten Blicke, die auf die langen Beine und das glänzende Haar geworfen wurden. Jetzt sind sie platt, keine Frage, dachte er. »Rück ein Stück, Stan. Dann kann ich mich setzen.«

Ma kam geschäftig aus der Küche und wischte sich die Hände an der Schürze ab. Brett konnte Ma gut leiden. Man konnte mit ihr reden, und was sie kochte, gab Kraft. Er zog den Kopf ein, als sie ihm eine unsanfte Kopfnuß verpaßte. »Warum denn das, Ma?«

»Weil du keine Manieren hast, Brett Wilson«, erwiderte sie unter dem Gelächter der anderen am Tisch. Dann wandte sie sich Jenny zu, und ein breites Lächeln strahlte auf ihrem verschwitzten Gesicht. »Niemand hier hat Manieren, Schätzchen. Ich bin Mrs. Baker – nett, Sie kennenzulernen.«

Brett beobachtete verstohlen Jennys Gesicht, als sie Ma begrüßte und ihren Platz am Tisch einnahm. Ihre Augen sprühten, und er wußte, warum – sie lachte über ihn. Verflixte Weiber. Verbündeten sich immer gegen einen, wenn man nicht damit rechnete.

Ma stemmte die Fäuste in die breiten Hüften und musterte die offenen Mäuler und glotzenden Augen. »Was ist los mit euch? Noch nie 'ne Lady gesehen?«

Wie die anderen Männer zog Brett den Kopf ein und machte sich über den vollen Teller her, der vor ihm stand. Mit Ma durfte man es sich nicht verderben. Die lange Fahrt hatte seinen Appetit geschärft, und das Essen ermöglichte es ihm, die wissenden Blicke und vielsagenden Rippenstöße der anderen zu ignorieren. Sie sollten denken, was sie wollten. Mrs. Sanders war der neue Boß. Nichts Besonderes.

Jenny erkannte Freundschaft in Mas breitem Lächeln. Die Frau erinnerte sie an Ma Kettle aus den alten Filmen am Samstag vormittag: eine Frau von unbestimmbarem Alter, breithüftig und großzügig, die sich gleichwohl von den Männern, für die sie kochte und wusch, nichts gefallen ließ.

Ma stellte ihr einen vollbeladenen Teller hin. »Bitte sehr, Schätzchen. 'n schönes Stück Hammelbraten. Sie sehen aus, als könnten Sie ein bißchen Essen vertragen. Sind viel zu dünn«, erklärte sie besorgt.

Jenny wurde rot; ihr war bewußt, daß die Männer zuhörten, auch wenn sie sich vorgeblich nur für ihre Mahlzeit interessierten. Es war ein Fehler gewesen, zum Essen hierherzukommen. Sie wäre besser im Haus geblieben. Brett hatte genug Lebensmittel für einen Monat mitgebracht.

Während sie sich bemühte, eine respektable Bresche in den Essensberg zu schlagen, verloren die Männer anscheinend nach und nach das Interesse, und nach einem oder zwei erfolglosen Ansätzen nahmen sie ihre Gespräche wieder auf. Schafe waren offenbar das Hauptthema, aber da Jenny in den letzten zehn Jahren Schafe aus der Nähe nur in der Metzgerei gesehen hatte, schwieg sie lieber und betrachtete ihre Umgebung.

Das Kochhaus bestand anscheinend aus der Küche und diesem riesigen Eßraum. Der blankgescheuerte Tisch erstreckte sich durch den ganzen Raum, und zu beiden Seiten davon standen Bänke. Die gewölbte Decke war aus Wellblech, von schweren Holzbalken getragen. Die Küchendünste, der Geruch von Lanolin, Pferden und Ställen sowie vom Schweiß der täglichen Arbeit bildeten eine schwindelerregende Mischung.

Jenny fand es erdrückend, beim Essen von dreißig oder mehr Männern umgeben zu sein, die sich unter Mrs. Bakers wachsamen Blicken um eine stubenreine Sprache bemühten und versuchten, sich einigermaßen gesittet aufzuführen. Die Anspannung im Raum war fast mit Händen zu greifen. Jenny fühlte sich unbehaglich, und sie vermutete, daß es den Männern genauso erging.

Eine Ewigkeit schien zu vergehen, aber dann verließ jeder Mann den Tisch, sobald sein Teller leer war, und daran, wie schnell sie der Tür zustrebten, konnte man sehen, wie erleichtert sie waren hinauszukommen.

Als der letzte Mann den Tisch verlassen und seinen Teller in die Küche getragen hatte, kam Ma mit zwei Tassen Tee und einer Dose Tabak an den Tisch. »Kümmern Sie sich nicht allzu sehr um sie«, sagte sie und deutete mit dem Kopf zur Tür; auf der Veranda hörte man Lärm und Stiefelscharren. »Es sind gute Jungs, aber reden können sie nur mit 'ner Barfrau. Kein Funken Erziehung, alle miteinander.«

Jenny unterdrückte ein Lächeln und lehnte ab, als ihr eine Selbstgedrehte angeboten wurde, obwohl sie sich versucht fühlte. Es war ein anstrengender Tag gewesen. »Aber ich hab' ihnen die Mahlzeit verdorben. Vielleicht esse ich von jetzt an im Haus.«

Ma schaute über den langen Tisch hinweg und machte ein nachdenkliches Gesicht. »Wäre vielleicht das beste, Mrs. Sanders. Schließlich sind Sie jetzt die Eigentümerin.«

»Nennen Sie mich Jenny. Ich bin an soviel Förmlichkeit nicht gewöhnt. Ist das üblich hier draußen?«

Ma lachte und klappte die Tabakdose zu. »Du liebe Zeit, nein, Schätzchen. Wir zeigen so unsern Respekt, weiter nichts. Sie können mich Simone nennen. Ich hab' die Nase ziemlich voll davon, daß man dauernd Ma zu mir sagt; dabei fühle ich mich, als wäre ich hundert.«

Jenny sah sie an und lächelte.

»Ein alberner Name, nicht? Aber meine alte Ma hatte damals ein Buch gelesen, in dem die Heldin Simone hieß – und schon hat's mich erwischt. Ich meine – sehen Sie mich an.« Sie lachte, und ihre ganze Körperfülle lachte mit.

Jenny lächelte. Sie war froh, daß es hier in dieser Männerwelt jemanden gab, mit dem sie reden konnte. »Reisen Sie schon immer mit den Scherern, Simone?«

Simone nickte. »Stan und ich sind schon viele Jahre zusammen – ich mag gar nicht dran denken, wie lange. Ich war damals Kindermädchen bei einem Züchter in Queensland, und er kam mit den anderen, um die Herde zu scheren.« Sie trank ihren Tee, und ihr Blick verschleierte sich in der Erinnerung. »Er war 'n gutaussehender Bursche. Hochgewachsen und gerade – mit starken Armen, lauter Muskeln.« Sie erschauderte vor Behagen. »Würde man heute nicht mehr glauben, was? Das Scheren macht einen krummen Rücken, und man wird alt davon. Aber mein Stan schafft immer noch mehr Schafe am Tag als die meisten von den Jungen.« Simone schnaubte und stützte die Ellenbogen auf den Tisch. »Hab' allerdings 'n Weilchen gebraucht, um den alten Halunken an die Angel zu kriegen. Glitschig wie 'n nasses Schaf. Aber ich bin froh, daß ich's geschafft hab'. Wir haben uns Pferd und Wagen gekauft, und seitdem sind wir unterwegs. Ist manchmal 'n bißchen hart, aber ich würde niemals tauschen mit den Züchtern und ihren feinen Häusern. Schätze, ich hab' mehr von Australien gesehen als irgend jemand sonst.«

Jenny spürte ein erwartungsvolles Kribbeln. Vielleicht wußte Simone etwas über die früheren Bewohner und konnte ihr auch den geheimnisvollen Grabspruch erklären. »Sie müssen im Laufe der Jahre so manche Veränderung erlebt haben. Sind Sie früher auch schon hierhergekommen?«

Simone schüttelte den Kopf. »Meistens waren wir in Queensland. Hierher kommen wir erst seit ungefähr fünf Jahren.«

Es war seltsam, daß sie jetzt enttäuscht war, aber es hatte keinen Sinn, der Sache weiter nachzuhängen. »Ich habe Ihnen noch nicht für die Blumen gedankt und dafür, daß sie mein Zimmer so hübsch aufgeräumt haben. Es war schön, nach der langen Reise so nett empfangen zu werden.«

»Nicht der Rede wert, Schätzchen. Hab's gern getan.« Ma rauchte schweigend ihre Zigarette.

»Was ist aus den Kleidern im Schrank geworden? Ich nehme an, es waren welche drin – wegen der Mottenkugeln.«

Simone schaute sie nicht an, sondern vertiefte sich in das Muster auf der Tabaksdose. »Ich dachte, Sie wollen nicht, daß das alte Zeug Ihnen im Weg ist. Deshalb hab' ich's weggeräumt.«

Jennys Neugier war geweckt. Da war er wieder, dieser Seitenblick, dieser bemühte Anschein von Ahnungslosigkeit. »Ich würde es gern mal sehen. Ich bin Malerin, wissen Sie, und eins meiner Lieblingsfächer am College war Modegeschichte. Wenn die Sachen den Leuten gehört haben, die hier früher gewohnt haben, dann …«

»Sie sollten sich nicht in die Vergangenheit einmischen, Jenny. Es wird Ihnen nicht guttun, das tut's nie. Außerdem waren es hauptsächlich alte Lumpen.« Simones Gesichtsausdruck zeigte jetzt Wachsamkeit, und sie mied Jennys Blick.

Jenny sprach leise und lockend. »Dann kann es doch nicht schaden, wenn ich sie mal anschaue, oder? Na los, Simone. Je mehr Sie versuchen, sie zu verstecken, desto mehr werde ich sie sehen wollen. Bringen wir's gleich hinter uns. Ja?«

Simone seufzte. »Brett wird das nicht gefallen. Er hat gesagt, ich soll alles verbrennen.«

»Warum denn das?« Jenny war entsetzt. »Außerdem«, fügte sie dann unumwunden hinzu, »gehört es nicht ihm, und er darf es nicht verbrennen.« Sie holte tief Luft. »Herrgott, Simone. Wenn es sich bloß um einen Haufen Altkleider handelt, wieso dann die Geheimniskrämerei?«

Simone betrachtete sie kurz, und dann schien sie sich zu einem Entschluß durchzuringen. »Keine Ahnung, Schätzchen. Ich tue, was man mir sagt. Kommen Sie, sie sind hinten.«

Jenny folgte ihr in die Küche, wo sich neben dem Spülstein ein Berg von schmutzigem Geschirr stapelte. Es war ein hell beleuchteter Raum mit karierten Vorhängen und einem blankgescheuerten Kiefernholztisch. Säcke mit frischem Gemüse standen auf dem Boden, und Töpfe und Pfannen hingen an Haken von der Decke.

»Ich hab' alles in diese alte Truhe getan. Schien mir zu schade, alles zu verbrennen.« Simone machte eine störrische Miene, und ein Hauch von Rot überzog ihr Gesicht, der offenbar nichts mit der Hitze in der Küche zu tun hatte.

Jenny kniete vor der verschrammten Truhe nieder und löste die Lederriemen. Ihr Puls raste, ohne daß sie wußte, warum. Schließlich, sagte sie sich, ist es doch nur ein Haufen alter Kleider.

Der Deckel schlug nach hinten gegen die Wand, und Jenny schnappte nach Luft. Das waren keine Lumpen. Es war eine Sammlung von Schuhen und Kleidern, die noch aus dem vorigen Jahrhundert stammten.

Simone kniete sich neben sie; ihr Selbstvertrauen hatte sie plötzlich verlassen. »'türlich, wenn ich gewußt hätte, daß Sie sich dafür interessieren ... Ich hätte niemals ...«

»Schon gut, Simone«, sagte Jenny leise, ohne den Blick von der Schatztruhe zu wenden. »Aber ich bin froh, daß Sie nichts verbrannt haben.« Stück für Stück hob sie die säuberlich zusammengefalteten Kleider heraus und betrachtete sie. Feinste Leinennachthemden, handgenäht und immer noch makellos, in Seidenpapier eingeschlagen. Viktorianische Spitze an Kragen und Manschetten eines Kleides, noch immer so schneeweiß wie an dem Tag, als sie gemacht worden war. Sie entfaltete die wunderschöne Moiréeseide eines Hochzeitskleides, das aus Irland stammen mußte, und schmiegte das Gesicht an den cremefarbenen, weichen Stoff. Noch immer roch man den Lavendelduft. Da waren Kattunkleidchen, die ein Kind in der ersten Hälfte des Jahrhunderts getragen hatte, und winzige, zierlich bestickte Babysachen, die nicht aussahen, als ob sie überhaupt je getragen worden waren. Sie fand

Charlestonkleider aus den frühen zwanziger Jahren und Nachkriegskleider aus minderwertiger Baumwolle, aber immer noch waren die passenden Gürtel und Wechselkragen dabei.

»Simone«, sagte sie atemlos, »das sind doch keine Lumpen. Das sind vermutlich Sammlerstücke.«

Simones rundes Gesicht rötete sich noch mehr. »Wenn ich gewußt hätte, daß Sie sie haben wollen, hätte ich sie nie aus dem Haus geholt. Aber Brett meinte, sie würden Ihnen nur im Weg sein.« Sie schwieg.

Jenny blickte sie an, und die Erkenntnis dessen, was Simone in Wirklichkeit mit diesen schönen Sachen vorgehabt hatte, blieb unausgesprochen. Sie tätschelte die abgearbeitete Hand. »Es ist ja noch alles da. Nur darauf kommt es an.«

Sie holte Reithosen und Stiefel hervor, abgeschürft und von der Arbeit verschlissen, und einen wunderschönen Seidenschal mit einem Riß am Rand. Sie hielt ihn vors Gesicht und atmete den Lavendelduft ein, und sie versuchte sich die Frau vorzustellen, die ihn vor so langer Zeit getragen haben mußte. Dann fiel ihr Blick auf etwas Seegrünes, das unter einem Leinenlaken hervorschimmerte. Es war ein Ballkleid, das zwischen der einfachen Arbeitskleidung deplaziert wirkte – weich, zierlich, schimmernd, mit einem üppigen Rock, bei dem Chiffon an Satin raschelte, und Rosen aus dem gleichen Stoff steckten an der schmalen Schärpe und der gerüschten Schulter.

»Die Farbe würde Ihnen gut stehen«, sagte Simone. »Probieren Sie's doch mal an.«

Jenny fühlte sich versucht, aber irgend etwas an dem Kleid ließ sie zögern, diesen Augenblick mit jemandem zu teilen, und sie legte es beiseite. »Schauen Sie doch«, rief sie, »es sind sogar die passenden Schuhe dabei. Es muß für einen ganz besonderen Anlaß gemacht worden sein.«

Simone war anscheinend nicht beeindruckt; sie klang plötzlich geschäftig. »Das war's ungefähr, Schätzchen. Ganz unten liegt bloß noch 'ne Ladung alte Bücher und Zeugs.«

Jenny hielt Simones Hand fest, als sie den Deckel schließen wollte. »Bücher? Was für Bücher?«

»Sieht aus wie Tagebücher, aber die meisten fallen auseinander.«

Jenny schaute die Frau durchdringend an. »Was ist los mit dieser

Farm, daß alle so geheimnisvoll tun, Simone? Und wieso das Theater um diese Kleider? Hat das alles etwas mit dem merkwürdigen Grabstein auf dem Friedhof zu tun?«

Simone seufzte. »Ich weiß nur, daß hier vor langer Zeit was Schlimmes passiert ist, Schätzchen. Brett hielt es für das beste, Sie damit nicht zu belasten, wo Sie doch grade selbst 'ne Tragödie hinter sich haben.« Sie schwieg kurz. »Tut mir leid, das mit Ihrem Mann und Ihrem kleinen Sohn.«

Brett Wilson sollte sich lieber um seinen eigenen verdammten Kram kümmern, dachte Jenny. »Danke, Simone. Aber ich bin nicht so empfindlich, wie alle Welt glaubt.« Sie tauchte in die Truhe und wühlte die Bücher heraus. Wie faszinierend – es waren wirklich Tagebücher. Aber Simone hatte recht: Ein paar fielen auseinander. Die neueren waren mit feinem, handgeprägtem Leder bezogen, die älteren dagegen vergilbt und voller Stockflecken. Zwölf waren es zusammen; manche umfaßten, dick und schwer, mehrere Jahre, andere dagegen waren einfache Schulhefte mit nur wenigen Monaten.

Simone schaute mißbilligend zu, wie Jenny sie alle, sorgfältig chronologisch geordnet, auf den Boden legte. Sie reichten von 1924 bis 1948. Jenny blätterte die Seiten um und sah, wie die ungeformte kindliche Schrift im Laufe der Jahre fest und schwungvoll wurde. Nur das letzte Tagebuch war verwirrend. Die Handschrift war krakelig und beinahe unleserlich – als hätte hier jemand anders geschrieben.

»So, das war's. Soll ich Ihnen helfen, alles wieder einzupacken?«

Jenny hielt das Tagebuch an sich gedrückt. Es war, als fühlte sie die Anwesenheit der Frau, die es geschrieben hatte – und das Gefühl war so stark, daß sie Simones Worte nicht gehört hatte.

»Jenny? Alles in Ordnung, Schätzchen?«

Widerstrebend ließ sie sich aus ihren Gedanken reißen. »Ja, alles okay. Wir packen die Sachen wieder ein und tragen die Truhe zum Haus zurück. Die Bücher nehme ich so.«

Wenig später waren die Gurte wieder geschlossen, und die beiden überquerten den leeren Hof. Aus der Schlafbaracke kam müdes Gemurmel, und die meisten Lichter waren schon gelöscht. Sie stellten die Truhe in der Küche auf den Boden, und Simone sagte gute Nacht.

»Schlafenszeit«, erklärte sie. »Wir stehen hier früh auf – ehe es zu heiß wird.«

Jenny schaute auf die Uhr. Es war erst zehn, aber sie war auch müde und bereit, ins Bett zu gehen.

»Sie sehen erschöpft aus, wenn ich das sagen darf«, stellte Simone fest. »Ich habe das Bett frisch bezogen, aber wenn Ihnen in der Nacht kalt wird – oben auf dem Schrank liegen noch Decken. Halten Sie die Läden geschlossen, sonst fressen die Moskitos Sie bei lebendigem Leib.«

»Danke, Simone. Die Sache mit den Kleidern werde ich morgen früh mit Brett regeln. Brauchen Sie keine Hilfe beim Abwaschen?«

»Nein, das geht schon. Außerdem sind Sie der Boß hier. Sie sollten mir nicht bei der Arbeit helfen.«

Jenny lächelte. »Dann gute Nacht – und danke.«

»Nacht, Schätzchen. Es hat gutgetan, mal wieder mit 'ner Frau zu reden. Die Kerle sind ja okay, aber ich hab's satt, dauernd nur über Schafe zu quatschen.«

Jenny folgte ihr hinaus auf die Veranda und blickte ihr nach, als sie in Richtung Kochhaus ging und im Dunkeln verschwand. Warme Luft liebkoste ihr Gesicht; es duftete nach Nachtblüten. Unvermittelt wurde ihr die Realität dessen, was sie hier geerbt hatte, bewußt; sie ließ sich auf einen Stuhl fallen und starrte in den Hof hinaus. Sie hörte das leise Grummeln der Männerstimmen in der Schlafbaracke, sah flackernden Lichtschein aus der Hütte der Hilfsarbeiter und in den Fenstern des Küchenhauses. Alles das gehörte ihr. Das Land, das Vieh, das Haus – alles. Sie hatte ein Dorf geerbt. Eine Gemeinde, deren Unterhalt und Wohlergehen von ihr abhing.

Die Ungeheuerlichkeit dieser Erkenntnis wog schwer. Sie wußte so wenig von diesem Leben – die paar Jahre als Kind auf Waluna hatten sie gerade das Notwendigste gelehrt, und die Verantwortung war furchterregend.

Mit einem ausgiebigen Gähnen akzeptierte sie ihr Schicksal; es war nichts damit erreicht, daß sie sich heute nacht den Kopf darüber zerbrach. Sie wandte sich um und ging ins Haus.

Es war sehr still; Brett mußte schon schlafen. Dann sah sie den Zettel auf dem Tisch: Er war in die Schlafbaracke hinübergezogen.

Das war eine Erleichterung. Eine Sorge weniger.

Die Truhe war ein düsterer Schatten im Halbdunkel. Sie schien sie zu locken, und die Gurte wollten, daß sie sie öffnete.

Jenny kniete davor nieder, und ihre Hände schwebten über den Schnallen. Und ehe sie es sich anders überlegen konnte, hatte sie die Riemen gelöst und den Deckel hochgeklappt. Das grüne Kleid schimmerte im fahlen Mondlicht, und sie spürte die Verlockung, es aufzuheben und anzuprobieren.

Die Falten von Satin und Chiffon glitten raschelnd über ihre bloße Haut. Kühl und sinnlich liebkoste sie der Stoff, und der üppige Rock tanzte um ihre Beine, wenn sie sich darin bewegte. Sie schloß die Augen, und ihre Finger versanken tief in den Falten, als ein Walzer aus einem fernen Leben in ihrem Kopf erklang. Sie wiegte sich im Takt der Musik. Sie schwebte in der Küche umher, und ihre nackten Füße flogen geräuschlos über die Dielen. Es war, als habe das Kleid sie von dieser isolierten Farm zu einem Ort entrückt, an dem jemand ganz Besonderes sie erwartete.

Sie fühlte Hände auf ihren Hüften, Atem an ihrer Wange, und sie wußte, daß er gekommen war. Aber da war kein Licht, kein freudiges Willkommen, denn die Walzermusik war düster geworden, und ein Schauder rieselte ihr über den Rücken, als sein flüchtiger Kuß eiskalt ihre Wange streifte.

Jenny riß die Augen auf. Ihre tanzenden Füße verharrten. Ihr Puls hämmerte. Die Musik war verweht, das Haus leer – und dennoch, sie hätte schwören können, daß sie nicht allein gewesen war. Mit zitternden Fingern knöpfte sie die winzigen Knöpfe auf, und das Kleid rutschte wispernd zu Boden. In einer Lache von Mondlicht lag es da, die Röcke auf den Bodendielen aufgefächert, wie erstarrt im Wirbel des gespenstischen Tanzes.

»Nimm dich zusammen, um Himmels willen«, knurrte sie erbost. »Deine verfluchte Phantasie geht mit dir durch.«

Aber der Klang der eigenen Stimme konnte das Gefühl nicht vertreiben, daß sie nicht allein war, und es schauderte sie, als sie das Kleid aufraffte und in die Truhe zurücklegte. Sie zog die Riemen stramm, hob ihre eigenen Sachen und die Tagebücher auf und ging in ihr Zimmer.

Sie wusch sich hastig, schob sich zwischen die frischen, kühlen Laken und versuchte sich zu entspannen.

Ihr Rücken schmerzte, und ihre Schultern waren steif, aber sooft sie auch die Kissen aufschüttelte und sich von einer Seite auf die andere wälzte, der Schlaf wollte nicht kommen. Die Erinnerung an die Musik und an den geisterhaften Tanzpartner wollte sich nicht beiseite schieben lassen.

So lag sie im Zwielicht, und ihr Blick wurde von den Tagebüchern angezogen, die sie auf dem Stuhl hatte liegenlassen. Es war, als riefen auch sie nach ihr. Als verlangten sie gelesen zu werden. Sie widerstrebte, wollte sich nicht zwingen lassen. Aber die spukhafte Melodie umwehte sie, und das Gefühl seiner Hände und der leidenschaftslose Kuß ließen sie erbeben – nicht vor Angst, sondern aus einem Grund, den sie nicht fassen konnte. *Er* wollte, daß sie diese Tagebücher aufschlug, und nach einer Weile konnte sie nicht mehr widerstehen.

Das erste Buch war eine zerfledderte Kladde aus Pappe. Die Seiten waren spröde und abgegriffen, und das Vorsatz war mit einer kindlichen Handschrift beschrieben:

»Dies ist das Tagebuch von Matilda Thomas, vierzehn Jahre.«

Die Geistermusik verstummte, und Jenny fing an zu lesen.

FÜNF

Langsam tauchte Jenny aus Matildas Welt auf, und mit tränennassem Gesicht stellte sie fest, daß das Mädchen sie durch die Nacht geführt, den Zauber von Churinga verdüstert und ihr gezeigt hatte, wie die Farm zu einem Gefängnis geworden war. Es war, als könne Jenny hören, wie das stete Trappeln der Hufe näher kam und wie dieses Schwein Mervyn sie einfing und zurückbrachte. Als fühle sie die gleiche Angst, die das Kind gefühlt haben mußte, als es wußte, daß niemand da war, der es schreien hörte oder zu Hilfe kommen würde.

»Zu spät«, wisperte sie. »Ich komme zu spät und kann nichts mehr tun.«

Aber als ihre Tränen trockneten und die Bilder ihre scharfen Konturen verloren, erkannte sie allmählich, daß Matilda gelernt haben mußte, sich zu wehren – das Grauen des Lebens mit Mervyn zu überleben –, denn sonst hätte es keine Tagebücher mehr gegeben. Ihr Blick fiel auf die restlichen Bücher. Sie waren der Beweis, und in diesen schweigenden, geschlossenen Seiten lag die Antwort auf all die Fragen, die von der nächtlichen Lektüre in ihr geweckt worden waren.

»Morgen! Frühstück!« Simone kam geschäftig ins Zimmer, und das strahlende Lächeln gefror auf ihrem Gesicht, als sie Jenny sah. »Was ist los, Schätzchen? Schlecht geschlafen?«

Jenny schüttelte den Kopf, zu aufgewühlt, um in einem zusammenhängenden Satz zu antworten. Sie war immer noch bei Matilda, die draußen auf der Ebene um ihr Leben rannte.

Simone stellte das schwere Frühstückstablett auf den Boden; dann blieb sie mit ausgebreiteten Armen stehen und betrachtete die auf dem Bett verstreuten Bücher. »Ich wußte, daß so was passieren würde. Sie haben die ganze Nacht gelesen, nicht wahr? Und jetzt sind Sie völlig aus dem Häuschen.«

Jenny war nackt unter dem Laken und fühlte sich merkwürdig verwundbar vor dem besorgten Blick der älteren Frau. »Mir geht's prima. Wirklich«, stammelte sie.

Simone gluckte wie eine aufgeregte Henne; sie raffte die anstoßerregenden Tagebücher zusammen und warf sie auf die Frisierkommode. »Könnte nie was anfangen mit so vielen Wörtern«, sagte sie und machte sich ans Aufräumen. »Brett wird schimpfen, wenn er das erfährt. Hat mir gesagt, ich soll dafür sorgen, daß Sie sich ordentlich ausruhen.«

Interessant, dachte Jenny trocken. Ich wußte gar nicht, daß er sich für meine Bedürfnisse interessiert. »Überlassen Sie Mr. Wilson nur mir, Simone«, sagte sie entschlossen. »Ich bin ein großes Mädchen und kann selbst auf mich aufpassen.«

Simone schnaubte. Sie hob das Tablett auf und stellte es aufs Bett. »Sie werden sich besser fühlen, wenn Sie erst richtig gefrühstückt haben.«

»Danke«, brummte Jenny und beäugte die Spiegeleier mit dem dicken, fetten Speck. Wie konnte sie essen, wenn Matilda gefangengehalten wurde? Wie konnte sie sich auf Simones Geplapper konzentrieren, wenn sie nichts weiter wollte, als ins Jahr 1924 zurückzukehren?

Simone ging hinaus, und wenig später glaubte Jenny, in der Küche Töpfe klappern zu hören. Ihre Lider flatterten, als ein fernes Orchester einen Walzer spielte und Lavendelduft ins Zimmer wehte. Der Nebel der Vergangenheit umhüllte sie und zog sie durch die Tunnel der Zeit in einen tiefen, unerbittlichen Schlaf, in dem dunkle Schatten und trappelnde Hufe durch ihre Träume spukten – und starke, gewalttätige Hände.

Ihre Haut glänzte von Schweiß, als sie ein paar Stunden später die Augen öffnete. Verwirrt und desorientiert blieb sie liegen, bis sie die Kraft fand, die Realität zu begreifen und sich daran festzuhalten. Das Sonnenlicht vertrieb die Fetzen des Alptraums, und die Geräusche von Churinga übertönten die Schreie.

Das ist ja lächerlich, dachte sie und zog das Laken um sich, während sie die Beine aus dem Bett schwang. Ich benehme mich wie eine Verrückte.

Aber als ihr Blick auf den Bücherstapel fiel, den Simone ordentlich aufgeschichtet hatte, wußte sie, daß sie zu ihnen zurückkehren würde. »Aber jetzt noch nicht«, sagte sie mit Entschlossenheit.

Sie wickelte sich fester in das Laken und tappte durch den Korridor zum Bad. Das Klappern der Töpfe in der Küche verstummte abrupt, und Simone spähte um die Ecke.

»Sie haben Ihr Frühstück nicht gegessen«, stellte sie streng fest.

»Ich hatte keinen Hunger«, antwortete Jenny abwehrend. Wieso fühlte sie sich bei Simone immer wie ein widerspenstiges Kind?

Die Frau musterte sie und seufzte dann. »Ich dachte mir schon, daß Sie nicht ganz auf dem Damm sind; deshalb hab' ich Ihnen 'ne schöne Suppe gekocht.« Sie führte Jenny entschlossen in die Küche und deutete auf die Schüssel mit Fleisch- und Gemüsebrühe und das heiße Brot, das sie daneben gelegt hatte.

Jenny hielt das Laken umklammert; es war ihr sehr bewußt, daß sie darunter nackt war. »Mir fehlt nichts, Simone. Ich bin nur müde nach der langen Reise.« Sie lächelte gezwungen. »Aber die Suppe sieht sehr gut aus.«

Simone setzte sich an die andere Seite des Tisches. Sie hielt eine dicke weiße Tasse mit beiden Händen, und der Dampf des schlammfarbenen Tees stieg ihr ins Gesicht. Aufmerksam schaute sie zu, wie Jenny drei herzhafte Löffelvoll Suppe aß.

»Köstlich«, sagte Jenny, und das stimmte: gehaltvoll und sättigend, genau das, was sie brauchte, um die letzten Reste des Alptraums zu verjagen. Nach kurzer Zeit war die Schüssel leer. »Jetzt muß ich aber duschen und mich anziehen.« Sie schaute auf die Uhr. »Ist es wirklich schon so spät?«

»Wenn Sie sicher sind, daß Ihnen nichts fehlt.« Simone war nicht überzeugt, aber auch sie schaute auf die Uhr, und es war offenkundig, daß sie noch anderes zu tun hatte. »Ich bin draußen und füttere die Hühner. Wenn Sie mich brauchen, müssen Sie rufen.«

Sie ging die Stufen hinunter in den Hof und verschwand um die Ecke. Jenny schaute ihr nach; als ihre Schritte nicht mehr zu hören waren, ging sie ins Bad.

Einige Zeit später trat sie angekleidet auf die Veranda hinaus. Ihr feuchtes Haar klebte in der brüllenden Mittagshitze köstlich kühl an ihrem Hals; sie atmete den Duft der Sonne auf hartgebackener Erde und sah dem Treiben der Männer bei der Arbeit zu. Die Schafschur war voll im Gange, und sie brannte darauf zu sehen, was sich seit ihrer Kindheit auf Waluna alles verändert hatte.

Der Scherschuppen war das größte Gebäude auf Churinga. Er stand hoch auf festen Ziegelpfeilern und war von Rampen umgeben. Die Luft ringsum war erfüllt von Staub und dem Lärm von Männern und Schafen. Dahinter lag ein Labyrinth von Pferchen.

Wenn die Scherer mit einem Schaf fertig waren, wurde das nächste auf die Rampe geschickt. Die Jackaroos, überwiegend junge Schwarze, trieben die Tiere; mit Stimmen, die vor Aufregung ganz hoch klangen, riefen sie den Hunden Befehle zu, und diese sprangen über die wolligen Rücken, zwickten hier, knurrten da und brachten ihre blökende Herde in eine gewisse Ordnung.

Jenny schaute eine Weile zu; die Szenerie erinnerte sie an jene längst vergangene Zeit, als sie so wie jetzt vor den Pferchen von Waluna gestanden hatte. Hier draußen hat sich nicht viel verändert, dachte sie. Die alten Methoden sind noch immer die besten. Sie spazierte hinüber zur anderen Seite des Schuppens, wo nackte Schafe die Rampen herunter zu den Desinfektionstanks trampelten. Starke Arme hoben sie mit sicherem Griff hoch, tauchten und impften sie, verpaßten ihnen einen Farbstempel und setzten sie dann in die benachbarten Gatter, wo sie meckernd in die Freiheit flüchteten. Es war eine harte Arbeit unter einer gnadenlosen Sonne, aber die Männer wirkten fröhlich, obwohl es anstrengend war, die dummen Tiere zu bändigen. Der eine oder andere nahm sich sogar die Zeit, »Tag, Missus« zu rufen, bevor er sich wieder ins Getümmel stürzte.

Jenny nickte und lächelte. Zumindest übersehen sie mich nicht, dachte sie, als sie sich schließlich abwandte. Aber sie werden sich fragen, was zum Teufel ich hier suche. Pete wäre ganz anders damit umgegangen. Er hätte gewußt, was er tun und was er sagen sollte. Hätte gewußt, was sie dachten, und ihnen alles erklären können. Sie seufzte. Eine Frau zu sein, das zählte sehr wenig hier draußen. Sydney und ihre aufblühende Karriere als Malerin schienen Lichtjahre entfernt zu sein.

Ziellos schlenderte Jenny wieder zurück zur Vorderseite des Scherschuppens. Auf Waluna, als Kind und als Teenager, hatte sie mitgeholfen, die Bündel auf die Laster zu laden. Die Schur brachte immer große Aufregung auf die Farm: Zusätzliche Männer wurden eingestellt, die Schafe in großer Zahl auf die Koppeln am Haus getrieben, und eine gespannte Erwartung hatte alle in eine gehobene Stimmung versetzt. Der Wollschuppen war stets ein wunderbarer Ort für sie gewesen, ein Ort, an dem Männer schwitzten und fluchten und trotzdem immer guter Dinge waren. Nach kurzem Zögern stieg sie die Treppe hinauf.

Sie hielt den Atem an. Das kathedralartig gewölbte Dach überspannte einen lichtdurchfluteten Raum, etwa zweimal so groß wie der von Waluna. Der Scherschuppen war lang und breit und hallte wider vom Brummen der elektrischen Schermesser und der fröhlichen Flüche. Der Geruch von Lanolin und Wolle, Schweiß und Teer war berauschend; er trug sie zurück in die Kindheit und erinnerte sie an all die Jahre, die sie versäumt hatte, seit sie nach Sydney gegangen war. Sie schob die Hände in die Taschen, blieb still in der Tür stehen und schaute dem Treiben zu.

Es waren zwanzig Scherer. Jeder beugte sich, nackt bis zur Hüfte, über ein blökendes Schaf, das zwischen seinen Knien klemmte. Der Teerboy war ungefähr zehn, klapperdürr, mit großen braunen Augen, sehr weißen Zähnen und einer Haut wie geschmolzene Schokolade. Der Teereimer schien zu schwer für so dünne Arme zu sein, aber als er zu einem Schaf rannte, um einen häßlichen Schnitt in der Flanke auszuätzen, sah sie, daß es nicht so war. Diese Windhundgestalt war aus hartem Holz.

Drei Männer sammelten die abgeschorenen Vliese ein und warfen sie auf den langen Tisch am hinteren Ende des Schuppens, wo sie sie trimmten, klassifizierten, zu Ballen preßten und dann zu denen legten, die bereits aufgestapelt darauf warteten, per Lastwagen zur nächsten Bahnstation gebracht zu werden. Jenny wußte, daß dies die wichtigste Arbeit im Schuppen war. Man brauchte echte Erfahrung, um die Qualität der Wolle einzuschätzen, und sie war nicht überrascht, als sie sah, daß Brett einer der Sortierer war.

Sie lehnte sich an den Türpfosten und schaute ihm zu. Wie die anderen hatte er sich bei der Arbeit das Hemd ausgezogen. Breite Schultern und eine muskulöse Brust glänzten vom Schweiß im harten Licht der Lampen. Die weiße Moleskinhose schmiegte sich um schmale Hüften, und der unvermeidliche Hut war ausnahmsweise beiseite geworfen. Dichtes, widerspenstiges Haar fiel lockig in Stirn und Nacken, und bei seinen Bewegungen fing das Licht sich in dem tiefen Blau.

Er war unbestreitbar der große, dunkle Typ, der von Liebesromanautorinnen bevorzugt wurde, aber wenn sie ehrlich war, mußte sie zugeben, daß ihr schweigsame starke Männer auf die Nerven gingen. Man wußte nie, was sie dachten, und es war unmöglich, ein vernünftiges Gespräch mit ihnen zu führen.

Bloß gut, daß Diane nicht hier ist, dachte sie; sie wäre hingerissen von soviel maskulinem Fleisch, und es würde keine fünf Minuten dauern, bis sie Brett auf einem ihrer marokkanischen Kissen posieren ließe. Bei dieser Vorstellung mußte sie kichern, und sie schaute weg.

Erst nach einigen Augenblicken merkte sie, daß die Stimmung im Schuppen sich geändert hatte, aber als sie aufhörte zu kichern, wurde ihr bewußt, daß die Schermesser verstummt waren und alle sie anschauten. Ihr Blick wanderte von einem feindseligen Gesicht zum anderen, und ihr Selbstvertrauen geriet ins Wanken. Weshalb schauten sie so? Was hatte sie getan?

Bretts schwere Schritte ließen die Dielen beben, als er durch den Schuppen auf sie zukam. Seine Miene war gewittrig, und er hatte die Fäuste geballt. Es war totenstill, und fast zwei Dutzend Augenpaare folgten ihm.

Sie hatte keine Zeit zum Sprechen. Keine Zeit zum Denken. Seine Hand umspannte ihren Arm wie ein Schraubstock, und er zog sie von der Tür weg und die Stufen zum Hof hinunter.

Sie riß sich von ihm los und rieb sich die blauen Flecken, die seine Faust ganz sicher an ihrem Arm hinterlassen hatte. »Wie können Sie es wagen?« fuhr sie ihn an. »Was zum Teufel bilden Sie sich ein?«

Seine grauen Augen waren hart wie Feuerstein. »Frauen dürfen nicht in den Schuppen. Das bringt Unglück.«

»Was?« Sie war so verblüfft, daß es ihr fast die Sprache verschlug.

»Sie haben mich gehört«, sagte er grimmig. »Bleiben Sie da raus!«

»Das ist das Arroganteste, das ich je ... Wie können Sie so mit mir reden?« Ihre Wut wurde weiter entfacht von dem Wissen, daß die Männer im Schuppen und auf dem Hof ihre Arbeit eingestellt hatten und den Vorgang interessiert beobachteten.

»Ich bin hier der Verwalter, und was ich sage, gilt – ob Sie der Boß sind oder nicht. Im Scherschuppen haben Frauen nichts verloren. Sie verursachen Unfälle«, erklärte er mit Bestimmtheit.

Sie wollte ihm ihre Meinung sagen, aber er hatte sich schon umgedreht und verschwand wieder im Schuppen. Eingedenk der neugierigen Augen und gespitzten Ohren schluckte sie ihre böse Entgegnung herunter und kochte stumm vor sich hin. Mistkerl. Für wen zum Teufel hält er sich?

Sie überlegte, ob sie in den Schuppen zurückkehren und die Sache auf der Stelle mit ihm austragen sollte, aber sie wußte, daß damit nur neue Demütigungen verbunden wären. Sie stieß den Stiefelabsatz in den Staub, bohrte die Hände in die Taschen und stapfte dann hinüber zur Koppel. Von allen unerträglichen, sturen, groben Männern, die ihr zu ihrem Unglück je über den Weg gelaufen waren, war dieser mit Abstand der schlimmste. Und er verstand es, sie in Fahrt zu bringen.

Die Pferde schauten mit milder Neugier zu ihr herüber, bevor sie sich wieder dem Gras zuwandten. Sie lehnte sich an den obersten Balken des Zauns und schaute ihnen zu; ihre Wut verrauchte nach und nach, und die Glut der Verlegenheit ließ nach, als die Minuten verstrichen. Was ist nur los mit mir? fragte sie sich. Ich bin doch sonst so ruhig, so beherrscht. Warum lasse ich ihn derart nah an mich heran?

Ein warmer Wind kräuselte das Gras, als ob unsichtbare Füße über die Weide tanzten. Es fröstelte sie. Etwas Dunkles, Machtvolles berührte den Zauber von Churinga. Sie spürte seine Gegenwart und hörte die Musik, die es mitbrachte.

Ihre Gedanken wandten sich den Tagebüchern und der Stille des Friedhofs zu. Wie Matilda war sie verzaubert gewesen, und jetzt war sie wachsam, hatte vielleicht sogar Angst. Aus Neugier war sie hergekommen und weil sie die Wurzeln wiederfinden mußte, die sie auf ihrer Suche nach Erfüllung so weit hinter sich gelassen hatte – aber jetzt hatte sie unwillkürlich das Gefühl, daß der Plan geändert worden war.

Sie war wegen Matilda hier. Sie war hier, weil ein vierzehnjähriges Mädchen seine Geschichte jemandem erzählen mußte, der sie verstehen würde.

Jenny seufzte. Sie hätte niemals herkommen dürfen. Sie hatte zuviel erhofft, hatte sich gewünscht, daß Churinga ihr einen Weg aufzeigen möge, nun, da Pete und Ben nicht mehr da waren – aber Churinga hatte ihr nur Verwirrung gebracht.

Sie ließ die Pferde weiter grasen und wanderte lustlos zwischen den anderen Gebäuden umher. Sie sah Scheunen voller Heu, Schuppen mit Maschinen und Ölfässern. Männer beugten sich über ihre Arbeit, Schafe drängten sich blökend in den Pferchen. Schließlich führten ihre Schritte sie zu den Hundezwingern.

Die Welpen waren entzückend: funkelnde Augen, wacklige Beine, flauschige Schwänzchen. Sie nahm einen auf und schmiegte ihn an ihr Gesicht. Seine rauhe Zunge schleckte begeistert über ihre Wange, und sie lachte. Nichts vertrieb den Blues so gut wie ein kleines Tier.

»Setzen Sie den verdammten Welpen ab!«

Jenny erstarrte, und das Hündchen zappelte in ihren Armen. Für heute hatte sie genug von Brett Wilson. »Dies ist nicht der Wollschuppen, Mr. Wilson. Ich setze den Hund ab, wenn ich soweit bin.«

Das Schweigen zog sich in die Länge, und graue Augen starrten in veilchenblaue.

»Diese Hunde sind kein Spielzeug. Jeder hier muß sich seinen Unterhalt verdienen – und das gilt auch für die Welpen. Wenn sie keine guten Schäferhunde werden, wird man sie erschießen.«

»Das glaube ich sofort«, fauchte sie. »Schade, daß man mit groben Verwaltern nicht genauso verfährt.«

Goldene Tupfen funkelten in seinen Augen, und seine Mundwinkel kräuselten sich. »Den Verwalter zu erschießen, das wäre doch eine etwas drastische Maßnahme, Mrs. Sanders.«

Jenny vergrub das Gesicht im seidigen Fell des kleinen Hundes. Der Mann lachte sie aus, und sie wollte nicht, daß er das Lachen in ihren Augen sah.

Er schob die Hände in die Taschen. »Wir haben wohl keinen guten Anfang gemacht, Mrs. Sanders. Wie wär's mit einem Waffenstillstand?«

»Ich habe hier niemandem den Krieg erklärt.« Sie schaute entschlossen zu ihm auf.

»Ich auch nicht«, sagte er seufzend. »Aber an einem Ort wie diesem muß es Regeln geben. Im Scherschuppen passieren Unfälle, wenn die Männer abgelenkt werden. Und glauben Sie mir, Sie lenken sie ab.«

Sein Blick ruhte lange auf ihr, und das humorvolle Funkeln war immer noch zu sehen. »Und was die Hunde angeht ...« Er seufzte wieder. »Es ist schwerer, sie zu töten, wenn man sie zu Schoßtieren gemacht hat.«

Es war still, als er ihr den Hund aus der Hand nahm und ihn zu seiner Mutter zurücksetzte. Dann legte er einen Finger an den Hut und schlenderte davon.

Jenny sah ihm nach, als er über den Hof ging, und mußte insgeheim zugeben, daß ihr die Auseinandersetzung Spaß gemacht hatte. Wenigstens hat er Humor, dachte sie. Bloß schade, daß er ihn nicht öfter zeigt.

Sie warf einen letzten, zögernden Blick auf die Welpen und wandte sich dann dem Haus zu. Sie konnte nichts, was es ihr ermöglicht hätte, einen Beitrag zum Betrieb der Farm zu leisten, aber sie verspürte das rastlose Bedürfnis, etwas zu tun. Sie war plötzlich neidisch auf Simone. Das war eine Frau, die die Regeln kannte und die in der Sommerhitze des Outback hundert Mahlzeiten kochen konnte. Sie wußte, wo ihr Platz war, wußte, was sie hier beitragen konnte, um ihren Unterhalt zu verdienen. »Gott, ich bin so verdammt nutzlos.« Jenny seufzte. »Es muß doch was geben, was ich tun kann.«

Sie sprang auf die Veranda, zwei Stufen auf einmal, lief in die Küche und machte Tee. Sie legte ein paar Kekse auf die Untertasse, ging damit auf die Veranda und setzte sich in die breite Schaukel, die an den Deckenbalken hing. Das sanfte Knarren der schweren Seile in den Metallringen war das Geräusch längst vergangener Sommer, und als sie so vor und zurück schwang, fühlte sie sich losgelöst von dem Treiben in Hof und Stallungen. Es war heiß, sogar im Schatten der Veranda. Kein Lufthauch bewegte die Blätter der Pfefferbäume oder die Blüten der Bougainvilleen. Vögel flatterten zwitschernd im Eukalyptus umher, und zwei Opossums wieselten auf dem Dach der Veranda hin und her.

Während ihr Tee abkühlte und die Sonne langsam über den Himmel wanderte, kehrten ihre Gedanken zu Matilda zurück. Churinga war damals kleiner gewesen, nicht so erfolgreich, aber wenn sie jetzt zurückkäme, würde sie immer noch viel Vertrautes vorfinden.

Jenny starrte in den Hitzedunst hinaus, und ihr war, als könne sie die zierliche Gestalt sehen, wie sie, in einen bunten Schal gehüllt, barfuß über den Hof und zum Bach lief. Es fröstelte sie, als die Gestalt sich umdrehte und ihr winkte, ihr zu folgen. Sie versuchte Kontakt aufzunehmen – sie zu jenen langen, dunklen Tagen zurückzuführen, damit sie Zeugin des Bösen würde, das ihr widerfahren war. Aber warum? Warum hatte sie beschlossen, ihre Geschichte zu offenbaren?

Jennys Tee war vergessen. Sie schaute zum Horizont und fühlte sich seltsam hingezogen zu diesem Kind des Outback. Sie verspürte eine Geistesverwandtschaft, als seien ihre beiden Leben irgendwie miteinander verflochten – und sie wußte, so schrecklich der Weg auch sein mochte, sie konnte Matilda nicht allein gehen lassen.

Sie kehrte in das schattige Haus zurück und trug das zweite Tagebuch zum Bett. Mit einem langen, zitternden Seufzer schlug sie es auf und begann zu lesen.

Das Leben auf Churinga hatte sich verändert. Matilda bewegte sich im Schatten und war eins mit ihm geworden. Aber ihr Geist blieb ungebrochen, und ihre Gedanken arbeiteten fieberhaft, derweil sie Rache für all das plante, was Mervyn ihr in den langen Nächten nach der Rückkehr antat.

Tage wurden zu Monaten, und sie wurde erfindungsreich und geistesgegenwärtig. Seine Trinkerei wurde ihre Rettung; zwar zehrte er damit den ohnedies kargen Wollerlös auf, aber sie ermunterte ihn trotzdem: Besinnungslos war er ungefährlich. Aber das bedeutete nicht, daß sie besser schlief. Nacht für Nacht lag sie, müde von der Plackerei des Tages, wach im Bett, das Gesicht zur Tür gewandt, und lauschte mit geschärften Sinnen auf den Klang seiner Schritte.

Ein spitzer Stock wurde zu einer tödlichen Waffe in ihren kleinen, flinken Händen, aber Mervyn richtete ihn gegen sie. Die Suche nach giftigen Beeren und Blättern, die sie ihm ins Essen tat, erwies sich als nutzlos; es war, als könne ihm nichts etwas anhaben. Der Mut verließ sie; die monatelange Mißhandlung forderte ihren Tribut. Die Qual schien kein Ende zu haben, seine Gier nicht nachzulassen. Sie würde ihn töten müssen.

Die Axt war geschärft und blinkte im Mondlicht, das durch die Läden fiel. Das Blut rauschte in ihren Ohren, als sie im stillen Haus stand. Sie hatte von diesem Augenblick geträumt, hatte geplant und darauf gewartet, daß ihr Mut groß genug wurde, um es durchzuführen. Und jetzt stand sie in der Küche, die Axt in der Hand, rote Blutergüsse von Mervyns Mißhandlungen auf Armen und Gesicht.

Der Boden knarrte, als sie auf Zehenspitzen die Küche durchquerte. Sie hielt den Atem an, aber er schnarchte ungerührt weiter hinter seiner geschlossenen Tür.

Sie griff nach dem Riegel, hob ihn Zoll um Zoll, drückte gegen die Tür, bis sie sich wimmernd in den Angeln bewegte. Ihr Puls pochte laut, dröhnte in ihrem Kopf, ließ ihre Hand zittern. Das mußte er doch hören.

Jetzt konnte sie ihn sehen. Er lag mit offenem Mund auf dem Rücken, und seine Brust hob und senkte sich, während er schnarchte.

Matilda schlich zum Bett. Schaute auf das verhaßte Gesicht hinunter, auf diese starken, gewalttätigen Hände, auf den schweren Körper – und hob die Axt.

Licht blinkte auf scharfem Stahl. Der Atem stockte ihr im Hals. Ihr Herz raste, als sie gestreckt vor ihm stand.

Mervyn grunzte, und ein glasiges Auge öffnete sich halb und drehte sich zu ihr.

Matilda wankte. Die Angst machte sie schwach, und ihr Mut zerfloß. Sie floh zurück in ihre Kammer und weinte bittere Tränen. Ihr Versagen war verheerend. Ihr Geist war endlich doch gestorben.

Die Sommersonne brannte in der Weihnachtszeit und noch im neuen Jahr. Wolken ballten sich am Horizont, schwarz und wirbelnd, schwer von der Verheißung des Regens. Matilda ritt mit Mervyn und Gabriel hinaus, um die dezimierte Herde näher zum Haus zu treiben. Schmutzige wollige Rücken drängten sich vor ihnen, und Bluey rannte hin und her, um sie zusammenzuhalten. Erstickender Staub stieg unter den trappelnden Hufen auf, verklebte die Augen der Reiter, verstopfte ihre Kehlen.

Sie stieß ihrem Wallach die Fersen in die Flanken und trieb ihn die steile Böschung hinauf, einem Schaf nach, das seitwärts ausgebrochen war. Sie fing es ab und pfiff Bluey heran, damit er es zu den anderen zurücktrieb. So wälzte die Herde sich durch das weite, trockene Grasland, und Matilda betrachtete verzweifelt die geringe Zahl. In diesem Jahr hatten sie viele Lämmer an die Dingos und die Dürre verloren. Löhne zu zahlen konnten sie sich nicht mehr leisten – und das Land war zu groß, als daß ein Mädchen und zwei Männer es allein hätten bewirtschaften können.

Mervyns Besuche im Pub zogen sich mehr und mehr in die Länge; sie war zwar dankbar für diese kurzen Schonfristen, aber sie wußte auch, daß sie bald bankrott sein würden. Das Haus wurde baufällig, und die einst prächtigen Scheunen zerbröckelten vom Termitenfraß. Bachläufe mußten freigeschaufelt, Zaunpfähle erneuert, Felder vom immer wieder vorrückenden Busch befreit werden. Das Wasser war nur noch ein Rinnsal, und allmählich wurde es dringend notwendig, einen neuen Brunnen zu bohren.

Sie seufzte resigniert und trieb ihr Pferd heimwärts. Ethan Squires machte keinen Hehl daraus, daß er Churinga haben wollte, und Mervyn hatte versucht, sie zum Verkauf zu drängen. Aber sie hielt an ihrem Erbe fest. Kein Ethan Squires würde es ihr wegnehmen – weder er noch sein Sohn.

Sie lächelte grimmig unter dem Taschentuch, das sie sich fest über Mund und Nase gebunden hatte, um sich vor dem Staub zu schützen. Ethan hielt sich wahrscheinlich für besonders gescheit, aber sie hatte seinen gerissenen Plan durchschaut. Andrew Squires mochte hübsch und gut erzogen sein, aber sie empfand nichts für ihn, und das würde sich auch niemals ändern. Verdammt wollte sie sein, wenn sie sich ins Ehejoch verkaufte, nur um Mervyn zu entgehen. Churinga bedeutete ihr zu viel, und wenn sie Andrew heiratete, würde sie es verlieren.

Die Weiden von Churinga lagen gelb unter dem erbarmungslosen Himmel. Als die Herde eingetrieben und die Gatter verschlossen waren, ging sie zum Haus. Ein Heim kann man es nicht mehr nennen, dachte sie traurig. Es ist nur noch ein Ort, an dem ich wieder einen Tag überlebe.

Mervyn rutschte aus dem Sattel und ließ das müde Pferd auf die

Koppel. Er trennte Lady von den anderen, und das Tier blieb geduldig stehen, während er mit dem Zaumzeug herumfummelte. Es verdrehte die Augen, als er sich auf seinen Rücken schwang. »Das wär's. Ich reite nach Wallaby Flats.«

Matilda rieb ihren Wallach ab und führte ihn auf die Koppel. Die Erleichterung war wie ein Stich, aber sie wagte nicht, sich etwas anmerken zu lassen, und so konzentrierte sie sich darauf, die Ausrüstung einzusammeln.

»Sieh mich an, Mädchen! Ich rede mit dir.«

Sie hörte die gefährliche Ruhe in seinem Ton. Mit bemüht ruhiger, undurchdringlicher Miene drehte sie sich zu ihm um; innerlich zitterte sie.

»Ethan und sein Welpe kommen nicht auf unser Land. Ich weiß, worauf er es abgesehen hat – und er wird es nicht bekommen.« Seine Augen funkelten an der langen Hakennase entlang zu ihr herunter. »Ist das klar?«

Sie nickte. Es war das einzige, worin sie sich einig waren.

Seine Reitpeitsche schnippte leicht gegen ihre Wange, und der Stock schob sich unter ihr Kinn und hob ihren Kopf, so daß sie ihm ins Gesicht schauen mußte, während er sich aus dem Sattel beugte. »Kein Abschiedskuß, Molly?« Er machte sich über sie lustig.

Der Haß verfestigte sich in ihr zu einem kalten, harten Nugget, als sie einen Schritt näher trat und mit gefühllosen Lippen seine stoppelige Wange streifte.

Sein Lachen war ohne Humor und troff von Sarkasmus. »Kein besonderer Kuß. Vielleicht verwahrst du dich ja für Andrew Squires?« Zinngraue Augen starrten endlos auf sie herab und hielten sie fest. Dann ließen sie los. »Vergiß nicht, was ich gesagt habe, Mädchen. Du gehörst mir – und Churinga auch.« Er gab dem Pferd die Sporen und galoppierte vom Hof.

Matilda schaute der Staubwolke nach, bis sie in der Ferne verwehte. Die Stille von Churinga hüllte sie ein, brachte ihr Seelenfrieden und neue Kraft. Sie schaute zum Himmel hinauf. Noch immer sah es nach Regen aus. Wieder eine leere Versprechung? Denn die Wolken zerrissen und zogen in Richtung Wilga davon.

Als sie Schweine und Hühner gefüttert und für die Nacht eingesperrt hatte, überquerte sie den Hof, um mit Gabriel zu sprechen.

Der Alte hockte vor einem Kochfeuer; in seinem Topf schmorte ein Ragout aus Känguruhfleisch und Gemüse. »Kommt Regen, Missy. Wolkengeister sprechen mit dem Wind.«

Matilda holte tief Luft. Gabriel hatte recht. Der Wind hatte sich gedreht; sie roch den Regen. »Ihr solltet eure Gunyahs verlegen. Wenn der Bach über die Ufer tritt, werdet ihr weggeschwemmt.«

Seine gelben Zähne glitzerten, als er lächelte. »Erst essen. Reichlich Zeit.«

Und er hatte recht. Noch zwei Tage dauerte die sengende Hitze, bevor der Regen kam. Donnernd prasselte er auf das Wellblechdach und peitschte gegen die Fenster. Das Wasser füllte Gräben und Bachbetten, strömte in Sturzbächen über die ausgedörrte Erde. Blitze machten die Nacht zum Tag und krachten wie Pistolenschüsse quer über den Himmel. Dröhnend rollte der Donner, und das kleine Haus erzitterte bis in die Fundamente.

Matilda kauerte vor dem rauchenden Feuer des alten Kochherds. Mehr konnte sie nicht tun. Die Pferde standen in der warmen Scheune, und Gabriel und seine Familie waren im Heuschober gut untergebracht. Die Schafe standen im Freien, aber die anderen Tiere waren wohlbehalten in Zwingern und Pferchen eingesperrt. Von Mervyn gab es keine Spur.

»Nur du und ich, Bluey«, sagte sie und streichelte den seidigen Kopf des alten Queensland Blue. Er schien zu verstehen, daß sie seine Gesellschaft brauchte, und leckte ihr die Hand.

Matilda zog sich den Schal fester um die Schultern.

Das Haus war so gebaut, daß es in der Sommerhitze des Outback jedes Lüftchen einfing – und jetzt war es eiskalt. Das rauchende Feuer spendete nur wenig Wärme, und das Licht der Kerosinlampe ließ die Schatten in den Ecken flackern. Trotzdem fühlte sie sich sicher. Der Regen war ein Freund. Er hielt ihr Mervyn fern und brachte neues Leben nach Churinga. Bald würde die Wüste unter Känguruhblumen und wilden blauen Anemonen verschwinden, unter dichtem Gras und kräftigen Schößlingen.

Sie ließ sich zurücksinken, als ihr die Lider schwer wurden. Heute nacht konnte sie ohne Angst schlafen.

Heftiges Hämmern an der Tür riß sie aus dem Schlaf. Jäh sprang sie auf und griff nach dem Gewehr. Bluey knurrte tief in der Kehle, spreizte die Vorderbeine und sträubte das Nackenfell.

»Wer ist da?« rief sie durch das Donnern des Regens auf dem Dach.

»Terry Dix aus Kurrajong. Laß uns rein, Kleine.«

Matilda schlich zum Fenster; Wasserrinnsale verschleierten den Blick nach draußen. Schatten drängten sich auf der Veranda. »Was wollt ihr?« Sie schob eine Patrone in den Lauf und spannte den Hahn.

»Wir bringen deinen Dad. Laß uns rein.«

Matilda runzelte die Stirn. Wenn es Mervyn war, wieso dann das Getöse? Da stimmte doch etwas nicht. Sie schob sich noch näher ans Fenster. Die Schatten bewegten sich; sie teilten sich in zwei Gestalten und wurden deutlicher, als sie näher zum Fenster kamen. Es sah aus, als schleppten sie etwas Schweres. Offenbar war Mervyn wieder besinnungslos betrunken, und seine Kumpel brachten ihn nach Hause.

Sie seufzte. Zumindest würde er sie nicht behelligen – nicht in diesem Zustand.

Sie hielt das Gewehr fest in der einen Hand und schob mit der anderen den Türriegel zurück. Die Tür flog auf, der Wind wirbelte heulend herein und Regen, Blätter und Rindenstücke mit ihm. Die beiden Männer drängten sich an ihr vorbei; sie hielten Mervyn zwischen sich. Mit einem dumpfen Schlag fiel sein Körper auf den Tisch, und die drei standen einen Augenblick lang schweigend da.

Matilda schaute von dem durchnäßten, schlammverschmierten Haufen auf dem Tisch zu den beiden Viehtreibern. Das Wasser tropfte von ihren Pelerinen. Mervyn war irgendwie zu still. Zu stumm.

Terry Dix nahm seinen nassen Hut ab und fuhr sich mit den Fingern durch das Haar. Er schaute Matilda nicht in die Augen, und seine sonst so helle, fröhliche Stimme klang stockend. »Wir haben ihn an der Grenze von Kurrajong gefunden; er war in eine Baumwurzel verheddert. Von seinem Pferd keine Spur.«

Sie dachte an Lady und hoffte inbrünstig, daß der Stute nichts passiert war. Sie schaute Mervyn an. »Dann ist er tot«, sagte sie ausdruckslos.

Terry machte runde Augen; es war ihm deutlich anzusehen, daß ihre Gefühllosigkeit ihn überraschte. Er schaute kurz zu dem anderen Mann hinüber und dann zu Boden. »Ungefähr so tot, wie einer sein kann, wenn er von einer Flutwelle erwischt wird.«

Matilda nickte und trat an den Küchentisch. Mervyns Sachen waren zerrissen und schlammverschmiert. Seine Haut trug die Spuren von spitzen Wurzeln und scharfkantigen Steinen, und der Tod hatte sie grau werden lassen. Er sah nicht mehr so groß und bedrohlich aus wie früher. Aber als sie die geschlossenen Augen anschaute, bebte sie vor Angst. Sie stellte sich vor, daß sie sich plötzlich öffneten und sie anstarrten.

»Wir helfen dir, ihn zu begraben. Wenn du willst.«

Matilda warf einen letzten Blick auf den Mann, den sie gehaßt hatte, und sagte: »Ja. Er ist zu groß. Ich schaff's nicht allein.« Sie ging hinüber zum Herd und hängte den großen, rauchgeschwärzten Kessel über die Glut. »Trinkt erst mal Tee und wärmt euch auf. Ihr müßt ja halb erfroren sein.«

Sie schürte das Feuer und schnitt dann Brot und kalten Hammelbraten auf, aber ihr Blick berührte nie den Toten in der Mitte der Küche, als sie sich um ihn herum bewegte.

Die beiden Viehtreiber aßen und tranken schweigend ihren Tee. Ihre Kleider fingen an zu dampfen, als das Feuer heller loderte; sie wechselten verstohlene Blicke, und nur ihre Mienen verrieten etwas von ihrer Neugier.

Matilda saß am Feuer und starrte in die Flammen. Es kümmerte sie nicht, was die beiden dachten oder fühlten. Sie hatten Mervyn nicht gekannt, wie sie ihn kannte – denn sonst hätten sie es verstanden.

»Wir sollten dann anfangen, Kleine. Der Boß schickt sonst bald einen Suchtrupp hinter uns her, und die Pferde müssen auch gefüttert werden.«

Matilda schlang sich ruhig den Schal um die Schultern und stand auf. »Dann kommt. Im Schuppen sind Spaten. Ich hole Gabriel; er kann euch helfen.« Sie hob ein paar leere Mehlsäcke auf. Zwei würden als Leichentuch genügen.

Die beiden Treiber holten die Spaten, und Matilda weckte den maulenden Gabriel. Die drei Männer stemmten den Toten vom Tisch und schleppten ihn durch die schmale Küchentür hinaus in den Regen. Im Gewitterdonner konnten sie einander kaum verstehen, aber Matilda deutete auf den Friedhof und ging ihnen dann voraus. Es gefiel ihr zwar nicht, ihn neben ihrer Mutter und ihren Großeltern zu begraben, aber man hätte zu viele Fragen gestellt, wenn sie ihn einfach neben der Koppel verscharrt hätte.

Barhäuptig stand sie im Regen, und ihr Kattunkleid klebte an ihr wie eine zweite Haut; ihre Füße waren kalt und naß, denn das Wasser drang durch die dünnen Sohlen ihrer Schuhe. Die weiche Erde ließ sich mühelos mit den Spaten aufgraben, sah sie. Sie schaute zu, wie sie Mervyn Thomas in das tiefe Loch hinabsenkten und mit den Mehlsäcken zudeckten. Sie zählte die Spaten Erde, die nötig waren, ihn zu bedecken. Und dann ging sie ohne ein Wort zum Haus zurück.

Die Treiber folgten ihr wenig später, und sie fragte sich, ob sie es wohl merkwürdig fanden, daß sie nicht für Mervyn gebetet und ihm kein anständiges Begräbnis gegönnt hatte. Sie hob den Kopf und sah, wie der Regen auf das Verandadach prasselte. Sie würde es Father Ryans Gott überlassen zu entscheiden, was mit ihm passieren sollte.

Gabriel eilte an ihr vorbei, zurück zur Scheune und seiner warmen, dicken Frau. Die beiden Treiber verabschiedeten sich und ritten nach Kurrajong zurück. Matilda blieb noch eine Weile auf der Veranda stehen; dann wandte sie sich um und schloß die Tür hinter sich. Sie hätte mitreiten können, aber sie brauchte jetzt nicht mehr zu fliehen. Es war vorüber. Sie war frei.

Der Regen hielt zwei Monate an, und Matilda hatte reichlich Zeit, Mervyns Vermächtnis zu betrachten. Er hatte ihr eine heruntergewirtschaftete Schafzuchtfarm hinterlassen – und den Willen, erfolgreich zu sein, wo er versagt hatte. Das und ein Kind in ihrem Bauch, das sie immer an die dunklen Jahre erinnern würde.

SECHS

»Stan veranstaltet ein Münzwerfen hinter der Schlafbaracke. Bist du dabei, Brett?« Die Stimme des Scherers war ein heiseres Wispern.

Brett warf einen Blick zur Küche. Wenn Ma erfuhr, daß Stan dabei war, würden sie alle Ärger bekommen. Er nickte. »Aber vorher hab' ich noch was zu erledigen.«

»Hat doch wohl nicht zufällig was mit unserm neuen Lady-Boß zu tun, oder?« George zwinkerte und stieß Brett den Ellenbogen in die Rippen. »Sieht klasse aus, was? Schätze, die wär' gerade richtig für dich.«

Brett lachte. »Du mußt öfter mal ausgehen. Ein Hauch von Parfüm, und schon verlierst du den Verstand.«

George zuckte die Achseln; sein Humor war noch intakt. »Besser als den ganzen Tag Wollgestank.« Er seufzte. »Wenn ich zwanzig Jahre jünger wäre und nicht so kaputt, würd' ich's ja selber versuchen.«

Brett betrachtete die krumme Nase, das graue Stoppelkinn und das schüttere Haar. Die Zeit, da George auf Freiersfüßen gewandelt war, lag lange zurück. »Aber auf eigene Gefahr, mein Lieber. Sie ist ziemlich jähzornig. Und hat 'ne messerscharfe Zunge.«

George zog die Brauen hoch, aber er sagte nichts.

Brett widmete sich seinem Essen, und der andere trug seinen leeren Teller in die Küche und ging dann hinaus.

Ich muß aufpassen, was ich rede, dachte Brett. Scherer lieben nichts mehr als ein bißchen Klatsch und Tratsch, den sie auf ihren Reisen verbreiten können.

»Wo ist Stan?« Ma kam geschäftig aus der Küche und wischte sich die Hände an der Schürze ab.

Brett zuckte die Achseln und konzentrierte sich auf seinen Teller. Er würde einen Kumpel nicht bei seiner Missus verpfeifen, auch wenn er den Kumpel für einen Idioten hielt.

Ma setzte sich seufzend ihm gegenüber. Sie ließ ihre Tabaksdose aufschnappen und fing an, sich eine Zigarette zu drehen. »Wieso sind die Kerle immer dann weg, wenn man sie braucht? Er hat mir versprochen, den Tisch in der Küche zu reparieren.«

Brett aß seinen Teller leer und fuhr sich mit der Zunge über die Lippen. »Ich mach's gleich, Ma. Keine Sorge.«

Sie zündete sich die Zigarette an und schaute durch den Rauch zu ihm herüber. »Hoffentlich spielt er nicht Münzwerfen«, sagte sie leise. »Er weiß nie, wann er aufhören muß.«

Brett schob den Teller von sich und griff nach seinen Zigaretten. »Er wird schon keine Dummheiten machen«, knurrte er.

Ma schaute ihn durchdringend an, aber sie schwieg. Sie rauchten in geselligem Schweigen. Aber Brett sah an ihrer gerunzelten Stirn, daß ihr außer ihrem Stan noch etwas anderes Sorgen bereitete. »Hat Mrs. Sanders mit Ihnen gesprochen, Brett?« fragte sie schließlich.

Er vertrieb die Gedanken an blitzende Amethyst-Augen und einen lachenden Mund. Er war heute unfreundlich zu ihr gewesen, aber sie hatte es ihm mit gleicher Münze heimgezahlt. »Worüber?«

Ma machte ein betretenes Gesicht und schaute woanders hin. Ihre Finger spielten unruhig an der Tabaksdose.

»Stimmt was nicht, Ma?« Sie hatte jetzt seine volle Aufmerksamkeit. Es gefiel ihm nicht, sie ratlos zu sehen.

Sie schüttelte den Kopf. »Ich frage mich bloß, ob sie etwas von den alten Kleidern gesagt hat … und dem anderen Zeug.«

Er runzelte die Stirn. »Wieso sollte sie? Sie haben doch alles rausgeräumt und verbrannt.« Er sah, wie die Röte des schlechten Gewissens an ihrem Hals heraufkroch. »Oder etwa nicht?«

Ihre runden Finger drehten die Dose, und ihr Blick war fest auf den Tisch gerichtet. »Na ja, gewissermaßen«, murmelte sie.

Brett holte tief Luft und nagte an seiner Unterlippe. Die verflixte Frau hatte Jenny die Tagebücher gezeigt. »Was soll das heißen, Ma?« Seine leise Stimme klang eher vorwurfsvoll als anklagend, aber er war wütend, und es erforderte seine ganze Willenskraft, ruhig zu bleiben.

Sie hörte endlich auf, mit der Dose zu spielen, und sah ihn an. »Ich weiß nicht, wieso Sie sich so aufregen«, erklärte sie abwehrend. »Es war nur ein Haufen alter Kleider, und sie hatte solche Freude dran. Ich dachte, es schadet nichts, wenn sie sie hat.«

Brett drückte seine Zigarette aus. »Sie kennen die Gerüchte. Nach allem, was sie vor kurzem durchgemacht hat, wollte ich nicht …«

»Sie wollen nicht, daß sie die Farm haßt und verkauft«, unterbrach sie energisch. »Sie und Ihr kostbares Churinga«, sagte sie verächtlich. »Der verdammte Laden ist verflucht, und das wissen Sie.«

Er schüttelte den Kopf. »Nein, das ist er nicht, Ma. Sie verstehen das nicht.«

Sie beäugte ihn streitsüchtig. »Doch, ich verstehe es«, gab sie zurück. »Sie haben sich hier hübsch eingerichtet. Wenn sie verkauft, sind Sie wahrscheinlich Ihren Job los. Aber hinfort mit Schaden, sage ich. Anderswo ist man besser dran.«

Ihre Verachtung und der Umstand, daß sie der Wahrheit sehr nah gekommen war, ließen Brett verstummen. Churinga bedeutete ihm alles. Er hatte diese Farm führen können, als wäre sie seine eigene, und er hatte eine der besten Schafzuchten in New South Wales daraus gemacht. Wenn Jenny sich aber entschloß, zu verkaufen, würde er vielleicht gehen müssen – und er ertrug den Gedanken nicht, alles zu verlassen, was er hier erreicht hatte.

Ihre dicke Hand legte sich leicht auf seinen Arm. »*Sorry*, Schatz. Aber früher oder später werden Sie der Sache ins Auge sehen müssen. Was will ein junges Ding wie sie auch mit einem solchen Laden? Sie hat keinen Mann, hat keine Wurzeln im Outback – und schon gar keine Erfahrung mit der Leitung einer Schafzuchtfarm.«

»Sie meinen also, sie wird verkaufen?« Er wurde mutlos.

»Na, Sie haben ja nicht gerade dafür gesorgt, daß sie sich hier willkommen gefühlt hat, oder?« sagte sie bissig. »Ich hab' von dem Theater im Wollschuppen gehört und von der Sache mit dem Welpen auch.« Sie tat einen mächtigen Seufzer. »Männer!« seufzte sie gefühlvoll.

»Sie hat auch ganz schön ausgeteilt«, sagte er abwehrend.

»Das mag sein. Aber Sie dürfen nicht vergessen, daß sie ganz allein hier draußen ist. Es muß ihr ja alles fremd vorkommen. Lassen Sie diesen Macho-Blödsinn mal eine Zeitlang aus dem Spiel, Brett. Seien Sie nicht so hart mit ihr.«

Brett musterte sie stumm. Ma hatte recht. Er hätte sie nicht so einschüchtern sollen.

Ihr Ton wurde versöhnlich. »Ich weiß, daß es schwer für Sie ist. Aber die Farm gehört Ihnen nicht. Hat sie nie. Sie sollte Ihnen nicht so sehr am Herzen liegen.«

Frustriert fuhr er sich durchs Haar. »Aber das tut sie nun mal, Ma. Dies ist die Farm, von der ich immer geträumt habe. Niemals könnte ich mir auch nur etwas halb so Gutes leisten – nicht nachdem ich Marlene so viel von meinen Ersparnissen zahlen mußte.«

»Meinen Sie nicht, mit etwas Freundlichkeit und Liebenswürdigkeit würde sie sich viel eher hier zu Hause fühlen? Sie macht hier einen Probebesuch, Brett, und der erste Eindruck ist immer wichtig.«

Er nickte. »Ich habe mich ja entschuldigt, Ma. Und das mit dem Scherschuppen und dem Hund habe ich ihr zu erklären versucht. Ich glaube, sie hat's auch verstanden, denn wir haben Waffenstillstand geschlossen.«

»Und warum haben wir sie dann heute abend nicht gesehen?« fragte Ma trocken. »Wieso ist sie allein drüben im Haus?«

Brett schob die Hände in die Taschen und musterte sie kühl. »Wahrscheinlich liest sie diese verdammten Tagebücher.«

Ma zuckte die Achseln. »Na und? Die Vergangenheit kann ihr nichts anhaben, und sie hat ein Recht darauf, zu wissen, was sich hier abgespielt hat.«

»Sie haben das alles nicht gelesen«, sagte er unverblümt. Ihn schauderte bei dem Gedanken an Matilda und ihre frühen Jahre auf Churinga. »Wenn es was gibt, was sie von hier vertreiben kann, dann sind's die verdammten Tagebücher.«

Ma sah ihm fest in die Augen. »Ich glaube, da werden Sie sich wundern. Jenny kommt mir nicht vor wie eine, die vor irgend etwas davonläuft. Sie hat Sydney verlassen und ist allein herausgekommen – und das so kurz nach ihrem Verlust.« Sie schüttelte den Kopf. »Ich glaube, sie ist zäh und gescheit, und sie wird selbst wissen, was sie zu tun hat.«

Brett versank in nachdenkliches Schweigen, während Ma seinen

Teller nahm und in die Küche zurückkehrte. Jenny Sanders war ein Rätsel. Aber er bewunderte ihren Mut und ihren Humor. Vielleicht sollte er sich nicht länger den Kopf darüber zerbrechen, was die Männer dachten, und sie ein bißchen besser kennenlernen. Denn wenn sie tatsächlich die Tagebücher las, würde man ihr zeigen müssen, daß die Dinge sich seit Matildas Zeit geändert hatten – daß die alten Gespenster längst verschwunden waren und sie nichts zu befürchten hatte.

Aber heute abend nicht mehr, dachte er und sah auf die Uhr. Bis ich Ma den Tisch repariert habe, ist es zu spät, sie noch zu besuchen.

Jenny löste sich für einen Augenblick von der verblichenen Handschrift. Matildas Mut leuchtete durch die Bleistiftzeilen und beschämte sie. Wie weich das moderne Leben sie doch gemacht hatte!

Sie schloß die Augen und versuchte sich das Mädchen vorzustellen, dessen kraftvolle Geschichte sich hier entfaltete. Das Mädchen, das genug Feuer besessen hatte, sich ein meergrünes Ballkleid zu kaufen und zu wunderschöner Musik Walzer zu tanzen. Ihre Gegenwart war beinahe real – als sei Matilda nach Churinga zurückgekehrt und beobachte sie jetzt, wie sie die Seiten umblätterte.

Jenny vergaß die Zeit und ihre Umgebung, als sie sich wieder dem Tagebuch zuwandte und in die Vergangenheit reiste, in der das Leben hart gewesen war und nur eine Frau aus Stahl wie Matilda überleben konnte.

Mervyns Stute kehrte zwei Wochen später zurück, als der Regen eines Tages ein paar Stunden nachließ und eine wäßrige Sonne den Himmel stahlgrau färbte. Beim Klang ihrer Hufe lief Matilda in den Hof und schrie überrascht und erfreut auf. Sie ergriff die baumelnden Zügel und führte das Pferd in die Scheune.

Lady war abgemagert; ihr Fell war verfilzt und schmutzig, und sie hatte ein Eisen verloren – aber sie war sichtlich froh, wieder zu Hause zu sein. Matilda gab ihr reichlich Futter und einen Eimer frisches Wasser, und als sie versorgt war, machte sie sich mit der Striegelbürste daran, ihr den alten Glanz zurückzugeben. Sie kämmte die verfilzte Mähne, strich mit der Hand am langen Hals hinunter und fühlte genußvoll den kräftigen Herzschlag. Sie preßte das Gesicht an die mageren Rippen und atmete den muffigen Staubgeruch. »Kluge Lady. Braves Mädchen«, murmelte sie. »Willkommen daheim.«

Die Regenzeit verging, und schließlich war der Himmel wieder blau. Kräftiges grünes Gras und bunte Blumen waren auf den Weiden zum Leben erwacht, und ein Känguruhrudel hatte sich zwischen den Geistergummibäumen niedergelassen. Vögel mit buntem Gefieder schwirrten hin und her, und die Luft war frisch und sauber nach dem Regen. Es war an der Zeit, die Reste der Herde zusammenzutreiben, eine Bestandsaufnahme vorzunehmen und festzustellen, wieviel noch zu retten war.

Sie hatte sich eben die Reithose angezogen, als sie auf dem Hof Hufgetrappel hörte. Sie griff nach dem Gewehr, vergewisserte sich, daß es geladen war, und trat hinaus auf die Veranda.

Ethan Squires saß auf seinem schwarzen Wallach. Das bösartige Tier stampfte und schnaubte und ließ die Erde aufspritzen. Ethan zügelte es, und das Pferd verdrehte die Augen. Squires Regenmantel reichte bis auf die Stiefel hinunter, und ein brauner Schlapphut überschattete sein Gesicht. Trotzdem sah Matilda das entschlossen vorgereckte Kinn und das stählerne Funkeln seiner Augen. Dies war kein gesellschaftlicher Besuch.

Matilda spannte den Hahn und richtete das Gewehr auf Ethan. »Was wollen Sie?«

Er nahm schwungvoll den Hut vom Kopf. »Ich will dir mein Beileid aussprechen, Matilda. Wäre schon früher gekommen, aber es war so schlechtes Wetter.«

Matilda betrachtete die feinen Kleider und das teure Pferd. Wollte er sich über sie lustig machen? Sicher war sie nicht. Aber Ethan würde den weiten Weg nicht auf sich nehmen, nur um einem Mann die Ehre zu erweisen, den er verabscheut hatte. »Vielleicht sagen Sie mir, was Sie wollen, Squires. Ich habe zu tun.«

Seine Lippen verzogen sich zu einem Lächeln, aber Matilda sah, daß es nicht bis zu den Augen drang. »Du erinnerst mich an deine Mutter. Feuer und Stacheln. Das Gewehr ist unnötig.«

Sie umklammerte es fester. »Das entscheide ich selbst.«

Er hob elegant die Schultern. »Schön, Matilda. Wenn du es so haben willst …« Er schwieg kurz, und sein Blick wanderte von dem Gewehr zu ihrem Gesicht. »Ich wollte dich bitten, dir noch einmal zu überlegen, ob du Churinga nicht verkaufen willst.« Er hob die behandschuhte Hand, als er sah, daß sie ihn unterbrechen wollte. »Ich zahle einen anständigen Preis, Matilda. Darauf hast du mein Wort.«

»Churinga ist aber nicht zu verkaufen.« Das Gewehr zielte unbeirrt auf seine Brust.

Squires' Gelächter dröhnte durch die Morgenstille, daß sein Pferd tänzelte und den Kopf nach hinten warf. »Mein liebes Mädchen, was willst du denn hier noch zustande bringen?« Mit einer Handbewegung deutete er auf die überflutete Koppel und die baufällige Scheune. »Die Farm bricht um dich herum zusammen, und jetzt, wo die Regenzeit vorbei ist, werden Mervyns Gläubiger kommen und ihr Geld verlangen. Die Schweine, die Maschinen, die Pferde und wahrscheinlich auch den Rest deiner Schafe – das alles wirst du verkaufen müssen.«

Matilda hörte in eisigem Schweigen zu. Squires war ein mächtiger Mann, und sie war erst fünfzehn. Wenn sie ihn glauben ließ, daß er mit ihr leichtes Spiel hätte, würde sie womöglich alles verlieren. Aber sie wußte, daß er die Wahrheit sagte; sie hatte schlaflose Nächte gehabt, weil sie sich Sorgen wegen der Schulden machte und sich fragte, wie sie sie bezahlen sollte. »Was geht Sie das an?« erwiderte sie, und ihr Herz klopfte schneller, als ihr plötzlich ein abscheulicher Gedanke kam. »Er schuldete Ihnen doch nichts, oder?«

Seine Miene wurde milder, als er den Kopf schüttelte. »Ich habe deiner Mutter versprochen, auf dich achtzugeben und Mervyn nichts zu leihen.« Er beugte sich im Sattel vor. »Deinen Zweifeln zum Trotz bin ich ein ehrenhafter Mann. Ich habe deine Mutter bewundert, und ihretwegen bin ich heute hier. Wenn Churinga mein werden soll, dann nur auf anständigem Wege.«

Sie behielt ihn fest im Auge, während ihr das Herz bis zum Halse schlug. »Auch wenn es bedeutet, mich mit Ihrem Sohn zu verheiraten?«

Sein Schweigen war beredt.

»Ich bin nicht dumm, Squires. Ich weiß, daß Andrew nur tut, was Sie ihm sagen – deshalb will ich ja nichts mit ihm zu tun haben. Sagen

Sie ihm, er kann aufhören, mir Einladungen zu seinen Festen zu schicken. Ich bin nicht interessiert, und Churinga steht weder zum Verkauf noch zum Tausch.«

Seine Miene verhärtete sich, und man sah seinen funkelnden Augen an, daß er allmählich die Geduld verlor. »Du törichtes kleines Mädchen«, fauchte er. »Wo bekommst du denn ein besseres Angebot? Mein Stiefsohn ist willens, dir ein Leben zu bieten, von dem du nur träumen kannst, und du hättest Churinga immer noch.«

»Aber es wäre von Kurrajong geschluckt«, erwiderte sie nüchtern. »Kommt nicht in Frage, Squires.«

»Wie zum Teufel, glaubst du, kannst du diesen Betrieb allein führen, noch dazu ohne Vieh?«

»Das schaffe ich schon.« Ihre Gedanken überschlugen sich. Es mußte eine Möglichkeit geben, Mervyns Gläubigern aus dem Weg zu gehen. Churingas Überleben hing davon ab.

Ethan schüttelte den Kopf. »Sei doch vernünftig, Matilda! Ich biete dir die Chance, von vorne anzufangen, ohne Schulden. Laß mich herein, und wir sprechen über die Konditionen. Du wirst dich wundern, wenn du hörst, wieviel dieses Anwesen wert ist – trotz des Zustands, in dem es sich jetzt befindet.« Er richtete sich in den Steigbügeln auf und wollte das Bein über den Sattel schwingen.

Matilda hob das Gewehr. »Miss Thomas für Sie, Squires. Und ich bin kein törichtes kleines Mädchen«, sagte sie wütend. »Bleiben Sie auf Ihrem Pferd, und verschwinden Sie!«

Ethans Mund war ein schmaler Strich und sein Blick hart, als er sich wieder in den Sattel sinken ließ. Er riß an den Zügeln, daß der Wallach erschrak und im Schlamm tänzelte. »Wie lange, glaubst du, kannst du hier draußen allein überleben? Vielleicht glaubst du, du bist so zäh wie deine Mutter, aber du bist noch ein Kind.«

Matilda spähte am Gewehrlauf entlang, und ihr Finger lag am Abzug. »Ich bin älter, als Sie glauben. Und ich wäre Ihnen dankbar, wenn Sie nicht so herablassend mit mir reden wollten. Jetzt verschwinden Sie, bevor ich eine Kugel durch Ihren feinen Hut jage.«

Er beruhigte den tänzelnden Wallach, ohne sie aus den Augen zu lassen. »Das wird Ihnen noch leid tun, Miss Thomas.« Sein Sarkasmus war schwer wie die Hand am Zügel. »Ich wette, Sie halten höchstens einen Monat durch. Danach werden Sie mich anflehen, Ihnen die Farm abzukaufen. Aber dann wird der Preis sehr viel niedriger sein.«

Matilda sah zu, wie er das Pferd vor der Veranda herumriß und nach Kurrajong zurückgaloppierte. Über hundert Meilen lagen zwischen den beiden Farmen, aber Matilda war sicher, daß sie ihn wiedersehen würde. Squires war ein verschlagener Gegner, der nicht so leicht aufgab.

Sie ließ das Gewehr sinken und wischte sich den Schweiß von den Handflächen, während sie der kleiner werdenden Gestalt nachschaute. Sie zitterte, aber trotz der Drohungen empfand sie auch Stolz. Squires würde man im Auge behalten müssen – aber den Kampf um Churinga hatte sie eröffnet, und die erste Runde hatte sie gewonnen.

Sie pfiff, und Bluey kam herbeigelaufen, die Ohren gespitzt und mit blitzenden Augen; er freute sich auf die Arbeit. Er trabte mit ihr in die Scheune, wo er ungeduldig wartete, während sie Lady sattelte.

Dann ritt sie mit Gabriel hinaus auf die Schafweide, um die Tiere zusammenzutreiben. Sie wußte, daß nur noch kläglich wenige übrig sein würden. Aber es waren ihre – und sie gedachte erfolgreich zu sein, wo ihr Vater versagt hatte.

Jenny klappte das Tagebuch zu. Der Rücken tat ihr weh, und ihre Lider waren schwer; als sie auf die Uhr schaute, wurde ihr klar, daß sie mehr als zwölf Stunden in Matildas Welt verbracht hatte. Es war Nacht geworden, und Churinga schlief, aber trotz aller Müdigkeit verspürte Jenny das erste Kribbeln gespannter Hoffnung. Matilda begann eine abenteuerliche Fahrt ins Unbekannte. Wo Verzweiflung geherrscht hatte, waren jetzt Mut und Entschlossenheit.

Jenny stand auf und tappte in die Küche zu der Truhe. Sie klappte sie auf und nahm das seegrüne Ballkleid heraus, und sie hielt es sich vors Gesicht, bevor sie in die seidigen Falten schlüpfte.

Sie schloß die Augen und tanzte zu der fernen Musik, und sie fragte sich, ob sich der geisterhafte Partner wohl wieder zu ihr gesellen würde. Aber eigentlich kam es nicht darauf an, ob sie heute nacht allein tanzte oder nicht; sie wußte, daß Matilda ihr eine Lektion im Überleben erteilte, die sie anderswo niemals gelernt hätte.

SIEBEN

Jenny erwachte vom Geschwätz der Galahs in dem Pfefferbaum vor ihrem Fenster und vom sanften Glucksen eines Kookaburra, der sein Territorium in den Eukalyptusbäumen verteidigte. Sie fühlte sich ausgeruht und entspannt, obwohl sie in den letzten paar Tagen wenig geschlafen hatte, und sie räkelte sich wohlig, bevor sie aus dem Bett stieg.

Heute, beschloß sie, wollte sie mehr über Churinga erfahren; sie würde sich Zeit nehmen, den Männern bei ihrer Arbeit zuzuschauen und zuzuhören. Es war Samstag, der, wie Ma gesagt hatte, nur ein halber Arbeitstag war; also würde sie reichlich Gelegenheit haben, mit Scherern und Treibern und vielleicht auch mit Aborigines zu sprechen. Sie war entschlossen zu lernen, wie es hier draußen zuging, und sie wollte die Probleme und Tücken des Alltags kennenlernen, mit denen Matilda vermutlich zu kämpfen hatte.

Als sie sich angezogen und Tee getrunken hatte, entschied sie, daß sie als erstes versuchen mußte, wieder ein Pferd zu bekommen. Es war Jahre her, daß sie geritten war; damals hatte sie es gern getan. Aber ein scheußlicher Sturz, der ihr mit fünfzehn Jahren auf Waluna passiert war, hatte ihr Selbstvertrauen erschüttert, und jetzt war ihr beim Anblick rollender Augen und tänzelnder Hufe mulmig zumute. Aber die einzige Möglichkeit, Matildas Welt zu verstehen, war die, darin einzutauchen, anstatt sich im Haus zu verstecken, während das Leben ringsum seinen Gang nahm.

Jenny steckte sich das Haar zu einem Knoten auf und nahm einen alten Filzhut von einem Haken in der Küche. Sie betrachtete ihn einen Moment und fragte sich, ob Matilda ihn wohl hinterlassen hatte; aber dann kam sie zu dem Schluß, daß es wahrscheinlich ein alter Hut von Brett sein müsse, und zog ihn tief in die Stirn. Er hätte ihn sicher mitgenommen, wenn er ihn brauchte.

Es war angenehm draußen; die Sonne war noch nicht ganz aufgegangen, der Himmel von kühlem Blau. Auf dem Hof herrschte trotz der frühen Stunde schon reges Treiben. Hunde bellten, und Männer und Pferde bereiteten sich auf den Arbeitstag vor. Wie auf Waluna begann der neue Schurtag auch hier mit viel Aufregung, denn er brachte den Scheck für die Wolle und damit den Zahltag näher.

Jenny holte tief Luft und genoß die frische, nach Akazien duftende Luft; sie lachte über die Galahs, die kopfüber in den Bäumen hingen, damit der Tau ihnen das Gefieder waschen konnte. Blöde Vögel, dachte sie. Aber diese improvisierte Dusche war eine gute Idee. Sie stopfte sich das Hemd fest in die Jeans und rollte die Ärmel hoch, bevor sie quer über den Hof zum Kochhaus ging. Ein paar Männer tippten sich an die Hutkrempe und eilten vorüber; sie erwiderte den Gruß mit einem hoffentlich zuversichtlichen Lächeln.

Als sie sich dem Schererquartier näherte, erkannte sie, daß es Brett war, der mit nacktem Oberkörper an der Pumpe stand und sich rasierte. Sie ging langsamer. Vielleicht wäre es besser, ihm aus dem Weg zu gehen, bis sie beide gefrühstückt hatten. Sie hatten zwar eine Art Waffenstillstand geschlossen, aber die Episode auf dem Hof gestern war ihr noch frisch im Gedächtnis, und sie wußte nicht, ob er immer noch in versöhnlicher Stimmung war.

Sie wollte eben einen anderen Weg zum Kochhaus einschlagen, als ihre Blicke sich in dem Spiegel trafen, den er auf die Pumpe gestellt hatte. Sie war ertappt, und jetzt blieb ihr nichts anderes übrig, als mit ihm zu sprechen. Aber sie würde sich nicht wieder über ihn aufregen. »Morgen, Mr. Wilson. Schöner Tag heute«, rief sie strahlend.

»Morgen«, antwortete er mürrisch, und hastig zog er sich das Hemd über und nestelte an den Knöpfen.

»Meinetwegen brauchen Sie sich nicht anzuziehen«, sagte sie fröhlich. Es war ihr ganz recht, ihn im Nachteil zu sehen, und der Anblick war außerdem nicht übel.

Er hörte auf, an den Knöpfen herumzufummeln; ohne sie aus den

Augen zu lassen, zog er sich das Hemd wieder aus und rasierte sich weiter. Jede Bewegung des scharfen Messers vor dem Spiegel war sicher und effizient.

»Ich möchte ausreiten«, sagte sie und lenkte ihre Gedanken gewaltsam von der Vollkommenheit seines sonnengebräunten Rückens zu ihren Plänen. »Gibt es ein Pferd, das ich nach dem Frühstück bekommen könnte?«

Brett führte das Messer in sorgfältigem Bogen um die Kerbe in seinem Kinn, bevor er antwortete. »Das sind keine Kutschpferde, Mrs. Sanders. Ein paar sind kaum zugeritten.« Er schwieg und konzentrierte sich auf das Rasieren.

Jenny bemerkte wieder das Funkeln in seinen Augen, als er sie im Spiegel anschaute. Sie sah auch das Kräuseln seiner Mundwinkel, als er das Rasiermesser unter fließendem Wasser abspülte. Er machte sich über sie lustig. Sie holte tief Luft und blieb ruhig. Auf diesen Köder würde sie nicht anbeißen.

Das saubere Rasiermesser blitzte in der Sonne, als er sie nachdenklich anschaute. »Ich bin sicher, wir finden was Passendes für Sie. Wir haben hier ein paar ruhige Stuten, die sich wahrscheinlich gut eignen. Ich werde dafür sorgen, daß einer der Jungs Sie begleitet.«

Sie lächelte ihn an. »Das ist nicht nötig, Mr. Wilson. Ich finde mich sicher auch allein zurecht.«

Er wischte sich mit einem Handtuch die letzten Reste Rasierschaum aus dem Gesicht, und seine Augen leuchteten hell in der Morgensonne. »Sie werden aber nicht allein losreiten, Mrs. Sanders. Es kann gefährlich sein hier draußen.«

Sie legte den Kopf auf die Seite und musterte ihn nachdenklich. »Dann wäre es besser, Sie kommen selbst mit, Mr. Wilson«, sagte sie mit fester Stimme. »Ohne Zweifel kann ich von Ihren Kenntnissen profitieren, und Sie scheinen mir auch stark genug zu sein, um mich vor allen Gefahren zu beschützen.«

»Falls es Ihnen noch nicht aufgefallen ist, Mrs. Sanders – wir sind mitten in der Schur. Ich kann nicht weg.« Er hatte die Hände in die Hüften gestemmt, und unter einem Ohr saß immer noch ein Tupfen Rasierschaum.

»Wie schön, wenn man unentbehrlich ist«, sagte sie; sie sah das Funkeln in seinen Augen und wußte, daß es sich in ihren widerspiegelte. »Aber da heute Samstag und nur ein halber Arbeitstag ist, werden Sie sicher eine Möglichkeit finden, Ihre Verantwortung für ein Weilchen zu delegieren.«

Ein Lachen kräuselte seinen Mund und umspielte seine Augen. »Dann wird's mir ein Vergnügen sein, Mrs. Sanders.« Er deutete eine Verbeugung an, bevor er sich wieder der Pumpe zuwandte und den Kopf unter den Wasserstrahl hielt.

»Danke«, sagte sie und schaute zu, wie das Wasser glitzernd über seinen Rücken floß. Dann wandte sie sich ab; sie wußte, daß er sie beobachtete und daß ihm klar war, wie er auf sie wirkte.

Verfluchter Kerl, dachte sie erbost, er macht mich wirklich wütend! Aber als sie sich dem Kochhaus näherte, gewann ihr Humor die Oberhand, und sie grinste. Es könnte interessant werden, den Tag mit ihm zu verbringen.

Brett stand in der Morgensonne; das Wasser tropfte ihm aus den nassen Haaren in die Augen, und der Schnitt am Kinn brannte höllisch. Schon seit Jahren hatte er sich beim Rasieren nicht mehr geschnitten, aber es war fast unmöglich, die Hand ruhig zu halten, wenn man sich bemühte, nicht zu lachen.

Ausreiten, dachte er verächtlich. Was glaubt sie, wo sie hier ist? Auf 'ner Ferienranch? Wenn Madam reiten gehen möchte, werde ich ihr ein Pferd besorgen – aber ich wette hundert zu eins, daß sie morgen nicht mehr rumstolziert und Befehle erteilt. Gibt nichts Besseres als einen langen Tag im Sattel, um sie von ihrem Höhenflug runterzuholen.

Er sah, wie sie im Kochhaus verschwand, und bewunderte die hübschen Kurven ihres Hinterns in ihren engen Jeans. Dann raffte er das Handtuch auf und rieb sich heftig trocken. Diese Frau bedeutete Ärger, und je eher er wußte, was sie hier im Schilde führte, desto besser.

Während er sein Hemd anzog, überlegte er sich, was er ihr sagen wollte und welche Fragen er beantwortet haben mußte. Aber keine davon klang angemessen. Sie schien nicht die Frau zu sein, die Verständnis dafür aufbrachte, daß ein Mann dieses Land liebte. Sie war eine verwöhnte Großstädterin, für die Churinga ein Abenteuer war, und sie würde die Farm bald satt haben, wenn der Reiz des Neuen erst verflogen war.

Er schaute hinüber zum Kochhaus. Mrs. Sanders hielt seine Zukunft in ihren zarten Händchen. Neue Eigentümer würden wahrscheinlich die Kosten für einen Verwalter scheuen, und selbst wenn sie beschließen sollte, selbst hierzubleiben, stand nicht fest, daß sie ihn behalten würde. Der Gedanke, Churinga verlassen zu müssen, schmerzte sehr, und er erkannte, daß Ma recht hatte: Seine einzige Chance bestand darin, nett zu der Lady zu sein – was ihm unter anderen Umständen gar nicht schwergefallen wäre –, aber sie hatte anscheinend die Absicht, ihn aufzuziehen, und da er wenig Erfahrung mit Großstadtfrauen hatte, wußte er nicht, wie er darauf reagieren sollte. Er drückte sich den Hut auf den Kopf.

»Zum Teufel damit«, knurrte er und ging frühstücken.

Sie war die erste Person, die er drinnen sah. Sie war aber auch schwer zu übersehen mit ihrem hochgesteckten Haar, das den schlanken Hals freigab und den Schatten ihrer Brüste im Ausschnitt ihres Hemdes sehen ließ. Er wandte sich rasch ab, als die veilchenblauen Augen sich auf ihn richteten, und suchte sich einen Platz am anderen Ende des langen Tisches. Er goß sich eine Tasse Tee aus der riesigen Blechkanne ein und rührte vier Löffel Zucker hinein. Er würde alle Energie brauchen, die er bekommen konnte, wenn er den Tag mit ihr verbringen sollte.

»Morgen, Brett.« Ma setzte ihm einen Teller mit Steak, Ei und Bratkartoffeln vor. »Das sollte Sie für den Ritt mit Mrs. Sanders stärken. Und ich hab' Ihnen ein Lunchpaket zurechtgemacht.«

Jäh verstummten alle Gespräche, und ein Dutzend interessierte Augenpaare richtete sich auf ihn. »Zum Lunch sind wir wahrscheinlich wieder hier«, brummte er und machte sich über sein Steak her.

Ma zog es vor, seine Verlegenheit zu übersehen, als habe sie die Absicht, alles noch schlimmer zu machen. Sie zwinkerte ihrem Publikum zu und stemmte die Hände in die Hüften. »Wenn Sie meinen. Aber es wäre doch schade, so überstürzt zurückzukommen, wenn's nicht nötig ist.«

Ein fröhliches Frotzeln erhob sich ringsum, und Stan Baker gab Brett einen Rippenstoß. »Das sieht nach Ärger aus«, sagte er. »Glaub's mir, mein Junge. Wenn die Weiber anfangen, Pläne zu machen, ohne den Mann zu fragen, wird es Zeit abzuhauen.«

Zustimmendes Gemurmel begrüßte diese Perle der Weisheit.

»Halt die Klappe, Stan«, knurrte Brett mit vollem Mund. »Kann man hier nicht mal in Ruhe essen?«

»Der Trick ist, daß man sich nicht schnappen läßt.« Gackernd zündete Stan seine stinkende alte Pfeife an und schaute in die Runde, um zu sehen, wie sein Witz angekommen war.

Brett schaute am Tisch entlang zu Jenny. Er sah kein Mitgefühl in ihrem Blick, und als sie ihren Teller nahm und in die Küche trug, hatte sie sogar die Frechheit, ihm zuzuzwinkern.

Der Appetit war ihm verdorben; er schob das halbe Frühstück von sich und zündete sich eine Zigarette an. Die beiden Frauen hatten ihn aussehen lassen wie einen Idioten; er war es zwar gewöhnt, aufgezogen zu werden, denn er war als jüngster von drei Brüdern aufgewachsen, aber er wußte, daß es jetzt nur noch schlimmer werden konnte, auch wenn es gut gemeint war. Ma hatte sich für eine Menge zu verantworten, und wenn er Zeit hätte, würde er sie gelegentlich beiseite nehmen und ihr sagen, sie solle aufhören mit ihren Verkuppelungsversuchen. Sie tat es jedes Jahr. So war es ja auch gekommen, daß Lorraine ihn in die Enge hatte treiben können.

Er rauchte seine Zigarette und schenkte sich noch eine Tasse Tee ein. Zumindest Lorraine war in sicherer Entfernung, und solange er dafür sorgte, daß es so blieb, konnte sie ihm ihre Klauen nicht ins Fell schlagen. Und er würde die Heiterkeit der anderen nicht noch weiter anstacheln, indem er seinem Lady-Boß hinterherrannte; er würde sich Zeit lassen und erst mal seinen Tee trinken.

Stan paffte an seiner Pfeife, und in seiner hageren Brust rumpelte noch immer der Husten, den das Lachen hervorgerufen hatte. Brett betrachtete ihn nachdenklich und fragte sich, wie viele Sommer er wohl noch erleben würde. Der Mann mußte mindestens sechzig sein, und doch war er einer der schnellsten Scherer in New South Wales. Seltsam, aber die dürre Gestalt mit dem krummen Rücken wurde anscheinend niemals müde.

»Zeit zum Arbeiten«, sagte Stan, schob sich die glühende Pfeife in die Jackentasche und stand auf. »Ma hat mich quer durch ganz Queensland gejagt, bevor sie mich gekriegt hat, aber bloß, weil ich sie gelassen hab'.« Er grinste. »Denk dran, mein Junge: Laß die Frauen niemals wissen, daß du erwischt werden *willst*. Davon kriegen sie bloß Flausen im Kopf.«

Brett beäugte die qualmende Jackentasche. »Eines Tages wirst du wegen deiner verdammten Pfeife noch in Flammen aufgehen.«

Der alte Scherer zog den Stein des Anstoßes hervor und klopfte die Glut in eine Untertasse. »Keine Angst, mein Freund! Ich gedenke im Bett zu sterben, mit meiner Missus neben mir.« Er machte ein nachdenkliches Gesicht und sog schmatzend an seinem Zahnfleisch. »Wird Zeit, daß du dich von einer der Ladys mal fangen läßt. Man geht kaputt hier draußen so ganz ohne weibliche Gesellschaft.«

»Du brauchst mir keinen Gefallen zu tun, Stan. Mir gefällt es so, wie es ist.« Brett stand auf; er überragte Stan, als er sich den Hut aufsetzte. Dieses Gespräch führte auf ein Terrain, das er lieber meiden wollte.

Stan lachte, als sie die Fliegentür aufstießen. Draußen machte er sich daran, seine Pfeife wieder anzuzünden. Als sie brannte und zufriedenstellend zog, warf er das Streichholz auf den Boden, trat es aus und stapfte hinüber zum Scherschuppen.

Brett sah ihm nach. Niemand trat ein Streichholz oder eine Zigarette gründlicher aus als ein Mann im Busch. Alle hatten schon erlebt, welche Macht das Feuer hat und welche Verwüstungen es anrichtet. Brett ging davon, in Gedanken noch bei dem, was der Alte gesagt hatte. Auch wenn er es nur widerwillig zugab: Stan hatte recht. Er war einsam. Die Nächte waren nicht mehr das, was sie früher gewesen waren, nachdem Marlene fortgegangen war, und das Haus war zu leer, wenn niemand da war, mit dem er über etwas anderes als über Schafe reden konnte. Und seit seinem Umzug in die Schlafbaracke fehlte ihm die Möglichkeit, ungestört Musik zu hören oder in der Stille der langen Abende zu lesen. Männer waren eine wunderbare Gesellschaft, aber hin und wieder sehnte er sich nach dem Duft von Parfüm und nach der speziellen Note, die nur eine Frau einem Haus verleihen konnte.

Finster starrte er in die Sonne, die jetzt schnell aufging. Diese Gedanken führten wirklich zu nichts. Ungeduldig mit sich selbst und mit allem ringsum, stapfte er davon, um die Rotschimmelstute für Mrs. Sanders zu satteln.

Jenny hockte auf dem fünfsprossigen Gatter und sah zu, wie er die Stute einfing und sattelte. Wie die anderen Männer auf Churinga war Brett so sehr ein Teil dieses Ortes, daß sie ihn sich nirgendwo anders vorstellen konnte. Er war zäh und braun wie die Erde, drahtig wie das Gras und so rätselhaft wie die Existenz exotischer Vögel und zarter Blumen in der rauhen Landschaft.

Es tat ihr leid, daß sie ihn beim Frühstück in Verlegenheit gebracht hatte; sie hätte der Sache ein Ende gemacht, wenn sie angenommen hätte, daß es sinnvoll gewesen wäre. Sie hatte ja nicht wissen können, daß Simone ihre Pläne vor aller Welt hinausposaunen würde; wenn sie sich dann aber eingemischt hätte, wäre das nur ein Anlaß zu weiteren Kommentaren gewesen. Jenny hegte heimlich den Verdacht, daß Simone sich als Partnervermittlerin versuchte, und sie nahm sich vor, nach diesem Ausritt ein Wörtchen mit ihr zu reden. Brett war schließlich völlig anders als jeder andere Mann, den sie als Erwachsene kennengelernt hatte. Ihr unterschiedlicher Lebensstil kollidierte bei jeder neuen Wendung, und sie hatten nichts gemeinsam. Mit Ausnahme von Churinga. Und auch das genügte nicht, um mehr als eine Freundschaft in Betracht zu ziehen. Es war zu früh – viel zu früh.

Jenny kletterte vom Gatter herunter, hob die Satteltasche mit dem Picknick auf und überquerte die Koppel. Der Mann und die beiden Pferde erwarteten sie, und auch wenn sie vor der Kulisse des Tjuringa Mountain und der Teebäume ein hübsches Bild abgaben, wünschte sie doch, es hätte Pete sein können, der ihr da mit dem Zügel in der Hand entgegenschaute. Denn dies war sein Traum gewesen, sein Plan für ihre gemeinsame Zukunft – und sie war nicht sicher, ob es recht war, dieses Leben nun ohne ihn zu führen.

Die Wehmut war ihr offenbar am Gesicht anzusehen, denn Bretts Grinsen verschwand, als er auf sie herabschaute. »Sie haben's sich doch nicht anders überlegt, Mrs. Sanders? Wir können es immer noch verschieben.«

Jenny schob den Gedanken an Pete und Ben beiseite und zog die

Reithandschuhe an. »Keineswegs, Mr. Wilson. Könnten Sie mir wohl beim Aufsteigen helfen?«

Er wölbte die Hände unter ihrem Stiefel und stemmte sie in den Sattel. Sein Grinsen war wieder da, als er den Fuß in den Steigbügel schob und sich selbst ebenfalls auf sein Pferd schwang. »Wir werden zunächst mal nach Süden reiten. Dann können wir im Schatten des Berges Rast machen und zu Mittag essen.« Er musterte sie fragend. »Einverstanden?«

Jenny nickte und nahm die Zügel in die Hand. Die Stute rupfte gemächlich Gras und kaute zufrieden. Sie war alt und sanft, und Jenny war erleichtert und ziemlich beschämt wegen ihres unchristlichen Mißtrauens gegenüber Brett. Sie hatte den häßlichen Verdacht gehabt, er werde ihr ein halb zugerittenes Pony zum Reiten geben, nur um ihr eine Lektion zu erteilen, aber er war doch nicht so boshaft, wie sie geglaubt hatte. Dennoch, auch diese alte Stute bedeutete nach so langer Zeit eine Herausforderung, und sie würde sich sehr konzentrieren müssen, wenn sie sich nicht mit einem Sturz vom Pferd lächerlich machen wollte.

Sie ließen die Farm hinter sich. Das hohe Gras raschelte um die Läufe des Tiers. Als die Koppel hinter ihnen lag und sie ins Weideland hinausritten, verfielen die Pferde in Trab.

»Sie scheinen sich im Sattel ganz zu Hause zu fühlen, Mrs. Sanders«, rief er. »Ein bißchen angespannt, aber das ist normal bei einem fremden Pferd.«

Jenny knirschte mit den Zähnen und versuchte zuversichtlich zu lächeln. Sein Erstaunen über ihre Reitkünste war nichts im Vergleich zu der Mühe, die es sie kostete, an Bord zu bleiben. Die Anstrengung, sich mit Händen und Knien festzuklammern, ließ sie zittern. Sie hatte keine Kondition und keine Übung mehr, und sie bedauerte, daß sie keine Zeit gehabt hatte, allein zu trainieren, bevor sie mit ihm ausritt.

Aber als sie über das silbrige Gras zum fernen Tjuringa Mountain schaute und erkannte, wie endlos und leer dieses Land war, erfüllte es sie doch mit Erleichterung, daß er mitgekommen war. Hier allein auszureiten wäre töricht gewesen; wenn sie stürzte oder sich sonstwie verletzte, konnte es Stunden dauern, bis man sie fände.

Sie dachte an Matilda und an ihre verzweifelte Flucht in die Freiheit, und fast war ihr, als höre sie das Stampfen ihrer Stiefel auf die feste, trockene Erde und ihre hallenden Hilferufe. Das Kind mußte hierher gelaufen sein vor all den Jahren.

»Wir reiten zum Berg«, rief er zu ihr zurück. »Sie wollten ja mehr von Churinga sehen – jetzt haben Sie Gelegenheit dazu.« Er stieß seinem Pferd die Fersen in die Flanken und galoppierte los.

Jennys Gedanken kehrten jäh in die Gegenwart zurück, und vorsichtig trieb sie ihre Stute an. Der Schweiß rann ihr an den Rippen herunter, sie umklammerte die Zügel noch fester, und die Stute galoppierte hinter dem Wallach her. Jenny erhob sich aus dem Sattel, beugte sich tief über den Hals und klammerte sich mit den Knien fest. Dies würde eine echte Mutprobe werden, und sie wünschte fast, sie hätte diesen Vorschlag nicht gemacht. Aber um keinen Preis würde sie Brett wissen lassen, wieviel Angst sie hatte.

Und dann, wie durch Zauberei, verlor sich die Angst, und die Anspannung wich von ihr. Ihre Hände am Zügel lockerten sich, und sie ließ die Stute laufen. Der alte Filzhut flog ihr vom Kopf auf den Rücken, nur von einem dünnen Lederriemen gehalten. Ihr Haar flatterte im Wind, und die blanke Lust an der Freiheit durchflutete sie. Es war erhebend, den warmen Wind im Gesicht und den gleichmäßigen, sicheren Galopp des Pferdes unter sich zu spüren.

Brett ritt ein gutes Stück weit vor ihr; sein Oberkörper bewegte sich kaum, während das Tier unter ihm in gestrecktem Galopp dahinflog. Mann und Tier in vollkommener Harmonie vor der zerklüfteten Kulisse des Tjuringa. Wie wunderschön, dachte sie. Ich könnte ewig so weiterreiten.

Als der Berg deutlicher in Sicht kam, bemerkte sie, daß er teilweise mit dichtem Buschwerk bewachsen war. An seinem Fuße bildeten uralte Bäume eine kühle Oase, und als sie näher heran waren, hörte sie Vögel singen und Wasser rauschen. Vielleicht war dies die Stelle, zu der Matilda gekommen war – aber sie würde sich diesen wunderbaren Tag nicht von düsteren Gedanken verderben lassen.

Sie folgte Brett durch das Gestrüpp unter das kühle Blätterdach, bis sie den Felsentümpel und den tosenden Wasserfall erreicht hatten. Sie zügelte ihr Pferd und strahlte Brett an. Sie war außer Atem und wußte, daß sie morgen steif sein würde, aber vorläufig gab es nur das Glücksgefühl des Ritts.

»Das war toll«, keuchte sie. »Danke, daß Sie mitgekommen sind.«

»Nicht der Rede wert.« Er schwang sich aus dem Sattel und trat zu ihr.

»Sie verstehen nicht«, sagte sie, als sie wieder zu Atem gekommen war. »Ich dachte nicht, daß ich nach dem Unfall je wieder reiten würde. Aber ich hab's getan. Ich hab's wirklich getan.« Sie beugte sich vor und klopfte den Hals der braunen Stute. »Braves Mädchen.«

Bretts Miene war unergründlich. »Sie hätten was sagen sollen. Dann hätte ich Ihnen mehr Zeit gelassen, sich an die alte Mabel zu gewöhnen. Das wußte ich ja nicht.«

Sie zuckte die Achseln. »Woher auch? Ich war fünfzehn, und das Pferd war nicht richtig zugeritten. Es scheute, und ich fiel herunter und konnte mich nicht schnell genug zur Seite rollen.« Sie sprach leichthin darüber, aber sie erinnerte sich gut an den Schmerz, als der schwere Huf sie an Schulter und Rippen getroffen hatte. Es hatte Monate gedauert, bis die Knochenbrüche verheilt waren.

»Dann ruhen Sie sich jetzt lieber ein Weilchen aus, Mrs. Sanders. Es war ein weiter Ritt. Das Wasser kann man gut trinken.«

Jenny ließ die Zügel los und schwang das Bein über den Sattel. Ehe sie sich versah, hoben starke Arme sie herunter. Sie fühlte seinen Herzschlag und die Wärme seiner Hände an ihrer Taille, als er sie festhielt, bevor er sie auf den Boden stellte. Sie taumelte gegen ihn, schwindlig nicht nur vom Rausch des Reitens.

»Alles okay, Mrs. Sanders?« Sein Blick zeigte kurze Besorgnis, und sie war nicht sicher, ob die Röte in seinem Gesicht nicht eher von der Verlegenheit wegen der Nähe zwischen ihnen als von der Anstrengung herrührte.

Sie wich zurück. »Alles okay, danke. Bin bloß das Reiten nicht mehr gewöhnt. Hab' vermutlich keine Kondition.«

Er musterte sie kurz von Kopf bis Fuß, bevor sein Blick zu ihrem Gesicht zurückkehrte. Seine Miene war beredt, aber er schwieg, als er sich jetzt abwandte und sie durch das Dickicht zum Felsentümpel führte.

»Was ist mit den Pferden? Sollten wir sie nicht hobbeln?«

»Nicht nötig. Hütepferde haben gelernt, auch ohne Fessel da stehen zu bleiben, wo man die Zügel fallen läßt.«

Sie schöpften das Wasser mit ihren Hüten. Es war eiskalt und brannte ihr in der staubigen Kehle, und es kühlte die Hitze in ihrem Gesicht und ihrem schmerzenden Körper. Als sie genug getrunken hatten, saßen sie schweigend da und ließen die Pferde saufen.

Brett zündete sich eine Zigarette an und starrte ins Weite, und Jenny fragte sich, was um alles in der Welt sie jetzt zu ihm sagen könnte. Höfliche Konversation würde ihn langweilen, und von seiner Arbeit wußte sie so wenig, daß ihre Ahnungslosigkeit sie töricht aussehen lassen würde.

Sie seufzte und ließ den Blick aufmerksam über die Umgebung wandern. Der Tjuringa war aus dunklem Fels, der von leuchtend orangegelben Streifen durchschnitten war, willkürlich aufgestapelt wie gewaltige Mauersteine. Der Wasserfall kam aus einer tiefen Spalte, die von Gestrüpp fast verdeckt war, und die Felsentümpel waren flache Becken, in denen sich die jahrhundertealten Felszeichnungen der Aborigines an den Bergflanken spiegelten.

»Was ist aus dem Stamm geworden, der hier gelebt hat?« fragte sie schließlich.

»Aus den Bitjarra?« Brett betrachtete die Glut seiner Zigarette. »Sie tauchen immer noch hin und wieder zu einem *corroboree*, einem nächtlichen Fest, hier auf, denn der Ort ist ihnen heilig; aber die meisten sind in die Stadt gezogen.«

Jenny dachte an die obdachlosen Aborigines, die, fett und betrunken, in den Straßen von Sydney zu sehen waren. Verirrt in der sogenannten Zivilisation, von Siedlern ihres Stammeslandes beraubt, lebten sie von Almosen. »Das ist traurig, nicht wahr?«

Brett zuckte die Achseln. »Manche bleiben dem Träumen treu, aber sie haben die Wahl wie jeder andere auch. Das Leben hier draußen war ziemlich hart für sie; warum also sollten sie bleiben?«

Er betrachtete sie unter seiner Hutkrempe hervor. »Ich nehme an, Sie denken an Gabriel und seinen Stamm.«

Sie nickte. Es war nicht verwunderlich, daß er die Tagebücher gelesen hatte – wie sonst hätte sie sich erklären können, daß er sie ihr nicht hatte zeigen wollen.

»Sie sind vor langer Zeit weggezogen. Aber zur Zeit arbeiten noch ein paar Bitjarra bei uns, als Jackaroos – wahrscheinlich entfernte Verwandte. Großartige Reiter, die Bitjarra.«

»Es war gut für Matilda Thomas, daß sie damals hier waren. Muß ja hart für sie gewesen sein, als Mervyn nicht mehr da war.«

Brett drückte seine Zigarette aus. »Das Leben hier draußen ist so oder so hart. Entweder kommt man damit zurecht, oder es bringt einen um.« Er schaute sie durchdringend an und ließ den Blick dann wieder in die Ferne schweifen. »Ich nehme an, es wird nicht lange dauern, und Sie werden auch verkaufen und nach Sydney zurückkehren. Es ist schwer hier draußen für eine Frau – besonders wenn sie allein ist.«

»Kann sein«, sagte sie. »Aber Sydney ist auch kein Kindergeburtstag. Wir mögen in den siebziger Jahren leben, aber es wird noch lange dauern, bis Frauen als gleichberechtigt anerkannt sind.«

Brett schnaubte, und Jenny fragte sich, was für eine bissige Bemerkung er jetzt machen würde, aber er überlegte es sich anders.

»Ich habe nicht immer in der Großstadt gelebt, wissen Sie«, erzählte sie. »Ich war in Dajarra, bis ich sieben war, und dann habe ich auf einer Schafzucht in Waluna gewohnt, bei John und Ellen Carey, bis ich fünfzehn wurde und nach Sydney zur Kunstakademie ging. In der Stadt hab' ich dann meinen Mann kennengelernt und bin dageblieben, aber wir hatten immer vor, eines Tages aufs Land zurückzukehren.«

Er musterte sie nachdenklich. »In Dajarra gibt's aber kaum mehr als ein großes katholisches Waisenhaus.«

Sie nickte. »So ist es. Eine Zeitlang war es mein Zuhause, aber es ist kein Ort, den ich noch einmal besuchen möchte.«

Er richtete sich auf und schob einen Grashalm zwischen die Zähne. »Hören Sie, Mrs. Sanders, es tut mir leid, wenn ich gestern grob geworden bin. Ich dachte …«

»Sie dachten, ich bin eine reiche Großstadtfrau, die hergekommen ist, um Ihnen Schwierigkeiten zu machen«, vollendete sie für ihn. »Aber ich habe Ihnen nicht von meiner Vergangenheit erzählt, damit Sie Mitleid mit mir bekommen, Brett. Ich wollte Ihnen nur sagen, was los ist, damit es keine Mißverständnisse gibt.«

Er grinste. »Kapiert.«

»Gut.« Sie wandte sich ab und sah einem Schwarm Wellensittiche nach, der wie ein Regenbogen zwischen den Bäumen dahinzog. Als sie sich umdrehte, lag Brett auf dem Rücken und hatte sich den Hut aufs Gesicht gelegt. Das Gespräch war offensichtlich zu Ende.

Nach einer Weile wurde sie rastlos, und sie beschloß, sich die Zeichnungen der Aborigines näher anzusehen. Sie waren so klar und deutlich, als wären sie gestern gemalt worden: Vögel und Tiere flüchteten vor Männern mit Speeren und Bumerangs. Merkwürdige Kringel und Schnörkel bezeichneten vermutlich Stammestotems, und Abdrücke von Händen, die kleiner waren als ihre, begleiteten einen Pfad durch das Gestrüpp.

Sie suchte sich den Weg durch den Busch und freute sich über jeden neuen Fund auf den uralten Felsen. Hier war eine Höhle, die tief in den Berg hineinführte; phantastische Kreaturen schmückten ihre Wände. Ein feingeritzter Wanjinna, ein Wassergeist, wehte von einer Felsenspalte hinauf in Richtung Wasserfall. Sie drang tiefer in den Busch ein, und es ging bergauf. Tönerne Trauerbecher umstanden ein längst erloschenes Feuer auf einem flachen Plateau, und die Knochen und Federn des Bratens, der hier verzehrt worden war, lagen in der Asche. Sie hockte sich nieder und spähte durch die Baumwipfel auf das Grasland hinaus. Fast war es, als hörte sie das Dröhnen des Didgeridoo und das hohle Klopfen der Musikstöcke. Dies war das uralte Herz Australiens. Ihr Erbe.

»Was zum Teufel denken Sie sich dabei, einfach so davonzuspazieren?« Brett brach lärmend durchs Gebüsch und blieb atemlos bei ihr stehen.

Sie schaute in das wütende Gesicht und ließ sich Zeit mit dem Aufstehen. »Ich bin kein Kind, Mr. Wilson«, sagte sie ruhig. »Ich kann selbst auf mich aufpassen.«

»Ach ja? Und wieso haben Sie dann den Skorpion auf Ihrem Stiefel nicht bemerkt?«

Entsetzt schaute sie auf das kleine Tier, das mit gezücktem Stachel auf ihrem Stiefelrand saß, wo nur noch die Socke sie schützte. Sie wurde stocksteif, schnippte den Skorpion dann aber blitzschnell mit behandschuhten Fingern beiseite. »Danke«, sagte sie widerwillig.

»Sie mögen in Waluna aufgewachsen sein, aber Sie haben noch eine Menge zu lernen«, knurrte er. »Ich dachte, Sie hätten genug Verstand, hier nicht allein herumzuklettern.«

»Vielleicht gefiel mir die Gesellschaft unten am Wasser nicht«, gab sie zurück.

»Sie haben schließlich darauf bestanden, daß ich Sie begleite.«

Jenny drückte sich den Hut fester auf den Kopf und drängte sich an ihm vorbei. »War ein Fehler. Ich werde Sie nicht wieder belästigen.«

»Gut. Ich habe nämlich was Besseres zu tun, als den Babysitter für eine alberne Frau zu spielen, die meint, es könnte vielleicht Spaß machen, neben einem Skorpionnest spazierenzugehen.«

Sie fuhr herum, wütend darüber, daß sie sich von dem Skorpion hatte überraschen lassen, und erbost, weil ihr Stolz verletzt war. »Vergessen Sie nur nicht, mit wem Sie reden, Mr. Wilson«, zischte sie.

»Das vergißt man nicht so leicht, glauben Sie mir. Wenn Sie sich nicht wie eine dumme Göre benehmen wollten, würde man Sie auch nicht so behandeln.«

»Wie können Sie es wagen«, sagte sie mit gefährlicher Ruhe.

Er packte ihre Hand mitten im Schwung, als sie ihn ohrfeigen wollte, und zog sie an sich. »Das wage ich, weil man mir die Schuld gäbe, wenn Ihnen etwas passierte.« Er ließ sie genauso schnell wieder los, wie er sie gepackt hatte. »Es ist Zeit zu gehen. Ich habe noch zu arbeiten.«

Jenny kletterte atemlos und wütend hinter ihm her. »Was ist bloß los mit Ihnen? Sind Sie immer so grob?«

Am Wasser angelangt, griff er nach den Zügeln. Dann drehte er sich zu ihr um, und sein Gesichtsausdruck im kühlen Zwielicht des grünen Laubdaches war rätselhaft. »Es ist nur fair, Mrs. Sanders. Wenn Sie mit dem Feuer spielen, müssen Sie darauf gefaßt sein, sich zu verbrennen.«

Ihre Wut verrauchte, und Ratlosigkeit trat an ihre Stelle. Sie schaute ihm in die Augen, und darin lag kein Humor und auch nicht in der Entschlossenheit, mit der er das Kinn vorreckte. Sie riß ihm den Zügel aus der Hand und stieg in den Sattel, ohne seine Hilfe abzuwarten.

Sie ritten schweigend zur Farm zurück, und seine seltsamen Worte klangen in ihrem Kopf nach. Was hatte er damit gemeint, und wieso war er so empfindlich? Sie hatte nichts weiter getan, als einen uralten

Traumort der Aborigines zu erkunden. Weshalb konnte das und die Episode mit dem Skorpion ihn so grob – und so streitsüchtig werden lassen?

Sie rutschte im Sattel hin und her. Es paßte ihr nicht, aber bei ihm fühlte sie sich ... ja, wie? Unbehaglich. Schuldbewußt. Ungeschickt? Sie seufzte. Sie konnte seine Wirkung auf sie nicht beschreiben, und es war frustrierend, nicht zu wissen, warum das so war.

Auf der Koppel angekommen, ließ Jenny sich aus dem Sattel gleiten. Rücken und Arme taten ihr weh, und der Stiefel drückte an ihrer kleinen Extrazehe. Beim nächsten Mal werde ich eingelaufene Stiefel anziehen, keine neuen, beschloß sie reumütig. Und sie würde mit jemand anderem ausreiten. Ein Vormittag in Brett Wilsons Gesellschaft war mehr als genug.

»Danke«, sagte sie kühl. »Ich habe hoffentlich nicht allzuviel von Ihrer kostbaren Zeit in Anspruch genommen. Sie können jetzt wieder an Ihre Arbeit gehen.« Es war eine bösartige Bemerkung, und sie bereute sofort, daß sie es gesagt hatte – aber sie wollte verdammt sein, wenn sie sich nach seinen Grobheiten jetzt dafür entschuldigte.

Brett nahm den Pferden die Sättel ab und ging davon. Ihren Dank nahm er mit knappem Kopfnicken entgegen.

Simone saß mit einer Tasse Tee und einem Teller Käsesalat in der Küche. Sie strahlte vor Neugier. »Sie sind aber früh zurück. Wie ist es gegangen?«

Jenny warf ihren Hut auf den Tisch und setzte sich. Muskeln, von deren Existenz sie nichts geahnt hatte, waren verspannt und wund, und in ihrem Fuß pochte es. »Der Ritt war hinreißend, von der Begleitung kann man das nicht behaupten.«

Simones Hand mit der Teekanne verharrte auf halber Höhe in der Luft. »Haben Sie sich mit Brett gestritten?«

Jenny nickte. »Er wurde grob – und das lasse ich mir nicht bieten.«

»Entschuldigung, Schätzchen, aber es fällt mir schwer, das zu glauben. Was ist denn passiert?«

»Nichts«, antwortete Jenny schnippisch. Das Ganze kam ihr plötzlich kindisch vor. Es hatte keinen Sinn, sich jetzt noch darüber auszulassen.

»Vielleicht war das ja das Problem.« Simone schenkte Tee ein und lächelte.

Jenny sah die Selbstgefälligkeit in ihrem Blick. »Was meinen Sie damit, Simone?«

Simone lachte und tätschelte ihr die Hand. »Gar nichts, Schätzchen. Überhaupt nichts. Aber komisch, daß Sie ihn grob finden. Brett ist normalerweise ein so netter Kerl. Es gibt 'ne Menge Mädchen, die ihren Augapfel dafür geben würden, einen Vormittag mit ihm auszureiten.«

»Sie können ihn gern haben, Lorraine und all die anderen. Mir fallen gleich mehrere Dinge ein, die ich lieber täte, als den Vormittag mit Brett Wilson zu verbringen.«

»Moment mal, Jenny. Zwischen Lorraine und Brett gibt es nur in Ihrer Phantasie etwas. Er hat keine Frau mehr ernsthaft angeschaut, seit ihm die seine abgehauen ist.«

Jenny sah die Feindseligkeit in Simones Gesicht und fragte sich, was die abgehauene Marlene getan haben konnte, daß sie so wütend war.

»Und er hatte was Besseres verdient als sie«, fügte Simone hinzu. »Hat den armen Brett ganz schön an der Nase rumgeführt.«

»Inwiefern?« Simone besaß offensichtlich eine Schwäche für Brett; zweifellos bildete sie sich ein, er könne überhaupt nichts Falsches tun und keine Frau sei gut genug für ihn.

»Sie hat unten in Perth in 'ner Bar gesungen, ausgerechnet.« Simone verschränkte die Arme fest unter dem Busen. »Aber ich schätze, die Männer kamen nicht nur wegen ihrer Stimme, wenn Sie wissen, was ich meine.« Sie schwieg kurz und schürzte die Lippen. »Der arme Brett. Dachte, er hätte da 'ne hübsche kleine Ehefrau, die ihm treu ist und das Haus mit Kindern füllt. Hat aber 'ne Menge Ärger gemacht hier auf der Farm. Konnte ihre Finger nicht bei sich behalten.« Simones Busen wogte mißbilligend.

»Kein Wunder, daß er bei Frauen so empfindlich ist. Wahrscheinlich glaubt er, wir sind alle gleich. Und wie kommt er an Lorraine? Wie es sich anhört, sind sie und Marlene sich ziemlich ähnlich.«

Simone zuckte die Achseln. »Sie ist jung, attraktiv und willig. Ein Mann hat Bedürfnisse, Jenny – und da ist Brett nicht anders als jeder andere Mann –, aber ich glaube, so dämlich ist er noch nicht gewesen. Sie irrt sich allerdings, wenn sie glaubt, sie kann ihn auf diese Weise angeln. Nach der Erfahrung mit Marlene sucht er was Dauerhaftes.«

Jenny mußte an Lorraines erwartungsvolles Gesicht denken und wie sie rote Wangen und gute Laune bekommen hatte, als Brett in Wallaby Flats angekommen war. »Die arme Lorraine.« Sie seufzte.

Ma schnaubte. »Vielleicht. Aber verschwenden Sie nicht allzuviel Energie darauf, sie zu bemitleiden. Die hat schon mehr Kerle gehabt als wir beide warmes Abendessen«, erklärte sie verächtlich.

Jenny rührte in ihrem Tee. »Aber er und ich, wir scheinen uns einfach nicht zu vertragen. Nach Peter, meinem verstorbenen Mann, erscheint er mir so wortkarg, so unnahbar. Habe ich ihn irgendwie aufgebracht – ist es das?«

Simone lachte. »Nicht so, wie Sie glauben, nein.«

Jenny runzelte die Stirn. »Was soll denn das heißen?«

Das runde, vergnügte Gesicht wurde nüchtern. »Gar nichts, Schätzchen. Brett befürchtet nur, Sie könnten die Farm verkaufen und ihn ohne Arbeit und ohne Zuhause sitzenlassen. Er hat zehn Jahre lang sehr hart gearbeitet, um die Farm so gut in Schuß zu bringen, und es würde ihm das Herz brechen, wenn er sie verlassen müßte.«

»Dann hat er aber 'ne komische Art, mich zu beeindrucken«, sagte Jenny trocken.

Simone wischte ihre Verteidigung beiseite. »Das ist nur seine Art, Gefühle zu verbergen. So albern sind die Kerle hier draußen. Man soll glauben, daß sie zäh und stark sind. Mein Stan kommt aus dem Schuppen und lacht und scherzt, als hätte er keine Sorgen auf der Welt. Aber manchmal, wenn er glaubt, ich gucke nicht hin, dann weint er vor Rückenschmerzen.«

Jenny trank schweigend ihre Teetasse leer. Bretts Benehmen leuchtete ihr plötzlich ein. Mit seiner Grobheit tarnte er nur seine Angst. Er wollte beweisen, daß es sich lohnte, Churinga zu behalten. Daß er es effizient und umsichtig führte. Ihre Ankunft hatte ihn beunruhigt – sie war jung, eine Frau –, und seine Zukunft lag in ihrer Hand.

Sie dachte an seine warmen Hände auf ihrem Rücken und an seinen Herzschlag an ihrem, nachdem er sie an sich gerissen hatte, als sie ihn hatte ohrfeigen wollen. In diesem Augenblick war etwas dagewesen, das seinen Panzer beinahe durchbrochen hätte – etwas, das sie zu erkennen glaubte. Und doch – das war unmöglich.

»Ich bin wirklich müde nach diesem Ritt, Simone. Danke für den Tee und für das Geplauder. Bis später.«

»Okay. Wird auch Zeit, daß ich das Essen koche.«

Jenny ging über den Hof zu ihrem Haus, und ihre Gedanken spielten mit dem, was am Vormittag geschehen war. Churinga fing an, sie in den Bann zu schlagen, und bald würde sie entscheiden müssen, was sie tun wollte. Aber noch nicht, dachte sie. Ich bin ja erst ein paar Tage hier, und ich werde mir den Blick nicht von Brett Wilson vernebeln lassen.

In der Küche herrschte kühles Zwielicht hinter geschlossenen Fensterläden. Ihr Blick fiel auf die offene Truhe; das Kleid schimmerte sanft im gedämpften Licht, und obwohl sie erschöpft war, wußte sie, daß es Zeit war, das nächste Tagebuch zu lesen.

Sie zog die Stiefel aus, massierte sich die Zehen und kletterte aufs Bett, und nach ein paar Minuten war sie wieder in Matildas Welt.

Die Herde war auf der Weide vor dem Haus zusammengetrieben worden. Es war ein zerzaustes Häuflein, abgemagert und gering an Zahl; die Frühjahrslämmer waren nicht so zahlreich zur Welt gebracht worden, wie sie gehofft hatte. Der Scheck für die Wolle würde nicht ausreichen, um Mervyns Schulden zu bezahlen. Sie würde einen anderen Weg finden müssen.

Während sie zusah, wie die Schafe das kräftige frische Gras fraßen, spürte sie, wie das Kind in ihr strampelte, und sie wußte, daß die Entscheidung, die Herde schon früh hereinzuholen, richtig gewesen war. Churinga war verlassen; nur Gabriel und seine Familie waren noch hier, und bald würde sie Mühe haben, die abgelegeneren Weiden allein zu kontrollieren. Das Hinterteil konnte man den Tieren hier scheren, und hier konnte sie auch ein Auge auf Fußfäule und hundert andere Dinge haben, die bei Schafen zu Schwierigkeiten führen konnten.

Sie befühlte die sanfte Schwellung ihres Bauches und konnte das Kind nicht hassen, das dort wuchs. In Sünde empfangen, war es doch ohne Schuld – und sie war entschlossen, ihm das beste Leben zu geben, das sie ihm bieten konnte.

Die Tage wurden länger und wärmer, und das Gras verlor seine frische grüne Farbe. Jeden Tag ritt Matilda mit Gabriel und Bluey hinaus, um Zäune zu flicken und die Bäche vom Treibholz zu säubern, das die Stürme der Regenzeit herabgespült hatten. An den Abenden brütete sie über Rechnungsbüchern und Inventarlisten. Wenn die Schuldner kamen, mußte sie bereit sein.

Der Gemüsegarten sorgte für die täglichen Mahlzeiten, wie es auch die Milchkühe und die Schweine taten. Aber ihr Kerosinvorrat war geschrumpft, und Mehl, Zucker, Salz und Kerzen wurden ebenfalls knapp. Die Schersaison rückte heran, und wenn es ihr gelänge, ihre Schafe beisammenzuhalten, müßte sie irgendwie das Geld für die Scherer auftreiben. Sie befingerte das Medaillon, das ihre Mutter ihr geschenkt hatte. Sie trug es jetzt fast immer, denn sie brauchte es ja nicht mehr vor Mervyn zu verstecken. Es war viel Geld wert, aber sie würde es niemals verkaufen. Lieber tauschte sie etwas aus Mervyns Gewehrsammlung gegen Saatgut und Mehl. Ethans düstere Prophezeiung hallte durch die Stille des verlassenen Hauses, und trotz aller Entschlossenheit, ihm seinen Irrtum zu beweisen, spürte sie, daß Churinga ihr entglitt.

Einen Monat nach dem jähen Ende der kurzen, heftigen Regenzeit kamen sie nach Churinga. Matildas Zustand war verborgen unter einem weiten Hemd und einer alten Latzhose von Mervyn. Als sie auf den Hof geritten kamen, hockte sie gerade auf der obersten Sprosse der Leiter und half Gabriel, das Dach des Hauses zu reparieren.

Sie wußte, wer sie waren und warum sie kamen – und sie schaute auf sie hinunter und fragte sich, ob sie ihr wohl Gelegenheit geben würden, ihren unerhörten Plan darzulegen. Sie hatten sich offensichtlich gemeinsam etwas ausgedacht – daß sie zusammen hier auftauchten, bewies es. Und als sie anfing, die Leiter hinunterzuklettern, stählte sie sich für die bevorstehende Schlacht.

Sie hatten ihre Pferde auf die Koppel geführt und warteten auf der Veranda, als sie zu ihnen kam. Matilda sah wohl, daß sie ihr nicht in die Augen blickten und daß sie die Hüte in den Händen drehten. Sie beschloß, keine Zeit mit leerem Geplauder zu verschwenden.

»Ich habe kein Geld«, sagte sie mit fester Stimme. »Aber ich gedenke Dads Schulden auf diese oder jene Weise abzutragen.«

»Das wissen wir, Miss Thomas.« Hal Ridgley gehörte die Futterhandlung in Lighting Ridge. Trotz seiner Größe schien er vor ihrem festen Blick zusammenzuschrumpfen.

Matilda schaute von einem zum anderen. Außer Ridgley war da noch Joe Tucker vom Pub, dann Simmons von der Bank und Sean Murphy aus Woomera. Sie holte tief Luft und wandte sich an Sean. Er war in der Gegend beliebt, und seine Meinung wurde respektiert. Wenn sie ihn auf ihre Seite bringen könnte, hätte sie die Chance, auch die anderen dazu zu überreden, daß sie ihr Angebot ernst nahmen.

»Dad schuldet Ihnen das Geld für einen Bock und zwei Schafe. Ich brauche den Bock für die Zucht, aber die beiden Schafe haben gute, kräftige Lämmer, jeweils zwei Stück. Nehmen Sie die als Bezahlung?«

Sein Haar glänzte grau in der Sonne, als er bedachte, was sie da sagte. »Der Bock ist ein guter Zuchtbock. Hat mich 'ne schöne Stange Geld gekostet, Miss Thomas«, sagte er schließlich. »Ich weiß wirklich nicht.«

Matilda hatte sein Zögern mit einkalkuliert. »Ich biete Ihnen die Mutterschafe dazu, Sean«, sagte sie leise. »Aber der Bock muß noch einen Sommer hierbleiben, wenn ich überleben soll.«

Er warf einen Blick auf die anderen Männer, die auf seine Antwort warteten, und nickte dann. »Schätze, das ist angemessen, Miss Thomas.«

Matilda faßte neuen Mut. Sie wandte sich an Hal Ridgley und lächelte. »Die Regenzeit kam, bevor ich das ganze Futter aufbrauchen konnte, das Dad gelagert hatte. Sie können mitnehmen, was übrig ist, und ich lege zum Ausgleich noch Dads spanischen Sattel dazu.« Sie sah das gierige Flackern in seinem Blick und verstärkte ihren Druck. »Der hat Ihnen immer schon gefallen, und wahrscheinlich ist er mehr wert, als wir Ihnen schulden.«

Hal wurde rot. »Das Futter ist wahrscheinlich inzwischen voller Getreidekäfer, und ich schätze, die Ratten haben dran genagt.«

»Nicht in meiner Scheune«, erklärte sie rundheraus. »Ich lagere das Futter in Stahlbehältern mit luftdichten Deckeln.« Sie richtete sich zu voller Größe auf und funkelte seine Hemdknöpfe an. »Ist es also abgemacht?«

Der große Mann nickte fast unmerklich, als Sean ihm den Ellenbogen in die Rippen stieß, und Matilda mußte innerlich lächeln. Hal hatte immer schon ein begehrliches Auge auf Mervyns Sattel gerichtet – und da sie wahrscheinlich mehr dafür bekommen hätte, wenn sie ihn in der Stadt verkauft hätte, wußte sie, daß er kaum ablehnen konnte.

Joe Tucker trat vor und reichte ihr ein Bündel Papiere. »Das sind Mervs Schuldscheine. Ein paar sind schon ziemlich alt.«

Matildas Herz schlug schneller. Über die anderen Schulden wußte sie Bescheid, aber was Mervyn dem Wirt schuldete, konnte sie nicht wissen. Als sie die Zettel mit der gekritzelten Unterschrift ihres Vaters durchblätterte, erschrak sie. Soviel Geld! So viele verlorene Wetten! Soviel Whisky! Eine solche Summe konnte sie nicht aufbringen.

»Tut mir leid, Matilda. Aber ich habe auch Rechnungen zu bezahlen, und ich kann mir nicht leisten, darauf einfach zu verzichten. Die Lage ist zur Zeit nicht so gut.«

Matilda lächelte zaghaft. Der arme Joe. Er war ein freundlicher Mann, der sein Bestes versuchte. Die Sache war für ihn offensichtlich ebenso schmerzlich wie für sie. Sie schaute über den Hof zur Koppel und zu den Pferden, die dort grasten. Sie hatte ihr eigenes Pferd, die Braune, die nur halb zugeritten war, zwei wilde Ponys und Dads graue Stute.

Das angespannte Schweigen wurde nur vom Knarren der Verandadielen unterbrochen, wenn Simmons, der Bankier, mit dem Schaukelstuhl vor und zurück wippte. Ein Schauder überlief Matilda. Das Geräusch hörte sich an, als wäre ihr Vater wieder zurückgekommen und wartete darauf, sie zu erwischen.

Sie riß sich von diesen Gedanken los und konzentrierte sich auf Joe. »Ich sag' Ihnen was. Nehmen Sie die beiden Wildpferde, und verkaufen Sie sie. Dürften einen guten Preis dafür bekommen, wenn Sie sie vorher zureiten, und es sind beides Hengste – warum versuchen Sie es nicht bei Chalky Long drüben auf Nulla Nulla? Der sucht neues Blut.«

Joe machte ein betrübtes Gesicht. »Ich verstehe nichts vom Zureiten, Matilda. Tja, wenn die Braune noch dabei wäre, dann könnte ich mein Geld sicher zurückbekommen.«

Matilda betrachtete die braune Stute. Sie war ein feines Pferd, schnell und mit sicherem Schritt, und sie hatte noch genug Wildheit in sich, um bei den Pferderennen in der Gegend ein gutes Bild abzugeben.

Mervyn hatte zuletzt noch einen der Jackaroos in den Sattel gesetzt und bei den Wetten ein schönes Stück Geld gewonnen. Aber sie konnte sich nicht leisten, dieses Pferd zusätzlich zu den anderen zu verlieren. Wenn ihr eigenes sich verletzte, wäre sie hilflos. Lady wurde alt; bald wäre sie der Arbeit nicht mehr gewachsen.

»Die Braune oder die Ponys«, sagte sie entschlossen. »Alle kann ich Ihnen nicht geben.«

Joe war seiner Sache jetzt offenbar sicherer, denn seine Haltung wurde streitbarer und sein Gesichtsausdruck entschlossener.

»Dein Dad steht schon lange bei mir in der Kreide, und nur aus Respekt vor dir habe ich diese Schuldscheine nicht an Squires verkauft. Er war bereit, dafür aufzukommen, weißt du. Kann's nicht erwarten, Churinga in die Finger zu bekommen.«

Matilda sah, wie seine Augen glänzten, als er seinen Trumpf ausspielte, und sie wußte, daß sie sich geschlagen geben mußte. »Danke, daß Sie zuerst zu mir gekommen sind«, sagte sie leise. »Nehmen Sie alle drei Pferde, wenn ich Squires damit von meinem Land fernhalten kann.«

Simmons erhob sich aus dem Schaukelstuhl; die Verandadielen ächzten unter seinem Gewicht. »Das alles wird Ihnen kein bißchen helfen, Miss Thomas«, sagte er wichtigtuerisch. »Die Bank wird sich nicht mit Pferden und Futter und Sätteln abfinden lassen. Und wenn Sie das Darlehen, das Ihr Vater aufgenommen hat, nicht zurückzahlen können, werden wir einen Konkursverwalter einsetzen müssen. Die Farm zu verkaufen dürfte kein Problem sein. Wir haben bereits Interessenten.«

Matilda sah kein Bedauern in seinem Blick, als sie die Schuldscheine von Joe in Empfang nahm und in die Tasche stopfte. Ohne Zweifel hießen die »Interessenten« Squires. Sie hörte, wie die anderen Männer die Veranda verließen, um zu holen, was sie sich eingehandelt hatten, aber ihre ganze Konzentration galt dem Mann, der jetzt vor ihr stand. Sie wußte, warum er hier war; sie hatte die Unterlagen nach Mervyns Beerdigung gefunden.

»Kommen Sie ins Haus. Wir müssen die Sache vernünftig besprechen«, sagte sie entschlossen. »Die anderen brauchen nicht zu hören, was ich zu sagen habe.«

Er sah sie fragend an, folgte ihr aber wortlos ins Haus. Matilda stellte ihm eine Tasse Tee hin, setzte sich und verschränkte die Arme vor sich auf dem Tisch.

»Zeigen Sie mir die Konditionen dieses Darlehens, Mr. Simmons«, sagte sie ruhig.

Er öffnete seine lederne Aktentasche und nahm ein Bündel Papier heraus; dann lehnte er sich zurück und trank den Tee. Er verströmte zähflüssiges Selbstbewußtsein, und sein Blick ruhte fest auf ihrem Gesicht; er erinnerte sie an einen Dingo, der auf den richtigen Augenblick wartet, um sich auf das Lamm zu stürzen.

Matilda las die Unterlagen, und als sie fertig war, schob sie sie über den Tisch zurück. »Die sind nicht rechtskräftig. Ich schulde Ihnen nur das kleine Darlehen, das Mum vor fünf Jahren aufgenommen hat.«

Er saß plötzlich sehr gerade auf dem harten Holzstuhl. »Ich denke, Sie werden feststellen, daß sie es doch sind, Miss Thomas«, entgegnete er mit dröhnender Stimme. »Ich habe sie von meinem eigenen Rechtsbeistand aufsetzen lassen.«

»Dann sollten Sie sich von ihm trennen, Mr. Simmons«, sagte sie bissig. »Denn er arbeitet nicht ordentlich.«

Simmons verlor die Fassung. »Ich glaube kaum, daß Sie die Richtige sind, um einen der führenden Rechtsexperten Australiens in Zweifel zu ziehen, Miss Thomas.«

»Das bin ich durchaus, wenn jemand ohne meine Einwilligung auf mein Eigentum einen Kredit aufnimmt, Mr. Simmons«, schoß sie zurück.

Seine aufgeblasene Großspurigkeit verflog, und er war verwirrt. »Aber ich habe doch die Dokumente gesehen. Ihr Vater war der Eigentümer des Grundes, als er den Kredit aufnahm.«

Matilda schüttelte den Kopf. »Er hatte das Recht, bis zu seinem Tod hier zu wohnen und das Land zu bewirtschaften. Sonst nichts. Hier sind die restlichen Unterlagen. Lesen Sie sie selbst. Und wenn es Ihnen nicht gefällt, schlage ich vor, daß Sie sich an Mr. Squires' Anwalt wenden. Er hat den Vertrag für meine Mutter aufgesetzt.«

Simmons zog ein schneeweißes Taschentuch hervor und wischte sich über die Glatze, während er die Dokumente durchlas. Seine Hände zitterten, und Schweiß verfärbte seine Hemdbrust.

Matilda wartete, bis er zu Ende gelesen hatte. Ihr Herz schlug rasend schnell, und sie ließ sich die Worte dieser wichtigen Urkunde durch den Kopf gehen. Ihre Mutter hatte ihr gründlich klargemacht, was sie plante, und Matilda kannte die Urkunde so gut wie auswendig.

»Ich muß mich beraten lassen, Miss Thomas. Wie es scheint, war Ihr Vater nicht ganz ehrlich zu uns.«

»Er war zu vielen Leuten nicht ganz ehrlich, Mr. Simmons«, sagte sie trocken.

»Seine Schulden müssen gleichwohl beglichen werden. Es handelt sich um eine substantielle Summe, die wir nicht einfach abschreiben können.«

Matilda stand auf. »Dann gehen Sie vor Gericht. Sie bekommen Churinga nicht ohne Gegenwehr, Mr. Simmons.«

Er musterte sie nachdenklich. »Wie alt sind Sie, Miss Thomas?«

»Fünfzehn. Aber lassen Sie sich davon nicht täuschen.« Matilda verschränkte die Arme und starrte ihn an, bis er den Blick abwandte.

»Es steht immer noch der Rest des Darlehens Ihrer Mutter offen. Wie gedenken Sie den zurückzuzahlen?«

Matilda hörte seinen Sarkasmus und griff nach der Blechdose, die sie so sorgsam vor Mervyn versteckt hatte. Fast ein Jahr lang hatte sie dafür seine Taschen durchwühlt, gespart und geknausert und immer wieder gelogen – für diesen einen Augenblick. Es war alles, was sie hatte, bis der Scheck für die Wolle käme.

Sie kippte die Münzen auf den Tisch, wo sie im Sonnenlicht funkelten. »Das reicht für die Hälfte unserer Schulden. Die andere Hälfte wird, wie mit meiner Mutter vereinbart, unverzüglich bezahlt, wenn der Scheck für die Wolle eingelöst wird.«

Stirnrunzelnd betrachtete er den Berg Münzen. »Wenn ich Ihre Herde sehe, Miss Thomas, habe ich meine Zweifel, daß Sie in dieser Saison viel verdienen werden – und wie wollen Sie bis dahin zurechtkommen? Das ist alles, was Sie haben, nicht wahr?«

Sie wollte sein Mitgefühl nicht, sie wollte ihn nicht in ihrer Küche haben. »Das ist meine Sache, Mr. Simmons. Wenn das alles ist …? Ich habe zu tun.«

Sie folgte ihm auf die Veranda hinaus und schaute zu, wie die vier

Männer ihre Wasserschläuche füllten und wieder auf ihre Pferde stiegen. Joe ritt als erster durch das verfallene Gatter; er führte die beiden Wildpferde und die Braune am Zügel. Die Lämmer und die beiden Mutterschafe rannten in einem wolligen Knäuel vor ihnen her. Matilda wartete, bis die Staubwolke über dem Horizont verwehte, bevor sie zum Dach zurückkehrte.

Gabriel saß rittlings auf dem First und lehnte mit dem Rücken am Kamin. Sie sah, daß er nichts getan hatte, seit die Männer angekommen waren.

Sie rang nach Atem und dehnte den schmerzenden Rücken, als sie auf der obersten Sprosse angekommen war. Es fiel ihr immer schwerer, sich schnell zu bewegen, und das Baby lag tief und schwer unter den verhüllenden Kleidern.

»Laß uns zu Ende arbeiten, Gabe. Danach können wir essen.«

Er grinste zu ihr herunter. »Keine Nägel, Missy.«

»Dann klettere hinunter und suche gefälligst welche!«

ACHT

Matilda wußte, daß die Zeit knapp wurde. Bald würde sie ihren Zustand nicht mehr verbergen können. Eine Woche nach ihrem Gespräch mit dem Bankier spannte sie Lady vor den Karren und fuhr, von Bluey begleitet, nach Wallaby Flats. Die Vorräte gingen bedrohlich zur Neige, und es gab nur eine Möglichkeit, an das nötige Geld zu kommen, um sie wieder aufzufüllen.

Während sie auf die ferne Stadt zu trabten, erinnerte sie sich daran, wie sie Churinga das letzte Mal verlassen hatte. Damals war es ein verzweifelter Fluchtversuch gewesen – aber sie war noch ein Kind gewesen. Jetzt war sie eine Frau, und sie hatte ihr Geschick fest in die Hände genommen. Die Schulden waren bezahlt, Churinga gehörte immer noch ihr, und das Frühlingsgras ließ die Schafe fett werden. Das Leben war gut.

Sie übernachtete im Freien unter dem Wagen, in eine Wolldecke gehüllt. Bluey knurrte und nahm beim leisesten Geräusch Witterung auf. Ladys Geschirr klirrte leise beim Grasen. Als am Horizont der Morgen graute, stand Matilda auf, kochte Tee über einem kleinen Feuer und aß das Brot, das sie mitgebracht hatte.

Raben krächzten in den Bäumen, als sie weiterfuhr; ein Rudel Känguruhs sprang davon, und Bluey stürmte ihnen nach. Sie schwitzte im langen Reitmantel ihres Vaters, aber er bedeckte sie wie ein Zelt. Zwar ging es niemanden etwas an, aber sie hatte keine Lust, sich den Klatschbasen auszusetzen und irgendwelche Erklärungen über sich – oder ihren Vater – abzugeben. Wenn diese Reise gut verlief, würde sie erst nach der Entbindung wieder nach Wallaby Flats müssen – aber darum würde sie sich kümmern, wenn es soweit wäre.

Wallaby Flats hatte sich nicht verändert, seit sie als Kind das erste Mal mit ihrer Mutter dort gewesen war. Es war immer noch staubig und lag mitten im Nirgendwo, stank nach Schwefel und war übersät von längst erschöpften Opalgruben. Die Häuser waren verwittert, die Verandageländer des Pubs waren immer noch lückenhaft, und die Männer, die dort im Schatten saßen, starrten immer noch ins Weite.

Sie band Lady an den Pfosten vor dem Wassertrog, nahm die Gewehrsammlung aus dem Wagen und stieg auf die Holzveranda hinauf. Die Glocke klingelte, wie sie es immer getan hatte, als sie die Ladentür aufstieß. Der berauschende Duft von braunem Zucker, Kaffee, Tee, Leder und Kerosin begrüßte sie. Nach der langen Fahrt auf dem rumpelnden, schwankenden Wagen war das zuviel für ihren Magen; sie schluckte heftig und kämpfte die Übelkeit nieder. In letzter Zeit vertrug sie solche Gerüche nicht mehr; wahrscheinlich hatte es etwas mit dem Baby zu tun.

Sie zog den Mantel über den Bauch und trat an die Theke; der Kaufmann wartete dahinter. »Was zahlen Sie für diese Gewehre?« Sie kannte den Mann nicht; ihre Vorräte waren immer geliefert worden.

Der Kaufmann war eine dürre Gestalt mit pickliger Haut und einem Seehundschnurrbart. Er musterte sie nachdenklich, nahm dann die Gewehre eines nach dem anderen in die Hand und schaute am Lauf entlang, bevor er Schloß, Patronenkammer und Schlagbolzen kontrollierte und das Visier und die Balance prüfte. Schließlich verzog er das Gesicht und legte die Gewehre auf die Theke. »Hab' schon einen ziemlichen Vorrat an Gewehren. Die hier sind nicht viel wert.«

Matilda musterte ihn kühl. Sie wußte, was die Gewehre wert waren. Mervyn hatte nie vergessen, es ihr in Erinnerung zu rufen, wenn er sie gezwungen hatte, sie zu reinigen und zu ölen. Sie wählte drei der sieben aus – die wertvollsten. »Das sind zwei Winchester, und das hier ist eine Enfield.« Sie nahm eines in die Hand, spannte den Hahn und ließ den Bolzen klicken. »Glatt wie Seide. Und noch so gut wie an dem Tag, als Dad sie gekauft hat.«

Sie wartete, während er über den Gewehren brütete, sie hier anfaßte, dort darüberstrich und sich in der Erwartung eines stattlichen Profits mit der Zunge über die Lippen fuhr. Matilda wußte, daß er überlegte, wie weit er sein Glück auf die Probe stellen könnte, und bevor er Gelegenheit hatte, sie beide mit einem lächerlichen Angebot zu beleidigen, brach sie das Schweigen. »Ich habe eine Liste von Vorräten, die ich brauche«, sagte sie. »Die Gewehre sollten genügen, um dafür zu bezahlen.«

Er rieb sich das Kinn und zupfte an seinem Schnurrbart, und seine niederträchtigen kleinen Augen huschten zwischen den wertvollen Gewehren und der sehr langen Einkaufsliste hin und her. »Das ist eigentlich nicht meine Art, Geschäfte zu machen«, erklärte er schließlich. »Aber ich schätze, was da auf der Liste steht, kann ich dir schon geben.« Er betrachtete sie genauer. »Bist du nicht die Kleine von Merv Thomas?«

Sie nickte wachsam.

Mit betrübter Miene griff er nach einem Gewehr. »Die Enfield kam mir doch bekannt vor. Tut mir leid, das mit deinem Dad. Ich hab' ihn noch gewarnt, aber er mußte unbedingt zurückreiten. Na, du kennst ihn ja.« Er grinste. »Der alte Halunke ließ sich nichts sagen. Ein guter Kerl. Wir vermissen ihn hier richtig.«

Matilda lächelte schmal. Sie hatte wirklich keine Lust, über den »guten alten Merv« zu plaudern, und so schob sie ihre Liste über die Theke. »Kann ich die Sachen dann haben? Mein Wagen steht draußen.«

»Mein Name ist übrigens Fred Partridge. Wie kommst du denn zurecht, so allein auf Churinga?«

»Ich habe Gabe«, sagte sie rasch. »Und bald ist Schersaison; dann sind noch mehr Leute da.«

»Soll ich einen Zettel aushängen? Wie viele Leute suchst du denn für diese Saison?«

Diese Frage brachte Matilda aus dem Konzept – sie war darauf nicht vorbereitet. Sie betrachtete die Sammlung von Zetteln am Brett. Die Schur brachte Ströme von Männern aus dem ganzen Staat und von noch weiter her. Als erstes erkundigten sie sich hier im Laden, wenn sie Arbeit suchten. »Ich sag' Ihnen noch Bescheid«, antwortete sie hastig.

»Mußt dich aber beeilen, Schätzchen.« Er nahm ein Blatt Papier und schrieb schnell etwas darauf. »Ich notiere mal zehn Scherer und einen Koch. Damit müßtest du auskommen.«

Er steckte den Zettel zu den anderen an die Wand, und Matildas Mund wurde trocken. So viele Männer konnte sie nur bezahlen, wenn sie Gabe mit zwei Kühen und den Schweinen zum Markt schickte. Aber dann hätte sie kaum noch Vieh.

»Schreiben Sie lieber, neun Scherer. Peg Riley übernimmt jedes Jahr das Kochen, und Bert schert ja noch.«

Er beäugte sie durchdringend. »Ist dir nicht gut, Schätzchen? Setz dich hin; die Missus macht dir 'ne Tasse Tee.«

Matilda nahm sich zusammen und schüttelte die Übelkeit ab. »Mir geht's gut«, log sie munter. »Machen Sie sich keine Mühe.«

Aber ihr Widerspruch kam nicht schnell genug. Als hätte sie hinter dem Vorhang gewartet, der den Laden vom Wohnhaus trennte, erschien seine Frau mit einer Teetasse in der Hand. »Matilda Thomas? Nett, dich kennenzulernen.« Ihr bohrender Blick wanderte flink über Matildas Reitmantel, und als er zu ihrem Gesicht zurückkehrte, waren ihre Augen hell und neugierig. »Wie geht's denn, so ganz allein da oben, Schätzchen? Wie man hört, hast du Simmons den Kopf gewaschen. Ich weiß nicht, wie du das geschafft hast, aber ich gratuliere. Wurde Zeit, daß dieser Sauertopf mal ein bißchen von der eigenen Medizin zu kosten kriegt.«

Matilda war nicht überrascht über die Geschwindigkeit, mit der sich diese Neuigkeit verbreitet hatte; sie hätte zwar gern gewußt, was sich sonst noch so alles herumgesprochen hatte, aber sie war klug genug, nicht danach zu fragen. Die Falkenaugen waren allzu scharf, und sie hatte keine Lust, sich in den Lügen zu verheddern, die sie würde erzählen müssen, wenn sie ihr Geheimnis bewahren wollte. »Es ist alles in Ordnung, wenn erst der Scheck für die Wolle da ist«, sagte sie leise und stürzte den kochendheißen, viel zu süßen Tee hinunter. »Danke für den Tee, aber ich habe noch in der Stadt zu tun. Ich komme später und hole meine Vorräte.«

Sie ging hinaus, hörte die Fliegentür hinter sich zuschlagen und wußte, daß die Frau des Kaufmanns ihr nachschaute. Eilig überquerte sie die unbefestigte Straße und lief zu der kleinen Kirche um die Ecke. Dankbar ließ sie sich dort auf eine der blankpolierten Bänke sinken. Dumpfer Schmerz durchzog ihren Rücken, und das Kind strampelte.

Sie würde ein Weilchen hierbleiben, wo niemand sie sehen konnte, und sich ausruhen.

»Das ist doch Matilda Thomas, nicht wahr? So, so. Welch ein Anblick für wunde Augen.«

Matilda holte tief Luft. Sie hatte gehofft, der Priester wäre in seiner weitläufigen Gemeinde unterwegs; diese Reisen dauerten für gewöhnlich drei Monate, und es war wirklich Pech, daß er ausgerechnet jetzt zu Hause war. Sie hob den Kopf und schaute in Father Ryans gütiges Gesicht. Er war jung und freundlich, und als ihre Mutter noch lebte, war er regelmäßig zu Besuch gekommen. Vor zwei Monaten hatte sie ihn das letzte Mal gesehen; da war er gekommen, um an Mervyns Grab ein Gebet zu sprechen.

»Guten Tag, Father.«

»Wie geht es dir denn, Matilda? Es kann ja nicht leicht sein, ein so schmächtiges Ding wie du, ganz allein auf einem so großen Anwesen wie Churinga. Ich vermute, du wirst verkaufen?«

Sie schüttelte den Kopf. »Nein, Father. Ich bleibe da.«

»Um Gottes willen, das ist aber nicht klug, Matilda! Es ist nicht richtig, daß ein so junges Mädchen eine solche Verantwortung tragen muß.« Er machte ein besorgtes Gesicht, und seine Worte mit irischem Zungenschlag hallten unter dem gewölbten Dach der Holzkirche.

Das hatte Matilda jetzt zu oft gehört. »Als Dad noch lebte, war ich die meiste Zeit auch allein, Father«, sagte sie trocken. »Ich tu' jetzt nichts anderes als früher. Gabe und seine Familie sind ja da. Sie helfen mir.«

Der Priester lächelte. »Ah, Gabriel. Auch eins von Gottes müßigen Kindern. Nicht gerade sehr zuverlässig, denke ich mir. Neigt ein bißchen zu sehr zum ›Umherwandern‹, wie sie sagen.«

»Das macht nichts, Father. Wir alle brauchen hin und wieder ein bißchen Freizeit.« Sie stand auf. »Ich muß gehen. Ich habe Vorräte bestellt; die muß ich abholen, und dann geht's zurück nach Churinga.«

»Soll ich dir nicht die Beichte abnehmen, Kind? Das letzte Mal ist schon eine Weile her.«

Matilda schüttelte heftig den Kopf. Gott kannte ihre Sünden – es hatte keinen Sinn, auch Father Ryan davon zu erzählen. »Keine Zeit, Father. Vielleicht, wenn Sie das nächste Mal zu Besuch kommen.«

Er lächelte betrübt. »Das sagst du immer.« Er betrachtete den schweren Mantel, den sie um sich zog. »Ist auch wirklich alles in Ordnung mit dir, Matilda?«

»Ein bißchen müde bin ich, das ist alles. Aber jetzt muß ich nach Hause fahren.« Sie verließ die Kirche und eilte zum Laden zurück. Je eher sie von hier wegkam, desto besser. Hier gab es zu viele neugierige Augen, zuviel gutgemeintes Mitgefühl.

Fred Partridge war dabei, die letzten Sachen auf ihren Wagen zu laden. Seine beiden kleinen Jungen spähten hinter den Röcken ihrer Mutter hervor; Mrs. Partridge lehnte in der Tür und schaute Matilda entgegen.

Matilda verglich ihre Liste mit den Sachen auf dem Wagen. Anscheinend war alles da.

»Ich hab' noch ein paar Dinge dazugetan, weil ich dachte, du könntest sie vielleicht gebrauchen«, sagte Fred. »Nägel, Schnur und einen Extrasack Hühnerfutter. Und meine Frau meinte, du könntest auch den Rest von dem Tuchballen da gebrauchen. Ich schätze, Mervs Gewehre sind genug wert.« Seine gelblichen Wangen röteten sich ein wenig, und sein Blick richtete sich auf einen Punkt irgendwo über ihrer Schulter.

Matilda betrachtete den leuchtendblauen Baumwollstoff und dachte an das, was sie damit machen könnte. »Danke.« Sie kletterte auf den Wagen, nahm die Zügel in die Hand und lächelte ihm und seiner Familie zu. Es hatte keinen Sinn, sie vor den Kopf zu stoßen, indem sie sagte, sie wolle und sie brauche keine milden Gaben von ihnen. Sie waren freundlich zu ihr, und sie sollte dafür dankbar sein. Aber sie fragte sich doch, wie freundlich sie sein würden, wenn das Geld für die Wolle nicht reichte und sie neue Vorräte brauchte. Jetzt waren die Gewehre fort, und die Schweine und Kühe würden für die Schafscherer draufgehen. Nun hatte sie nichts mehr zum Tauschen.

Sie pfiff, und Bluey wand sich unter dem Haus hervor, wo er wahrscheinlich auf Rattenjagd gewesen war. Dann ließ sie die Zügel auf Ladys Rücken klatschen, und der Wagen setzte sich in Bewegung, die Lehmstraße hinunter und zur Stadt hinaus. Sie sah sich nicht um, aber sie wußte, daß die Männer aus dem Pub gekommen waren, um ihr nachzuschauen, und hinter allen Fenstern bewegten sich die Vorhänge, als sie die Straße hinunterfuhr. Sie hielt den Kopf hoch erhoben. Die Leute mochten von ihr denken, was sie wollten. Sie würde die Dinge auf ihre Weise tun – und niemandem würde sie einen Penny schuldig bleiben.

Jenny lag auf ihrem Bett und starrte an die Decke. Sie versuchte sich Matilda auf ihrem Wagen hinter dem alten Pferd vorzustellen und Bluey, wie er neben ihnen hertrottete. Und sie malte sich die zermürbende Arbeit und die nackte Einsamkeit der nächsten Monate aus, in denen Matilda Dächer und Wände reparierte und den Scherschuppen buchstäblich neu aufbaute. Was mochte ihr durch den Kopf gegangen sein, als sie über ihr Land fuhr, ohne eine einzige Menschenseele zu sehen?

Jenny spürte die Isolation wie ein Echo in sich. Sie wußte, wie es war, allein zu sein. Verstand die Sehnsucht danach, mit jemandem zu sprechen, den es interessierte. Die zehn Jahre im Waisenhaus hatten sie gelehrt, welche Macht von hartnäckigem Schweigen ausging und wie nötig es war, Empfindungen hinter einer Fassade kühler Beherrschung zu verbergen. Denn wenn der weiche Kern aus Angst und Ratlosigkeit einmal entblößt war, würde er sie schwach machen – und Schwäche hatte für Schwester Michael zugleich die Aufforderung bedeutet, sie auszunutzen und zu bestrafen.

Jennys Gedanken wanderten nach Dajarra ins Waisenhaus der Barmherzigen Schwestern; Kinderstimmen durchbrachen die Stille, und die Erinnerung an die Nonnen ließ sie frösteln. Sie hatten mit scharfer Zunge und harter Hand regiert, aber es war Schwester Michaels Stimme, die das Grauen jener frühen Jahre zurückkehren ließ.

»Du bist ein Kind des Teufels, Jenny, und der Teufel muß aus dir herausgeprügelt werden.«

Jenny zuckte zusammen, als sei die grausame kleine Peitsche, die die Schwester immer bei sich getragen hatte, schon wieder auf ihren Rücken niedergefahren. Noch jetzt, nach all den Jahren, konnte sie keine katholische Kirche betreten, ohne daß die Angst zurückkehrte, und sie konnte das Rascheln einer Nonnentracht oder das Klicken von Rosenkranzperlen nicht hören, ohne daß es sie schauderte. Es waren Geräusche, bei denen sie am liebsten weglaufen und sich verstecken wollte.

Jenny stand auf und lehnte sich aus dem Fenster. Sie brauchte Licht und Luft, um diese dunklen Erinnerungen zu verscheuchen. Die Grausamkeit jener Jahre würde sie nie vergessen, aber die Erlösung war mit Diane gekommen.

Mutterseelenallein und schluchzend hatte man die Vierjährige eines Abends nach der Vesper auf den Stufen des Waisenhauses gefunden. An ihr dünnes Kleidchen hatte man einen bekritzelten Zettel gesteckt.

Sie heißt Diane. Ich schaff's nicht mehr.

Jenny seufzte, als sie an Dianes gedämpftes Schluchzen dachte, das die ganze Nacht angehalten hatte; irgendwann war sie zu ihr ins Bett gekrochen, und sie hatten sich bis zum Morgen aneinandergeklammert. Ein starkes Band war zwischen ihnen geschmiedet worden, eines, das niemals zerreißen würde, und an Tagen wie heute, an denen sie sich allein fühlte, vermißte sie Diane besonders.

»Zumindest habe ich Diane noch«, murmelte Jenny. »Die arme Matilda hatte niemanden.«

Die Worte verwehten in der Stille des Spätnachmittags, und Jenny wandte sich vom Fenster ab. Sie dachte an ein grünes Kleid, an Arme, die sie beim Tanzen sanft umfaßten. Auch für Matilda hatte es jemanden gegeben – jemanden, dem sehr viel an ihr gelegen hatte. Jemanden, dessen Geist noch immer über Churinga schwebte, bis ihre Geschichte erzählt wäre.

Matilda stieß den Spaten in die Erde und zog die Kartoffeln heraus. Sie hatte es eilig, fertig zu werden, denn es gab noch viel zu tun, bevor morgen die Scherer kämen. Aber ein tiefer Schmerz behinderte sie, der den ganzen Tag immer wieder aufgetreten war. Er saß unten im Kreuz, und sie fragte sich schon, ob sie sich vielleicht verrenkt hatte, als sie den alten Generator hinter dem Wollschuppen an seinen Platz gewuchtet hatte.

Sie richtete sich für einen Moment auf, und ihre Finger kneteten die schmerzenden Muskeln, während sie nach Atem rang. Der Schmerz schien sich zu bewegen und sich wie ein stählernes Korsett um ihren Leib zu schließen. Das Kind hatte vor mehreren Tagen aufgehört zu strampeln; es lag tief und schwer in ihr, und als sie mit der Hand über die straffe Rundung unter dem weiten Hemd strich, fragte sie sich, ob es vielleicht soweit war.

»Noch nicht«, flüsterte sie. »Es geht nicht. Ich habe keine Zeit. Die Scherer kommen doch bald.«

Sie bückte sich, um die Kartoffeln aufzuheben, und ein stechender Schmerz warf sie nieder. Sie fiel auf die Knie; die Kartoffeln waren vergessen, und sie konzentrierte sich ganz auf den zermürbenden Schmerz, der sie da überfallen hatte. Sie preßte die Augen fest zu und krümmte sich vor Qual. Die warme Erde schmiegte sich an ihre Wange. Ein Wimmern wuchs in ihrer Kehle, während sie sich wiegte, und es entkam als langes, leises Stöhnen, als die Wehe schließlich nachließ.

Sie rappelte sich auf und taumelte auf einem halsbrecherischen Pfad zur Veranda. Sie mußte unbedingt ins Haus kommen, bevor es weiterging. Aber als sie die Hand nach der Fliegentür ausstreckte, spürte sie das Nahen einer weiteren Wehe. Sie sank in den Schaukelstuhl, während die Wehe sie überrollte. »Gabriel«, schrie sie. »Gabe, hilf mir!«

Die Gunyahs lagen verlassen, und nichts regte sich außer den Schafen in ihren Pferchen.

Angst mischte sich in den Schmerz. Entbindungen waren ihr nichts Fremdes; sie hatte den Schafen zur Lämmerzeit geholfen – aber es konnte etwas schiefgehen. So manches Mutterschaf war durch eine Steißgeburt verlorengegangen, so manches Lamm tot zur Welt gekommen.

»Gabriel«, kreischte sie. »Wo zum Teufel steckst du, du Faulpelz?«

Schweißperlen bedeckten ihre Haut, und es brannte in ihren Augen, als sie auf seine Antwort wartete. Niemand kam. »Gabe«, stöhnte sie, »bitte komm zurück! Laß mich jetzt nicht allein! Ich brauche dich.«

Die Wehe ging vorüber, der Hof blieb leer, und Matilda wußte, daß sie auf sich gestellt war. Sie riß die Fliegentür auf und stolperte in die Küche. Sie zerrte eine alte Decke von einem Haken neben der Tür und legte sie vor dem Herd auf den Boden. Im Kessel kochte das Wasser, und das Messer, mit dem sie die Kaninchen ausnahm, lag auf dem Küchentisch. Sie warf es in den Wasserkessel; sie würde es brauchen, um die Nabelschnur durchzuschneiden.

In ihrem Kopf drehte sich alles, als sie den Overall und die Stiefel auszog. Das Hemd war naßgeschwitzt, aber sie behielt es an; sie hätte sich, nackt und von Schmerzen geplagt, zu verwundbar gefühlt. Sie legte ein sauberes Laken zurecht, um das Baby darin einzuwickeln, und dann kniete sie sich auf die Decke und wimmerte nach Gabriel. Wo waren er und seine Familie hin? Warum hatte er sich ausgerechnet diesen Tag ausgesucht, um die Farm zu verlassen und seine Frauen mitzunehmen? Es war kein gutes Omen, denn Gabriel hatte ein Gespür für Schwierigkeiten und war nie zugegen, wenn sie eintraten.

»Fauler, nichtsnutziger Bastard!« fauchte sie. »Reißaus nehmen, wenn ich ihn wirklich brauche.«

Die Schmerzen wurden immer rasender und kamen jetzt in schneller Folge, bis sie das dringende Bedürfnis verspürte, das Kind auszutreiben. Die Qual verdrängte alles andere. Der Drang zu pressen war zu groß. Sie fühlte, wie sie in einen wirbelnden Strudel tauchte, in dem nichts anderes mehr existierte als die Notwendigkeit, das Leben in ihr zu gebären.

Und irgendwoher, weit entfernt von der Realität dessen, was hier mit ihr geschah, hörte sie eine Fliegentür zuschlagen und Fußgetrappel auf den Dielen. Ferne Stimmen, gedämpft vom Tosen in ihren Ohren. Flackernde Schatten bewegten sich um sie herum wie Geister im Feuerschein.

»O mein Gott, Bert, sie ist in den Wehen. Schnell. Hol meine Kiste vom Wagen.«

Matilda schlug die Augen auf und sah das vertraute, freundliche Gesicht von Peg Riley.

»Es ist alles in Ordnung, Schätzchen. Entspann dich. Peg hilft dir.«

»Mein Baby«, keuchte sie und packte Peg beim Arm. »Es kommt.«

»Kann man wohl sagen, Darlin' – und eilig hat's! Halt dich fest und presse.«

Starke Arme boten Halt, als Matilda sie umklammerte. Sie knirschte mit den Zähnen und preßte die Augen fest zu, und sie überließ sich der Notwendigkeit zu pressen – und sie fühlte, wie das Kind mit einer letzten, machtvollen Kontraktion aus ihr herausglitt. Dunkelheit kam, freundlich und alles verzehrend, und dankbar seufzend versank sie darin.

Matilda öffnete die Augen; verwirrt sah sie die sanfte Dunkelheit und die Mondsichel, die in der Ecke ihres Schlafzimmerfensters schwebte. Etwas war anders. Etwas stimmte nicht. Sie kämpfte sich aus den Klauen des Vergessens frei. Wie lange war sie ohnmächtig gewesen, und wo war ihr Kind?

Ein dunkler Schatten bewegte sich in einer zwielichtigen Ecke, und sie schrie angstvoll auf. Es war Mervyn. Er war aus dem Grab zurückgekehrt, um sie zu bestrafen und ihr das Kind zu stehlen.

»Psst. Es ist alles in Ordnung, Schätzchen. Ich bin's nur, Peg Riley.« Eine warme Hand strich ihr das Haar aus der Stirn, und eine Tasse wurde ihr an die Lippen gehalten; was darin war, roch sonderbar, aber es schmeckte sehr süß.

Matilda schaute in das vertraute Gesicht, trank aus der Tasse und entspannte sich. Sie hatte Peg Riley immer gemocht, und sie fühlte sich sicher in dem Wissen, daß die Wanderarbeiterin jetzt bei ihr war.

Als die Tasse leer war, wurde sie weggenommen, und dann stopfte man ihr die Bettdecke unters Kinn. »So, Darlin'. Es ist alles vorbei. Du kannst jetzt weiterschlafen. Peg ist hier und kümmert sich um dich.«

»Wo ist mein Kind?« murmelte sie. Ihre Lider wurden schwer, und der Schlaf nahte unwiderstehlich.

»Mach dir keine Sorgen um gar nichts, Schätzchen. Was du brauchst, ist ein ordentlicher Nachtschlaf. Morgen früh sieht alles schon viel besser aus.«

»Mein Baby«, wisperte sie, »ist mein Baby wohlauf?« Der Klang ihrer Stimme hallte in der Kammer und in ihrem Kopf, und der Schlaf überwältigte sie schließlich. Aber ihre Träume waren unruhig, beinahe gespenstisch, erfüllt von körperlosen Stimmen und hallenden Schritten in einem fernen Zimmer.

Als sie die Augen schließlich öffnete, sah sie, daß der Morgen graute. Klares, kühles Licht wehte zwischen den neuen Kattunvorhängen herein und legte sich auf Peg, die mit ihrem Strickzeug neben dem Bett saß. Matilda lächelte, als sie die freundlichen Augen sah, und griff nach den geröteten Händen. »Danke, Peg. Ich hatte solche Angst. Ich weiß nicht, was ich getan hätte, wenn du nicht gekommen wärst.«

»Keine Sorge, Schätzchen. Wir hatten beschlossen, geradewegs hierher zu kommen, statt erst nach Wallaby Flats zu fahren. Ich bereite mich gern vor, ehe die Scherer auftauchen.« Sie zog ihre Hände weg und nahm ihr Strickzeug wieder auf. »Kann nicht sagen, daß ich um deinen Dad getrauert habe, und ich schätze, du kommst allein ganz gut zurecht. Die Herde sieht jedenfalls ganz gesund aus.«

Matilda ließ sich ins Kissen zurücksinken. Obwohl sie lange geschlafen hatte, fühlte sie sich erschöpft, und das Sprechen strengte sie an. Sie sah zu, wie Peggy sich im Zimmer bewegte. Zufrieden hörte sie wieder einmal das Rascheln von Röcken und den leichten Schritt einer Frau in ihrem Haus.

»Trink das, Darlin'. Das bringt deine Kräfte zurück.« Sie sah, wie Matilda vor dem sonderbaren Geruch die Nase rümpfte. »Ich hab' was reingetan, damit du besser schlafen kannst. Es schadet dir nicht.«

Sie wartete, bis Matilda die warme Milch ausgetrunken hatte. Mit nachdenklicher Miene nahm sie die Tasse zurück. »Wo ist dein Mann, Matilda?« fragte sie schließlich.

Matilda spürte heiße Scham im Gesicht. »Es gibt keinen«, flüsterte sie.

Peg nahm diese Antwort scheinbar ungerührt entgegen. Sie nickte nur und stopfte die Laken fester unter die Matratze, bevor sie sich zum Gehen wandte.

»Wo ist mein Baby, Peg?«

Die Wanderarbeiterin blieb an der Tür stehen; ihr Rücken war gerade, und ihre Hand lag leicht auf der Türklinke. Die Sekunden verstrichen, und Angst durchfuhr Matilda wie ein Spieß, als die Frau sich schließlich umdrehte. Pegs Miene war ernst, ihr Blick gesenkt.

Matilda versuchte sich auf einem Ellenbogen aufzurichten, aber sie war zu schwach. »Was ist, Peg?«

Pegs Gewicht drückte das Bett an einer Seite herunter, als sie sich setzte. Sie umschloß Matilda in einer warmen, alles erstickenden Umarmung. »Das arme kleine Ding war tot, Darlin'«, sagte sie leise. »Wir konnten nichts tun.«

Matilda ließ sich von dieser sanften Umarmung wiegen, an Pegs großzügigen Busen geschmiegt. Die Worte gingen in ihrem Kopf im Kreis herum und ergaben keinen Sinn.

»Mein Bert baut einen hübschen Sarg. Wir werden dafür sorgen, daß der arme Krümel ein anständiges Begräbnis bekommt.«

Die Wirkung des Tranks, den Peg ihr gegeben hatte, machte das Denken schwierig, und sie kämpfte gegen die schwarzen Wellen des Schlafs an, die sie zu ertränken drohten. »Tot?« flüsterte sie. »Mein Baby ist tot?« Die Wahrheit schimmerte durch die herankriechende Finsternis, und bittere Tränen rannen ihr unbemerkt übers Gesicht. Sie hatte gewußt, daß da etwas nicht stimmte. Das Kind in ihr war zu still gewesen. Sie hätte nach Wallaby Flats zu Doc Petersen fahren sollen, um Hilfe zu bekommen. Es war ihre Schuld, daß das Baby jetzt tot war.

Peg hielt sie in den Armen, bis die Dunkelheit sie geholt hatte.

Geräusche wehten herein, erst von ferne, dann deutlicher. Das Klagen der Schafe, das Brummen des Generators, das aufgeregte Geplapper der Männer, all das verband sich und holte sie aus der Lethargie des Schlafs. Sie lauschte den vertrauten Lauten und wußte, daß die Männer zur Schur gekommen waren, und sie vertraute darauf, daß Peg und Albert sich um sie kümmern würden.

Die Wahrheit überfiel sie mit sengender Wut. Ihr Kind war tot. Peg und Albert bereiteten die Beerdigung vor. Sie konnte nicht im Bett liegen und nichts tun. »Peg? Wo bist du?« Sie schwang die Beine aus dem Bett, und die Laken verhedderten sich im Nachthemd.

Niemand antwortete.

»Muß drüben im Kochhaus sein«, murmelte sie. Ihr Kopf fühlte sich an, als wäre er mit Wolle ausgestopft, und ihre Beine zitterten, als sie versuchte zu stehen. Sie stützte sich schwer auf den Nachttisch und wartete, daß das wirbelnde Schwindelgefühl verging. Sie verspürte eine Leere in sich, die sie nie zuvor gekannt hatte, eine schmerzhafte Erinnerung an den Eintritt ihres Kindes in die Welt. Sie atmete ein paarmal tief und bebend ein und aus, um sich für den Weg in die Küche zu stärken.

Als ihr Kopf sich klärte und sie den Nachttisch deutlicher ins Auge fassen konnte, erkannte sie, daß etwas fehlte. Es war wichtig, aber weil ihre Gedanken noch zu verschwommen waren, konnte sie nicht erkennen, was es war. Es würde ihr schon noch einfallen.

Sie zog ein weites Hemd über ihr Nachtgewand und schlurfte in die Küche. Der Raum war verlassen, aber das war nicht verwunderlich. Nachdem die Scherer gekommen waren, würde Peg im Kochhaus viel zu tun haben. Anscheinend hatte sie eine Nachricht hinterlassen.

Mit langsamen, unsicheren Schritten bewegte Matilda sich zum Tisch, nahm den Zettel, der dort lag, und ließ sich auf einen Stuhl fallen, um ihn zu lesen. Die Schrift war fast nicht zu entziffern.

Bert ist krank geworden. Mußten abreisen. Haben unser Bestes für das Baby getan.
Peg Riley

Ihre Augen schwammen in Tränen, als sie den Zettel zerknüllte und sich in der verlassenen Küche umschaute. Es tat ihr leid, daß Albert krank war, aber wie um alles in der Welt sollte sie jetzt zurechtkommen – sie hatte sich darauf verlassen, daß Peg ihr über die Saison helfen würde.

Doch als sie sah, daß sie sich Mehl und Zucker aus ihrem kostbaren Vorrat und ein halbes Schaf aus der Fleischkammer genommen hatten, trockneten ihre Tränen. Kalte Wut über die eigene Schwäche durchströmte Matilda. Dies ist das letzte Mal, daß ich jemandem vertraut habe, schwor sie sich. Sie war aus eigener Kraft bis hierher gekommen – und irgendwo würde sie auch die Kraft finden, weiterzumachen.

Sie stand auf und ging auf die Veranda hinaus. Das lärmende Treiben von Churinga umfing sie; sie stützte sich auf das Geländer und sah, daß Gabriel sich um die Jackaroos kümmerte. Wenigstens ist er wieder zurückgekommen, dachte sie. Aber wer mag als Vorarbeiter im Wollschuppen sein?

Sie schob die Gedanken an die Schafschur beiseite. Sie mußte sich ansehen, wo sie ihr Kind begraben hatten. Mußte Lebewohl sagen. Ihre Beine waren immer noch wacklig, ihr Kopf schwindlig, und stolpernd wankte sie um das Haus herum zum Familienfriedhof. Aber dem, was sie als Schwäche betrachtete, würde sie sich nicht beugen. Jetzt war keine Zeit für Selbstmitleid.

Die frisch aufgegrabene Erde war zum Schutz vor den Dingos mit Steinen bedeckt und mit einem rohen Holzkreuz markiert. Matilda kniete sich zwischen den Wildblumen auf den harten Boden. Sie streckte die Hand aus und berührte den erbärmlich kleinen Hügel, und die Tränen rannen ihr übers Gesicht, als sie an das winzige Kind unter der Erde dachte. Ihr Kind. Das Kind, das sie nie gesehen oder im Arm gehalten hatte.

Sie versuchte zu beten, aber sie fand die rechten Worte nicht. Sie versuchte ihre Gefühle zu vermitteln, indem sie das roh gezimmerte Kreuz berührte – aber sie wußte, es war zu spät. Sie wurde bestraft für ihre Schlechtigkeit – und für die ihres Vaters. Das Kind, unschuldig und frei von aller Sünde, war in den Himmel geholt worden. Vielleicht ist es am besten so, dachte sie, als die Tränen getrocknet waren. Denn was für ein Leben hätte ich ihm bieten können? Der Klatsch hätte sich ausgebreitet und unser beider Leben vergiftet, und was ich weiß, hätte uns am Ende beide zerstört.

Sie pflückte ein paar Blumen und legte sie an das Kreuz. Unsicher richtete sie sich auf, und dann blieb sie einen endlos langen Augenblick stehen und betrachtete diese brutale Erinnerung an die Vergangenheit.

»Ich werde es überleben, wie ich alles andere überlebt habe«, flüsterte sie. »Aber eines Tages«, versprach sie, »bekommst du einen richtigen Grabstein.«

Jenny klappte das Buch zu. Tränen liefen ihr unbemerkt über das Gesicht. Sie wußte, wie weh es tat, sein Kind zu verlieren. Sie wußte, wie tief Matildas Trauer gereicht haben mußte, und sie erinnerte sich an ihren geliebten Ben. An sein sonniges Lächeln und sein goldblondes Haar. Dicke Beinchen und entzückende, stramme Finger.

Aber sie hatte ihn wenigstens kennen dürfen. Ihn lieben können, bevor er ihr entrissen wurde. Matilda hatte keine Fotos gehabt, keine kostbaren Erinnerungen – nur ein rohes Kreuz auf einem Erdhügel.

Sie schlug die Hände vors Gesicht und weinte um sie beide.

NEUN

Brett zögerte, ehe er klopfte. Er war spontan hergekommen, was für ihn eigentlich ungewöhnlich war, aber nach dem Ritt am Vormittag empfand er einen gewissen Respekt vor der überraschenden Mrs. Sanders, und er wollte sich entschuldigen.

Ma war ebenfalls dafür verantwortlich, daß er hier war. Sie hatte ihm unzweideutig zu verstehen gegeben, was sie von ihm dachte, und in Anbetracht dessen, daß er sich selbst immer für einen ganz umgänglichen Burschen gehalten hatte, hatte er entsetzt erkannt, wie grob er gewesen war. Jenny hatte offensichtlich Angst vor dem Pferd gehabt, aber sie hatte sich nicht nur gut im Sattel gehalten, bis sie ihr Selbstvertrauen zurückgewonnen hatte. Keine schlechte Leistung nach ihrem bösen Sturz in der Vergangenheit.

Das schwarzweiße Hündchen zappelte in seinen Armen und strampelte mit den Beinen, um auf den Boden zu kommen, aber Brett hielt es fest; er war nicht sicher, ob es wirklich eine gute Idee gewesen war, heute abend herzukommen. Er hatte das Licht über den Hof gesehen und nahm an, daß sie noch wach war, aber es schien niemand da zu sein, und auf sein Klopfen rührte sich nichts.

Er wartete noch einen Augenblick und zog dann die Fliegentür auf. Sie mußte ja hier sein. Wo konnte sie sonst hin? Aber dann fiel ihm ein, daß sie vielleicht schon schlief, und er war erleichtert. Er konnte wieder gehen und sich morgen entschuldigen.

Die Stille im Haus umgab ihn, und er räusperte sich, um seine Anwesenheit kundzutun. Es widerstrebte ihm, in ihre Privatsphäre einzudringen, die an einem Ort wie diesem so kostbar war, das wußte er nur zu gut; aber er wollte Jenny auch nicht erschrecken, falls sie nicht schlief.

Dann hörte er ein gedämpftes Schluchzen im Schlafzimmer und geriet in Panik. Vielleicht sollte er sofort verschwinden, bevor es zu spät war und sie ihn beim Lauschen ertappte. Frauen waren die eine Sache – aber Tränen noch eine ganz andere und ganz und gar nicht sein Ding. Einen Augenblick lang stand er da, unschlüssig, was er jetzt tun sollte, den zappelnden Welpen in den Armen. Vielleicht war sein flegelhaftes Benehmen der Grund für ihre Tränen – hoffentlich nicht, aber bei Frauen konnte man nie wissen.

Der kleine Hund nahm ihm die Entscheidung ab. Mit einer letzten, verzweifelten Windung landete er mit sanftem Plopp auf dem Boden und rannte auf die Schlafzimmertür zu. Er kratzte mit den Vorderpfoten am Holz und fing an zu winseln.

Das Weinen brach ab. »Wer ist da?« Ihre Stimme klang gedämpft, aber es lag ein Schrecken darin.

»Ich bin's, Mrs. Sanders. Nichts Wichtiges. Ich komme morgen wieder«, sagte er hastig.

»Nein, gehen Sie nicht. Ich komme sofort.«

Brett griff den Hund auf, nahm den Hut ab und blieb verlegen in einigem Abstand von der Tür stehen. Er hörte, wie sie sich drinnen bewegte, und der gedämpfte Seufzer und ein hastiges Schniefen verrieten ihm, daß er ungelegen kam. Er wünschte, er wäre schon wieder im Bungalow. Er wünschte, er wäre überhaupt nie hergekommen.

Die Tür öffnete sich und offenbarte ihr verweintes Gesicht. Brett wich noch einen Schritt zurück. Der Anblick dieser wunderschönen Augen, die in Tränen schwammen, hatte eine merkwürdige Wirkung auf ihn. »Ich komme mit einem Friedensangebot«, stammelte er, »aber ich sehe, es ist der falsche Moment. Ich komme morgen wieder.«

Er faselte vermutlich Unsinn, aber sie schien es nicht zu bemerken. »Für mich? Oh, wie schön!« Sie machte vor Freude große Augen. »Wie nett von Ihnen! Danke.«

Er legte ihr das Hündchen in die Arme, und das kleine Tier machte sich daran, die Spuren ihrer Tränen abzulecken.

Brett schaute in diese veilchenblauen Augen. Er hatte plötzlich Mühe zu atmen, und all die sorgsam zurechtgelegten Worte, die er ihr hatte sagen wollen, waren aus seinem Gedächtnis gelöscht. Er wollte die

Hand ausstrecken und sie berühren – wollte das glänzende Haar von der feuchten Wange streichen und die Tränen fortküssen.

Der Schock dieser Erkenntnis riß ihn aus seiner Starre, und er wich zurück. Was zum Teufel dachte er sich da? Sie war sein Boß. Er mußte verrückt sein. Er räusperte sich und richtete sich zu seinen vollen eins fünfundachtzig auf.

»Wollte mich nur entschuldigen für heute morgen – und für gestern«, stammelte er. »Dachte mir, Sie könnten ein bißchen Gesellschaft gebrauchen. Er ist ein kleiner Prachtkerl, aber stubenrein ist er noch nicht.«

Er spürte, wie er rot wurde, und drehte den Hut in der Hand. Langsam wich er zurück zur Haustür und zur sicheren Veranda.

Jenny kicherte, als das Hündchen zappelte, schleckte und fiepte. »Er ist ein braver Junge – das bist du, nicht wahr?« gurrte sie und zerzauste das seidige Fell auf dem Kopf. »Danke, Brett. Ein schöneres Geschenk hätten Sie mir nicht machen können.«

»Es ist schon spät«, brummte er. »Wir sehen uns dann morgen früh.« Er tastete hinter sich nach dem Türknauf, den Blick starr auf einen Punkt über ihrer Schulter gerichtet.

»Müssen Sie schon gehen? Bitte bleiben Sie doch noch auf ein Bier. Sie können mir helfen, einen Namen für das Kerlchen zu finden.«

Brett hörte die Einsamkeit in ihrer Stimme und las die flehentliche Bitte um Gesellschaft in ihren Augen. »Na ja.« Er war hin- und hergerissen; er wollte bleiben und wußte, daß er gehen sollte.

»Bitte.« Blaue Augen blickten ihn seelenvoll an.

Er war verloren. Er erinnerte sich an Marlenes Einsamkeit und daran, daß sie ihm vorgeworfen hatte, nie Zeit mit ihr zu verbringen und nicht zuzuhören, wenn sie mit ihm reden wollte. Ein schlechtes Gewissen konnte unaufhörlich an einem nagen, und der Gedanke, daß Jenny ihn brauchte, veranlaßte ihn, ihr in die Küche zu folgen. Ein Bier würde ja nicht schaden.

Den Hut noch immer in der Hand, blieb er mit Unbehagen am Tisch stehen und schaute zu, wie sie Milch in eine Untertasse goß. Der kleine Hund stellte sich prompt hinein und leckte die Milch dann vom Boden und von seinen Pfoten. Große braune Augen warteten auf eine Reaktion.

Jenny lachte und streichelte ihm den Kopf. Dann holte sie das Bier aus dem Gaskühlschrank. Sie öffnete die Flaschen, reichte Brett eine davon und setzte die andere an den Mund, um einen großen Schluck zu nehmen.

Brett sah, wie ihr Hals sich bog und ihre Kehle sich bewegte. Rasch schaute er weg und fragte sich, was für ein Spiel sie da spielte. Sie mußte doch wissen, wie sie auf ihn wirkte! Er würde sein Bier austrinken und gehen.

Jenny wies auf einen Stuhl, setzte sich selbst gegenüber an den Tisch und sah zu, wie der Hund sich daranmachte, ein Paar Schuhe zu zerkauen. »Nochmals vielen Dank. Das war sehr nett von Ihnen, Brett.«

»Nicht der Rede wert«, murmelte er. Er bemerkte neue Tränen in ihren Augen und schaute entschlossen auf sein Bier. Gern hätte er sie gefragt, was sie auf dem Herzen habe, aber er wußte nicht, wie. Hoffentlich würde sie nicht wieder anfangen zu weinen. Verdammt, dachte er. Ich wünschte, Ma wäre hier. Sie wüßte, was zu tun ist.

»Ich mein's ernst, Brett. Es war aufmerksam und lieb, und obwohl ich's wahrscheinlich nicht verdient habe, weil ich heute morgen ein solches Biest war, brauche ich doch im Moment einen Freund.«

Sie warf das Haar über die Schulter und lachte gepreßt. Diese Frau litt, aber es kam ihm nicht zu, sich neugierig für die Gründe zu interessieren. Es mußte etwas mit dem Verlust ihrer Familie zu tun haben, und zweifellos waren die Tagebücher nicht besonders hilfreich.

Sie mußte seine Verlegenheit gespürt haben, denn sie wandte sich ab und beobachtete eine Zeitlang den Welpen, bevor sie wieder etwas sagte. Er hatte ein paar Socken entdeckt und balgte fröhlich damit herum.

»Ich glaube, wir nennen ihn Ripper«, sagte sie schließlich. »Was meinen Sie?«

»Paßt gut«, antwortete er hastig, erleichtert darüber, daß die Anspannung verflogen war. »Er ist ein kleiner Rowdy. Der kleinste aus dem Wurf, aber voller Energie.«

Das Schweigen zog sich in die Länge, und Brett nahm einen Schluck Bier. Er wußte nicht, was er sagen sollte, und mit jedem Augenblick wurde ihm unbehaglicher zumute. Er wollte eben aufstehen, als ihre Hand über den Tisch gekrochen kam und sich über seine Finger legte.

Es war, als habe sie ihn mit einem Elektroschocker berührt. Wie gebannt starrte er in die blauen Augen, die ihm jetzt allzu nah waren.

»Erzählen Sie mir von Matilda Thomas, Brett.«

Ihre Augen sind nicht nur veilchenblau, erkannte er. Jetzt, aus der Nähe, erkannte er auch goldene und dunkelblaue Sprenkel, umgeben von tiefstem Schwarz. Widerstrebend zog er die Hand weg und schloß sie um den Hals der Bierflasche, um sich festzuhalten. Er hätte sich denken können, daß so etwas kommen würde. Aber mußte es heute abend sein, wo sie ohnedies schon aufgebracht und er sprachlos war?

»Was meinen Sie, Mrs. Sanders?« Etwas Besseres fiel ihm nicht ein. Er brauchte Zeit, um sein Gehirn wieder in Gang zu bringen.

»Sie wissen ganz genau, was ich meine, Brett Wilson«, erwiderte sie ungeduldig, und ihre Augen wurden dunkel und zornig. Sie stieß sich vom Tisch zurück, und ihr Stuhl scharrte laut über den Boden. »Und wenn Sie nicht aufhören, mich Mrs. Sanders zu nennen, zerschlage ich diese verdammte Flasche auf Ihrem verdammten Schädel.«

Sie starrten sich an, entsetzt über ihren Ausbruch, und dann fingen sie beide gleichzeitig an zu lachen.

»Das ist doch albern«, kicherte sie schließlich. »Wir sind beide erwachsen, mein Gott – wieso sind wir bloß so ruppig zueinander?«

Brett schüttelte den Kopf; das Lächeln haftete noch immer auf seinem Gesicht. »Keine Ahnung. Wahrscheinlich meine Schuld. Aber ehrlich gesagt, Mrs. … ich meine, Jenny, Sie waren schon ein Schock. Ich hatte jemand Älteres erwartet. Weniger …«

»Weniger diktatorisch?«

Das hatte er nun überhaupt nicht gemeint, aber er beließ es dabei. Er sah, wie das Lachen in ihren Augen funkelte, als sie den Kopf schräg legte und ihn anschaute. »Woher sollte ich wissen, daß Sie so jung sind … und überhaupt.« Er schwieg. Er hatte schon zu viel gesagt.

Sie lächelte. »Das fasse ich als Kompliment auf, Brett. Nehmen Sie noch ein Bier!« Sie reichte ihm eine Flasche hinüber und hob die eigene, um ihm zuzutrinken. »Auf daß wir uns jetzt besser verstehen.«

»*Yeah* – warum nicht?« Das Bier war kalt, wie er es gern hatte, aber er konnte sich nicht erinnern, daß sie aufgestanden war, um es zu holen. Er sah nur ihr Gesicht und ihre Augen. Er mußte aufpassen, sonst würde er sich bald zu heftig in die reizende Jenny Sanders vergucken.

»Erzählen Sie mir von der Geschichte dieses Ortes, Brett.« Ihre Miene wurde ernst, und sie hob die Hand, um Einwände abzuwehren. »Sie und Ma haben von Gerüchten gesprochen. Kommen Sie, Brett! Ich muß es wissen.«

Brett war verwirrt. Seit er die Tagebücher gelesen hatte, wußte er, daß die Gerüchte nichts im Vergleich zu der Wahrheit waren, aber er ahnte natürlich nicht, wieviel Jenny schon erfahren hatte. Er beschloß, ihr das Positive zu erzählen, das er über die Geschichte von Churinga wußte. Wo sollte er anfangen? Er nahm einen Schluck Bier, um den Augenblick in die Länge zu ziehen und seine Gedanken zu sammeln.

»Die O'Connors sind im frühen neunzehnten Jahrhundert als Pioniere hierhergekommen. Sie waren arme Iren wie die meisten Siedler damals. Hatten die englische Herrschaft satt und wollten das Land, das sie bearbeiteten, auch besitzen. Am Anfang war die Farm Churinga eine Hütte im Busch. Es gab Wasser und Gras, und das höher gelegene Gelände am Berg bot Schutz vor den Überschwemmungen. Aber der Busch mußte gerodet werden, bevor sie die mitgebrachte Herde vergrößern konnten.« Nachdenklich ging sein Blick ins Leere, als er sich die jahrelange Knochenarbeit vorstellte, die damit verbunden gewesen sein mußte.

»Sie hatten natürlich keine Traktoren und hochentwickelten Maschinen. Den größten Teil der Arbeit mußten sie mit Axt und Hacke bewerkstelligen. Doch als sie das Land gerodet hatten und ihre Schafe gediehen, begannen sie das Gelände zu vergrößern. Als Mary die Farm übernahm, hatte Churinga fast vierzigtausend Hektar, und die Hütte war von Scheunen und Schuppen umgeben.«

»Mary war Matildas Mutter?«

Brett nickte. »Sie hat den Betrieb im Ersten Weltkrieg geführt, als Mervyn in Gallipoli war. Sie hat die Merinos und das Milchvieh zugekauft, und das Geld, das sie mit der Wolle verdiente, hat sie in die Farm investiert. Mervyn hat sich angeblich über ihren Erfolg geärgert, und als sie gestorben war, versuchte er Churinga an Ethan Squires zu verkaufen.«

»Aber das konnte er nicht«, sagte Jenny, »denn die Farm gehörte

Matilda.« Sie trank ihr Bier aus. »Ich habe die ersten Tagebücher gelesen, und was drin steht, ist nicht schön. Ich wüßte gern, was andere von Matilda gehalten haben. Was hat es mit den Gerüchten auf sich, von denen Sie gesprochen haben?«

»Matilda Thomas war eine Legende in dieser Gegend, bevor sie zwanzig wurde. Sie war außergewöhnlich, weil sie als Frau allein in einer Männerwelt lebte. Man hielt sie für sonderbar, vielleicht für exzentrisch, wie sie so mit ihren Aborigines lebte; die Leute haben immer ein bißchen Angst vor dem, was sie nicht verstehen, und deshalb ließ man sie weitgehend in Ruhe. Natürlich gab es Gerüchte von einem Baby; neugierigen Augen entgeht nicht so viel. Aber als man keins zu Gesicht bekam, war es bald vergessen.« Er hielt inne, wohl wissend, daß es mehr gab; aber es widerstrebte ihm, etwas zu verbreiten, das er für bösartige Spekulationen hielt.

»Aber sie hat Churinga zu dem gemacht, was es heute ist?«

Er nickte. »Man respektierte sie für das, was sie hier zustande gebracht hatte, auch wenn die anderen Siedler und ihre Frauen sie nicht mochten.« Er lächelte. »Sie war eine Draufgängerin, nach allem, was man hört. Rannte in Männerkleidung herum und gab keinen Pfifferling auf das, was die Leute dachten.«

»Und ihr Vater? Was wurde über den geredet?« In ihrer Stimme lag ein leises Drängen, das er verstand.

»Er ist als Held aus dem Großen Krieg zurückgekehrt. Aber erst nach dem Hochwasser, bei dem er ertrank, kam die Wahrheit ans Licht. Er war nicht etwa vom Feind verwundet worden, als er einen Kameraden durch die gegnerischen Linien trug, sondern von einem der eigenen Leute, der ihn in einem Versteck gefunden hatte, wo er sich vor den Kämpfen verkrochen hatte; Mervyn brachte ihn um, nahm ihn auf den Rücken und kehrte mit ihm ins Lager zurück. Man verlieh ihm das Victoria-Kreuz, und dann lag er mindestens ein Jahr im Lazarett, bevor er in die Heimat entlassen wurde. Er glaubte, er sei davongekommen, aber ein Mann unten in Sydney erholte sich von einer Amnesie und machte eine Aussage vor dem vorgesetzten Offizier. Bei der Suche nach Toten in der Nähe von Mervyns Versteck hatte man ihn übersehen, und er hatte alles mit angesehen.«

»Es überrascht mich nicht, daß er ein Feigling war«, sagte Jenny grimmig. »Ein solcher Mann kann doch kein Held sein.«

Brett trank sein Bier und fragte sich, wie sehr Jenny sich von alldem beeinflussen ließ. Sie war schließlich erst vor kurzem verwitwet, und die Tagebücher gaben eine drastische Darstellung von Churinga in jenen Jahren. Hatten ihre Tränen heute abend ihrem persönlichen Verlust oder dem Verlust von Matildas Unschuld gegolten?

»Erzählen Sie mir von Matilda!«

»Sie haben die Tagebücher gelesen. Sie wissen genauso viel wie ich.«

Sie schüttelte den Kopf. »Nicht alle, Brett. Ich will wissen, was nach dem Tod des Babys passiert ist. Und welche Rolle die Familie Squires gespielt hat.«

Er bewegte sich hier auf dünnem Eis. Die Tagebücher offenbarten zwar nicht viel über Ethans Rolle, aber dummerweise mischten Gerüchte und Wahrheiten sich für gewöhnlich, und er wollte nicht spekulieren. Er schaute zu ihr hinüber, und er wußte, daß er etwas sagen mußte; er beschloß, sich an das zu halten, was er als die Wahrheit kannte.

»Nach dem Tod des Kindes hat niemand viel von Matilda gesehen. Sie kam zweimal im Jahr in die Stadt, auf dem alten Pferd ihres Vaters, und sie hat die Bekanntschaft mit den Nachbarn drüben auf Wilga, Tom und April Finlay, erneuert. Als Churinga Gewinne abwarf, hat sie alles modernisiert und sich einen Lastwagen gekauft, aber sie ist nie weit damit gefahren.«

Er zündete sich eine Zigarette an.

»Es heißt, sie sei zur Einsiedlerin geworden. Sie war allein mit ihren Bitjarras, außer in der Schersaison, ist nie zum Picknick-Rennen oder zum Tanzen gegangen und hat keinerlei gesellschaftliche Beziehungen gepflegt. Andrew Squires hat ihr den Hof gemacht, aber sie wußte, daß er nur hinter ihrem Land her war, und so jagte sie ihn zum Teufel. Squires' jüngster Sohn Charlie soll auch ein Auge auf sie geworfen haben, aber das führte zu nichts.«

»Aber sie hatte doch jemanden, oder nicht?« Jenny beugte sich vor, und ihre Fingerspitzen lagen dicht vor den seinen auf dem Tisch.

Brett zuckte die Achseln. Sie würde es bald herausfinden, wenn sie die Tagebücher weiterlas, aber er war nicht bereit, sie so kurz nach den soeben vergossenen Tränen darüber aufzuklären. »Das weiß ich nicht, Jenny. *Sorry.*«

Sie musterte ihn ernst und lehnte sich mit nachdenklicher Miene zurück. »Den Tagebüchern zufolge war Ethan Squires hinter ihrem Land her. Und mein Anwalt sagt, die Familie ist immer noch daran interessiert.« Sie schaute ihn durchdringend an. »Was hat es mit Churinga auf sich, daß sie so versessen darauf sind, die Farm zu besitzen?«

»Wasser«, antwortete er prompt. »Kurrajong hat Bohrlöcher und einen guten Bach, aber durch Churinga laufen drei Bäche, und es gibt tiefe artesische Brunnen. Die O'Connors wußten, was gutes Land war, und die Squires haben es nie verwunden, daß sie zu spät gekommen sind, um ihren Claim abzustecken.«

»Erzählen Sie mir von der Familie Squires.«

Brett seufzte. Wieso konnte sie das alles nicht auf sich beruhen lassen? Wenn Ma doch bloß getan hätte, was er ihr aufgetragen hatte, und diese verdammten Tagebücher verbrannt hätte, dann wüßte sie jetzt von alldem gar nichts. »Ethans Vater war der jüngste Sohn einer reichen Großbauernfamilie in England. Er wurde Mitte des neunzehnten Jahrhunderts hergeschickt, damit er hier sein Glück machte, und er hatte gerade genug Geld bekommen, um die ersten paar Jahre zu überstehen. Er hat in Queensland angefangen, wo er den Unterschied zwischen englischen und australischen Schafen kennenlernte, und ist dann in den Süden gekommen. Er sah das Land, erkannte, daß es eine gute Siedlungsgegend war, und baute Kurrajong. Weil Churinga südlich und östlich von ihm expandierte, konnte er sich nur nach Norden ausweiten. Dort ist es trockener. Viel weniger Regen und weniger Wasserläufe.«

»Und damit hat die Fehde begonnen?«

Brett zuckte die Achseln. »Ich glaube nicht, daß es je zu Handgreiflichkeiten gekommen ist, aber Ethans Vater ließ keinen Zweifel daran, daß er die O'Connors nicht ausstehen konnte, und er hat alles getan, was in seiner Macht stand, um sie zu behindern. Er gab das Vermächtnis an Ethan weiter, und der versuchte seinen Stiefsohn mit Matilda zu verheiraten, aber sie hat seine Pläne durchkreuzt, indem sie einfach nicht mitmachte. Darüber war Ethan verbittert.«

»Ich dachte, Sie sagten, Charlie Squires sei interessiert gewesen? Wieso ist denn dabei nichts herausgekommen, wenn sein Vater so erpicht darauf war?«

Brett zuckte die Schultern. »Ich habe keine Ahnung«, sagte er wahrheitsgemäß.

Sie schaute ihn nachdenklich an. »Ist dieser Ort verflucht, Brett? Ist der Tjuringa ein Amulett des Bösen?«

Brett schnaubte. »Lächerlich. Dieser Ort ist nicht anders als hundert andere. Einsam, abgeschieden und umgeben von den härtesten Elementen der Welt. Was Matilda passiert ist, könnte hier draußen jedem passieren. Sie dürfen nicht vergessen, was sie trotz vieler Rückschläge alles zustande gebracht hat, und sich nicht nur auf Ihre lebhafte Phantasie verlassen. Hier gibt es nichts Böses – nur das Leben in der Unwirtlichkeit.«

»Sie lieben diesen Ort wirklich, nicht wahr?« sagte sie leise. »Obwohl Sie wegen der Einsamkeit Ihre Frau verloren haben.«

Brett war erleichtert über diese Wendung des Gesprächs und begann sich zu entspannen. »Marlene war eine Großstadtfrau. Sie liebte Geschäfte, Kinos, neue Kleider, viele Partys. Ich hätte wissen müssen, daß es ihr hier nicht gefallen würde«, sagte er. »Ich habe mein Bestes versucht, sie glücklich zu machen, aber das war nicht genug.« Es war ihm plötzlich wichtig, daß sie Churinga so sah, wie er es kannte – wie es wirklich war. »Machen Sie sich keine falschen Vorstellungen von diesem Ort, Jenny. Er mag abgeschieden sein, aber er hat einen gewissen urzeitlichen Geist. Denken Sie daran, wie Matilda sich hier gefühlt hat. Sie hatte nicht den Luxus, den wir heute haben, und in den ersten Jahren hatte sie auch keine Leute, die ihr halfen. Trotzdem ist sie hiergeblieben. Sie hat sich jahrelang abgeplagt und gerackert, um die Farm zu dem zu machen, was sie heute ist, weil sie sie geliebt hat. Sie liebte das Land, die Hitze und die Weite – und alles, was sie durchmachen mußte, konnte sie nicht davon abbringen.«

Fast alles, dachte er. Aber das brauchte Jenny noch nicht zu wissen. Er schwieg; er hatte mehr als genug gesagt, und Jenny schien zufrieden zu sein. Der drängende Ausdruck war aus ihrem Gesicht verschwunden, und ihr Blick war nicht mehr so eindringlich.

»Danke, Brett. Aber je mehr ich von diesen Tagebüchern lese, desto weniger habe ich das Gefühl, daß ich hierbleiben sollte. Churinga scheint die Leute, die hier leben, in den Bann zu schlagen, und es ist, als ob Matilda immer noch hier herumspuken würde. Manchmal kommt es vor, daß ich weiß, sie ist im Haus und zieht mich immer weiter in ihre Welt. Und ich weiß nicht, ob mir das gefällt.« Es schauderte sie. »Es ist, als wüßte sie, daß ich ihren Schmerz verstehe. Aber es ist noch zu früh nach dem Verlust von Ben und Peter. Meine eigenen Wunden sind noch zu frisch, als daß ich ihre auch noch auf mich nehmen könnte.«

Er griff nach ihrer Hand und hielt sie fest. »Dann werfen Sie die Tagebücher weg! Verbrennen Sie sie! Lassen Sie die Vergangenheit da, wo sie hingehört, bevor sie Sie zerstört.«

Sie schüttelte den Kopf. »Das kann ich nicht tun, Brett. Matilda hat mich gepackt, und ich muß wissen, was aus ihr geworden ist. Ich muß versuchen zu verstehen, was sie hier gehalten hat.«

»Dann lassen Sie sich von mir das Churinga zeigen, das ich liebe. Lassen Sie mich Ihnen helfen zu verstehen, weshalb wir auf diesem Land bleiben, obwohl es uns vor der Zeit altern läßt. Dies ist meine Heimat, Jenny. Es gibt nichts, wo ich lieber wäre. Und ich möchte, daß Sie sie auch lieben.« Brett spürte, wie es ihm heiß ins Gesicht stieg, als ihm klarwurde, in welche Leidenschaft er sich hier steigerte. Sie würde ihn für einen Trottel halten.

»Sie haben Angst, ich könnte es Ihnen wegnehmen. Stimmt's?«

Er nickte; sprechen konnte er nicht. Er fühlte den Pulsschlag in ihren Fingern, die seine eigenen wärmten, und sein Herzschlag war das Echo. »Glauben Sie, Sie werden verkaufen?« fragte er schließlich; ihm graute vor ihrer Antwort, aber er wußte, daß er stark sein und sich ihr stellen mußte.

»Ich weiß es nicht, Brett«, sagte sie. »Es ist schön hier, und ich glaube, ich kann verstehen, daß Sie den Ort lieben. Aber diese Grabsteine verfolgen mich.« Sie zog ihre Hand weg und verschränkte fröstelnd die Arme. »Es tut mir leid, daß ich Ihnen keine definitive Antwort geben kann. Ich weiß, daß Ihre Zukunft davon abhängt.«

Er atmete erleichtert auf. Zumindest hatte sie noch keinen Entschluß gefaßt. Es bestand noch Hoffnung.

»Ihre Phantasie geht mit Ihnen durch, das ist alles. Und es ist nicht überraschend nach dem, was Sie kürzlich durchgemacht haben. Aber alle Farmen haben ihre Friedhöfe – man hat keine Zeit, die Verstorbenen zur Beerdigung in die Stadt zu bringen. Sie sollten sich auf das Leben konzentrieren, das Sie leben, und auf das, was Sie daraus machen können. Lassen Sie die Vergangenheit ruhen, und genießen Sie, was Sie haben.«

Jenny fixierte ihn mit durchdringendem Blick. »Sie sind aber sehr philosophisch für einen Farmverwalter«, stellte sie trocken fest.

»Hab' ich von meiner Mum gelernt«, gab er lächelnd zu. »Sie redete ständig über das Leben und den Tod. Einiges davon ist wohl hängengeblieben.«

Er schwieg, und die Zigarette zwischen seinen Fingern brannte langsam herunter. »Mum und Dad waren gute Leute. Ich vermisse sie immer noch. Schätze, meine Brüder und ich können von Glück sagen, daß wir sie hatten.«

Einen flüchtigen Augenblick lang erinnerte er sich an das Gesicht seiner Mutter. Dann war es wieder fort. Er hatte nur Kindheitserinnerungen an die Frau, die sich abgeplagt hatte, um dafür zu sorgen, daß ihre Kinder Dinge hatten, die sie selbst als Kind nie gekannt hatte: ein liebevolles Zuhause, saubere Kleidung, eine Ausbildung.

Jennys Stimme brach in seine Gedanken ein. »Ich beneide Sie. In Dajarra hat man mir zu essen gegeben und mich zur Schule gehen lassen, aber die Barmherzigen Schwestern hatten keine Zeit für Zuneigung.« Sie seufzte. »Solch ein Anfang macht einen Menschen wachsam und vielleicht zu selbstgenügsam; man vertraut niemandem. Ich glaube, deshalb betrachte ich diesen Ort mit solcher Vorsicht.« Sie schaute ihn an und lächelte. »Und auch Sie«, fügte sie schalkhaft hinzu.

Bretts Meinung über Jenny änderte sich zusehends. Sie war keine verwöhnte Göre aus Sydney, sondern ein verängstigtes kleines Mädchen, das seine Einsamkeit und sein Leiden hinter einer dicken Mauer aus falscher Selbstsicherheit verbarg. Sie erinnerte ihn an ein Fohlen, das er einmal gehabt hatte. Es war von seinem Besitzer geprügelt worden, so daß es niemandem mehr vertraut hatte. Viele Monate geduldiger und sanfter Behandlung waren nötig gewesen, um die Wunden zu heilen.

»Ich wußte nicht, daß es so schlimm war«, sagte er leise.

Jenny wischte sein Mitgefühl beiseite. »Erzählen Sie mir, wie Sie als Kind waren, Brett!«

Er drückte seine Zigarette aus und nahm den kleinen Hund auf, der auf seinem Schoß sofort einschlief. Jenny lächelte ihn an. Das Lächeln sagte ihm, daß sie Freunde waren.

»Wir haben in Mossman gewohnt, oben in Queensland. Mein Dad hat unseren Unterhalt mit Zuckerrohrschneiden verdient, deshalb haben wir nie viel von ihm gesehen. Immer hieß es: nur noch eine Saison, dann hat er das Geld für eine eigene Pflanzung. Am Ende hat's ihn erledigt. Zuckerrohr ist ein ganz gemeines Zeug. Voller Ungeziefer und stechender Insekten, die dafür sorgen, daß die Schnitte und Abschürfungen, die man sich auf den Feldern holt, sich entzünden.«

Jenny hörte aufmerksam zu, aber er nahm sich erst wieder eine Zigarette und schob den kleinen Hund auf seinem Schoß bequem zurecht. Er wollte sie nicht mit Geschichten von der zermürbenden Armut seiner Kindheit deprimieren, aber er wollte das alles auch nicht beiseite fegen, als hätte es nichts bedeutet. Dafür hatte Mum allzu lange und zu hart in der gemieteten Hütte geschuftet. Das Zuckerrohr hatte auch sie am Ende umgebracht, aber anders als seinen Vater.

»Wir waren vier Kinder. John, der älteste, ist mit meinem Bruder Davey in den Zuckerrohrpflanzungen geblieben. Ich nehme an, sie konnten vom Geruch der Melasse nicht genug bekommen.« Er grunzte. »Ich habe diesen Geruch immer gehaßt. Er war süß und überwältigend und hing immer im Haus; er steckte in den Kleidern und in den Haaren.«

»Wie war es denn da? Ich habe in Dajarra gewohnt, bis ich sieben war, und obwohl es im Herzen des Zuckerrohrgebiets lag, waren wir von Weideland und Bergen umgeben. Und die Schafzuchtfarm in Queensland, die meinen Pflegeeltern gehört hat, lag nicht weit genug nördlich für Zuckerrohr.«

»Es ist eine ganz andere Welt. Heiß, schwül, verseucht von Fliegen und Schlangen. Die Hitze frißt alle Energie; man schwitzt ständig, und das Zuckerrohr stellt hohe Anforderungen.« Er schwieg und erinnerte sich, wie es auch sein konnte. »Trotzdem schön. Sie müßten mal ein

Zuckerrohrfeld im Wind sehen – wie ein großes, grünes Meer, das hin und her wogt. Aber nur wenige weiße Australier wollen darin arbeiten. Dieses Leben zu überstehen erfordert eine besondere Sorte Menschen.«

Er kraulte dem Hund die Ohren und dachte daran, wie sich beim Zuckerrohr manches veränderte. Bald würde es dort nur noch Maschinen geben, von denen jede das Werk von Hunderten von Cuttern tat, und Männer wie seine Brüder würden sich einen anderen Lebensunterhalt suchen müssen.

»Nach dem Krieg haben die Einwanderer die Szene übernommen, und es war schwer, zwei Leute zu finden, die dieselbe Sprache sprachen. Asiaten, Italiener und Griechen sind die besten Arbeiter beim Schneiden des Rohrs, aber die Zeiten ändern sich, und wenn die Maschinen erst alles übernommen haben, wird es nur noch die Legenden von den Zuckerrohrfeldern geben.«

Jenny schob ihm ein neues Bier über den Tisch. »Erzählen Sie weiter.«

Er trank in großen Schlucken, bevor er weiterredete. Es war fast, als müsse er den Geschmack der Melasse hinunterspülen, die Erinnerung an den dicken, erstickenden Rauch, der aufstieg, wenn sie vor dem Schneiden des Rohrs die Felder in Brand setzten.

»Wir sind von einer gemieteten Hütte in die andere gezogen. Immer nur ein paar Meilen weit von den Pflanzungen entfernt, damit Dad zu Besuch kommen konnte. Aber trotzdem haben wir nie viel von ihm gesehen. Er war ständig mit den anderen Cuttern zusammen. Sie hatten eine seltsame Kameradschaft, diese Kerle. Frauen spielten in ihrem Leben keine große Rolle, und ich frage mich heute, warum Dad je geheiratet hat. Er muß uns als Belastung empfunden haben; das richtige Zuhause, das er uns immer versprochen hat, war ein Tagtraum, und ich glaube, das wußte sogar er selbst.«

»Sie hatten es also auch schwer?« fragte sie mit stillem Verständnis.

Er drückte seine Zigarette aus. Heute abend hatte er schon mehr geredet als sonst in einem ganzen Monat. Aber es fiel leicht, mit ihr zu sprechen, und er bereute es nicht.

»Was man nie hatte, vermißt man auch nicht«, sagte er leichthin. »Wir waren durchaus glücklich, und Mum gab ihr Bestes, damit es uns gutging.«

Er schwieg und dachte an die schlechten Zeiten. Manchmal war Mum zu erschöpft gewesen, um die Wäsche zu waschen, und dann hatten er und seine Brüder über dem alten Zuber geschwitzt, damit diese Einkünfte nicht verlorengingen. Bis heute wußte er nicht, wie seine zierliche, zerbrechliche Mutter es im Dampfbad von Queenslands Zuckerrohrregionen geschafft hatte, die schweren, kochendheißen Wolldecken und Laken aus dem Wasser zu heben. Aber sie hatte es getan, tagaus, tagein.

Jenny schwieg ebenfalls, als verstehe sie, daß er manche dieser Gedanken für sich behalten mußte.

Er war in der Vergangenheit versunken. Er erinnerte sich an Zeiten, in denen Dad zu krank gewesen war, um Zuckerrohr zu schneiden. Die Gelbsuchtanfälle waren häufig, und jedesmal war er danach schwächer, bis er nicht mehr die Kraft hatte, in die Pflanzung zurückzukehren. Das Ende kam nur langsam; Brett mußte daran denken, wie sein Vater, gebrochen und gelbhäutig, in der schäbigen Hütte auf den Tod gewartet hatte. Bis heute konnte er nicht verstehen, was einen Mann dazu treiben konnte, sich für das Zuckerrohr umzubringen.

»Dad war ein Riesenkerl«, sagte er schließlich. »Mit seinen gewaltigen Armen konnte er uns alle aufheben und im Laufschritt durchs Zimmer tragen. Aber als das Zuckerrohr ihn erledigt hatte und er starb, wog er nur noch knapp vierzig Kilo.«

»Ich wußte nicht, daß das Zuckerrohr so etwas aus einem Mann machen kann«, sagte sie leise. »Wir bedienen uns so leichthin am Zuckertopf, ohne daran zu denken, woher der Zucker kommt oder was das Schneiden des Rohrs einem Mann abverlangt. Es tut mir leid, daß Ihr Dad so hat sterben müssen.«

Brett hob die Schultern. »Er hat sich dafür entschieden, so zu leben, Jenny. Und irgend jemand muß es ja tun. Aber mir war sehr früh klar, daß es nichts für mich war. John und Davey haben damit weitergemacht, als Mutter starb, aber Gil und ich sind nach Süden gezogen und wurden Jackaroos auf den Schaf- und Rinderfarmen. Gil ist dann in Queensland geblieben und hat sich irgendwann ein Anwesen gekauft, aber ich bin weiter südwärts gezogen. Seit ich sechzehn bin, arbeite ich mit Schafen, und ich habe es nie bereut.«

Er sah, daß sie ein Gähnen unterdrückte, und hob den Hund von seinem Schoß. »Ich schätze, das Kerlchen hier braucht seinen Schlaf. Wird Zeit, daß ich verschwinde; Sie werden mein Geschwätz sicher auch satt haben.«

»Nein«, sagte sie rasch und mit ernster Miene. »Danke, daß Sie mir aus Ihrem Leben erzählt haben, Brett. Ich habe hoffentlich nicht allzu viele schlimme Erinnerungen geweckt. Sie können schmerzhaft sein – ich weiß das.«

Brett schüttelte lächelnd den Kopf. »Reiten Sie doch morgen ein bißchen mit mir aus; dann zeig' ich Ihnen den Rest von Churinga. Wenn Sie es mit meinen Augen sehen, werden Sie vielleicht erkennen, wieso es was Besonderes ist.«

Sie legte den Kopf schief, und ihre Augen funkelten boshaft. »Sind Sie sicher, daß man Sie entbehren kann?«

Er lachte. »Man wird mich nicht vermissen. Morgen ist Sonntag.«

»Wenn das so ist, Brett, komme ich gern mit.« Sie nahm ihm den Welpen ab und drückte die Lippen an das schlaftrunkene Köpfchen.

»Dann also bis morgen? Wir brechen früh auf, wenn es noch kühl ist.«

Sie nickte, und ihr Gesicht erstrahlte in einem Lächeln.

Brett stieß die Fliegentür auf. Er war sehr müde, aber er glaubte nicht, daß er heute nacht schlafen würde.

Jenny blieb mit dem Hund im Arm in der Tür stehen und blickte ihm nach, als er mit langen Schritten den Hof überquerte. Sein Gang war lässig, und seine Hände steckten tief in den Hosentaschen. Sie lächelte und küßte Ripper auf den Kopf. Bretts Gesellschaft war angenehm, wenn er das arrogante, herrische Gehabe einmal abgestreift hatte, und der kleine Hund, den er ihr geschenkt hatte, war genau das gewesen, was sie nach ihren Tränen für Matilda gebraucht hatte.

Das Hündchen winselte im Schlaf, und seine Pfoten zappelten, als ob es renne. Warm und schwer lag es in ihren Armen. Sie kehrte in die Küche zurück, wo sie ihm ein Hundeklo bereitete und eine Wolldecke in eine Gemüsekiste stopfte, auf der sie es schlafen legte.

Während sie sich auszog, dachte sie an die Tagebücher und wußte, daß sie sie nicht einfach wegwerfen und vergessen konnte. Sie waren dazu gedacht, daß man sie las – deshalb hatte Matilda sie hinterlassen.

Trotzdem hatte Brett recht. Sie mußte in die Zukunft schauen und den Dingen, die hier vor so langer Zeit geschehen waren, nicht so viel Bedeutung beimessen. Es lag an ihr, ob sie die Musik fand, die er und Matilda hier gefunden hatten. Vielleicht könnte sie Churinga dann auch ihr Zuhause nennen.

ZEHN

Am Sonntag ließ Ma die Essensglocke eine Stunde später als sonst erklingen. Jenny blieb noch einen Moment liegen und genoß die behagliche Kühle des frühen Morgens. Dann fiel ihr ein, was für diesen Tag geplant war, und sie sprang aus dem Bett. Von dem Ritt am Tag zuvor taten ihr alle Knochen weh, und die kleine Extrazehe war von den neuen Stiefeln ganz wundgescheuert.

Rippers Augen spähten aus den Falten der Bettdecke hervor; das eine Ohr war platt an den Kopf gedrückt, und Jenny mußte lachen, als sie ihn aus seinen Verstrickungen befreite. »Böser Hund«, sagte sie. »Ich habe dir dein Bett in der Küche gebaut.«

Ripper bereute nichts. Er leckte ihr das Gesicht, als sie ihn auf die hintere Veranda hinaustrug; dort hüpfte er ins Gras und hob ein Bein.

Jenny humpelte zurück in die Küche und machte sich auf die Suche nach Salbe und Pflaster für ihre Zehe. Als ihr Blick auf die Uhr fiel, stöhnte sie. Es war erst halb sechs. Würde sie sich je daran gewöhnen, so früh aufzustehen und nachmittags Siesta einzulegen?

Da ihre Zehe versorgt war, bereitete sie sich das Frühstück zu. Als sie eine Tasse Tee, ein gekochtes Ei und etwas Toast vor sich hatte, merkte sie, daß etwas fehlte. Das Klappern und Klatschen, wenn von einem vorüberfahrenden Fahrrad eine Zeitung auf die Veranda geworfen wurde, war ein so vertrautes Sonntagmorgengeräusch, daß sie es in Sydney kaum je bemerkt hatte, aber heute morgen fehlte es ihr deutlich.

Sie dachte an faul auf dem Balkon vertrödelte Tage: Blick aufs Meer, das Feuilleton, die Beilagen mit ihren Klatschgeschichten und Hochglanzbildern, der Finanz- und der Sportteil, den Peter sich immer als erstes geschnappt hatte, wenn er zu Hause war. Bens Lieblingsteil waren die Cartoons gewesen; er hatte auf ihrem Schoß gesessen, und sie hatte ihm vorgelesen.

Mit einem entschlossenen Schwung des Messers schlug sie ihrem Ei den Kopf ab. »Ich muß mich eben daran gewöhnen, wieder allein zu sein«, sagte sie. »Jammern hat keinen Sinn.«

Rippers Stummelschwanz klopfte auf den Boden, und er legte den Kopf schräg, als habe er sie verstanden.

Sie saßen in der sonnendurchfluteten Küche, und Ripper fraß ihr zierlich wie eine spröde Jungfer kleine Bröckchen Toast aus den Fingern. Nach dem Frühstück duschte sie und zog sich an. Eine weite Baumwollhose, ein Baumwollhemd, alte Stiefel und der zerdrückte Hut, das alles würde dafür sorgen, daß sie es bequem hätte. Sie räumte ihren Schmuck weg und suchte nach ihren Reithandschuhen, als ein Klopfen die Fliegentür erzittern ließ.

»Moment noch, Brett. Ich komme«, rief sie. Die Handschuhe waren hinters Bett gefallen, und sie lag auf Händen und Knien und versuchte sie zu erreichen. Ripper war dabei nicht sehr hilfreich. Er hielt es für ein Spiel.

»Andrew Squires, Mrs. Sanders. Ich hoffe, ich störe Sie nicht allzu früh.«

Jenny erstarrte. Andrew Squires? Das versprach interessant zu werden.

Schließlich gelang es ihr, Ripper die Handschuhe zu entreißen. Obwohl sie neugierig war, den Mann kennenzulernen, der Matilda den Hof gemacht hatte, nahm sie sich Zeit, sich zu beruhigen. Squires konnte warten. Was ist das auch für eine unchristliche Zeit für einen Besuch, dachte sie unwillig.

Sie warf einen Blick in den Spiegel. Die Sonne hatte sie gebräunt und ihrem Gesicht Farbe gegeben, und als sie ihr Haar zu einem Knoten zusammendrehte und aufsteckte, beschloß sie, auch ein bißchen Lippenstift aufzulegen und sich einen Hauch Parfüm an den Hals zu tupfen. Es gab ihr Selbstvertrauen zu wissen, daß sie gut aussah.

Er hatte ihr den Rücken zugewandt, stützte sich auf das Verandageländer und beobachtete das morgendliche Treiben auf dem Hof. Beim Anbindepfosten parkte ein nagelneuer Holden, von einem roten Staubschleier überzogen, der das Funkeln der verchromten Stoßstangen aber irgendwie nicht zu trüben vermochte.

Ripper knurrte tief, die Stummelbeinchen steif gespreizt.

»Mr. Squires?«

Er drehte sich um, und verblüfft bemerkte sie, daß seine Erscheinung überhaupt nicht hierher passen wollte. Er war groß und breitschultrig und sah immer noch gut aus, auch wenn er mindestens fünfundsechzig sein mußte. Obwohl er mit dem Auto gekommen war, trug er eine Reithose, eine Tweedjacke und blanke englische Reitstiefel. Der oberste Knopf seines frischen weißen Hemdes stand offen und lenkte den Blick auf ein elegantes Halstuch. Haar und Schnurrbart waren immer noch feuerrot, und sehr blaue Augen erwiderten ihr unverhohlenes Starren.

»Guten Tag, Mrs. Sanders.« Sein Akzent war eher englisch als australisch, und er erinnerte sie an John Wainwright. »Ich hoffe wirklich, ich komme nicht ungelegen, aber ich wollte Sie noch erwischen, bevor es zu heiß wird.« Er verneigte sich andeutungsweise. »Willkommen auf Churinga. Andrew Squires zu Ihren Diensten.«

Jenny gab ihm die Hand und bemerkte seine mißmutig verzogenen Lippen. Sein kupferrotes Haar glänzte in der Sonne. Sein Händedruck war schlaff und ziemlich unangenehm. »Tag«, sagte sie und zog ihre Hand rasch zuruck. »Wollen Sie nicht hereinkommen und etwas trinken?«

»Nach Ihnen, meine Dame.« Er hielt ihr die Fliegentür auf und folgte ihr dann ins Haus.

Jenny sperrte rasch den knurrenden Ripper ins Schlafzimmer, goß Tee auf und suchte zwei ordentliche Tassen mit Untertassen. Sie stellte ein paar Kekse dazu und setzte sich an den Küchentisch. Um diese Tageszeit würde er nichts Stärkeres bekommen, und ein Frühstück würde sie ihm auch nicht machen. Als sie sah, wie er das Zimmer arrogant musterte, dachte sie: Rothaarigen Männern habe ich übrigens noch nie über den Weg getraut.

Er nahm die Tasse Tee in Empfang, beäugte Jenny mit unverhohlener Neugier und schlug elegant die Beine übereinander. Es war eine seltsam feminine Bewegung, und sie trug nicht dazu bei, Jennys Meinung von ihm zu ändern.

»Wie ich höre, wohnen Sie auf Kurrajong«, sagte sie, um das Schweigen zu beenden. »Das ist vermutlich wie Churinga ein Wort der Aborigines?« Er weckte unbehagliche Gefühle in ihr. Sein Blick hatte etwas Berechnendes, und in einem schwachen Zug um Mund und Kinn erkannte sie Habgier.

»Natürlich«, antwortete er. »Kurrajong bedeutet Immergrün, Mrs. Sanders. Und es ist seit fast einem Jahrhundert Churingas Nachbar.« Sein Lächeln wirkte herablassend.

Jenny nahm einen Schluck Tee und wünschte, Brett wollte sich beeilen. Der Mann war nicht zum Plaudern gekommen – er führte etwas im Schilde. »Ich weiß ein bißchen über die Geschichte Churingas, Mr. Squires, aber das meiste scheint mir auf Vermutungen zu beruhen. Erinnern Sie sich überhaupt noch an Matilda Thomas?« Ihre Miene war absichtlich arglos.

Andrew Squires inspizierte eingehend seine manikürten Hände. »Ich bin im Ausland zur Schule gegangen, Mrs. Sanders, und erst nach meiner Zulassung als Anwalt zurückgekommen. Meine Kanzlei ist in Melbourne. Kurrajong dient mir lediglich zur Erholung vom Großstadttrubel.« Seine Augen waren sehr blau, als er sie wieder anschaute. »Ich hatte nie das Vergnügen, die Thomas zu sehen. Aber ich weiß, daß mein Vater sie gut kannte.«

Lügner, dachte sie und erwiderte seinen Blick. »Dann sollte ich Ihren Besuch vielleicht gelegentlich erwidern, Mr. Squires. Es ist sicher interessant, mit Ihrem Vater über diese frühen Jahre zu sprechen.«

Squires schaute sie hochnäsig an; sein Blick war kalt, sein Ton ein versnobtes Näseln. »Ich bezweifle, daß er Ihnen viel erzählen kann. Sie haben gesellschaftlich nicht miteinander verkehrt.«

Er ist ein aufgeblasener Kleiderständer und ein Lügner, entschied sie. Und er saß in ihrer Küche und trank ihren Tee, als gehörte ihm alles. Es wurde Zeit, daß er wieder verschwand.

»Sie hätten wirklich vorher anrufen sollen, Mr. Squires«, sagte sie kühl. »Ich habe den Tag verplant, und es wird bereits spät.«

Ihr plumper Versuch, ihn loszuwerden, schien ihn mit blasierter Heiterkeit zu erfüllen. Er wählte eine Zigarette mit goldenem Filter aus einem silbernen Etui und schob sie in eine kurze Elfenbeinspitze. Dann zündete er sie mit einem silbernen Feuerzeug an und blies den Rauch zur Decke, bevor er ihr antwortete.

»Sie geben einem aber nicht gerade das Gefühl, besonders willkommen zu sein, liebe Dame. Obwohl man einen weiten Weg auf sich genommen hat, um Sie zu besuchen.«

»Hat dieser Besuch denn einen besonderen Zweck?« Sie schaute zur Tür. Wo zum Teufel blieb Brett?

»Du liebe Güte«, näselte er. »So geschäftsmäßig. Wie erfrischend! Ich glaube, wir beide werden famos miteinander auskommen, Mrs. Sanders.«

»Das kommt darauf an, über was für Geschäfte Sie sprechen möchten«, sagte sie kühl.

Er musterte sie durch den Zigarettenrauch. »Sie scheinen mir eine vernünftige Frau zu sein, und Gott weiß, die sind selten genug. Und mit Ihrem künstlerischen Talent und Ihrem wachsenden Ansehen fühlen Sie sich in der Großstadt zweifellos viel wohler als an diesem gottverlassenen Ort.«

»Kommen Sie zur Sache, Mr. Squires! Ich habe nicht den ganzen Tag Zeit.«

Spöttisch lächelnd klopfte er die Zigarettenasche auf die Untertasse, und Jenny fragte sich, wie es wohl sein mochte, ihn vor Gericht zum Gegner zu haben. Er war ein eiskalter Hund, den man besser auf seiner Seite wußte.

»Wenn ich recht unterrichtet bin, hat Wainwright Ihnen bereits von unserem Interesse an Churinga erzählt, Mrs. Sanders. Ich bin hier, um Ihnen ein Angebot zu unterbreiten.«

Jenny wollte etwas erwidern, aber er hob die Hand, um sie zum Schweigen zu bringen. »Haben Sie wenigstens die Höflichkeit, mich ausreden zu lassen, Mrs. Sanders.«

»Nur wenn Sie die Höflichkeit besitzen, sich daran zu erinnern, daß dies mein Haus ist und Sie nicht das Recht haben, hierherzukommen und sich aufzublasen«, gab sie zurück. »Dies ist kein Gerichtssaal, und ich stehe nicht im Zeugenstand.«

»*Touché.*« Sein Lächeln war eisig. »Ich mag es, wenn eine Frau ausspricht, was sie denkt, Mrs. Sanders. Man hat die Speichellecker so schnell satt, nicht wahr?«

Jenny musterte ihn voller Abscheu. »Woher soll ich das wissen?«

Ihre Grobheit schien ihn nicht aus dem Konzept zu bringen. »Wie gesagt – ich bin bereit, Ihnen einen mehr als angemessenen Preis für Ihr Anwesen zu bieten. Wenn Sie bereit sind zu verkaufen, werden wir sicher zu einer Einigung kommen, die beiden Seiten gerecht wird.«

Jenny lehnte sich zurück und zähmte ihren Zorn. Die Squires gaben einfach nicht auf, und nach allem, was Brett ihr am Abend zuvor erzählt hatte, wußte sie, daß sie nie aufgeben würden. Jetzt hatte Ethan diese Schlange geschickt, damit sie die Dreckarbeit machte – genau wie vor all den Jahren bei Matilda. Sie zwang sich zu einem Lächeln, und es juckte ihr in den Fingern, ihm dieses Krokodilslächeln vom Gesicht zu schlagen. Aber sie würde auf sein Spiel eingehen. »An welche Größenordnung hatten Sie denn gedacht?«

Bei dem Gedanken, daß sein Ziel näher rückte, wurde Squires lebhaft. Er beugte sich vor. »Eine Dreiviertelmillion Dollars. Plus Marktpreis für das Vieh.«

Jenny war verblüfft, aber sie ließ sich nichts anmerken. Sie hatte Bilanzen und Gutachten gesehen und wußte, daß der Preis, den er bot, deutlich über dem wahren Wert der Farm lag. Dieses Spiel war zu gefährlich, um es weiterzuspielen. Sie könnte eine Million verlangen – und wenn sie bedachte, wie dringend er Churinga haben wollte, würde er vielleicht sogar einverstanden sein.

»Das ist sicher ein guter Preis, Mr. Squires«, sagte sie und klang dabei ruhiger, als sie sich fühlte. »Aber wie kommen Sie auf den Gedanken, daß ich verkaufen will?«

Er zündete sich mit geschmeidigen Bewegungen eine neue Zigarette an, und seine ganze Nonchalance löste sich in der Zuversicht auf, daß er sie würde kaufen können. »Ich habe meine Hausaufgaben gemacht, Mrs. Sanders. Sie sind Witwe. Eine Malerin mit wachsendem Ansehen, Partnerin in einer Galerie in der Großstadt. Sie haben den größten Teil ihres Lebens sparen und knausern müssen, und jetzt haben Sie die Gelegenheit, so reich zu werden, wie Sie es sich in Ihren kühnsten Träumen nicht vorgestellt haben. Was will eine alleinstehende Frau mit einer Schafzuchtfarm mitten im Buschland, wenn sie in der Großstadt ein sorgenfreies Leben führen kann?«

Der Mistkerl hatte seine Hausaufgaben tatsächlich gemacht, und es erforderte ihre ganze Willenskraft, ihn nicht merken zu lassen, wie sehr es sie traf. »Das stimmt alles. Aber mein verstorbener Mann hat mir die Farm gekauft. Es wäre nicht recht, sie wieder zu veräußern.«

Er beugte sich eifrig vor. »Aber genau da irren Sie sich, Mrs. Sanders. Er hat Churinga für Sie beide gekauft, und er wollte mit Ihnen und Ihrem Sohn hierherziehen und ein neues Leben anfangen. Es war nicht seine Absicht, daß Sie sich allein damit abplagen und hier draußen leben, ohne daß Freunde und Verwandte Ihnen hier Gesellschaft leisten.«

Jenny beobachtete ihn und schwor sich, wenn sie je verkaufen sollte, das Geschäft niemals mit dieser Schlange zu machen.

Andrew redete sich warm. »Überlegen Sie doch, Mrs. Sanders. Sie hätten nie wieder Geldsorgen. Sie könnten nach Paris reisen, nach Florenz, Rom und London. Sie könnten den Louvre besuchen, die Tate Gallery, und Sie könnten zum Vergnügen malen, nicht nur für den Lebensunterhalt.«

»Ich habe bereits ausgedehnte Reisen unternommen, und in London hat es mir nicht gefallen«, sagte sie nüchtern. »Churinga steht nicht zum Verkauf.«

Überraschung blitzte in seinem Auge auf und war gleich wieder verschleiert. »Mir ist klar, daß dies alles sehr kurz nach Ihrem Verlust auf Sie einstürzt, Mrs. Sanders. Vielleicht brauchen Sie Zeit, um Ihre Gedanken zu sammeln, ehe Sie sich kopfüber in übereilte Entscheidungen stürzen.«

Dieser Mann ist kalt wie ein Fisch, dachte Jenny. Er lächelt immer noch, obwohl meine Ablehnung ein Schock für ihn sein muß. »Ich brauche keine Bedenkzeit für Ihr Angebot. Churinga ist nicht zu verkaufen, und daran wird sich auch in absehbarer Zeit nichts ändern.« Sie stand auf. »Ich habe heute noch sehr viel zu tun. Wenn Sie also nichts dagegen haben …«

Squires schob eine Hand in die Innentasche seines adretten Tweedsakkos. Sein Gesicht war rot angelaufen, und seine Wut pulsierte in Wellen unter der mühsam gewahrten Höflichkeit. »Meine Karte. Falls Sie es sich doch noch anders überlegen, Mrs. Sanders, rufen Sie mich bitte an. Der Preis ist natürlich verhandelbar, aber nicht mehr lange.«

Jenny nahm die protzig geprägte Karte und schaute von den goldenen Lettern in die lodernden blauen Augen. »Danke. Aber Sie haben meine Antwort bereits.«

Sie ging zur Tür, und seine Stiefel dröhnten wie Hammerschläge auf dem Holzboden, als er ihr folgte. Erleichtert trat sie hinaus auf die Veranda. Im Haus war es ihr zu eng geworden.

Andrew Squires rückte seinen weichen, schmalkrempigen Hut zurecht und zog die Handschuhe an. Jenny hätte über seine Kühnheit fast nach Luft geschnappt, als er ihre Hand ergriff und nach einer höfischen Verneigung ihre Fingerspitzen küßte. »Auf Wiedersehen, Mrs. Sanders.«

Wie gebannt stand sie da, während er die Stufen zu seinem Wagen hinunterging. Mit aufheulendem Motor fuhr er in einer Staubwolke in Richtung Kurrajong davon. Die Berührung seiner Lippen klebte immer noch an ihren Fingern, und sie wischte sich die Hand an ihrer Hose ab.

»Was hat er gewollt?«

Sie drehte sich um und sah Brett am anderen Ende der Veranda. Er führte zwei gesattelte Pferde am Zügel, und seine Augen waren hart wie Feuerstein in der Morgensonne.

Sie erzählte ihm alles.

Brett ließ die Zügel fahren und kam über die Veranda heran. Er packte sie bei den Armen, zog sie an sich heran und zwang sie, ihm ins Gesicht zu schauen. »Der Mann ist Gift, Jenny, genau wie sein Vater. Lassen Sie sich nicht mit ihnen ein, denn sonst wird alles, was Matilda hier aufgebaut hat, zerstört werden!«

»Sie tun mir weh, Brett.«

Er ließ sie los und kämmte sich mit den Fingern durchs Haar. »Tut mir leid, Jen. Aber ich meine, was ich sage.«

»Ich kenne diese Sorte. Kalt, berechnend und habgierig – und daran gewöhnt, sich alles im Leben zu kaufen. Aber ich bin nicht dumm, Brett. Ich kann damit umgehen.«

»Wie sind Sie mit ihm verblieben?« Sein Blick war immer noch grimmig.

»Ich habe ihm erklärt, daß ich seine Dreiviertelmillion nicht will.«

»Wieviel?«

Jenny lachte. »Jetzt sollten Sie mal Ihr Gesicht sehen. Ich dachte mir, daß Sie das schockieren würde.«

»Verflucht! Sogar ich wäre mit so viel Geld in Versuchung zu führen«, sagte er staunend. »Ich hatte keine Ahnung, daß Churinga so viel wert ist.«

»Ist es nicht, glauben Sie mir«, sagte sie trocken. »Aber Squires war bereit, so viel zu bezahlen. Ich kann nicht behaupten, ich hätte mich nicht versucht gefühlt, aber es erschien mir nicht recht, nach all den Jahren an einen Squires zu verkaufen. Außerdem hat er zuviel über mich und mein Leben gewußt. Ich glaube, er hat einen Spion auf mich angesetzt.«

»Zutrauen würde ich's ihm«, knurrte Brett.

Jenny atmete die kühle Morgenluft voller Behagen ein. »Vergessen wir ihn. Die Sonne ist aufgegangen, die Pferde stehen bereit und ich auch. Reiten wir los!«

»Andrew und seine Familie kann man nicht einfach so beiseite wischen, Jen. Es sind reiche, mächtige Leute – und man kann ihnen nicht trauen.«

Jenny schaute ihm ins Gesicht und erkannte, daß ihn der Gedanke an die möglichen Veränderungen verfolgte und daß er befürchtete, weiterziehen zu müssen.

»Ich weiß«, sagte sie ernst. »Aber ich bin nicht so arm wie Matilda. Ich habe die Mittel, mich gegen sie zur Wehr zu setzen, und Churinga gehört mir, nicht ihnen.« Sie legte ihm versöhnlich die Hand auf den Arm. »Ich versprech's Ihnen feierlich, Brett: Ich werde niemals an sie verkaufen.« Sie lächelte. »Vergessen Sie die Familie Squires, und zeigen Sie mir Ihr Churinga«, sagte sie fröhlich. Das Gespräch mit Andrew hatte einen bitteren Nachgeschmack hinterlassen, aber sie würde sich davon nicht den Tag mit Brett verderben lassen.

Er griff nach den Zügeln und ging langsam über die festgestampfte Erde des Hofes. Sie schwiegen, und Jenny hoffte, daß Bretts schlechte Laune nicht lange anhalten würde. Sie wollte Andrew und die Familie Squires jetzt vergessen, um Churinga mit Bretts Augen zu sehen.

Sie hätte sich keine Sorgen zu machen brauchen. Bald machte Brett sie auf die verschiedenen Gebäude aufmerksam, führte sie zu den Viehställen und erklärte ihr die jahreszeitlichen Rituale.

»Wir bewegen die Schafe je nach Wetter, Wasser, Gras und Zustand. Um eine gute Zucht und feinste Wolle zu garantieren, haben wir auf Churinga ausschließlich Merinos.«

Jenny blieb bei den Pferchen stehen und ließ den Blick über die wogenden, wolligen Rücken wandern. »Warum drängt man sie so dicht zusammen? Das ist doch sicher nicht notwendig?«

Er lächelte. »Weil es die dümmsten Viecher der Welt sind. Es braucht sich nur eines in den Kopf zu setzen, durchzubrennen, dann stürmen alle hinterher. Wenn die Hunde nicht wären, würden wir die verdammten Biester niemals geschoren kriegen.« Er betrachtete sie einen Moment lang ernst. »Aber so eingepfercht bleiben sie nur kurze Zeit. Die Scherer arbeiten schnell. Das müssen sie. Die meisten arbeiten nach einem engen Zeitplan; sie müssen möglichst bald zur nächsten Farm, und für schnelle, effiziente Arbeit gibt's immer einen Bonus.«

»Es kommt mir grausam vor, sie kurz vor dem Winter zu scheren. Sie brauchen doch sicher all ihre Wolle, um warm und trocken zu bleiben.«

Brett schüttelte den Kopf, und ein wissendes Lächeln umspielte seine Mundwinkel. »Ein verbreiteter Irrtum unter Großstädtern«, sagte er. »Hier draußen ist die Wolle der König. Schafe sind eine Ware. Wenn man ein gutes, dickes Vlies haben will, muß man sie jetzt scheren.«

Jenny betrachtete die eingepferchten Tiere und erkannte, daß Sentimentalitäten hier draußen, wo nur die Starken und Nützlichen überlebten, nicht am Platze waren. »Und was bringt ein Jahr in dieser Gegend so mit sich? Ich nehme an, der Winter ist die einzige Zeit, in der man sich entspannen kann.«

Brett zündete sich eine Zigarette an und spazierte im Zickzack durch das Labyrinth der Pferche. »Die Schafe müssen das ganze Jahr versorgt werden. Da bleibt nicht viel Zeit für andere Dinge. Wir treiben sie von einer Weide auf die andere, sortieren, trennen, kreuzen sie. Nach der Schur kommen sie ins Desinfektionsbad und werden gezeichnet, und dann bekommen sie Medizin gegen innere Parasiten. Und wenn es nicht regnet und das Gras schlecht ist, schneiden wir Gestrüpp und versuchen, die verdammten Viecher per Hand zu füttern.«

Er schob den Hut zurück und wischte sich den Schweiß von der

Stirn. »Schafe sind wirklich die dümmsten Tiere auf Erden. Sie fressen nichts, was nicht von ihren Weiden kommt, und weigern sich glattweg, das Häcksel zu fressen, das wir ihnen vorwerfen, solange der Judas es nicht frißt.«

Jenny lächelte. »Das kommt mir bekannt vor. Ich erinnere mich, daß John Carey vom Judasschaf sprach. Der Leithammel. Teufel und Erretter zugleich – eine verfluchte Plage.«

»Ja. Wenn Sie den nicht als ersten durch das offene Gatter kriegen, werden die anderen Idioten allesamt stehenbleiben und bei einem Buschfeuer zu Asche verbrennen, weil sie nicht Verstand genug haben, um zu begreifen, daß die Rettung nur wenige Schritte entfernt ist.«

Sie schaute zu ihm auf. »Aber Sie lieben Ihre Arbeit, nicht wahr?«

Er nickte. »Meistens schon. Nur die Lämmerzeit macht nicht viel Spaß. Da muß jedes eingefangen werden, der Schwanz kupiert, die Marke ins Ohr, und wenn es nicht zur Zucht verwendet wird, muß man es kastrieren. Das ist nicht gerade meine Lieblingsarbeit und auch nicht das Abschießen der Lämmer, denen die Krähen die Augen ausgehackt haben und die immer noch auf der Weide herumlaufen.«

Jenny schauderte es trotz der Wärme der aufgehenden Sonne.

»Ich habe nie versprochen, daß alles nett ist, Jenny. Es ist das Leben, weiter nichts. Wir zuchten die feinsten Merinoschafe; alles hier ist darauf ausgerichtet, beste Wolle zu gewinnen. Kein Stück wird als Fleisch verkauft; wenn sie für die Wollproduktion zu alt sind, werden sie zu Leder, Talg, Lanolin und Leim verarbeitet. Alles wird verwertet – Abfall gibt es nicht.«

Jenny betrachtete die Pferche und die Weiden dahinter. Es fiel ihr immer noch schwer zu glauben, daß ihr das alles gehörte. »Wie viele Schafe gibt es denn hier?«

»Wir haben fünf Schafe pro Hektar Weideland. Das macht alles in allem dreihunderttausend Stück, aber die Zahlen schrumpfen rapide, wenn eine Dürre kommt, wenn es brennt oder Hochwasser gibt.«

Sie ließen die Pferche hinter sich und spazierten an der Schreinerei vorbei; der durchdringende Duft von frischen Sägespänen weckte Erinnerungen an Waluna. In der Nachbarschaft war ein kleines Sägewerk gewesen, und als Kind hatte Jenny den Geruch dort geliebt und war oft unter dem Drahtzaun hindurchgeschlüpft, um Späne einzusammeln, die sie dann in einer Schachtel unter ihrem Bett verwahrte.

Der Hühnerstall war eine roh gezimmerte Hütte; die Hähne stolzierten mit majestätischer Blasiertheit zwischen den Hennen einher. Die Molkerei war makellos sauber; die Melkmaschinen standen blitzend vor weißen Kacheln.

»Wir halten nur wenige Rinder. Sie sind zur Zeit nicht so profitabel wie Schafe, aber sie versorgen uns mit Milch, Butter, Käse und ab und zu auch mit einem Steak zur Auflockerung der Hammelfleischküche.«

Brett ging weiter zur Pferdekoppel, die sich hinter dem Bungalow der Jackaroos über mehrere Morgen erstreckte, und lehnte sich an den Zaun. »Die meisten sind störrische, übellaunige Mistviecher, aber sie können auf einer Münze wenden und sind fleißige Arbeiter. Wir setzen sie im Rotationsverfahren ein, damit sie nicht verschleißen. Kein Treiber wird zwei Tage hintereinander dasselbe Pferd reiten, es sei denn, er ist weit draußen und kann nicht zurück.«

»Züchten Sie die Tiere hier?«

Er schüttelte den Kopf. »Das sind lauter Wallache und Stuten. Hengste sind eine Plage; also halten wir keine. Wenn wir neue Pferde brauchen, kaufen wir welche.«

Jenny streichelte den zuckenden Hals der braunen Stute. Fliegen umschwärmten die Augen des Pferdes, und es wedelte unaufhörlich mit dem Schwanz, um sie zu vertreiben. »Sie macht einen ganz ruhigen Eindruck.«

»Ja, eins der wenigen ruhigen Tiere, aber trotzdem ein gutes Arbeitspferd.« Er nahm die Zügel und stieg in den Sattel. »Kommen Sie, ich zeige Ihnen noch die Hundezwinger, und dann reiten wir los.«

Die Zwinger waren roh gezimmerte, niedrige Unterstände, mit Stroh ausgepolstert und mit einem Zaun umgeben. Die blaugrauen Hunde kläfften und schnappten, sprangen gegen den Maschendraht und fletschten die Zähne.

»Wir halten die Hündinnen für sich, damit wir sie kontrolliert züchten können«, sagte er und deutete auf den hinteren Zwinger, in dem Welpen bei ihren Müttern lagen. »Wir haben ein paar Kelpies wie Ripper, aber es gibt nichts Besseres als einen guten Queensland Blue als

Schäferhund. Ich schätze, sie sind so, wie ein Hund sein sollte: gescheit, aggressiv, wachsam. Nicht wie die verwöhnten Schoßhündchen in der Großstadt.« Er warf ihr einen spöttischen Seitenblick zu.

»Mir scheint, daß alles hier draußen halb wild ist«, bemerkte sie, als zwei Katzen aus einer nahen Scheune gestürmt kamen und sich balgten, ein Wirbel aus Fell, Krallen und Zähnen.

Brett zog die schwere Hütepeitsche vom Sattel und ließ sie mit tödlicher Genauigkeit über das fauchende, zischende Knäuel hinwegschnalzen, nur wenige Zentimeter über ihren Ohren. Die Katzen stoben davon, als habe er sie mit kochendem Wasser übergossen, und Brett und Jenny lachten.

Sie stieg auf, zog den Kopf der Stute herum und folgte ihm hinaus auf die Koppel. »Wie viele Leute sind nach der Schur noch hier?«

»Meistens zehn, manchmal zwölf. Es ist schwer, einen Treiber mehr als zwei Sommer an einem Ort zu halten; sie sind dauernd unterwegs zu größeren, besseren Farmen, wie sie glauben – richtige Prahler, um die Wahrheit zu sagen. Aber wir müssen uns das ganze Jahr über um die Tiere kümmern.«

Mit zusammengekniffenen Augen spähte Jenny über das trockene, silbrige Gras hinaus, das in der Morgensonne gleißend hell strahlte. Verbrannte Bäume standen wie einsame Wachtposten im weiten Land. Die Rinde schälte sich ab und hing in breiten Streifen herunter, und kleine Wirbelwinde aus Staub bewegten welkes Laub und Gras von einem müden Haufen zum nächsten. Ein achtlos weggeworfenes Streichholz, eine Glasscherbe, die das Sonnenlicht bündelte – und Churinga wäre verloren.

Sie ritten durch ein Wäldchen aus Buchsbaum, Coolibahs und Eukalyptusbäumen, und über ihnen schwirrte ein Schwarm Wellensittiche hin und her; dann gesellte sich eine rosarote Wolke von Galahs hinzu, die sich schließlich in den beiden Pfefferbäumen auf der anderen Seite des Wäldchens niederließen. Glockenvögel sangen ihr flötendes Lied, und ein Kookaburra gickerte warnend, bevor er sich mit flatternden braungetupften Flügeln vor ihnen auf einem niedrigen Ast niederließ. Riesige Spinnennetze hingen wie zarte Spitze zwischen den Blättern, und kristallene Tautropfen funkelten darin in der Sonne. Beim Anblick der behaarten, langbeinigen Bewohner der Netze schauderte es Jenny. Spinnen gab es auch in Sydney, aber die hier waren Monster und wahrscheinlich doppelt so tödlich.

Allmählich entspannte sie sich, und sie ließen die Farm hinter sich. Trotz Hitze, Fliegen, Spinnen und Schlangen – es war majestätisch. Aber könnte sie hier leben?

Sie war inzwischen an die Großstadt gewöhnt; sie liebte das Meer und das Gefühl von salzigem Gischt auf dem Gesicht, und sie dachte sehnsüchtig daran, wie es war, in einer Badewanne mit Wasser, so klar wie Gin, zu liegen, statt mit der grünen Brühe zu duschen, die sie in letzter Zeit ertragen mußte. Sie dachte an Diane und ihre anderen Freunde, die verstanden, warum sie malen mußte. Die ihr Interesse an Theater und Galerien teilten und die Farbe und Leben in ihre Welt brachten. Wenn Simone zur nächsten Farm weiterzöge, wäre sie die einzige Frau auf Churinga. Allein unter Männern, die wenig sprachen, die für das Land und die Tiere lebten, die sie zu versorgen hatten – und die ihre Anwesenheit wahrscheinlich als störend empfanden.

»Wie fühlen Sie sich, Jenny? Wird es Ihnen nicht zuviel mit der Hitze und dem Staub?«

Sie zog eine Grimasse. »Ich habe das Gefühl, als wäre ich ständig mit Staub bedeckt. Er ist überall; ich habe die Versuche, das Haus sauberzumachen, bereits eingestellt. Die Fliegen machen mir nicht viel aus, und an Hitze bin ich gewöhnt.«

Sie ritten schweigend. Krähen krächzten, Kakadus gackerten. Churinga gefiel ihr immer besser, das merkte sie schon. Irgend etwas hier erschien ihr sehr vertraut – es war so sehr ein Teil von ihr, daß ihr zumute war, als sei sie heimgekehrt, obwohl es doch ihr erster Besuch war.

»Jetzt sind wir auf dem Land von Wilga«, sagte Brett eine Stunde später. »Sehen Sie die Bäume? Die haben der Farm ihren Namen gegeben.«

Jenny beschirmte ihre Augen vor der Sonne. Dichte limonengrüne Wedel senkten sich in makelloser Gleichförmigkeit zur Erde und bildeten schattige Lauben zum Schutz vor der Sonne. »Gibt der Wind ihnen diese Form? Sie sehen aus, als ob da ein Friseur gearbeitet hätte.«

Brett mußte lachen, und sie bemerkte, wie anziehend es war, wenn seine Augenwinkel sich dabei kräuselten. »Sie haben fast recht. Die Schafe fressen sie ab, so hoch, wie sie reichen können. Deshalb sehen alle Wilga-Bäume so aus.«

Die Pferde stapften durch das zundertrockene Gras. »Haben die Eigentümer nichts dagegen, daß wir hier durchreiten? Sollten wir nicht vorher guten Tag sagen?«

Brett zügelte seinen Wallach, und das launische Tier schnaubte und stampfte. Er schaute sie an. »Ich dachte, Sie wüßten Bescheid? Hat Wainwright Sie denn nicht informiert?«

»Worüber informiert?«

»Das alles gehört Ihnen. Es gehört zu Churinga.«

Jenny staunte. »Sie haben doch gesagt, wir züchten keine Rinder? Und was ist aus den Finlays geworden?«

Brett beäugte das erstklassige Rindfleisch, das ringsumher weidete. »Auf Churinga nicht, aber Wilga wird separat geführt, und es hat einen eigenen Verwalter. Die Finlays sind nach dem Krieg fortgezogen. Ich weiß nicht, was aus ihnen geworden ist.«

Die Stute senkte den Kopf und rupfte Gras; das Zaumzeug klirrte freundlich in der stillen warmen Luft. »Wieso dann verschiedene Namen? Wieso nicht alles unter dem Banner von Churinga?«

»Es waren ja separate Farmen. Die Bäume haben dieser hier den Namen gegeben, und vermutlich hat niemand daran gedacht, daran etwas zu ändern, als das Anwesen zu Churinga kam.«

»Alles hier draußen hat einen musikalischen Klang.« Sie seufzte. Der Duft der hartgebackenen Erde war kräftig, und der Gesang von Vögeln und Grillen fügte sich harmonisch in die Umgebung.

»Die Aborigines haben eine musikalische Sprache. Sie sollten sie schnattern hören, wenn sie zu einem Corroboree zusammenkommen. Die meisten Orte hier draußen tragen immer die Namen der Aborigines – mit ein paar Ausnahmen, die die ersten Siedler an ihre Heimat in Europa erinnern sollten.«

»Das gibt's überall in Australien«, sagte sie lächelnd. »Tasmanien ist voll davon.«

Sie ritten Seite an Seite über das Weideland. »Sind Sie viel gereist, Jenny?« fragte er schließlich.

»Ziemlich. Als ich von meinen Pflegeeltern in Waluna fort war, ging ich auf die Kunstakademie, und danach bin ich mit Diane ein Jahr durch Europa und Afrika gereist, um kunstgeschichtliche Studien zu machen.« Sie dachte an Dianes fließende Kaftane und ihren fremdländischen Schmuck. »In Marrakesch verliebte Diane sich in alles Exotische, aber mir hat Paris am besten gefallen. Montmartre, *rive gauche*, die Seine, der Louvre.«

Ihr sehnsüchtiger Ton war ihm offenbar nicht entgangen. »Würden Sie gern dorthin zurückkehren?«

»Manchmal. Vielleicht werde ich's eines Tages auch tun, aber es wird nicht so sein wie damals. Das ist es nie. Die Leute, die wir damals kennengelernt haben, werden fortgezogen sein, und alles mögliche wird sich verändert haben. Außerdem bin ich inzwischen älter und vielleicht nicht mehr so unbekümmert angesichts der Gefahren.«

»Nichts in Paris könnte so gefährlich sein wie die Tigerschlangen, die es hier draußen gibt«, sagte er nachdenklich.

Jenny dachte an die rattenverseuchten Quartiere, die sie und Diane miteinander geteilt hatten, und an die lüsternen Franzosen, die geglaubt hatten, junge Mädchen seien nur zum Verführen da. »Schlangen gibt es überall«, sagte sie unverblümt. »Und nicht alle kriechen auf dem Bauch.«

»Zynikerin«, sagte er scherzhaft.

Sie lachte. »Das kommt vom Reisen. Vielleicht werde ich's ja hier riskieren. Es ist ein hartes Leben, aber zumindest weiß man hier, wovor man auf der Hut sein muß.«

»Das werd' ich mir merken.« Er raffte die Zügel auf. »Kommen Sie. Ich zeige Ihnen jetzt meine Lieblingsstelle. Es ist dort ein bißchen so wie da, wo wir gestern waren, aber auf der anderen Seite des Berges. Es ist nicht mehr weit, und ich glaube, Sie werden nicht enttäuscht sein.«

Sie galoppierten über die endlose Ebene, durch Baumgruppen und vorbei an sonnenverdorrten Bäumen, immer weiter, dem schimmernden Blau der fernen Berge entgegen. Leuchtendgrüne Spinnenfinger zogen sich wie ein Netz durch das Gras: Offenbar floß Brunnenwasser auf die Weide vor ihnen.

Ihre Gelenke taten weh, und Arme und Beine zitterten; so sehr sie den Ritt genoß, sie freute sich jetzt doch darauf, absteigen und rasten zu dürfen.

»Sind gleich da«, rief Brett eine halbe Stunde später.

Jenny sah, daß die Blätter fett und grün an den Bäumen hingen und saftiges Gras sich kraß von der spiegelsilbrigen Umgebung abhob. Der Gedanke an Wasser ließ sie die Stute vorantreiben, und bald erreichten sie den Schatten der ersten Bäume. Sie rutschte aus dem Sattel, nahm den Hut ab und wischte sich den Schweiß von der Stirn. Fliegen schwärmten um sie herum, setzten sich auf sie und tranken die Feuchtigkeit von ihrem Gesicht und ihren Armen.

Brett führte die Pferde an den Zügeln durch das dichte Unterholz. Die Hitze unter dem Blätterdach erinnerte Jenny an Queensland: feucht, schwül und summend von Insekten. Ihre Kleider waren durchgeschwitzt, und der Schweiß rann ihr über das Gesicht. Sie folgte ihm dicht auf den Fersen und fragte sich, ob sie jemals ans Ziel kommen würden.

Und plötzlich standen sie auf einer Lichtung, die von purem, goldenem Licht erfüllt war. Das Rauschen eines Wasserfalls kühlte die Hitze des Tages. Brett trat beiseite, und Jenny schnappte nach Luft. Es war eine Oase, verborgen in den Falten des Berges. Bäume, üppig und grün, senkten ihre Zweige auf einen breiten Teich herab, der still und klar zu ihren Füßen lag. Auf bizarr aufgetürmten Felsblöcken sprossen Blumen und Ranken, die, bunt wie im Bilderbuch, aus Ritzen und Spalten wuchsen. Aufgestörte Vögel flatterten aufgeregt in Wolken über ihren Köpfen einher. Leuchtend rot und blau gefiederte Rosellas und grün-gelbe Papageien flatterten umeinander. Finken, Spatzen und Stare hüpften tschilpend von Zweig zu Zweig. Die ganze Welt schien aus Vögeln zu bestehen. Zu Hunderten schwirrten sie umher, bevor sie sich wieder beruhigten und die Eindringlinge aus neugierig funkelnden Augen beobachteten.

Jenny lachte vor Entzücken, und dieses Geräusch ließ neuerliches Flügelschlagen aufkommen; ein Schwarm Kakadus flog über ihnen aus den Bäumen auf.

»Ich hab' ja prophezeit, es ist was Besonderes«, sagte er lächelnd.

»Ich hätte nie gedacht, daß es so was hier draußen geben kann. Nicht in dieser Wildnis.«

»Sie brauchen nicht zu flüstern. Die Vögel werden sich rasch an uns gewöhnen.« Er faßte sie beim Arm. »Schauen Sie, dort in der Schlammbank.«

Jennys Blick folgte seinem Zeigefinger. Die Scheren kleiner Flußkrebse ragten zu Dutzenden aus dem schleimig grauen Schlamm. »Yabbys«, rief Jenny. »Wir müssen welche mit nach Hause nehmen, zum Abendessen.«

»Später«, entschied er. »Was uns jetzt guttun würde, wäre eine Runde Schwimmen.«

Ihre Begeisterung verflog. Das Wasser in dem klaren Teich sah sehr einladend aus, aber in den Kleidern zu schwimmen würde keinen Spaß machen. »Sie hätten das ankündigen müssen. Ich habe keinen Badeanzug dabei«, protestierte sie.

Brett grinste, und wie ein Zauberkünstler zog er etwas aus seiner Satteltasche und warf es zu ihr hinüber: gerüschtes Nylon in grellem Orange mit lila Blumen. »Der gehört Ma. Ist wahrscheinlich ein bißchen groß, aber was Besseres konnte ich nicht finden.«

Jenny schaute den Badeanzug an. Er war riesig und hoffnungslos unmodern, aber wenn sie die Träger auf dem Rücken verknotete und sich ihren Gürtel um die Taille schlang, würde es gehen. Sicherheitshalber würde sie ihre Unterwäsche anbehalten.

Als sie sich schließlich wohlverschnürt und gegürtet in das große Badekostüm gehüllt hatte, trat sie nicht gleich aus dem Gebüsch. Sie war barfuß, und die kleine Extrazehe war unübersehbar, auch wenn sie mit einem Pflaster bedeckt war, und ihr graute stets davor, daß Leute sie bemerkten und Fragen stellten. Die Nonnen hatten sie für ein Teufelsmal gehalten, und obwohl sie es inzwischen besser wußte, schämte sie sich deswegen immer noch.

Das Plätschern des Wassers in der Hitze war aber allzu verlockend, und sie spähte hinter den Zweigen hervor. Brett war schon im Wasser. Er trug schwarze Schwimmshorts, die seine muskulösen Beine, den flachen Bauch und die breite Brust makellos zur Geltung brachten. Er ließ sich auf dem Rücken treiben, und die Sonne ließ sein schwarzes Haar bläulich schimmern.

Jenny zog die Träger hoch, froh, daß sie ihren BH anbehalten hatte.

Ma war mit einem beträchtlichen Busen gesegnet, und alles Schnüren und Binden konnte die Tatsache nicht verbergen, daß sie weit weniger zu bedecken hatte. Sie sprang ins Wasser und kam rasch wieder hoch. Es war eiskalt und verschlug ihr den Atem. Als sie aus den klaren grünen Tiefen ins Sonnenlicht auftauchte, merkte sie, daß Simones Badeanzug sich um sie herum blähte wie eine Rettungsweste.

Was soll's, dachte sie und ließ sich wohlig treiben. Schicklich genug ist es, und dieses Wasser ist wunderbar nach all dem Duschen.

Sie sah zu, wie Brett mit glatten, sicheren Zügen zur anderen Seite des Teiches schwamm, wo zwischen den Schlingpflanzen ein kleiner Wasserfall über die Felsen herabrauschte. Er schwamm darunter, stellte sich im seichten Wasser hin und ließ sich den Sturzbach auf den Kopf prasseln. Er jauchzte vor Vergnügen, und die Vögel flatterten erschrocken auf.

Jenny lachte mit ihm. Als sie merkte, daß der Badeanzug sich mit Wasser füllte und langsam ins Rutschen geriet, beschloß sie, lieber in der Unterwäsche zu schwimmen, als zu ertrinken. Sie löste den Gürtel, zog ihn ab und warf ihn ans Ufer. Er landete mit feuchtem Klatschen auf einem vorspringenden Felsen. Jenny streifte den Badeanzug ganz ab. Sie schwamm eine Weile hin und her, tauchte dann in die kühlen Tiefen und kam am anderen Ufer wieder herauf, wo breite, flache Felsenplatten unter den Bäumen lagen. Dort stemmte sie sich aus dem Wasser.

Keuchend vor Kälte und Anstrengung, lag sie da und genoß die warme Liebkosung der Sonne, die durch das Blätterdach auf die Felsen schien. Bretts Planschen und das Gezwitscher der Vögel wichen in den Hintergrund, und die Müdigkeit nach dem Ritt gewann die Oberhand. Die Lider wurden ihr schwer, und mit katzenhaftem Wohlbehagen schlief sie ein.

»Jenny. Jenny.«

Seine Stimme kam aus weiter Ferne, fast wie ein Wiegenlied zum Orchester der Vögel und des Wassers.

»Jenny, aufwachen! Zeit zum essen.«

Widerwillig öffnete sie die Augen und sah sich in klarem, blau und golden gesprenkeltem Grau gespiegelt. Wie kostbare Opale glommen diese Augen von innerem Feuer. Sie richtete sich auf, verwirrt von dem, was sie in den Augen gelesen hatte, und sie schüttelte ihr nasses Haar, um ihre Verlegenheit zu überspielen. »Habe ich lange geschlafen?« fragte sie hastig.

»Sind ein bißchen eingedöst. Sie sahen so friedlich aus – ich fand, es wär 'ne Schande, Sie zu wecken.« Seine Stimme klang verändert – als habe er Mühe zu atmen –, aber bevor sie es analysieren konnte, wurde er wieder munter. »Kommen Sie, Ma hat uns wieder ein Picknick eingepackt, und wir geraten in Teufels Küche, wenn wir es diesmal nicht aufessen.«

Er streckte die Hand aus, sie ergriff sie, und er zog sie hoch. Sie waren einander sehr nah, spürten die Wärme ihrer Körper im Sonnenlicht, das durch die Blätter schien. Sie bemerkte, daß seine Augen sich verdunkelten, spürte das Beben seiner Finger, hörte, daß ihm der Atem stockte.

Er ließ ihre Hand los und wandte sich ab. »Passen Sie auf hier«, sagte er schroff. »Es ist schlüpfrig.«

Jenny löste sich aus seinem Zauberbann und folgte ihm durch das Dickicht. Der gesunde Menschenverstand sagte ihr, daß sie seine Signale mißdeutete. Er war lediglich höflich zu seinem Boß, zeigte ihr sein Churinga und freute sich über ihre Reaktion. Aber tief in ihrem Unterbewußtsein wollte eine leise, mäkelnde Stimme nicht verstummen. Sie hatte gedacht, er werde sie küssen, und sie war enttäuscht gewesen, als er es nicht getan hatte.

Als sie auf die grasbewachsene Lichtung auf der anderen Seite des Teiches hinausstolperte, erkannte sie mit Entsetzen, daß ihre nasse Unterwäsche durchsichtig war. Sie raffte ihr Hemd an sich, tauchte ins Gebüsch und bedeckte hastig ihre Blöße. Glühend vor Verlegenheit, schalt sie sich insgeheim wegen ihrer Dummheit. Kein Wunder, daß er verändert gewesen war, wenn er sie praktisch nackt auf diesem verfluchten Felsen hatte liegen sehen. Und es überraschte auch nicht, daß er keine Lust gehabt hatte, sie zu wecken. Wird sich ordentlich satt gesehen haben.

Sie knöpfte das Hemd zu, stopfte es in die Hose und zog ihre Socken an, um die Zehe zu verbergen. Als die Vernunft wieder einsetzte, mußte sie einräumen, daß er sich zumindest wie ein Gentleman benommen hatte. Die meisten gesunden Männer hätten sich auf sie gestürzt – aber da sie der Boß war, hatte er sich offensichtlich überlegt, daß es besser wäre, Zurückhaltung zu wahren.

Aber wie sollte sie ihm jetzt wieder in die Augen sehen? Sollte sie es durchstehen und so tun, als wäre nichts passiert? Sie holte tief Luft und trat aus dem Gebüsch. Es war nichts geschehen, und wenn er nichts sagte, würde sie auch nichts sagen.

Brett hatte ihr den Rücken zugewandt und breitete gerade das Picknick auf dem Felsen aus. Es gab Huhn und Schinken, Brot, Käse, Tomaten, eine große Flasche hausgemachte Limonade sowie Bier und eine Kanne Tee.

Jenny mied jeden Blickkontakt und machte sich über das Essen her. Sie hatte gar nicht gemerkt, wie hungrig sie war, und das Brathuhn war köstlich. Brett ahnte entweder nichts von ihrem Unbehagen, oder er fand, daß nichts passiert war, was einer Erwähnung würdig gewesen wäre. Er sprach nur von Churinga.

Sie hörte zu, wie er von Schaf- und Wollauktionen erzählte, von den Transportproblemen und den Schwierigkeiten, zuverlässige Arbeitskräfte zu finden. Die Zeit verging, ohne daß das Schwimmen oder ihre durchsichtige Unterwäsche Erwähnung fand, und nach und nach entspannte sie sich und konnte seine Gesellschaft wieder genießen.

Als die Sonne hinter den Bäumen versank, fischten sie ein Dutzend Yabbys aus dem Wasser, um sie zum Abendessen mit nach Hause zu nehmen, und dann ritten sie zurück zur Farm. Jenny war hundemüde und zugleich sehr zufrieden – es war das Gefühl, das sich einstellt, wenn man einen schönen Tag mit gesunder Bewegung verbracht hat. Als sie sich der Farm näherten, freute sie sich auf ihr Bett.

Sie nahmen den Pferden die Sättel ab, rieben sie ab, gaben ihnen Futter und Wasser, und dann lehnten sie am Zaun, während die Welt sanft in der Nacht versank. Ein Baldachin aus Sternen schwebte über der Erde, so hell und klar, daß sie fast die Hände ausstrecken und das Kreuz des Südens berühren, es in die Hand nehmen und bei sich behalten konnte.

»Es war ein wunderbarer Tag, Brett. Ich habe heute ein paar sehr schöne Dinge gesehen.«

Brett schaute auf sie herab; ein Lächeln umspielte seine Lippen, und in seinen Augen funkelte der Humor. »Ich auch«, sagte er und war unterwegs zum Bungalow, bevor ihr eine bissige Antwort einfiel.

ELF

Die Schursaison war in vollem Gange, die Herden kamen von den kleineren Farmen zum Scheren herüber. Brett hatte wenig freie Zeit, und so zog Jenny allein mit ihrem Skizzenblock los und verbrachte Stunden damit, die Essenz dieses Landes aus roter Erde einzufangen. Die gemeinsamen abendlichen Ritte über die Weiden brachten Kühlung und entspannten nach der Hitze des Tages; als die Wochen vergingen, begann Jenny sich darauf zu freuen und war enttäuscht, wenn Brett arbeiten mußte und nicht mitkommen konnte.

Die Tage waren von lärmendem Treiben erfüllt. Mehr als vierhunderttausend Schafe mußten die Rampen hinaufgetrieben und geschoren werden, bevor die Scherer zur nächsten Farm weiterreisen konnten. Jenny sah zu, wie die Tiere über die Rampen hinunterschlitterten, von starken braunen Händen gepackt und ins Desinfektionsbad getaucht wurden. Dieselben Hände stießen ihnen Spritzen in den Schlund und verabreichten ihnen das Mittel gegen Parasiten, bevor sie sie in die Pferche schoben, wo Brett und die Treiber die Hammel von den Zuchtböcken, die Lämmer von den Muttertieren trennten.

Die Kastration der männlichen Lämmer war ein schnelles, blutiges Geschäft, das Schlachten der Schafe, deren Wolle nichts mehr taugte, unvermeidlich; die Kadaver wanderten in die Lederfabrik oder zur Abdeckerei. Das Leben auf Churinga war hart, und für Sentimentalitäten war kein Platz. Sogar die Katzen, die sich zwischen Scheunen und Ställen herumdrückten, waren schlanke Räuber, geübte, gerissene Killer. Sie wurden niemals gefüttert oder gestreichelt; man erwartete, daß sie das Anwesen von Ungeziefer frei hielten. Wie Brett gesagt hatte: Jeder auf Churinga mußte sich seinen Unterhalt verdienen.

Jenny ritt auch mit den Treibern hinaus und hörte ihre Erzählungen, und allmählich begriff sie, wie ungeheuer die Aufgabe gewesen war, der Matilda sich gestellt hatte. Der Besitz war so groß, daß die Männer abwechselnd über die Weiden patrouillierten, Gewehre und Peitschen stets griffbereit. Sie schliefen draußen, wenn sie die Schafe hüteten; sie schossen die Kaninchen ab, die das Gras fraßen, und die Dingos und Raben, die Lämmer rissen. Wildschweine, schwarz behaart und groß wie Kühe, konnten in einer dichtgedrängt grasenden Herde verheerende Schäden anrichten, und die Männer waren besonders wachsam, wenn sie wußten, daß eines in der Nähe war. Ein Stoß mit diesen langen, geschwungenen Hauern konnte einen Mann mitten durchreißen.

Jenny gewöhnte sich bald daran, stundenlang im Sattel zu sitzen, und sie lernte sogar, mit der unglaublich langen, schweren Hütepeitsche umzugehen, die die Männer so mühelos über den Schafen schnalzen ließen. Sie folgte der Herde auf die Winterweide und wurde immun gegen den Staub, den Tausende von Merinofüßen aufwirbelten, und gegen die Schwärme von Fliegen, die in schwarzen Wolken darüber schwebten und darauf warteten, sich auf mistbeschmierten Hinterteilen niederzulassen. Jennys Haut glühte von der Sonne, und ihre Hände bekamen Schwielen, und abends fiel sie ins Bett und rührte sich erst wieder, wenn die Glocke am Kochhaus den neuen Tag einläutete.

Ripper, dessen cremefarbenes Fell an Pfoten, Brust und Brauen von Staub gerötet war, folgte ihr mit anbetungsvollem Blick und hängender Zunge überallhin. Er schien zu wissen, daß er nicht arbeiten mußte wie die anderen Kelpies, zeigte sich aber trotzdem wachsam, und sein Hundegrinsen zeigte eine gewisse Überlegenheit.

Ein Monat verging, dann noch ein halber. Die Scherer packten ihre Sachen und zogen weiter. Das Treiben auf dem Hof und im Wollschuppen wurde zu einem leisen Murmeln, und Brett begleitete die Lastwagen auf ihrer Reise, um dafür zu sorgen, daß der Wolltransport reibungslos vonstatten ging.

Jenny fühlte, wie Friede sich herabsenkte. Stille kroch über die Stallungen und die leeren Koppeln am Haus. Simone und Stan würden morgen abreisen. Wieder würde das Leben sich ändern, und vielleicht würde jetzt die Einsamkeit einkehren, die Matilda erlebt haben mußte.

Sehnsüchtig dachte sie an die Tagebücher und an das grüne Kleid in der Truhe. Die lockende Musik wurde immer lauter, als die Tage vergingen, und Jenny wußte, daß sie bald in jene Welt zurückkehren mußte. Zurückkehren zu den spukhaften, aber vertrauten Schatten eines Lebens, das sie erst allmählich verstand.

In der Küche war es stickig heiß; die Temperatur lag bei fünfundvierzig Grad, und Jenny stand schwitzend am Herd und bewunderte Simone für ihre Widerstandskraft. Wer bei dieser Hitze noch kochen konnte, verdiente einen Orden, aber wer es jeden Tag für eine so große Zahl von Leuten tat, den würde man heiligsprechen müssen.

Das Abendessen sollte um zehn auf dem Tisch stehen, wenn der Tag vorbei wäre und mit ihm die brütende Hitze. Jenny trug ein Baumwollhemd und flache Schuhe, und Punkt halb zehn trafen ihre Gäste ein.

Simone hatte sich in leuchtendgelbes Kattun geworfen und sich ausnahmsweise sogar geschminkt. Das Haar war zu straffen Locken gebrannt. Stan, der mit seinen langen Armen und dem krummen Rücken immer nur wie ein Schafscherer aussehen würde, trug einen schlechtsitzenden Anzug und hatte sich das Haar mit Wasser glatt nach hinten gekämmt. Er scharrte mit den Füßen und schien sich ohne das gewohnte Unterhemd und die Flanellhose unbehaglich zu fühlen.

Jenny führte die beiden durch die Küche, wo es aus dem Backofen nach Roastbeef und Yorkshire Pudding duftete, hinaus auf die hintere Veranda. Die Verandatüren des Anbaus waren weit geöffnet, und die Stühle standen draußen in der abendlichen Kühle. Jenny hatte den größten Teil des Tages damit verbracht, Staub zu wischen und zu putzen, die Veranda zu fegen und große Vasen mit Blumen auf den kleinen Tischen zu arrangieren, die sie neben den Stühlen aufgestellt hatte. Auch der Küchentisch stand draußen. Gedeckt mit einer weißen Leinendecke und feinem Porzellan, war er kaum wiederzuerkennen. Das Silber funkelte im Mondschein, und eine Vase mit wilden Lilien stand zwischen den Kerzenleuchtern, die Jenny aus den Tiefen des Küchenschrankes hervorgeholt hatte.

Simone blieb stehen und schaute mit großen Augen alles an. Jenny sah, wie sie Servietten und Silberbesteck berührte. Vielleicht hatte sie es doch übertrieben. Die beiden waren arme Arbeiter, rauh und widerstandsfähig wie das Land, auf dem sie lebten, anders als die dynamischen Draufgänger in Sydney.

»Jenny!« Es war ein Seufzer des Wohlbehagens. »Danke, daß Sie ein so besonderes Abendessen gemacht haben. Sie ahnen nicht, wie sehr ich es mir immer gewünscht habe, an einem richtig hübsch gedeckten Tisch mit Blumen und Kerzen und Silber zu sitzen. Das werde ich nie vergessen.«

»Ich hatte schon Angst, Sie könnten mich für eine Angeberin halten«, gestand Jenny. »Ich habe mich ein bißchen hinreißen lassen, als ich all das im Schrank gefunden habe. Wenn Ihnen unbehaglich wird, kann ich es immer noch wegräumen.«

Simone war entsetzt. »Wagen Sie es ja nicht! Für die meisten Leute bin ich einfach Ma, und sie vergessen mich, wenn sie den Bauch voll haben. So was Nettes wie das hier hat man seit Jahren nicht für mich getan.« Sie gab Stan einen Rippenstoß. »Das gilt auch für dich, mein Alter.«

Jenny schenkte Sherry ein.

Simone ließ ihre füllige Gestalt in einen Polstersessel sinken und nippte genußvoll an ihrem Amontillado. »Daran werde ich mich noch lange erinnern«, sagte sie wehmütig. »Das Leben auf der Straße hat auch seine Nachteile.«

Stan hockte auf der Sofakante, und seine langen Arme baumelten zwischen den Knien, als er sich umschaute. »Sie haben's nett gemacht, Mrs. Sanders.«

»Danke. Hier – ich weiß, ein Bier wäre Ihnen lieber, und bitte legen Sie doch die Krawatte und das Jackett ab. Es ist viel zu heiß für solche Förmlichkeiten.«

»Kommt nicht in Frage, Stan Baker«, donnerte Simone. »Ein einziges Mal in deinem jämmerlichen Leben wirst du tun, was sich gehört. Die verdammte Krawatte und die Jacke bleiben, wo sie sind.«

Jenny sah die Entschlossenheit in ihrem Gesicht und die Resignation in Stans Ausdruck, und sie schenkte Simone noch einmal nach. Vielleicht würde Simone sich erweichen lassen, wenn sie erst gegessen hätte.

Roastbeef und Yorkshire Pudding waren ein Erfolg, und Jenny servierte Pfirsich Melba mit Schlagsahne zum Nachtisch. Die Meringue hatte sie am Vormittag zubereitet und im Gaskühlschrank aufbewahrt, damit sie nicht vertrocknete. Alles wurde genüßlich vertilgt, und schließlich gab es Kaffee und Brandy.

Sie standen vom Tisch auf, kehrten zu den bequemeren Sesseln zurück und schauten hinaus auf das weite Land. »Du wirst mir fehlen, Simone. Du bist die einzige Frau, mit der ich seit Wallaby Flats gesprochen habe.«

»Lassen denn Ihre Großstadtfreundinnen nichts von sich hören?«

»Diane hat ein paarmal geschrieben, aber die Telefonleitung ist so schlecht, daß ein vernünftiges Gespräch unmöglich ist.«

»Haben Sie sich denn schon überlegt, was Sie tun wollen? Sie scheinen sich ja ganz gut eingelebt zu haben, nachdem Sie und Brett über Ihre anfänglichen Streitereien hinweggekommen sind.« Simone streifte die Schuhe ab, und Stan hatte Schlips und Jackett doch noch verstohlen abgelegt und über die Stuhllehne gehängt.

»Ich weiß es noch nicht. Diese Gegend hat auf merkwürdige Weise von mir Besitz ergriffen, aber es gibt auch noch vieles draußen in der Welt, das ich noch nicht getan habe. Ich weiß nicht, ob ich Churinga nicht einfach als Vorwand benutze, vor der Realität davonzulaufen.«

»Hmm«, grunzte Simone behaglich. »Aber das hier ist die Realität, Schätzchen. Alles, was zum Leben gehört, können Sie hier draußen finden.«

Jenny schaute hinaus auf die mondbeschienenen Weiden. »Die har ten Seiten des Lebens vielleicht. Aber in diesem Land gibt es noch so viel mehr zu erforschen. Und die Welt ist so groß.« Sie dachte an Dianes letzten Brief. Rufus hatte ihr angeboten, ihren Anteil an der Galerie zu übernehmen und ihr Haus zu mieten, wenn sie in Churinga bleiben wollte. Aber so leicht konnte sie das alles nicht aus der Hand geben. Das Haus, die Galerie, ihre Freunde, das alles war ein Teil von ihr. Und sie wollte malen. Mußte malen. Ihr Skizzenblock war voller Zeichnungen, die danach schrien, auf die Leinwand übertragen zu werden. Es juckte sie heftig in den Fingern, und wenn sie allzu lange damit wartete, würde sie nervös werden.

»Einsam ist es, das gebe ich zu. Seit ich erwachsen bin, streune ich in New South Wales und Queensland herum, und ich habe so manche Veränderung miterlebt. Die Frauen müssen hier zäher und willensstärker sein als die Männer und außerdem immun gegen die verdammten Fliegen und den Staub. Wir bleiben nur wegen unseren Männern und unseren Kindern. Für das, was in uns geboren ist. Aus Liebe zum Land. Ich schätze, Sie wären in der Stadt glücklicher.«

Jenny merkte, wie Traurigkeit in ihr aufstieg. Simone hatte recht. Hier hielt sie nichts außer ihren verlorenen Träumen. Sie hatte keinen Mann, kein Kind zu versorgen, und keine verzehrende Leidenschaft für das Land verband sie mit Churinga. Aber sie wollte die Stimmung des Abends nicht verderben; deshalb wechselte sie das Thema. »Wo geht's denn von hier aus hin, Simone?«

»Nach Billa Billa. 'ne verdammt gute Farm, und das Kochhaus ist prima eingerichtet. Danach fahren wir rauf nach Newcastle, um unsere Tochter und die Enkel zu besuchen. Haben sie seit 'ner Weile nicht gesehen, nicht wahr, Stan?«

Wortkarg schüttelte Stan den Kopf.

»Wir haben drei Kinder«, sagte Simone stolz. »Zwei Jungen und ein Mädchen. Neun Enkel alles in allem, aber wir kriegen sie nicht oft zu Gesicht. Sie sind über das ganze verdammte Land verteilt, und wenn die Farmen, auf denen wir arbeiten, zu weit weg sind, sehen wir sie von einer Saison zur nächsten gar nicht.«

Sie schaute hinaus in die sanfte Dunkelheit. »Dann streunen wir so durch die Gegend und suchen uns Gelegenheitsarbeiten. Wenn man zwischen einer Schur und der nächsten nichts tut, wird das Geld bald knapp, und Stan ist zu alt, um ins Zuckerrohr zurückzugehen.«

»Was haben Sie denn für Pläne, wenn Ihnen das Scheren mal zuviel wird, Stan?« In einer Etagenwohnung irgendwo am Meer konnte Jenny ihn sich nicht vorstellen.

»Schätze, hab' noch 'n paar Jährchen vor mir«, nuschelte er, ohne die Zigarette aus dem Mund zu nehmen. »Ich hab' Ma immer versprochen, wenn es soweit ist, haben wir was Eigenes. Nichts Tolles, wohlgemerkt. Einen kleinen Betrieb mit, sagen wir, vierhundert Hektar, damit ich noch was zu tun hab'.«

Simone schnaubte. »Nichts als leere Versprechungen! Immer kommt noch eine Farm, noch eine Saison. Schätze, man wird dich eines Tages im Sarg aus dem verdammten Scherschuppen tragen.«

Jenny hörte die Enttäuschung hinter diesen harten Worten und fragte sich, ob ihre Idee vielleicht doch nicht so albern war. »Wenn ich mich entschließe hierzubleiben«, sagte sie, »was ich Ihnen nicht verspreche – aber wenn ich es täte, könnten Sie und Stan sich dann vorstellen, hier zu leben?«

Simone warf einen raschen Blick zu Stan hinüber. Das Hoffnungsfünkchen erlosch sofort, als sie Jenny anschaute. »Ich weiß nicht, Schätzchen. Wir sind schon so lange unterwegs; da käm's einem komisch vor, immer am selben Ort zu bleiben.«

»Sie könnten in dem Bungalow am Bach wohnen und mir im Haus helfen und das Essen für die Scherer machen. Und Stan könnte auf der Farm arbeiten und den Wollschuppen beaufsichtigen.«

Stan blickte mürrisch wie immer, und daß er nicht reagierte, verriet mehr als jedes Wort.

Simone schaute ihn an und seufzte.

»Klingt wie das Paradies, Schätzchen. Aber Stan ist keiner, der sich niederläßt. Den juckt's in den Füßen.« Sie zuckte die Achseln und lächelte gezwungen.

»Keine Sorge, Simone«, sagte Jenny hastig. »Ich habe mich ja selbst noch nicht entschieden, aber wenn ich hier bleibe, schreibe ich Ihnen. Vielleicht können wir Stan ja noch beknien.«

Simone nagte an der Unterlippe, als sie zwischen Jenny und Stan hin- und herblickte. Er starrte derweil in die Tiefen seines Bierglases, als wäre die Antwort auf alle Fragen dort zu finden. »Ich und Stan, wir sind zufrieden, wie die Dinge jetzt sind, Jen. Aber ich gebe Ihnen trotzdem die Adresse in Newcastle. Unsere Tochter sorgt dafür, daß wir die Briefe kriegen.«

Stan trank sein Bier aus und stand auf. »Danke fürs Essen, Mrs. Sanders. Ma und ich sind Ihnen wirklich dankbar für alles, aber wir müssen morgen früh raus.«

Jenny gab ihm die Hand. Sie war weich vom jahrelangen Umgang mit der Wolle; das Lanolin bot einen natürlichen Schutz vor Schwielen. Simones Umarmung war warm und tröstlich, und Jenny erkannte, daß sie sie furchtbar vermissen würde. Die fröhliche, stoische Frau war so mütterlich, wie Jenny es seit Ellen Carey nicht mehr erlebt hatte, und die Vorstellung, daß sie sich vielleicht nicht wiedersehen würden, war schwer faßbar.

Jenny begleitete ihre Gäste hinaus und sah ihnen nach, als sie quer über den Hof zum Kochhaus gingen. Sie winkte noch einmal und trat dann wieder ins Haus. Es kam ihr schon jetzt verlassen vor; der Anblick der verwaisten Sessel und des Geschirrs im Spülbecken verstärkten das Gefühl von Leere nur. Der Staub war zurückgekehrt, lautlos und beinahe heimlich wie immer. Die polierten Tische waren matt, und die Blumen welkten bereits unter seinem zarten Gewicht.

Ripper wurde aus dem Schlafzimmer befreit und mit ein paar Resten gefüttert; dann setzte sie ihn hinaus zu seinem nächtlichen Spaziergang und machte sich daran, das Geschirr abzuwaschen. Mit einer letzten Tasse Kaffee ließ sie sich schließlich in einen Sessel fallen und sog den Duft der Nacht ein.

Die Wärme liebkoste sie. Das Rascheln von Laub und trockenem Gras lullte sie ein. Die Musik hatte wieder angefangen zu spielen. Sie zog sie zurück in die Vergangenheit – zurück zu einer sanften Umarmung und zu raschelndem Satin. Es war Zeit, die Tagebücher wieder aufzuschlagen.

Auf den trockenen Winter folgte ein regenloser Sommer. Matilda hatte keine Zeit, um ihr Baby zu trauern, denn das kniehohe, lohbraune Gras verdorrte knisternd unter der unbarmherzigen Sonne, und die Bäume ragten kahl in den Himmel, denn ihr Laub welkte und schrumpfte. Kaninchen fielen zu Tausenden ein, und auch riesige Känguruhherden zogen immer weiter nach Süden über die grasbewachsenen Ebenen, während das endlose Outback in der Glut vertrocknete.

Matilda schaute über das Weideland hinaus. Ihr Hut saß tief in der Stirn und beschirmte ihre Augen vor der gleißenden Sonne. Dank Tom Finlays Hilfe bei der Aufsicht über den Scherschuppen in der letzten Saison hatte der Erlös aus der Wolle für die letzte Rate des Darlehens gereicht, und sie hatte gerade noch genug übrig, um einen Sommer zu überstehen. Für eine Farm von der Größe Churingas waren ihre Vorräte knapp, aber ohne die Kaninchen und Känguruhs könnte das Gras vielleicht gerade noch reichen. Von der großen Anzahl waren noch tausend

Stück Merino übrig, aber die geschrumpfte Herde hatte natürlich den Vorteil, daß sie leichter zu beaufsichtigen war. Wenn es nicht regnete, würde sie Gestrüpp schneiden und Häcksel füttern müssen.

Mit ihrem kargen Proviant in den Satteltaschen patrouillierten Matilda und Gabriel über die Weiden. Sie lernte, auf der hartgebackenen Erde zu schlafen, die Stiefel an den Füßen, das Gewehr gespannt, und mit wachsamen Ohren auf das Rascheln eines Wildschweins zu lauschen, auf das verstohlene Schleichen von Dingos und Schlangen. Auf glutheiße Tage folgten eisige Nächte. Mit Bluey an der Seite ritt sie durch die weitverstreute Herde. Bei jedem toten Schaf kamen ihr die Tränen, aber sie verscharrte es in grimmigem Schweigen, denn sie wußte, sie konnte nichts daran ändern.

Die Lämmerzeit brach an und mit ihr das Wettrennen gegen die natürlichen Räuber. Matilda kontrollierte die Pferche, die sie mit Gabriel in der äußersten westlichen Ecke aufgebaut hatte. Bei ihrer dezimierten Herde wäre es leichter, alle Mutterschafe an einer Stelle zusammenzutreiben, bevor sie ihre Lämmer zur Welt brachten.

Jedes Lamm mußte eingefangen und klassifiziert, der Schwanz kupiert, das Ohr markiert werden. Das Kastrieren war eine blutige, schmutzige Arbeit; die Hoden glitten zwischen die Finger, wurden abgeschnitten, weggeworfen. Es war ihr widerlich, aber nach anfänglichem Zögern lernte sie, es schnell zu tun. Wenn sie eine gute Wollqualität erhalten wollte, war es ein notwendiges Übel.

Das Scheren der Schwanzgegend ebenfalls – eine anstrengende, eklige Arbeit, die draußen auf der Weide gemacht werden mußte. Kein Scherer mit Selbstachtung würde ein schmutziges Vlies anfassen, wenn er nicht doppelten Lohn bekam, und einen Lernschuppen, wie es ihn auf Kurrajong gab und wo die jungen Scherer ihr Handwerk an schmutzigen, widerspenstigen alten Schafen lernten, konnte sie sich nicht leisten.

Das Hinterteil eines Schafes ist das Schmutzigste auf der Welt. Von Exkrementen bedeckt und summend von eierlegenden Fliegen, ist die Wolle hier zu schwarzen Klumpen verklebt. Matilda und Gabriel rangen mit den dummen, zappelnden Tieren und schoren die Wolle dicht über der papierenen Haut ab. Gabe schienen die Fliegen nichts auszumachen, aber Matilda mußte sich lose baumelnde Korken an die Hutkrempe nähen; das war der einzige Schutz vor den schwarzen Schwärmen, die sie niemals zu verlassen schienen.

Als die Schersaison näher rückte, begannen sie und Gabriel mit dem Auftrieb. Auf jeder Weide wurde die Herde klassifiziert, einige Tiere kamen in die Pferche, andere auf die Koppeln beim Haus. Matilda folgte ihnen über das trockene, staubige Land und begann sich Sorgen zu machen. Die Herde war wieder gewachsen, und auch wenn sie noch nicht annähernd wieder die Größe erreicht hatte, die sie einmal gehabt hatte, konnte sie sich nicht leisten, den Scherern ein Pfund pro hundert Stück zu zahlen.

Sie stand in der Stille des Scherschuppens und schaute hinauf unter das Kathedraldach, wo Stäubchen in den Lichtstrahlen schwebten. Der Geruch von Schweiß und Lanolin, von Wolle und Teer hing in der Luft, und sie atmete ihn mit tiefem Behagen ein. Dies war das Dasein eines Farmers, eines Schafzüchters, eines Produzenten der besten Wolle der Welt. Ihr Blick fiel auf den Boden und auf die ausgebleichten Kringel, wo Generationen von Scherern ihren Schweiß vergossen hatten, und er wanderte weiter zu den Teereimern in der Ecke und zum Generator, den ihr ein Wanderarbeiter für zwei Mahlzeiten und ein Bett für die Nacht repariert hatte. Rampen und Sortiertische waren aus solidem neuen Holz, aber was nützten sie ihr, wenn sie keine Scherer hatte, keine Teerboys, keine Jackaroos, keine Sortierer?

Sie seufzte tief. Die Scherer würden nicht auf ihr Geld warten. Aber ohne Männer gab es keine Wolle. Und ohne den Scheck für die Wolle würde sie hier nicht überleben.

»Tag, Matilda. Wie ich sehe, ist der Auftrieb schon im Gange.«

Sie drehte sich um und lächelte. Tom Finlays irische Herkunft zeigte sich in seinem dunklen Haar und den grünen Augen. Sie schüttelte ihm die Hand. »*Yeah*. Ist fast fertig. Wie steht's auf Wilga?«

»Die Herde ist fast drinnen. Eine stattliche Lämmerherde dieses Jahr, obwohl es nicht geregnet hat. Aber war 'ne ziemliche Plackerei, die Biester mit Häcksel durchzufüttern.«

Matilda nickte verständnisvoll. »Komm ins Haus auf eine Tasse Tee. Könnte sein, daß ich sogar noch eine Flasche mit was Stärkerem finde.«

»Tee wär' schon recht.« Er überquerte mit ihr den hartgestampften Platz. »Schön zu sehen, daß es dir gutgeht, Molly.« Die freundliche Anrede brachte sie zum Lächeln. Er hatte sie schon immer Molly genannt, und es hatte ihr immer gefallen. »April und ich haben uns Sorgen gemacht, als du letztes Jahr krank geworden bist. Sie wollte dich immer mal besuchen kommen, nachdem ich in deinem Schuppen fertig war. Aber du weißt ja, wie es so geht.«

Sie öffnete die Fliegentür und ging zum Herd. »Hätte mich wahrscheinlich gar nicht gefunden«, sagte sie und schnitt dicke Scheiben vom kalten Hammelfleisch ab, die sie zwischen Brotschnitten legte. »Hab' den größten Teil des Jahres auf den Weiden verbracht. Waren ja nur Gabe und ich, die auf die Herde aufpassen konnten – da hatte es wenig Sinn, oft hierherzukommen.«

»Was ist denn mit den jungen Bitjarras? Die hättet ihr doch sicher einsetzen können?«

Sie trug die einfache Mahlzeit zum Tisch und schüttelte den Kopf. »Die sind mehr als nutzlos. Die meisten sind zu jung und die anderen bloß widerspenstig. Außerdem habe ich nicht genug Pferde für alle; deshalb habe ich die Jungen hiergelassen, damit sie Scheunen und Schuppen in Ordnung bringen und nach dem Winter ein bißchen aufräumen.«

Sie aßen schweigend. Als sie fertig waren, lehnten sie sich mit ihren Bechern voll gutem, starkem Tee zurück. Tom betrachtete sie nachdenklich. »Du hast dich verändert, Molly. Ich erinnere mich an ein dürres kleines Mädchen mit Bändern im Haar, das immer gern im Sonntagskleid zum Pferderennen und zum Scheunentanz kam.«

Matilda sah das gutaussehende irische Gesicht, die feinen Charakterfalten an den Augen, die sonnengegerbte Haut und die tüchtigen breiten Hände. »Wir ändern uns alle«, sagte sie leise. »Du bist jetzt auch ein Mann. Kein gräßlicher kleiner Junge, der mich an den Haaren zieht und mir das Gesicht in den Dreck reibt.« Sie seufzte. »Die Zeit der Bänder und der Tanzkleider ist vorbei, Tom. Wir mußten beide erwachsen werden.«

Er beugte sich vor. »Aber das heißt nicht, daß du nicht auch deinen Spaß haben kannst, Molly. Unter all diesen alten Fetzen bist du jung und hübsch. Du solltest zu den Festen gehen und dir einen Mann suchen, statt draußen zu übernachten und bis zum Hals in Schafscheiße und verkrusteter Wolle zu stehen.«

Matilda lachte. Sie fühlte sich, als wäre sie hundert Jahre alt, und sie wußte, daß sie schauderhaft aussehen mußte in der alten Flanellhose und dem immer wieder geflickten Hemd ihres Vaters. »Wenn du das glaubst, warst du zu lange draußen auf deinen Weiden, Tom.«

Er schüttelte den Kopf. »Das ist kein Leben für ein junges, alleinstehendes Mädchen, Molly. Und es gibt viele, die gern Gelegenheit hätten, dich kennenzulernen.«

Ihre Heiterkeit verflog. »Männer, meinst du?« fragte sie säuerlich. »Ja, Andrew Squires schnüffelt immer noch herum, und es ist noch der ein oder andere aufgekreuzt, aber ich habe ihnen allen schon heimgeleuchtet.«

Seine grünen Augen waren voller Heiterkeit, und sie funkelte ihn an: Sollte er es nur wagen, sie auszulachen. »Ich will und ich brauche hier keinen Mann – es sei denn, er ist ein Scherer und er verschwindet, wenn er seine Arbeit getan hat.«

Tom drehte sich eine Zigarette und schob den Tabaksbeutel zu ihr hinüber. »Da wir gerade von Scherern reden«, sagte er gedehnt, während seine Augen immer noch humorvoll funkelten, »wie viele Schafe hast du denn, überschlägig?«

»Knapp fünfzehnhundert«, sagte sie, ohne zu zögern, und versuchte ungeschickt, sich eine Zigarette zu drehen. »Aber dieses Jahr komme ich zurecht. Keine Sorge!« Sie hielt den Blick fest auf ihre Zigarette gerichtet, damit er die Hoffnung in ihren Augen nicht sehen konnte.

»Die Scherer sind nächste Woche bei mir. Wenn du deine Tiere bis dahin markiert, ihnen den Hintern geschoren und sie nach Wilga geschafft hast, könnten sie mit meinen zusammen geschoren werden.«

»Was würde das kosten?« Toms Freundlichkeit war überwältigend, aber sie mußte auf dem Boden der Tatsachen bleiben.

Er grinste. »Na ja, Molly«, sagte er gedehnt, »das kommt immer drauf an.«

Sie zog eine Braue hoch und schaute ihm ins Gesicht.

»Ich habe eine Abmachung mit Nulla Nulla und Machree. Die bringen mir ihre Herden dieses Jahr auch, und sie können sich beide leisten, einen Extrapenny hier und da auszugeben, um für deine Kosten aufzukommen.«

Sie strahlte. »Schlau.«

Er schüttelte den Kopf. »Überhaupt nicht. Der alte Fergus kann ein paar Pennys erübrigen, und Longhorn auch. Knauserige Hunde sind sie, alle beide. Also, was meinst du?«

»Danke«, sagte sie einfach. Der wahre Dank lag in ihren Augen und in dem festen Handschlag, mit dem sie die Abmachung besiegelte.

»Noch ein Täßchen würde jetzt nicht schaden. Mein Mund ist trocken wie die Achsel eines Treibers.«

Sie schenkte ihm nach und wünschte, sie hätte eine Möglichkeit, es ihm zu vergelten. Aber Tom Finlay hatte schon immer ihre Gedanken lesen können, und das Erwachsenwerden hatte diesem speziellen Talent offenbar nichts anhaben können. »Du wirst in der Zeit natürlich bei mir und April wohnen, aber du kriegst deine Schafe nicht umsonst geschoren. Es gibt reichlich Arbeit für dich, und am Ende wirst du zu müde sein, um noch danke zu sagen.«

Matilda rauchte schweigend ihre Zigarette auf. Eines Tages, nahm sie sich vor, würde sie Tom das alles zurückzahlen. Er war der einzige von einem Dutzend Nachbarn, der ihr seine Hilfe angeboten hatte, und das würde sie nie vergessen.

Als er gegangen war, ging sie hinüber zu den Gunyahs der Abos. »Gabe, du mußt morgen mit mir ausreiten und den Rest der Herde zusammentreiben. Deine beiden Ältesten können hierbleiben und dafür sorgen, daß sie auf der Koppel bleibt. Wir bringen sie nach Wilga.«

»Ist 'n verdammt guter Schuppen hier, Missus. Wieso nach Wilga?«

Sie musterte die knochige Gestalt in der dünnen Wolldecke. »Weil wir sie auf Wilga billiger geschoren kriegen.«

Er runzelte die Stirn, und das Nachdenken dauerte seine Zeit. »'ne große Sache, Missus. Die Herde nach Wilga bringen. Ich und die Jungs, wir sind müde«, sagte er betrübt.

Sie bezwang ihre Ungeduld. Auch sie war müde – erschöpft, um es genau zu sagen, und Gabriel war ein fauler Taugenichts. »Willst du Zucker und Speck, Gabe?«

Er nickte grinsend.

»Wirst du bekommen, wenn die Herde von Wilga wieder hier ist«, sagte sie entschlossen.

Sein Lächeln verschwand, und er warf einen verschlagenen Blick zu seiner Frau hinüber. »Kann die Missus nicht allein lassen. Kriegt ein Baby.«

Matilda platzte der Kragen. »Verdammt, hier sind sechs andere Frauen, die sich um sie kümmern können, Gabe! Sie kriegt ihr viertes Kind, und du bist nie dageblieben, als die anderen zur Welt kamen.« Sie schaute hinüber zu den schmutzigen Kindern, die zwischen den Hütten auf der Erde spielten. Von Krabbelkindern bis zu Halbwüchsigen waren alle Altersstufen vertreten, und ihre Hautfarbe reichte von Rabenschwarz bis zu hellem Kaffeebraun. Die meisten hatten den wilden schwarzen Haarschopf ihrer Vorfahren, aber ein paar Flachsköpfe waren auch dabei. Ein oder zwei einsame Viehtreiber auf der Durchreise hatten hier offensichtlich weibliche Gesellschaft gefunden. »Wo sind die Jungs? Ich brauche sie auch.«

Gabriel schaute in die Ferne. »Auf Kurrajong«, brummte er. »Gibt dort gutes Geld für Jackaroo.«

Wenn das Geld so verdammt gut ist, dachte sie wütend, wieso zieht die verfluchte Bande nicht gleich ganz rüber? Aber diese Gedanken behielt sie für sich. Solange die Situation auf Churinga sich nicht besserte, würde sie sie zum Bleiben ermuntern müssen. Sie kostete wenig – aber, Allmächtiger, sie konnte einem auch auf die Nerven gehen.

»Einen Sack Zucker und einen Sack Mehl sofort. Und den Speck, wenn wir mit der Herde von Wilga zurück sind.«

Sie starrten einander lange Zeit schweigend an. Dann nickte Gabriel.

Die beiden kleinen Jungen, die Gabriel mitbrachte, waren so behende wie Bluey, wenn es um das Zusammenhalten der Herde ging, um das Jagen und Zutreiben der ausgebrochenen Schafe. Trotzdem dauerte der Auftrieb drei Tage. Tage, an denen dicke schwarze Wolken den Himmel verdunkelten und fernes Donnergrollen Regen verhieß. Doch während die Weiden sich eine nach der anderen leerten und alle Tiere auf die Koppel bei der Farm getrieben und eingepfercht wurden, bevor sie sich der nächsten Herde zuwandten, behielten die Wolken ihre kostbare Fracht und wehten davon mit dem heißen, trockenen Wind, der das Gras rascheln ließ und die Schafe nervös machte.

Es war der vierte Tag, und der Morgen dämmerte noch nicht. Matilda hatte alles, was sie in den kommenden Wochen brauchen würde, in die Satteltaschen gepackt, Lady stand gesattelt bereit, und sie lehnte am Zaun und schaute über die wogenden wolligen Rücken hinweg. Trotz der Trockenheit hatte das Gras von Churinga gehalten, und die fetten, vliesbedeckten Tiere sahen gesund und kräftig aus. Ein bißchen von dem Talg würden sie auf dem Treck nach Wilga verlieren, aber wichtig war die Qualität der Wolle.

»Kommt 'n Unwetter, Missus«, sagte Gabriel, der auf dem Wallach saß.

Sie schaute zum Himmel. Die Wolken zogen sich wieder zusammen, und die Luft war elektrisch geladen, als wären Himmel und Erde zwei riesige Feuerhölzer, die man aneinanderrieb. »Dann los!« Sie gab den Jungen das Zeichen, daß Gatter zu öffnen.

Auf ihren scharfen Pfiff hin drückte Bluey den Bauch auf die Erde und glitt schnell und zielstrebig hinüber und um die Herde herum, die sich auf die Koppel ergoß. Er zwickte hier, drückte da und stürmte wohl auch einmal über die wolligen Rücken hinweg, um einen Judas zur Räson zu bringen, und so hielt er die ganze Herde dicht zusammen.

Matilda ritt mit Gabriel hinter den Schafen her, trieb sie voran, ließ die Peitsche mit vollendeter Leichtigkeit über die dummen Köpfe hinwegschnalzen und schluckte den Staub von fünfzehnhundert Paarhufern. Die Elektrizität in der Luft gab ihr ein kribbelndes Gefühl, und die Härchen auf ihren Armen und im Nacken sträubten sich. Gewitterwolken türmten sich bedrohlich Schicht auf Schicht, verschluckten die aufgehende Sonne und erfüllten den Tag mit einem trüben Zinngrau.

»Trockengewitter, Missus. Nicht gut hier draußen.«

Matilda nickte, und die Angst erwachte wieder. Sie mußten Wilga erreichen, bevor das Unwetter losbrach. Es gab nichts Schrecklicheres als ein Trockengewitter; beim ersten Blitz würde die Herde durchgehen.

Bluey schien zu spüren, daß es drängte. Er rannte hinter einem erschreckten Mutterschaf her, hetzte einen Bummelanten und behielt den

Judas im Auge. Er kniff und kläffte, lief im Kreis und sprang über die Rücken hinweg, lauerte, den Bauch an den Boden geschmiegt, auf den richtigen Augenblick, um einem Irrläufer den Weg abzuschneiden. Es dauerte den ganzen Tag, aber als die besiegte Sonne hinter dem Berg verschwand, hatten sie die Weiden von Wilga erreicht, und der Anblick der Treiber, die ihnen entgegenkamen, war höchst willkommen. Die Schafe wurden auf die kleine Koppel hinter dem Scherschuppen getrieben, durch das gewaltige Labyrinth der Pferche von den drei anderen großen Herden getrennt.

»Sortieren und klassifizieren könnt ihr sie morgen«, rief Tom. »Sieht aus, als würde das Gewitter gleich losbrechen.«

Matilda hatte zu Ende gezählt und tat einen Seufzer der Erleichterung. »Ich hab' unterwegs kein Stück verloren. Gut, daß wir es noch geschafft haben.«

Sie schauten hinauf zu den Gewitterwolken, die wie Wellenberge heranrollten.»Wird ordentlich krachen«, meinte er grimmig, als er mit ihr zum Korral ging. Ihre beiden Pferde gesellten sich zu den anderen; ihre Flanken zuckten in nervöser Erwartung des Unwetters. »April ist im Haus. Komm jetzt. Zeit zum Essen.«

April war drei, vielleicht fünf Jahre älter als Matilda. Ihre Hände waren rot von der Arbeit, und die schlanke Gestalt sah viel zu zerbrechlich aus für die Hitze und auch für ihre Schwangerschaft. Sie war angespannt und sichtlich erschöpft, obwohl ihre Füße sie unermüdlich in einem endlosen Kreis zwischen Tisch und Herd und Spülbecken hin und her trugen. Die Ärmel ihres Kleides waren über die Ellenbogen hochgekrempelt, und helle Strähnen, die sich aus ihrem Knoten auf dem Kopf gelöst hatten, klebten feucht in ihrem Gesicht.

»Nett, dich mal wiederzusehen, Molly.« Ihr Lächeln war müde, aber freundlich. »Ein zweites Paar Hände kann ich jetzt wirklich gut gebrauchen.«

Matilda wandte den Blick von dem dicken Bauch ab. Trauer wollte in ihr aufsteigen, aber sie verdrängte sie mit unerbittlicher Entschlossenheit. April hatte sich eben dafür entschieden, zu heiraten und Kinder zu bekommen. In ihre, Matildas, Pläne paßte so etwas nicht – warum also fühlte sie sich nicht einfach ungebunden?

Die Farm Wilga war größer als Churinga; sie erstreckte sich über eine flache Anhöhe, und ihre Veranden boten einen Ausblick über Bäche und Weiden. Wilga-Bäume spendeten den Baracken der Treiber Schatten, und die Bachböschungen waren von Buchsbäumen und Coolibahs gesäumt. Wie auf Churinga gab es auch hier keine Bäume in der Nähe des Haupthauses. Das Brandrisiko war zu groß.

April goß heißes Wasser aus dem Kessel in eine Blechschüssel und reichte Matilda einen Fetzen Handtuch und ein Stück selbstgemachte Seife. »Wasch dich, und ruh dich ein bißchen aus, Matilda. Mit dem Essen dauert's noch ein Weilchen.«

Matildas Zimmer lag am östlichsten Ende des Hauses mit Blick auf die Viehställe; es war klein und vollgestopft mit schweren Möbeln und einem riesigen Messingbett. Aber es duftete wunderbar nach Bienenwachspolitur, und der Fußboden war kürzlich mit frischem Sägemehl gefegt worden. Matilda lauschte dem Lärm der Kinder, die draußen spielten. Wie viele hatte Tom inzwischen? Vier? Oder waren's fünf?

Sie zuckte die Achseln, und dann bemerkte sie ihr Bild im Spiegel und erschrak in fasziniertem Entsetzen. War diese braungebrannte, struppige Frau wirklich sie selbst? Sie hatte gar nicht gewußt, wie sehr sie gewachsen und wie dünn sie geworden war und wie alt die Falten an den Augen sie aussehen ließen. Wären ihre Haare ein bißchen dunkler, ihre Augen ein wenig blauer, so hätte sie geglaubt, den Geist von Mary Thomas vor sich zu haben.

Mit wehmütiger Grimasse betrachtete sie die Flanellhose, die sie sich passend zurechtgeschnitten hatte. Sie war fleckig und verschlissen und an Knien und Knöcheln mit *bowyangs* zugebunden, Streifen von Känguruhleder, die notwendig waren, um zu verhindern, daß irgendwelche Krabbeltiere an ihren Beinen heraufkrochen. Das graue Hemd war einmal blau gewesen, aber es war ausgebleicht von der Sonne und weil es allzuoft in Seifenlauge gewaschen worden war.

Sie seufzte. Mary Thomas hatte gern die rauhe, formlose Kleidung der Treiber getragen, aber bei ihr waren sie immer makellos sauber und geflickt gewesen, anders als diese unansehnlichen Lumpen.

Sie dachte an April und ihr hübsches Kattunkleid und erinnerte sich, wie Tom gesagt hatte, sie solle Kleider anziehen und zu Festen und

Tanzvergnügen gehen. Sie streifte die schmutzigen Fetzen ab und fing an, sich zu waschen. Es war lange her, daß sie sich die Mühe gemacht hatte, sich hübsch anzuziehen, und jetzt würde sie es wahrscheinlich nie mehr tun. Sie hatte sich ihr Leben ausgesucht, und wenn sie dadurch mehr Ähnlichkeit mit einem Mann bekam, um so besser. Frauen hatten es sowieso zu schwer, und sie wollte überleben.

Matilda war auf der Federmatratze eingeschlafen, als die Essensglocke läutete; eilig lief sie zu den anderen in die Küche. Es machte sie verlegen, in Gesellschaft zu essen und bei jeder Bewegung von sechs Augenpaaren beobachtet zu werden.

Die vier Kinder, lauter Jungen, hatten weder Aprils hellblondes Haar noch ihr sanftes Gesicht, sondern die ungestümen schwarzen Brauen und die irischgrünen Augen des Vaters.

»Die Männer kommen übermorgen«, sagte Tom. Er schaufelte sich einen Löffel Eintopf in den Mund und stopfte ein Stück Brot hinterher. »Mitte nächsten Monats dürften deine an die Reihe kommen.«

Matilda nickte; sie hatte den Mund zu voll, um zu antworten. Nachdem sie monatelang von kaltem Hammel und Brot gelebt hatte, wollte sie jetzt keine Zeit mit Reden vergeuden.

»April hat die Baracken so gut wie leergeräumt. Du kannst in den Viehställen mithelfen oder im Kochhaus. Wie du willst.«

Matilda warf einen Blick auf Aprils blasses Gesicht und entschied, daß sie im Kochhaus und in den Baracken wohl nötiger gebraucht wurde, auch wenn sie lieber im Stall gearbeitet hätte. Jemand mußte putzen, und die Betten mußten in Ordnung gehalten werden. Die Scherer würden sich einen eigenen Koch mitbringen, aber auf Wilga arbeiteten viele Leute, und immer mußte Gemüse geputzt und Brot gebacken werden. Außerdem mußte jemand die Kinder im Auge behalten. All das konnte man nicht April allein aufbürden.

»Wie steht's bei dir mit dem Wasser, Molly? Hast du genug in den Tanks, um durchzukommen, wenn's weiter nicht regnet?«

Sie schob ihren Teller von sich und begann eine Zigarette zu drehen. Sie war satt. »Ja. Diese Tanks waren ungefähr das einzige, was Dad in Ordnung gehalten hat«, sagte sie trocken. »Wir haben natürlich noch den Brunnen, aber der Fluß ist bloß noch ein Rinnsal.«

»Es war klug von deinem Grandad, die vielen Tanks aufzustellen. Ich hab' vor zwei Jahren kurz vor der Regenzeit auch zwei neue angeschlossen, aber wir haben hier auch Glück mit unseren Bächen und Flüssen. Der artesische Brunnen bewässert die Felder, aber das Wasser enthält zu viele Mineralien und ist im Haus nicht zu gebrauchen.«

Ein tiefes, bedrohliches Grollen brachte sie zum Schweigen, und alle Blicke richteten sich zum Fenster.

Die Welt und jedes Lebewesen darin hielten den Atem an, starr in der Erwartung des Schrecklichen. Endlose Sekunden folgten, und die Spannung wuchs und erfüllte sie alle mit Grausen. Die kleineren Kinder schlichen sich vom Tisch zu April und vergruben die Gesichter in den Falten ihrer Schürze wie kleine, furchtsame Kreaturen.

Aprils Gesicht war weiß, ihre runden Augen waren weit aufgerissen. »Es ist alles in Ordnung«, sagte sie mechanisch. »Wir haben einen Blitzableiter. Es kann nichts passieren.« Ein Schauder überlief sie. »Bitte, lieber Gott«, fügte sie flüsternd hinzu, »es kann uns nichts passieren!«

Der Donnerschlag ließ das Haus erbeben; der Himmel zerriß und entlud sein Wüten. Blau lodernde Lichtgabeln fuhren durch die tiefhängenden Wolken und machten die Nacht zu einem Tag, der heller war als alles, was sie je gesehen hatten. Elektrizität fuhr knatternd wie eine Hütepeitsche von einer Wolke zur anderen und zerfetzte den Himmel mit dämonischer Rage. Die Erde bebte unter dem Krachen des Donners, das vom Blechdach widerhallte. Blaue und gelbe Zacken versengten Berge und Koppeln, berührten einen einsamen Baum, der wie ein mahnender Finger mitten auf einer fernen Weide emporzeigte, und brutzelten in gespenstischem Schein um seine Rinde, bevor sie erstarben. Das Unwetter dröhnte in ihren Köpfen und klang ihnen in den Ohren, es blendete sie mit seinem Licht und betäubte sie mit der schieren Wucht seiner Kräfte.

»Ich muß nach den Tieren sehen«, schrie Tom.

»Ich komme mit«, rief Matilda.

Sie standen auf der Veranda und betrachteten das furchterregende Schauspiel der entfesselten Naturgewalten, und sie wußte, es würde keinen Regen geben, keine Erholung für die ausgedörrte Erde und die zundertrockenen Bäume. Die Luft war so dick, daß Matilda kaum atmen konnte; die Elektrizität ließ ihr gesträubtes Haar tanzen, und es sprühte Funken, wenn sie es berührte. Eilig liefen sie hinüber zu den Pferchen, wo Männer bereits dabei waren, Zäune und Gatter zu kontrollieren. Die Schafe verdrehten die Augen und blökten, aber sie standen dichtgedrängt und konnten nirgends hin.

Matilda rannte quer über den Hof zur Koppel. Die Pferde scheuten und bäumten sich auf; ihre Mähnen wehten, und die Schweife waren starr vor Angst. Man konnte sie nicht einfangen, und nach einer fruchtlosen Verfolgung entschieden sie und Tom, daß man die Pferde sich selbst überlassen mußte. Die Hunde heulten und winselten in ihren Zwingern, die Rinder brüllten und suchten Schutz, indem sie sich dicht an die Erde drückten. Es war, als winde sich die ganze Welt in Höllenqualen.

Das Unwetter dauerte die ganze Nacht und bis in den nächsten Tag hinein. Donner krachte, Wolken verschluckten die Sonne, und scharfe Blitze brannten mit blauem Feuer durch den Himmel. Allmählich wurden sie unempfindlich gegen den Lärm, und die Kinder schlichen sich zum Fenster, um ehrfürchtig zuzuschauen. Aber keiner konnte die Angst zum Ausdruck bringen, die sie alle empfanden. Einen Grashalm konnte es treffen, ein hohler Baum, der tot und vergessen mitten auf einer Weide stand, konnte den Blitz anziehen, und was als winzig blaue Flamme begänne, würde sich in Sekundenschnelle ausbreiten.

Die Scherer trafen ein, und mit ihnen die zusätzlichen Jackaroos, Treiber und Teerboys. Die Arbeit im Kochhaus wurde zu einer endlosen Folge von Mahlzeiten, Brot und Hammel, Kuchen und Pasteten, alles, was sie von dem Unwetter ablenken konnte. Der Schweiß rann Matilda über die Rippen und ließ die Kleider an der Haut kleben; das Thermometer kletterte auf knapp fünfzig Grad. Die Küche war ein Dampfbad, und obwohl sie die harte Arbeit auf dem Feld gewöhnt war, fühlte sie sich am Ende des Tages ausgelaugt und empfand nur noch Bewunderung für April. Im achten Monat schwanger, mit über achtzig Mäulern, die zu stopfen waren, hielt sie doch niemals inne und beklagte sich auch nicht.

Als die zweite Nacht zu Ende ging, kam der Wind. Er wirbelte den Staub in Spiralen in die Luft, raste über die Erde und warf alles um, was ihm im Wege stand. Gegen die Wirbelwinde konnte man nichts tun; man konnte nur beten, daß sie sich nicht zu einem Tornado auswuchsen und über einen herfielen.

Tom schaute von der Veranda zu, wie sie über seine Felder tobten, Bäume und Zaunpfähle aus dem Boden rissen und sie wie Zündhölzer in alle vier Ecken von Wilga schleuderten. Mächtige Windtunnel rissen die Erde auf, jagten bald in diese, bald in jene Richtung und gebaren immer neue, kleinere Winde, die das flache Wasser in den Bächen aufpeitschten und in unaufhörlich kreisenden Strudeln wieder ausspien. Dächer klapperten und gerieten ins Flattern, die Wand des Maschinenschuppens neigte sich schwankend und kippte dann krachend gegen einen der Pferche. Fensterläden schlugen hin und her, und die Luft war so voll Staub, daß man nicht mehr atmen konnte.

Aber der Wind blies das Unwetter davon, und am Mittag des dritten Tages war das Land wieder ruhig. Die Leute von Wilga kamen hervor wie Schiffbrüchige und begutachteten die Schäden.

Die Weidenbäume am Fluß hatten überlebt; ihre langen, biegsamen Zweige bogen sich zum steinigen Flußbett hinunter, in dem nur noch trübe Tümpel übriggeblieben waren. Den Geistergummibaum am Ende der ersten Weide hatte es gespalten. Er lag am Boden, der silberne Stamm in zwei Hälften zerteilt, die sich hilflos in den Himmel krallten. Zwei der sechs kostbaren Wassertanks waren umgekippt; sie mußten als erstes repariert werden. Wellblechdächer waren zu ersetzen, und der Maschinenschuppen mußte vollends abgerissen und wieder aufgebaut werden. Zum Glück war kein Tier im Pferch verletzt worden; sie hatten nur einen Schreck bekommen und waren immer noch nervöser als sonst.

Einer der Treiber, die draußen die Zäune reparierten, kam zurück, und sein Gesicht war düster und schmutzig nach dem langen Ritt. »Haben fünf Rinder gefunden, Tom. Tut mir leid. Der Sturm muß sie mit voller Wucht erwischt haben. Lagen meilenweit von ihrem Weideplatz weg. Mausetot.«

Tom nickte resigniert. »Gut, daß es nicht noch mehr waren. Und die Schafe sind okay, obwohl ihnen beinahe der Maschinenschuppen auf die Köpfe gefallen wäre.«

Voller Sorge um Churinga kehrte Matilda mit April in die brodelnde Küche zurück. Die Schäden auf Wilga ließen sich mit so vielen bereitwilligen Händen rasch reparieren, aber was wäre, wenn Churinga zerstört wäre? Die Tanks umgestürzt, das Haus, die Schuppen aus dem Boden gerissen? Mit stoischer Entschlossenheit schob sie ihre Sorgen beiseite. Ihre Schafe waren in Sicherheit. Sie konnte überleben.

Wenige Stunden nach dem Unwetter war der Scherschuppen wieder benutzbar, und die Scherer waren dabei, die verlorene Zeit einzuholen. Ein guter Scherer konnte mehr als zweihundert Schafe am Tag schaffen. Mit einer Mischung aus Anmut, Kraft und Ausdauer hantierten sie mit den schmalen Rasierern, fuhren damit über die ganze Länge des Schafskörpers und führten das Messer so dicht über der lockeren, empfindlichen Haut entlang, daß die Wolle sich in einem Stück abnehmen ließ, damit auch der anspruchsvollste Scherboß zufriedengestellt war. Es war eine anstrengende Arbeit in einer Atmosphäre von Schweiß, Fliegen und dem Gestank von tausend wolligen Hinterteilen.

Wenn Matilda aus der Küche entfliehen konnte, lief sie immer in den Wollschuppen, um diesen Meistern bei ihrer Arbeit zuzuschauen; anders als viele, hatte Tom keine Bedenken, Frauen hier mithelfen zu lassen. Sie nahm sich dann einen Eimer mit frischem Wasser und eine Kelle und gab jedem der gebückten Scherer zu trinken. Bei dieser Hitze brauchte jeder Mann ungefähr drei Gallonen Wasser täglich. Sie sah ihnen zu. Die meisten waren klein und drahtig und hatten die dauerhaft gebeugte Haltung der lebenslangen Scherer und die langen Arme, die nötig waren, um die Schermesser durch das Vlies zu führen, das bei einem Merino bis hinunter zu Hufen und Nase reichte.

Von den ganz großen Meistern war in diesem Jahr keiner in Toms Schuppen, erkannte sie. Keiner von diesem seltenen Schlag Männer, die über dreihundert Schafe am Tag scheren konnten und nebenher mit Wetten ein Vermögen verdienten. Sie sah, wie der Scherboß zwischen den Reihen der schwitzenden, fluchenden Männer auf und ab ging. Sein Wort hatte absolute Gültigkeit, und man erwartete von den Scherern, daß sie seinen hohen Anforderungen entsprachen: In einem Zug mußte das Vlies abgenommen werden, und niemals durfte die zarte Haut verletzt werden.

Fergus McBride und Joe Longhorn patrouillierten durch die Reihen der Schafe, die zur Schur hereingetrieben wurden. Als sie Matilda sahen, tippten sie grüßend an die Hüte, aber in ihrer Schüchternheit fiel es ihnen schwer, ein Gespräch mit ihr anzufangen; sie konzentrierten sich lieber auf die Wollernte.

Es dauerte fast sechs Wochen, bis die Schur zu Ende war. Das Unwetter hatte eine stechende Hitze zurückgelassen. Matilda schwitzte in der Küche und suchte Erholung in den Pferchen und Schuppen, wo es genauso heiß, aber nicht so schwül war. Sie hatte das Gefühl zu ersticken, wenn sie den ganzen Tag im Haus eingesperrt war; lieber spürte sie die Sonne im Gesicht und die Müdigkeit nach der harten Arbeit in den Pferchen.

McBride und Longhorn folgten ihrer frischgeschorenen Herde auf die Winterweide, und die Scherer stiegen auf ihre Wagen und verließen Wilga. Die Wolle war zu Ballen verschnürt und unterwegs zur Bahnstation in Broken Hill.

Matilda hatte sich gefragt, ob sie dieses Jahr Peg und Albert zu sehen bekommen würde, aber schon seit geraumer Zeit konnte sich niemand erinnern, ihnen begegnet zu sein; vermutlich waren sie in dieser Saison wieder hinauf nach Queensland gezogen. Wahrscheinlich schämten sie sich, weil sie ihr Fleisch und Mehl geklaut hatten, dachte sie. Nein, überrascht war sie nicht, daß die beiden es vorgezogen hatten, sich dieses Jahr lieber nicht in der Nähe von Churinga blicken zu lassen.

Das letzte Abendessen bei Tom und April war vorbei, das Geschirr war gespült und weggeräumt, und die Kinder lagen endlich im Bett und schliefen. Matilda saß mit den anderen auf der Veranda und überlegte sich, was sie zu diesen freundlichen Leuten sagen wollte. Sie hatte Mühe, ihren Dank auf eine Weise zum Ausdruck zu bringen, die wirklich zeigte, wie tiefempfunden er war; zu gut hatte sie gelernt, ihre Empfindungen zu verbergen. »Danke, Tom«, sagte sie schließlich – und sie wußte, wie unzulänglich es war.

Aber er schien es zu verstehen. Er nickte, klopfte ihr unbeholfen auf die Schulter und schaute dann wieder auf den Hof hinaus. »Schätze, ich und ein paar Jungs sollten morgen mitkommen, Molly. Der Sturm hat ziemlichen Schaden angerichtet, und ich möchte nicht, daß du im Winter auf dem Trockenen sitzt.«

»Nein«, sagte sie hastig, »du und April, ihr habt schon genug getan. Ich komme schon zurecht, Tom. Wirklich.«

»Du bist immer schon stur gewesen«, sagte Tom ohne Groll. »April hätte die Leute allein niemals versorgen können, Molly. Ich finde, die Kosten für deine Schur hast du dir verdient.«

»Aber du mußt deine Herde auf die Winterweide bringen, Tom, und hier gibt's noch viel zu tun«, protestierte sie.

»Keine Sorge«, sagte er ruhig. »Die Reparaturen sind fast erledigt, und mit der Herde werden die Treiber allein fertig. Außerdem« – er schaute sie mit lachenden Augen an – »wozu sind Nachbarn gut, wenn sie einem nicht hin und wieder mal helfen können?«

April ließ die Socke sinken, die sie gerade stopfte. Der Flickkorb quoll wie üblich über, und trotz des langen Arbeitstages im Haushalt konnte sie nicht müßig herumsitzen, obwohl sie ständig müde aussah. »Uns wäre einfach wohler, wenn wir wüßten, daß bei dir alles in Ordnung ist, Molly. Ich weiß nicht, wie du es ertragen kannst, so ganz allein da draußen zu sein.« Es schauderte sie. »Es ist ja hier schon schlimm genug, wenn Tom mit der Herde unterwegs ist. Ich glaube, an deiner Stelle würde ich es nicht aushalten.«

Matilda lächelte und nahm eine Socke aus dem Korb. »Es ist erstaunlich, was man alles kann, wenn man keine andere Wahl hat, April.«

April beobachtete, wie sie die Nadel einfädelte und mit ungeschickten Fingern begann, einen von Toms Socken zu stopfen. »Aber ich dachte, Ethan hätte angeboten, deine Farm zu kaufen?« fragte sie leise.

Matilda stach sich in den Finger. Ein Blutstropfen quoll heraus, und sie steckte den Finger in den Mund. »Das stimmt«, sagte sie. »Und ich hab' ihm auch gesagt, wohin er sich sein Angebot schieben kann.«

Tom lachte laut. »Jetzt gerade hast du dich angehört wie deine Mum, Molly. Brav. Du wirst noch eine richtige Farmerin.«

Vor Tagesanbruch waren sie auf den Beinen; als sie frühstückten, warf das erste Licht seinen sanften Schimmer über das Land. Matilda küßte die Jungen, und die rieben sich die Gesichter und rannten johlend davon. Dann wandte sie sich an April. »Es hat gutgetan, mal mit einer anderen Frau zu sprechen«, sagte sie. »Es gibt doch nichts Besseres als ein bißchen Klatsch unter Nachbarinnen, um den Tag in Gang zu bringen.«

April wischte sich die Hände an der Schürze ab und umarmte Matilda. »Es war wunderbar«, sagte sie wehmütig. »Du mußt mir versprechen, daß du wiederkommst.«

Matilda fühlte, wie das ungeborene Kind zwischen ihnen strampelte, und wich zurück. Der Schmerz kehrte zurück; er machte sie schwach und zerrieb ihre Hoffnungen zu Staub. Sie zwang sich zu einem Lächeln. »Ich werde es versuchen, aber du weißt ja, wie es ist.«

Sie verließen die Veranda und überquerten den weiten Platz, auf dem es noch gestern von Männern und Pferden und Tausenden von Schafen gewimmelt hatte. Bluey hörte ihren Pfiff und kam von den Zwingern herüber. Gabriel, der sich mit drei anderen Aborigines ein Gunyah geteilt hatte, wanderte zur Koppel hinüber und holte die beiden Pferde. Die Schafe wurden aus dem Pferch getrieben, die Hunde begannen ihre Arbeit, und alle machten sich auf den Heimweg nach Churinga.

Matilda verfolgte den Weg, den der Wind durch das Gras genommen hatte, und sah Veränderungen am Horizont. Bäume waren entwurzelt, ausgerissene Zaunpfähle hingen in wirren Knäueln von Zaundraht. Vertraute Wegmarken wie der alte verdorrte Baum waren für immer verschwunden. Doch der Berg änderte sich nie. Er war massiv wie immer und noch immer von dichten grünen Bäumen bedeckt. Noch immer bewachte er ihre Farm, Churinga.

Sie tat einen Seufzer der Erleichterung, als sie auf der Koppel vor dem Haus ankamen. Anscheinend war hier kein ernster Schaden entstanden.

»O Gott. Sieh dir das an.« Toms heiseres Flüstern ließ sie herumfahren, und sie schaute in die Richtung, in die er zeigte.

Ein eiserner Wassertank war auf das Dach des Hauses gestürzt und eingebrochen. Wie ein Betrunkener lag er zwischen den Trümmern der Südseite, und das Wellblechdach ragte wie ein mächtiges rostiges Flügelpaar aus der Verwüstung.

Matilda sah Tom an, und Erleichterung und Schmerz mischten sich auf sonderbare Weise in ihr. »Du hast mir das Leben gerettet«, flüsterte sie. »Wenn ich nicht nach Wilga gekommen wäre …« Sie fuhr sich mit der Zunge über die Lippen. »Das Ding ist auf mein Schlafzimmer gefallen.«

Er übernahm sofort das Kommando. »Du und Gabe, ihr versorgt die Schafe. Wir kümmern uns um die Reparaturen. Wie es aussieht, bist du bei diesem Sturm vom Schlimmsten verschont geblieben. Sonst ist ja kaum etwas kaputtgegangen.« Er sah sie durchdringend an. »Gott sei Dank, daß du bei uns warst, Molly.« Er lenkte sein Pferd zum Haus und rief den Treibern, die mitgekommen waren, seine Befehle zu, bevor Matilda sich eine Antwort einfallen lassen konnte.

Sie und Gabriel trieben die Schafe in die Pferche. Es würde nicht schaden, sie noch ein paar Tage hierzubehalten, während die Schäden repariert wurden. Gabriel kehrte in sein neuerrichtetes Gunyah zu seinem neugeborenen Baby zurück; er hatte seinen Speck und sein Mehl, und damit betrachtete er seine Arbeit als erledigt.

Matilda konnte nicht ins Haus, obwohl der Schaden sich hauptsächlich auf die eine Seite beschränkte. Also hob sie auf dem Hof eine Grube aus, umringte sie mit Steinen und zündete darin ein Feuer an. Mit einem Kochtopf und einer ziemlich zerbeulten alten Pfanne gelang es ihr, in den nächsten paar Tagen für Tom und die beiden Treiber zu kochen, und nachts schliefen sie in ihre Pferdedecken gehüllt.

Tom und die anderen errichteten einen Flaschenzug, und schwitzend und ächzend wuchteten sie den schweren Wassertank wieder auf sein Gerüst, bevor sie sich der Reparatur der Zäune und des Hauses zuwandten. Die Holzwände waren in tausend Stücke zerschlagen, die Fenster zerschmettert, das Verandageländer zerbrochen wie Reisig, und das Dach war ein Knäuel aus Wellblech. Tom nahm den Hut ab und kratzte sich am Kopf. »Ich schätze, wir sollten alles neu bauen, Molly. Diese alte Bude wird einstürzen.«

Bestürzt sah sie ihn an. »Aber dazu hast du keine Zeit, Tom. Was ist denn mit deinen Schafen?«

»Zum Teufel mit den Schafen«, knurrte er. »Die Männer kümmern sich schon darum. Ich möchte, daß du es im Winter warm und behaglich hast.« Er stapfte davon, bevor sie noch etwas sagen konnte.

Die Männer arbeiteten mehr als eine Woche. Ein Treiber kam mit einer Wagenladung Bauholz aus Wallaby Flats; er schwor, er habe es von einem alten Farmer geschenkt bekommen, der einen Schuppen abgerissen habe. Matilda musterte ihn ungläubig, aber er schien entschlossen, bei seiner Geschichte zu bleiben, und so blieb ihr nichts anderes übrig, als ihm zu glauben.

Tom verstand auch mit den Bitjarra umzugehen. Er brachte Gabe und die Jungen dazu, die Eckpfosten zu halten, während er und die Treiber die neuen Holzwände zusammenhämmerten. Er gab ihnen Hammer und Nägel, um das Dach zu erneuern, und er zeigte ihnen allen die knifflige Arbeit des Einsetzens neuer Scheiben in die Fensterrahmen.

Mit einer neuen Haustür, reparierten Fliegentüren und Fensterläden und einem neuen Anstrich leuchtete Churinga in der Spätsommersonne. Die Veranda führte jetzt um das ganze Haus herum, überschattet von einem neuen Schrägdach auf rohbehauenen Pfosten.

»April hat bei uns Blumen um die Pfosten und an die Tankgerüste gepflanzt. Schätze, in zwei Jahren wird man die häßlichen Dinger nicht mehr sehen. Solltest du auch versuchen, Molly.«

Sie betrachtete ihr neues Haus, sprachlos vor Freude und beinahe blind von Tränen der Dankbarkeit. »Schätze, daß du da recht hast, Tom.« Sie sah ihn an. »Wie kann ich dir jemals danken? Du hast mir so viel gegeben.«

Er nahm sie in den Arm und drückte sie an sich. »Sagen wir, es gilt als Entschuldigung dafür, daß ich dich so oft an den Haaren gezogen und in den Fluß geschubst habe. Tut mir auch leid, daß wir uns nicht so richtig um dich gekümmert haben, nachdem deine Mum gestorben war. Wir sind Freunde, Molly, und dazu sind Freunde da.«

Sie schaute den Männern nach, als sie davonritten. Dann betrat sie, dicht gefolgt von Blue, ihr neues Haus und schloß die Tür. Es gab keine Worte, um zu beschreiben, was sie fühlte, als sie das Aquarell, das ihre Mutter von Churinga gemalt hatte, an die Wand hängte, aber sie wußte, daß sie endlich einen Mann gefunden hatte, dem sie vertrauen konnte. Einen ehrenhaften Mann, den sie als Freund bezeichnen durfte. Vielleicht gab es noch andere. Gute Leute in der Gemeinde, die sie bis jetzt gemieden hatte.

Sie hatte jetzt wieder den Mut, ihnen entgegenzutreten, und sie nahm sich vor, wenn sie die Schafe auf die Winterweide getrieben hätte, in die Stadt zu reiten und sich ein Kleid zu kaufen. Und eines Tages, das schwor sie sich, würde sie einen Weg finden, Tom seine Freundlichkeit zu vergelten.

Jenny legte ein Lesezeichen in das Tagebuch. Sie konnte sich genau vorstellen, was Matilda empfunden haben mußte. Angesichts von so viel Güte nach all der Brutalität mußte sie sprachlos, vielleicht auch verwirrt sein – und doch hatte sie daraus neuen Mut geschöpft. Eine andere Art von Mut als jenen, den man auf Weiden und Koppeln brauchte: einen, der ihr erlaubte, sich zu öffnen – Menschen zu begegnen und ihnen wieder zu vertrauen.

Ihr Blick fiel auf den kleinen Hund, der begeistert seine Flohbisse kratzte. »Komm jetzt, Ripper. Zeit zum Schlafengehen. Und morgen früh, junger Mann, wirst du gebadet.«

Er schaute zu ihr auf, und seine anbetungsvollen Augen verfolgten sie durch das Zimmer, ehe er dann hinaussprang. Jenny warf einen langen letzten Blick auf die stille Koppel und den hohen, schwarzen Himmel, der von Millionen Sternen übersät war. Es war eine schöne und grausame Welt – aber immer lohnend. Jenny begann zu verstehen, warum Matilda und Brett diese Welt liebten.

Z W Ö L F

Die Stille war zu einem Lebewesen geworden, das auf Jenny lastete, und im Laufe der Zeit kam ihr immer mehr zum Bewußtsein, wie isoliert sie hier war. Dennoch fühlte sie sich wohl in der eigenen Gesellschaft und mit den Männern, die jetzt noch auf Churinga waren; es war eine Art von Frieden, wie sie ihn noch nie empfunden hatte.

Tagelang streunte sie zu Pferde über das weite Land, den Skizzenblock in der Satteltasche, und an den frostkalten Abenden, wenn der Tau auf den Weiden glitzerte, putzte und fegte sie und hielt das Haus in Ordnung. Sie wusch die Vorhänge und die Bettwäsche, strich die Küchenschränke an und schleppte die Truhe in ihr Schlafzimmer. Die Kleider gehören in den Schrank, entschied sie, nicht in ein Versteck.

Sie hob das meergrüne Kleid heraus und hielt es sich an. Die Erinnerung an Lavendel wehte durch das Zimmer, und das Geisterorchester stimmte seinen Walzer an. Matildas Geist war bei ihr, als sie tanzte, aber in dieser Musik war auch ein Widerhall von Trauer. Unerfüllte Träume zogen sich wie ein zarter Faden durch den Refrain, aber sie konnte sie weder fassen noch verstehen.

Jenny schloß die Augen und bemühte sich, die Bilder, die sie sich von den Tänzern gemacht hatte, wieder heraufzubeschwören. Denn sie waren es, die sie durch die Seiten von Matildas Leben führten. Ihre Geschichte war es, die erzählt werden wollte.

»Jenny? Sind Sie zu Hause?«

Sie schlug die Augen auf; die Musik zerbarst und verwehte, die Bilder waren fort. Es war, als sei sie aus einer Dimension in eine andere gerissen worden, aber trotz ihrer Verwirrung war ihr erster Gedanke, daß Brett sie so nicht antreffen durfte.

»Moment. Ich komme sofort«, rief sie.

Die Fliegentür flog zu, und dann hörte sie das Dröhnen seiner Stiefel in der Küche. Sie hängte das Kleid in den Schrank, und sie hörte seinen Bariton und Rippers schrilles, aufgeregtes Kläffen, während sie rasch in Hemd und Hose schlüpfte. Sie holte tief Luft und öffnete die Schlafzimmertür.

»Hallo, Jen.« Brett hob den Kopf; er hockte vor dem Hund, der begeistert an seinen Fingern kaute.

Sie lächelte, seltsam erfreut, ihn zu sehen. »Ich hatte Sie nicht so bald zurückerwartet. Wie ist der Wolltransport gelaufen?«

»Alles okay. Wir haben auf der Versteigerung einen guten Preis erzielt, und ich habe den Scheck wie immer zur Bank gebracht.« Er wühlte in seiner Tasche. »Ich mußte Löhne und Spesen davon bezahlen, aber hier sind alle Belege.«

Jenny warf einen Blick auf die Zahlen. Es war mehr Geld, als sie sich vorstellen konnte. »Ist der Scheck für die Wolle immer so hoch?«

Brett zuckte die Achseln. »Kommt auf die Marktlage an. Aber das ist ungefähr der Durchschnitt.«

Er tat so nonchalant. Als würde eine solche Summe überhaupt nichts bedeuten, dachte sie staunend. Sie faltete die Quittungen zusammen und schob sie in die Tasche ihrer Jeans. Aber natürlich war es auch nicht sein Geld – wieso also sollte er deswegen aus dem Häuschen geraten?

»Haben Sie ein Bier da, Jen? Es war 'ne lange Fahrt.«

Sie holte zwei Flaschen aus dem Kühlschrank und öffnete sie zischend. »Auf den Scheck für die Wolle.«

»Jawohl.« Er trank in tiefen Zügen und wischte sich dann mit dem Handrücken über den Mund. »Übrigens, ich habe in Broken Hill etwas für Sie abgeholt. Chalky White hätte es sonst mit der Royal Mail hergebracht.« Langsam erreichte sein Lächeln die grauen Augen, und die grün-goldenen Sprenkel leuchteten warm und humorvoll, als er ein gewaltiges Paket von der Veranda hereinschleppte.

Jenny schnappte nach Luft. »Diane hat mir meine Sachen geschickt.« Sie riß das Packpapier herunter und plagte sich mit der Schnur ab, bis die verschrammte Holzkiste mit Ölfarben, Rollen vorbereiteter Leinwand und Bündeln von Pinseln zum Vorschein kam. »Sie hat sogar an meine leichte Staffelei gedacht.« Jenny war überrascht und entzückt.

»Schätze, dann sind Sie ja für den Winter bereit.«

Jenny nickte. Sie war so vertieft in ihre Farbtuben, die blinkenden Palettenmesser, die Fläschchen mit Terpentin und Leinöl, daß sie kein Wort herausbrachte. Jetzt konnte sie Churinga auf der Leinwand zum Leben erwecken, Farbe und Licht in die Skizzen bringen, die sie im letzten Monat angefertigt hatte, und vielleicht sogar die Bilder einfangen, die das Tagebuch heraufbeschwor. Ihre rastlose Energie kehrte zurück. Sie brannte darauf anzufangen.

»Das heißt natürlich, wenn Sie sich dazu entschließen hierzubleiben. In den nächsten zwei Monaten ist hier nicht viel los, solange die Treiber auf der Winterweide sind.«

Sie schaute zu ihm auf; die Hände hatte sie immer noch zwischen den Tuben vergraben. »Jetzt, wo ich die Sachen bekommen habe, wird die Einsamkeit mir nichts ausmachen. Es gibt so vieles, was ich malen möchte, so viele von meinen Skizzen muß ich auf die Leinwand bringen. Da ist das Haus, die Koppel, das Stück Weg zu dem wunderbaren Wasserfall mit dem Teich. Der Berg, die Oase, wo wir geschwommen sind, die Wilga-Bäume, der Scherschuppen, die Pferche.« Sie hielt inne, um Luft zu holen. »Und abends habe ich Sie und Ripper zur Gesellschaft.«

Brett trat von einem Fuß auf den anderen; er stopfte die Hände in die Taschen und schaute auf seine Stiefel. »Tja ...«

Jenny ließ sich erschrocken auf die Fersen sinken. »Was ist denn, Brett?« fragte sie leise. Er machte ein betretenes Gesicht. Irgend etwas hatte er auf dem Herzen, aber es fiel ihm offensichtlich schwer, es in Worte zu fassen. »Ist es die Vorstellung, hier mit mir festzusitzen? In dem Fall brauchen Sie sich keine Sorgen zu machen. Wenn ich nur weiß, daß noch jemand hier ist, müssen wir uns gar nicht sehen«, erklärte sie entschlossen.

Tapfer gesprochen, dachte sie. Warum gibst du nicht einfach zu, daß du dich darauf gefreut hast, ein bißchen Zeit mit ihm zu verbringen?

Zeit, in der Churinga nicht so dringende Anforderungen an ihn stellte. Zeit, einander kennenzulernen.

Als er sie anschaute, hatten seine Augen die Farbe von Rauch. »Das ist nicht fair, Jen. Der Gedanke, Sie hier allein zu lassen, gefällt mir nicht, und ich täte es auch nicht, wenn es nicht unbedingt nötig wäre.«

»Und was macht es so nötig?« Ihr Tonfall war ein bißchen zu scharf, und sie dachte an Lorraine.

»In Broken Hill war ein Brief für mich. Von Davey, meinem Bruder oben in Queensland. John ist diesmal richtig krank, Jen. Und jetzt ist die einzige Gelegenheit für mich, ihn dieses Jahr noch zu sehen.«

Jenny sah die Qual der Unschlüssigkeit in seiner Miene. »Wie lange werden Sie denn wegbleiben?« Ihre Stimme war ruhig, trotz der bitteren Enttäuschung.

»Einen Monat. Aber ich sage den Flug ab, wenn Sie nicht so lange allein bleiben möchten. Sie müssen sich in den letzten paar Wochen ziemlich einsam gefühlt haben.«

Jenny war wütend über die Eifersucht, die sie plötzlich empfunden hatte, wütend über die Erleichterung, die sie erfüllte, als sie hörte, daß er seinen Urlaub nicht mit Lorraine zu verbringen gedachte, und sie schämte sich, daß sie in ihrer Hast die falschen Schlüsse gezogen hatte. Was ging sie das überhaupt an? Es war nicht ihre Sache. Brett war ein Freund, und Freunde mußten einander vertrauen, statt ihre Beweggründe mit gegenseitigem Argwohn zu betrachten.

»Natürlich müssen Sie fliegen«, sagte sie entschlossen. »Ich komme schon zurecht. Ich habe all das hier, um mich zu beschäftigen, und da ist immer noch das Funkgerät, wenn ich Unterhaltung oder Hilfe brauche.«

»Der Gedanke, daß Sie allein hier draußen sind, gefällt mir aber nicht. Das hier ist nicht die Großstadt, Jen.«

»Ganz recht, ist es nicht.« Jenny stand auf und klopfte sich den Staub von der Jeans. »Aber das schaffe ich schon. Fahren Sie nur, und besuchen Sie Ihren Bruder, Brett. Ich komme prima zurecht.«

Er wirkte nicht überzeugt; unbehaglich stand er in der Tür.

Jenny stemmte die Hände in die Hüften und schaute ihm ins Gesicht. »Ich bin ein großes Mädchen, Brett; ich kann selbst für mich sorgen – und wenn es mir hier wirklich zuviel wird, kann ich jederzeit nach Sydney zurückfahren. Und jetzt gehen Sie, und lassen Sie mich malen.«

Er schaute lange nachdenklich auf sie herunter; sein Blick war forschend, als suche er etwas in ihrem Gesicht. Dann war er fort. Die Fliegentür klapperte, und seine Stiefel polterten auf den Holzdielen der Veranda.

Jenny tat einen langen, tiefen Seufzer, als die Stille sich herabsenkte. Sie hatte sich auf seine Rückkehr mehr gefreut, als sie Lust hatte zuzugeben – und diese Erkenntnis war ein Schock. Das Haus wirkte leerer ohne ihn, die Stille tiefer, die Einsamkeit von Churinga durchdringender. Die langen Wochen erstreckten sich endlos vor ihr, und ihr war, als höre sie ein leises Lachen und das Rascheln von Seide.

Mit ungeduldigem Schnauben wandte sie sich der Kiste mit den Ölfarben zu. Ihre Phantasie ging mit ihr durch. Churinga und die Leute, die es einmal bevölkert hatten, wirkten sich merkwürdig auf sie aus, und je eher sie mit dem Malen anfangen würde, desto besser.

Er hatte nicht lange gebraucht, um ein paar Sachen in seine Reisetasche zu werfen. Jetzt stand er wieder auf der Veranda und spähte durch die Fliegentür hinein.

Jenny war in seiner kurzen Abwesenheit fleißig gewesen. Vor den Fenstern an der Rückseite des Hauses hatte sie die Möbel weggerückt und Tisch und Boden mit Laken zugedeckt. Die Staffelei stand auf dem Tisch, die Pinsel hatte sie in Gläser gestopft und daneben gestellt, und die Ölfarben lagen nebeneinander in Reih und Glied wie ein Regiment. Sie hatte den Platz gut ausgewählt. Licht strömte von der Koppel herein, und ein warmer Wind kräuselte die Vorhänge.

Er sah zu, wie sie die Leinwand auf die Rahmen spannte, die Woody in der Schreinerei gemacht hatte, und spürte plötzlich das ganze Gewicht der Enttäuschung. Sie brauchte ihn nicht. Wahrscheinlich würde sie gar nicht merken, daß er weg war. Sie hatte alles, was sie brauchte.

Seufzend wandte er sich ab und ging über den Hof zum Geländewagen. Die Zehn-Gallonen-Kanister mit Wasser und Benzin standen hinten, Ersatzräder und Werkzeug waren fest auf der Ladefläche verzurrt. Er warf seine Tasche auf den Beifahrersitz und kletterte hinterher.

Er hatte eine lange Fahrt vor sich, aber irgendwie hatte er das Gefühl, er wäre unbeschwerter losgefahren, wenn er noch einmal einen Blick in diese wunderschönen Augen hätte werfen können.

Leise fluchend drehte er den Zündschlüssel um. Er benahm sich wie ein Idiot! Es wurde Zeit, daß er ein paar Meilen zwischen sich und Churinga brachte.

Während er über den steinigen Boden hinrumpelte, zwang er sich zur Konzentration. Eine falsche Bewegung, und er würde sich überschlagen. Die einsame Straße nach Bourke war nicht der richtige Ort für einen Unfall. Von Bourke würde er nordwärts nach Charleville im Herzen der trockenen Mulga-Region fahren; von dort würde er das Flugzeug nach Maryborough nehmen und nach Norden, nach Cairns, fliegen, wo er sich mit einer Cessna verabredet hatte, die ihn in die Zuckerrohrfelder bringen würde, wo Davey ihn erwartete.

Er haßte das Fliegen, vor allem das in kleinen Maschinen, und hätte am liebsten die ganze Strecke mit dem Auto zurückgelegt, aber er hatte anderthalbtausend Meilen zu bewältigen und keine Zeit zu vergeuden. Es war ungewöhnlich, daß Davey überhaupt schrieb, und der Brief über John war erschreckend gewesen. John war schon öfter krank gewesen, und bei ihren kurzen und seltenen Telefonaten war davon nie die Rede gewesen; Brett hatte es erst bei seinen gelegentlichen Besuchen im Norden erfahren. Aber diesmal klang es ernst, und der Gedanke, er könnte zu spät kommen, um noch etwas zu tun, brachte ihn dazu, Risiken einzugehen, die er unter normalen Umständen niemals in Betracht gezogen hätte. Er zwang sich, gelassen zu bleiben. Er würde weder dem einen noch dem anderen Bruder etwas nützen, wenn er sich hier zuschanden fuhr.

So holperte er Meile um Meile dahin. Der Tag wurde zur Nacht, und er schlief unruhig, denn er brannte darauf, die Reise beim ersten Lichtschimmer fortzusetzen. Churinga schien in einer anderen Welt zu liegen, aber auch wenn ihm sein Bruder John nicht aus dem Kopf ging, dachte er in den einsamen Stunden am Steuer vor allem an Jenny. Wie das Licht sich in ihrem kupferroten Haar fing. Wie sie sich bewegte. Wie sie mit langgestreckten Gliedmaßen und schlankem Körper in der Sonne gelegen hatte, als sie schwimmen gewesen waren. Er machte sich

Vorwürfe, weil er sich von ihr zum Narren machen ließ, und bemühte sich, sie zu vergessen und sich lieber auf den Grund für diese Reise zu konzentrieren. Aber obwohl der Abstand zwischen ihnen wuchs, blieb sie fest verwurzelt in seinen Gedanken, und er fragte sich, wie sie allein zurechtkam und ob sie wohl an ihn dachte.

Als er schließlich aus dem leichten Flugzeug stieg, das ihn in das Hinterland der Zuckerrohrfelder gebracht hatte, prallte ihm sofort der allzu vertraute Gestank der Melasse entgegen, der ihn auf der Stelle in die Kindheit zurückführte und Erinnerungen weckte, die er längst tot geglaubt hatte. Es war ein klebriger, alles durchdringender Geruch, der in der schwülen Luft hing wie in einer erstickenden Wolldecke. Er war kaum aus der Maschine gestiegen, als er auch schon naßgeschwitzt war. Das Hemd klebte ihm am Rücken.

»Wie geht's, Alter? Schön, dich zu sehen.« John trug die Uniform des Zuckerrohrlandes: Khakishorts, Stiefel und Unterhemd. Seine Haut hatte die Farbe von altem Pergament, und seine abgemagerten Arme und Beine waren voller Narben.

Brett starrte ihn an. Sie hatten sich drei Jahre nicht gesehen, und als sie sich jetzt die Hand schüttelten, versuchte er seinen Schock zu verbergen und den grauhaarigen, gebeugten alten Mann mit dem muskulösen Riesen in Einklang zu bringen, an den er sich erinnerte. Davey war zu Recht besorgt. Das Zuckerrohr brachte seinen älteren Bruder um, wie es schon ihren Vater umgebracht hatte.

»Was zum Teufel machst du denn hier unten, John? Ich dachte, Davey holt mich ab.«

»Er macht 'n Vertrag für die nächste Saison«, sagte John. »Und mir hängt's zum Hals raus, den ganzen verdammten Tag rumzuliegen wie ein Faulpelz. Die frische Luft tut mir gut.«

Brett runzelte die Stirn. »Die ist nicht frisch. Das ist flüssiger Zucker.«

John grinste, und die scharfen Konturen seines Schädels waren unter der papiernen Haut deutlich sichtbar. »New South Wales scheint dir ja gut zu bekommen. Hast 'n feines Leben da unten, du fauler Sack. Sich um 'ne Meute Mähschäfchen kümmern, das ist nicht gerade das, was ich Männerarbeit nenne. Hast ja nicht mal graue Haare«, fügte er wehmütig hinzu und strich sich die spärlichen Überreste seiner eigenen zurück.

Brett versuchte unbeschwert zu antworten, aber innerlich tat ihm der Anblick seines Bruders weh. »Schon recht, John. Du bist schließlich ein alter Knabe – schon über Vierzig.« Er schlug seinem Bruder auf den Rücken, um seinen Worten den Stachel zu nehmen, und merkte, wie dieser zusammenzuckte, ehe er die Hand wieder wegnahm. Er musterte ihn. »Wie krank bist du wirklich, John? Sag's mir ehrlich!«

»Das wird schon wieder«, knurrte John und wandte sich ab, um zum Lastwagen zu gehen. »'n bißchen Weilsche Krankheit. Hast du sie einmal, hast du sie immer. Kennst du doch.«

Brett stieg in den Laster, und sein Bruder ließ den Motor an und fuhr dann in die Zuckerrohrfelder. Die Weilsche Krankheit – das erklärte, weshalb Johns Haut so gelb war und aussah wie gekochtes Obst. Es erklärte auch, weshalb er so dünne Arme und Beine hatte, so vorzeitig gealtert erschien und Gelenkschmerzen hatte. »Davey sagt, du hättest den letzten Anfall vor einem Monat gehabt. Und wie's aussieht, gehörst du ins Bett.«

John zündete sich eine Zigarette an, und nach einem rasselnden Hustenanfall ließ er sie an der Unterlippe kleben. »Ach was, das wird schon wieder. Ich muß mich nur mal ein, zwei Wochen vom Zuckerrohr fernhalten.« Er wandte den Blick nicht von dem gewundenen Feldweg, der mitten ins Herz des Zuckerrohrs führte. »Als Davey dir schrieb, war ich echt krank. Aber ich hab' ihm gesagt, es wird immer wieder besser.«

Brett merkte, wie Ungeduld in ihm aufstieg. Hatte John aus Dads Geschichte nichts gelernt?

Sein Bruder schien von seiner Sorge nichts zu merken; er lenkte den Wagen schwungvoll wie ein Kavalier um die Schlaglöcher. »Hast dir 'ne gute Zeit für deinen Besuch ausgesucht, Brett. Die Saison ist vorbei, und Davey schätzt, wir kriegen Arbeit in der Raffinerie, so daß wir durchkommen. Aber bis dahin sind's noch ein, zwei Wochen.«

»Aber wie ich höre, ändert sich hier oben alles. Was macht ihr nächstes Jahr, wenn die Farmer sich Maschinen anschaffen?«

»Ah, das geht schon. Maschinen kosten Geld, und Davey schafft 'ne Spitzenquote, fast soviel wie ich, als ich in seinem Alter war. In der

Rohrcutterliga steht er ganz oben bei den Griechen; ich schätze also, wir werden noch 'n paar Jahre zu tun haben. Und bald haben wir unsere eigene Farm. Haben da einen Spitzenbetrieb gesehen, draußen bei Mossman. Der Besitzer will sich zur Ruhe setzen, und er ist bereit, mit seinem Preis runterzugehen.«

Brett bemerkte den falschen Optimismus in den fieberglänzenden Augen. Sein Bruder war fünfundvierzig und sah aus wie sechzig. Warum lebten er und Davey so, wenn sie in der trockenen Hitze von New South Wales ein viel gesünderes Dasein haben konnten? Was war so anziehend an diesem rattenverseuchten Zuckerrohr, an der tagtäglichen Plackerei in dieser auszehrenden Schwüle und an der zweifelhaften Ehre, der schnellste Cutter in der Liga zu sein? Und der Plan, sich einen eigenen Betrieb zu kaufen – das war eine Schnapsidee. Seit Jahren redeten sie davon, und wahrscheinlich konnten sie sich den Laden bei Mossman inzwischen dreimal leisten. Aber sie würden sich niemals niederlassen. Das Zuckerrohr und das Leben eines Cutters war ihnen in Fleisch und Blut übergegangen.

Brett seufzte. Er mußte versuchen, John zu überreden, mit ihm in den Süden zu kommen. Auf Churinga würde es genug für ihn zu tun geben, Arbeit, die ihm Gelegenheit gäbe, sich körperlich zu erholen. Wenn er hierbliebe, hätte er nicht mehr viele Jahre vor sich.

Brett wandte sich zum Fenster und schaute hinaus auf die Zuckerrohrfelder: verbrannte Stoppeln, so weit das Auge reichte, zu beiden Seiten der Straße. Er bereute, daß er hergekommen war. John brauchte ihn nicht und würde seinen Rat nicht annehmen. Er, Brett, gehörte nicht mehr hierher, schon lange nicht mehr. Er zog sein Hemd aus und wischte sich den Schweiß ab. Die feuchte Schwüle zehrte mit jeder Meile an seinen Kräften, und sehnsüchtig dachte er an die grünen Weiden und schattigen Wilga-Bäume von Churinga. Und an Jenny.

Er starrte auf die abgebrannten Felder hinaus, aber im grellen Licht der Erkenntnis sah er sie nicht. Er liebte Jenny. Er vermißte sie, er brauchte sie. Was zum Teufel machte er hier oben, während sie allein auf Churinga war und sich wahrscheinlich in diesem Augenblick entschloß, doch lieber nach Sydney zurückzukehren? Ihr Gesichtsausdruck, als er ihr gesagt hatte, daß er für einen Monat fortgehen wolle, hatte genügt, um ihm klarzumachen, daß sie sich niemals im Outback niederlassen würde. Es war zu einsam da draußen, zu abgeschieden für eine intelligente, attraktive Frau. Sie würde verkaufen und fortgehen, und dann säße er da und hätte nichts mehr. Kein Zuhause, keine Arbeit, keine Frau.

Fast hätte er John aufgefordert, zum Flugplatz zurückzufahren – aber dann gewann die Vernunft wieder die Oberhand und befahl ihm, den Mund zu halten. Ungeachtet seiner Befürchtungen wegen Jenny gebührte John oberste Priorität. Irgendwie mußte man ihn doch überreden können, das Zuckerrohr zu verlassen – und sei es nur für eine Weile. Wenn er sich sofort wieder auf den Heimweg machte, würde er überhaupt nichts erreichen.

»So gedankenverloren, Brett? Probleme?« John hatte eine Hand am Steuer, die andere baumelte aus dem Fenster.

»Nichts, womit ich nicht fertig werde«, antwortete Brett kurz angebunden.

John gluckste, als er auf den Parkplatz eines wackligen Gebäudes einbog, das sich Hotel nannte. »Ach, du sprichst von 'ner Frau?« Er stellte den Motor ab und sah seinen kleinen Bruder an. »Lieben und laufenlassen, Brüderchen. Sie binden einen Mann fest, stellen Ansprüche an seine Zeit und sein Geld. Hör auf meinen Rat: Allein reist man schneller.«

»So einfach ist die Sache nicht«, knurrte Brett und langte nach seiner Reisetasche. John hatte schon immer wenig für Frauen übriggehabt, und seine Haltung ging ihm allmählich auf die Nerven.

»Ich dachte, du hättest deine Lektion gelernt, bei der Sache mit deiner Frau da – wie hieß sie? Merna? Martha?«

»Marlene«, sagte Brett knapp. »Aber diese ist anders.«

John hustete Schleim herauf und spuckte aus. »Nachts sind alle Katzen grau, Brett. Das sagt dir einer, der Bescheid weiß.«

»Frauen für eine Nacht interessieren mich nicht. Ich will heiraten, Kinder kriegen, eine eigene Farm haben.«

John beäugte ihn verächtlich. »Das hast du doch schon probiert. Hat nicht geklappt. Schätze, da wärest du mit der Kellnerin, von der du letztes Mal geredet hast, besser dran. Scheint von der willigen Sorte zu sein, und du brauchtest sie nicht zu heiraten.«

»Lorraine ist ganz unterhaltsam, aber damit hat sich's auch.« Er dachte daran, wie sie sich immer darum bemühte, mehr als nur Freundschaft bei ihm zu finden. Es war dumm von ihm gewesen, daß er dem keinen Riegel vorgeschoben hatte. Arrogant, zu glauben, er könnte alles so haben, wie es ihm gefiel, ohne sich selbst zu verpflichten. Natürlich hatte sie mehr von ihm gewollt. Mehr, als er zu geben bereit war. »Was das Heiraten angeht, da irrst du dich, John. Ich glaube, sie betrachtet mich als Fahrkarte, mit der sie Wallaby Flats verlassen kann.«

Sein Bruder zog eine Grimasse. »Könnte natürlich sein. Die meisten Weiber wollen was von 'nem Kerl. Jetzt komm schon, ich brauche ein Bier.« Er zuckte zusammen, als er die Tür öffnete und ausstieg. Sein Gesicht war grau vor Schmerzen und glänzte von Schweiß.

Brett wußte, daß er ihm Hilfe gar nicht erst anzubieten brauchte; er folgte der Gestalt, die in wiegendem Gang den Parkplatz überquerte, die Stufen zum Eingang hinauf. John hatte gut reden mit seinen zweifelhaften Weisheiten, dachte er. Er hatte sein Leben bereits dem Zuckerrohr verschrieben, und das war viel anspruchsvoller als jede Frau. Aber das würde er niemals so sehen, und deshalb hatte es keinen Sinn, mit ihm zu diskutieren.

Das Hotel stand auf Stelzen auf halber Höhe eines Hügels. Umgeben von tropischen Bäumen und bunt blühenden Ranken, fingen seine Veranden und offenen Fenster noch die leiseste Brise ein. Hier oben auf der Höhe war die Luft nicht ganz so schwül, aber der Melassegeruch aus den Kaminen der Raffinerie im Tal war unvermindert stark.

Brett folgte seinem Bruder über das rissige Linoleum in dem halbdunklen Korridor zu der nackten Holztreppe. John stieß die Tür zu seinem Zimmer auf und ließ sich auf das alte Eisenbett fallen. »Bier ist im Kühlschrank«, sagte er müde.

Brett verzog das Gesicht, als er das Zimmer betrachtete, das er mit seinen Brüdern teilen würde. Selbst die Jackaroos auf Churinga hatten bessere Unterkünfte als das hier. Es gab drei Betten, einen Beistelltisch, keinen Vorhang, keinen Teppich, eine nackte Glühbirne. Überall blätterte die Farbe ab, in den Ecken wucherte der Schimmel, auf allem lag fingerdick der Staub, und das Bettzeug sah aus, als wäre es monatelang nicht gewaschen worden. Ein Deckenventilator drehte sich lustlos quietschend, und das Fliegenpapier war offensichtlich seit Wochen nicht erneuert worden. Brett warf seine Tasche auf das nächste Bett und öffnete den Kühlschrank. Je schneller er John überreden könnte, dieses Höllenloch zu verlassen, desto eher könnte er das Flugzeug nach Maryborough besteigen.

Das Bier war so eiskalt, daß es in Mund und Kehle brannte und seine Geschmacksknospen einfrieren ließ, und als er schluckte, fuhr ein greller Schmerz durch seinen Kopf. Aber nichts löschte den Durst so gut und brachte so schnell Erleichterung in der lähmenden Hitze. Er trank die Flasche leer, warf sie in den überquellenden Mülleimer und öffnete noch eine. Er zog sich bis auf die Unterhose aus, ließ Socken und Stiefel zu Boden poltern und fiel aufs Bett. So schnell, wie das Bier ihn abgekühlt hatte, schwitzte er es auch wieder aus. Er war erschöpft.

»Wieso zum Teufel lebst du so, John, wenn du weißt, daß es dich umbringt?« Brett stellte die Frage mit Absicht unverblümt, denn Diplomatie war für John eine Fremdsprache.

Sein Bruder lag ausgestreckt auf der schmutzigen Matratze, die dünnen Arme hinter dem Kopf verschränkt. »Weil es das einzige Leben ist, das ich kenne, und weil ich gut darin bin.« Unter Schmerzen drehte er sich auf die Seite; sein pergamentfahles Gesicht wurde lebhaft, und rote Flecken erschienen auf seinen kantigen Wangenknochen. »Es gibt kein besseres Gefühl, als zu wissen, daß du der König des Zuckerrohrs bist. Ich schneide immer noch so schnell wie die Schnellsten, und wenn ich im Moment auch ein bißchen dünn bin, so bin ich doch noch nicht geschlagen. Noch zwei Wochen, und es geht wieder. Wir sind alle mal krank; das gehört zum Leben. Aber es gibt nichts Besseres, als mit ein paar Kumpeln zusammenzuleben, sich die Eier abzuarbeiten und zuzusehen, wie das Geld sich auf der Bank vermehrt.«

»Und was hat das ganze Geld für einen Sinn, wenn du es nicht brauchst? Ihr redet seit Jahren davon, einen eigenen Betrieb zu kaufen. Warum steigt ihr nicht aus, solange ihr noch könnt, kauft euch eure Farm, setzt euch zur Ruhe und laßt einen anderen Trottel für euch arbeiten?«

John ließ sich auf sein Kissen zurücksinken. »Nichts da. Die Farm, die ich haben will, kostet alles, was Davey und ich haben, und mehr. In zwei Jahren dürften wir soweit sein.«

»Blödsinn! Du klingst schon genau wie Dad. Für dich und Davey gibt's keine Farm, und das weißt du genau. Nur immer wieder eine neue Schlafbaracke, ein neues heruntergekommenes Hotel – bis ihr zu alt und zu krank zum Arbeiten seid. Und dann geht das ganze Geld, das ihr gespart habt, für die Krankenhausrechnungen drauf.«

John nahm den Ausbruch seines kleinen Bruders ungerührt hin. »Hab' ich dir von dem Betrieb bei Mossman erzählt? 'ne richtig schöne Farm, mit Wohnhaus und allem Drum und Dran. Schätze, ich und Davey wären dort prima versorgt, wenn wir nur erst die Kohle zusammenkriegen könnten.«

»Wieviel braucht ihr denn? Ich leihe euch den Rest, wenn du dann aufhörst, auf dem Feld zu arbeiten.«

»Danke für das Angebot, aber Davey und ich kommen ohne deine Almosen zurecht.« John trank sein Bier aus und griff nach dem nächsten.

Brett sah, wie die Hand zitterte und wie schmerzhaft das Schlucken war. Sein Bruder war ein sehr kranker Mann, und obwohl er wahrscheinlich mehr Geld auf der hohen Kante hatte, als Brett sich vorstellen konnte, würde es sein dummer Stolz nicht zulassen, daß er die Felder verließ, ehe er tot umfiel. Ihm einen Teil der eigenen Ersparnisse zu geben hätte für Brett bedeutet, daß sein Traum von der eigenen Schafzucht nie in Erfüllung gehen würde – aber das wäre es wert gewesen, wenn er John dafür wieder gesund und kräftig hätte sehen können.

Er betrachtete seinen Bruder lange. Der Altersunterschied und der große Abstand zwischen den Gegenden, in denen sie lebten, hatte sie zu Fremden werden lassen. Brett hätte nicht zu sagen gewußt, was sein Bruder John für Ansichten hatte, wenn es nicht um Zuckerrohr ging. Er hatte keine Ahnung, wie er lebte, und sie hatten beide weder Verständnis für die Ambitionen des anderen, noch würden sie ihre Entfremdung zugeben. Es lag auf der Hand, weshalb er dieses Jahr hergekommen war. Aber warum war er all die Jahre vorher nicht hiergewesen? Das Blut war ein dünnes Band – eines, das kurz vor dem Zerreißen war –, und doch zog ihn immer etwas zurück zu seinen Wurzeln, sosehr er sie auch verachtete. Etwas Unfaßbares und letzten Endes Frustrierendes.

Die Tür flog krachend auf und riß ihn aus seinen Gedanken, und ehe Brett die Flucht ergreifen konnte, drückte Davey ihn fast platt. Lachend und nach Luft schnappend, versuchte Brett ihn abzuwerfen, aber sein Bruder hatte ihn im Würgegriff und ließ sich nicht abschütteln.

»Okay, okay«, schrie er, »ich ergebe mich. Herrgott, laß mich los, du Spinner!«

Davey löste sich von ihm, zog ihn vom Bett und umarmte ihn wie ein Bär. »Wie geht's dir, mein Alter? Mann, es ist schön, dich zu sehen. Dieser elende alte Faulenzer will nicht mit mir ringen; liegt bloß den ganzen Tag rum und bedauert sich.«

Brett grinste. An Davey änderte sich wirklich nichts außer seiner Größe. Er war um fünf Zentimeter gewachsen; Schultern und Brust waren breiter denn je, seine Arme muskulös, seine Haut sonnengebräunt. Zumindest ihn hatte das Zuckerrohr noch nicht dahinwelken lassen.

Trotz seiner drahtigen Körperkraft war Brett ihm nicht gewachsen, und nur das angebotene Bier brachte die freundschaftliche Balgerei zu einem Ende. »Siehst ein bißchen schwächlich aus, Davey«, spottete er.

»Hau ab.« Sein Bruder grinste. »Ich wette, ich bin stärker als du.«

Brett kam nach dem Ringkampf gerade erst wieder zu Atem. Er hob beide Hände. »Ist mir zu heiß. Ich glaub's dir auch so. Nimm noch ein Bier!«

Davey trank auch die zweite Flasche leer und griff nach einer dritten, bevor er sich auf das Fußende von Bretts Bett plumpsen ließ. »Und – wie ist das Leben draußen im Busch, wo Männer Männer sind und die Schafe nervös?«

Brett verdrehte die Augen zur Decke. Das war ein alter Witz. »Könnte sein, daß ich Churinga bald verlassen muß. Der neue Eigentümer ist aufgetaucht«, meinte er lässig.

Davey musterte ihn über die Bierflasche hinweg. »Das ist hart«, sagte er schließlich. »Heißt das, du kommst nach Hause?«

»Da kannst du lange warten. Das Zuckerrohr ist nichts für mich. War's noch nie. Ich schätze, ich muß mir 'ne andere Farm suchen, weiter nichts.« Jetzt, da er seine Gedanken offen ausgesprochen hatte, waren sie schmerzhafter denn je, aber er war klug genug, vor seinen Brüdern nicht zu jammern.

John schüttelte das feuchte Kissen auf und richtete sich mühsam auf.

Schweißperlen bedeckten seine Haut, und Brett hörte das Rasseln in seiner Lunge, als er nach Atem rang. »Wie ist denn dein neuer Boß? Ein mieser Hund, ja?«

Brett schüttelte den Kopf; es widerstrebte ihm, über Jenny zu sprechen. »Es ist 'ne Frau«, sagte er knapp und wechselte dann gleich das Thema. »Wie wär's mit noch 'nem Bier? Die letzten paar hab' ich schon wieder ausgeschwitzt«, fügte er hastig hinzu.

Davey machte trotzdem vor Entsetzen runde Augen, aber John war derjenige, der das Gesicht verzog und ihrer Meinung Ausdruck gab. »Mannomann! Kein Wunder, daß du abhauen willst, wenn da ein verdammtes Weib das Kommando führt. Pech, mein Alter. Nimm noch ein Bier! Wir verschwenden gute Saufzeit mit diesem Gequatsche.«

Brett nahm das Bier in Empfang, dankbar dafür, daß seine Brüder beide nichts Genaueres wissen wollten, und zugleich enttäuscht, weil sie sich für seine Probleme überhaupt nicht interessierten.

John schien allmählich wieder zu genesen. Er hing mit grimmiger Entschlossenheit am Leben, auch wenn die Chancen schlecht standen. Trotzdem wußte Brett, daß er ihn jetzt vielleicht zum letztenmal lebend sah. Die Reise hierher war ein Fehler gewesen – er hatte nichts erreicht; John würde einfach weitermachen, bis er tot umfiele. Aber die Cutter wußten, wie man sich amüsierte; das mußte Brett zugeben, nachdem sie zehn Tage lang heftig getrunken und gefeiert hatten. Die Dudelsäcke hatten bis weit in die Nacht hinein heulend zum Tanz aufgespielt, das Bier war gallonenweise geflossen, die Prügeleien waren legendär gewesen, und der Kater schien hinter seinen Augen eine feste Wohnung bezogen zu haben.

Am letzten Tag wälzte er sich aus dem Bett, betrachtete sich in dem von Fliegendreck übersäten Spiegel und verzog das Gesicht. Der Anblick war schlimmer, als er gedacht hatte. Sogar das Rasieren und Haarekämmen tat weh.

Nach dem Frühstück – es gab durchgezogenen Tee, fetten Speck und zu lange gebratene Eier – stieg er mit seinen Brüdern in den Laster. »Fertig?« Daveys Miene war ausnahmsweise ernst; es ließ ihn älter und verhärmter aussehen.

Brett nickte. Diese Wallfahrt war vermutlich der eigentliche Grund für seinen Besuch – die einzige Bindung, die er wirklich zu diesem Ort unterhielt.

Die kleine Holzkirche schmiegte sich in ein tiefes, grünes Tal, wo Palmen wie Sonnenschirme Schutz vor der glühenden Sonne boten und der üppige Regenwald bis an die holzverschalten Wände heranwucherte. Der Friedhof war eine sorgsam gepflegte Oase vor diesem Hintergrund chaotischer Wildnis; marmorne Grabsteine und rohbehauene Kreuze schimmerten in der Sonne und erstreckten sich, militärisch aufgereiht, über mehrere Morgen. So bedankte sich das Zuckerrohr bei denen, die es bearbeiteten.

Brett kniete vor den beiden Marmortafeln nieder und stellte die Blumen, die sie mitgebracht hatten, in die steinerne Urne. Dann trat er zu seinen Brüdern, und stumm gedachten sie ihrer Eltern.

In Gedanken kehrte er zu seiner Mutter zurück. Sie war klein und zierlich, aber innerlich von stahlharter Kraft gewesen, die, wie er jetzt begriff, aus der Not geboren gewesen war. Sie war eine gütige, liebevolle Mum gewesen, trotz aller Armut und der tagtäglichen Plackerei, und er vermißte sie immer noch, sehnte sich immer noch danach, mit ihr zu sprechen. Sie war der Fels gewesen, auf dem ihre Familie erbaut war, und jetzt, da sie nicht mehr da war, war das Fundament zerbröckelt.

Er betrachtete den Stein seines Vaters. Das Zuckerrohr hatte ihn geholt – wie so viele von denen, die hier begraben waren, und wie es auch John und Davey holen würde, wenn sie nicht fortgingen. Dad war in ihrer Kindheit ein Fremder gewesen. Ein Mann, der sich – meistens – daran erinnerte, ihnen Geld zu schicken. Er war mit den Cuttern nach Norden gezogen, hatte in Baracken und Unterkünften gewohnt und die Gesellschaft seiner Kumpel der seiner Frau und seiner Kinder vorgezogen. Für seine älteren Söhne war er ein Held gewesen. Aber für Brett und Gil war er heute noch ein Rätsel.

Bretts Erinnerungen an seinen Vater als jungen Mann waren verschwommen; wenn er Davey ansah, erinnerte er sich erneut an die starke, rauhbeinige Erscheinung, die immer wieder in ihr Leben getreten war. Aber seine einzige wirkliche Erinnerung war die an einen verwelkten alten Mann, der, nach Atem ringend, zwischen seinen schweißnassen Laken lag, und an die tödliche Stille im Haus, als sie auf seinen Tod warteten.

Erst als Erwachsener hatte Brett allmählich begriffen, welch starkes Band zwischen seinen Eltern bestanden hatte. Das Zuckerrohr war alles gewesen, das sein Vater kannte, und seine Mutter hatte es akzeptiert, weil sie ihn liebte. Gemeinsam hatten sie sich eine Art Leben in der schwülen Hölle des Nordens erarbeitet, um ihre Kinder aufzuziehen, so gut sie konnten. Nach Dads Tod hatte Mutter einfach aufgegeben, so schien es. Es war, als habe sie ohne ihn den Willen zum Kämpfen verloren. Ihre Söhne brauchten sie nicht mehr, und jetzt konnte sie sich endlich zur Ruhe legen.

Brett wandte sich ab und verließ den Friedhof. Es war Zeit, daß er den Norden verließ. Die Berge sperrten den Himmel aus, der Regenwald schloß ihn ein, die Hitze war unerträglich stickig. Er sehnte sich nach einer weiten, offenen Landschaft und dem Staub einer Schafherde, nach Wilga-Bäumen und Eukalyptus im hellgrünen Gras. Nach Churinga – und nach Jenny.

Im Hotel angekommen, warf er seine Sachen in die Tasche und bestellte ein Taxi. John hatte trotz seines rasselnden Hustens und seiner schlechten Gesundheit darauf bestanden, heute mit Davey in die Raffinerie zu gehen, und Brett wußte, daß er ihn daran nicht hindern konnte.

»Wird Zeit, daß ich verschwinde«, sagte er zu John und zog ihn unbeholfen an sich. Er sah das schmerzverzerrte Gesicht und hörte das jähe Einatmen und das Rasseln in der Lunge. »Geh mal zu 'nem Quacksalber. Nimm ein bißchen von eurem verdammten Geld, und kauf dir richtige Medizin. Und mach mal Urlaub«, sagte er barsch.

John löste sich von ihm. »Ich bin nicht faul«, knurrte er. »Du wirst nicht erleben, daß ich mich krank melde, bloß weil ich 'n bißchen Husten hab'.«

Davey nahm Brett in die Arme, und dann stopfte er seine Sachen in ein blaues Bündel, das er sich über die Schulter schwang. »Ich werde auf den alten Mistkerl aufpassen, keine Sorge, Brett. Aber du kannst uns mit hinunternehmen. Der Laster ist so gut wie erledigt, und vorläufig werden wir ihn nicht brauchen.«

Zu dritt fuhren sie schweigend mit dem Taxi. Außer Small talk hatten sie sich nichts zu sagen, und dazu war es zu heiß. Das einzige Band zwischen ihnen war das Band des Blutes, und Brett erkannte mit übermächtiger Wehmut, daß es nicht mehr stark genug war.

Er schaute seinen Brüdern nach, als sie davongingen, auf die hohen Schlote und die roten Ziegelmauern der Raffinerie zu, und er wußte, daß er sie wahrscheinlich nicht wiedersehen würde. Hier gab es nichts mehr für ihn. Er war froh, daß er abreiste.

Nach der Ankunft in Charleville stieg er in seinen Geländewagen und fuhr in Richtung Süden. Die Luft war leicht, heiß und trocken, und es lag ein Hauch von winterlicher Schärfe darin, der ihr eine erfrischende Note verlieh. Sie überschwemmte die Lunge nicht mit Feuchtigkeit und beraubte den Körper nicht all seiner Lebenskraft, sondern ließ einen Mann atmen. Er genoß sie in tiefen Zügen, während sein Blick über die vertrauten weichen Farben und Konturen der endlosen Weiden des Südens wanderte. Das Land dehnte sich in alle Himmelsrichtungen – silbriges Gras, weiße Rinde, grüner Eukalyptus –, sanfte Farben nach dem zitronengelben Gleißen der nördlichen Tropen, Farben, mit denen man leben konnte.

Er hatte nicht vorgehabt, Gil zu besuchen, aber nach dem deprimierenden Zusammentreffen mit John und Davey mußte er ihn sehen; er mußte zu Atem kommen und alles ins rechte Lot bringen. Denn falls Churinga verkauft werden sollte, würde er allmählich daran denken müssen, sich einen neuen Job oder eine eigene Farm zu suchen. Und mit Gil zu reden war immer leicht gewesen. Mit Gil verstand er sich, und Gil hatte die gleiche Sicht auf das Leben.

Gils Haus lag ungefähr hundert Meilen weit südwestlich von Charleville, tief in der trockenen Mulga-Region, wo Schafe und Kühe gegenüber der menschlichen Bevölkerung in vieltausendköpfiger Überzahl waren. Die Farm war ein anmutiges altes Queensland-Haus mit tief überschatteten Veranden, deren Geländer von verschlungenen Eisenschnörkeln verziert waren. Pfefferbäume überschatteten die Koppel vor dem Haus, und der Garten war eine wuchernde Pracht, als er jetzt die lange Zufahrt hinauffuhr.

»Wo kommst du denn her, Brett? Mann, ist das schön, dich zu sehen!«

Brett kletterte aus dem Wagen und umarmte seinen Bruder. Zwischen ihnen lag kaum ein Jahr Abstand, und die meisten Leute hielten sie für Zwillinge. »Ganz meinerseits.« Er grinste. »Ich war oben im Norden bei John und Davey und dachte, ich schau mal vorbei. Wenn ich störe, kann ich gleich weiter nach Hause fahren.«

»Kommt überhaupt nicht in Frage, mein Lieber. Gracie würde mir nie verzeihen, wenn ich dich jetzt abhauen lasse.«

Sie stiegen die Stufen zur Veranda hinauf, die Fliegentür flog auf, und Grace warf sich in Bretts Arme. Sie war groß und dunkel, schlank und drahtig wie ein Junge trotz der drei Kinder, die sie geboren hatte. Brett liebte sie wie eine Schwester.

Endlich ließ sie ihn los und trat zurück, um ihn anzuschauen. »Immer noch so hübsch wie eh und je. Ich begreife nicht, daß irgendein Mädchen nicht längst zugegriffen hat.«

Er und Gil wechselten wissende Blicke. »Wie ich sehe, ändert sich hier nichts«, knurrte Brett trocken.

Grace gab ihm einen scherzhaften Klaps. »Es wird Zeit, daß du dich niederläßt, Brett Wilson, und meinen Kindern ein paar Cousinen verschaffst, die sie besuchen können. Es muß da unten doch irgendeine geben, die dir gefällt?«

Er zuckte die Achseln, wütend über die Röte, die er in seinem Gesicht spürte. »Kriegt man hier wohl 'n Bier, Gracie? Mein Mund ist trocken wie 'ne Tonschüssel.«

Sie warf ihm einen Blick zu, der ihm sagte, daß sie sich von ihrer Lebensmission nicht abbringen ließ, und ging in die Küche, um ihnen etwas zu trinken zu holen.

»Wo sind die Kids?«

»Draußen, mit Will Starkey. Die Herde ist auf der Winterweide, und die Kids sind alt genug, um im Freien zu übernachten. Müßten aber morgen wieder hier sein.«

Brett lächelte bei dem Gedanken an die beiden Jungen und ihre Schwester. »Kann mir nicht vorstellen, wie diese Rowdys eine Herde unter Kontrolle halten.«

»Du würdest dich wundern. Sie reiten so gut wie ich, und ich schätze, alle drei werden nach der Schule auf der Farm bleiben. Sie haben dieses besondere Feeling dafür. Wie du und ich.«

Grace kam mit Bier und einem Teller Sandwiches heraus, um die Zeit bis zum Abendessen zu überbrücken, und zu dritt entspannten sie sich in den bequemen Verandasesseln und schauten auf die Weiden hinaus. Sie sprachen über John und Davey, über das Zuckerrohr und über Bretts Besuch auf dem Friedhof. Gil redete von den Wollpreisen, vom ausbleibenden Regen und von der Ponyzucht, seinem neuesten Unternehmen. Gracie versuchte Brett dazu zu überreden, sich während seines Besuchs mit einer oder zwei von ihren ledigen Freundinnen bekannt machen zu lassen, aber sie gab schließlich auf, als er drohte, auf der Stelle abzureisen.

Sie musterte ihn nachdenklich. »Du hast etwas auf dem Herzen, Brett – und ich habe das Gefühl, es hat nichts mit Davey und John zu tun.« Sie beugte sich vor und stützte die Ellenbogen auf die Knie. »Was ist los, *sunshine*? Ärger auf Churinga?«

Verdammte Gracie, dachte er wütend; dieser verdammten Frau konnte man nichts vormachen. Er nahm einen großen Schluck Bier, um Zeit zu gewinnen, aber sie ließ ihn nicht aus den Augen. »Churinga ist verkauft worden«, sagte er schließlich.

Sie schnappte nach Luft. »O Mann, das ist ein Hammer. Aber du hast deinen Job noch, oder?«

Er schaute tief in sein Glas, bevor er es leerte. »Ich weiß es nicht. Die neue Eigentümerin ist aus Sydney, und es steht auf Messers Schneide, ob sie bleibt oder geht.«

»Eine Eigentümerin?« Gracies Augen leuchteten auf, und sie lehnte sich zurück und verschränkte die Arme. »Jetzt kommen wir doch endlich zur Sache«, stellte sie triumphierend fest. »Gleich, als du kamst, wußte ich, daß da etwas im Busch ist.«

»Laß es gut sein, Gracie«, brummte Gil. »Kann der Junge vielleicht auch mal ein Wort sagen?«

Brett empfand plötzlich rastlose Energie. Er stand auf und ging auf der Veranda auf und ab, während er ihnen von Jenny erzählte. Als er fertig war, blieb er stehen und stopfte die Hände in die Taschen. »Ihr seht, meine Tage auf Churinga könnten gezählt sein, und jetzt muß ich mir überlegen, was ich dann tun soll. Das ist einer der Gründe für meinen Besuch.«

Gracie lachte, bis ihr die Tränen übers Gesicht liefen, und die beiden Brüder schauten einander achselzuckend an. Es war sinnlos, auch nur zu versuchen zu verstehen, was im Kopf einer Frau vor sich ging.

Endlich kam sie prustend wieder zu sich und beäugte die beiden mitleidig. »Männer«, sagte sie entnervt. »Ehrlich. Du hast keine Ahnung, was?« Sie schaute Brett an. »Wie es sich anhört, bist du verliebt in diese junge Witwe – also, was ist daran so dramatisch? Sag's ihr, du Galah! Hör dir an, was sie zu sagen hat, bevor du voller Panik abdampfst.« Sie legte den Kopf schräg, und ihre Augen funkelten wie die eines Spatzen. »Ich schätze, dir steht eine Überraschung bevor.«

Brett merkte, wie seine Zuversicht wuchs, nur um gleich wieder zusammenzubrechen, als ihm die kalte Realität ins Bewußtsein kam. »Sie ist sehr reich, Grace. Was könnte sie schon an mir finden?«

Grace nahm den leeren Teller und die Gläser. Auf ihren Wangen erschienen zwei rote Flecken. »Mach dich nicht schlecht, Brett! Wenn sie nicht sieht, was für ein wunderbarer Kerl du bist, dann lohnt es sich nicht, sie zu kriegen.« Sie stand auf und funkelte ihn an. »Du hast lange auf die richtige Frau gewartet. Verpatz die Sache jetzt nicht! Es könnte deine letzte Chance sein.«

»So einfach ist das nicht«, knurrte er. »Sie ist reich, sie ist schön, und sie ist noch in Trauer.«

Grace balancierte mit dem Geschirr und schob ihre Stiefelspitze unter die Fliegentür, um sie zu öffnen. »Ich hab' ja nicht gesagt, daß du mit der Tür ins Haus fallen sollst«, sagte sie. »Nimm dir Zeit, gib ihr Gelegenheit, dich kennenzulernen. Werde ihr Freund, und dann wirst du schon sehen, wie die Sache sich entwickelt.« Ihr Blick wurde sanft. »Wenn dir genug daran liegt, lohnt es sich auch zu warten, Brett.« Die Fliegentür schlug laut hinter ihr zu, und leere Stille blieb zurück.

»Ich schätze, Gracie hat recht, mein Lieber«, sagte Gil nachdenklich.

Brett starrte über die Koppel hinaus, und seine Gedanken waren in Aufruhr. »Kann sein«, flüsterte er, »aber wenn nichts daraus wird, werde ich mir eine andere Arbeit suchen müssen.«

Gil lehnte sich zurück und legte die Stiefel auf das Verandageländer. »Da gibt's ein nettes kleines Anwesen, das in ein paar Monaten auf den Markt kommt. Hab's von Fred Dawlish gehört. Er und seine Frau wollen sich zur Ruhe setzen und nach Darwin zu ihren Enkelkindern raufziehen. Der Betrieb wird ihnen zuviel, und von ihren Söhnen will ihn keiner übernehmen. Sind über vierzigtausend Hektar. Gute Schafweiden, und die Tiere sind erstklassig. Wäre hundertprozentig das Richtige für dich, Brett – wenn du genug Geld hast …?«

Brett dachte an das Geld, das er auf der Bank hatte. Nach der Scheidung war es weniger, als er gehofft hatte, aber es genügte, um den Preis zu bezahlen, den Gil ihm nannte. Doch die Vorstellung, Jenny und Churinga zu verlassen, ließ ihn zögern. »Hört sich gut an. Aber ich muß drüber nachdenken«, sagte er schließlich.

»Mach das – und ich rede ein Wörtchen mit Gracie. Jetzt, wo sie 'ne Liebesgeschichte wittert, wird sie sich unmöglich aufführen.«

Die beiden Brüder grinsten sich an, und dann gingen sie hinaus, um sich die neuen Pferde anzusehen, die am Morgen gekommen waren. Die Stunden vergingen, und der Tag ging zur Neige. Schließlich legte Brett sich in dem freien Zimmer, umgeben von altem Kinderspielzeug, schlafen.

Er blieb eine Woche, und sie war allzu schnell vorbei. Als er seine Sachen packte und die Tasche in den Wagen warf, durchzuckte es ihn neidisch. Gil hatte es gut getroffen. Er hatte seinen Platz in der Welt gefunden und dazu die richtige Frau, die ihn mit ihm teilte. Die Kids machten das Ganze zu einem Heim; sie erfüllten das Haus mit Lärm und Leben und gaben der harten Arbeit einen Sinn, denn die Farm würde eines Tages ihnen gehören.

Als er durch das erste der fünfzehn Gatter fuhr, drehte er sich noch einmal um und winkte. Er würde das fröhliche Toben der Kinder vermissen, aber auch Gracies Küche und ihre Begeisterung für alles. Hier fühlte er sich, wenn er nicht auf Churinga war, noch am ehesten zu Hause, und ihm graute bei dem Gedanken an den leeren Verwalterbungalow, der ihn erwartete. Würde Jenny fort sein? War ihr die Einsamkeit zu groß geworden?

Er legte den dritten Gang ein und trat das Gaspedal durch. Er hatte schon zu viel Zeit verschwendet – kam vielleicht schon zu spät; nachdem er mit Gracie gesprochen und sich über die Alternativen Gedanken gemacht hatte, war ihm endgültig klargeworden, wo seine Zukunft lag. Und er war entschlossen, sich diese Chance nicht entgehen zu lassen.

Auf der Hunderte von Meilen langen Strecke zwischen Gils Besitz und Churinga brodelten seine Gedanken. Jenny trauerte immer noch. Gracie hatte recht, er mußte sich in Geduld üben und ihr Zeit lassen. Mußte ihr Freund werden, bevor er die Sache weitertreiben konnte. Aber er wußte, daß seine Ungeduld leicht einmal die Oberhand gewinnen konnte, und ihm war klar, daß die Werbung um Jenny schwieriger sein würde als alles, was er sich jemals vorgenommen hatte. Er begehrte sie so sehr, daß es weh tat, aber den ersten Schritt würde sie tun müssen – und er war ganz und gar nicht sicher, daß sie bereit war, in ihm mehr zu sehen als den Verwalter von Churinga.

Endlich hatte er Wallaby Flats erreicht und kam in einer Staubwolke vor dem Hotel zum Stehen. Er war keine drei Wochen fort gewesen, aber es kam ihm viel länger vor. Lieber wäre er jetzt geradewegs nach Churinga weitergefahren, aber er hatte hier vorher noch etwas zu erledigen – und er freute sich nicht darauf.

Lorraine polierte hinter der Theke ihre Gläser, als er hereinkam. Ihr blondgefärbtes Haar sah aus, als ob es auch einem Sturm der Windstärke zehn standhalten würde, und in der Hitze war das dicke Make-up rings um die Augen verschmiert. Sie jauchzte entzückt auf und stürzte ihm entgegen. »Du hättest mir Bescheid sagen sollen, daß du kommst«, japste sie und packte ihn beim Arm. »Oh, Brett, es ist so schön, dich zu sehen!«

Ihm war bewußt, daß ein Dutzend Augenpaare diese kleine Szene verfolgten, und er spürte, daß er rot wurde, während er sich aus ihren Klauen befreite. »Ich kann nicht lange bleiben. Gib mir ein Bier, Lorraine!«

Sie goß es mit geschickter Hand in ein hohes, gekühltes Glas und beobachtete, wie er es austrank, und dabei stützte sie sich mit den Ellenbogen so auf die Theke, daß ihm die tief ausgeschnittene Bluse beträchtliche Einblicke eröffnete. »Möchtest du noch eins?« schnurrte sie. »Oder kann ich dir was anderes besorgen?«

Brett sah die Verheißung in ihrem Blick und schüttelte den Kopf. »Nur ein Bier, Lorraine.«

Ihre Stimmung schien sich zu ändern, und ihr Lächeln wurde spröde. »Aha. Und wie ist das Leben auf Churinga? Entspricht die neue Chefin den Erwartungen?«

Er stürzte sein Bier hinunter; es floß ihm eisig durch die Kehle und breitete sich in der Brust aus. »Keine Ahnung. War oben im Norden.« Er wollte nicht über Jenny reden. Sie war nicht der Grund, weshalb er hier war.

Sie lehnte sich über den Tresen, und ihre Brüste preßten sich auf das polierte Teakholz. »Ich hab' von den Kerlen da oben gehört. Von denen, die da Zuckerrohr schneiden.« Mit wohligem Schauder strich sie mit einem lackierten Fingernagel über seinen Unterarm. »Sollen ganz toll sein. Vielleicht sollte ich Wallaby Flats verlassen und ein bißchen auf Reisen gehen, hm?«

Er zog den Arm weg, drehte sich bedächtig eine Zigarette und zündete sie an. Die Situation war schwieriger, als er es sich vorgestellt hatte. »Hier bist du besser dran, Lorraine – es sei denn, du möchtest immer an zweiter Stelle hinter dem Zuckerrohr rangieren.«

Sie zog einen Schmollmund. »Was hält mich denn hier? Ein paar Schäfchen und ein Kerl, den ich keine vier Mal im Jahr zu sehen kriege.«

Er nahm einen großen Schluck Bier und leerte das Glas. »Wir beide sind ja keine siamesischen Zwillinge, Lorraine. Geh doch auf Reisen, wenn du willst. Australien ist groß, und es gibt Tausende von anderen Männern.«

Sie zuckte zusammen, als habe sie etwas gestochen, und begann wütend, die nassen Kringel auf dem Tresen wegzuwischen. »Na, dann weiß ich ja jetzt wohl, wo mein Platz ist, wie?« fauchte sie.

»Du hast gesagt, du willst auf Reisen gehen«, sagte er abwehrend und mied die unausgesprochene Ebene dieses Gesprächs mit Absicht. »Ich wollte dir nur zustimmen.«

Lorraines Hände hielten inne. Ihre Augen glitzerten, und ihre Stimme klang gepreßt vor unterdrückter Bosheit. »Ich dachte, ich bedeute dir etwas, Brett Wilson. Aber du bist genau wie die anderen Mistkerle hier.«

»Moment, Lorraine! Jetzt übertreibst du aber. So eng ist unsere Beziehung nie gewesen, und ich hab' dir auch nie was versprochen.«

Sie beugte sich noch weiter vor, und ihre Stimme war ein Zischen.

»Ach nein? Und warum nimmst du mich dann zum Tanzen und auf Partys mit? Wieso kommst du hier rein und machst mich stundenlang an, wenn du nicht interessiert bist?«

Er wich einen Schritt zurück, erschrocken über das Gift, das sie verspritzte. »Wir haben uns amüsiert, weiter nichts«, stammelte er. »Uns gegenseitig Gesellschaft geleistet. Aber ich habe von Anfang an gesagt, daß ich nach Marlene kein Interesse an einer neuen Beziehung habe.«

Sie knallte ein Glas auf die Bar. »Ihr verdammten Kerle seid alle gleich«, kreischte sie ihm ins Gesicht. »Ihr kommt hier rein, sauft euch voll und redet über nichts anderes als über Scheiß-Schafe, Scheiß-Gras und das Scheiß-Wetter. Ich könnte hier genausogut ein gottverdammtes Möbelstück sein, wenn's nach euch ginge.«

Verdattertes Schweigen erfüllte den staubigen Raum, und alle Blicke richteten sich auf die beiden.

»Tut mir leid, aber wenn du es so empfindest, solltest du vielleicht wirklich lieber von hier weggehen.«

Schwarze Wimperntuschetränen rollten ihr übers Gesicht. »Ich will nicht weggehen, verdammt«, schniefte sie. »Was ich will, ist hier. Weißt du denn nicht, was ich für dich empfinde?«

Er fühlte sich wie ein schmutziger gelber Dingo und ließ den Kopf hängen. »Das habe ich doch nicht geahnt«, murmelte er. »Es tut mir leid, Lorraine, aber du hast mich mißverstanden. Ich dachte, es wäre dir klar.« Er konnte ihr nicht ins Gesicht sehen, so sehr schämte er sich.

»Du Mistkerl«, zischte sie. »Es ist diese etepetete Mrs. Sanders, hinter der du her bist, ja? Kriegst du sie ins Bett, hast du auch Churinga. Na, du wirst dich noch umgucken, mein Freund. Du wirst schon sehen, sie geht zurück in die Stadt, wo sie hingehört, und du liegst auf der Straße. Aber glaube ja nicht, daß ich dann auf dich warte. Ich werde längst weg sein.«

»Was zum Teufel geht denn hier vor?« Lorraines Vater hatte noch immer Reste seines russischen Akzents, die sich merkwürdig in seine australische Tonart mischten.

Brett sah Nicolai Kominski an und schüttelte den Kopf, erleichtert über die Unterbrechung. »Keine Sorge, Nick, Lorraine läßt nur ein bißchen Dampf ab! Sie kriegt sich schon wieder ein.«

Lorraine schüttete ihm ein volles Glas Bier ins Gesicht und durchnäßte sein Hemd. »Rede nicht so herablassend über mich, du Mistkerl!« kreischte sie.

Nick packte die Hand seiner Tochter. Er war einen ganzen Kopf kleiner als sie und spindeldürr, aber ihr offenbar gewachsen. »Verflucht, Mädchen, ich habe dir gesagt, dieser Mann ist nicht interessiert. Ich finde einen guten russischen Jungen für dich. Da wirst du dich niederlassen. Kinder kriegen.«

Lorraine schüttelte ihn ab. »Ich will keinen beschissenen Immigranten heiraten. Wir sind hier nicht in Moskau, verdammt.« Sie lief hinaus; ihre Absätze klapperten wie Kastagnetten über den Holzboden.

Nicolai zuckte die Achseln, schenkte sich einen Wodka ein und stürzte ihn in einem Zug hinunter. »Weiber«, seufzte er. »Dieses Mädchen macht nur noch Ärger, seit ihre Mama tot ist.«

Obwohl das Bier an ihm heruntertropfte, mußte Brett grinsen. »Sie hat ganz schön losgelegt, Nick, da gibt's kein Vertun. Tut mir wirklich leid, daß sie so aufgebracht ist, aber ich habe nie ...«

Nicolai wischte die Entschuldigung beiseite und goß ihm auch ein Glas Wodka ein. »Ich weiß, ich weiß. Du bist ein guter Mann, Brett, aber nicht für meine Lorraine. Ich schaff' ihr einen Russen her, der wird sie schon zum Schweigen bringen.«

Er lachte und schlug mit seiner knochigen Hand auf die Bar. »Die Frauen wissen nicht, was gut für sie ist, wenn es ihnen die Männer nicht sagen. Ich kümmere mich um Lorraine. Keine Sorge!«

Brett stürzte den Wodka hinunter, trank sein Bier aus und griff nach seinem Hut. Er hatte keine Lust, jetzt eine lange Trinkorgie mit Nick zu beginnen; das hatte er schon einmal getan, und danach hatte er tagelang Kopfschmerzen gehabt. Von der Trinkerei mit John und Davey hatte er sich auch noch nicht erholt.

»Wir sehen uns beim Rennen, Alter.« Er verließ das Hotel und stieg in den Wagen. Die Episode in der Bar hatte ihn beunruhigt. Es tat ihm leid, daß er Lorraine gekränkt hatte, aber er hatte nicht ahnen können, daß sie so starke Gefühle für ihn hegte. Rückblickend sah er, daß er mit dem Feuer gespielt hatte und nur zu dämlich gewesen war, um es zu bemerken.

DREIZEHN

Jenny und Ripper waren in einen gelassenen Alltagstrott verfallen, als Brett und die andern fort waren, und in der friedvollen Einsamkeit des herbstlichen Churinga spürte sie, wie die Heilung einsetzte. Sie hatte diesen Freiraum und diese Zeit gebraucht, um die innere Ruhe zu finden, die ihr so lange gefehlt hatte. Um ihr Leben zu bewerten, aber auch die Tragödie, die stets mit ihr sein würde, und um ihren Zorn zu verarbeiten. Sie stellte fest, daß sie diese Wut jetzt mit Abstand untersuchen und verstehen konnte, daß sie ein notwendiger Teil des Heilungsprozesses war, um sie dann beiseite zu legen. Die Erinnerung an Peter und Ben würde sie ihr Leben lang bewahren. Aber auch wenn es noch schmerzte, war sie zu der Erkenntnis gelangt, daß sie die beiden loslassen mußte.

Die Tage folgten einem nahtlosen Rhythmus; einer verschmolz mit dem andern, und ihr beruhigender Einfluß gab Jenny die innere Kraft, die sie brauchte, um der Zukunft ins Gesicht zu sehen. Die Vormittage verbrachte sie damit, durch die Felder zu streifen oder auf die Winterweide hinauszureiten, um die Männer und die große weiße Herde zu besuchen. Die Arbeitspferde waren bissig und halb wild, und die Männer, die sie ritten, waren ebenso zäh und unerbittlich. Rohe Farben hoben sich hier von dem blassen Gras und dem blauen Berg ab; Jennys Bleistift flog über das Papier, und sie versuchte die kraftvolle Bewegung der Szenen einzufangen.

Ripper trabte neben ihr her. Wenn er müde wurde, steckte sie ihn in die Satteltasche, und dort hockte er grinsend vor Vergnügen, während seine Ohren im kühlen Wind flatterten. In der Hitze des Nachmittags suchten sie sich ein kühles Fleckchen auf der Veranda, und Jenny übertrug die Arbeit des Vormittags auf die Leinwand. Sie arbeitete mit nie gekannter Schnelligkeit und Geschicklichkeit – als gebe es ein Zeitlimit für das, was sie tat, eine innere Macht, die sie drängte, keine Sekunde zu verschwenden.

Langsam schlich der Herbst dem Winter entgegen; frühmorgens funkelte der Tau auf dem Gras, und die Abende wurden kalt genug, um in der Küche den Herd anzuzünden und es sich davor in einem Sessel bequem zu machen. Ripper kuschelte sich an ihre Füße, und wieder versenkte Jenny sich in Matildas Welt.

Dies war das dickste der Tagebücher, es umfaßte die größte Zahl von Jahren. Die Handschrift war kraftvoller als in den vorigen Büchern, und die Sätze waren kürzer, als habe Matilda wenig Zeit gehabt, um die Ereignisse dieser geschäftigen Zeit festzuhalten.

Das Jahr 1930 brachte die Weltwirtschaftskrise ins Outback, nachdem sie durch die Städte gefegt war und Frauen und Kinder gezwungen hatte, selbst für sich zu sorgen und das Arbeitslosengeld abzuholen, während ihre Männer auf Wanderschaft gingen. Diese Wanderarbeiter schleppten ihre Bündel von einer Farm zur andern, immer auf der Suche nach Essen und Arbeit, eine Armee zerlumpter Nomaden; und was sie suchten, gab es nur in ihren Köpfen. Sie hatten etwas Rastloses an sich, das sie immer weiter ins Unbekannte trieb; nie blieben sie besonders lange an einem Ort. Es war, als ermutige die Reinheit, diese endlose Einsamkeit des Landes hinter dem Horizont, sie zum Weiterwandern, und es war allemal besser, als im Stadtpark von Sydney zu schlafen.

Matilda versteckte ihr Geld unter den Bodendielen und hielt ein geladenes Gewehr neben der Tür bereit. Die meisten Wanderarbeiter waren zwar harmlos, aber es lohnte sich nicht, ein Risiko einzugehen. In der Gegend von Wallaby Flats war reiche Beute zu machen, zumal sich herumgesprochen hatte, daß in einer längst stillgelegten Mine Opale gefunden worden waren; als die Rezession sich vertiefte, lockte dies auch schlechte Menschen aus der Großstadt herbei: Männer, die sie anschauten wie Mervyn; Männer, die nicht nur ein warmes Essen und ein Bett in der Scheune wollten.

Aber die Frauen, die ihre Männer begleiteten, bewunderte Matilda, und sie konnte sich in sie hineinversetzen. So hart wie das Land, das sie durchstreiften, schlängelte sich diese neue Generation von Wanderarbeitern durch das Outback. Töpfe und Pfannen schepperten an ihren Planwagen. Manche waren fröhlich wie Peg, andere mißmutig – aber Matilda verstand, weshalb sie das Leid verbargen, das dieses einsame Leben ihnen brachte. Sie wußte, daß irgendwo im endlosen Land ein Baum oder ein Stein das Grab eines Kindes markierte, eines Ehemannes, eines Freundes. Diese Orte mochten anderen unwichtig erscheinen, aber in diesen stoischen Herzen würde ihre Bedeutung für allezeit bewahrt bleiben.

Die Männer halfen Matilda bei der Arbeit und bekamen dafür Mehl, Zucker und ein paar Shilling. Und da Lebensmittel billig waren, sorgte sie immer dafür, daß ihre Helfer mit vollem Magen von Churinga weggingen. Und wenn sie wegfuhren, erschien an ihrer Stelle ein neuer Mann, ein neuer Wagen, eine neue Familie.

Matilda wußte, was es hieß, um das Überleben kämpfen zu müssen. Dank Tom, der ihr immer noch erlaubte, ihre Schafe bei ihm scheren zu lassen, ermöglichten ihr die Schecks für die Wolle, gute Zuchtböcke und Mutterschafe anzuschaffen und zwei Treiber einzustellen. Solche Leute waren gemeinhin leicht zu bekommen, aber solche zu finden, die bereit waren, für eine Frau zu arbeiten, erwies sich schon als schwieriger. Die Leute im Busch hatten eigene Vorstellungen, und ein weiblicher Boß hatte darin keinen Platz; aber ihre wortkarge Attitüde verwandelte sich bald in Respekt, wenn sie erst lange genug blieben, um zu erkennen, daß Matilda von ihnen nicht mehr verlangte als das, was sie selbst zu tun bereit und wozu sie in der Lage war. So nahm sie Mike Preston und Wally Peebles, die aus Mulga heruntergekommen waren, nachdem ihr Boß dort pleite gegangen war, und sie war froh über die Anwesenheit der beiden, als jetzt so viele Landstreicher auf dem Anwesen auftauchten.

Ethan Squires erwies sich als gerissener Widersacher. Er kam zwar nicht noch einmal nach Churinga, aber sie spürte seinen böswilligen Einfluß über dem Land. Zäune wurden eingerissen, so daß ihre Herde sich auf seine Weiden verirrte, und ihr Zeichen wurde mit dem Grün des Immergrüns von Kurrajong überdeckt. Lämmer wurden geraubt, kaum daß die Mutterschafe geworfen hatten, und einer ihrer Böcke wurde mit so säuberlich durchgeschnittener Kehle gefunden, daß er unmöglich einem Wildschwein oder Dingo zum Opfer gefallen sein konnte. Aber sie und ihre Treiber konnten Squires nichts nachweisen. Obwohl sie unermüdlich über ihre Weiden patrouillierten und nächtelang im Freien schliefen, konnten sie doch nicht jeden Hektar jederzeit im Auge behalten, und er schien immer zu wissen, wo Matilda am verwundbarsten war.

Es war Winter, und die Luft war so frostig, daß ihr Atem dampfte, als sie mit Lady in dem trockenen Bachbett lag, das die äußerste Ecke der Südweide durchschnitt. Die anderen streiften über die nahe gelegenen Felder, wo das Zuchtprogramm in vollem Gange war. Sie hatte sich eine entlegenere Ecke von Churinga ausgesucht. Es war still im Dunkeln, und die dünne Wolldecke bot wenig Schutz vor der Kälte. Sogar die Schafe kauerten sich in kläglicher Stille aneinander.

Das Geräusch, das sie aus ihrem leichten Schlaf riß, war leise, verstohlen und sehr nah. Zu behutsam für ein Wildschwein, aber vorsichtig genug für einen Dingo. Matilda spannte den Hahn ihres Gewehrs und duckte sich in den Schatten. Sie konnte im Dunkeln gut sehen, und bald hatte sie Gestalten entdeckt, die sich an ihrem Zaun entlangbewegten. Diese Raubtiere waren auf zwei Beinen unterwegs, und was sie vorhatten, war offensichtlich.

Lautlos schlich sie sich durch das Bachbett und hielt sich geduckt im Schatten, bis sie hinter ihnen war. Bluey folgte ihr zähnefletschend und mit gesträubtem Nackenfell. In seiner Haltung lag Anspannung, in seinen Schultern eine mühsam bezähmte Bereitschaft zu springen, aber er schien zu verstehen, daß man still sein mußte, und wartete auf ihr Zeichen zum Angriff.

Die drei Männer machten sich daran, den glatten Draht zu durchschneiden und die Zaunpfähle aus dem Boden zu ziehen. Die Schafe wurden unruhig. Hunde winselten. Matilda wartete.

»Haltet die verdammten Hunde still«, zischte eine bekannte Stimme.

Das eisige Gefühl, das sie durchströmte, hatte nichts mit der Winterkälte zu tun, sondern war verwandt mit Haß. Billy, der kleinste von Squires' Söhnen, machte die Dreckarbeit für seinen Vater.

»Ich wünschte, ich könnte ihr Gesicht sehen, wenn sie merkt, daß ihre halbe Herde weg ist.«

»Verflucht, das wirst du auch, wenn wir uns nicht ein bißchen beeilen«, schnarrte einer von Squires' Treibern. »Schick die Hunde an die Arbeit. Los!«

Matilda wartete, bis sie die Herde fast zusammengetrieben hatten. Dann richtete sie sich auf, das Gewehr im Anschlag, und nahm den fünfzehnjährigen Billy Squires aufs Korn. »Das reicht jetzt. Noch eine Bewegung, und ich schieße.«

Blueys Knurren begleitete diese Drohung, aber er wartete immer noch auf ihr Zeichen.

Die drei Männer erstarrten, aber ihre Hunde trieben die Herde immer weiter auf die Lücke im Zaun zu.

Die Kugel fuhr vor Billys Füßen in den Boden, wirbelte Staub auf und ließ ihn zurückspringen. Die Schafe gerieten in Panik, wie sie es vorausgesehen hatte; sie gingen durch und zerstreuten sich in alle vier Himmelsrichtungen. Matilda ließ eine neue Patrone in die Kammer springen und hielt den Kolben fest an der Schulter. »Ruft eure Hunde zurück, und macht, daß ihr von meinem Land verschwindet!«

Bluey drückte den Bauch an den Boden, als er auf einen anderen Queensland Blue zukroch – eine Bestie von Hund, der Anführer der Meute, mit langen Eckzähnen und einem furchterregenden Knurren. Die drei Männer zögerten.

»Du wirst doch nicht schießen, Matilda. Das wagst du nicht.« Billys Stimme klang nicht so zuversichtlich wie seine Worte.

»Kannst es ja drauf ankommen lassen«, antwortete Matilda grimmig. Ihr Finger krümmte sich um den Abzug, und die Mündung blieb auf den Jungen gerichtet.

Die Männer murmelten unbehaglich, aber Billy war der erste, der sich in Bewegung setzte und auf die andere Seite des Zaunes hinüberwechselte, auf Kurrajong-Land.

Die beiden Hunde waren unentschieden. Sabbernd, mit großen Augen und gesträubtem Nackenfell, umkreisten sie sich steifbeinig. »Ruft den Hund zurück, oder ich schieße ihn ab!« warnte Matilda.

Der schrille Pfiff verlor sich beinahe im Donner der nahenden Hufe.

Matilda brauchte den Blick nicht von Billy zu wenden, um zu wissen, daß Wally und Mike ihren Schuß gehört hatten. »Treibt sie zusammen, Jungs. Sie haben einen Zaun zu reparieren und Schafe einzufangen.«

Die Männer von Kurrajong rannten zu ihren Pferden, aber einer Hütepeitsche, einem Lasso und einem sehr wütenden Hund waren sie nicht gewachsen. Matilda bestieg Lady und ritt zu Mike und Wally, die mit ihren Gewehren die arbeitenden Männer in Schach hielten. Als sie sich davon überzeugt hatte, daß der Zaun wiederhergestellt war, wandte sie sich an Mike. »Bindet sie auf die Pferde. Es wird Zeit, daß Billyboy zu Daddy nach Hause zurückkommt.«

Grinsend half Mike ihr, die Pferde einzufangen, und dann banden sie die zappelnden, wütenden Männer quer auf ihre Sättel. Bluey schnappte nach ihren herunterbaumelnden Füßen und Händen, als sie den langen Heimweg nach Kurrajong antraten.

Die Sonne des nächsten Tages war schon fast wieder untergegangen, als sie die letzte Weide durchquerten und Kurrajong sich weitläufig vor ihnen ausdehnte. Licht schimmerte aus jedem Fenster des eleganten Steinhauses und ergoß sich über den sauber angelegten Garten, der sich zum Fluß hin erstreckte; es hob die tiefen Schatten unter Bäumen und an Scheunen hervor.

Matilda zügelte ihr Pferd, und alle hielten an und betrachteten den majestätischen Anblick. Kurrajong war bekannt als eine der reichsten Farmen in New South Wales, aber es war nichtsdestoweniger ein Schock, es zum ersten Mal zu Gesicht zu bekommen. Sie bestaunte das zweistöckige Haus mit den prächtigen Balkonen und dem verschnörkelten Gußeisenzierat. Seufzend sah sie die üppigen Rasenflächen, die Rosenbüsche und Trauerweiden. Wie schön das alles war!

Dann fiel ihr Blick auf Billy, und ihre Bewunderung verebbte. Squires hatte doch schon mehr als genug. Wie konnte er es wagen, seinen jüngsten Sohn zum Stehlen zu verleiten? Sie griff fester in die Zügel und stieß Lady die Fersen in die Weichen. Es wurde Zeit, daß sie diesem Mistkerl die Meinung sagte.

Die anderen folgten ihr dicht auf dem Fuße, und eine seltsame Prozession kam die makellose Zufahrt entlanggeritten, aber Matildas Zorn war viel zu mächtig, als daß die großartige Pracht sie hätte ablenken können. Sie bedeutete den anderen zu warten, stieg ab und marschierte die Stufen hinauf, um an die Haustür zu hämmern.

Squires öffnete. Er füllte den Türrahmen aus und verdunkelte das Licht, das hinter ihm in der Diele strahlte. Er war sichtlich verblüfft, sie zu sehen.

Matilda erhaschte einen Blick auf dicke Teppiche und kristallene Lüster – und war nicht beeindruckt. »Ich habe Billy beim Stehlen meiner Schafe ertappt«, sagte sie eisig.

Seine Kinnlade klappte herunter, als er die drei hilflosen Bündel sah, die da quer über den Sätteln lagen. Dann biß er die Zähne zusammen, denn jetzt bemerkte er, daß Mike und Wally ihre Gewehre auf seinen jüngsten Sohn gerichtet hatten. Er richtete seinen gletscherkalten Blick auf Matilda. »Sie müssen versehentlich auf dein Land geraten sein«, sagte er mit kühler Geringschätzung.

»Blödsinn!« fauchte sie. »Ich habe gesehen, wie sie meinen Zaun eingerissen haben. Sie hatten sogar ihre Hunde dabei.« Sie deutete auf die Meute, die knurrend und schnappend um die Beine der Pferde tobten.

Squires' Miene war unergründlich, seine Augen empfindungslos, als er auf sie herabschaute. »Kannst du deine Anschuldigungen beweisen, Matilda? Vielleicht könntest du mir den beschädigten Zaun zeigen, und ich werde dir mit Vergnügen helfen, deine verirrten Schafe zu suchen.«

Sie dachte an den reparierten Zaun und daran, daß die Herde auf ihrem eigenen Grund und Boden die Flucht ergriffen hatte. Wie leicht es ihm fiel, sie zu überfahren! Wie schlau und geistesgegenwärtig er war! Kein Wunder, daß er so reich und mächtig war. »Ich habe zwei Zeugen. Das genügt mir als Beweis«, erklärte sie stur.

»Mir aber nicht, Matilda.« Er trat hinaus auf die Veranda und schob sich an ihr vorbei, als wäre sie ein Nichts. »Ich schlage vor, daß du mit deinen Leuten von Kurrajong verschwindest, bevor ich euch alle wegen unbefugten Betretens und wegen grober Körperverletzung verhaften lasse.«

Seine Arroganz verblüffte sie. »Wenn ich Sie oder sonst jemanden von Kurrajong noch einmal auf meinem Besitz antreffe, bringe ich ihn geradewegs nach Broken Hill. Es wird Zeit, daß die Polizei erfährt, was Sie hier treiben, Squires.«

Er schien sich zu entspannen und zündete sich gemächlich ein Zigarillo an. Er paffte einmal, nahm es aus dem Mund und musterte es eingehend. »Ich glaube nicht, daß du die Polizei besonders hilfreich finden wirst, Matilda. Was ich tue, geht sie nichts an – und sie wird gut dafür bezahlt, daß sie mich in Ruhe läßt.« Er schaute auf sie herab und lächelte wie ein Fuchs. »Nur darum geht es im richtigen Geschäftsleben, Matilda. Eine Hand wäscht die andere.«

»Ihre dreckigen Hände können Sie sich selber waschen, Sie Mistkerl«, zischte sie. Sie machte auf dem Absatz kehrt, polterte die Holztreppe hinunter und bestieg Lady. Sie raffte die Zügel an sich, zog die Stute herum und sah ihn an. »Beim nächstenmal schieße ich sofort. Selbst der Polizei wird es schwerfallen, den Tod eines Ihrer Leute auf meinem Land zu ignorieren.«

»Geh nach Hause, kleines Mädchen, und setz dich an deinen Stickrahmen!« sagte er mit unverhohlenem Sarkasmus. »Oder, besser noch, verkaufe! Das ist keine Gegend für Frauen.«

Er war von der Veranda in den Schatten der Zufahrt heruntergekommen; obwohl das Licht hinter ihm schien und seine Züge im Dunkeln lagen, wußte sie, daß sein Blick hart wie Granit war.

»Ich bin froh, daß ich Sie aus der Fassung gebracht habe, Squires. Es bedeutet, Sie haben endlich begriffen, daß Sie mich niemals besiegen werden.« Sie lenkte die Stute zum Tor. Es waren üble vierundzwanzig Stunden gewesen, aber dies war wahrscheinlich erst der Anfang. Jetzt hatten sie sich den offenen Krieg erklärt, und es war an der Zeit, noch ein paar Leute einzustellen, um Churinga zu schützen.

April hatte wieder einen Jungen bekommen. Joseph war inzwischen drei Jahre alt, ein gescheiter, energischer Junge, den Matilda liebte wie ihr eigenes Kind. Und während sie ihn und seine Brüder wachsen sah, verlor sie nie die tiefe Sehnsucht nach dem eigenen Kind.

»Du zerdrückst den Kleinen ja mit deinen vielen Küssen«, bemerkte Tom eines Abends, als Matilda dem Jungen seinen Schlafanzug anzog.

»Man kann einem Kind nie genug Liebe schenken«, sagte sie leise und atmete dabei den köstlichen Duft der frisch gebadeten und gepuderten Haut.

Tom sah ihr eine Zeitlang schweigend zu und schlug dann seine Zeitung auf. »Wird Zeit, daß du selbst Kinder kriegst, Molly. Männer gibt's genug – wenn du ihnen bloß eine Chance geben wolltest.«

Matilda nahm Joseph auf und setzte ihn auf ihre Hüfte. »Ich habe alle Hände voll damit zu tun, Churinga vor den Squires zu schützen, und kann kaum an was anderes denken.«

»Du bist doch erst zwanzig, Molly. Ich finde es einfach schade, daß niemand außer April und mir deine neuen Kleider zu sehen kriegt. Weiter nichts.«

Sie betrachtete das geblümte Kattunkleid, das sie sich bei ihrem ersten und einzigen Besuch in Broken Hill gekauft hatte. Es war von den Schultern zu den Hüften drapiert, wo es in einem breiten Band zusammengerafft wurde, um dann in Falten bis zu den Knien hinabzufallen. Nach den hochgeschlossenen, langen Kleidern, die ihre Mutter getragen hatte, war ihr die neue Mode sehr gewagt erschienen, aber als sie mehrere Frauen in ähnlichen Kleidern auf den Landjahrmärkten gesehen hatte, genoß sie die Bewegungsfreiheit, die es ihr brachte. »Hat ja keinen Sinn, sich herauszuputzen, wenn man mit den Schafen reitet«, brummte sie. »Und wenn ich in so einem Kleid bei der Wollauktion auftauche, nimmt mich kein Mensch ernst.« Sie ging hinaus und half April, die Kinder zu Bett zu bringen. Bald war es Zeit, das Rundfunkgerät einzuschalten.

Es war das allerneueste Wunder, das den Distrikt erreicht hatte, und fast jede Farm hatte inzwischen eins. Nach Abwägung der Kosten war Matilda zu dem Schluß gekommen, daß sie neue Pferde dringender brauchte, aber wenn sie zu Besuch nach Wilga kam, war sie kaum von dem Apparat wegzubringen.

Es war ein großes, häßliches Ding und beanspruchte den größten Teil der Ecke neben dem Kamin. Aber es war eine Verbindung zur Außenwelt, und Matilda kam nie über das Wunder hinweg, daß sie jetzt erfahren konnte, wenn es Hochwasser in Queensland gab, eine Dürre in Westaustralien oder eine Zuckerrohrschwemme im Norden. Zum ersten Mal im Leben konnte sie die Welt außerhalb von Churinga erkunden. Aber sie hatte kein Verlangen danach, von hier fortzugehen. Die Großstadt war ein gefährlicher Ort, und sie hatte gesehen, was sie den

Männern und Frauen angetan hatte, die gezwungen waren, fern von ihrem Zuhause umherzuwandern.

April hatte ihr Nähzeug von dem unvermeidlichen Haufen an ihrer Seite aufgehoben, und Tom rauchte zufrieden seine Pfeife, während sie darauf warteten, daß das Radio warm wurde. »Du solltest auch Kinder haben, Molly. Und einen Mann, der für dich sorgt. Du verstehst es so gut, mit meinen umzugehen.«

»Darüber habe ich schon einmal gesprochen. Eure Kinder reichen mir – und wozu brauche ich einen Mann?«

»Um Gesellschaft zu haben«, antwortete April sanft. »Und damit er auf dich aufpaßt.« Ihre Nadel fuhr blitzschnell durch die Wollsocke. »Du mußt doch einsam sein, Molly. Und Tom und mir wäre sehr viel wohler, wenn wir wüßten, daß du jemanden hast, der dich beschützt.«

Einen Augenblick lang fühlte Matilda sich versucht, ihr von Mervyn und dem toten Baby zu erzählen, aber sie hatte das Geheimnis so lange bewahrt, daß sie jetzt nicht mehr fähig war, es auszusprechen und einer Sache, die sie lieber in ihrem Herzen bewahrte, Form und Farbe zu verleihen. »Ich bin glücklich mit dem, was ich habe, April. Ich habe einmal versucht, zu einer Party zu gehen, aber da habe ich nicht hingepaßt. Es ist besser, ich begnüge mich mit meiner eigenen Gesellschaft und kümmere mich um Churinga.«

April hob den Kopf und sah sie an. »Davon hast du nie was erzählt. Wann war denn das?«

Matilda zuckte die Achseln. »Auf dem Fest zum Abschluß der Saison auf Nulla Nulla. Du hattest gerade Joseph gekriegt.«

Die hellblauen Augen weiteten sich in dem blassen Gesicht. »Du bist allein hingegangen? Oh, Molly. Tom wäre doch mitgekommen, wenn du ein Wort gesagt hättest.«

»Er hatte zu tun«, sagte Matilda knapp.

»Was ist denn passiert?« April legte ihr Nähzeug beiseite, und Tom ließ die Zeitung sinken.

Matilda dachte mit Schaudern an jenen Abend. »Ich hatte endlich beschlossen, mir ein paar neue Kleider zu kaufen, und als dann die Einladung kam, dachte ich, es wäre eine gute Idee, sie zur Abwechslung mal anzunehmen. Die meisten Leute dort würde ich ja kennen – die Männer jedenfalls, weil ich jedes Jahr auf den Märkten und Auktionen mit ihnen zu tun habe. Die Longhorns haben mich im Verwalterbungalow untergebracht, zusammen mit ein paar anderen ledigen Frauen.« Sie schwieg und wurde rot, als sie an das Fegefeuer dachte, das sie durchlitten hatte, als sie den kleinen Raum mit fünf anderen Frauen hatte teilen müssen, die sie nicht kannte und mit denen sie nichts gemeinsam hatte.

»Das war dir zuwider, stimmt's, Molly?«

Sie nickte. »Sie haben mich angesehen, als wäre ich irgend etwas, was ein Dingo hereingeschleppt hatte, und nach 'ner Menge Fragen, die ich viel zu persönlich fand, haben sie mich einfach ignoriert.« Sie tat einen tiefen Seufzer und fing an, sich eine Zigarette zu drehen. »In gewisser Weise machte es die Sache leichter. Ich konnte mich nicht über den neuesten singenden Herzensschwarm unterhalten und wußte nichts über den letzten Film im Wanderkino. Und sie konnten das vordere Ende eines Schafes nicht vom hinteren unterscheiden. Also hab' ich mir einfach mein neues Kleid angezogen, mir ihr Geschwätz über Boyfriends und Make-up angehört und bin hinter ihnen hergetrottet, als sie hinüber zur Party gingen.«

Sie dachte daran, wie sie sie auf dem schmalen Bett hatten sitzen lassen, während sie schwatzten und kicherten und sich schminkten. Sie wäre so gern Teil einer so fröhlichen Gruppe gewesen, aber sie wollten nichts mit ihr zu tun haben, und sie selbst hatte nicht vor, sich lächerlich zu machen, indem sie sich aufdrängte. Also hatte sie sie vorausgehen lassen und war das kurze Stück bis zu der Scheune, wo der Tanz stattfinden sollte, gemächlich hinterherspaziert. Es war ein schöner Abend gewesen, mild und sternenklar, und die Luft hatte die bloße Haut an ihren Armen und Beinen liebkost. In dem Kleid hatte sie sich hübsch gefühlt, als sie es gekauft hatte, aber verglichen mit den Großstadtroben der anderen war es hoffnungslos altmodisch und unpassend für eine Siebzehnjährige.

»Charlie Squires erwartete mich an der Tür und gab mir etwas zu trinken. Er war richtig nett und forderte mich zum Tanzen auf und all das.« Matilda lächelte. Charlie hatte ihr gefallen, und sie war überrascht gewesen, wie gut sie sich mit ihm verstanden hatte. Er war nur zwei Jahre älter als sie, aber nach zwei Jahren auf dem Internat in Melbourne so kultiviert, daß sie sich fragte, weshalb er Lust hatte, so viel Zeit mit ihr zu verbringen, wenn doch so viele andere und viel schönere Mädchen da waren. Aber auch sein Herz gehörte dem Land, und als sie plauderten und tanzten, begriff sie, daß sie jemanden gefunden hatte, der nachvollziehen konnte, was sie für Churinga empfand.

April zog die Brauen hoch. »Du und Charlie Squires? Du liebe Güte! Ich wette, da hatte sein alter Herr auch ein Wörtchen mitzureden.«

»Die andern waren nicht gekommen; deshalb konnte Charlie sich vermutlich erlauben, mit mir zu tanzen.« Die kaum gerauchte Zigarette verglühte langsam zwischen ihren Fingern. »Aber es war ja nur ein Abend; danach bin ich nie wieder auf ein Fest gegangen.«

»Warum nicht, Molly? Wenn Charlie sich für dich interessierte, wieso hat er dich dann nicht zu den anderen Festen eingeladen?«

Matilda schüttelte langsam den Kopf. »Charlie hat mich nicht abgewimmelt. Im Gegenteil, er hat einen Monat lang jeden Tag per Funk mit mir gesprochen, und ein- oder zweimal hat er mich sogar besucht.« Sie drückte die Zigarette aus. »Wir haben uns wirklich gut verstanden, aber plötzlich kam von ihm nichts mehr.«

»Na, stille Wasser sind wahrhaftig tief, Molly. Davon hast du nie etwas erzählt«, bemerkte Tom. »Was hat ihn denn so plötzlich abgekühlt? Und weshalb bist du auf kein Fest mehr gegangen? Den schwierigen ersten Schritt hattest du doch hinter dir – beim nächstenmal wäre es leichter gewesen.«

»Ich weiß nicht, was mit Charlie passiert ist«, sagte sie nachdenklich. »Ich vermute, der alte Squires hätte einen Tobsuchtsanfall gekriegt, wenn er erfahren hätte, daß sein Sohn mir den Hof machte, nachdem die Sache mit Billy passiert war. Aber niemand sagte etwas, und wenn ich Charlie jetzt mal treffe, lächelt er bloß, sagt ›Tag‹ und geht weiter. Es ist, als ob es ihm peinlich wäre, mich zu sehen.«

Tom runzelte die Stirn. »Komisch. Da muß doch irgend was passiert sein, wenn er es sich anders überlegt hat, Molly. Er war schließlich erst neunzehn, und Jungs in diesem Alter haben viel zu viele Flausen im Kopf, als daß sie sich schon anbinden ließen.«

»Kann sein«, sagte sie leichthin und verbarg ihre Kränkung über diese Zurückweisung. Sie hatte Charlie gern gehabt; er hatte sie zum Lachen gebracht, und sie hatte sich in seiner Gesellschaft wie ein attraktives junges Mädchen gefühlt. »Aber auf die Feste bin ich wegen der anderen Frauen nicht mehr gegangen. Vor einem Wildschwein oder einem Dingo laufe ich nicht weg; denen schieße ich mitten zwischen die Augen, aber gegen den Tratsch und die gehässigen Bemerkungen und den Snobismus bei den Frauen und Töchtern der anderen Farmer komme ich nicht an.«

April legte eine von Arbeit gerötete Hand auf die ihre. »Was ist denn passiert, Molly? Waren sie so gemein?«

Matilda holte tief Luft. »Ich habe sie reden gehört, als ich mir am nächsten Morgen im Bad die Haare bürstete. Sie haben sich über mein Kleid lustig gemacht, über die Art, wie ich gehe und stehe, über den Zustand meiner Hände und meiner Unterwäsche … Aber das war mir im Grunde egal. Das eigentlich Schlimme war das, was sie über mich und Charlie sagten.«

Sie schwieg und dachte an das demütigende Gekicher hinter der geschlossenen Badezimmertür. Sie hatten gewußt, daß sie dahinter stand. Daß sie alles hören würde.

»Sie sagten, Charlie wäre nur nett zu mir, weil der alte Squires mein Land haben will. Sie meinten, kein Mann, der alle Tassen im Schrank hätte, würde mich je heiraten, und wahrscheinlich würde ich am Ende eine Bande von Aboriginal-Kindern zur Welt bringen, weil nur ein Schwarzer mich attraktiv finden könnte. Und dann machten sie Andeutungen über mich und Gabe, so schreckliche Andeutungen, daß ich rot vor Wut wurde. Ich stürmte hinaus, sagte ihnen allen die Meinung und ging. Aber ich konnte sie immer noch lachen hören, als ich Lady holte und zurück nach Churinga ritt. Und manchmal höre ich's immer noch, und dann erinnert es mich daran, daß ich mich auf die eigene Gesellschaft beschränken und nicht vergessen soll, wo mein Platz ist.«

»Das ist ja furchtbar«, protestierte Tom. »Longhorn wäre entsetzt, wenn er davon wüßte, und seine Frau ebenfalls. Warum hast du ihnen nichts gesagt?«

»Um noch mehr Aufsehen zu erregen?« Matilda lächelte. »Es hätte doch nichts geholfen, Tom. Ihre Meinung über mich hätte sich nicht geändert, und meine über sie auch nicht. So, wie ich bin, bin ich glücklich. Und was Charlie angeht ... Es war schön, daß er mir eine Zeitlang den Hof gemacht hat, aber schon da war mir klar, daß nie etwas daraus werden konnte, weil ich mich immer fragen müßte, ob nicht Ethan dahinterstand und ob Charlie es bei alldem nicht doch auf Churinga abgesehen hatte.«

»Aber es ist so schade, Molly«, sagte April.

Matildas Lachen klang unbeschwert. »Ich habe genug Probleme damit, die verfluchten Treiber im Zaum zu halten, ohne daß mir noch ein Ehemann am Rockzipfel hängt. Ihr habt eure Kinder, und ich liebe sie. Aber ich selbst halte mich an das Land und die Schafe und verzichte auf die Kreise der Gesellschaft. Bei denen weiß ich, woran ich bin.«

Sie verfielen in ein behagliches Schweigen und hörten sich die Abendnachrichten an, auf die ein Konzert aus Melbourne folgte. Matildas Erinnerungen an den schrecklichen Abend und Charlies spätere Zurückweisung verblaßten in der Vergangenheit, wo sie hingehörten. Sie hatte sich in ihrem Leben eingerichtet und war allein glücklich. Wozu mehr ersehnen?

Sie summte den Refrain eines besonders hübschen Walzers, als sie auf die Veranda hinaustrat, um eine letzte Zigarette vor dem Schlafengehen zu rauchen. Tom kam ihr nach, und sie saßen in geselligem Schweigen in den knarrenden Verandasesseln. Bluey lag ausgestreckt zwischen ihnen, und sein Schnarchen war ein angenehmer Baßrhythmus unter dem Zirpen der Grillen.

»Dein Hund hat sich an eine meiner Hündinnen rangemacht, und ich glaube, sie ist trächtig. Wenn der Wurf etwas taugt, teilen wir uns die Welpen. Was meinst du?«

»Gut gemacht, Bluey! Ich hätte nicht gedacht, daß du immer noch das Zeug dazu hast.« Matilda lachte. »Und ich habe verflucht nichts dagegen, die Welpen mit dir zu teilen, Tom Finlay. Wenn sie nur halb soviel taugen wie der alte Bluey, dann finde ich schon Arbeit für sie.«

Er wurde nachdenklich und wiegte sich in seinem Sessel. »Du darfst nicht allzuviel auf April geben. Sie will nur, daß es dir gutgeht, das ist alles. Wir haben dich hoffentlich nicht aufgeregt, als wir dich dazu brachten, über das Fest auf Nulla Nulla zu reden? Ist dir sicher nicht leichtgefallen.«

Matilda seufzte. Tom meinte es gut, aber sie wünschte, er könnte die Sache auf sich beruhen lassen. »Ich glaube, ich werde kaum jemals glücklicher sein als jetzt. Ich habe meine Freunde, ich habe mein Land und ein paar Shilling auf der Bank. Was könnte ein Mädchen sich noch wünschen?«

»Regen«, war seine knappe Antwort.

Sie schaute hinauf zum sternenübersäten Himmel und nickte. Seit vier Jahren hatte es nicht mehr richtig geregnet, und obwohl sie nicht zu viele Schafe hatte, wurde das Gras auf Churinga knapp.

Während auf das vierte Jahr der Dürre das fünfte folgte, sah Matilda allmählich immer mehr schwarze Zahlen in ihrer Buchhaltung, aber sie wußte auch, daß sich das bald wieder ändern würde, wenn es nicht regnete. Blueys Welpen waren wunderschön geworden – acht Stück, und zwei davon Hündinnen. Sie teilte sich den Wurf mit Tom, und jeder bekam eine Hündin. Es waren intelligente und gehorsame Tiere, und schon bald konnte sie sie mit auf die Weide nehmen und ihre angeborenen Fähigkeiten als Hütehunde in Anspruch nehmen.

Sie trieb die Herde von Weide zu Weide, während das Gras zu Staub zerfiel, und schließlich brachte sie sie auf die Koppel vor dem Haus, wo das Wasser des Brunnens noch für eine saftige Wiese sorgte. Sie hatte einen Teil der Schafe verkauft und das Geld zur Bank gebracht. Man konnte die Tiere nicht zum Fressen zwingen, und es kam billiger, die Herde auf eine Mindestgröße zu beschränken, statt zu versuchen, ihnen das teuer gekaufte Futter aufzudrängen.

Alle hatten zu leiden – Wilga, Billa Billa, sogar Kurrajong. Mit der schlechten Wollqualität erzielte man die niedrigsten Preise aller Zeiten, und Matilda fragte sich schon, ob dies das Ende all dessen sei, wofür sie gearbeitet hatte. Das dünne, silbrige Gras knisterte, wenn sie über die Felder stapfte, und die Schafe ließen in der Hitze apathisch die Köpfe hängen.

Dann kamen die Stürme. Trocken, hart und elektrizitätsgeladen knisterten sie am Himmel, und die Schafzüchter waren erhitzt, nervös und verzweifelt. Die Luft war dick von regenschweren Wolken, die den Himmel verfinsterten, so daß man tagsüber die Lampen anzünden mußte. Matilda und ihre Treiber spähten ständig zum Himmel hinauf, ob der lang erhoffte Regen nicht endlich kommen wollte, aber als er schließlich kam, war es viel zu wenig, um die ausgedörrte Erde aufzuweichen, zu vereinzelt und zu sehr auch vom Winde verweht, als daß es mehr als ein paar Sekunden gedauert hätte.

Sie lag im Bett und sehnte sich nach Schlaf; es war wieder ein langer Tag gewesen, denn sie hatten die Schafe von einer Weide auf die nächste getrieben, wo das Gras kaum besser war. Es war unerträglich heiß, und sie war unruhig; Bluey lag unter ihrem Bett und zitterte vor Angst. Der Lärm eines Gewittersturms erfüllte das Haus; er donnerte über dem Dach und ließ die Fundamente erbeben. Es war, als stehe die Welt in Flammen und warte nur noch auf den letzten Peitschenhieb des Blitzes, der das Armageddon eröffnen würde.

Sie mußte wohl doch endlich eingeschlafen sein, denn als sie die Augen wieder öffnete, merkte sie, daß sich etwas geändert hatte, obwohl es draußen immer noch dunkel war und der Donner weiter über das Land rollte. Sie stützte sich auf einen Ellenbogen und schnupperte. Es war um ein paar Grad kühler geworden, und eine frische Brise wehte durch das Fenster herein.

»Regen!« schrie sie plötzlich und sprang aus dem Bett. »Es gibt Regen!«

Dicht gefolgt von Bluey, lief sie durch das Haus auf die Veranda. Die ersten schweren Tropfen klatschten auf das Dach und färbten die Erde der Feuerschneise dunkel. Es wurden mehr, und sie folgten einander immer schneller, und es klang wie ein mächtiger Trommelwirbel, der zu einem donnernden Tosen anschwoll, als der Wolkenbruch niederging.

Matilda vergaß, daß sie im Nachthemd war, sie vergaß, daß sie keine Schuhe trug. Ihre Tränen mischten sich mit dem süßen, wundervollen Regenwasser, und sie trat von der Veranda herunter und streckte die Arme zum Himmel. »Endlich, endlich«, rief sie.

Gabriel und seine Familie kamen aus ihren Gunyahs und lachten und tanzten im kalten, nassen Sturzregen. Wally und Mike kamen mit blanker Brust und zerwühltem Haar aus ihrem Bungalow. Selbst aus der Ferne sah man, wie sie strahlten.

»Es regnet«, schrie sie unnötigerweise.

»Verdammt, das kann man wohl sagen!« Wally, der jüngere der beiden, lachte und kam über den Hof zu ihr.

Rastlose Tatkraft erfüllte Matilda; sie hatte Lust zu feiern, und als sie sah, wie Gabe sich mit seiner Frau im Schlamm wälzte, packte sie Wally bei der Hand und zog ihn in einem wirbelnden Tanz über den Hof. Mike griff sich Gabriels kleine Tochter und tat es ihnen nach, und wenige Augenblicke später waren sie alle schlammverschmiert und außer Atem.

Schließlich stolperten sie über die Verandatreppe, und dann saßen sie da und schauten zu, wie die ausgetrocknete Erde Zoll um Zoll das lebenspendende Wasser aufsog. Es war ein Wunder – und es war nicht einen Tag zu früh geschehen.

Mike sprach als erster die Sorge aus, die in ihnen allen erwacht war. »Schätze, wir sollten die Herde auf höheres Gelände treiben, Molly, bevor alles unter Wasser gerät. Im Augenblick steht sie zu nah am Fluß; wenn es Hochwasser gibt, verlieren wir alle Tiere.«

Er betrachtete sie beifällig, und Matilda merkte plötzlich, daß ihr baumwollenes Nachthemd ganz durchnäßt war und seiner Phantasie nur noch wenig Spielraum ließ. Sie errötete heftig und raffte die Falten zusammen. »Ich muß mich nur anziehen«, brummte sie. »Du kümmerst dich ums Frühstück, Mike!«

Sie lief ins Haus und streifte das schlammverschmierte, nasse Hemd ab. Sie wusch sich rasch und trocknete sich mit einem der neuen Handtücher ab, die sie Chalky bei seinem letzten Besuch abgekauft hatte.

Chalky White reiste wie schon sein Vater vor ihm seit Jahren durch das Outback. Niemand wußte, wie er wirklich hieß und wie alt er war, aber die Frauen erwarteten sein Erscheinen stets mit großer Ungeduld, denn er kam mit einer Kollektion der neuesten Kleider, mit Schminke und Schuhen, Schallplatten, Büchern und allem, was man brauchte, um aus einem Haus ein Zuhause zu machen. Früher war er mit Pferd und Wagen gekommen, aber inzwischen reiste er stilvoll in einem umgebauten Jahrmarktlaster und kam öfter als zweimal im Jahr.

Sie betrachtete die Moleskinhose und die Stiefel, aber dann beschloß sie, die neuen Sachen lieber nicht anzuziehen; im Matsch würden sie nur verderben. Aber der lange wasserdichte Viehtreibermantel war ein Gottesgeschenk.

Das Frühstück bestand aus hastig heruntergeschlungenen Hammelfleischsandwiches und starkem, süßem Tee. Die Unterhaltung beschränkte sich auf das Nötigste, denn während der Regen auf das Dach prasselte, verstand man einander kaum. Zusammen verließen sie das Haus, um die Pferde zu satteln. Gabe sollte zurückbleiben und dafür sorgen, daß Kühe und Schweine nicht ertranken, und Scheunen und Heuschober sorgfältig verschließen, damit der Regen ihre kostbaren Futtervorräte nicht verdarb.

Der Regen war schwer, beinahe schmerzhaft. Matilda drückte das Kinn in den Kragen ihres wasserdichten Mantels und zog den Hut tief in die Stirn, während Bluey und die drei jungen Hunde die Herde zusammentrieben. Die Pfiffe der Treiber wurden vom Trommeln des Regens auf dem Boden übertönt, aber die Hunde zeigten sich geschickt und gut abgerichtet.

Lady war nervös; sie tänzelte, schüttelte die Mähne und verdrehte die Augen. Matilda faßte die Zügel fester und trieb sie voran. Es würde ein langer, harter Tag werden, aber Gott sei gedankt dafür.

Schafe mögen keine Nässe. Vor kurzem geschoren, standen sie kläglich zitternd aneinandergedrängt oder rutschten hierhin und dorthin, um den aufdringlichen Hunden und Reitern zu entkommen. Aber immer tauchte jemand oder etwas auf und verstellte ihnen den Weg, drängte sie in die Herde zurück und trieb sie voran. Nur langsam kam der Auszug von der Weide in Gang, aber die Bewegung wurde stetiger, und derweil versank der Horizont hinter Regenschleiern.

Matilda atmete den wunderbar frischen Duft des nassen Bodens und der tropfenden Büsche ein. Zwei Fingerbreit Niederschlag bedeuteten hier draußen nichts, aber zwanzig bedeuteten frisches Gras, und Gras bedeutete für einen Schafzüchter Leben.

Schließlich hatten sie das höhere Gelände im Osten des Tjuringa erreicht. Das Gras war hier spärlich, aber es würde bald sprießen, und in den reißenden Bergbächen gab es reichlich Wasser. Sie kontrollierten die Zäune, und dann ließen sie die Herde frei und machten sich auf den Rückweg.

Es war jetzt drei Uhr nachmittags, aber an diesem Tag war die Sonne nicht richtig aufgegangen. Die Wolken jagten schwarz und schwer über den bleiernen Himmel, und ein scharfer Wind trieb den Regen wie Pfeile durch die Bäume. Die Pferde suchten sich ihren Weg durch die Flüsse und Bäche, die jetzt reißend über die betonharte Erde flossen; das Wasser spritzte aus ihren Mähnen und strömte ihnen an Hälsen und Beinen hinunter.

Der lange Mantel lastete schwer auf Matildas Schultern, und eisige Tropfen rannen ihr in den Kragen, aber das machte ihr nichts aus. Jetzt, wo der Regen gekommen war, konnte man unmöglich frieren und sich elend fühlen. Naß zu werden war ein geringer Preis für das Überleben.

Der Bach war über die steilen Uferböschungen getreten. Wo vor ein paar Stunden nur ein klägliches Rinnsal geflossen war, rauschte jetzt ein wütendes Wildwasser, das alles mit sich fortriß. Matilda packte die glitschigen Zügel mit festem Griff und trieb Lady die Böschung hinunter und ins Wasser.

Die alte Stute scheute, als sie rutschend und gleitend in den Schlamm geriet; sie warf den Kopf zurück, und ihre Augen waren wild vor Entsetzen, als das Wasser um ihre Beine toste. Matilda versuchte sie zu beruhigen und voranzutreiben, aber die Stute verdrehte die Augen und wich zurück.

Mikes schwarzer Wallach war zu dicht hinter ihr. Als er sich wiehernd aufbäumte, fühlte sie, wie zur Antwort ein Schauder durch den Körper ihrer Lady ging. Es dauerte eine ganze Weile, bis sie beide Pferde wieder unter Kontrolle hatten. »Wir müssen hinüber, Molly«, schrie Mike durch das Tosen. »Es gibt keinen anderen Weg zurück – und wenn wir nicht jetzt sofort rüberkommen, sitzen wir hier fest.«

»Ich weiß«, schrie sie zurück. »Aber Lady hat zuviel Angst. Ich glaube nicht, daß sie es schafft.«

»Sie muß – oder wir warten, bis es zu regnen aufhört, und ich schätze, bis dahin dauert's noch ein paar Tage.« Wallys Brauner stand friedlich am Rand des tobenden Wassers, anscheinend unbeeindruckt von der Nervosität der beiden anderen. »Ich gehe als erster und nehme das Seil mit.«

Er entrollte sein Seil und schlang es um einen Baumstamm, der normalerweise ein ganzes Stück weit über dem Wasser auf der Uferböschung stand, jetzt aber fast überflutet war. Er band sich das andere Ende fest um den Bauch, nahm zwei der kleinen Hunde und stopfte sie in seinen wasserdichten Mantel. Der Braune trat ins rauschende Wasser und schwamm wenige Augenblicke später kraftvoll gegen die Strömung an.

Mike und Matilda hielten das Seil fest, um Wally sofort wieder herauszuziehen, sollte sein Pferd unter ihm fortgerissen werden. Der peitschende Regen brannte in den Augen und ließ ihnen die Hände gefrieren, aber sie ließen nicht locker. Die Strömung war stark, der Sog tödlich, wo das Wasser in Wirbeln und Strudeln über den zerklüfteten Grund raste – Wallys Leben hing von ihnen ab.

Endlich kam er wieder heraus. Der Wallach glitschte durch den Schlamm und versuchte am steilen Ufer Tritt zu fassen. Immer wieder mühte das Pferd sich angestrengt hinauf. Schließlich rutschte Wally aus dem Sattel, kletterte am Ufer hinauf und zerrte den Wallach unter lauten Ermunterungsrufen die Böschung empor.

Es ging quälend langsam für die, die ihm zusahen, aber dann gelangten sie doch auf festen Boden, und Wally knotete das Seil um einen Baumstumpf. Matilda und Mike taten einen Seufzer der Erleichterung, als er seinen Hut schwenkte. Er war unversehrt. Er hatte es geschafft.

»Du als nächste, Molly«, rief Mike. »Aber wenn du merkst, daß dir das Pferd wegrutscht, halte es nicht fest. Halte du dich am Seil fest, und zieh dich hinüber.«

Sie nickte, aber sie hatte nicht die Absicht, Lady unter sich weg in den sicheren Tod reißen zu lassen. Sie waren zu lange zusammen, hatten zu viel miteinander erlebt, als daß Matilda sie im Stich gelassen hätte. Sie stopfte sich den dritten kleinen Hund unter den Mantel, wo er zappelte und sich wand und ihr mit seinem nassen Fell das Hemd durchnäßte. Sie wartete, bis er sich beruhigt hatte, und dann trieb sie Lady vorsichtig wieder ins Wasser. Mit einer Hand umklammerte sie die Zügel, mit der anderen das Seil, und mit Schenkeln und Knien lenkte sie die alte Stute, der das Wasser in bösartigen Wirbeln um die Hufe schäumte.

Lady rutschte aus und stolperte. Sie riß den Kopf hoch und wieherte angstvoll. Matilda beugte sich über ihren Hals, murmelte ihr beruhigend ins Ohr und lockte sie weiter, bis sie Tritt faßte und den Mut fand, sich gegen die Strömung zu stemmen.

Das Wasser wirbelte um ihre Beine, und Matilda spürte seinen Sog, als Lady zu schwimmen anfing. Sie hielt sich wie eine Klette im Sattel, das Gesicht dicht über der Mähne. Ihre Hände hielten Seil und Zügel fest umklammert, und zwischen ihnen zappelte das Hündchen.

»Braves Mädchen«, gurrte sie. »Gutes Mädchen! Ganz ruhig jetzt, Lady. Immer weiter, immer weiter.«

Der Regen fiel in undurchdringlichen Schleiern herab, blendete sie, verstärkte die Strömung des Flusses und machte die Böschung glatt und tödlich. Wally feuerte sie vom Ufer her an, aber Matilda war blind und taub für alles, als sie spürte, wie die alte Stute ermüdete. »Komm schon, Mädchen! Noch einen Schubs. Noch einen, und wir sind drüben.«

Lady wuchtete sich ins flachere Wasser und kämpfte sich dann tapfer die Böschung hinauf. Aber ihre Hufe fanden keinen Halt, sondern nur schleimigen, glitschigen Schlamm, der unter ihren Hufen in Bewegung geriet und sie ins Wasser zurückziehen wollte.

Matilda hörte das Rasseln der großen Lunge, spürte, wie die müden Muskeln sich spannten, und sprang aus dem Sattel. Sie umfaßte das Zaumzeug, stemmte die Fersen in den Schlamm und versuchte das Pferd aus dem Wasser und die Böschung hinaufzuziehen.

Lady kämpfte schnaufend und zappelnd um Halt und bleckte vor Anstrengung die Zähne. Matilda rief ihr ermutigend zu, und sobald sie aus dem Wasser waren, kam Wally herunter, um ebenfalls nach dem Zaumzeug zu greifen und mit seinen Kräften zu helfen.

Im quälend langsamen Vorankommen der Stute hörte die Zeit auf zu existieren, doch dann gelangte ein Huf auf festen Boden, und mit einer letzten großen Anstrengung taumelte sie über den Rand der Böschung nach oben. Sie stand einen langen Augenblick da, und ihre Flanken bebten, als sie nach Atem rang. Dann knickten ihr die Beine ein, und sie kippte zu Boden. Die langen gelben Zähne schnappten einmal, dann verdrehte sie die Augen und lag still.

Matilda fiel im Schlamm auf die Knie. Der kleine Hund entwischte unbemerkt aus ihrem Mantel und rannte zu seinen Brüdern. Sie strich über Ladys Hals, folgte den vertrauten Konturen des einst so starken

Körpers, und Tränen rollten ihr über das Gesicht und vermischten sich mit den Regentropfen. Lady war eine echte Freundin gewesen – ihre einzige Freundin in jenem ersten Jahr –, und sie hatte bis zum Ende großen Mut bewiesen.

»Mike kommt jetzt herüber«, schrie Wally ihr ins Ohr. »Komm helfen!«

Matilda schluckte ihre Tränen hinunter und packte das Seil. Mike hatte den Fluß schon halb überquert, und Bluey hockte hinter ihm. Das Wasser wirbelte über den Rücken des Wallachs, und der Hund hätte fast den Halt verloren. Matilda hielt den Atem an.

Bluey hatte nicht die Absicht zu schwimmen. Er schmiegte sich geduckt an Mike und fand das Gleichgewicht wieder; dann kläffte er scharf und wedelte heftig mit dem Schwanz.

»Dem kleinen Miststück macht es Spaß«, schrie Wally. »Ich schwöre dir, er grinst.«

Matilda war sprachlos vor Angst und Trauer. Eine Freundin hatte sie heute verloren. Jetzt noch den Freund zu verlieren würde sie wohl nicht ertragen.

Mikes Wallach kämpfte sich die Böschung hinauf und stand wenig später auf festem Boden. Bluey sprang herunter, schüttelte sich und stürzte sich dann, ein Wirbelwind aus schlammigen Pfoten und leckender Zunge, auf Matilda. Sie und die beiden Männer ließen sich atemlos und erschöpft zu Boden fallen; es kümmerte sie nicht, daß sie von Minute zu Minute kälter und nasser wurden. Sie hatten es geschafft.

Als sie wieder zu Atem gekommen waren, stieg Matilda hinter Mike aufs Pferd, und sie traten den langen Ritt nach Hause an. Die Hunde rannten neben ihnen her; sie konnten es nicht erwarten, zum Abendessen in ihren warmen Zwinger zu kommen. Matilda konnte nur an Lady denken. Sie hatten sie zurücklassen müssen – ein schmähliches Ende für ein so tapferes Pferd. Matilda umklammerte den Sattel. Sie würde Lady vermissen.

Der Regen ließ das Gras hüfthoch wachsen. Die Siedler von New South Wales atmeten zum ersten Mal seit fünf Jahren wieder auf. Die Tiere, die diese Dürre überlebt hatten, würden starke, gesunde Wolle geben.

Sie würden sich gut vermehren, und das Leben würde wieder so sein wie früher.

Aber das Leben im Outback war grausam, die Natur trügerisch und die Erleichterung nur von kurzer Dauer. Das Wasser, das in solchen Strömen vom Himmel gefallen war, verrann auf der hartgebrannten Erde und verschwand. Die Sonne stieg hoch in den Himmel, greller und sengender als zuvor. Das Land dampfte, und bald war das saftige Gras wieder silbrig, und ein Schleier von Staub und Hitze lag über den Weiden.

Tom hatte auf einer der tiefer gelegenen Weiden ein paar Schafe verloren, aber seine Herde war viel größer als Matildas, und er fand, er könne von Glück sagen, daß es nicht mehr waren. Matilda kaufte eines seiner Ponys als Ersatz für Lady, und das Leben begann von neuem mit seinem unabänderlichen Kreislauf: zusammentreiben, züchten, scheren, verkaufen.

Es war zu einem Ritual geworden, daß sie mindestens zweimal im Monat einen Besuch bei Tom und April machte. Aus Europa kamen keine guten Nachrichten, und Premierminister Menzies warnte, es könne zum Krieg kommen, sollte Hitler in Europa so weitermachen.

»Was kann Hitlers Einmarsch in Polen denn für uns hier draußen bedeuten, Tom?« Sie saßen zusammen in der Küche, und die Atmosphäre war angespannt an jenem Septemberabend im Jahre 1939. »Wieso sollte ein Krieg in Europa sich auf uns hier in Australien auswirken?«

»Wir werden hineingezogen werden«, sagte er nachdenklich. »Ich nehme an, damit muß man rechnen, denn wir gehören ja zum Commonwealth. Chamberlain muß was unternehmen, und zwar verflucht schnell.«

Es wurde still. April hörte auf zu stricken, und ihr Gesicht war blaß im Lampenschein. »Aber du mußt doch nicht hingehen, Tom, oder? Du wirst hier auf der Farm gebraucht. Das Land wird nach Wolle und Talg, nach Hammelfleisch und Leim schreien. Falls es Krieg geben sollte«, fügte sie ängstlich hinzu und schaute ihren Mann erwartungsvoll an, aber der schaltete das Radio aus, ohne sie anzusehen.

»Das kommt drauf an, wie es weitergeht, Schatz. Ein Mann darf nicht gemütlich hier rumsitzen, wenn seine Freunde abgeschossen werden. Wenn man mich braucht, werde ich gehen.«

Matilda und April starrten ihn entsetzt an. »Und was ist mit Wilga? Du kannst hier nicht einfach weggehen«, sagte Matilda in scharfem Ton. »Und April und die Kinder? Wie sollen die ohne dich zurechtkommen?«

Tom lächelte. »Ich habe ja nicht gesagt, daß es definitiv ist. Ich habe nur gesagt, ich gehe, wenn man mich braucht. Vielleicht gibt's ja gar keinen Krieg.«

Matilda sah die Erregung, die seine Augen leuchten ließ, und sie wußte, daß seine Worte nichts bedeuteten. Der Gedanke faszinierte ihn. Er konnte es kaum erwarten, zu den Waffen gerufen zu werden. Sie schaute zu April hinüber und sah, daß sie seinen Blick ebenfalls bemerkt hatte, denn sie war blasser denn je, und ihre Hände lagen regungslos in ihrem Schoß.

Matilda nagte an ihrer Unterlippe und faßte einen Entschluß. Sie hatte gelobt, seine Freundlichkeit zu erwidern – und vielleicht war dies die Gelegenheit, ihr Gelübde wahr zu machen.

»Wenn du wirklich weggehst, Tom, werde ich mich um Wilga kümmern. Wir können die Herden zusammentreiben, und ich kann deinen Schuppen für die Schur benutzen. Ich hoffe, daß ein paar Männer im Land bleiben, um zu arbeiten, aber irgendwie werden wir uns schon durchschlagen, bis du zurückkommst.«

April brach in Tränen aus, und während Tom sie tröstete, spazierte Matilda hinaus auf die Veranda und weiter zur Koppel. Die beiden mußten allein sein – und sie brauchte Raum und Ruhe zum Nachdenken.

An der Koppel blieb sie stehen und schaute den Pferden zu, und dann richtete sie den Blick zum Himmel. Er sah endlos weit aus und schien diesen kleinen Flecken Erde in seiner sternenfunkelnden Umarmung fast völlig einzuschließen. Schwer zu glauben, daß derselbe Himmel auf das kriegsbedrohte Europa hinunterblicken sollte. Männer würden dort kämpfen und sterben. Das Land bliebe den Frauen und den Jungen, die zu klein waren, um zu wissen, was sie zu tun hatten. Oder den alten Männern, die nicht mehr genug Kraft besaßen, um sich den Angriffen der Natur zu widersetzen. Zum ersten Mal seit vielen Jahren war sie froh, daß sie kein Mann war. Froh, daß man sie nicht zwingen würde, Churinga zu verlassen und auf ein fremdes Schlachtfeld zu ziehen.

Es fröstelte sie. Sie würde für April und die Jungen ihr Bestes tun, aber sie konnte sich noch erinnern, wie es während des Weltkriegs für ihre Mutter gewesen war. Und Gott mochte ihnen allen helfen, wenn das alles wirklich noch einmal passieren sollte.

VIERZEHN

Es war dunkel geworden. Jenny hatte die fertigen Bilder an die Wand gelehnt und wusch eben ihre Pinsel aus, als sie Ripper bellen hörte. Dann ertönten Schritte auf der Veranda; sie drehte sich um, und angenehme Überraschung durchfuhr sie, als sie Brett in der offenen Tür stehen sah.

»Hallo.« Mit ihrer Stimme war etwas nicht in Ordnung; sie klang zu hoch, beinahe atemlos. Jenny räusperte sich und lächelte. »Sie sind aber früh wieder da.«

Er lächelte, nahm den Hut ab und wischte sich über die Stirn. »Wie ich sehe, sind Sie fleißig gewesen.« Er deutete mit dem Kopf auf die Bilder, die an der Wand lehnten, und stieß dann einen leisen Pfiff aus. »Junge, Sie arbeiten aber schnell.«

Jenny wandte sich den Gemälden zu. Sein Auftauchen hatte sie durcheinandergebracht, und sie brauchte einen Augenblick Zeit, um sich vor diesen grauen Augen in Sicherheit zu bringen und ihren Verstand zusammenzunehmen. Was ist denn los mit mir? dachte sie. Ich bin aufgeregt wie ein Schulmädchen.

»Was halten Sie von meinen Versuchen?« fragte sie, als Brett neben sie trat und die Landschaften betrachtete.

Er bohrte die Hände in die Taschen und machte ein nachdenkliches Gesicht. »Ich verstehe nicht viel von solchen Sachen, aber Sie haben auf jeden Fall ein Gefühl für diese Gegend.« Er zog eines der Bilder heraus und stellte es auf die Staffelei. »Das hier gefällt mir besonders«, sagte er leise.

Jenny entspannte sich, und mit warmem Lächeln betrachtete sie die ländliche Szene mit Schafen und Treibern. »Dafür bin ich mit den Treibern hinausgeritten. Es war ein außergewöhnliches Licht, und ich wollte die Essenz dessen einfangen, was Churinga wirklich bedeutet.«

Er nickte. »Schätze, das ist Ihnen gelungen. Ich kann die Schafe fast riechen.«

Sie warf ihm einen Seitenblick zu und fragte sich, ob er sich über sie lustig machen wollte; aber er sah nachdenklich aus und hatte seine ganze Aufmerksamkeit auf das Gemälde vor ihm gerichtet. Sie wandte sich ab und beschäftigte ihre Hände damit, Pinsel zu reinigen und Farbe von der Palette zu kratzen. Sie wußte nicht, was sie zu diesem großen, stillen Mann sagen sollte, der so dicht neben ihr stand, daß sie beinahe seine Körperwärme spürte. Seine Abwesenheit in den letzten paar Wochen hatte ihr deutlich werden lassen, daß er ein Teil von Churinga war, der ihr viel bedeutete, und ihre widersprüchlichen Gefühle trugen einen lautlosen Kampf miteinander aus.

»War der Urlaub gut?« fragte sie schließlich, als sie nichts mehr aufzuräumen hatte und das Schweigen allmählich peinlich wurde.

»Mein Bruder John ist krank; er müßte ins Krankenhaus oder wenigstens mal eine Zeitlang weg vom Zuckerrohr, aber er ist ein sturer Hund, und ich konnte ihn nicht überreden, die Arbeit dort aufzugeben und mit seinem Leben was Besseres anzufangen. Diese Reise war im Grunde Zeitverschwendung, aber es war schön, danach noch bei Gil vorbeizuschauen.«

»Lust auf ein Bier und ein Sandwich?« Sie hörte den eigenen knappen Tonfall und fragte sich einmal mehr, warum sie mit diesem Mann kein vernünftiges Gespräch führen konnte, ohne daß es ihr die Kehle zuschnürte. Sie trug den kleinen Imbiß auf die Veranda hinaus; sie brauchte frische Luft.

Brett kam hinterhergeschlendert und lehnte sich ans Geländer, während sie den Tisch deckte. »Morgen ist ANZAC-Tag und das Picknick-Rennen. Dachte mir, Sie möchten vielleicht gern mitkommen.«

Hier war er auf sicherem Boden, und sein Tonfall war beinahe unpersönlich; also hatte sie sich vielleicht doch nicht allzu lächerlich gemacht. »Sehr gern. Das ist drüben auf Kurrajong, nicht wahr? Ich hab' den Funk gehört; anscheinend redet man über nichts anderes mehr.«

Er nickte. »Kurrajong ist die größte Farm in der Gegend, und deshalb hat es sich im Laufe der Jahre so eingebürgert. Das Fest dauert drei Tage; machen Sie sich also darauf gefaßt, dort zu übernachten.«

Jenny versuchte ihre Aufregung zu verbergen und biß in ein Sandwich. Die Gelegenheit, die Familie Squires kennenzulernen und mit ihr zu reden, durfte sie um keinen Preis versäumen. »Wo werden wir denn wohnen? In einem der Bungalows?«

»Als neue Eigentümerin von Churinga wird man Sie, schätze ich, im Haupthaus unterbringen.« Er griff nach dem Bierglas. »Es wird ziemliches Aufsehen erregen, Sie zu Gast zu haben, wissen Sie. Seit Ihrer Ankunft schwirren die Spekulationen nur so hin und her.«

»Ich weiß.« Sie kicherte. »Ich hab' den Funk abgehört.« Sie biß in ihr Sandwich. »Hoffentlich entspreche ich den allgemeinen Erwartungen. Ich bin es nicht gewöhnt, so berüchtigt zu sein.«

Er lächelte. »Berüchtigt sind Sie erst, wenn Sie sich schlecht benehmen, Jenny. Und ich glaube nicht, daß diese Gefahr besteht.«

Schweigend trank sie ihr Bier und dachte an Ethan Squires und seine Söhne. Vielleicht ließ sich der Alte dazu überreden, ein paar der Lücken zu schließen, die Matilda in ihrem Tagebuch gelassen hatte – und es wäre interessant herauszufinden, weshalb Charlie so unvermittelt mit ihr Schluß gemacht hatte.

»Was spielt sich denn da im einzelnen ab?«

»In Wallaby Flats gibt's einen Gedenkgottesdienst, und dann geht's nach Kurrajong zum Picknick-Rennen. Mit den Ausscheidungsrunden fängt's an – ungefähr jedermann in New South Wales hofft, daß er bis zum Finale am dritten Tag dabeibleibt. Natürlich gibt es Picknicks, Feuerwerk, einen Jahrmarkt. Und am letzten Abend veranstaltet Kurrajong einen Scheunenball.«

»Das verspricht Spaß.«

Bretts ruhiges Lächeln erfüllte seinen Blick mit Wärme. »Macht Spaß. Den Frauen ebenso wie den Männern, denn es gibt ihnen Gelegenheit, sich schick zu machen und zu tratschen.«

»Wann fahren wir?«

»Morgen in aller Frühe. Ich habe ein paar Pferde, die ich mitnehmen will; also sollten Sie den Geländewagen fahren.« Sein Blick fiel auf den kleinen Hund, der unter Jennys Sessel eingeschlafen war. »Ripper wird hierbleiben müssen. Die Hunde auf Kurrajong fressen ihn zum Frühstück.«

Ripper schien zu verstehen, daß die Rede von ihm war; er rollte sich herum, um sich am Bauch kraulen zu lassen. »Langsam, Kerlchen. Die Hände hab' ich mir schon gewaschen.«

Brett lachte leise, als er mit dem aufgeregten kleinen Hund spielte, und als er den Kopf hob und Jenny ansah, glaubte sie etwas wie Verlangen in seinem Blick zu entdecken. Sie schaute rasch weg und nahm einen großen Schluck von ihrem warm gewordenen Bier. Die Einsamkeit brachte ihre Phantasie dazu auszuufern. Er war freundlich, nichts weiter, und sie war in Gefahr, sich total lächerlich zu machen, wenn sie irgend etwas anderes annahm.

Die Sonne schmolz in die Erde und warf für kurze Zeit einen Schleier aus Rosa- und Orangetönen über das Land, während sie zu Ende aßen. Jenny schaute auf die Uhr und gähnte. »Dann sollten wir jetzt lieber Schluß machen, wenn wir so früh aufstehen müssen«, sagte sie beiläufig. Sie wollte nicht ins Bett; lieber hätte sie noch weiter mit Brett hier draußen gesessen und zugeschaut, wie das Kreuz des Südens am Himmel erstrahlte.

Sie standen auf, und er schaute sie an. Sein Blick war unergründlich, seine Miene rätselhaft. In dem langen Schweigen fühlte sie sich zu ihm hingezogen, aber der Bann brach, als er sich den Hut auf den Kopf stülpte und sich abwandte.

»Morgen früh um fünf also. Nacht, Jen.«

Sie sah ihm nach, als er über den Platz schlenderte; seine flachen Stiefel wirbelten Staub auf, und er hatte den lässigen, ausgreifenden Gang eines Mannes, der viele Stunden im Sattel verbrachte. Lächelnd fragte sie sich, ob er wohl tanzen konnte, und sie errötete bei dem Gedanken daran, wie diese starken Hände sie umfaßten, aber dann schnaubte sie entrüstet und trat ins Haus. Wem will ich hier was vormachen? dachte sie. Ich bin sein Boß, und er ist Lorraines Freund. Und außerdem, entschied sie mit Entschlossenheit, kann er wahrscheinlich gar nicht tanzen.

Trotzdem sprudelte sie innerlich vor Erregung. Es war lange her, daß sie in Gesellschaft gewesen war; nach Peters Tod war es ihr so sinnlos erschienen, und die meisten Freunde waren auch nicht sonderlich erpicht auf einzelne Frauen bei Dinnerpartys und Tanzfeten. Sie dachte an die ausgelassenen Tanzpartys, die sie als Teenager besucht hatte. Es würde Spaß machen, sich schön anzuziehen und über den Tanzboden wirbeln zu lassen, bis sie atemlos wäre.

Ihr Tagtraum zerstob, als ihr klarwurde, daß sie gar nichts anzuziehen hatte – nur Jeans, Hemden und Shorts. »Ich kann nicht mitgehen«, sagte sie leise zu Ripper. »Nicht wenn ich weiß, daß all die anderen Frauen sich gnadenlos aufdonnern werden.«

Er kläffte und kratzte sich dann energisch auf der Suche nach einem Floh.

Jenny sah ihm zu, ohne etwas zu sehen. Eine Idee keimte in ihr, aber sie war so unerhört, daß sie sie sofort wieder beiseite schob. Und doch ... und doch ... Möglich wäre es. Wenn sie sich traute.

Sie ging ins Schlafzimmer und öffnete den Kleiderschrank. Zarter Lavendelduft wehte ins Zimmer. Es war ein Hauch vergangener Jahre, schwebend wie eine Erinnerung. Der geisterhafte Refrain hallte durch das leere Haus, und als sie nach dem seegrünen Kleid griff, war es, als ob Matilda sie ermunterte, es noch einmal anzuziehen. Als wollten sie und ihr geheimnisvoller Partner, daß Jenny mit ihnen tanzte.

Unter den hypnotischen Klängen der Musik streifte sie ihre Kleider ab und schlüpfte in die Wolke aus Seide und Chiffon, und als sie in den Spiegel schaute, war ihr, als erhasche sie einen Blick auf wildes rotes Haar und als höre sie das zarte Lachen einer anderen Frau.

Sie schloß die Augen, und als sie sie wieder öffnete, stellte sie beinahe enttäuscht fest, daß sie allein war.

Mit kritischem Blick drehte und wendete sie sich vor dem Spiegel und ließ das Lampenlicht auf den seidenen Falten schimmern und tanzen. Das Meergrün war von einem veilchenblauen Schillern durchzogen – eine perfekte Ergänzung zu ihren blauen Augen und den kastanienfarbenen Reflexen in ihrem Haar. Das Mieder war mit Fischbein verstärkt und schmiegte sich eng um die Taille; das Kleid hatte einen herzförmigen Ausschnitt und angeschnittene Ärmel. Es war ein bißchen kurz, aber das machte nichts. Miniröcke waren in Sydney große Mode, und Jenny wußte, daß sie hübsche Beine hatte.

Aber als sie so dastand und der Geistermusik lauschte, wurde ihr klar, daß das Kleid hoffnungslos altmodisch war. Es widerstrebte ihr, sich an etwas so Schönem zu vergreifen – an etwas, das Matilda offensichtlich einmal sehr viel bedeutet haben mußte.

Sie vernahm ein leises Seufzen und spürte eine zarte Liebkosung auf ihrem Arm, als wäre ein warmer Wind hereingeweht. Angst verspürte sie nicht, denn Matilda war keine Fremde. Es war nur ein Zeichen, daß sie tun sollte, was sie für das Beste hielt. Eine Anerkenntnis dessen, daß die Zeit nicht stehengeblieben war; Matilda wollte, daß ihr besonderes Kleid noch einmal getragen wurde.

»Danke«, flüsterte Jenny. »Ich werde gut darauf aufpassen, das verspreche ich.«

Sie zog das Kleid aus und legte es auf das Bett. Schuhe würde sie auch brauchen. Ihr fiel ein, daß sie auf dem Grund der Truhe ein Paar gefunden hatte, das offensichtlich zu dem Kleid gehörte. Sie wühlte sie aus dem Kleiderschrank hervor und seufzte enttäuscht. Sie waren zu klein, und wegen der Extrazehe an ihrem rechten Fuß kam sie auch mit heftigem Zwängen und Quetschen nicht hinein. Sie würde die flachen Sandalen anziehen müssen, die sie in letzter Minute eingepackt hatte. Sie waren recht schick, und bessere Tanzschuhe besaß sie nicht.

Sie trug das Kleid in die Küche und löste behutsam die Stoffrosetten an Taille und Schulter ab. Und nach langem Zögern griff sie zur Schere. Als sie zwei Stunden später Nadel und Faden sinken ließ, hatte sie ein trägerloses Abendkleid, das sich mit der teuersten Abendgarderobe von Sydney messen konnte.

Sie hielt es sich vor dem Spiegel an und erkannte, daß nur noch eine Kleinigkeit zum perfekten Outfit fehlte. Kurze Zeit später band sie sich das grüne Seidenband um den Hals. Die Rosen waren jetzt mit Goldfarbe überstäubt und fest an das Band genäht, und sie schmiegten sich in die Kurve zwischen Hals und Schulter.

Jenny starrte ihr Spiegelbild an und staunte über die Verwandlung. Dann kicherte sie: »Tja, Aschenputtel, du gehst tatsächlich auf den Ball. Und wie!«

Jenny war auf den Beinen, bevor die Sonne aufging. Sie hatte geduscht und sich die Haare gewaschen und trug eine Baumwollhose und ein besticktes Leinenhemd. Sie lackierte sich die Nägel. Ihr Schmuck war notwendigerweise spärlich: Sie trug nur silberne Ohrringe und das Medaillon, das Peter ihr geschenkt hatte und das sie auf Reisen immer bei sich hatte. Sie musterte ihr Spiegelbild mit kritischem Blick und leiser Nervosität. Es war Jahre her, daß sie ein Fest auf dem Lande besucht hatte, und sie war ganz und gar nicht sicher, daß sie auf alles vorbereitet war – aber jetzt war es zu spät. Sie mußte gehen, wie sie war.

Ripper war trübsinnig hinter ihr hergetappt, als sie den Rucksack gepackt und das Schlafzimmer aufgeräumt hatte. Jetzt folgte er ihr hinaus zum Auto und blieb hoffnungsvoll zu ihren Füßen sitzen, als sie das in ein Tuch gehüllte Kleid über den Beifahrersitz drapierte. Er wußte, daß hier etwas im Gange war, und hatte den Verdacht, daß er nicht dabeisein sollte.

Sie hob ihn auf, um ein letztes Mal mit ihm zu schmusen. Für das Wochenende würde sie ihn in den Zwinger sperren, und sie wußte, daß sie ihn vermissen würde. Aber den traurigen braunen Augen, die sie so flehentlich anschauten, konnte sie nicht widerstehen, und nach kurzem Zögern gab sie nach.

»Dann komm, du kleiner Gauner! Rein mit dir, solange niemand hersieht!« Sie ließ ihn in den Wagen springen und richtete einen strengen Zeigefinger auf ihn. »Aber ich warne dich: ein Bellen, und du bleibst hier.«

Rippers Schwanz wedelte mit dem ganzen Hund, aber anscheinend hatte er verstanden, daß er still sein mußte. Jenny kletterte hinter ihm her und ließ den Motor an. Sie hatte Brett auf der anderen Seite des Hofes bemerkt, umringt von etlichen Pferden, die er an Leitzügeln führte.

»Auf den Boden mit dir, Ripper«, flüsterte sie. »Wenn er dich erwischt, kriegen wir beide Ärger.«

Die beiden Männer, die auf Churinga zurückblieben, winkten, als der Konvoi aus Nutzfahrzeugen und Pferden davonzog. Als Jenny durch das erste Gatter fuhr und sich ihnen anschloß, merkte sie gleich, daß es eine strapaziöse Fahrt werden würde. Die Straße nach Kurrajong war von Schlaglöchern übersät, und der Staub, den die anderen Wagen aufwirbelten, wallte bereits in einer dichten Wolke und klebte ungemütlich an ihrer schweißfeuchten Haut. Es war ein Fehler gewesen, für diese Fahrt saubere Sachen anzuziehen.

Fünf Stunden lang schluckte sie Staub und beobachtete die Männer in dem Allradlaster vor ihr. Sie wurden von Meile zu Meile ausgelassener. Das Bier floß bereits in Strömen, und nach den Schlangenlinien aller drei Fahrzeuge zu urteilen, bekamen auch die Fahrer einen gerechten Anteil.

Die Hauptzufahrt nach Kurrajong führte durch ein frisch lackiertes schmiedeeisernes Tor unter einem Torbogen, in dessen Zenit das Emblem mit dem Immergrün prangte. Es war eine imposante Ouvertüre, aber doch nicht zu vergleichen mit dem Anblick, den das Haus ihr bot.

Die koloniale Veranda, der Balkon und die Säulen, zwischen denen Bougainvilleen rankten, verliehen dem Haus Stil und Schönheit. Ein üppiger Garten und stille Grandezza raunten von Reichtum und Macht – und vom Vertrauen in die eigene Bedeutung. Es war so, wie Matilda es beschrieben hatte, und einen Augenblick lang verspürte Jenny das gleiche Unbehagen wie sie. Dann dachte sie daran, wie mutig Matilda ihr eigenes Anwesen in dieser weiten Einöde verteidigt hatte, und da wußte sie, daß sie keinen Grund hatte, Unbehagen zu empfinden. Was geschehen war, war Vergangenheit. Dies war eine neue Ära, eine Zeit, in der sich alles beruhigen konnte, eine Chance für die Menschen von Kurrajong und Churinga, Frieden zu schließen.

»Beeindruckt?« Brett lehnte sich von seinem Pferd zu ihr herunter.

»Wahrscheinlich nicht so sehr, wie man es von mir erwartet.« Jenny lachte. »Aber spektakulär ist es doch.«

»Fahren Sie nur schon zum Haus. Ich muß mich um die Pferde kümmern.«

»Kommen Sie denn nicht mit?« Der Gedanke, all diesen Fremden allein gegenüberzutreten, machte sie zaghaft.

Er schüttelte den Kopf und grinste. »Ich gehöre zum Personal. Für mich heißt es, ab in den Bungalow. Wir sehen uns später.« Dann sah er Ripper, der beim Klang seiner Stimme aus seinem Versteck gekrochen kam. »Ich habe Ihnen doch gesagt, Sie sollen ihn zu Hause lassen.«

Jenny zog den Welpen auf ihren Schoß. »Ihm passiert schon nichts. Er kann hier im Auto schlafen. Ich hab's nicht übers Herz gebracht, ihn zurückzulassen.«

Brett schnaubte. »Weiber«, knurrte er und ritt davon, um seine Pferde auf die Koppel zu führen.

Sie hatte keine Zeit für eine Entgegnung. Andrew Squires kam die breiten Verandastufen herunter, um sie zu begrüßen. Gut sah er aus, das mußte Jenny zugeben, und überaus selbstbewußt. Aber er war ein Lügner und Betrüger, und sie freute sich nicht auf seine Gesellschaft.

Sein Lächeln war strahlend, sein Händedruck warm und fest. »Guten Morgen, Mrs. Sanders. Welch eine Freude, Sie wiederzusehen!«

Jenny erwiderte das Lächeln. Sie fühlte sich erhitzt, schmutzig und durstig – und seine Makellosigkeit ärgerte sie. Wie konnte jemand in diesem Staub so sauber bleiben? »Sie haben ein hübsches Anwesen hier«, sagte sie höflich.

»Freut mich, daß es Ihnen gefällt.« Er nahm ihre Tasche und das Kleid aus dem Wagen. »Sie müssen mir erlauben, Sie bei Gelegenheit herumzuführen.« Ripper wand sich aus seinem Versteck hervor. »Hallo. Wir haben einen blinden Passagier, wie es scheint.«

Die Anspannung zerbrach, und Jenny lachte. »Er hat darauf bestanden mitzukommen. Aber er kann hier im Wagen schlafen, und ich verspreche, daß er niemandem im Weg sein wird.«

Ripper wedelte hoffnungsvoll mit dem Schwanz, und Andrew tätschelte ihm den Kopf. »Kein Problem. Solange er stubenrein ist, ist er willkommen.«

Jenny spürte, wie sich ihre Meinung von Andrew änderte. Er konnte kein ganz schlechter Mensch sein, wenn er Ripper mochte. Vielleicht würde es doch nicht so schrecklich werden, wie sie anfangs gedacht hatte. Sie folgte ihm die Stufen hinauf und durch die elegante Haustür in die Diele.

Es war, als sei sie in eine andere Welt gelangt. Perserteppiche bedeckten den Boden, und goldgerahmte Gemälde und Spiegel schmückten die Wände. Blumen standen in Kristallvasen auf hochglanzpolierten Tischen, und antikes Porzellan stand gedrängt zwischen silbernen Trophäen. Unter dem prachtvollen Kronleuchter blieb sie stehen, und ihr angeborenes Schönheitsempfinden sah fasziniert, wie die kristallenen Tropfen Regenbogen auf Wände und Decke tupften.

»Den hat mein Großvater vor vielen Jahren von seiner Reise nach Venedig mitgebracht. Sozusagen ein Erbstück«, erklärte Andrew stolz.

»Den würde ich nicht gern putzen müssen«, sagte Jenny abwehrend.

»Dafür haben wir Personal«, antwortete Andrew knapp. »Kommen Sie, ich zeige Ihnen Ihr Zimmer.«

»Haben Sie denn dafür nicht auch Personal?« Ihre Worte hatten einen leicht sarkastischen Unterton, aber ein Lächeln milderte ihre Schärfe.

Er sah sie ernst an. »Doch, haben wir. Aber da dies Ihr erster Besuch auf Kurrajong ist, dachte ich, eine etwas persönlichere Einführung wäre Ihnen lieber.«

Jenny schlug die Augen nieder, beschämt über ihre Biestigkeit, und folgte ihm die geschwungene Treppe hinauf.

Andrew legte die Tasche und das Kleid aufs Bett. »Ein Mädchen wird gleich für Sie auspacken. Das Bad ist dort. Wenn Sie fertig sind, kommen Sie in den Salon; dort können Sie dann die Familie und die anderen Gäste kennenlernen. Ich brauche Ihnen ja nicht zu erzählen, daß alle sehr neugierig auf die neue Eigentümerin von Churinga sind.«

Sein freundliches Lächeln verstärkte das gute Aussehen – wenn sie seine andere Seite nicht kennengelernt hätte, wäre sie leicht auf den Gedanken gekommen, daß er ein angenehmer Gesellschafter sein müsse. Sie dankte ihm und wartete, bis er hinausgegangen war; dann bückte sie sich und streichelte Ripper. »'n bißchen anders als das, was wir gewohnt sind, was, mein Junge?«

Jenny betrachtete den cremefarbenen Brokat der Vorhänge an den Fenstern und am Vierpfostenbett. Ein dicker, heller Teppich lag auf dem blanken Boden und bildete einen vortrefflichen Kontrast zum viktorianischen Mobiliar. Sie ging quer durch das Zimmer zur Frisierkommode und schaute sich die Reihe der kristallenen Flakons an. Winzige Rosenknospen aus Seife lagen in einem Wedgwood-Schälchen. Balmain, Chanel, Dior – ihre Gastgeber zeigten sich gern großzügig, aber sie fragte sich doch unwillkürlich, ob hinter dieser luxuriösen Begrüßung nicht noch etwas anderes steckte.

Die Erinnerung an Churinga mit seinen rohen Holzfußböden und einfachen Möbeln ließ all diese Pracht übertrieben erscheinen, und zum ersten Mal dachte Jenny voller Heimweh an ihr hübsches, vertrautes Zuhause. Denn es war ihr Zuhause geworden, erkannte sie jäh. Das Haus in Sydney war plötzlich Lichtjahre entfernt. Sie sehnte sich zurück zu der rustikalen Schlichtheit ihres Erbes.

Ein diskretes Klopfen an der Tür riß sie aus ihren Gedanken. Als sie sich umdrehte, schaute sie in ein paar seelenvolle schwarze Augen. Das Mädchen war dunkelhäutig und trug ein blauweißes Kleid unter einer gestärkten Schürze. Es war barfuß und lächelte freundlich.

»Da bin ich, Missus. Auspacken, eh?«

Jenny lächelte. »Das mache ich später.«

Das Lächeln des Mädchens verschwand, und sie scharrte mit den breiten Füßen. »Aber Boß mir gesagt, eh?«

Jenny sah ihr Unbehagen und fügte sich. Es hatte keinen Sinn, hier gegen das System aufzubegehren, auch wenn es ein bißchen zu weit ging, sich einen Rucksack von einer Zofe auspacken zu lassen.

Geschäftig räumte das Mädchen die Unterwäsche in Schubladen und hängte das Kleid auf einen Bügel. Dann deutete sie auf Jennys verstaubte Sachen. »Gut waschen, eh?«

Jenny verzog das Gesicht. »Keine Zeit. Ich werde unten erwartet.«

Das Mädchen schüttelte ungeduldig den Kopf. »Genug Zeit. Gut saubermachen, eh?«

Jenny hob resigniert die Schultern und zog sich bis auf das Unterzeug aus. »Wie heißen Sie?«

»Jasmine, Missus.« Sie hatte die Kleider bereits zu einem Bündel zusammengerollt und war halb zur Tür hinaus.

Jenny trollte sich seufzend ins Bad. Da sie nichts anderes anzuziehen hatte, konnte sie sich jetzt vielleicht Zeit für ein Bad nehmen, bevor sie den Squires und ihren Gästen entgegentrat.

Sie blieb in der Tür stehen und schnappte in entsetzter Belustigung nach Luft. Das Badezimmer war so opulent, daß es in einem Freudenhaus nicht deplaziert gewirkt hätte. Die Wasserhähne waren goldene Delphine, die handbemalten Kacheln stammten aus Italien. Eine alabasterne Venus von Milo stand in einer Ecknische, umgeben von Flaschen mit Badesalz. Dicke, flauschige Handtücher waren über eine beheizte Stange drapiert, und im Licht kristallener Leuchten schimmerte der seidene Bademantel, der über einem nachgebauten Boudoirsessel aus der Zeit Ludwigs XVI. hing. Offenbar wurde auf Kurrajong von den Leuten nicht erwartet, daß sie in grüner Brühe badeten.

Als das Wasser ihr um die Ohren schwappte, schloß Jenny die Augen und legte den Kopf auf das sorgsam plazierte Polster. So gefiel es ihr entschieden besser – und selbst wenn es ihr stark übertrieben erschien, war sie doch entschlossen, die Gelegenheit zu genießen und sich zu verwöhnen.

Sie hatte keine Ahnung, wie lange sie in der Wanne gelegen hatte, aber als sie die Augen das nächste Mal öffnete, war das Wasser lauwarm. Höchst widerwillig kletterte sie hinaus und wickelte sich in ein warmes Handtuch, bevor sie einen schnellen Blick auf die Flaschen mit Cold Creams und Body Lotions warf, die vor der beflissenen Venus aufgereiht standen. Aber sie hatte keine Zeit zum Experimentieren; es war spät.

Jasmine hatte ein Wunder bewirkt. Die Hose war ausgebürstet und gebügelt, und die Bluse hatte sie tatsächlich gewaschen. Wie sie das alles so schnell geschafft hatte, war ein Rätsel, aber Jenny hatte keine Zeit, darüber nachzudenken, wie sie entsetzt erkannte, als sie auf die Uhr schaute. Eine Stunde war verstrichen, ohne daß sie es bemerkt hatte.

Während sie sich hastig anzog und Wimperntusche und Lippenstift auftrug, hörte sie Motorengeräusch in der Zufahrt und das geschäftige Gemurmel von Leuten, die sich begrüßten. Das Herz fiel ihr in die Hose. Sie war hier eine Fremde – ein Gegenstand der Neugier und der Spekulationen. Das erforderte eine stattliche Dosis Mut.

Sie betrachtete sich im Spiegel und dachte an ihre erste Ausstellung. Auch da hatte sie Schmetterlinge im Bauch gehabt, aber sie hatte sich hinter der Rolle einer Malerin verstecken können, und die hatte sie gespielt, bis sie gelassener geworden war. Heute wäre es genauso – aber sie war keine Malerin, sondern eine Schafzüchterin. Die neue, sehr reiche Witwe aus der Großstadt, die an gesellschaftlichen Umgang gewöhnt war. Sie holte tief Luft.

»Wenn ich das hier schaffe«, murmelte sie, »werde ich mir ernsthaft überlegen, ob ich nicht zum Theater gehen soll.«

Ripper winselte und legte den Kopf schräg, als sie zur Tür ging. »Hierbleiben«, befahl sie. »Mit dir gehe ich später raus.«

Oben an der Treppe stellte sie fest, daß sie nur den Stimmen zu folgen brauchte, um das Wohnzimmer zu finden. Sie hatte Herzklopfen und wünschte sich Brett an ihre Seite. Sie atmete tief durch, reckte die

Schultern nach hinten und begann den langen Abstieg. Der Vorhang ging auf. Der erste Akt begann.

Ein gutaussehender, lächelnder Mann von etwa sechzig Jahren kam durch die offene Tür heraus und wartete am Fuße der Treppe. Er betrachtete sie voller Bewunderung und streckte ihr eine Hand entgegen, und sie wußte sofort, daß dies auch einer von Ethan Squires' Söhnen war. »Schön, Sie endlich kennenzulernen, Mrs. Sanders. Charlie ist mein Name. Darf ich Jenny sagen?«

Sie fand ihn auf den ersten Blick sympathisch. Kein Wunder, daß Matilda ihn gern gehabt hatte – sie sah gleich, warum. »Jenny ist ganz okay. Freut mich, Charlie.«

Er nahm ihre Hand und schob sie unter seinen Arm. »Jetzt also in die Höhle des Löwen. Bringen wir's lieber rasch hinter uns; dann können wir's uns irgendwo mit einem Fläschchen Schampus gemütlich machen. Sind Sie bereit, meinen Vater kennenzulernen?«

Sie lächelte. »Nur, wenn Sie versprechen, mich in der Arena nicht allein zu lassen.«

»So entzückend, wie Sie sind, würde ich Sie nirgends allein lassen«, scherzte er. »Ich glaube, wir beide werden uns prima verstehen, Jenny.«

Sie ließ sich von ihm durch das Gedränge bugsieren. Die neugierigen Blicke und das aufgeregte Geraune waren ihr wohlbewußt, aber ihre Aufmerksamkeit galt dem alten Mann im Rollstuhl.

Ethans Haut war grau wie Kitt, er hatte eine Hakennase, und die Augen unter den schweren Lidern waren fast farblos. Knorrige Hände mit dicken Adern lagen wie leblos auf der karierten Decke, die seine Knie bedeckte. Der Blick, mit dem er sie musterte, war scharf, intelligent und wissend.

»Sie erinnern mich an Matilda«, sagte er laut in die erwartungsvolle Stille. »Ich frage mich, ob Sie wohl genauso feurig sind.«

»Nur wenn man mich ärgert, Mr. Squires«, antwortete sie und zahlte ihm Blick und Ton mit gleicher Münze zurück. Die Schauspielerin in ihr tarnte den Schock über seine Bemerkung mit einem Schleier aus Hochmut.

Ethan schnaubte und sah Charlie an. »Du mußt sie im Auge behalten, Sohn. Wenn sie auch nur ein bißchen Ähnlichkeit mit ihrer Vorgängerin hat, wird sie dich mit einer Kugel im Hintern von Churinga verjagen.« Sein verächtliches Lachen ging in einen Hustenanfall über.

Eine schlanke, elegante Frau, etwa Ende Fünfzig, drängte sich nach vorn und reichte dem alten Mann ein Glas Wasser. Dabei warf sie Charlie einen mißbilligenden Blick zu. »Ich habe dir gesagt, du sollst ihn nicht aufregen. Du solltest doch klug genug sein, ihn nicht zu provozieren.«

Wie schutzsuchend faßte er nach Jennys Ellenbogen. »Dad braucht man nicht zu provozieren. Er amüsiert sich auf seine Art, wie immer.«

Die Frau verdrehte die Augen zum Himmel und seufzte. »Entschuldigen Sie, Mrs. Sanders. Sie müssen uns für schrecklich ungezogen halten.« Sie streckte ihr eine manikürte Hand entgegen, die von Diamanten funkelte. »Helen Squires. Ich bin mit Charlies Bruder James verheiratet.«

»Jenny.« Sie erwiderte das freundliche Lächeln und den festen Händedruck und ließ sich dankbar von der Frau beiseite ziehen.

»Seit er weiß, daß Sie da sind, freut er sich darauf, auf Sie loszugehen«, erzählte Helen im Verschwörerton. »Charlie hätte Sie wirklich vor seinen Grobheiten warnen sollen. Es tut mir leid, wenn Dad Sie beleidigt hat, aber wenn er einmal angefangen hat, ist er nicht mehr zu halten.«

»Kein Problem.« Jenny lächelte, aber hinter der höflichen Fassade zitterte sie noch immer vor Schrecken. »Hoffen wir, er beruhigt sich so weit, daß er mir etwas über die Geschichte Churingas erzählen kann.«

Sie sah, daß Schwager und Schwägerin sich lautlos über irgend etwas verständigten, aber ehe sie noch etwas sagen konnte, führte Charlie sie davon, um sie mit den anderen Gästen bekannt zu machen. »Sie werden noch reichlich Zeit haben, mit Dad zu plaudern, aber vorläufig lassen wir ihn lieber schmoren«, sagte er leise. »Ich stelle Ihnen erst mal die anderen vor.«

Jenny schüttelte Hände und lächelte in fremde Gesichter, versuchte sich Namen und Verwandtschaftsverhältnisse einzuprägen, beantwortete immer die gleichen Fragen und machte immer die gleichen banalen Bemerkungen. Unter der neugierigen Musterung kam sie sich nackt vor, und sie war dankbar, als Charlie sie schließlich zum Brunch auf die

Veranda hinausführte. Sie nahm einen Schluck vom eiskalten Champagner und zwang sich, sich zu entspannen, als ein Mädchen ihr einen Teller mit zartem Rührei vorsetzte.

»Eine ziemliche Strapaze, was? Tut mir leid. Aber ich finde, Sie haben's ganz gut pariert – vor allem Dads Ausfälligkeiten.«

»Das war eine merkwürdige Äußerung, Charlie. Was um alles in der Welt wollte er damit sagen?«

Er zuckte die Achseln und nahm einen Schluck Champagner. »Das Gefasel eines alten Mannes. Kümmern Sie sich nicht darum.«

»Aber es klang ganz gezielt«, meinte sie nachdenklich.

Er konzentrierte sich einen Augenblick lang. »Vermutlich hat er etwas von Matildas Unabhängigkeit in Ihnen gesehen. Diesen Schimmer von Halsstarrigkeit. Diesen hochfahrenden Blick, der Feuer verheißt, wenn man Sie ärgert.« Er lächelte. »Ihre schlagfertige Antwort hat die Ähnlichkeit nur noch verstärkt. Ich habe sie gekannt, und man vergißt sie nicht so leicht. Sie sollten sich geschmeichelt fühlen.«

Jenny dachte kurz nach. »Ja, das tue ich auch.« Sie wollte ihn schon nach dem abrupten Ende seiner Freundschaft mit Matilda fragen, aber dann überlegte sie sich, daß es vielleicht besser wäre, ihn genauer kennenzulernen, bevor sie davon anfinge. Von den Tagebüchern wußte er wahrscheinlich nichts, und es wäre womöglich klug, ihre Existenz für sich zu behalten.

Er wirkte munterer, als er seine Serviette beiseite warf und sich in die Kissen seines Korbsessels zurücklehnte. »Ich habe das Gefühl, dieses Jahr ist ganz New South Wales hier aufgetaucht. Aber ich brauche Ihnen natürlich nicht zu sagen, wen sie alle sehen wollen. Zwei Monate voller Klatsch und Spekulationen haben ihnen Appetit gemacht.«

»Ich werde sehr bald Schnee von gestern sein.« Sie spähte hinüber zur Koppel, wo sie Brett inmitten einer Gruppe von Männern am Zaun lehnen sah. Zwei Monate. So lange war es ihr gar nicht vorgekommen. Aber es war bald Winter, und demnächst würde sie sich in bezug auf Churinga entscheiden müssen.

»Einen Dollar für das, was Sie jetzt denken.«

»So viel ist es nicht wert«, sagte Jenny leichthin. »Wann fängt denn die Parade an?«

Er sah auf die Uhr. »In ungefähr zwei Stunden. Wir sollten zum Aufbruch blasen. Sie erweisen mir hoffentlich die Ehre, in meinem Wagen mitzufahren?«

Jenny lächelte über seine altmodische Höflichkeit und schaute noch einmal über den Hof. Lieber wäre sie mit Brett und den Männern von Churinga gefahren, aber die schienen eigene Vorbereitungen zu treffen. Die Gruppe ging auf die Geländewagen zu.

»Danke, Charlie«, sagte sie, »die Ehre ist ganz auf meiner Seite.«

Das Ehrenmal befand sich am Ende einer staubigen Straße am Rande von Wallaby Flats. Im klimatisierten Inneren von Charlies Wagen war sie vor Staub und lastender Hitze geschützt. Durch das Fenster schaute sie zu der Menge hinaus, die die Straße säumte, und sie fragte sich, woher all die Leute wohl kamen. Sie sah Treiber, Scherer und Jackaroos, Ladenbesitzer und Farmer, arme und reiche, zu Pferde und in Autos. Wanderarbeiter in ihren staubigen Planwagen, an denen Töpfe und Pfannen schepperten. Frauen in bunten Kattunkleidern und mit auffälligen Hüten hielten kleine Kinder auf dem Arm. Reihenweise Männer in Uniformen, die Orden stolz poliert, Schlapphüte in keckem Winkel über der zerfurchten Stirn. So drängten und schoben sie sich durch die Straßen vor der Kulisse der dunkelroten Erde und des von weißen Wolken übertupften Himmels, ein Kaleidoskop von Farben, und Jenny bereute, daß sie nicht daran gedacht hatte, ihren Skizzenblock mitzubringen.

Charlie parkte neben den anderen Wagen aus Kurrajong, und sie spazierten langsam zurück, um sich unter die Menschen an der Straße zu mischen. Im lärmenden Treiben hielt sie Ausschau nach Brett, aber sie fand ihn nicht. Und dann lenkte das erstickte Quäken eines Dudelsacks ihre Aufmerksamkeit auf den Beginn der Parade.

Mit klirrendem Zaumzeug trabten die Pferde hinter der Marschkapelle von Wallaby Flats. Marschstiefel wirbelten mächtigen Staub auf. Eine Woge des Patriotismus ging durch die Menge; die Kapelle führte mehr als drei Generationen von Soldaten zum Ehrenmal. Einige Gesichter erkannte sie, Gesichter, die mit abgewendeten Augen vorbeizogen, das Kinn stolz erhoben, mit blinkenden Orden – Gesichter von Männern, die auf Churinga mit den Schafen ritten und die ihr nie alt genug erschienen waren, um im Krieg gewesen zu sein.

Einheimische Würdenträger in prunkvollem Staat erwarteten ihre Ankunft. Ein Priester, dessen schwarze Soutane sich im Wind blähte, begann mit dem Gottesdienst. Die beliebten alten Kirchenlieder wurden mit lustvollem Enthusiasmus geschmettert, und Jenny ließ sich von der patriotischen Inbrunst mitreißen. Und als die Kränze aus blutrotem Mohn auf die Steinstufen gelegt wurden und der unglaublich junge Soldat den Letzten Zapfenstreich blies, stieg ihr ein Kloß in die Kehle. Die letzte Note wehte in die Stille über dem Land hinaus, und ein bebender Seufzer ging durch die Menge.

»Jetzt beginnt der lustige Teil«, sagte Charlie und deutete mit dem Kopf zum Pub. Schon drängte sich eine Traube von Männern vor der Tür. »Heute abend werden etliche einen dicken Kopf haben.«

Jenny riß sich aus ihren Gedanken, und die Schwermut des Augenblicks verging in seinem fröhlichen Lächeln. »Wie geht's weiter?«

»Zurück nach Kurrajong«, sagte er munter. »Bevor die besten Picknickplätze vergeben sind.«

Der Culgoa River funkelte in der sonnigen Brise. Als Charlie und Jenny dort ankamen, waren schon zahlreiche Decken und Picknickkörbe unter den Bäumen zu sehen. Kinder planschten im Wasser und spielten Fußball auf der Wiese. Bunte Stände waren aufgestellt worden, und es herrschte reges Leben. Man sah Jongleure und Feuerschlucker, Boxer und dicke, bärtige Damen, ein Karussell und eine Schiffschaukel.

»Ich habe ein paar Gastgeberpflichten zu erfüllen, Jenny«, sagte Charlie. »Wenn Sie wollen, bitte ich jemanden, Ihnen Gesellschaft zu leisten.«

Sie schüttelte den Kopf. »Gehen Sie nur! Ich sehe mich auch gern allein um.«

Sosehr sie seine Gesellschaft genossen hatte, Jenny war doch froh, daß Charlie jetzt etwas anderes zu tun hatte. Sie freute sich darauf, allein umherzustreifen und Zuckerwatte und einen kandierten Apfel zu essen. Der Lärm und der Duft eines ländlichen Rummels weckte Kindheitserinnerungen an Waluna.

Sie schlängelte sich zwischen den Picknickkörben hindurch und erwiderte freundliche Begrüßungen. Anscheinend wußte jeder, wer sie war, aber gottlob wollten nur wenige ein paar Worte mit ihr wechseln. Sie spazierte am Bierzelt vorbei. Es war gedrängt voll, und der Berg der leeren Flaschen, die sich draußen stapelten, wuchs von Minute zu Minute. Hinter dem Zelt war ein hitziger Streit im Gange; es wurde geschubst und gestoßen, aber ein paar Augenblicke später kamen die beiden Kontrahenten Arm in Arm nach vorn und sangen ein altes Schererlied.

Jenny wanderte weiter; genüßlich verspeiste sie ihre klebrige Zuckerwatte und fragte sich, ob Brett wohl in der Nähe sei.

Endlich entdeckte sie ihn; er stand im Gedränge vor dem Boxring. Sie schob sich hindurch und blieb plötzlich wie angewurzelt stehen. Er stand Arm in Arm mit Lorraine da und schaute ganz entspannt auf sie hinab. Es sah aus, als gehörten sie zusammen, ein vertrautes Paar, das den Tag gemeinsam genoß.

Jenny wandte sich hastig ab, bevor er sie sehen konnte. Irgendwie war dieser Tag nicht mehr so vielversprechend.

FÜNFZEHN

Brett bemerkte Jennys bestürztes Gesicht, bevor sie sich umdrehte. Erschrocken erkannte er, wie es aussehen mußte, und er löste sich aus Lorraines Umklammerung. Sie hatte sich erst vor wenigen Augenblicken auf ihn gestürzt, und statt eine Szene zu machen, hatte er auf den richtigen Augenblick zur Flucht gewartet. »Ich gehe jetzt lieber«, murmelte er. »Muß noch nach den Pferden gucken.«

Sie zog einen Schmollmund. »Ich dachte, wir könnten zusammen Picknick machen. Ich hab' alles unter den Bäumen am Wasser zurechtgelegt.«

»Vor dem Rennen kann ich nicht essen, Lorraine.« Er sah den eigensinnigen Glanz in ihren Augen. »Und ich habe den Squires versprochen, noch ein Glas mit ihnen zu trinken.«

»Das hast du wohl eher dieser Sanders versprochen«, meinte sie höhnisch. »Du machst dich lächerlich, Brett Wilson. Diese Sorte hat's nur auf Geld abgesehen. Ich wette, sie hat inzwischen schon kräftig mit Charlie angebandelt.«

»Du darfst andere Leute nicht nach deinen Maßstäben beurteilen, Lorraine«, sagte er grimmig.

»Miststück«, fauchte sie. »Ich weiß wirklich nicht, was ich mal an dir gefunden habe. Aber wenn du glaubst, du kannst bei dieser Sanders landen, dann irrst du dich. Sie ist eine von ihnen. Eine Reiche. Und du gehörst zum Personal.« Sie machte auf dem Absatz kehrt und stolzierte davon; ihre hohen Absätze bohrten sich tief in den grasbewachsenen Boden.

Ihre Worte hatten Brett verletzt, und es widerstrebte ihm zu glauben, was sie gesagt hatte. Der Augenschein hatte ihn in der intuitiven

Überzeugung bestärkt, daß Jenny anders war als die Squires dieser Welt. Sie ließ sich durch Geld und Macht nicht beeinflussen, sondern würde allein über ihre Zukunft entscheiden. Er drängte sich durch die wogende Menge und nahm Kurs auf den Picknickplatz von Kurrajong.

Aber als er die große Party sah, zögerte er. Es war ein interessantes Tableau – und er scheute davor zurück, sich hineinzubegeben. Lorraines Worte kehrten mit voller Wucht zurück, als er Jenny in vergnügtem Geplauder mit Charlie Squires sah. Ihr Gesichtsausdruck war lebhaft, und er neigte sich ihr zu. Seine Aufmerksamkeiten und die üppige Umgebung schien sie ganz entspannt zu genießen.

Im Gras unter den Wilga-Bäumen hatte man Wolldecken ausgebreitet. Tische und Stühle standen im Schatten, und Silber funkelte auf schneeweißen Tischdecken. In der kühlen Eleganz ihrer Sommerkleider und der großen Hüte nippten die Frauen von Kurrajong ihren Champagner aus kristallenen Kelchen und lachten und plauderten mit ihren Gästen. Der alte Squires hielt unter einem großen Sonnenschirm hof; der Rauch seiner Zigarre schwebte in einer Wolke über seinem Kopf, und er bellte Befehle und dirigierte seine Gäste. Helen umhegte ihn wie gewöhnlich und tanzte nach dem boshaften Klang seiner Pfeife, während ihr Mann James die Getränke ausschenkte.

Aber Bretts Aufmerksamkeit galt Charles und Jenny. Sie scheinen sich miteinander wohl zu fühlen, gestand Brett sich unwillig ein. Obwohl Charles gut vierzig Jahre älter ist als Jenny, ist er immer noch ein gutaussehender Gauner, bekannt dafür, daß er etwas von Frauen versteht.

Und ein reicher Gauner, dachte Brett ingrimmig. Einer, der ihr alles geben kann, was sie sich je wünschen würde – aber einer, für den der Erwerb ihres Landes an vorderster Stelle steht.

Brett wandte sich ab, bevor sie ihn bemerkten. Er hatte in dieser Szene keine Rolle zu spielen, sondern würde sich wie ein Außenseiter vorkommen, der er ja auch war. Aber es widerstrebte ihm desto mehr, von hier wegzugehen, da er das Gefühl hatte, daß Jenny ihm entglitt. Jetzt, wo sie eine Kostprobe vom Leben einer reichen Züchterin hatte nehmen können, was konnte er ihr da bieten, was sie nicht schon hatte?

Jenny hatte ein solches Picknick noch nie gesehen. Es gab kaltes Fleisch und Salate, ganze geräucherte Lachse und Brathühner, glänzenden Kaviar in Nestern aus Eis. Eine Pyramide aus Obst zierte die Mitte des Tisches, der mit weißem Damast und funkelndem Silber und Kristall gedeckt war. Die Herren von Kurrajong wußten ihre Gäste zu bewirten. Aber bei aller eleganten Gastlichkeit und höflichen Konversation hatte sie doch das Gefühl, daß etwas fehlte, und je länger sie die Squires an diesem Wochenende miteinander umgehen sah, desto deutlicher wurde ihr klar, was es war.

Dies war eine Familie aus unterschiedlichsten Charakteren, die sich nicht besonders gut leiden konnten. Ethan Squires war der unumstrittene Patriarch, der die große Familie aus Kindern und Enkelkindern durch Angst beherrschte: durch die Angst, übergangen zu werden. Die Angst, aus einem Testament gestrichen zu werden. Die Angst, der Reichtum von Kurrajong könnte einem auf irgendeine Weise entrissen werden, wenn man nicht augenblicklich gehorchte. Wie so viele alte Leute besaß er die Macht, sie alle wie Geiseln zu halten. Und diese Macht nutzte er mit Genuß.

Das Feuer des Ehrgeizes, das einmal in James gebrannt haben mochte, war unter dem unerbittlichen Griff des Alten längst erloschen. Charlie war ein angenehmer Gesellschafter, aber seine Frustration trat deutlich zutage, wenn er über Pläne für Kurrajong redete, die sich zu Lebzeiten seines Vaters niemals würden realisieren lassen. Andrew war der einzige, der sich in seinem Leben wohl zu fühlen schien. Aber obwohl er den Klauen des Alten entronnen war und eine Karriere in der Stadt gemacht hatte, war seine Bindung an Kurrajong immer noch stark. So weltgewandt und kultiviert er auch sein mochte, er war Ethan und seiner Tyrannei immer noch auf Gedeih und Verderb ausgeliefert. Die Geschäfte Kurrajongs liefen durch sein Büro, und Jenny hatte den Verdacht, daß Ethan alles streng kontrollierte.

Träge von zuviel Essen und Wein und schläfrig von der Hitze, ließ sie sich in die Kissen zurücksinken und schloß die Augen. Das Geplauder ringsumher war unzusammenhängend, und als Fremde unter diesen Leuten konnte sie am Klatsch der Frauen nicht teilnehmen.

»Junge! Also das nenne ich einen Paradiesvogel.«

Jenny öffnete die Augen und fragte sich schlaftrunken, was Charlie wohl gemeint haben konnte. Ihr Mund klappte auf. »Diane.« Sie schnappte nach Luft.

Charlie riß sich vom Anblick dieser Erscheinung im scharlachroten Kaftan los und schaute Jenny interessiert an. »Sie kennen diese exotische Kreatur?«

Lachend rappelte sie sich hoch. »Das kann man wohl sagen. Ein toller Anblick für die müden Augen, nicht wahr?« Sie wartete nicht ab, bis der verdatterte Charlie antwortete. Diane wirkte immer so auf Männer.

Jenny stürmte auf die Freundin los und warf ihr die Arme um den Hals. »Was zum Teufel machst du denn hier?«

»Eine nette Art, eine Freundin zu begrüßen, die durch das halbe Land gereist ist, um dich zu besuchen.« Diane schob sie lachend von sich und umfaßte Jennys Handgelenke mit kräftigen Fingern.

Jenny betrachtete den Kaftan, dessen Farbe sich irgendwie doch nicht mit dem Orangegelb des piratenhaft um den Kopf geschlungenen Tuches biß. Goldene Ringe baumelten an den Ohren, und Armreifen klirrten an den Handgelenken. Die Augen waren trotz der Hitze wie gewöhnlich dick geschminkt, und ihr Parfüm erinnerte an die arabischen Basare von Marokko. »Wie ich sehe, hast du dir vorgenommen, dich dem einheimischen Geschmack anzupassen«, prustete Jenny.

Diane sah sich um und lächelte in das Publikum, das sich versammelte. »Ich dachte, ich gebe diesen Wollzüchtern mal ein bißchen Gesprächsstoff«, erklärte sie obenhin.

Jenny sah, daß Charlie auf sie zukam. »Laß uns verschwinden, damit wir uns ein bißchen unterhalten können«, sagte sie hastig.

Diane sah, wohin Jennys Blick ging. »Kommt gar nicht in Frage. Erst wenn ich alle kennengelernt habe, von denen du mir geschrieben hast.« Sie beäugte Charlie. »Das ist aber nicht Brett, oder? Sieht gut aus, aber ein bißchen alt.«

»Benimm dich«, zischelte Jenny. »Das ist Charlie Squires.«

Die schwarz umrandeten Augen weiteten sich. »Doch nicht der Squires mit den teuflischen Taten?«

»Sein Sohn«, flüsterte Jenny, als Charlie näher kam.

Diane war wie ein bunter Papagei unter Spatzen, als Charlie sie in

Besitz nahm und zum Picknick führte, um sie mit den anderen bekannt zu machen. Sie schüttelte Hände und ließ sich ein Glas Champagner reichen, und nie verblaßte ihr Lächeln, während die anderen Frauen sie mit aufgerissenen Augen anstarrten.

Jenny wußte, wieviel Freude es Diane machte, im Zentrum der Aufmerksamkeit zu stehen. Es war immer so, und sie vermutete, daß die unerhörte Kleidung und das extrovertierte Auftreten ihrer Freundin sehr viel damit zu tun hatten, daß sie als Kind verlassen worden war: Sie war entschlossen, aufzufallen und sich nie wieder übersehen oder an den Rand drängen zu lassen. Es war ihre Art, ein Zeichen zu setzen, eine Abwehr gegen die anonyme Gleichgültigkeit, unter der sie als Waisenkind gelitten hatte.

Endlich aber löste Diane sich aus dem Knäuel ihrer Bewunderer, hakte sich bei Jenny unter, und zusammen schlenderten sie zum Fluß. Die Sonne stand schon tiefer am Himmel, und ein willkommenes Lüftchen spendete ein wenig Kühlung.

»Wie zum Teufel hast du mich gefunden?« fragte Jenny, als sie endlich allein waren.

»Ich hab' ein altes Wohnmobil gekauft von einem befreundeten Maler, der kürzlich von der Westküste zurückgekommen ist. Die Ausstellung ist wirklich gut gelaufen, und ich war erschöpft. Mußte ein bißchen raus aus allem, ein bißchen Freiraum haben.« Diane lachte. »Und, Junge, davon gibt's hier draußen 'ne Menge. Meilen über Meilen. Ich dachte, ich komme nie nach Wallaby Flats, geschweige denn nach Churinga.«

Jenny starrte sie an. »Du bist den ganzen Weg hierher gefahren? Du? Die sich ein Taxi ruft, wenn sie nur einkaufen will?«

Diane zuckte die Achseln. »Das haben wir früher auch gemacht. Warum dann nicht jetzt?«

»Da waren wir achtzehn, Diane. Und ohne einen Funken Verstand, alle beide. Wenn ich dran denke, welche Risiken wir eingegangen sind, als wir mit dem Auto quer durch Europa und Afrika gefahren sind, gefriert mir das Blut in den Adern.«

Diane schürzte die Lippen, und ihre Augen funkelten boshaft. »Aber es hat doch auch Spaß gemacht, oder?«

Jenny dachte an das kalte, feuchte Zimmer in Earl's Court zurück, in dem sie gewohnt hatten, und an die dunklen Gassen, durch die sie hatten gehen müssen, wenn die Arbeit in der Bar in Soho getan war. Sie dachte an den Staub und die Fliegen von Afrika und an das gefährliche Interesse der dunkeläugigen Araber, denen sie auf der Fahrt nach Marrakesch begegnet waren. Sie erinnerte sich an die Kameradschaft, die sie, arm und ungebunden, unter anderen Australiern gefunden hatten, die auf der Suche nach Abenteuern die Heimat verlassen hatten. Sie erinnerte sich, daß die Risiken ihren Reisen erst die rechte Würze verliehen hatten. Mit beispielloser Ignoranz und Naivität waren sie fröhlich ihres Weges gegangen, ohne sich über irgend etwas den Kopf zu zerbrechen. Aber bei alldem hatten sie in dem Jahr nach der Kunstakademie gute Freunde gefunden, und die Erinnerungen daran gehörten ihnen für immer.

»Ich kann immer noch nicht glauben, daß du hier bist«, sagte sie schließlich. »Herrgott, es ist schön, dich wiederzusehen!«

»Ich habe mir Sorgen um dich gemacht; deshalb mußte ich kommen. Du hast nicht oft geschrieben. In deinen Briefen stand nichts davon, aber ich hatte das Gefühl, irgend etwas stimmt nicht.«

Jenny schloß sie in die Arme. »Es ist alles in Ordnung. Ich habe mich nur in diesen Tagebüchern verloren und mich eine Zeitlang von meiner Phantasie überwältigen lassen. Aber ich hatte Zeit und Ruhe, um mit allem zurechtzukommen, und ich schätze, auf eine verrückte Art und Weise haben die Tagebücher mir bewußt gemacht, daß es ein Leben nach der Tragödie gibt. Matildas Beispiel hat mir gezeigt, daß es Zeit ist, mein Leben fortzusetzen und die Vergangenheit hinter mir zu lassen.«

»Das heißt, du hast vor, nach Sydney zurückzukommen?«

»Nicht unbedingt«, antwortete Jenny vorsichtig.

»Dieses Zögern hat aber nichts mit einem gewissen Brett Wilson zu tun, oder?«

Jenny fühlte, wie ihr die Röte am Hals heraufkroch. »Sei nicht albern! Er ist mit seiner Freundin hier.«

Diane musterte sie nachdenklich und verkniff sich einen Kommentar. »Anscheinend ist es Zeit für das nächste Rennen«, stellte sie fest; die

Leute strebten der abgesteckten Rennstrecke zu. »Reitet jemand Interessantes mit?«

Jenny zuckte die Achseln. »Keine Ahnung«, sagte sie wahrheitsgemäß. »Es ist das Veteranenrennen vor dem Finale.«

Sie schoben sich durch das Gedränge, und bald hatte die aufgeregte Stimmung sie erfaßt. Sie standen vor der Absperrung und schauten zu, wie Männer und Pferde sich bereit machten. Die Ponys schienen zu spüren, daß etwas in der Luft lag; sie stampften und schnaubten und traten einander zähnefletschend und mit aufgestülpten Lippen.

Wie bei allen Rennen an diesem Wochenende waren die Reiter eine bunte Mischung aus all den Männern, die im Outback lebten und arbeiteten: Schafzüchter, Treiber, Scherer und Farmverwalter, allesamt in den bunten Farben ihrer jeweiligen Sponsoren und mit einem Reisebündel, dem sogenannten Bluey, auf dem Rücken.

Die Menge wurde still. Pferde und Reiter strafften sich. Die Startflagge flatterte im Wind. Und dann ging es los, in einer Explosion von Staub und anfeuerndem Gebrüll.

Der Parcours verlief über eine schmale Gerade und dann einen Hang hinauf, wo er sich zwischen Bäumen und Termitenhügeln hindurchschlängelte. Die Menge verlor die vordersten Reiter aus den Augen, aber selbst nach zwei Renntagen dämpfte das nicht die Begeisterung der Zuschauer, die der Staubwolke über dem Busch nachschauten. Eine ganze Weile verging, und dann kam das erste Pferd zwischen den Bäumen hervor und begann den steilen Lauf hinunter ins Tal. Die Hufe rutschten über den Schieferboden, und der Atem brannte feurig in der Lunge, als die Ponys links und rechts an der Gruppe der Teebäume vorbei über das unebene Gelände galoppierten. Die Männer im Sattel packten die Zügel fest, schlugen den Pferden die Fersen in die Flanken, beugten sich tief über die schweißüberschäumten Hälse und schrien in die angelegten Ohren. Die Ziellinie lag vor ihnen, und es konnte nur einen Sieger geben. Jenny und Diane schrien und johlten so laut wie alle anderen, als der Treiber von Kurrajong gewann. »Junge! Das ist spannender als beim Melbourne Cup«, rief Diane. »Wie wär's mit 'ner kleinen Wette beim nächsten Rennen?«

»Was für eine prächtige Idee, Ladys! Möchten Sie, daß ich für Sie setze?« Charlie lächelte auf sie herab. »Ich schätze, Sie möchten auf Platz und Sieg für Ihren Verwalter setzen, Jenny? Seine Quote ist schlecht, aber Sie könnten es schlechter treffen.«

Sie mied Dianes scharfen Blick mit Bedacht, als sie ihm fünf Dollars gab. »Warum nicht? Aber setzen Sie nur auf Sieg, nicht auf Platz. Schließlich trägt er die Farben von Churinga, und ich bin sicher, er weiß, was er tut.«

»Wieso ist die Quote schlecht?« wollte Diane wissen, als sie ihm ebenfalls Geld gab.

Charlie lachte. »Weil er in den letzten drei Jahren immer gewonnen hat. Aber Kurrajong hat dieses Jahr eine Geheimwaffe, und ich glaube, Bretts Herrschaft als *King of the Hill* ist zu Ende.« Er warf einen Blick hinüber auf einen mageren Jüngling mit verschlagenem Gesicht, der auf einem bösartigen Schecken saß.

»Dingo Fowley hat dieses Jahr schon in Queensland und in Victoria gewonnen, und in den Vorläufen hat er sich gut geschlagen. Schätze, er ist der beste Reiter, den ich seit einer ganzen Weile gesehen habe.«

Er schlenderte davon, und Diane drehte sich ungeduldig um. »Na, welcher ist es denn nun? Ich will sehen, was ich für meine fünf Dollars kriege.«

Jenny schaute hinüber zur Startlinie. Brett saß auf einem kastanienbraunen Wallach. Er trug das Zeichen von Churinga nach Art der Aboriginal-Kunst auf seinem grün-goldenen Hemd. Er sah gut aus, wie er so dunkel und kraftvoll im Sattel saß und mit kundigen Händen das aufgeregte Pferd beruhigte und bändigte. Ihre Blicke trafen sich, und sein lässiges Zwinkern war von einer verschwörerischen Vertraulichkeit, die sie beide von der Menge isolierte und zueinander zog.

Diane ließ ein sinnliches Schnurren aus der Kehle aufsteigen. »Also das nenne ich ein Geheimnis, das sich zu bewahren lohnt. Kein Wunder, daß du keine Zeit zum Schreiben hattest.«

Jenny spürte die Glut in ihrem Gesicht, als sie sich von Brett abwandte. »Du hast eine schmutzige Phantasie, Diane«, sagte sie in festem Ton. »Nichts könnte weiter von der Wahrheit entfernt sein. Ich sehe ihn zum ersten Mal an diesem Wochenende.«

»Wirklich?« murmelte ihre Freundin versonnen.

Die Startflagge ging hoch, und Brett packte die Zügel fester. Stroller zuckte unter ihm und tänzelte nervös und erwartungsvoll. Dingo Fowleys Schecke drängte und scheute neben ihm, aber Brett konzentrierte sich auf die Bahn. Er hatte von Dingo und seinen miesen Tricks bei den Vorläufen gehört und war entschlossen zu gewinnen. Er hatte hier einen Ruf zu wahren und eine Trophäe zu erringen – und wenn Jenny zuschaute, wie er ihre Farben trug, war es wichtiger denn je, daß er King of the Hill blieb.

Die Flagge senkte sich, und Stroller stürmte Kopf an Kopf mit dem Schecken von der Linie. Der schmale, steile Parcours führte über aufgewühlten Boden. Dingo stieß mit dem Stiefel gegen Bretts Steigbügel, so daß Brett mit dem Fuß herausrutschte und aus dem Gleichgewicht geriet. Stroller griff weiter aus und löste sich von den anderen, als sie in die erste Kurve auf dem Gipfel der Anhöhe gingen, und dann begann der strapaziöse Galopp durch den Busch.

Adrenalin rauschte in seinen Adern, als die Zweige von beiden Seiten auf ihn einpeitschten und die Hufe über trockene Erde und Gestrüpp donnerten. Mannshohe Termitenbauten ragten empor – steinharte Barrikaden, die mit der sicheren Behendigkeit umkurvt werden mußten, die von der jahrelangen Erfahrung beim Zusammentreiben der Schafe herrührte.

Von Schweiß und Staub überzogen, näherten Mann und Pferd sich dem Licht am Ende der Strecke durch den Busch. Dingo war immer noch bei ihm; er lag beinahe flach auf dem Hals seines Schecken und feuerte ihn mit Händen und Knien an, jenes entscheidende bißchen schneller zu laufen, und dann trat er noch einmal zu, um Bretts Fuß aus dem Steigbügel zu stoßen.

Nach dem grünen Schatten blendete sie das Sonnenlicht, als sie aus dem Busch kamen und über den Höhenkamm donnerten. Die Welt war ein Kaleidoskop aus Hitze und Staub, aus trommelnden Hufen und Schweißgeruch. Brett zog Stroller in die Kurve, um den Lauf ins Tal zu beginnen, und er wußte, daß Dingo immer noch da war.

Hufe schlitterten über den Schieferboden, Muskeln ballten sich, und mächtige Lungen keuchten, als schlanke Läufe mühsam um das Gleichgewicht kämpften. Hände packten Zügel, Knie umklammerten

Pferdefleisch. Verschwitzt und verschmiert beugten sich die Reiter über ihre Pferde, als sie die Zielebene erreichten. Das Ziel lag vor ihnen, aber der Lärm der Menge verlor sich im Donner der Hufe. Dingo war neben ihm, und der Schecke streckte den Hals, so daß er Nase an Nase mit Stroller lief.

Das Getöse der bunten Zuschauermenge schlug über ihnen zusammen, als die Zielfahne niederfuhr und die Pferde rutschend und gleitend zum Stehen kamen. Stroller war um eine Nasenlänge vor den anderen durchs Ziel gegangen.

»Nicht schlecht, Kumpel«, schrie Dingo. »Aber nächstes Jahr wird's nicht mehr so leicht sein.«

Brett riß Stroller herum, und mühsam beherrscht packte er den dürren kleinen Mann beim Hemdkragen. »Versuchst du das noch einmal, schlag ich dir deine Zähne so weit in den Hals, daß du mit deinem Arsch Dreck fressen kannst«, knurrte er.

In gespielter Unschuld riß Dingo die Augen auf. »Was soll ich denn versuchen?«

Brett widerstand dem Drang, ihn vom Pferd zu reißen und ihm die Nase einzuschlagen. Er sah, daß die Gruppe der Squires mit der Trophäe herankam, und wollte keine Szene machen. »Den alten Trick mit dem Stiefel am Steigbügel«, zischte er. »Versuch doch wenigstens, originell zu sein.«

Der kleine Mann lachte zynisch, als Brett ihn losließ. »Wir sehen uns nächstes Jahr. Das heißt, wenn du den Mumm dazu hast.« Er ritt davon und verlor sich im Kreise seiner Bewunderer.

Brett ließ sich aus dem Sattel gleiten, und als er die Zügel an sich zog, wurde er fast umgeworfen. Halt suchend streckte er die Hand aus und erkannte, daß er zwischen Stroller und Lorraine klemmte. Sie schlang ihm die Arme um den Hals und überschüttete ihn mit Küssen, aufdringlich wie ein Fliegenschwarm. »Toll«, hauchte sie. »Du warst toll. Ich wußte, du würdest gewinnen.«

Er versuchte sich ihr zu entwinden, aber wenn er keine brachiale Gewalt anwenden wollte, war es unmöglich, sich von ihr zu befreien. »Lorraine«, sagte er schroff, »hör auf! Du machst dich lächerlich.«

Sie warf einen Blick über seine Schulter, und Brett sah das raffinierte Funkeln in ihrem Auge, als sie ihm ins Gesicht lachte und ihm noch einen Kuß auf den Mund drückte. »Mein Held.« Es klang sarkastisch, aber mit einem triumphierenden Unterton, und als sie ihn endlich losließ, erkannte er, warum.

Jenny stand nur wenige Schritte weit hinter ihm. Sie wandte sich ab und verschwand in der Menge, aber ihr Gesichtsausdruck hatte keinen Zweifel daran gelassen, daß sie die ganze Szene mit angesehen hatte.

Er hielt Lorraine mit ausgestreckten Armen vor sich. »Warum tust du das? Es ist aus zwischen uns. Warum machst du Schwierigkeiten?«

»Es ist aus, wenn ich sage, es ist aus«, gab sie zurück. »So leicht wirst du mich nicht los, Brett Wilson.«

»Wer war dieses Flittchen?« Diane kam wie immer gleich zur Sache.

»Lorraine«, antwortete Jenny kühl. »Sie ist Bretts Freundin.«

Diane grunzte. »Dann hat er keinen besonderen Geschmack.« Sie legte Jenny eine kühle Hand auf den Arm. »Ich würde mir da keine großen Sorgen machen, Jen. Das hält nicht.«

»Wer macht sich denn Sorgen?« gab sie gleichgültig zurück, aber ihrem Ton war die Niedergeschlagenheit anzumerken, die dem Tag seinen Glanz zu nehmen drohte. Sie sehnte sich zurück nach Churinga.

»Jenny, Dad möchte, daß Sie die Trophäe überreichen.«

Sie starrte Charlie entsetzt an. »Wieso ich?«

Er lächelte. »Weil Sie die Eigentümerin der Siegerfarm sind. Kommen Sie!«

Sie warf einen hilflosen Blick zurück zu Diane und ließ sich dann widerstrebend zu der Menge führen, die Brett umringte. Sie hörte das Gemurmel, als sie vorüberging, und spürte, daß ungezählte Blicke sie verfolgten, aber sie sah nichts als Lorraines selbstzufriedenes Gesicht neben Brett.

Ethan funkelte sie aus seinem Rollstuhl an. »Gratuliere«, bellte er. »Anfängerglück natürlich. Nächstes Jahr kriegen wir die Trophäe.«

Sie nahm die zierliche Figur des bockenden Pferdes in Empfang und wandte sich Brett zu. Mit wütend gerunzelter Stirn löste er sich von Lorraines Seite. »Meinen Glückwunsch«, sagte sie eisig und drehte den

Kopf gerade rechtzeitig zur Seite, um ihm zu entgehen, als er sie auf die Wange küssen wollte.

»Jenny«, sagte er leise in ihr Haar, »es ist nicht so, wie es aussieht.«

Sie schaute ihm in die Augen und sah dort etwas, das ihren Puls rasen ließ, aber dann erblickte sie Lorraines besitzergreifende Hand auf seinem Arm und wußte, daß sie sich geirrt hatte. »Wir sehen uns dann auf Churinga, Mr. Wilson.«

Als sie sich abwandte, um zu Diane und Charlie zurückzugehen, hörte sie Lorraines leises Kichern. Sie mußte sich zwingen, höfliche Konversation zu treiben und Champagner zu trinken, als wäre alles in Ordnung. Aber es war nicht alles in Ordnung. Was spielte Brett für ein Spiel? Und wieso sandten seine Augen ihr Botschaften, die seine Handlungen Lügen straften?

Der Rest des Tages verrann; zum letztenmal wurden Picknickkörbe eingepackt, und die Jahrmarktstände wurden abgebaut. Jenny entschuldigte sich bei Charlie und den anderen, sorgte dafür, daß einer der Treiber ihren Geländewagen nach Churinga zurückfuhr und kletterte zu Diane in das grellbunt bemalte Wohnmobil.

»Willkommen in Trevor«, sagte Diane, als sie den Motor anließ. »Mit allen Schikanen, sogar Klimaanlage.«

Jenny warf einen Blick nach hinten. Auf dem Boden war ein behelfsmäßiges Bett ausgebreitet, unter der Decke hingen Sarongs aus Bali, und in den Seitenfächern waren neben Ersatzreifen und Wasserkanistern Skizzenblöcke und Staffeleien verstaut.

»Erinnert mich an was«, sagte Jenny lächelnd.

Diane lachte. »Kann man wohl sagen. Trevor könnte Allans Zwilling sein.«

Jenny lehnte sich zurück und ließ die Landschaft an sich vorüberziehen. Allan war vor all den Jahren ihr Wohnmobil in Europa gewesen. Sie hatten es in Earl's Court gekauft; es war blau angestrichen gewesen, und auf einer Seite war eine hohe Brandungswelle, auf der anderen Sonne, Mond und Sterne zu sehen gewesen, auf dem Dach die australische Fahne und auf der Hintertür sehr gelbe Sonnenblumen. Bei Trevor leckten feurige Flammen an den Seitenwänden; auf den Türen prangten Totenschädel und auf dem Dach der Fahrerkabine ein Friedenssymbol,

Zeichen einer anderen Generation vielleicht, aber die Botschaften waren die gleichen. »Was mag wohl aus dem armen alten Allan geworden sein?«

Diane folgte den Wagen der Squires über die holprige Straße. »Läuft wahrscheinlich immer noch«, sagte sie wehmütig. »War ein guter alter Bus.«

In freundschaftlichem Schweigen legten sie Meile um Meile zurück, und als sie schließlich vor Kurrajong hielten, mußte Jenny über Dianes Reaktion lächeln. »Ein Palast. Wie schön«, hauchte sie.

»Warte, bis du ihn von innen siehst«, sagte Jenny trocken.

Helen begrüßte sie in der Diele. »Sie haben hoffentlich nichts dagegen, das Zimmer zu teilen? Das Haus ist voll.«

Jenny und Diane lachten sich an. »Das wird sein wie in alten Zeiten, Helen. Kein Problem.«

Jenny ging vor Diane die Treppe hinauf und trat dann beiseite, damit ihre Freundin einen ordentlichen Eindruck von ihrem Zimmer bekommen konnte.

»Gottverdammt. Du verkehrst hier mit den Reichen und Schönen. So was hab' ich noch nie gesehen.« Diane raffte den aufgeregten Ripper an sich und wanderte mit ihm im Zimmer umher, hob hier Nippes und Parfümflaschen auf, spähte da in Schränke und Schubladen. Als sie ins Badezimmer kam, stieß sie einen spitzen Schrei aus.

»Wer das gemacht hat, muß erschossen werden«, rief sie lachend. »Hast du jemals eine so gräßliche Skulptur gesehen? Die arme alte Venus.«

Jenny lachte mit. »Sie sieht wirklich entsetzlich selbstzufrieden aus. Aber das würdest du auch tun, wenn du nichts Besseres zu tun hättest, als den ganzen Tag hier drin zu hocken.«

Diane warf sich auf das Bett und räkelte sich wie eine Katze in den letzten Sonnenstrahlen. »Ein bißchen anders als das, was wir uns als Kinder teilen mußten, was? Ich warte immer noch darauf, daß Schwester Michael hereinspaziert kommt.«

Jenny schauderte es. »Erinnere mich bloß nicht daran! Ich möchte weder die Frau noch das Haus jemals wiedersehen.«

Diane stützte sich auf einen Ellenbogen, und ihre Miene war plötzlich ernst. »Es war immer noch besser als ein paar andere Häuser, in denen wir waren.«

Jenny wollte nicht an den Alptraum ihrer ersten Pflegefamilie denken. Wollte nicht daran denken, wie ihr Pflegevater sich nachts zu ihr ins Zimmer geschlichen hatte, und auch nicht an den schrecklichen Krach, als sie schreiend zu seiner Frau gelaufen war. Man hatte ihr nicht geglaubt: Sie sei ein verlogenes, rachsüchtiges, bösartiges kleines Mädchen. Und dann hatte man sie nach Dajarra zurückgeschickt.

Die ehrwürdige Mutter hatte gütig zugehört, aber Schwester Michael hatte ihr in hämischem Flüstern zu verstehen gegeben, sie hätte stillhalten und dableiben sollen – ganz gleich, was ihr da hätte passieren können. Noch ein ganzes Jahr hatte sie warten müssen, bis sie dann Zuflucht auf Waluna gefunden hatte.

Jenny setzte entschlossen ein strahlendes Lächeln auf. »Willst du als erste baden? Wir haben noch drei Stunden Zeit bis zum Scheunentanz.«

Jenny hatte sich Zeit gelassen mit dem Anziehen; sie beendete eben ihr Make-up, als Diane aus dem Badezimmer kam. Sie trug ein Gewand von dunklem Purpur, mit Silberfäden durchzogen; man sah viel Busen und lange, gebräunte Beine. Das dunkle Haar hatte sie hoch aufgetürmt und mit silbernen Kämmen festgesteckt, und Ringellöckchen umrahmten ihr Gesicht. An den Ohren und am Hals funkelten Amethyste. »Ein Abschiedsgeschenk von Rufus«, kicherte sie. »Ganz hübsch, nicht?«

Jenny nickte und betrachtete wehmütig die eigenen schlichten Ohrringe und das Medaillon. »Da fühle ich mich ziemlich *underdressed*«, sagte sie erschöpft.

»Blödsinn! Dein Kleid ist zum Umfallen schön. Dazu fehlen dir nur noch meine Jade-Ohrringe und ein Paar anständige Schuhe.« Diane wühlte in ihrer übergroßen Reisetasche und förderte triumphierend ein Paar Ohrringe zutage.

Jenny sah zufrieden, wie Grün und Silber das Kleid ergänzten. Es klopfte, und Helen kam herein.

»Haben wir uns verspätet?« Jenny betrachtete das elegante schwarze Kleid, das die schmalen, blassen Schultern frei ließ, und die diskreten Perlenohrclips mit dem passenden Collier, das wahrscheinlich ein Vermögen gekostet hatte.

Helen lächelte. »Durchaus nicht. Ich wollte nur die Gelegenheit zu einem Schwätzchen nutzen und mich vergewissern, daß Sie alles haben, was Sie brauchen.« Sie musterte die beiden mit ungekünsteltem Wohlgefallen. »Wie hübsch Sie sind!« Sie seufzte. »Sämtliche Männer werden Sie zum Tanzen auffordern.«

Jenny kam sich lächerlich linkisch vor, als sie dieser eleganten, kultivierten Frau gegenüberstand, und warf Diane einen nervösen Blick zu. »Sie finden doch nicht, daß wir es übertrieben haben, oder?«

Helen lachte. »Natürlich nicht. Wann kann man sich hier schon mal schön machen und amüsieren?« Sie berührte das seegrüne Kleid. »Wunderschön. Die Farbe paßt herrlich zu Ihren Augen. Ich könnte so etwas nicht tragen, ohne ganz verblichen auszusehen. Es ist schlimm, wenn man ein so heller Typ ist.«

Jenny begutachtete den seidigen Wirbel von platinblondem Haar, der kunstvoll im porzellangleichen Nacken zusammengeschlungen war. »Ich würde es nie schaffen, so cool und elegant auszusehen«, sagte sie. »Ich habe Blondinen immer beneidet.«

Helen legte ihr eine sanfte Hand auf den Unterarm. »Anscheinend haben wir hier einen Verein zur gegenseitigen Bewunderung gegründet, wie?« Sie kicherte wie ein junges Mädchen. »Aber würde es Sie kränken, wenn ich Ihnen einen kleinen Rat gebe?«

Jenny schluckte. Was hatte sie falsch gemacht? Welches Tabu hatte sie gebrochen?

»Ich meine die Schuhe, Darling. Viel zu sportlich. Warten Sie hier, ich hole Ihnen ein Paar von mir.«

Die Tür schloß sich hinter Helen. »Was ist mit meiner Extrazehe?« fragte Jenny in drängendem Flüsterton. »Ich komme niemals in ihre Schuhe.«

»Frag mich nicht«, sagte Diane. »Hoffen wir bloß, daß sie nicht zu altmodisch sind, denn wenn sie passen, mußt du sie tragen, komme, was da wolle.«

Helen kam kurz darauf mit einem Schuhkarton zurück, der ein beeindruckendes Etikett trug. »Ich schätze, wir haben die gleiche Größe. Probieren Sie sie an.«

Die Schuhe waren aus einer blassen, überaus zarten Spitze und paßten Jenny wie angegossen. Der Absatz war bleistiftdünn, das gestreckte Vorderteil mit kleinen Perlen besetzt. Jenny hörte, wie Diane nach Luft schnappte.

»Sie sind wunderschön«, hauchte sie. »Aber ich weiß nicht, ob ich mich traue, sie anzuziehen.«

»Unsinn«, erwiderte Helen entschlossen. »Behalten Sie sie. Das Kleid, das ich dazu getragen habe, ist hoffnungslos altmodisch, und ich bin wahrscheinlich überhaupt viel zu alt, um so was noch anzuziehen. Jetzt kommen Sie! Als Gastgeberin muß ich frühzeitig da sein, und wo Sie beide schon mal fertig sind, können Sie mich auch gleich begleiten.«

Die große Scheune war fast zwei Meilen weit vom Haupthaus entfernt, und um die Garderobe zu schützen, fuhr die ganze Familie mit dem Auto dorthin. In der Scheune duftete es noch immer nach Heu, aber man hatte sie anläßlich des Festes sauber geschrubbt. Als Sitzgelegenheiten hatte man Heuballen im Raum verteilt und an der Tür eine Bar errichtet. Auf einer gezimmerten Bühne stimmte eine Gruppe von Männern in amerikanischer Cowboy-Kleidung ihre Instrumente, und von den Deckenbalken hingen Fahnen und Luftballons.

»Das kommt mir alles sehr bekannt vor«, sagte Diane und deutete mit dem Kopf auf eine Schar junger Mädchen, die erwartungsvoll in einer Ecke saßen. »Und das auch. Erinnerst du dich, wie furchtbar es immer war zu warten, bis man aufgefordert wurde?«

Jenny nickte. Die Erinnerung war noch allzu lebendig, aber in Wirklichkeit konnte sie sich nicht erinnern, daß Diane jemals ein Mauerblümchen gewesen wäre.

Sie nahmen die Champagnergläser, die Andrew ihnen reichte, und ließen den Strom der ankommenden Gäste an sich vorüberziehen. »Er ist noch nicht hier«, tuschelte Diane. »Aber sie auch nicht.«

Jenny brauchte nicht zu fragen, von wem ihre Freundin redete, aber sie brauchte auch nicht zu antworten, denn jetzt erhob sich Applaus; Helen und James begaben sich auf die Tanzfläche, um den Abend zu eröffnen. Sie hatte keine Zeit mehr, sich zu fragen, wo Brett bleiben mochte, denn Charlie packte sie und wirbelte im Takt einer Polka begeistert mit ihr davon.

Bald wurde überall in der Scheune schwungvoll getanzt. Männer, die sie nie gesehen hatte, entführten Jenny; junge Kerle mit heißen Händen und bierdunstigem Atem wirbelten sie rundherum durch den Saal, bis ihr ganz schwindlig war, und graubärtige Treiber führten sie durch die Promenade, traten ihr dabei auf die Füße und starrten ihr in den Ausschnitt. Sie war verschwitzt und erschöpft, als sie dem Chaos schließlich entrinnen konnte und auf einen Strohballen sank, um wieder zu Atem zu kommen.

Der aufmerksame Charlie war nirgends zu sehen, und Diane fegte noch immer in den Armen des sehr hübschen Treibers durch die Scheune, der sie als erster zum Tanzen aufgefordert hatte. Sie schien sich königlich zu amüsieren. Jenny beneidete sie um ihre Energie, aber es machte auch Spaß, einmal hier zu sitzen und den Trubel zu beobachten.

Sie wollte etwas trinken, als jemand ihr plötzlich das Glas aus der Hand nahm und sie auf die Beine zog. »Charlie, ich kann nicht.« Ihr Protest erstarb, als Brett sie in seine Arme zog.

»Es ist ein langsamer, aber ich kann Ihnen nicht garantieren, daß ich Ihnen nicht trotzdem auf die Zehen trete«, schrie er durch den Lärm.

Jenny bewegte sich in seinen Armen wie in Trance. Sie spürte seine Wärme durch sein Hemd und seine Handfläche heiß und fest auf ihrem Rücken. Irgendwie verstärkte sich durch all das die Erregung des Augenblicks, und Charlies kundige, aber klinische Art zu tanzen wurde zu einer fernen Erinnerung. Denn auch wenn sie es sich nicht eingestanden hatte: dies war es, worauf sie gewartet hatte. Sie entspannte sich in seinen Armen und schloß die Augen.

Die Band war sehr gut; sie spielte jetzt ein Potpourri aus Country- und Westernmusic. Zerbrochene Träume, gebrochene Herzen, gebrochene Versprechungen – die Texte der Schlager mochten traurig sein, aber als sie so in seiner Umarmung tanzte, merkte sie, daß sie schon lange nicht mehr so glücklich gewesen war.

»Sie sehen sehr hübsch aus, Jenny«, sagte er in ihr Haar.

Sie schaute ihm in die grauen Augen und wußte, daß er das Kompliment ernst gemeint hatte. »Danke. Und ich gratuliere noch mal zu Ihrem Sieg als King of the Hill.«

»Im vierten Jahr hintereinander«, sagte er stolz. »Aber das hier, schätze ich, gefällt mir noch besser.«

»Ach ja?«

Er nickte. »Ich hab's doch gesagt – es ist nicht so, wie es vielleicht aussieht. Lorraine und ich, wir sind fertig miteinander.«

Sie nahm sich vor, sich den Abend nicht von ihren Zweifeln verderben zu lassen, und ließ sich von ihm in die schnelle Polka führen, die auf den Walzer folgte. Schließlich aber mußte sie ihn doch anflehen aufzuhören. »Mir ist heiß, und die Füße tun mir weh«, sagte sie und lachte betrübt. »Können wir uns nicht mal hinsetzen?«

Er brachte sie zurück zu ihrem Heuballen. »Ich schätze, wir könnten beide etwas zu trinken gebrauchen«, schrie er durch den Lärm. »Versprechen Sie mir, daß Sie nicht weglaufen?«

Jenny empfand kindliche Freude darüber, daß er mit ihr zusammensein wollte, und sie nickte. Als er sich durch die tanzenden Paare zur Bar schlängelte, fühlte sie sich plötzlich sehr allein.

»Schätze, Sie sind ja wohl die Schönste auf dem Ball, Mrs. Sanders.«

Jenny hatte ihn nicht kommen hören, aber der Rollstuhl bewegte sich auch lautlos über den Holzboden. Schweigend starrten sie einander an – eine Insel gegenseitiger Abneigung und Neugier in einem Meer von Farbe und Lärm.

»Matilda war sich immer zu fein für so etwas. Hat sich bei ihren schwarzen Kerlen versteckt und sämtliche Einladungen ausgeschlagen.«

»Vielleicht hatte sie anderes im Sinn als Scheunenbälle«, antwortete Jenny kühl. Ganz deutlich sah sie Matilda bei ihrem ersten und einzigen Tanz vor sich, und es schauderte sie. Die Menschen konnten so grausam sein.

Ethan beugte sich in seinem Rollstuhl vor und umfaßte ihr Handgelenk mit knochigen Fingern. »Charlie wollte sie heiraten, wissen Sie. Aber ich fand, sie war nicht gut genug für ihn. Was sagen Sie dazu?«

»Vielleicht war sie darüber erleichtert. Wahrscheinlich hat er sie sowieso nicht geliebt.«

Er ließ sie los und zog eine verächtliche Grimasse. »Liebe!« Er spuckte das Wort aus. »Das ist alles, was ihr dummen Weiber im Kopf habt. Aber das Land ist der König hier, Mrs. Sanders. Es beherrscht uns alle.«

»Es hat Sie offenbar sehr verbittert, Mr. Squires. Warum nur?«

Er tat, als habe er sie nicht gehört. Sein Gesicht war plötzlich verschlossen wie ein verrammeltes Haus in einem Sandsturm. »Haben Sie vor, auf Churinga zu bleiben?« fragte er unvermittelt.

»Das weiß ich noch nicht«, sagte sie kühl. »Warum?«

»Ich zahle Ihnen einen fairen Preis. Kurrajong wird erweitert; wir werden Pferde züchten. Churinga wäre eine gute Hengstfarm.«

Brett kam mit zwei Gläsern, und Jenny stand auf, froh über diesen Vorwand, sich der Gesellschaft des Alten zu entledigen. »Andrew hat mir bereits ein Angebot gemacht, und ich habe es abgelehnt. Wenn Sie mir verraten könnten, weshalb Churinga Ihnen in Wirklichkeit so wichtig ist, dann könnte ich es mir vielleicht noch einmal überlegen.«

Er schwieg und schaute sie endlose Sekunden lang durchdringend an. Dann drehte er seinen Rollstuhl herum und fuhr davon.

»Das haben Sie doch nicht ernst gemeint, oder? Daß Sie es sich noch einmal überlegen wollen?« Bretts Lächeln war vergangen, und eine Falte stand zwischen seinen Augenbrauen.

Lächelnd nahm sie ihm das Glas aus der Hand. »Nein. Aber das weiß er nicht.«

Es war fast vier Uhr morgens, und die Party war immer noch in vollem Gange. Diane war mit ihrem Treiber in der Nacht verschwunden, Brett hatte sich unter Protest von seinen Freunden zu einem besonders energischen Rundtanz zerren lassen, der kein Ende nehmen wollte, und Jenny war erschöpft. Ihre Füße schmerzten, sie hatte zuviel Champagner getrunken, und Charlies endlose Aufmerksamkeiten ließen allmählich nach. Und es sah nicht so aus, als werde Brett sie zur Farm zurückfahren, wie sie gehofft hatte. Seufzend warf sie einen letzten Blick auf die wirbelnden Tänzer, und dann verließ sie die Scheune.

Die Nacht war kühl, und der Himmel war in dieser Stunde vor dem Morgengrauen von samtigem, blassem Lila. Der Lärm aus der Scheune verhallte in der Ferne; sie zog die Schuhe aus und genoß das Gefühl der trockenen Erde unter ihren Fußsohlen. Bei dem langen Spaziergang nach Hause würde sie einen klaren Kopf bekommen, und sie könnte genußvoll in der kostbaren Zeit schwelgen, die sie mit Brett verbracht hatte.

Das Haus war wie verlassen; das Licht, das aus den Fenstern in die

Dunkelheit fiel, wirkte wie ein Leuchtfeuer, das sie leitete. Singend tanzte sie die Treppe hinauf. Es war eine ganz wunderbare Nacht gewesen – und jetzt konnte sie sich auf morgen freuen.

Jenny erwachte fünf Stunden später. Diane mußte sich irgendwann hereingeschlichen haben, denn sie lag neben ihr im Bett. Das Kleid war ihr um die Hüften heraufgerutscht. Ripper wedelte hoffnungsvoll mit dem Schwanz.

»Ich will mich rasch waschen und anziehen; dann gehe ich mit dir hinaus, bevor wir nach Hause fahren«, flüsterte sie ihm zu. Der Gedanke an Churinga spornte sie an. Churinga und Brett. Das waren plötzlich die beiden wichtigsten Dinge in ihrem neuen Leben, und sie freute sich endlich auf ihre Zukunft.

Sie ließ Diane weiterschlafen, eilte die Treppe hinunter und trat hinaus auf die Veranda. Der Alltag hatte bereits begonnen; Männer und Pferde bewegten sich auf dem Hof, und der Duft von gebratenem Speck wehte aus der Küche herüber. Sie ließ Ripper von der Leine, damit er im Garten herumstöbern konnte, und atmete die schwindelerregende Mischung aus Staub und Bougainvilleenduft ein. Es würde wieder ein heißer Tag werden; nichts deutete darauf hin, daß der von allen dringend benötigte Regen kommen wurde.

Ihr Blick wanderte über den Hof zu dem Bungalow, den Brett in den letzten Tagen mit dem Vormann geteilt hatte. Sie fragte sich, ob er schon auf dem Rückweg nach Churinga war oder ob er sich noch irgendwo auf Kurrajong aufhielt. Dann sah sie plötzlich, daß sich in dem tiefen Schatten, der den Bungalow umgab, etwas bewegte – und alle ihre Hoffnungen erstarben.

Es war Lorraine. Mit zerwühltem Haar und verschmiertem Makeup kam sie aus der Tür geschlichen, die Schuhe in der Hand.

Jenny merkte erst, daß sie die Veranda verlassen hatte, als sie schon halb über den Hof gegangen war. Ich darf keine voreiligen Schlüsse ziehen, sagte sie sich entschlossen. Lorraine ist vermutlich beim Vormann gewesen, oder sie war in einem der Wagen von Gästen, die hinter den Bungalows der Scherer parkten. Vielleicht hatte nur das Licht getäuscht.

»Morgen. 'ne tolle Party, was?« Lorraine balancierte auf einem Bein und bemühte sich, die Schuhe anzuziehen. Dann versuchte sie, ihr zerzaustes Haar zu ordnen, und gab schließlich mit wissendem Lächeln auf. »Erwarten Sie Brett bloß nicht allzufrüh auf Churinga. Er hat 'ne harte Nacht hinter sich.« Sie zwinkerte. »Wenn Sie verstehen, was ich meine.«

Jenny sog die Luft zwischen den Zähnen ein und bohrte die Hände tief in die Taschen, um Lorraine nicht bei den zerzausten Haaren zu packen und sie ihr auszureißen. Sie würde diesem Flittchen nicht zeigen, wie weh ihre Worte taten. »Ich habe keine Ahnung, was Sie meinen«, antwortete sie hochfahrend. »Und was haben Sie im Vorarbeiterbungalow zu suchen? Sie wissen doch genau, daß der Zutritt dort nicht erlaubt ist.«

Lorraine lachte. »Verdammt, Sie hören sich an wie meine alte Lehrerin.« Ihre Miene verhärtete sich, und ein grellroter Fingernagel bohrte sich durch die Luft zwischen ihnen. »Hören Sie mal zu, Mrs. Großmächtig. Das hier ist nicht Ihre Farm, und ich kann verdammt noch mal gehen, wohin ich will.« Sie warf den Kopf in den Nacken, und mit einem trotzigen Grinsen führte sie ihren letzten Schlag. »Brett hat gesagt, ich darf hinein – warum halten Sie sich also nicht an ihn?«

Sie stieg in einen zerbeulten Jeep und fuhr donnernd vom Hof. Jenny lief zum Haus zurück, rannte die Treppe hinauf und stürmte ins Zimmer. »Aufstehen, Diane. Wir fahren nach Hause.«

Dianes verschlafene Augen waren von Make-up verschmiert, und die Haare hingen ihr ins Gesicht. »Was is' los?« murmelte sie.

Wütend und methodisch begann Jenny ihre Sachen zu packen. »Es ist dieser verfluchte, verfluchte Kerl«, schimpfte sie und hielt ihre Tränen mühsam zurück. »Du rätst nie, was er getan hat.«

Diane streckte sich gähnend. »Ich könnte es nicht mal versuchen. Können wir nicht wenigstens noch Kaffee trinken, bevor wir fahren?« wimmerte sie. »Ich habe einen schrecklichen Geschmack im Mund.«

»Nein, das können wir nicht«, fauchte Jenny. »Je schneller ich nach Churinga komme, desto besser. Ich habe mich absolut lächerlich gemacht. Es ist Zeit, daß ich die Tagebücher zu Ende lese und nach Sydney zurückkehre.«

Sie knallte die Schubladen zu und stopfte die Wäsche in ihre Tasche. »Lorraine kann Brett haben, und Squires Churinga«, erklärte sie barsch. »Und du?« Mit strenger Miene wandte sie sich dem kleinen Hund zu. »Du wirst dich an Laternenpfähle gewöhnen müssen.«

SECHZEHN

Diane schwieg auf der Fahrt nach Churinga. Jenny war offensichtlich nicht in Plauderstimmung, und aus Erfahrung wußte sie, daß es besser war, die Freundin eine Zeitlang schmoren zu lassen. Irgendwann würde sie alles erklären – das tat sie immer. Aber es war doch frustrierend, daß sie warten mußte, und daß sie auf Schlaf und Kaffee hatte verzichten müssen, milderte die Frustration nicht.

Finster umfaßte sie das Lenkrad und steuerte den Wagen über die kaum erkennbare Piste, und sie sehnte sich zurück in die Großstadt. Es ist nicht so, daß ich die ursprüngliche Schönheit der Gegend nicht zu schätzen wüßte, gestand sie sich ein, als sie einen einsamen Falken schwerelos über dem Busch schweben sah, aber ich bin doch an richtige Straßen und Geschäfte gewöhnt und an Nachbarn, die nicht mehrere hundert Meilen entfernt wohnen.

Sie zündete sich eine Zigarette an und warf einen Blick hinüber zu Jenny, die aus dem Fenster starrte. Wenn sie ihr doch nur erklären wollte, weshalb sie es plötzlich so eilig hatte, nach Churinga zu kommen! Was zum Teufel war bloß zwischen ihr und Brett vorgefallen, daß sie so wütend war?

Diane ertrug das Schweigen nicht länger. »Ich begreife nicht, wie du auch nur daran denken kannst, hier draußen zu leben, Jen. Hier gibt's nichts zu sehen außer Erde und Himmel.«

Jenny drehte sich um und machte große, erstaunte Augen. »Nichts zu sehen? Spinnst du? Sieh dir doch die Farben an und wie der Horizont schimmert, wie das Gras sich kräuselt – wie geschmolzenes Silber!«

Diane empfand stille Genugtuung. Sie hatte gewußt, daß Jenny es sich nicht würde verkneifen können, die urzeitliche Schönheit dieser

Gegend zu verteidigen. »Nun, vermutlich hat das alles einen gewissen rauhen Charme«, sagte sie nonchalant. »Aber diese endlose Weite – da kriegt man ja Klaustrophobie.«

»Du sprichst in Rätseln, Diane.«

Sie lächelte. »Eigentlich nicht. Überleg doch mal, Jen. Hier gibt's Tausende von Meilen weit überhaupt nichts – und dann, mitten drin, ein Häuflein Leute, isoliert wie in einer kleinen Luftblase. Und da kriegt man Klaustrophobie.«

»Nur weiter!«

Diane wußte, daß Jenny sie durchaus verstanden hatte, aber es schadete nichts, ausführlicher zu werden. »Die Leute hier leben und arbeiten in winzigen Gemeinschaften. Sie halten Kontakt über das Funkgerät, und hin und wieder treffen sie sich bei einer Tanzveranstaltung, auf Partys oder beim Picknick-Rennen. Immer dieselben Gesichter, die gleichen Gesprächsthemen, dieselben alten Rivalitäten.«

»So ist es überall«, unterbrach Jenny.

»Nicht ganz. Sydney ist eine Großstadt, in der es viele Leute gibt, die sich nicht kennen. Da ist es leicht, wegzugehen und von vorn anzufangen, sich einen neuen Job zu suchen, neue Freunde zu finden. Es gibt vieles, womit man sich beschäftigen kann. Die Langeweile kann nicht so stark werden. Hier draußen gibt's nichts als Schafe und Land. Die Isolation führt die Leute zusammen, denn sie brauchen diesen menschlichen Kontakt, aber mit dem Kontakt kommt auch der Klatsch, der alte Rivalitäten wieder anfacht. Dem zu entkommen muß ja fast unmöglich sein. Diese Leute ziehen selten woanders hin – vor allem die Farmer nicht. Durch Klatsch und die Heiraterei untereinander kennen sie sich auf das Intimste. Es herrscht gußeiserne Loyalität. Machst du dir hier einen zum Feind, hast du gleich ein Dutzend.«

Jenny starrte aus dem Fenster. »Ich glaube, du übertreibst, Diane. Hier gibt es genug Platz für jeden, und wer nicht will, braucht sein Haus nie zu verlassen.«

»Okay. Aber dieses Haus ist voll von Leuten, von denen jeder eigene Loyalitäten bewahrt, eigene Rivalitäten, eigenen Groll. Was ist, wenn du dich mit ihnen nicht verstehst? Wenn du ihre Manieren flegelhaft findest, ihre Gewohnheiten abstoßend? Du wirst sie garantiert mindestens einmal die Woche zu Gesicht bekommen. Das kannst du nicht vermeiden – sie leben und arbeiten auf deinem Land. Sie gehören alle zu der kleinen Gemeinschaft der Schafzuchtfarm.«

Jenny schwieg eine ganze Weile; dann drehte sie sich um und sah ihre Freundin an. »Ich weiß, worauf du hinauswillst, und mir ist klar, daß du nur helfen möchtest. Aber mit dieser Sache muß ich selbst fertig werden, Diane. Also laß es gut sein!«

Trevor quälte sich heulend einen Steilhang hinauf, und Diane schaltete herunter, daß es im Getriebe krachte. »Was ist zwischen dir und Brett vorgefallen?«

»Nichts.«

»Erzähl mir nichts! Ich hab' doch gesehen, wie ihr euch angeschaut habt. Du hast regelrecht gestrahlt.«

»Dann bist du genauso blind wie ich«, gab Jenny zurück. »Brett mag ein charmanter Gesellschafter sein, aber er und Charlie sind zwei vom gleichen Schlage – sie nehmen, was sie kriegen können.«

»Was hat denn Charlie damit zu tun?«

»Gar nichts. Eigentlich nichts. Auch er ist ein guter Gesellschafter, weiter nichts, aber mit all seinem Charme kann er nicht verbergen, daß er es auf Churinga abgesehen hat. Und Brett ebenfalls.«

Diane runzelte die Stirn. »Woher weißt du das?«

»Weil er es mehr oder weniger ausgesprochen hat«, antwortete Jenny ungeduldig. »Seit ich hier bin, ist es das einzige, was ihm Sorgen macht. Er löchert mich nach meinen Plänen und läuft mir nach, um mich zu überreden, nicht zu verkaufen.«

»Ich glaube, du gehst ein bißchen hart mit ihm ins Gericht, Jen. Auf mich wirkt er ganz aufrichtig, und er hält offensichtlich große Stücke auf dich.«

»Hmm. So große Stücke, daß er mir erst honigsüße Worte ins Ohr träufelt und dann die Nacht mit Lorraine verbringt.«

Diane hätte fast die Gewalt über den Wagen verloren, als die Räder in eine besonders tiefe Spur holperten. »Weißt du das genau?«

»Ich habe sie heute morgen aus seinem Bungalow kommen sehen. Es hat ihr nur allzugut gefallen, mir klarzumachen, daß sie eine besonders ereignisreiche Nacht miteinander verbracht hatten, und nach ihrem

Aussehen zu urteilen, hat sie nicht gelogen.« Jennys Ton war schrill geworden.

Diane war verwirrt. Ihr Instinkt hatte sie ausnahmsweise getäuscht. Sie war ganz sicher gewesen, daß er in sie ebenso verschossen war wie sie in ihn. Ganz sicher, daß Lorraine keine oder allenfalls eine kleine Bedrohung darstellte. Kein Wunder, daß Jenny heute morgen so aufgebracht war.

»Tut mir leid, daß es nichts geworden ist«, flüsterte sie. »Ich dachte ...«

»Na, du hast falsch gedacht.« Jenny richtete sich auf dem Sitz auf und verschränkte die Arme fest vor der Brust, als wolle sie weitere Nachfragen abwehren. »Verdammt, ich sollte genug Verstand haben, um nicht gleich vor dem ersten Mann, der mir schöne Augen macht, weiche Knie zu kriegen. Ich weiß nicht, was in mich gefahren ist.«

»Die Einsamkeit? Wir alle brauchen jemanden in unserem Leben, Jen. Es ist jetzt über ein Jahr her. Zeit für einen neuen Anfang.«

»Das ist Quatsch, und das weißt du auch«, sagte sie mit Nachdruck. »Ich bin in meiner eigenen Gesellschaft durchaus glücklich. Das letzte, was ich brauche, ist ein Mann, der mein Leben durcheinanderbringt.«

»Das habe ich auch gedacht«, sagte Diane trocken. »Aber seit Rufus nach England zurückgegangen ist, merke ich, daß ich ihn mehr vermisse, als ich es für möglich gehalten hätte. Das soll nicht heißen, daß ich nicht über ihn wegkommen werde. Das tun wir schließlich alle irgendwann.« Sie sagte es mit einer Leichtigkeit, die sie nicht empfand.

Jenny schwieg lange. »In meinem Fall ist es mehr eine Frage des verletzten Stolzes«, erklärte sie schließlich. »Vermutlich hat es mir geschmeichelt, und in meinem verletzlichen Zustand habe ich mich leicht täuschen lassen. Das ist es, was mich so wütend macht.«

Diane nickte voller Mitgefühl. »Besser, man wird wütend, als daß man sich schmollend in die Ecke verkriecht und seine Wunden leckt. Aber wenn du deinen Stolz wiederherstellen willst, wirst du Brett entgegentreten müssen, ehe du fortgehst.«

»Ich weiß. Und zwar je eher, desto besser.«

Diane ließ sich durch diese spröde Fassade nicht täuschen. Sie kannte Jenny zu gut.

Brett wunderte sich über Jennys frühzeitige Abreise von Kurrajong. Er hatte ihr sagen wollen, daß er wirklich beabsichtigt hatte, sie nach dem Tanz nach Hause zu fahren, aber als er von seinen Freunden hatte loskommen können, war sie schon fort gewesen. Er hatte bohrende Kopfschmerzen, und seine Frustration wurde noch verstärkt durch das Widerstreben der Männer, sich aus dem Bett zu rollen und nach Churinga zurückzufahren.

Fast wäre ihm der Kragen geplatzt, als er entdeckte, daß sich von den Aborigines zwei Jungen aus dem Staub gemacht hatten und eines der Pferde ein Eisen verloren hatte. Er mußte warten, bis der Schmied von Kurrajong ihm ein neues angepaßt hatte, und in dieser Zeit hatten sich die Männer wieder verdrückt, so daß es noch eine halbe Stunde dauerte, sie alle wieder zusammenzutrommeln. Schließlich aber hatte er es doch geschafft, sie alle auf die Wagen zu verfrachten, und jetzt, als die Sonne schon hinter dem Tjuringa verschwand, war die erschöpfte Karawane auf der letzten Etappe des Heimwegs.

Er tat einen zufriedenen Seufzer, als die Farm in Sicht kam. Der Hippiebus parkte vor der Veranda des Wohnhauses. Jenny war also zu Hause. Aber als er sich um die Pferde gekümmert und die Anweisungen für den nächsten Tag verteilt hatte, war es dunkel geworden, und in den Schlafzimmern brannte Licht. Es war zu spät, sie jetzt noch zu besuchen; obwohl er sich danach sehnte, sie noch zu sehen, würde er bis zum nächsten Morgen warten müssen.

Er schlief gut und träumte von veilchenblauen Augen und einem Kleid, das ihn an das Meer erinnerte. Kaum berührten die ersten Sonnenstrahlen sein Gesicht, sprang er schon aus dem Bett. Eine halbe Stunde später ging er über die gestampfte Erde des Hofes, und sein Puls raste, als er sie auf der Veranda erblickte.

Jenny hatte ihn noch nicht gesehen, und er nutzte den Augenblick, um sie zu betrachten. Sie sah gut aus, selbst in ihrer alten Jeans und dem verblichenen Hemd. Ihr Haar hatte die gleiche Farbe wie sein kastanienbrauner Wallach, und als sie auf der Veranda entlangspazierte, leuchtete es kupfern im Licht der frühen Sonne. Bei der Erinnerung daran, wie sie in seinen Armen getanzt hatte, lächelte er, und sein Schritt bekam eine Leichtigkeit, die ihm lange gefehlt hatte.

»Morgen, Jen. Tolle Party, nicht?«

Sie blieb oben an der Treppe stehen und wandte ihm den Rücken zu. Erst glaubte er, sie habe ihn nicht gehört, und er wollte seine Worte schon wiederholen, als sie sich endlich doch umdrehte – und bei dem, was er sah, überlief es ihn kalt. Ihr Blick war auf einen fernen Punkt hinter seiner Schulter gerichtet, und ihr Gesicht hätte aus Marmor gemeißelt sein können, so starr war es.

»Vermutlich war es ganz nett, wenn man für solche Veranstaltungen etwas übrig hat. Aber ich bin natürlich an weniger ländliche Unterhaltung gewöhnt.« Sie klang kühl und überlegen, ganz anders als sonst.

Er runzelte die Stirn. Das war nicht die Frau, die so begeistert mit ihm getanzt hatte. Nicht die Frau, die gelächelt und gelacht hatte und noch am Abend zuvor so gern mit ihm zusammengewesen war. Seine Munterkeit verflog mit einem Schlag. Da war ein himmelweiter Unterschied zwischen diesem distanzierten Wesen und der Jenny, die er kannte und liebte. »Was ist passiert?« fragte er leise.

Sie blickte weiter in die Ferne, distanziert und unerreichbar wie der Horizont. »Mir ist klar, daß ich mit den Leuten hier draußen nichts gemeinsam habe«, sagte sie eisig. »Diane fährt nächste Woche nach Sydney zurück, und ich gedenke mitzufahren.«

Er war entsetzt über soviel rücksichtslose Härte. »Aber das können Sie nicht«, stammelte er. »Was ist mit uns?«

Sie schaute ihn an, und die blauen Augen waren hart und hell wie ungeschliffener Amethyst. »Mit ›uns‹, Mr. Wilson? Es gibt kein ›wir‹, wie Sie es ausdrücken. Churinga gehört mir. Sie sind mein Verwalter. Es kommt Ihnen nicht zu, meine Entscheidungen in Frage zu stellen.«

»Biest«, flüsterte er, entsetzt darüber, daß er sich so leicht hatte einwickeln lassen. Sie war nicht besser als Marlene.

Es war, als habe Jenny ihn nicht gehört. »Mein Anwalt wird Sie von meinen Plänen in Kenntnis setzen. Bis dahin können Sie als Verwalter hierbleiben.« Sie wandte sich ab, und bevor er etwas sagen konnte, schlug die Haustür hinter ihr zu, und sie war fort.

Brett blieb noch eine ganze Weile stehen; Zorn und Verwirrung kämpften in seinem Innern, während er darauf wartete, daß sie wieder herauskam. Offenbar machte sie sich einen grausamen Spaß mit ihm.

Aber warum? Warum? Was war in den letzten zwölf Stunden passiert, daß sie sich so sehr verändert hatte? Was hatte er ihr getan?

Er trat einen Schritt zurück, dann noch einen, und als er einen letzten langen Blick auf die Haustür geworfen hatte, wandte er sich ab und ging davon. Die Logik sagte ihm, daß er ohne sie besser dran war, aber sein Herz sagte ihm etwas anderes. Auch wenn sie es bestritt – es mußte etwas geschehen sein, daß sie sich plötzlich so abscheulich benahm. Er lehnte sich an den Zaun der Koppel und dachte daran, wie sie in der Nacht miteinander getanzt hatten. Glücklich war sie gewesen, warm und schmiegsam in seinen Armen, und von ihrem Parfüm war ihm schwindlig geworden. Fast hätte er ihr gesagt, was er fühlte, aber dann hatte Charlie Squires sich dazwischengedrängt und sie fortgeschleppt, damit sie bei einem Rundtanz der Kurrajong-Leute mitmachte. Das war das letzte Mal gewesen, daß Brett mit ihr getanzt hatte. Kurz danach war auch er von seinen Freunden zu einem wilden Tanz geschleift worden, und als er sich von ihnen befreien konnte, war sie weg gewesen.

Seine Augen wurden zu schmalen Schlitzen, als er zum Horizont spähte. Er war nach draußen gelaufen, um sie zu suchen, aber er hatte sie nicht gefunden, und wenn er jetzt darüber nachdachte, wurde ihm klar, daß Charlies Wagen auch nicht zu sehen gewesen war. Seine Fingerknöchel färbten sich weiß, als er den Zaun umklammerte. Charles und Jenny. Jenny und Charles. Natürlich. Wie hatte er so blöd sein können, sich einzubilden, er hätte eine Chance bei einer Frau wie ihr, wenn Charles Squires ihr doch so viel mehr zu bieten hatte? Lorraine hatte die ganze Zeit recht gehabt. Jenny hatte eine Kostprobe davon bekommen, wie das Leben der reichen Farmer sein konnte, und sie hatte sich von dieser schürzenjagenden Schlange Charlie Squires umgarnen lassen – und dann war sie zu dem Schluß gekommen, daß ihr gefiel, was sie sah.

In seiner Erinnerung tauchten Schnappschüsse auf, Bilder, auf denen sie zusammen tanzten. Zwei Menschen, dicht beieinander, plaudernd, Champagner trinkend. Sie waren zwei vom gleichen Schlag. Reich und gebildet, in der Stadt heimischer als auf dem Land. Es war zu erwarten, daß Jenny einem Mann, der ihr nicht mehr zu bieten hatte als den Schweiß auf seiner Stirn, keinen zweiten Blick schenken würde.

Vor lauter Enttäuschung war ihm übel. Er stieß sich vom Zaun ab und ging auf die Scheunen zu. Es kümmerte ihn nicht mehr, daß Churinga jetzt von Kurrajong geschluckt werden würde; was hätte er davon, wenn er Jenny nicht mehr an seiner Seite hatte, wenn er die Farm führte?

Er sattelte den Wallach und ritt hinaus auf die Winterweide. Es gab Arbeit, und wenn er sich angestrengt genug darauf konzentrierte, würde es den Schmerz vielleicht abtöten.

Jenny lehnte sich innen an die Tür, und heiße Tränen liefen ihr übers Gesicht. Der Bruch war endgültig, aber nie würde sie den verachtungsvollen Ausdruck in Bretts Augen vergessen – Verachtung für die Art, wie sie ihn vollzogen hatte. Und dennoch, es war die einzige Möglichkeit für sie gewesen. Wenn sie ihm nachgegeben hätte, wäre sie verloren gewesen.

»Junge, Jen, das war aber hart.«

Sie wischte sich die Tränen ab und schniefte. »Mußte sein, Diane.«

»Kann sein. Aber du hast dich angehört wie ein echtes Biest, und das bist du einfach nicht.« Dianes Blick war besorgt. »Bist du sicher, daß du das Richtige getan hast?«

»Es ist zu spät für Zweifel.«

»Ja«, sagte Diane langsam. »Ich habe ebenfalls den Eindruck, daß du soeben sämtliche Brücken abgebrannt hast.«

Jenny stieß sich von der Tür ab. »Es hat keinen Sinn, darüber zu diskutieren, Diane. Was geschehen ist, ist geschehen. Ich bin nicht stolz darauf, wie ich ihn behandelt habe, aber man mußte ihm eine Lektion erteilen.« Sie wich Dianes Blicken aus. »Ich bin ein großes Mädchen«, sagte sie trotzig. »Ich kann die Konsequenzen tragen.«

»Ich nehme an, dann kannst du ihm auch in der kommenden Woche ins Gesicht sehen?«

Jenny nickte. Aber Scham und Herzensqualen waren seltsame Bettgenossen, und wenn sie jetzt analysieren sollte, was sie empfinden würde, wenn sie Brett wiedersähe, wäre die Mühe wohl allzu groß.

Diane verschränkte die Arme. »Besser du als ich, meine Liebe. Ich an deiner Stelle, ich würde noch heute von hier verschwinden. Diese Klaustrophobiegeschichte kommt mir plötzlich allzu real vor.«

Jenny wußte genau, was sie meinte, aber sie wollte verdammt sein, wenn sie sich von Brett in ihren Entscheidungen beeinflussen ließe. »Ich lasse mich nicht aus meinem Haus vertreiben«, erklärte sie rundheraus. »Erst will ich die Tagebücher zu Ende lesen.«

»Warum nimmst du sie nicht einfach mit? Ich hab' nichts dagegen, früher als geplant wieder abzureisen, und lesen kannst du sie auch in Sydney.«

»Nein, kann ich nicht. Matilda will, daß ich sie hier auf Churinga behalte.«

»Scheint mir aber ein großes Theater um ein paar verschimmelte alte Bücher zu sein. Wieso ist denn das so wichtig?«

»Für mich und Matilda ist es wichtig«, sagte Jenny leise.

Diane warf ihr einen vernichtenden Blick zu. »Das glaubst du doch nicht im Ernst, oder?« Sie machte ein verblüfftes Gesicht, als Jenny schwieg. »Willst du mir erzählen, Matildas Gespenst lebt hier auf Churinga?«

»Ihr Geist ist hier, ja«, behauptete Jenny trotzig. »Ich spüre ihre Anwesenheit manchmal so deutlich, als wäre sie bei mir im Zimmer.«

Diane schüttelte den Kopf. »Es wird ganz eindeutig Zeit, daß du von hier verschwindest, Jen. Diese Isolation hat dein Gehirn weich werden lassen.«

Jenny wandte sich ab und verschwand im Schlafzimmer. Als sie zurückkam, war Diane dabei, Bilder zu stapeln.

»Die sind ja wunderbar. Wir könnten eine Ausstellung machen, wenn wir zurückkommen, und ich hab' nichts dagegen, drauf zu wetten, daß wir alles verkaufen.«

»Nicht die, Diane!« Sie hatte nicht den Mut, über ihre Bilder zu sprechen. Sie hatte sie gemalt, als sie vorgehabt hatte, hierzubleiben. Jetzt erinnerten sie sie nur an das, was sie verlieren würde. »Ich möchte, daß du Matildas Tagebücher liest. Dann wirst du vielleicht verstehen, weshalb sie auf Churinga bleiben müssen.«

Es war Sonntag abend, der 3. September 1939, und Matilda war bei Tom und April zu Besuch. Die Nachrichten aus Europa waren immer schlechter geworden, und seit Hitler am Freitag in Polen einmarschiert war, nahmen die Spekulationen überhand. Es war still in der kleinen Küche, als sie dem scharfen britischen Akzent des Ansagers lauschten, der Premierminister »Pig Iron Bob« Menzies ankündigte.

»Australische Landsleute«, begann er mit seinem beruhigenden Zungenschlag, »ich habe die melancholische Pflicht, Sie davon in Kenntnis zu setzen, daß Deutschland auf seinem Einmarsch in Polen bestanden hat und daß Großbritannien dem Deutschen Reich infolgedessen den Krieg erklärt hat. Dies bedeutet, daß auch Australien sich im Kriegszustand befindet.«

April und Matilda schrien leise auf, und die Jungen verfielen in aufgeregtes Gemurmel.

»Unser Standvermögen und das des Mutterlandes wird am besten dadurch gewährleistet, daß die Produktion aufrechterhalten wird, daß wir weiter unseren Berufen und Geschäften nachgehen und daß wir die Vollbeschäftigung und damit auch unsere Stärke erhalten. Ich weiß, daß Australien trotz der Gefühle, die uns jetzt erfüllen, bereit ist, dies alles zu überstehen.«

April griff nach Toms Hand, und Hoffnung leuchtete in ihrem Blick. »Du wirst doch nicht gehen müssen, nicht wahr, Tom? Der Premierminister sagt, es ist wichtig, in der Heimat weiterzuarbeiten.«

Er legte ihr den Arm um die Schultern. »Sie werden uns nicht alle brauchen, April. Aber es wird trotzdem ein hartes Stück Arbeit sein, das Land ohne die Männer in Gang zu halten.«

Matilda sah die lodernde Erregung in seinem Blick. Wie lange würde es dauern, bis auch ihn das Kriegsfieber erfaßte, das durch das Outback tobte? Das Funkgerät auf Churinga übermittelte Klatsch und Spekulationen wie die Funkgeräte auf allen Farmen in New South Wales. Sie hatte dem Sprechfunk zugehört, um ein Gefühl für die Stimmung zu bekommen, und bald hatte sie gemerkt, daß die Männer darauf brannten, in den Krieg zu ziehen; und auch wenn es ihnen das Herz brach, konnten die Frauen nicht widerstehen, sich ihrer Opferbereitschaft für die Sache zu rühmen.

»Meine Treiber haben sich bereits als Freiwillige gemeldet«, sagte Matilda leise. »Freitag abend, nach den Weltnachrichten, sind sie zu mir gekommen und haben ihre Kündigung überreicht.« Sie lächelte ohne

Heiterkeit. »Sie meinten, dies wäre die Gelegenheit, hinauszuziehen und der Welt zu zeigen, was für harte Männer in Australien heranwachsen.« Ihr Ton war schneidend. »Wenn ihr mich fragt: Für sie ist es nur die Gelegenheit zu einer prachtvollen Prügelei. Besser als alles, was sie freitags abends im Pub finden können – viel aufregender als eine tobende Scherermeute.«

Sie schwieg, als sie die wilde Furcht in Aprils Blick sah, aber sie wußte, daß sie die Wahrheit sagte. Australische Männer scheuten vor nichts zurück, wenn sie ihre Männlichkeit unter Beweis stellen konnten, und beide wußten, daß Tom da nicht anders war.

April schaute die beiden Jungen an, die mit großen Augen am Tisch saßen. »Gott sei Dank, sie sind noch zu klein«, flüsterte sie.

»Ich bin nicht klein, Ma. Ich bin bald siebzehn«, protestierte Sean. Er strich sich das Haar aus der Stirn, und sein Gesicht leuchtete vor Aufregung. »Ich hoffe bloß, es dauert lange genug, daß ich noch mitmachen kann.«

April gab ihm eine Ohrfeige. »Wage es nicht, so zu reden«, schrie sie ihn an.

In dem schockierten Schweigen, das folgte, stand Sean auf; hoch aufgeschossen stand er da, die knochigen Handgelenke ragten weit aus den Hemdmanschetten hervor, und die Knopflöcher spannten sich über der breiter werdenden Brust. Auf der Wange glühte der Handabdruck seiner Mutter, aber das Funkeln in seinen Augen hatte nichts zu tun mit dem Schmerz, den sie ihm zugefügt hatte.

»Ich bin fast ein Mann«, erklärte er stolz. »Und ein Australier. Ich werde stolz sein, wenn ich kämpfen darf.«

»Aber ich verbiete es dir«, kreischte April.

Er strich sich mit der rauhen, schwieligen Hand über die brennende Wange. »Ich werde mich nicht hier hinter deinen Röcken verstecken, wenn meine Freunde in den Krieg ziehen«, erklärte er entschlossen. »Ich werde Soldat, sobald sie mich nehmen.« Er schaute in die Runde und ging dann still hinaus.

April schlug schluchzend die Hände vors Gesicht. »O Gott, Tom, was soll denn aus uns werden? Soll ich zusehen, wie mein Mann und mein Kind in den Krieg ziehen, und kein Wort mitreden dürfen?« Er gab keine Antwort, und sie hob das tränennasse Gesicht. »Tom? Tom?«

Er machte eine hilflose Geste. »Was soll ich sagen, April? Der Junge ist alt genug, um selbst Entscheidungen zu treffen, aber ich werde mein Bestes tun, um dafür zu sorgen, daß er zu Hause bleibt, bis man ihn zieht.«

Aprils Schluchzen kam aus tiefstem Herzen, und Tom zog sie in seine Arme. »Mach dir keine Sorgen, Schatz. Ich gehe ja nirgends hin, solange ich nicht muß – und Sean auch nicht.«

Matilda bemerkte plötzlich, welches Gesicht der sechzehnjährige Davey machte, und es überlief sie eisig. Auch ihn hatte das Kriegsfieber gepackt, und es würde schwer sein, ihn unter dem Einfluß seines großen Bruders davon zu überzeugen, daß er auf der Farm gebraucht wurde.

Sie stand auf und scheuchte die kleineren Jungen hinaus. Tom und April mußten eine Weile allein sein, und es war nicht gut für die Kinder, ihre Mutter so betrübt zu sehen. Matilda beantwortete ihnen zahllose Fragen, und dann blies sie die Kerosinlampe aus und ging hinaus auf die Veranda.

Seans Ausbruch war für sie ein ebensolcher Schock gewesen wie für April. Matilda hatte die Jungen heranwachsen sehen, und wie April betrachtete sie die beiden immer noch als Kinder. Aber nach dem, was heute abend vorgefallen war, konnte sie absehen, daß es Ärger geben würde, denn Sean und Davey waren tatsächlich bald erwachsene Männer. Das Leben im Outback hatte sie hart gemacht. Sie konnten reiten und schießen wie Tom, und die Sonne hatte bereits ihre Haut gegerbt und feine Falten um Augen und Mund gegraben. Die Armee würde die Männer aus dem Busch wegen ihrer Zähigkeit und Kraft willkommen heißen – wie schon bei Gallipoli.

Im Laufe des folgenden Jahres klammerten Matilda und April sich an die Hoffnung, daß sie Tom und Sean auf der Farm halten könnten, aber die Nachrichten vom Krieg krochen wie ein fernes Donnergrollen ins Outback, und schließlich mußten die Männer doch zu den Waffen greifen und das Land den Frauen, den Knaben und den Alten überlassen.

Selbst in guten Zeiten waren Arbeitskräfte knapp; jetzt erreichte der Mangel ein kritisches Niveau. Die Dürre hielt im fünften Jahr an, der Regen war nur noch eine ferne Erinnerung. Die Futterpreise waren hoch, und wegen der Kaninchenplage wurde das Gras knapp. Matilda und Gabriel patrouillierten über die Weiden und hielten die Herde dauernd in Bewegung, um das spröde Gras zu schonen. Sie schliefen im Freien, in Decken gehüllt und stets auf der Hut vor Raubtieren; sie wußten, daß jeder Verlust zur Katastrophe führen konnte.

Die Schlacht von Dünkirchen öffnete die Schleusen vollends, und die australischen Männer strömten in die Rekrutierungsstellen und meldeten sich zum Militärdienst. Das Outback war verlassener denn je, und Matilda fragte sich, wie lange sie Churinga noch würde halten können. Die letzten arbeitsreichen Jahre hatten die Herde auf das Zehnfache wachsen lassen – aber das bedeutete auch: mehr Arbeit, mehr teures Futter. Ohne männliche Hilfe, das wußte sie, würde das Überleben noch schwerer werden.

Es war Mitte Juni, aber keine Wolke unterbrach das Blau des Himmels, als sie nach Wallaby Flats ritt, um sich von Tom und Sean zu verabschieden. In der kleinen Stadt herrschte reges Treiben. Vor dem Hotel spielte eine Blaskapelle, Personenwagen, Laster und Pferde standen in einer Reihe neben Planwagen, und Kinder rannten wild durcheinander.

Matilda band ihr Pferd an den Pfosten. Sie sah viele bekannte Gesichter – Treiber, Scherer und Züchter und sogar den einen oder anderen Wanderarbeiter, der schon für sie gearbeitet hatte. Das Kriegsfieber hatte das Herz des Outback erfaßt, und sie hatte das schreckliche Gefühl, daß es hier nie wieder wie früher sein würde.

Ethan Squires stand neben seinem blitzenden Automobil. James, Billy, Andrew und Charles sahen hübsch aus in ihren Offiziersuniformen, wie sie so ihren Champagner tranken, aber ihr Lachen war zu schrill, und sie erkannte, daß die Jungen trotz all ihrer jugendlichen Kultiviertheit genauso viel Angst hatten wie alle anderen.

Der Junge des Wirts sah viel zu jung aus für den Einberufungsbefehl; vermutlich hatte er bei der Altersangabe gelogen wie so viele andere. Die beiden Söhne des Ladenbesitzers standen still im Schatten der

Veranda. Sie glichen sich wie zwei Flöhe auf einem Schafsrücken; sie steckten die Flachsköpfe zusammen und lasen eine Zeitung.

Aber es waren vor allem die Frauen, die Matildas Aufmerksamkeit fesselten. Ihre Gesichter waren verschlossen und zeigten keinerlei Regung. Mit hocherhobenen Köpfen sahen sie zu, wie ihre Männer sich vor dem Pub versammelten. Die Frauen waren zu stolz, um ihre Schwäche durch Tränen zu zeigen, aber ihre Augen verrieten sie doch. Glitzernd verfolgten sie jede Bewegung ihrer Geliebten, die am Rekrutierungstisch vorbeischlurften und ihre Papiere vorlegten, und jede hoffte, hoffte unablässig, daß ihr Mann abgelehnt werden möge. Verstummt war das papageienhafte Geschnatter, dahin der Patriotismus, der Klatsch und Spekulationen befeuert hatte. Dies war die rauhe Wirklichkeit, und nichts hatte sie darauf vorbereiten können.

Matilda sah das alles mit wachsendem Zorn. Eine Kolonne von Armeelastern stand mit laufenden Motoren in der Gluthitze vor dem Laden; schwarz wölkte der Qualm aus den Auspuffrohren; die Fahrer lehnten an den Motorhauben. Sie würden die Männer fortbringen, und irgendein gesichtsloser, namenloser Soldat würde sie dazu ausbilden, andere zu töten. Und wenn die Männer Glück hatten – sehr viel Glück –, würden sie sie auch wieder zurückbringen. Aber dann würde der Krieg sie verändert haben; er würde ihren Geist getötet haben, wie er es bei Mervyn getan hatte.

Die Fahrer kletterten in die Kabinen und ließen die Motoren aufheulen. Väter schüttelten ihren Söhnen verlegen die Hände; das sture Image des zähen australischen Mannes verbot es ihnen, die Gefühle zu zeigen, die in ihnen toben mußten. Aber den Frauen fiel es offenbar noch schwerer.

Matilda spürte ihre Sehnsucht, die Geliebten noch einmal zu berühren und zu umarmen, bevor die Lastwagen sie wegbrachten, aber das harte Leben hatte ihnen ein stählernes Herz gegeben. Sie waren die Mütter und die Ehefrauen, die Hüterinnen der Outback-Farmen, von denen erwartet wurde, daß sie auch unter widrigen Umständen Stärke zeigten. Matilda sah, wie es sie schmerzte, die Tränen im Zaum zu halten, und welche Qualen es den Müttern bereitete, ihre Söhne nicht ein letztes Mal zu küssen, und sie sandte ein stummes Dankgebet zum

Himmel, daß sie keine Männer in den Krieg zu schicken hatte. Die kleinen Silberbroschen, die man den Frauen als symbolisches Zeichen für ihr Opfer verlieh, waren kein Ausgleich für diese Herzensqualen.

Matilda trat von der Veranda herunter und drängte sich langsam durch die Menge zu Tom und April hinüber. Sie sah Sean hoch aufgeschossen an der Seite seines Vaters; so erwachsen sah er aus in seiner braunen Uniform mit dem Schlapphut: ein Spiegelbild seines Vaters. April weinte. Stumme Tränen rannen langsam über ihr Gesicht; sie hielt ihre Hände fest und verschlang sie mit den Augen. Die kleineren Jungen waren ungewohnt still, als empfänden sie große Ehrfurcht vor diesem folgenschweren Anlaß, ohne ganz zu verstehen, was er für sie bedeutete.

Tom sah Matilda über Aprils Kopf hinweg an und lächelte. Sein Gesicht war blaß.

Sie ließ sich von ihm umarmen und erhob sich auf die Zehenspitzen, um ihm einen Kuß auf die Wange zu drücken. Er war wie ein Bruder, den sie nie gehabt hatte. Sein Abschied würde eine gewaltige Lücke in ihrem Leben hinterlassen.

»Gib auf dich acht, Tom«, sagte sie. »Und mach dir keine Sorgen um April und die Jungs. Ich werde mich um sie kümmern.«

»Danke, Molly.« Er räusperte sich. »April wird dich brauchen, und ich weiß, du läßt sie nicht im Stich.«

Er legte den Jungen nacheinander die Hand auf den Kopf, und bei Davey verweilte er ein bißchen länger. »Kümmere dich um die Frauen, mein Sohn. Ich verlasse mich auf dich.«

Der Sechzehnjährige nickte und drehte seinen Hut in den Händen, aber Matilda sah die Sehnsucht in seinem Blick, als Tom und Sean endlich auf den Lastwagen kletterten, und sie wußte, es würde nicht lange dauern, bis er sich ihnen anschloß.

Sie legte April den Arm um die Taille, als die Lastwagen davonfuhren. Die Jungen liefen mit und schwenkten jubelnd ihre Hüte. Ringsumher drängten die Frauen sich weiter auf die Straße hinaus, um einen letzten Blick auf ihre Männer zu werfen, aber nur allzu bald sah man nur noch eine Wolke aus Staub und Abgasen am Horizont.

»Du kommst mit mir nach Hause, April«, sagte Matilda mit Entschiedenheit. »Hat ja keinen Sinn, daß du mit den Jungen heute abend in ein leeres Haus zurückkehrst.«

»Was ist denn mit dem Vieh?« April machte große Augen in einem sorgenvollen Gesicht. »Die Kaninchen haben das meiste Gras gefressen. Ich muß die Schafe füttern.«

»Du hast noch zwei Viehknechte, die das tun können, April. Für den Krieg sind sie zu alt, aber sie sind kräftig und wissen, was sie zu tun haben.«

Matilda dankte dem Himmel für die zwei Alten. Die beiden Anwesen hatten unter der Trockenheit und den Kaninchen genug zu leiden; es wäre unmöglich, die Herde ständig im Auge zu behalten, wenn sie die beiden nicht gehabt hätten. April würde eine starke Stütze brauchen, wenn sie sich wieder nützlich machen sollte. Es hatte keinen Sinn, sie ihrer Trauer zu überlassen.

»Die Kaninchen können heute abend soviel Gras fressen, wie sie wollen«, sagte sie und steuerte die Familie auf die Pferde zu. »Morgen können Davey und die Jungs nach Wilga zurückreiten, und ich zeige dir, wie man die Herde zusammentreibt und wie man Kaninchen abschießt. Der Himmel weiß, wie lange dieser Krieg dauern wird, aber wir müssen dafür sorgen, daß es auf Wilga und Churinga weiterläuft, bis die Männer zurückkommen.«

April hatte schon wieder Tränen in den Augen. »Aber sie werden zurückkommen, nicht wahr?«

Matilda stieg aufs Pferd und griff nach den Zügeln. »Aber natürlich«, sagte sie, und es klang zuversichtlicher, als ihr zumute war.

»Wie kannst du nur so stark sein, Matilda? So sicher, daß alles gut wird?«

»Weil es nötig ist«, antwortete Matilda. »Etwas anderes zu denken wäre Defätismus.«

Aus Tagen und Wochen wurden Monate, und die Zäune zwischen Wilga und Churinga wurden eingerissen. Es war leichter, die beiden Herden im Auge zu behalten, wenn sie zusammen grasten; außerdem war so dafür gesorgt, daß die Wiesen nicht überweidet wurden.

Wie Gabriel und die beiden Treiber hatten auch Matilda und April nicht nur Gewehre, sondern auch Messer bei sich, wenn sie auf den Weiden patrouillierten. Die Trockenheit forderte ihren Tribut, und sterbende Tiere mußten schnell von ihrem Leiden erlöst werden. Ein schneller Schnitt durch die Kehle war das Humanste, aber für April war das alles eine große Belastung, und meistens blieb es Matilda überlassen, ihn vorzunehmen.

Der Boden war hartgebacken und rissig. Klägliche Bäume ließen schlaffe Zweige über silbrige Grasfasern hängen, die von den Kaninchen verschmäht worden waren, und Dingos und Habichte wurden immer räuberischer. Känguruhrudel, Wombats und Emus drangen bis auf die Koppeln bei den Häusern vor, und man mußte sie abschießen oder verjagen. Flüsse und Bäche waren zu Rinnsalen eingetrocknet, und nur mit dem schwefligen Brunnenwasser konnten die Schafe überhaupt noch am Leben erhalten werden. Die Tanks von Churinga waren immer noch gefüllt, aber jeder Tropfen Wasser wurde eifersüchtig gehütet, denn wieder war ein Jahr vergangen, und noch immer deutete nichts auf ein Ende der Trockenheit hin.

Das Rundfunkgerät war die einzige Verbindung zur Außenwelt, und es wurde zu einem Ritual, daß einer von ihnen jeden Abend die Weltnachrichten abhörte, um den anderen dann Bericht zu erstatten.

»Pig Iron« Bob trat zurück, und John Curtin bildete eine Labour-Regierung. Die Japaner bombardierten Pearl Harbor, und Hongkong fiel. Plötzlich schien der Krieg sehr nah zu sein, und Matilda und April warteten voller Angst. Die weiten, leeren Ebenen Australiens lagen allzu dicht bei den asiatischen Inseln. Wenn die Japaner hier landeten, würde nichts sie aufhalten können. In Australien gab es keine kampftüchtigen Männer – die waren alle in Europa –, und die gelbe Gefahr wurde unversehens zu einer sehr realen Bedrohung.

Matilda kämpfte mit einem zappelnden Hammel, dem das Hinterteil geschoren werden mußte, als sie Hufgetrappel hörte. Sie blickte auf, beschattete die Augen mit dem Unterarm und sah April, die mit wehenden Haaren und flatternden Röcken über die Weide herangaloppiert kam und ihrem Pferd die Fersen in die Weichen stieß. Matildas Herz klopfte dumpf, als sie wartete. Nur schlechte Nachrichten konnten April veranlassen, so wild zu reiten.

April brachte bebend das Tier zum Stehen und rutschte aus dem Sattel. »Davey, Matilda …! O mein Gott, Davey …!«

Matilda bog die klammernden Finger von ihrem Handgelenk, packte April bei den Armen und schüttelte sie. »Was ist mit ihm?«

April stammelte unverständlich, und Matilda schlug ihr ins Gesicht. »Reiß dich zusammen, April, und sag mir, was zum Teufel mit Davey los ist!« schrie sie.

Das entsetzte kleine Gesicht erstarrte, und der Abdruck von Matildas Hand erblühte auf der Wange. Sie hielt ihr einen Zettel hin und brach dann tränenüberströmt zusammen.

Matilda wußte, was passiert war, bevor sie die jungenhafte Handschrift gelesen hatte, und das Herz rutschte ihr in die Hose. Davey war weggelaufen, um Soldat zu werden. Sie schaute auf April hinunter, und der Schmerz ihres Verlustes hallte auch in Matilda wider; sie wußte, daß es keine Worte gab, die solchen Schmerz auslöschen konnten. April war gebrochen. Es war wie üblich an Matilda, jetzt praktisch zu denken.

Matilda drängte die eigenen Befürchtungen zurück und zog April auf die Beine; dann nahm sie sie in die Arme und wartete, bis der Weinkrampf zu Ende war. Als aus dem Schluchzen ein Schniefen wurde und April sich abwandte, um sich das Gesicht mit der Schürze abzutrocknen, hatte Matilda ihre Gedanken geordnet. »Hast du bei der Rekrutierungsstelle angerufen?«

April nickte und putzte sich die Nase. »Ich habe versucht durchzukommen, aber da ist nur noch ein Hausmeister. Die Lastwagen sind heute in aller Frühe nach Dubbo gefahren.«

»Hat er dir denn keine Nummer gegeben, die du anrufen kannst? Die Armee kann ihn nicht nehmen. Er ist noch zu jung; das muß man ihnen sagen.«

April schüttelte den Kopf. »Der Kerl in der Rekrutierungsstelle meinte, wenn er fast achtzehn ist, kommt's nicht mehr drauf an. Und wenn er heute morgen auf einem der Laster war, dann ist er jetzt auf dem Weg ins Ausbildungslager, und dann kann man sowieso nichts mehr machen.«

Matildas Gedanken überschlugen sich, aber sie behielt sie für sich. Es hatte keinen Sinn, April die Hoffnung zu machen, daß ein Anruf im

Hauptquartier der Armee ihr den Sohn zurückbringen würde, denn sie bezweifelte, daß die Armee sich die Mühe machen würde, einen der zahllosen minderjährigen Rekruten aufzustöbern, die sich dort eingeschlichen hatten. Davon gab es jede Menge, und bis zu Daveys Geburtstag waren es nur noch zwei Monate; warum also das Unvermeidliche hinausschieben?

»Du hättest ihn nicht halten können, April. Der Junge redet davon, seit Sean mit seinem Vater Soldat geworden ist.«

Wieder stiegen April die Tränen in die blauen Augen. »Er ist doch noch ein Kind. Ich will nicht, daß er da draußen ist. Tom schreibt nicht viel, und Sean auch nicht, aber ich kann zwischen den Zeilen und der Zensur lesen, daß es ein Gemetzel ist, Molly. Und ich will nicht, daß meine Familie da draußen ist. Ich will sie bei mir zu Hause haben. Sie sollen gesund bleiben und das Land bearbeiten, wie es sich gehört – wie es immer gewesen ist.«

»Alle drei sind alt genug, um selbst zu wissen, was sie wollen, April«, sagte Matilda behutsam. »Davey mag noch jung sein, aber er ist schon als Dreikäsehoch über die Weiden geritten, und er ist zäh und stark und stur wie alle Australier.«

Sie hielt ihre Freundin in den Armen, drückte ihren Kopf an sich und streichelte ihr übers Haar. »Er wollte kämpfen, das weißt du, und es gab nichts, womit wir ihn hätten aufhalten können.«

Der Krieg ging weiter, und unterdessen kämpften die beiden Frauen gegen die Elemente und gegen das eigene innere Leid. Tom und die Jungen schrieben regelmäßig, und Matilda war April dankbar dafür, daß sie die Briefe auch lesen durfte. Sie waren kostbar für sie beide, und obwohl die Schere des Zensors sie zerfetzt und schwer lesbar gemacht hatte, waren sie doch zumindest eine Bestätigung dafür, daß die Männer noch lebten. Stück für Stück fügten die Frauen die Hinweise zusammen, und mit Hilfe eines uralten Atlanten verfolgten sie den Weg der Männer.

Tom und Sean waren irgendwo in Nordafrika, und Davey, schlecht ausgebildet und rasch verschifft, lag in Neuguinea.

Matilda las Daveys Briefe aufmerksam, und weil sie sich immer wieder Bücher aus der fahrenden Bibliothek ausgeliehen hatte, kannte sie die

Realität hinter den sorgsam formulierten Worten an die Mutter. Aber ihr Wissen behielt sie für sich. Was hätte es auch für einen Sinn gehabt, April zu erzählen, was der Dschungelkrieg bedeutete: daß die Männer tage-, manchmal wochenlang im Dunkeln verbrachten, ohne je richtig trocken zu werden. Die Feuchtigkeit ließ die Haut faulen, und der Schimmel blühte auf den Kleidern. Die schwüle Luft schwächte sie, und die Moskitos verbreiteten Krankheiten. Giftige Schlangen und Spinnen waren ebenso tödlich wie Fallgruben. Für die Männer aus dem australischen Busch war der Dschungel eine andere, sehr viel mörderischere Welt als die trockene Hitze des Landes, an das sie gewöhnt waren. Da war es besser, daß April sich vorstellte, wie ihr Junge in einer trockenen Kaserne hockte und drei ordentliche Mahlzeiten am Tag bekam.

Der Sommer zog sich hin, und die Japaner landeten in Malaya und auf den Philippinen. Jetzt war es für Matilda und April noch wichtiger, daß sie ihre Verbindung zur Außenwelt behielten. Jeden Abend kehrten sie auf eine der Farmen zurück und hörten die Nachrichten.

Singapur fiel am 8. Februar 1942 an die Japaner. Es herrschte lähmende Stille, als die alten Männer, die kleinen Jungen und die erschöpften Frauen sich entsetzt anstarrten. Jetzt war es für sie nur noch ein Katzensprung zum Festland von Neuguinea und zur Halbinsel Cape York am »oberen Ende« von Queensland. Plötzlich war der Krieg ganz nah, und die weiten, offenen Ebenen waren ein ungeschütztes Ziel, denn Australien hatte keine Streitkräfte im Lande.

Premierminister Curtin verlangte von Churchill, die Australier müßten das Recht haben, ihr eigenes Land zu verteidigen, und schließlich schifften sich in Nordafrika zwei australische Divisionen ein und traten die weite Heimreise an.

»Sie kommen zurück«, sagte April staunend. »Tom und Sean müssen dabei sein.«

»Aber sie werden nicht hierher kommen«, warnte Matilda sie. »Sie müssen uns dort oben vor den Japsen verteidigen.«

April strahlte trotzdem. »Aber man wird ihnen Urlaub geben, Molly. Stell dir vor – sie wieder auf Wilga zu sehen. Ihre Stimmen wieder zu hören.« Plötzlich war sie wieder verzagt. »Aber was ist mit Davey? Warum kann er nicht auch nach Hause kommen?«

Matilda sah, wie die beiden alten Treiber wissende Blicke wechselten, und sie wußte, was sie dachten. Davey steckte mitten im dicksten Getümmel. Sein letzter Brief hatte Wochen gebraucht, um sie zu erreichen. Es bestand wenig Hoffnung darauf, ihn wiederzusehen, bevor das alles vorbei wäre.

Matilda seufzte und nahm April bei der Hand. »Es kann ja nicht ewig dauern«, sagte sie leise. »Bald sind sie alle wieder hier.«

Aber es sollte nicht sein. Churchill und Curtin trafen eine Abmachung: die australischen Truppen kehrten nicht nach Hause zurück, sondern Australien bekam statt dessen eine amerikanische Division. Wie die anderen Australier fühlten auch Matilda und April sich vom Mutterland verraten. Wie sollten so wenige ein so gewaltiges Gebiet verteidigen? Und weshalb verweigerte England den australischen Soldaten das Recht, ihre Heimat zu schützen, nachdem sie überall in Europa so tapfer für die Sache Englands gekämpft hatten?

Krank am Herzen, quälten sich die Frauen durch die nächsten Monate; Trost fanden sie nur beieinander und in der unaufhörlichen Tretmühle der Arbeit. Nie entfernten sie sich allzuweit vom Radio; die Nachrichten waren ihre einzige Verbindung zur Außenwelt.

Matilda war nach Churinga zurückgekehrt, um eine Ladung Futtermittel abzuholen, die am Morgen geliefert worden war. Die Schafe überlebten, aber es war eine niemals endende Arbeit, sie ordentlich zu füttern. Sie und Gabriel packten die Säcke gerade auf den Lastwagen, den sie ein paar Monate zuvor gekauft hatte, als sie das Maultier des Pfarrers mit seinem vertrauten Gebrüll hörten.

»Bring das Zeug zur Ostweide, Gabe! Ich komme später nach.«

»Ärger, Missus?«

Sie nickte. »Ich glaube ja, Gabe. Laß mich lieber allein.« Er ließ den Motor an und fuhr davon, und sie wandte sich dem Priester zu.

Father Ryan war ein dunkelhaariger Mann, der sich weigerte, mit der Zeit zu gehen, und seine riesige Gemeinde noch immer auf dem knarrenden Bock einer Maultierkutsche bereiste. Die Kriegsjahre hatten ihn altern lassen; silbrige Strähnen durchzogen das dunkle irische Haar, und seine Schultern waren gebeugt unter der Last allzu vieler trauriger Nachrichten.

»Schlechte Neuigkeiten, ja?« Matilda wartete, bis er abgestiegen war und sein Maultier getränkt hatte.

Er nickte, und sie hakte sich bei ihm unter und führte ihn ins Haus. Mit schmerzhaft klopfendem Herzen dachte sie an die Unvermeidlichkeit dessen, was sie gleich hören würde. Aber noch nicht gleich, betete sie stumm. Ich bin noch nicht soweit.

»Lassen Sie uns erst eine Tasse Tee trinken. Ich finde immer, schlechte Nachrichten hört man besser im Sitzen.« Geschäftig ging sie in der Küche umher und mied seinen Blick; sie weigerte sich, darüber nachzudenken, welcher der Finlay-Männer nicht zurückkommen würde. Sie würde es früh genug erfahren; ändern ließ es sich nun nicht mehr.

Father Ryan trank seinen Tee und knabberte an einem der Kekse, die sie am Morgen gebacken hatte. »Wir leben in tragischen Zeiten, Matilda«, sagte er kummervoll. »Wie kommt ihr hier draußen allein zurecht?«

»Ich habe Gabe hier auf Churinga, und April hat ihre Jungs und die beiden Treiber. Die Herden haben wir einstweilen zusammengelegt. So ist es einfacher.«

»Sie wird in den nächsten Tagen alle Kraft brauchen, die sie aufbringen kann, Matilda. Aber das weißt du schon, nicht wahr?« Sein sanftes Lächeln wirkte müde; er nahm ihre Hände und hielt sie fest.

Sie nickte. »Welcher ist es, Father?« fragte sie mit rauher Stimme – obwohl sie es nicht wissen wollte, obwohl sie es nicht ertrug, der Realität des Krieges hier in diesem Land ins Auge zu sehen, in dem Land, das sie so sehr liebte.

Das Schweigen zwischen ihnen schien sich in Ewigkeit zu dehnen. Die Hände des Priesters fühlten sich warm und tröstlich an wie ein Anker im stürmischen Meer der Gefühle, das in ihr wogte.

»Alle, Matilda.«

Sie starrte in das blasse Gesicht mit den leeren Augen. »Alle?« flüsterte sie. »Gütiger Gott.« Sie stöhnte auf, als die Erkenntnis in ihrer ganzen Schrecklichkeit in ihr Bewußtsein drang. »Warum denn das, Father? In Gottes Namen, warum? Das ist nicht gerecht.«

»Der Krieg ist nie gerecht, Matilda«, sagte er leise. »Und du kannst Gott nicht vorwerfen, daß er ihn angefangen hat. Das hat der Mensch getan, und Menschen waren es, die sie getötet haben. Tom in einem Schützengraben bei El Alamein. Sean bei einem Raketenangriff auf demselben Schlachtfeld, Davey durch einen Heckenschützen in Neuguinea.«

Tränenblind dachte sie an die beiden Jungen, die sie geliebt hatte wie eigene, und an den Mann, der ihr nahegestanden hatte wie ein Bruder. Sie würde sie nie wiedersehen. Und dieses Wissen tat in ihr eine Leere auf, die so gewaltig war, daß ihre ganze Welt darin versank. Nichts würde je wieder so sein wie früher.

Father Ryan löste behutsam seine Arme aus dem Klammergriff ihrer Hände und setzte sich neben sie. Matilda ließ den Kopf auf seine Schulter sinken und atmete den zarten Duft von Weihrauch und Staub ein, während ihre Tränen seine verschlissene Soutane durchnäßten.

»Es gibt andere, die den gleichen Schmerz ertragen müssen, Matilda. Du bist nicht allein.«

Seine Stimme klang besänftigend, und in der Finsternis ihrer Trauer lauschte sie mit jener tödlichen Ruhe, die vor dem Sturm kommt.

»Kurrajong hat Billy verloren«, berichtete er. »Wahrhaftig, er ist schrecklich, dieser Krieg.«

Sie löste sich von ihm und wischte sich erbost die Tränen aus dem Gesicht. »Ja. Aber das hindert diese verdammten Narren nicht daran, mit ihren Gewehren und großem Tamtam loszuziehen, um zu zeigen, was für große, starke, tapfere Kerle sie sind, nicht wahr?« schrie sie. »Und was ist mit ihren Müttern? Ihren Frauen? Ihren Liebsten? Die haben hier auch einen Krieg zu führen, wissen Sie. Mag sein, daß kein Feind auf sie schießt, aber die Narben sind real genug. Was fängt April ohne ihren Mann an? Wie soll sie einer Zukunft ohne ihre beiden großen Söhne ins Auge sehen? Hat Ihr feiner Gott darauf eine Antwort, Father?«

Sie funkelte den Priester an, und ihre Brust hob und senkte sich heftig, aber im nächsten Augenblick tat ihr der Ausbruch leid. Sie war zornig, ja. Aber es war ein Zorn, der aus der Trauer geboren war, ein Zorn über die Sinnlosigkeit des Krieges.

»Ich kann deine Gefühle verstehen, Matilda. Es ist nur recht, daß du verbittert bist. In den letzten paar Jahren sind zu viele solcher Telegramme gekommen, und ich bin nicht unempfindlich gegen das Leid, das sie gebracht haben.« Er schwieg, als suche er nach den richtigen Worten. »Aber Zorn ist das, was unsere Männer getötet hat. Im Kern ist es die Unfähigkeit, friedliche Lösungen zu finden. Zorn ist gut gegen Herzeleid, aber er bringt die Männer nicht zurück.«

»Es tut mir leid, Father.« Sie schniefte. »Das Ganze erscheint mir nur so sinnlos. Männer töten einander für ein Stück Land. Frauen müssen kämpfen, um Dürrezeiten und Bombennächte zu überleben. Wozu das alles?«

Der Priester ließ den Kopf hängen. »Darauf weiß ich keine Antwort, Matilda. Ich wünschte, ich hätte eine.«

Der lange Ritt nach Wilga verlief schweigend; jeder der beiden hing eigenen Gedanken nach. Matilda graute es davor, April entgegenzutreten; ihre Finger schlossen sich fester um den Zügel, als sie sah, daß man sie von der Farm aus entdeckt hatte.

Der Gesichtsausdruck ihrer Freundin verriet Matilda, daß sie schon wußte, weshalb sie gekommen waren, und doch würde das ganze Grauen dieser Nachricht die kleine Frau, die sich so sehr angestrengt hatte, ihre Zerbrechlichkeit zu besiegen, ganz gewiß zermalmen – und Matilda nahm den letzten Rest ihrer Kraft zusammen und bereitete sich auf das Kommende vor.

April wollte sie nicht ins Haus lassen. Sie wollte sie beide nicht einmal in ihre Nähe kommen lassen, sondern blieb auf ihrer Veranda stehen und hörte mit versteinerter Miene, was der Priester ihr zu sagen hatte.

Nach unerträglich langem Schweigen holte sie schließlich bebend Luft. »Danke, daß Sie gekommen sind, Father, und auch du, Molly – aber jetzt möchte ich lieber allein sein.« Ihre Stimme klang stumpf, leblos, gänzlich unbewegt. Trotzig hob sie das Kinn, wandte sich ab und schloß die Tür hinter sich.

Matilda wollte ihr nachlaufen, aber der Priester hielt sie zurück. »Laß sie. Jeder von uns hat seine eigene Art zu trauern, und sie muß bei ihren Kindern sein.«

Matilda starrte die geschlossene Tür an und nickte widerstrebend. Aprils Reaktion auf die Nachricht hatte sie überrascht und mit Sorge erfüllt, aber sie wußte, daß sie zu ihr kommen würde, wenn sie Hilfe brauchte.

»Dann will ich jetzt weiterarbeiten«, sagte sie schließlich. »Ich kann wenigstens noch etwas Nützliches tun, um mich abzulenken.«

Father Ryan tätschelte ihr die Hand. »Tu das, Matilda. Und denke daran, Gott gibt dir die Kraft, es durchzustehen.« Er schnalzte mit der Peitsche zwischen den Ohren des Maultiers und lenkte es nach Norden. Er hatte noch mehr Telegramme abzuliefern – weitere Familien zu trösten und für sie zu beten.

Matilda sah ihm nach und fragte sich, wo sein Gott gewesen sein mochte, als Mervyn sie vergewaltigt hatte. Wo war Gott, als Davey und Sean und Tom seinen Schutz gebraucht hatten? Wozu war ein Gott gut, wenn eine Frau wie April zwei Söhne und einen Mann verlieren mußte, nur um den Schlachtendurst irgendeines namen- und gesichtslosen Generals zu stillen?

Sie zog ihr Pferd herum und ritt auf die Weiden von Wilga hinaus. Die Schersaison stand kurz bevor, und es gab viel zu tun – und selbst Father Ryans allwissender, alles sehender Gott konnte keine dreißigtausend Schafe für sie scheren.

Es vergingen drei Tage, bis sie April wiedersah. Sie kam am späten Nachmittag in Toms altem Lastwagen angefahren. Die Kinder saßen neben ihr in der Kabine, und auf der Ladefläche türmte sich die Haushaltseinrichtung.

»Ich fahre zurück nach Adelaide«, sagte sie, als sie ausgestiegen war. »Meine Eltern wohnen dort, und sie haben uns ein Zuhause angeboten.«

Ihre Stimme klang beherrscht. Matilda konnte nur ahnen, wieviel Anstrengung es sie kostete, nicht vor den Kindern zusammenzubrechen.

»Was ist denn mit Wilga? Du kannst es doch nicht einfach verlassen. Nicht, nachdem du und Tom in all den Jahren so viel Arbeit reingesteckt habt.«

Aprils Augen waren kalt. »Was nützt mir das Land, wenn ich keinen Mann habe, der mir hilft, darauf zu arbeiten?«

»Du und ich, wir sind doch bis jetzt ganz prima zurechtgekommen.

Und die Jungs können bald richtig gut mit den Schafen umgehen.« Matilda streckte die Hand nach ihr aus, aber April wich zurück. »Wilga ist seit drei Generationen in Toms Familie, April. Du kannst nicht einfach weggehen.«

»Mach mir ein Angebot«, sagte April unbeirrt.

»Du brauchst Zeit, um dir alles zu überlegen, April. Wenn du jetzt eine übereilte Entscheidung triffst, nimmst du deinen Kindern ihr Erbe. Dafür hat Tom nicht so schwer gearbeitet, das weißt du.«

April schüttelte den Kopf. »Ich will das alles nicht wiedersehen«, sagte sie verbittert. »Jeder Baum, jeder Grashalm, jedes gottverdammte Kaninchen und jedes Schaf erinnert mich an das, was ich verloren habe. Es gehört dir, Matilda. Was immer du mir dafür bezahlen willst.«

Matilda sah die Entschlossenheit in dem kleinen Gesicht und wußte, daß April sich in ihrer jetzigen Verfassung nicht dazu würde überreden lassen, sich mit einer so folgenschweren Entscheidung Zeit zu lassen.

»Ich weiß nicht, was Wilga wert ist, April, aber ich weiß, daß ich wohl kaum genug Geld auf der Bank habe, um es zu bezahlen. Vielleicht solltest du noch ein Weilchen warten und es dann auf den Markt bringen. Du könntest einen guten Preis erzielen; du und die Kinder, ihr hättet ausgesorgt.«

»Nein«, erwiderte sie heftig. »Tom und ich haben über die Möglichkeit gesprochen, daß er nicht zurückkehrt, und wir waren uns einig, daß du dann alles bekommen sollst.« Sie wühlte in ihrer Handtasche und zog ein Bündel Dokumente heraus. »Das sind alle Urkunden und die Schlüssel zum Haus. Und das hier« – sie zog einen Stapel Bücher vom Vordersitz ihres Lasters –, »das sind die Inventarlisten und die Rechnungsbücher.«

Sie warf alles auf den Verandatisch. »Du kannst mir bezahlen, was du für angemessen hältst, und mir das Geld schicken, wenn du es hast. Das hier ist die Adresse in Adelaide.«

»Aber April …«

Mit einer Handbewegung wischte sie allen Protest beiseite. »Ich werde zurechtkommen, Molly. Mum und Dad haben ein kleines Geschäft in der Stadt – an ein paar Shilling wird's mir nicht fehlen.«

»Aber du kannst doch nicht …«

»Laß es gut sein, Molly. Du warst eine wunderbare Freundin. Ich weiß nicht, was ich in den letzten Jahren ohne dich angefangen hätte. Du mußt genauso traurig sein wie ich, aber …« Ihre Augen fingen an zu glitzern; sie räusperte sich und nahm ihren Kleinsten auf die Hüfte. »Tom und ich haben es so entschieden. Mach es jetzt nicht schwerer, als es sowieso schon ist. Leb wohl, Molly! Und viel Glück.«

Matilda schloß die zierliche kleine Frau in die Arme; sie war ihre beste Freundin, und am liebsten hätte sie sie verzweifelt angefleht zu bleiben. Aber sie wußte, daß April in die Stadt gehörte, und daß es ihr dort besser gehen würde. Es wäre selbstsüchtig gewesen, ihr das auszureden.

»Du wirst mir fehlen«, sagte sie leise. »Und ihr auch«, fügte sie dann hinzu und küßte die kleinen Jungen.

April umarmte sie ein letztes Mal und scheuchte die Jungen in den Laster. Dann ließ sie den Motor an. »Leb wohl, Molly!« rief sie. Sie winkte noch einmal und verließ Churinga.

Matilda blieb allein auf dem Hof zurück, der ihr plötzlich so einsam wie noch nie erschien, und sie fragte sich, wie sie das Problem lösen sollte, das sich mit Wilga verband. Die Dürre hielt jetzt im neunten Jahr an, und niemand kaufte Land. Die Schafe hungerten, die Wolle war schlecht, und während ihre Ersparnisse schrumpften, vermehrten sich die Kaninchen. Es war schon schwer genug gewesen, mit beiden Besitztümern zurechtzukommen, solange sie noch auf April und die Jungen hatte zählen können. In besseren Jahren wäre Wilga für sie ein Gottesgeschenk gewesen, aber jetzt war es lediglich eine weitere große Last.

Sie sattelte das Pferd und ritt hinaus auf die Weide. Tom hatte sein Vertrauen in sie gesetzt, und April brauchte jetzt Geld. Irgendwie, dachte Matilda, muß ich dieses Vertrauen zurückzahlen.

SIEBZEHN

Jenny klappte das Buch zu und starrte an die Decke. Sie hatte die Kriegsgeschichten alter Männer gehört, die sich im Pub in ihren Erinnerungen ergingen, aber aus Matildas Tagebüchern erfuhr sie jetzt, wie schwer es für die Frauen gewesen sein mußte, die zurückgeblieben waren. Nicht Schützengräben oder Kugeln hatten sie zermürbt; ihr Feind hatte eine andere Uniform getragen. Sie führten ihre Schlachten gegen die Erde, von der sie abhängig waren, und sie hatten sich gegen Trockenheit und gefräßige Kaninchen zur Wehr zu setzen. Sie waren sich ihrer Tapferkeit nicht bewußt gewesen, aber sie waren ebenso schlachtgestählt und heroisch wie die Soldaten.

Jenny gähnte und streckte sich, bevor sie aus dem Bett stieg. Diane hantierte bereits in der Küche, und Jenny wollte gern erfahren, was sie zu den ersten Tagebüchern sagte.

»Morgen, Jen. Hier, nimm.« Sie schob einen Becher starken Tee und eine Scheibe Toast herüber. »Ich weiß nicht, wie es dir ergangen ist, aber ich habe fast die ganze Nacht gelesen.«

Jenny nahm einen Schluck Tee und verzog das Gesicht. Es war zuviel Zucker drin. »Und wie fandest du es? Ziemlich heftig, nicht wahr?«

Diane strich sich das dunkle Haar aus dem Gesicht und klemmte es hinter die Ohren. Sie sah müde aus.

»Ich kann verstehen, daß du davon gepackt bist«, sagte sie nachdenklich. »Es ist eine alltägliche Geschichte über Inzest und Armut – Leuten wie dir und mir nur allzu vertraut –, aber ich muß zugeben, daß ich genauso erpicht darauf bin wie du, das Ende zu erfahren.« Sie starrte in den dampfenden Becher, der vor ihr stand. »Aber ich begreife immer noch nicht, weshalb du so entschieden glaubst, daß die Tagebücher hierbleiben müssen. Ein Verleger würde dir den Arm ausreißen, um sie zu kriegen.«

»Eben. Deshalb müssen sie ja hierbleiben.« Jenny stellte ihren Teebecher hin und beugte sich über den Tisch. »Was würdest du denn sagen, wenn deine tiefsten, dunkelsten Geheimnisse überall ausposaunt würden? Bis jetzt hat es nur Gerüchte über Churinga und seine Bewohner gegeben – ich hätte das Gefühl, Matilda zu verraten, wenn ich die Wahrheit bekannt werden ließe.«

»Aber sie hat die Tagebücher doch hinterlassen, *damit* man sie findet, Jen. Sie *wollte*, daß sie gelesen werden. Warum machst du einen persönlichen Kreuzzug daraus? Was geht dich Matilda an?«

»Überleg doch, Diane! Sie mag eine Fremde gewesen sein, sie mag in einer Zeit schrecklicher Strapazen gelebt haben, die ich mir nicht mal annähernd vorstellen könnte, wenn diese Tagebücher nicht wären – und doch sind unser beider Leben durch das verbunden, was uns beiden passiert ist. Sie berühren sich immer wieder, und ich habe das starke Gefühl, daß ich diejenige bin, die diese Tagebücher hat finden sollen und die jetzt entscheiden soll, was damit wird.«

Diane zündete sich eine Zigarette an. »Ich glaube immer noch, das alles tut dir nicht gut, Jen. Warum die Vergangenheit aufrühren und all diese Jahre der Mißhandlung, der Einsamkeit und der Trauer noch einmal durchleben, wenn du selbst gerade erst dabei bist, mit alldem zurechtzukommen?«

»Weil Matilda mir zur Inspiration geworden ist. Sie hat mich gelehrt, daß nichts den menschlichen Mut töten kann, wenn er nur stark genug ist.«

Diane lächelte. »Du hast immer genug Mut gehabt, um's der ganzen Welt zu zeigen, Jen. Aber wenn Matildas Tagebücher dir helfen, das endlich zu erkennen, dann ist es wohl gut, daß du sie gefunden hast.«

Jenny war verblüfft. Wenn man sie aufgefordert hätte, sich selbst zu beschreiben, hätte sie wohl das Wort hartnäckig benutzt. Als mutig oder tapfer hatte sie sich nie betrachtet, und so waren Dianes Worte eine Überraschung.

»Laß uns auf die Veranda hinausgehen. Es ist jetzt schon zu heiß hier«, sagte sie versonnen.

Sie stieß die Fliegentür auf, und Diane folgte ihr. Der Hof lag verlassen da, aber sie hörten das Klingen des Hammers in der Schmiede. Obwohl der Winter begonnen hatte, war dies einer jener Tage, an denen der Himmel der Erde näher zu sein schien als sonst. Mit dem Sonnenaufgang war es schwül geworden, und kein Lufthauch bewegte den Staub auf dem Boden oder ließ das Laub rascheln. Sogar die Vögel schienen keine Kraft mehr zum Zwitschern zu haben. Eine seltsame Stille lag über allem. Es war, als habe das große, rote Herz Australiens aufgehört zu schlagen.

»An solchen Tagen sehne ich mich nach Sydney zurück«, brummte Diane. »Was würde ich nicht dafür geben, wenn ich jetzt Salzluft riechen und diese großen, runden Brecher sehen könnte, die auf die Klippen von Coogee krachen.«

Jenny schwieg. Sie wollte sich dies alles ins Gedächtnis einprägen, um es mit in die Großstadt zu nehmen, damit sie sich in den kalten Winterabenden daran wärmen könnte, wenn die Brandung gegen die Felsen donnerte.

»Anscheinend kriegst du Besuch.«

Jenny drehte sich um und stöhnte auf. Charlie Squires kam soeben durch das letzte Gatter geritten. »Was zum Teufel will der denn?«

Diane grinste. »Dir vermutlich den Hof machen. Du weißt doch, wie dies heiße Wetter auf Männer wirkt.« Sie trat ihre Zigarette aus. »Ich laß dich dann mal allein.«

»Geh ja nicht weg!« zischte Jenny, als Charlie abstieg. Aber sie sah, daß sie mit sich selbst sprach; Diane war bereits im Haus, und jetzt war es für sie zu spät, um ebenfalls zu verschwinden.

»Morgen, Jenny. Ich hoffe, ich störe Sie nicht allzu früh, aber ich wollte mich doch vergewissern, daß alles in Ordnung ist.« Er nahm den Hut ab und lächelte. Die silbernen Schläfen unterstrichen sein gutes Aussehen, und die makellose Moleskinhose und das frische Hemd bildeten eine angenehme Abwechslung von der staubigen, schweißfleckigen Kleidung der Männer, die auf Churinga arbeiteten.

Sie gab ihm die Hand und erwiderte sein Lächeln. Das Wochenende in seiner Gesellschaft war angenehm gewesen. »Nett, Sie wiederzusehen, Charles, aber wie kommen Sie darauf, daß etwas nicht in Ordnung sein könnte?«

»Sie sind so überstürzt weggefahren. Es ist doch hoffentlich beim Tanz nichts vorgefallen, das Ihnen das Gefühl gegeben hätte, Sie seien auf Kurrajong nicht willkommen?«

Sie schüttelte den Kopf. »Ihre Gastfreundschaft war wundervoll. Es tut mir leid, daß ich keine Gelegenheit hatte, mich anständig zu verabschieden, aber ich mußte rasch wieder herkommen.«

»Das ist das Problem, wenn man Züchter ist. Die Arbeit ist nie fertig.« Er lächelte wieder und zündete sich ein Zigarillo an. »Ich hatte gehofft, ich könnte Sie noch ein bißchen auf Kurrajong herumführen. Aber es gibt ja immer ein nächstes Mal.«

Jenny hatte nicht vor, ihm zu erzählen, daß sie in sechs Tagen abreisen würde. »Das wäre sehr nett«, sagte sie höflich. »Und ich hätte Gelegenheit, Helen wiederzusehen. Wir beide haben uns wirklich gut verstanden, und ich habe ihr eins meiner Bilder versprochen.«

»Helen hat mich gebeten, Sie von ihr zu grüßen. Es hat ihr Spaß gemacht, Sie und Diane zu Gast zu haben. Sie verläßt Kurrajong heutzutage so selten, da Dad ja im Rollstuhl sitzt und all das, aber Ihr kurzer Besuch hat sie wirklich aufgemuntert.«

»Kommen Sie doch auf ein Täßchen herein, Charlie. Diane muß auch irgendwo sein, und ich weiß, sie würde Sie gern sehen.«

Seine Mundwinkel zuckten. »Da bin ich nicht so sicher, Jenny. Ich habe bemerkt, wie sie ins Haus huschte, als sie mich kommen sah. Ich habe hoffentlich nichts Falsches gesagt?«

Jenny lachte, während sie den Tee einschenkte. »Was um alles in der Welt könnten Sie denn sagen, was Diane beleidigen könnte?«

Er lachte ebenfalls. »Keine Ahnung«, prustete er. »Aber ich kann mir nicht leisten, meinen Ruf zu beschädigen, wissen Sie.«

Jenny lächelte immer noch, als sie Brett in der Tür stehen sah. Ihr Herz schlug schneller, und sie ging sofort in die Defensive. »Was lauern Sie da draußen herum, Mr. Wilson? Sehen Sie nicht, daß ich Besuch habe?«

Brett warf Charlie einen finsteren Blick zu und kam herein. Ripper sprang ihm entgegen, um sich streicheln zu lassen, aber er ignorierte den Hund. »Ich habe noch ein paar Sachen hier, die ich holen wollte. Sie sind in der Abstellkammer.«

Jenny nickte zustimmend, und es ärgerte sie, daß sie die Schachteln und Kisten vergessen hatte, die er bei seinem Auszug zurückgelassen hatte. Seine Anwesenheit im Haus war ihr schmerzlich bewußt; sie hörte seine Absätze auf den Dielen und wünschte, Diane würde ihr feiges Gesicht zeigen und sie retten. Sie drehte sich wieder zu Charlie um, der sie neugierig anschaute und eine Braue hochzog.

»Mir war nicht klar, daß die Dinge so liegen«, sagte er genüßlich.

»Brett ist hier ausgezogen, als ich hier ankam«, antwortete Jenny. »Hier spielt sich nichts ab, was man nicht bei einer Teegesellschaft im Hause des Pfarrers erzählen könnte.«

»Die Dame, wie mich dünkt, gelobt zuviel«, sagte er verschmitzt. »Aber wer bin ich, daß ich den ersten Stein werfe?«

»Charlie, Sie sind unmöglich«, seufzte Jenny.

Brett kam mit einem Armvoll Kartons in die Küche. Er funkelte sie beide an, stieß dann die Fliegentür auf und marschierte hinaus auf die Veranda.

»Du liebe Güte, Ihr Mr. Wilson scheint mir heute morgen aber verstimmt zu sein«, bemerkte Charlie. »Offensichtlich fehlt ihm diese appetitliche kleine Kellnerin. Die beiden sind ein hübsches Paar, finden Sie nicht auch?«

Sie wandte sich ab, damit er ihr nicht in die Augen schauen konnte. »Über Mr. Wilsons Liebesleben kann ich nichts weiter sagen«, erklärte sie.

Er gluckste leise und vielsagend. »Na ja, ich will Sie nicht weiter aufhalten, Jenny. Ich weiß, daß Sie viel zu tun haben. Grüßen Sie Diane von mir, und vergessen Sie nicht, daß Sie versprochen haben, uns zu besuchen. Helen würde sich freuen, Sie beide wiederzusehen.«

Er nahm ihre Hand und hielt sie ein bißchen länger als nötig fest. »Und ich würde Sie auch gern wiedersehen«, sagte er leise. »Sie haben Farbe und Leben nach Churinga gebracht. Ohne Sie wäre es hier nicht mehr das gleiche.«

»Es ist immer erfreulich zu wissen, daß man einen Eindruck hinterlassen hat«, gab sie zurück.

»Ich sehe schon, es ist nicht leicht, Ihnen zu schmeicheln, Jenny. Und das bewundere ich bei einer Frau. Ich muß mir beim nächsten Mal mehr Mühe geben. Würde ja ungern glauben, daß ich mein Talent verschlissen habe.« Lächelnd küßte er ihr die Hand.

Jenny trat einen Schritt zurück und führte ihn hinaus auf die Veranda, bevor er noch etwas sagen konnte. Dieses Gespräch geriet außer Kontrolle, und die Erinnerung an den Tanz stand ihr immer noch so kristallklar vor Augen, daß ihr unbehaglich zumute war. Sie erinnerte sich, wie eng er sie beim Walzer an sich gedrückt hatte und wie sie den Kopf hatte heben und in diese hypnotischen Augen hatte blicken müssen. Kein Zweifel, Charlie war ein Draufgänger und ein Schürzenjäger. Zwar ließ sie sich nicht einen Moment lang über die wahren Gründe für sein Flirten hinwegtäuschen, aber er besaß doch Sinn für Humor, und das gefiel ihr.

»Schätze, du könntest es da ganz gut treffen. Vielleicht lohnt es sich, doch noch ein Weilchen hierzubleiben.«

Sie fuhr herum. Diane stand mit verschränkten Armen hinter ihr und schaute der Staubwolke nach, die Charlie hinterlassen hatte. »Was zum Teufel willst du damit sagen?«

»Na, na.« Diane drohte ihr mit dem Finger. Der Nagel war rot lackiert. »Ich wollte nur sagen: Wenn du wirklich fertig bist mit Brett, warum willst du dann nicht mal einen wirklich dicken Fisch ins Visier nehmen? Der alte Charlie Squires muß ja wohl den einen oder anderen Shilling auf der hohen Kante haben.«

Jenny hatte jetzt wirklich genug. »Du bist geschmacklos, Diane, und ein Feigling außerdem. Du läßt mich hier mit Charlie sitzen, obwohl du wußtest, daß ich nicht mit ihm allein sein wollte, und zu allem Überfluß kreuzt Brett auch noch auf.«

Diane riß die Augen auf. »Du liebe Güte! So viele Männer und so wenig Zeit. Warst ja schon richtig fleißig heute morgen.«

Jenny lachte. Es war unmöglich, Diane lange böse zu sein. »Du hättest Bretts Gesicht sehen sollen«, sagte sie dann. »Wenn Blicke töten könnten, dann wären Charlie und ich jetzt mausetot.«

»Ihm kannst du vielleicht etwas vormachen, aber mir nicht, Jen. Dir liegt immer noch was an Brett, und ich schätze, du hast einen großen Fehler gemacht, ihn einfach so laufenzulassen. Du hast ihm keine Chance gegeben, sich zu verteidigen, und daß er dich mit Charlie angetroffen hat, kann die Sache nur noch schlimmer machen.«

»Ich will nichts davon hören, Diane.«

»Mag sein, aber ich habe ein Recht auf eine eigene Meinung, weißt du.«

Jenny ließ Diane stehen. »Mir ist es zu heiß zum Streiten. Ich werde jetzt weiterlesen.«

Diane zuckte die Achseln. »Du mußt es wissen. Aber früher oder später wirst du mit deiner Entscheidung, von hier wegzugehen, leben müssen – und wenn du dich jetzt in Matildas Tagebücher verkriechst, machst du es dir nicht leichter.«

Jenny ging in ihr Schlafzimmer und starrte aus dem Fenster. Diane hatte natürlich recht, aber sie würde niemals zugeben, daß sie einen Fehler begangen hatte. Sie nahm das Tagebuch, schlug es auf und las weiter.

Matilda hatte den letzten Monat damit verbracht, allein über die Weiden von Churinga zu patrouillieren. Ein paar Tage nach Aprils Abreise nach Adelaide war Gabriel wieder auf Wanderschaft gegangen, und die beiden Treiber hatten alle Hände voll zu tun, denn auf Wilga hatten sie mit dem Deckprogramm begonnen. Nach einem Viertageritt war sie müde, hungrig und durstig, und sie mußte nach Churinga zurück, um ihren Wasserschlauch zu füllen.

Sie ritt über die staubigen, raschelnden Überreste des silbrigen Grases, und Bluey trottete neben ihr her. Er wurde alt. Bald würde er nicht mehr auf der Weide arbeiten können. Wenn die Zeit gekommen wäre, würde sie dafür sorgen, daß er seine wohlverdiente Ruhe fand. Nicht die Kugel, sondern eine Wolldecke vor dem Kamin.

Ihre Gedanken wanderten zu dem hinterhältigen alten Schurken Gabriel. Es war typisch, daß er ausgerechnet dann verschwand, wenn sie ihn am nötigsten brauchte. Arbeitsscheu und gerissen, wie er war, hatte er offenbar erkannt, daß Aprils Abreise bedeutete, daß er noch mehr würde anpacken müssen. So war sie nicht überrascht gewesen, als sie gemerkt hatte, daß er nicht in seinem Gunyah war – sie kannten sich zu lange, um sich noch gegenseitig zu überraschen –, aber sie war doch enttäuscht, daß er sie jetzt im Stich ließ, wo er wußte, wie sehr sie ihn brauchte, da sie sich jetzt um zwei Farmen kümmern mußte.

Ein beißender Geruch im warmen Wind ließ sie alle Probleme mit

Gabriel vergessen. Sie erstarrte im Sattel, zügelte das Pferd, hob den Kopf und schnupperte.

Rauch. Sie roch Rauch.

Angst schnürte ihr die Kehle zu, als sie den Horizont nach einem Feuer absuchte. Diesem Feind stände sie ohnmächtig gegenüber.

Die grauen Fähnchen, die sich da in den klaren blauen Himmel hinaufkräuselten, sahen zu zart aus, als daß sie Schaden hätten anrichten können, aber sie wußte, daß daraus im Handumdrehen ein Inferno werden konnte, eine tosende, brüllende Woge der Zerstörung, die alles auf ihrem Weg mit sich riß.

Mit pochendem Herzen trieb sie das Pferd zum Galopp. Der Rauch kam aus der Richtung ihres Hauses. Churinga brannte!

Sie gab dem Pferd die Sporen und sprang über den letzten Zaun hinweg, und donnernd galoppierte sie auf den Hof. Der Rauch schien dichter geworden zu sein, aber er kam immer noch von einer einzigen Stelle. Es bestand noch die Chance, daß sie das Feuer löschen konnte, bevor es sich ausbreitete. Sie jagte um den Scherschuppen herum, sah das Feuer und brachte das Pferd in einer Staubwolke zum Stehen. Dann rutschte sie aus dem Sattel, zitternd vor Wut.

»Gabriel«, schrie sie. »Was zum Teufel fällt dir ein, hier mitten auf dem verdammten Hof ein Feuer anzuzünden?«

Der alte Mann entflocht seine verschränkten Beine, rappelte sich hoch und kam mit fröhlichem Grinsen herangeschlendert. »Muß ja essen, Missus.«

Sie musterte ihn wütend; er war einen Monat weg gewesen, und sie konnte seine Rippen zählen. In seinem mächtigen schwarzen Haarschopf waren silbrige Fäden, und jetzt war ihm auch der letzte Zahn ausgefallen.

»Wo zum Teufel hast du gesteckt? Und wer sind all diese Leute?«

Er warf einen gelassenen Blick auf den Kreis der Männer und Frauen, die um das tief eingegrabene Kochfeuer hockten, und lutschte an seinem Zahnfleisch. »Bringe schwarze Kumpel zum Helfen, Missus. Arbeiten gut für Speck und Mehl und Zucker.«

Sie sah die Hütten aus Flechtwerk und Lehm, die sie sich unten am trockenen Flußbett gebaut hatten, und die zerlumpten Kinder, die dort im Staub spielten. Das müssen an die dreißig Leute sein, dachte sie entsetzt – und sie erwarten, daß ich ihnen zu essen gebe. Sie wandte sich wieder Gabriel zu.

»Kein Speck, kein Mehl, kein Zucker. Ich habe noch keinen von euch kennengelernt, der wußte, was ein Arbeitstag ist. Und ich kann euch nicht durchfüttern.«

Er schaute sie seelenvoll an. »Frauen und Kinder hungrig, Missus. Arbeiten gut für Sie.« Er krümmte seinen hageren Arm und grinste. »Viel Muskeln. Gut arbeiten ich.«

Matilda hatte das alles schon gehört und war nicht beeindruckt. Sie wußte, was Gabriel sich unter einem Arbeitstag vorstellte. Aber als sie die zerlumpte Versammlung mit ihren mageren Kindern betrachtete, gab sie nach. Wenn es für sie schwer war, mußte es für diese Leute noch viel schwerer sein. Sie lebten ja schon in guten Zeiten von der Hand in den Mund, und auch wenn sie bezweifelte, daß sie von Gabriel und seinem bunten Haufen viel Leistung erwarten konnte, würde sie andere Hilfe wahrscheinlich nicht finden können, solange dieser verdammte Krieg nicht zu Ende war.

»Abgemacht, Gabe. Aber niemand betritt das Haus oder die Scheunen, wenn ich es nicht erlaube. Und wenn ich jemanden bei den Hühnern oder Schweinen erwische, werde ich zuerst schießen und dann fragen. Verstanden?«

Er nickte.

Sie warf einen Blick auf den dampfenden Kochtopf und schnupperte. »Und mein Gemüse wird auch nicht geklaut – und wer nicht arbeitet, kriegt keinen Speck.«

»Ja, Missus. Die schwarzen Kumpels fast alle von Mission in Dubbo. Gute Männer. Gern Speck.«

»Okay. Dann könnt ihr als erstes Holz für den Herd hacken. Du weißt, wo Axt und Holzstapel sind. Einer der Jungs kann die Pferde versorgen; mit diesem hier kann er anfangen, es abreiben und füttern. Ein paar Männer sollen die toten Bäume roden und anfangen, eine breitere Feuerschneise anzulegen. Bei dieser Dürre dürfen wir keine Risiken eingehen. Und eine der Frauen soll mir im Haus helfen. Es ist dreckig dort, denn ich bin ja kaum noch da.«

In Gabriels dunklen Augen funkelte es listig, aber sein Lächeln war voller Unschuld. »Frauen genug, Missus. Gabe hat neue *lubra.*«

Sie staunte. Gabriels Frau war fünf Jahre zuvor gestorben, und er schien völlig zufrieden damit, daß die anderen Frauen seine Kinder großzogen und ihm Trost spendeten.

»Aha«, sagte sie und bemühte sich, ihre Überraschung zu verbergen. »Welche ist es, und wie heißt sie?«

Es standen mehrere Frauen herum, und alle trugen die verschlissenen Überreste von Kleidern, die sie vermutlich in der Mission geschenkt bekommen hatten. Sie schauten scheu herüber und kicherten hinter vorgehaltener Hand, als Gabriel drei von ihnen aus dem Kreis holte.

»Daisy, Dora, Edna«, sagte er stolz.

Was für lächerliche Namen, dachte Matilda. Die Mission in Dubbo hatte hier einiges auf dem Gewissen. Sie musterte die drei Frauen kurz. Es war sehr ungewöhnlich, daß ein Aborigine mehr als eine Frau hatte; sie waren eigentlich ein monogames Volk mit strengen Regeln, was die Promiskuität anging. Vielleicht waren die drei Frauen Schwestern, und er hatte sie zu sich genommen; so etwas kam vor.

»Welche ist denn deine Frau, Gabe? Ich brauche sie nicht alle drei.«

»Edna. Aber alle drei Frauen gut.«

»Ich nehme die, die mir nicht gleich spazierengeht, wenn man ihr den Rücken kehrt«, sagte Matilda spitz.

Gabriel zuckte die Achseln, und sein Grinsen verblaßte ein wenig. »Edna«, schlug er vor.

»In Ordnung.« Sie bemühte sich, keine Miene zu verziehen, aber es fiel ihr schwer, als er sie mit offenkundiger Arglist anschaute. »Denk daran, Gabe: keine Arbeit, kein Speck. Das gilt auch für deine Lubra. Verstanden?«

Er nickte weise. »O ja, Missus. Gabe wissen Bescheid.«

»Dann komm, Edna. Laß uns putzen.« Matilda wandte sich dem Haus zu, aber dann merkte sie, daß alle drei Frauen ihr folgten. »Ich brauche nur Edna«, sagte sie. »Ihr beiden könnt die Schererbaracke saubermachen.«

Edna schüttelte nachdrücklich den Kopf. »Daisy, Dora mitkommen, eh, Missus? Anderes Haus machen später.«

Matilda betrachtete die drei. Sie waren keine Schönheiten und hatten ihre besten Jahre ohne Zweifel hinter sich, aber sie besaßen eine Würde, die sich bei allen Busch-Aborigines fand, und dafür bewunderte sie sie. Seufzend gab sie nach.

»Na schön. Aber ich brauche euch zum Arbeiten – nicht, damit ihr herumsteht und schwatzt.«

So ging das Leben auf Churinga weiter, wie es seit Jahren ging. Gabriels Idee, seine Leute herzubringen, erwies sich als Gottesgeschenk. Er war ein kluger, wenn auch verschlagener alter Halunke, und es gelang ihm, die Männer und Frauen sehr viel härter arbeiten zu lassen, als Matilda erwartet hatte.

Wie es sich für den Stammesführer gehörte, schaffte Gabriel selbst natürlich nie besonders viel, sondern saß träumend vor seinem Gunyah, erteilte Befehle und spielte den Boß.

Matilda hatte es nie gefallen, wie er seine Frauen behandelte, aber schon vor langer Zeit hatte sie begriffen, daß sie sich da nicht einmischen konnte. Die Lubras ließen sich mit stoischer Ergebenheit verprügeln und führten ihre blauen Flecken dann wie Trophäen spazieren. Ihr Sinn für Hygiene und die Art, wie sie kochten und sich versorgten, hätte in einer sogenannten zivilisierten Gesellschaft Entsetzen geweckt, aber die Aborigines hatten eine eigene Art, mit den Dingen umzugehen, und Matilda hatte nicht die Absicht, tausend Jahre alte Traditionen zu verändern.

Sie bildete die jungen Männer zu Jackaroos aus und zeigte den Frauen, wie sie die Arbeit im Haus und in der Farmküche zu tun hatten. Sie brachte sogar die Kinder dazu, im Gemüsegarten zu helfen.

Es war unglaublich leicht, sie zu verwöhnen, stellte sie fest – diese Kinder mit den samtenen Augen, dem frechen Grinsen und dem buschigen Haar, und manchmal gab sie ihnen Kandiszucker zum Lutschen. Aber sie mußte sie auch im Auge behalten, denn sie waren gerissen und flink wie die Elstern. Hin und wieder fehlte ein Huhn, und gelegentlich verschwand Gemüse auf dem Weg zur Küche, aber Matilda störte sich nicht daran, solange sie nicht zu weit gingen. Gabriel und sein Stamm hatten sie vor dem Untergang gerettet. Die Zukunft sah plötzlich nicht mehr ganz so trostlos aus. Es kam die Nachricht von einem Wendepunkt im Krieg; zum ersten Mal seit sechs Jahren bestand echte Hoffnung darauf, daß bald alles vorbei sein würde.

Bluey starb im Winter 1943. Es ging langsam zu Ende mit ihm, wie bei einer sehr alten, abgelaufenen Uhr. Eines Abends schlief er auf seiner Decke ein und wachte nicht mehr auf. Matilda brach es das Herz, als sie ihn unter seinem Lieblingsbaum begrub. Er war so lange bei ihr gewesen, daß er ihr bester Gefährte geworden war. Auch wenn sie wußte, daß sein Mut und seine Hartnäckigkeit in seinen Kindern weiterlebte, würde sie ihn vermissen.

Jetzt, da sie auch noch Wilga zu führen hatte, war sie kaum noch zu Hause. Die beiden Treiber hatten Mühe, mit der Arbeit nachzukommen, und sie mußte zwei kleinere von Gabriels Jungen darin unterweisen, Toms Rinder zu versorgen; es waren nur ungefähr hundert Stück, aber sie lieferten Milch und Käse, den sie verkaufte, und gelegentlich auch ein Steak. Sie hoffte, daß sie, wenn der Krieg erst zu Ende wäre, auch die Früchte ihres Zuchtprogramms würde ernten können, denn die Rinder ließen sich hier draußen gut halten.

Bullen und Böcke waren während der Dürre die ganze Zeit im Pferch gehalten und mit der Hand gefüttert worden, denn sie waren das Herzblut der Farmen. Aber die Rechnungen der Futterhändler waren hoch, und sie wußte nicht, wie lange sie sie noch würde bezahlen können. Der Erlös für die Wolle war kläglich ausgefallen; der Qualitätsschwund der Wolle spiegelte sich darin wider, und wenn sie abends über den Büchern brütete, wußte sie, daß sie trotz der intensiven Arbeit der letzten paar Jahre immer noch von der Hand in den Mund lebte.

Australier und Amerikaner führten einen wütenden Krieg zur Vertreibung der Japaner aus Indonesien, aber sie starben zu Hunderten am Dschungelfieber, das eine Division schneller dezimieren konnte als eine Armee von Heckenschützen.

Matilda hörte die Rundfunknachrichten, wann immer sie konnte, und sie versuchte sich vorzustellen, welche Hölle es sein mußte, in einem Dschungel zu kämpfen, in dem phosphoreszierende Pilze leuchteten und der tropische Regen dampfte. Nicht der Feind brachte den Tod für Australier und Amerikaner, sondern die Bedingungen, unter denen sie ihren Krieg führten. Beriberi, Fußfäule, offene Geschwüre, die kriechende und stechende Insekten anlockten, Malaria, Cholera – sie waren im Dschungelkrieg unausweichlich. Da konnte sie von Glück sagen, daß sie nur eine Dürre zu ertragen hatte. Wie mußten die Soldaten sich nach dem Duft der hartgebackenen Erde ihrer Heimat sehnen, nach dem warmen, trockenen Sonnenschein im Gesicht, während sie sich in der Schwüle des Dschungels mit Blutegeln plagten.

Anfangs hatte Gabriel sich vor dem Rundfunkgerät gefürchtet; er hatte ihm mit der Faust gedroht und seine heidnischen Flüche gemurmelt, aber Matilda hatte ihm gezeigt, daß es ungefährlich war, indem sie sich davorgesetzt und es ein- und ausgeschaltet hatte. Jetzt kam er, umgeben von seinem Stamm, zum Haus, nahm mit gekreuzten Beinen, den einen Fuß auf das knotige Knie gelegt, seinen Platz an der Tür ein und lauschte. Matilda bezweifelte, daß einer von ihnen verstand, was da gesagt wurde, aber sie hörten gern die Konzerte, die nach den Nachrichten gesendet wurden.

Sie und Gabriel hatten sich im Laufe der Jahre angefreundet, und Matilda hatte sogar genug von seiner Sprache gelernt, um dem Geschichtenerzählen zu folgen, das ein so wichtiger Teil seiner Stammestradition war. Er konnte ihr auf die Nerven gehen, und er war arbeitsscheu, aber sie freute sich doch auf seine Gesellschaft, wenn sie, was selten genug vorkam, abends einmal Zeit fand, sich auf die Veranda zu setzen.

So saß sie auch an diesem Abend in dem Schaukelstuhl, der ihrer Mutter gehört hatte, und ihre Gedanken ließen sich von Gabriels Singsangstimme treiben. Er saß, umgeben von seinen Leuten, auf der obersten Stufe und begann die Geschichte der Schöpfung zu erzählen.

»Eine große Finsternis war am Anfang«, sagte er und schaute hinunter in die gebannten Gesichter der Kinder. »Sie war kalt und still, und sie bedeckte Berge und Ebenen, Höhen und Täler, ja, sie reichte hinunter bis in die Höhlen. Es gab keinen Wind, kein Lüftchen ging, und tief in dieser schrecklichen Finsternis schlief eine schöne Göttin.«

Unter den Leuten kam Gemurmel auf. Sie liebten diese Geschichte. Gabriel setzte sich bequemer hin.

»Eines Tages flüsterte der große Vater Geist der schönen Göttin zu:

›Wach auf, und gib der Welt Leben. Beginne mit dem Gras, und fahre fort mit den Pflanzen und Bäumen. Wenn du damit fertig bist, bringst du die Insekten, Eidechsen, Fische, Vögel und vierfüßigen Tiere hervor. Dann magst du ruhen, bis das, was du geschaffen hast, seinen Zweck auf Erden erfüllen kann.‹

Die Sonnengöttin holte tief Luft und öffnete die Augen. Die Finsternis verschwand, und sie sah, wie leer die Erde war. Sie flog hinunter und ließ sich in der Nullarbor-Ebene nieder, und von dort wanderte sie westwärts, bis sie von Osten her wieder in ihre Heimat kam. Gras, Büsche und Bäume sprossen in ihren Fußspuren empor. Da reiste sie nach Norden und ging immer weiter, bis sie aus dem Süden zurückkam, und so wanderte sie, bis die Erde bewachsen war. Dann ruhte sie auf der Nullarbor-Ebene friedlich unter den großen Bäumen in dem Gras, das sie geschaffen hatte.«

Anerkennend nickte man in der Runde, und Matilda sah ihre Gesichter und empfand es als Privileg, daß sie bei einem so uralten Ritual zugegen sein durfte.

»Der große Vater Geist kam wieder zu ihr und schickte sie in die Höhlen und Felsnischen, damit sie jene Wesen ans Licht holte, die dort so lange gehaust hatten. Sie gehorchte dem Vater Geist, und bald ließ sie mit ihrer Wärme und ihrer Helligkeit große Schwärme von schönen Insekten hervorkommen, in allen Farben und Größen und Formen, und als sie nun von Busch zu Busch flogen, bemalten sie alles mit ihren Farben und machten die Erde prächtig. Sie rastete lange und schien dabei unentwegt, und dann fuhr sie mit ihrem Lichtwagen hinauf in die Berge, um zu sehen, welche Pracht sie geschaffen hatte. Danach besuchte sie die Eingeweide der Erde und vertrieb auch dort die Finsternis. Und aus dem Abgrund kamen Schlangen und Eidechsen, die auf dem Bauch krochen. Ein Fluß kam aus dem Eis, das sie geschmolzen hatte, und lief ins Tal, und in seinem Wasser waren Fische aller Art.

Die Sonnengöttin sah, daß es gut war, was sie geschaffen hatte, und sie befahl dem neuen Leben, in Harmonie zu leben. Sie kehrte auf die Nullarbor-Ebene zurück, um auszuruhen, und dann ging sie wieder in die Höhlen, und mit ihrem Licht und ihrer Wärme ließ sie bunte Vögel in großer Zahl hervorkommen und Tiere in allen Formen und Größen.

Und alle Geschöpfe schauten auf sie mit Liebe und freuten sich, daß sie lebten. Der Vater Geist aber war zufrieden mit allem, was sie gemacht hatte.

Da schuf sie die Jahreszeiten, und als der Frühling begann, rief sie alle Geschöpfe zusammen. Sie kamen in großer Zahl aus der Heimat des Nordwinds, und andere kamen aus der Heimat des Südwinds und aus der Heimat des Westwinds, aber die meisten kamen aus dem Osten, aus dem königlichen Palast aus Sonnenschein und Sonnenstrahlen. Die Mutter Sonne sagte ihnen, daß ihr Werk vollendet war; sie werde jetzt in eine höhere Sphäre hinaufgehen, wo sie ihnen allen Licht und Leben spenden werde. Aber sie versprach, ihnen noch ein Wesen zu geben, das sie führen sollte in ihrer Zeit auf der Erde. Denn sie würden sich verändern; ihre Körper würden in die Erde zurückkehren, und das Leben, das der große Vater Geist ihnen gegeben hatte, würde nicht mehr in dieser Gestalt auf der Erde hausen, sondern ins Geisterland hinaufgehen, wo sie leuchten und die leiten würden, die nach ihnen kämen.

Und die Mutter Sonne flog hinauf in große Höhen, und alle Tiere und Vögel und Eidechsen sahen es voller Angst. Als sie noch so dastanden, wurde es auf der Erde dunkel, und sie glaubten schon, die Mutter Sonne habe sie verlassen. Aber dann sahen sie den Morgen dämmern im Osten, und sie murmelten untereinander – denn hatten sie die Mutter Sonne nicht nach Westen gehen sehen? Was war es dann, was sie aus dem Osten kommen sahen? Sie schauten zu, wie die Mutter Sonne über den Himmel zog, und schließlich verstanden sie, daß der Mutter Sonne immer die Dunkelheit folgen würde und daß die Dunkelheit die Zeit war, in der sie ruhen sollten. Da wühlten sich die einen in die Erde, und die anderen flatterten auf die hohen Bäume, und die Blumen, die sich in der hellen Sonne geöffnet hatten, schlossen sich und schliefen. Der Wanjina des Flusses weinte und weinte und stieg immer höher auf der Suche nach Helligkeit, so hoch, daß er erschöpft auf die Erde zurückfiel und auf Bäumen und Büschen und im Gras ruhte, lauter funkelnde Tautropfen.

Als der Morgen dämmerte, waren die Vögel so aufgeregt, daß viele von ihnen zwitscherten und zirpten, andere lachten und lachten, und wieder andere sangen vor Freude. Und die Tautropfen stiegen der Mutter Sonne entgegen, und das war der Anfang von Tag und Nacht.«

Die Leute gingen murmelnd davon; sie trugen die schläfrigen Kinder auf den Hüften zu ihren Gunyahs. Matilda drehte sorgfältig eine Zigarette und reichte sie Gabriel. »Deine Geschichte hat große Ähnlichkeit mit einer, die ich als kleines Mädchen gehört habe«, sagte sie. »Aber irgendwie hört sie sich wirklicher an, wenn du sie erzählst.«

»Die Alten müssen die Kinder lehren. Traumzeit wichtig. Umherwandern gehört dazu.«

»Wieso ist es so wichtig, Gabriel? Wieso gehst du immer wieder fort und wanderst umher? Was suchst du denn, wenn du doch hier dein Essen und deine Unterkunft hast?«

Er machte ein ernstes Gesicht. »Das hier Mutter Erde. Ich bin Teil von Erde. Wenn umherwandern, schwarzer Mann kriegt Geist zurück. Geht mit ihm zu Jagdgründe, Uluru, Versammlungsplätze, heilige Höhlen. Sprechen mit Ahnen. Lernen.«

Matilda rauchte schweigend ihre Zigarette. Sie sah an seinem Gesicht, daß er ihr nichts weiter erzählen würde. Er gehörte einem uralten Volk an, das heute noch fast genauso war, wie es in der Steinzeit gewesen sein mußte. Er war das, was er immer sein würde: ein Jäger und Nomade, der das Land kannte und die Gewohnheiten der Tiere und Pflanzen, die es bewohnten, und dessen Fähigkeiten nur wenige Weiße erreichen konnten.

Sie hatte gesehen, wie einer der jüngeren Männer mit dem Bumerang ein Känguruh zur Strecke brachte und wie die Kinder Skorpione in einem Feuerring fingen. Wenn man das Loch eines Wombat ein Stück weit drinnen verstopfte, saß das Tier in der Falle, wenn es in seinen Bau schlüpfen wollte, weil der Jäger mit seiner Keule, dem *nulla nulla,* kam. Das Tauziehen, das dann folgte, war immer heftig, denn der Wombat ist äußerst starrsinnig.

Gabriel hatte ihr gezeigt, daß man schon an ein paar Kratzern an einem Eukalyptusbaum erkennen konnte, wo ein Opossum im hohlen Stamm oder zwischen den dicken Ästen ruhte. Wie ein paar Härchen zwischen den Steinen zu einem Loch mit einem glatten Rand führten, wo schlafende Opossums zu finden waren. Bezaubert hatte sie zugesehen, wie schlau er beim Honigsammeln zu Werke ging; ehrfurchtsvoll hatte sie beobachtet, wie er eine Feder an einem Spinnennetz befestigte, das er dann auf eine Biene fallen ließ, die gerade den Nektar aus einer Akazienblüte sog. Eine Stunde lang war sie mit Gabriel dieser Biene gefolgt, als sie von Blüte zu Blüte flog und dann mitsamt der weißen Feder zu ihrem Nest zurückkehrte. Gabriel war auf den Baum geklettert und hatte behutsam den nackten Arm in den Bienenstock geschoben, um den Honig zu stehlen. Die Bienen hatten seine Anwesenheit nicht bemerkt und ihn nicht gestochen. Matilda war sich lächerlich vorgekommen, als sie sich hinter einem Baum versteckte.

Seufzend drückte sie ihre Zigarette aus. Sie wußte, daß die anderen Farmer sie für sonderbar hielten, und sie hatte auch schon die Spekulationen gehört, die sie über ihre Beziehung zu Gabriel anstellten, aber sie hatte diese Ignoranten nicht weiter beachtet. Von Gabriel und seinem Stamm konnte sie viel mehr lernen als von irgendwelchen tratschenden, kleinkarierten Farmerfrauen.

»Wieso Sie keinen Mann, Missus?« Gabriels Stimme riß sie aus ihren Gedanken.

»Ich brauche keinen, Gabe. Ich habe dich und deine Leute.«

Er schüttelte den Graukopf. »Gabriel geht bald das letzte Mal umherwandern.«

Bestürzt schaute Matilda ihn an. Als Kind hatte sie ihn alt gefunden, aber er war so sehr ein Teil ihrer Umgebung geworden, daß sie eigentlich nicht weiter zur Kenntnis genommen hatte, wie alt er in letzter Zeit wirklich geworden war.

Als sie ihn jetzt betrachtete, erkannte sie, daß seine Haut ihren gesunden schwarzen Glanz verloren und die Farbe des Staubes angenommen hatte. Aber das Alter ereilt uns alle, dachte sie, und erschrocken wurde ihr nach kurzem Rechnen klar, daß sie ja selbst schon sechsunddreißig war. Wie im Flug waren die Jahre vergangen. Sie war jetzt älter als ihre Mutter bei ihrem Tod.

Sie kehrte in die Gegenwart zurück und berührte Gabriels knochige Schulter. »Rede keinen Unsinn«, sagte sie entschlossen. »Die Erde kann noch ein paar Jahre auf deinen alten Kadaver verzichten. Ich brauche dich dringender als die Geisterwelt.«

Er schüttelte den Kopf. »Schlaf kommt bald. Gabriel muß zurück zur Erde, zu seinen Ahnen, Sterne über den Himmel werfen.« Er grinste sie zahnlos an. »Aufpassen, Missus. Eines Tages, Sie sehen neuen Stern.«

»Halt den Mund, Gabe«, fuhr sie ihn an. Wenn er ginge, würde der Rest des Stammes vermutlich auch verschwinden. Er war ein Teil von Churinga, und ohne ihn wäre es nicht mehr dasselbe. »Du redest dummes Zeug. Du hast noch Jahre vor dir. Du darfst dir dein Ende nicht herbeiwünschen.«

Aber er schien sie nicht zu hören. »Churinga glücklicher Ort, Missus«, sagte er leise und ließ den Blick hinaus über verdorrte Erde und vertrocknete Bäume wandern. »Bald kommt Regen. Männer kommen nach Hause. Sie brauchen einen Mann, Missus. Mann und Frau gehören zusammen.«

Matilda lächelte. Gabe war ein Weltmeister darin, auf einem Thema zu beharren, aber manchmal wünschte sie sich, er wollte ab und zu eine andere Melodie singen.

Mit verschleiertem Blick schaute er zum Horizont. »In Traumzeit schwarzer Mann trifft schwarze Frau. Schwarzer Mann sagt: ›Woher kommst du?‹

Frau sagt: ›Von Süden. Und du?‹

Schwarzer Mann sagt: ›Von Norden. Du reist allein?‹

Frau sagt: ›Ja.‹

Schwarzer Mann sagt: ›Du meine Frau.‹

Frau sagt: ›Ja, ich deine Frau.‹«

Er wandte ihr sein ernstes Gesicht zu. »Mann braucht Frau. Frau braucht Mann. Sie brauchen Mann, Missus.«

Matilda schaute tief in die klugen alten Augen und wußte, daß er die Wahrheit sagte, wie er sie sah. Sie konnte ihn nicht daran hindern, sie zu verlassen, und er versuchte dafür zu sorgen, daß sie jemanden hatte, der sich um sie kümmerte, wenn er nicht mehr da wäre.

»Du mußt dagegen ankämpfen, Gabe. Laß mich jetzt nicht allein! Ich brauche dich. Churinga braucht dich.«

»Geister singen zu mir, Missus. Kann nicht kämpfen gegen Geistersingen.« Er stand auf und schaute lange auf sie herab. Dann ging er davon.

Matilda sah, wie er in sein Gunyah kroch und das jüngste seines Dutzends Kinder in die Arme schloß. Dann saß er reglos da und starrte über das Land hinaus, und das Kind in seinen Armen schaute ihn an, als verstehe es ihn in seinem Schweigen und wisse die Zeichen zu deuten.

Kaiser Hirohitos Gesandter unterzeichnete die Kapitulationserklärung Japans, und am Sonntag, dem 2. September 1945 war endlich Frieden in der Welt. Für die australischen Siedler waren es sechs lange, zermürbende Jahre gewesen. Und während Europa sich mit seinen verwüsteten Städten plagte, kümmerte Australien sich um sein Land.

Fast zehn Jahre lang war kaum ein Tropfen Regen gefallen, aber an dem Morgen, als der Krieg zu Ende war, wälzten sich schwarze, schwere Wolken über die ausgedörrte Erde. Die Wolken barsten, und die ersten dicken Tropfen klatschten auf den Boden.

Für Matilda war es, als habe Father Ryans Gott sein Geschenk zurückgehalten, solange die Welt im Krieg lag, um den Menschen für seinen gewalttätigen Haß zu bestrafen. Aber der Regen war gewiß auch ein Zeichen dafür, daß er dem Menschen nun vergeben hatte, und er war die Verheißung besserer Zeiten.

Sie und der Stamm standen draußen im Freien und ließen sich von der erfrischenden Kühle überströmen. Die Erde verschluckte den Wolkenbruch, und Bäche und Seen füllten sich wieder. Stundenlang durchtränkte der Regen das Land, machte es schwarz und verwandelte es in wirbelnde, wütende Ströme aus Schlamm. Die Tiere standen mit gespreizten Beinen auf den Weiden und ließen sich das kühle Wasser über den Rücken rinnen und Läuse und Zecken abwaschen. Bäume bogen sich unter der Sintflut, Galahs hingen kopfüber an den Zweigen und breiteten die staubigen, von Milben befallenen Flügel im Wasser aus. Das Donnern auf dem Wellblechdach war der süßeste Klang, den Matilda je gehört hatte.

Sie stand auf der Veranda, bis auf die Haut durchnäßt, aber es machte ihr nichts aus. Wie süß die Luft war, kühl und duftend nach Wasser auf der ausgetrockneten Erde! Wie willig die Eukalyptusbäume sich unter der Last des Regens bogen! Ihre Zweige glitzerten wie Silber im Zwielicht. Das Leben war plötzlich gut. Der Krieg war aus, die Männer würden heimkehren, und das Land würde wunderbares, lebenspendendes Gras sprießen lassen. Die Wassertanks von Churinga hatten gerade noch gereicht. Sie hatten überlebt. Gabriel hatte recht. Dies war ein glücklicher Ort.

Es regnete drei Tage und drei Nächte lang. Die Flüsse stiegen über ihre Ufer, die Erde wurde zu Schlamm, aber die Schafe waren in Sicherheit auf hohem Gelände und die Rinder weit genug weg von den Bächen. Zehn Zoll Niederschlag, das bedeutete frisches, kräftiges Gras. Zehn Zoll Regen, das bedeutete Leben.

Am vierten Tag ließ der Regen nach, und eine kraftlose Sonne lugte hinter dunklen Wolken hervor. Schon sah man einen grünen Schimmer auf der Koppel, und nach zwei Wochen raschelten die ersten fetten Grasbüschel im Wind. Das Leben hatte wieder begonnen.

»Wo ist Gabe, Edna?« Matilda kam eben von einem längeren Ritt über die Weiden zurück auf die Farm. »Er muß mit einer Arbeitskolonne auf die Nordweide und den Zaun reparieren. Der Fluß ist über die Ufer getreten und hat über drei Meilen die Pfosten herausgerissen.«

Edna stand auf der Veranda. Mit großen, unbekümmerten Augen wiegte sie ihr Baby in den Armen. »Ist fortgegangen, Missus. Singen rufen ihn.«

Der Schreck fuhr Matilda in die Glieder, und mit wackligen Knien stieg sie vom Pferd. Sie mußte unbedingt erfahren, wo Gabe sich aufhielt, aber sie wußte, daß Edna bockig und verschlossen reagieren würde, wenn sie jetzt schrie. Also bemühte sie sich um einen ruhigen Ton, obwohl sie krank vor Sorge war.

»Wo ist er denn hin, Edna? Wir müssen ihn rasch finden.«

»Da draußen, Missus.« Sie deutete unbestimmt in die Ferne, und dann stieg sie von der Veranda herunter und spazierte zum Lagerfeuer, das jetzt anscheinend immer brannte.

»Verdammter Mist!« Matilda fluchte selten, aber sie hatte lange genug in Gesellschaft von Männern gelebt, um über ein kräftiges Vokabular zu verfügen. »Verflucht und zum Teufel mit euch allen!« schrie sie den Männern und Frauen ins Gesicht, die völlig gleichmütig hinnahmen, daß ihr Anführer irgendwo mitten im Nichts verschwunden war, um zu sterben. »Na, wenn ihr nichts für Gabe tun wollt, dann werde ich es übernehmen.«

Sie sprang in den Sattel, galoppierte über die Koppel und begann den langen Ritt zum Wasserloch. Die Baumgruppe stand am Fuße des Tjuringa, wo das Wasser von den Felsen herunter in ein Bassin rieselte. Uralte Malereien ließen erkennen, daß dieser Ort den Bitjarra heilig war. Hoffentlich hatte Gabriel sich nicht einen anderen Platz zum Sterben ausgesucht. Wenn doch, müßte sie zur Farm zurückkehren und die Männer zusammentrommeln, um weiter draußen zu suchen.

Zwölf Stunden lang suchte sie alle alten Stätten ab, die ihr einfielen, aber ohne die Hilfe der anderen Stammesmitglieder kam sie nicht weiter. Die Höhlen waren leer, die Felsentümpel verlassen, von Gabriel keine Spur.

Sie lenkte ihr Pferd wieder nach Hause. Auch dort hatte man nichts von ihm gehört – und schließlich mußte sie widerwillig zugeben, daß sie weder die Zeit noch die Leute für einen neuerlichen Suchtrupp hatte. Wenn Gabriel nicht gefunden werden wollte, dann würde kein weißer Mann – und keine weiße Frau – ihn finden.

Die Bitjarras akzeptierten sein Verschwinden mit stoischer Gelassenheit. Bei ihnen würde sie keine Hilfe finden. Nicht, daß sie zu faul waren – der alte Mann lag ihnen am Herzen, und sie respektierten ihn, aber es gehörte zu ihrer Tradition, daß der Tod, wenn die Zeit kam, eine Sache desjenigen war, für den gesungen worden war, und den Rest des Stammes ging es nichts an.

Und wie Gabriel gesagt hatte: gegen die Geister kämpfte man nicht.

Drei Tage später kehrte einer der Jungen, die bei einem Initiationsritus zum Eintritt ins Mannesalter im Busch gewesen waren, nach Churinga zurück. Matilda sah ihn kommen und beobachtete mißtrauisch, wie er schnurstracks zum Ältesten lief. Sie hörte nicht, was er sagte, aber sie erkannte den Donnerstock, der in dem Känguruhlederschurz an seiner Hüfte steckte.

»Komm her, Junge«, rief sie von der Veranda. »Ich will mit dir sprechen.«

Er schaute den Ältesten an, und als dieser nickte, kam er zögernd zur Verandatreppe.

»Du hast Gabriel gefunden, nicht wahr? Wo ist er?«

»Drüben bei Yantabulla, Missus. Zu den Geistern gegangen.«

Matilda war erstaunt. »Bis Yantabulla sind es mehr als hundertfünfzig Meilen. Wie um alles in der Welt konnte Gabriel so weit laufen?«

Er grinste. »Dauert drei oder vier mal Mondwende, Missus. Gabe kann gut rennen.«

Matilda bezweifelte, daß Gabriel irgendwohin hatte rennen können, aber wenn er so weit weg von Churinga gestorben war, mußte an der Behauptung ja etwas Wahres sein.

Sie erschrak, als bei den Gunyahs ein schreckliches Geheul einsetzte. Beide fuhren herum, und ihnen bot sich der außergewöhnliche Anblick Ednas, die vor einem erloschenen Lagerfeuer auf den Knien lag, sich mit einem Nulla Nulla auf den Kopf schlug und sich mit einem Messer die Arme zerschnitt.

»Warum hast du mich verlassen, mein Mann?« heulte sie. »Warum hast du mich verlassen, du mein Mann?« Sie beugte sich vor, griff in die erloschene Asche des Feuers und beschmierte sich damit Kopf und Körper.

»Was wird jetzt aus ihr?« fragte Matilda den Jungen.

»Eine Mondwende, dann wird sie Mütze aus Ton machen. Wenn sie vier Jahreszeiten getragen, nimmt sie sie ab und wäscht sich Ton von Gesicht und Körper, und dann legt sie Tonmütze auf die Grabstätte von Mann Gabriel. Nachher sie Schutz bei den Brüdern von Gabriel.«

Die Nachricht von Gabriels Hinscheiden verbreitete sich rasch durch den Stamm, und die Männer begannen, sich Gesicht und Körper mit weißen Kreisen und Linien zu bemalen. Die Frauen holten Federn und Knochenketten und drapierten sie ihren Männern um den Hals. Speere wurden hervorgeholt und geschärft, mit Känguruhhaut bespannte Schilde wurden mit Stammesemblemen bemalt, und alle außer der Witwe färbten sich die Schädel rot.

Die Männer verließen in einer majestätischen Prozession ihr Camp, und Matilda und die Frauen folgten ihnen hinaus auf die Ebene. Nach mehreren Stunden kamen sie zu einer Stelle, wo das Gras rings um ein paar uralte Steine wuchs, die mit Totemzeichen geschmückt waren.

Matilda und die Frauen setzten sich etwa eine Meile weit entfernt im Kreis nieder; sie durften an der Zeremonie nicht teilnehmen. Von

Ferne hörten sie den traurigen Klang des Didgeridoo. Donnerhölzer wurden in der Luft herumgewirbelt und sangen ihr dumpfes Lied, und Staub stieg auf, als die Männer mit ihrem rituellen Tanz begannen.

»Ich wünschte, ich könnte sehen, was da vor sich geht, Dora. Wieso dürfen wir nicht näher heran?«

Dora schüttelte den Kopf. »Frauen verboten, Missus.« Sie beugte sich herüber und flüsterte: »Aber ich erzählen, was passiert.«

»Woher weißt du es denn, wenn es für Frauen verboten ist?«

Dora grinste. »Ich verstecken, wenn klein. Gucken, was Männer tun.« Sie zuckte die Achseln. »Nicht besonders interessant.«

»Macht nichts«, sagte Matilda ungeduldig. »Erzähl mir, was da drüben los ist.«

»Männer verkleiden sich mit Federn und Farbe, tragen Speere und Donnerhölzer. Machen Musik und tanzen, tanzen, tanzen. Jeder Mann hat Geistertier in sich. Er macht Tanz von seinem Geist, macht gleichen Tanz wie Känguruh oder Vogel oder Dingo oder Schlange. Aber schweigen. Darf nicht sprechen, damit Geist kann herauskommen und Gabe mitnehmen nach Traumzeit.«

Matilda blieb bei den Frauen, bis der Himmel dunkel geworden war; dann kehrte sie auf die Farm zurück. Die Zeremonie würde tagelang dauern, und sie hatte zu arbeiten. Aber wenigstens, dachte sie müde, habe ich um Gabe trauern können. Die Aborigines mochten als Heiden gelten, aber die Zeremonie, die sie da abhielten, besaß doch viel Ähnlichkeit mit einer irischen Totenwache, an der sie vor vielen Jahren einmal teilgenommen hatte.

Sie stieg die Stufen zur Veranda hinauf und blieb stehen. Dort auf dem Boden lag ein steinernes Amulett – ein Tjuringa. Wer es dort hingelegt hatte, war ein Rätsel, aber als sie es aufhob, wußte sie, daß sie es immer hüten würde als eine Erinnerung an Gabriel.

Nach und nach kehrten die Männer aus dem Krieg heim, aber viel zu viele würden das Grasland der Heimat nicht wiedersehen. Außer Billy Squires und Tom Finlay und seinen Söhnen waren noch andere gefallen. Der Ortspolizist würde nie mehr aus dem Lazarett in Sydney entlassen werden. Ein Schrapnell hatte ihm die Wirbelsäule durchtrennt, und er lag in einem Koma, das schließlich zu Ende bringen würde, was das feindliche Feuer begonnen hatte. Der Wirtssohn hatte überlebt, aber er würde für den Rest seines Lebens hinken und unter schrecklichen Alpträumen leiden. Die beiden Söhne des Ladenbesitzers waren in Guadalcanal gefallen, und die Eltern zogen in die Großstadt, wo die Erinnerungen an sie nicht so schmerzhaft sein würden.

Das Gesicht von Wallaby Flats veränderte sich. Neue Leute kamen und übernahmen den Pub und den Laden, die alte Kirche wurde restauriert, die Straßen wurden geschottert, und man legte einen Gedenkpark an. Es herrschte eine Geschäftigkeit in der Stadt, die hier lange gefehlt hatte, und mit ihr kam der Run auf billiges Land.

Curtins Labour Party sah die weiten Landstriche, in denen so wenige Menschen wohnten, und entschied, daß die vielen tausend Männer, die heimgekehrt waren, die Chance bekommen sollten, eine eigene Farm zu bewirtschaften.

Es war eine alte Lösung für das Problem, was mit dem plötzlichen Zustrom kriegsmüder Männer anzufangen sei – eine, die schon nach dem Ersten Weltkrieg erprobt worden und gescheitert war. Denn was wußten diese Männer von den Strapazen des Farmerlebens, von dem endlosen Kampf ums Überleben? Monate-, manchmal jahrelang hatten diese Männer und Frauen sich in ihrem neuen Leben geplagt, aber die meisten hatten aufgegeben und waren in die Städte zurückgezogen. Das Outback trennte die Männer von den Knaben, und hier überlebten nur die Starken.

Vom Golf von Carpentaria bis zu den Stränden von Sydney hörte man Protestgeheul und Widerspruch, aber die Regierung ließ sich nicht beirren und enteignete Tausende Hektar erstklassigen Weidelandes.

Die größten Grundbesitzer bekamen es am schlimmsten zu spüren. Squires verlor fünfundzwanzigtausend seiner fünfzigtausend Hektar, Willa Willa fünfzehntausend und Nulla Nulla achtzehntausend.

Matilda hatte rasch gehandelt, als das Kriegsende verkündet worden war. Sie konnte sich erinnern, wie es gewesen war, als ihr Vater aus dem Großen Krieg zurückgekommen war, und sie wußte, daß die Regierung, sollte sie Wilga enteignen, dafür sehr viel weniger bezahlen würde, als man auf dem freien Markt erlösen könnte.

Aber sie mußte den bestmöglichen Preis erzielen. Denn obwohl bereits Geld an sie geflossen war, hatte April es in Adelaide schwer, und die Aufsicht über so viele tausend Hektar bedeutete für Matilda allein allmählich zuviel Arbeit.

Der neue Eigentümer hatte aus Melbourne geschrieben, daß er die Rinder nicht haben wolle, da er vorhabe, auf Wilga Pferde zu züchten. Er war einverstanden, daß sie die Hälfte der Schafherde behielt. Matilda wußte, daß ihr Weidegras für so viele Schafe ausreichte, und sie brauchte die Böcke, um ein stärkeres Element in ihre Herde zu bringen. Die Wolle war dieses Jahr gut, aber im nächsten Jahr würde sie noch besser werden.

Die Rinder erwiesen sich als Problem. Bisher hatte sie wenig mit ihnen zu tun gehabt, aber jetzt hatten die alten Treiber sich zur Ruhe gesetzt, und bald fand sie heraus, daß Rinder ganz andere Bedürfnisse haben als Schafe. Sie brütete Abend für Abend über allerlei Büchern und lernte alles über Preise, Zuchtprobleme, das Schlachten und die zahllosen Infektionskrankheiten, um die sie sich würde kümmern müssen. Kein Wunder, daß der neue Eigentümer damit nichts zu tun haben wollte! In trockenen Zeiten würden die Tiere teuer werden, und außerdem wühlten sie mit ihren Hufen das Grasland auf.

Die Zäune zwischen Wilga und Churinga waren wieder aufgestellt worden, aber den neuen Eigentümer hatte sie noch nicht kennengelernt. Zwar erzählte man sich über Funk, er sei jung und gutaussehend und eine gute Partie für ein Mädchen, das Glück hätte, aber Matilda fragte sich, wie er wohl wirklich sein mochte und wie lange er hier überleben würde.

Sie hatte wenig übrig für die Großstadtmänner, die glaubten, das Leben hier draußen werde leicht sein, und sie bezweifelte, daß er anders war als die anderen, die seit dem Krieg auf das enteignete Land gezogen waren.

Sie stellte drei neue Treiber ein, einen Cowboy und zwei junge Burschen. Drei ihrer Viehknechte kamen aus dem Krieg zurück und wollten ihre alten Jobs wiederhaben, und sie nahm sie gern wieder auf. Sie ließ eine neue Scheune bauen, einen Kuhstall und Pferche, und sie trennte vierhundert Hektar ab und reservierte sie für die Rinder. Das

Gras stand gut, die Preise für Wolle, Hammelfleisch, Rindfleisch und Milch stiegen. In Europa herrschte Hunger, und die weiten offenen Weiden des Outback versorgten die Welt mit Fleisch. Endlich hatte sie Geld auf der Bank und neue Hoffnung auf eine blühende Zukunft.

Sparsamkeit war eine Lebenseinstellung, von der Matilda sich nicht leicht lösen konnte, aber sie wußte, daß sie mit der Zeit gehen mußte; also begann sie im Jahr darauf zu modernisieren. Sie kaufte einen neuen Herd, einen Propankühlschrank und einen etwas weniger ramponierten Laster. Der Scherschuppen wurde instand gesetzt und ausgebaut. Neue Vorhänge, bequeme Sessel, schöne Bettwäsche, Geschirr, Kochtöpfe – das alles machte Churinga zu einem behaglichen Heim. Der Treiberbungalow wurde vergrößert, ein neues Kochhaus und eine Schlafbaracke hinzugefügt.

Sie investierte in gute Zuchtschafe, einen Bock, ein halbes Dutzend Schweine. Wenn alles so weiterginge wie bisher, schätzte sie, würde sie sich wahrscheinlich in ein bis zwei Jahren eine Schmiede und ein Schlachthaus leisten können. Dann könnte Churinga sich praktisch selbst versorgen, und am Ende würde sie Geld sparen. Gekaufte Hufeisen waren teuer, und wenn sie ihr Vieh vom Metzger in Wallaby Flats schlachten ließ, mußte sie auch das teuer bezahlen.

Trotz des neu erworbenen Reichtums patrouillierte Matilda immer noch selbst über die Weiden und behielt die Aufsicht über den Betrieb von Churinga. Alte Gewohnheiten sind nur schwer abzulegen, und da Edna, Dora und Daisy irgendwann gelernt hatten, die Hausarbeit ordentlich zu machen, wurde es ihr langweilig im Haus. Beim Reiten trug sie noch immer die schäbigen Hosen und das weite Hemd, und sie stülpte sich den alten, schweißfleckigen Filzhut auf das dichte, zerzauste Haar.

Es war ein schwüler Nachmittag. In der Nacht zuvor hatte es geregnet, und das saftige Gras dampfte und funkelte im Schatten der Bäume am Fuße des Tjuringa. Sie nahm den Hut ab und wischte sich mit dem Hemdärmel über die Stirn.

Am flimmernden Horizont erschienen die verschwommenen Umrisse eines Reiters. Sie trank aus ihrem Wasserschlauch und sah zu, wie die beinahe traumartige Gestalt langsam an Konturen gewann.

Erst glaubte sie, es sei einer ihrer Treiber, aber dann erkannte sie, daß es ein Fremder war. Sie verstaute den Wasserschlauch und griff nach ihrem Gewehr. Seit der Wirtschaftskrise mit ihren Landstreichern waren viele Jahre vergangen, aber Vorsicht war immer noch ratsam. Ihre Treiber waren über die vielen tausend Hektar von Churinga verteilt, und sie war hier ganz allein.

Sie blieb reglos im Sattel sitzen und ließ ihn herankommen. Es war schwer zu schätzen, wie groß ein Mann ist, der auf einem Pferd sitzt, aber sie schätzte, daß er doch überdurchschnittlich groß war, und seiner Haltung war anzusehen, daß er sich im Sattel zu Hause fühlte.

»Guten Tag«, rief er, als er in Hörweite war.

Matilda grüßte mit erhobener Hand zurück und faßte das Gewehr mit der anderen fester. Sie bemerkte jetzt, daß er breite Schultern und schmale Hüften hatte. Sein Hemd war am Hals offen, und seine Moleskinhose und die Stiefel waren staubbedeckt. Sein Gesicht konnte sie nicht sehen, denn es lag im Schatten unter dem breitkrempigen Hut, aber als er näher kam, zeigte sich, daß es freundlich war.

Er brachte sein niederträchtig dreinblickendes Pony zum Stehen. Es tänzelte, während er den Hut abnahm. »Sie müssen Miss Thomas sein«, sagte er gedehnt. »Freut mich, Sie endlich mal kennenzulernen. Finn McCauley heiße ich.«

Sein Haar war schwarz und gelockt, sein Lächeln warmherzig, und seine Augen waren unglaublich blau. Es war schwer zu sagen, wie alt er war; die Elemente hier draußen ließen die Haut altern und umgaben Augen und Mund sehr viel früher als in der Großstadt mit feinen Falten – aber die Klatschgeschichten in Funk und Buschtelefon waren ihm nicht gerecht geworden. Er mußte der hübscheste Mann sein, der ihr je begegnet war.

»Freut mich ebenfalls«, stotterte sie. Fremden gegenüber war sie immer noch verlegen, und auf ihn war sie nicht vorbereitet gewesen. »Haben Sie sich auf Wilga schon eingerichtet?«

Sein Händedruck war fest und warm. »Ausgezeichnet«, sagte er strahlend. »Es ist ein wunderbares Anwesen, Miss Thomas, genau richtig für Pferde.«

Sie schob das Gewehr in sein Futteral am Sattel. Als sie seinen Blick sah, erklärte sie hastig: »Man kann nicht vorsichtig genug sein hier draußen. Ich wußte ja nicht, daß Sie das waren.«

»Das stimmt«, sagte er ernst. »Muß hart sein hier draußen für eine alleinstehende Frau. Aber ich vermute, es macht Ihnen nicht soviel aus, Miss Thomas. Ich habe gehört, wie sie sich während des Krieges durchgeschlagen haben.«

»Das will ich gern glauben«, erwiderte sie schnippisch.

Sein Lachen klang dunkel und melodiös. »Nichts für ungut, Miss Thomas. Man muß ja herausfinden, wer seine Nachbarn sind, und ich weiß, daß ich immer nur ein Drittel von dem glauben kann, was die Leute so erzählen.«

Sie musterte ihn und war nicht sicher, ob er sich über sie lustig machte. Fehlt nur noch eine Augenklappe und ein Ohrring, dachte sie, und schon wäre er der perfekte Pirat.

Sie raffte die Zügel an sich und lächelte. Im Zweifel beschloß sie, ihm zu glauben. »Das ist auch besser so«, sagte sie leichthin. »Wenn die Hälfte von alldem stimmte, würde sich hier nichts mehr bewegen. Kein Mensch hätte mehr Zeit zum Arbeiten.«

Er betrachtete sie mit seinen außergewöhnlichen Augen. »Da haben Sie wohl recht«, sagte er schließlich.

Schon wieder hatte er sie unvorbereitet erwischt, und das gefiel ihr nicht. In seinen Augen und seiner Art zu reden war etwas, das in ihrem Innern seltsame Dinge in Bewegung brachte, und da sie solche Gefühle noch nie erlebt hatte, wußte sie nicht, wie sie damit umgehen sollte.

»Ich wollte eben absteigen, um ein bißchen zu trinken und zu essen«, sagte sie barsch. »Kann ich Sie einladen, Mr. McCauley?«

Er zog eine dunkle Braue hoch und lächelte. »Nur wenn Sie mich Finn nennen. In der Armee ging es förmlich genug zu; man verliert irgendwie ein Stück von sich, wenn man nicht mit dem Vornamen angeredet wird.«

»Dann müssen Sie auch Molly zu mir sagen«, antwortete sie, bevor sie Zeit zum Überlegen gefunden hatte.

Seine Antwort wartete sie nicht ab, sondern führte ihn durch das dichte Blätterdach am Fuße des Tjuringa zu dem Felsentümpel. Er brachte sie durcheinander, und es ärgerte sie, daß sie ihre Gedanken nicht in der Gewalt hatte. Sie brauchte ein paar Augenblicke, um zu Atem zu kommen.

Sie ließ sich aus dem Sattel gleiten und die Zügel zu Boden fallen.

»Das ist ja unglaublich«, hauchte Finn. »Ich hatte keine Ahnung, daß es so etwas hier gibt.« Er nahm den Hut ab, tauchte ihn ins Wasser und kippte es sich über den Kopf.

Matilda sah wie gebannt, wie die Tröpfchen in seinen schwarzen Locken funkelten, und hastig wandte sie sich ihrer Satteltasche zu.

»Nach Möglichkeit komme ich jede Woche hierher.« Sie schleppte die Satteltasche zu einem flachen Felsen. »Das Wasser ist sehr sauber und kühl, anders als die Brühe auf der Farm. Und meistens ist es hier unter den Bäumen auch nicht so heiß.« Sie wußte, daß sie plapperte wie ein Galah. »Nur heute, nach dem Regen, ist es ein bißchen stickig.«

Er füllte seinen Wasserschlauch, trank in tiefen Zügen und wischte sich dann mit dem Ärmel über den Mund. »Schmeckt herrlich nach dem Tankwasser. Kein Wunder, daß Sie möglichst oft herkommen.«

Er wurde plötzlich ernst, denn angesichts der breiten, flachen Felsen und des tiefen Wassers wurde ihm klar, daß dieser Ort offensichtlich zum Schwimmen geeignet war. »Ich hoffe, ich habe Ihnen nicht Ihre Pläne durchkreuzt, indem ich hier aufgetaucht bin? Wenn Sie schwimmen gehen wollen, lasse ich Sie jetzt allein.«

Matilda errötete bei dem Gedanken daran, daß sie tatsächlich vorgehabt hatte, sich auszuziehen und ins Wasser zu springen, wie sie es immer tat. »Natürlich nicht«, sagte sie hastig. »Zum Schwimmen ist es hier zu kalt. Ich paddle höchstens«, log sie.

Wenn er ihr nicht glaubte, sagte er es nicht. Matilda holte ihre Sandwiches aus der Satteltasche und legte sie zwischen ihnen auf den Felsen. »Bedienen Sie sich«, sagte sie. »Wahrscheinlich sind sie ein bißchen warm und durchgeweicht, aber ich habe sie heute morgen gemacht; also sind sie noch frisch.« Sie plapperte schon wieder. Was hatte der Mann bloß an sich, das sie wirr machte wie ein kopfloses Huhn?

Er biß mit kräftigen weißen Zähnen in das Schinkensandwich, streckte sich zufrieden kauend auf dem Felsen aus und betrachtete den Wasserfall. Er hatte etwas Ruhiges an sich, fand sie: Zufriedenheit mit dem Leben und mit dem, was er war. Vielleicht war es das, was ihn so anziehend machte.

Als er das Schweigen brach, bildete seine langsame, südlich gedehnt klingende Sprechweise den Baß im Orchester des Vogelgesangs. »Wie lange sind Sie schon auf Churinga, Molly?«

»Mein Leben lang. Meine Großeltern waren Pioniere«, sagte sie stolz.

»Da beneide ich Sie. Sie müssen ein starkes Gefühl dafür haben, wohin Sie gehören. Meine Eltern sind viel umhergezogen, als ich klein war, und ich habe mich nirgends so richtig zu Hause fühlen können. Dann kam der Krieg, und ich war schon wieder unterwegs.«

»Wo waren Sie denn?«

»In Afrika und in Neuguinea.«

Er hatte leichthin gesprochen, aber sie hatte wohl bemerkt, daß ein Schatten über sein Gesicht gezogen war, und sie beschloß, dieses offenbar schmerzliche Thema auf sich beruhen zu lassen.

»Den Namen Finn habe ich noch nie gehört. Woher kommt er?«

Er stützte sich auf den anderen Ellenbogen, legte das Kinn auf die Hand und lächelte. »Es ist die Abkürzung von Finbar. Meine Eltern waren Iren.«

Sie lächelte zurück. »Meine Großeltern auch.«

»Aha«, sagte er nachdenklich, »dann haben wir ja außer Wilga noch etwas gemeinsam.«

Sie schaute auf ihre Hände. »Sie werden also hierbleiben?« Es war absurd, wie ihr Herz klopfte, während sie auf seine Antwort wartete.

»Dieses Leben ist nichts Neues für mich. Ich komme aus Tasmanien, Molly, und wenn ich auch mit Schafen nicht viel zu tun hatte, ist es dort doch genauso trocken und heiß. Ich habe mir vorgenommen, für lange Zeit nirgendwo mehr hinzugehen.«

Sie war überrascht. »Ich dachte, in Tasmanien ist es wie in England? Ganz grün, viel Regen und kalte Winter?«

Er lachte. »Ein verbreiteter Irrtum. An der Küste ist es kühler als hier, aber die Ebenen im Zentrum sind genauso braun und staubig. Unter der letzten langen Dürre hatten wir genauso zu leiden wie Sie.«

»Und warum kommen Sie dann hierher, statt nach Tasmanien zurückzukehren?«

Sein gelassenes Lächeln verflog. »Ich wollte einen neuen Anfang machen, und die Regierung war bereit, mir das Schafezüchten beizubringen.« Er warf einen Kieselstein ins Wasser und sah zu, wie die Wellen sich kreisförmig ausbreiteten. »Meine wahre Leidenschaft sind die Pferde, aber mir war klar, daß ich ein zweites Standbein brauche, bis die Zucht läuft. Auf diesen wundervollen, saftigen Weiden finde ich Platz zum Atmen. Ich mußte raus aus dem Kleinstadtklatsch, wo jeder genau weiß, was der andere tut.«

Jetzt mußte sie lachen, und es klang verächtlich. »Dann sind Sie aber an den falschen Ort gekommen. Hier draußen ist es der Klatsch, der alles in Bewegung hält. Und ich wette, daß Sie schon eine Menge Geschichten über die merkwürdige Matilda Thomas gehört haben, die hier seit fast fünfundzwanzig Jahren allein mit ihren Bitjarras wohnt.«

Er lächelte boshaft. »Ich habe nur gehört, daß Matilda Thomas sich abseits hält und als unnahbar gilt. Aber das kann ich nicht feststellen.«

Sie lächelte. »Willkommen in New South Wales, Finn. Ich hoffe, in Ihrem neuen Leben finden Sie, was Sie suchen.«

Seine Augen waren jetzt so dunkelblau, daß sie fast violett aussahen. »Ich glaube, die Chancen sind sehr gut«, sagte er leise.

Jenny wischte sich die Tränen ab und seufzte. Endlich schien es sich für Matilda zum Guten zu fügen – und obwohl es noch zu früh war, hatte sie das Gefühl, daß dieses letzte Tagebuch ein gutes Ende haben würde.

Sie lehnte sich in die Kissen und schaute hinaus auf die Koppel. Überrascht sah sie, daß der Tag zur Neige gegangen war; die Zeit hatte alle Bedeutung verloren, während sie las. Sie dachte an Diane und bekam ein schlechtes Gewissen. Die arme Diane – sie hatte ja nur versucht, die Situation mit Brett und Charlie zu entspannen, und dafür verdiente sie nicht, daß sie ihr jetzt die kalte Schulter zeigte.

Jenny streckte sich gähnend, stand auf und tappte in die Küche. Von Diane war nichts zu sehen, aber auf dem Tisch lag ein Zettel. Sie sei spazierengefahren. Unterschrieben war die Nachricht mit einem Schnörkel und zwei Küssen. Offenbar hatte Diane ihr verziehen.

Jenny fühlte sich gleich wohler. Sie ließ Ripper hinaus; er lief auf die Koppel, und während sie auf ihn wartete, lehnte sie sich an den Zaun und betrachtete die dösenden Pferde. Es war warm; der Himmel war von einem klaren Jeansblau und unglaublich weit. Es roch nach heißer Erde, und man hörte das Rascheln des trockenen Laubs an den Eukalyptusbäumen. Das Gras auf der Koppel wurde schütter; bald würde man die Pferde verlegen müssen.

Sie riß sich aus ihren ziellosen Gedankengängen und wandte sich ab. Was ging es sie an, daß die Pferde verlegt werden mußten oder daß es seit Monaten nicht mehr geregnet hatte? Noch ein paar Tage, und Churinga würde sie überhaupt nichts mehr angehen.

ACHTZEHN

Gewitterwolken brauten sich zusammen, und im Laufe der nächsten zwei Tage wurde es immer heißer. Elektrizität knisterte in der Luft, Donner rollte über den Himmel, und Ripper flüchtete sich zitternd unter den Küchentisch.

Diane schaute in den drohenden Himmel hinauf. »Wird ordentlich was geben«, meinte sie, während sie sich nach dem Duschen das Haar frottierte. »Ich kann diese trockenen Gewitter nicht ausstehen.«

»Ich auch nicht.« Jenny saß auf der Veranda im Schaukelstuhl. »Es geht kein Windhauch; ich bin regelrecht ausgedörrt von dieser furchtbaren Hitze.«

Diane verzog das Gesicht. »In Sydney haben wir wenigstens Aircondition; davon kriegt man zwar eine unangenehm trockene Haut, aber zu solchen Zeiten ist es doch ein Gottesgeschenk.«

Jenny strich mit den Fingern über den geprägten Ledereinband des Tagebuchs auf ihrem Schoß. Sie wollte gern weiterlesen, wollte der Wildheit des drohenden Unwetters entgehen und in Matildas Welt zurückkehren. Aber in den letzten zwei Tagen zögerte sie.

»Ist das der letzte Band?«

Jenny nickte. »Das letzte Kapitel. Und ich möchte es fast nicht lesen.«

»Wieso nicht?« Diane schüttelte ihre dunklen Locken und ließ sich in den anderen Sessel fallen. »Du hast doch gesagt, es sieht alles nach einem Happy-End aus?«

Jenny dachte einen Augenblick nach. »Darum geht's eigentlich nicht so sehr. Es ist nur, als müßte ich mich von einer guten Freundin verabschieden, die ich nie wiedersehen werde, wenn ich die letzte Seite gelesen habe.«

»Aber du kannst nicht einfach vorher aufhören, Jen. Nicht, wenn es dir offensichtlich so viel bedeutet. Außerdem«, fügte sie praktisch denkend hinzu, »außerdem wirst du dich dann immer fragen, wie es wohl ausgegangen ist.«

»Ich weiß. Ich bin albern, nicht?«

Dianes Locken hüpften hin und her. »Durchaus nicht. Ich bin auch immer traurig, wenn eine gute Geschichte zu Ende ist – aber du wirst rasch drüber wegkommen.«

Jenny schlug die Kladde auf und blätterte die Seiten durch. Viel hatte sie nicht mehr zu lesen; das Buch war nur halb voll. Sie strich die erste Seite glatt und rutschte tiefer in den Schaukelstuhl. Vielleicht hatte ihr Widerwille dagegen, die Bücher zu Ende zu lesen, mehr mit dem seltsamen Grabstein auf dem Familienfriedhof zu tun als damit, daß sie den Kontakt mit Matilda nicht beenden wollte. Denn das Geheimnis dieser rätselhaften Grabschrift würde auf diesen letzten Seiten sicher seine Erklärung finden – und fast hatte sie Angst vor dem, was sie vielleicht erfahren würde.

Sie hatte erst ein paar Zeilen gelesen, als das Telefon klingelte.

»Wer zum Teufel ist das?«

»Da ich nicht mit der Gabe der Telepathie gesegnet bin, weiß ich es leider auch nicht«, antwortete Diane trocken und ging hinein. Nach ein paar Augenblicken kam sie wieder heraus. »Helen möchte dich sprechen.«

Jenny schaute stirnrunzelnd vom Tagebuch hoch, aber Diane zuckte nur die Achseln. »Ich weiß genauso viel wie du.«

»Hallo, Jennifer.« Die kultivierte Stimme drang durch das Knistern und Rauschen zahlloser sich kreuzender Leitungen an ihr Ohr. »Ich bin so froh, daß ich Sie erwische.«

Jenny wußte, daß Doreen in der Vermittlung und wahrscheinlich so gut wie alle Schafzuchtfarmen von New South Wales mithörten, und so formulierte sie ihre Antwort sorgfältig. »Bei dem drohenden Unwetter erschien es mir nicht ratsam, weit vom Haus wegzugehen.«

Ein kurzes Zögern am anderen Ende der Leitung, und dann hörte sie Helen wieder. »Ich habe mich gefragt, ob ich wohl bei Ihnen vorbeischauen könnte …«

Jenny runzelte die Stirn. »Natürlich«, sagte sie sofort. »Wann denn?«

»Heute noch, wenn es Ihnen nicht ungelegen kommt.«

Jenny entging der drängende Unterton nicht, und sie fragte sich, ob man ihn auch auf den anderen Farmen im Outback bemerkte. »Ist mir recht. Ich mache uns Lunch.«

Wieder dieses Zögern. Hoffentlich hatte Helen sich nicht in den endlosen Zank um Churinga hineinziehen lassen; Jenny mochte sie, und die Aussicht auf einen Lunch unter Frauen munterte sie auf.

Es war, als habe Helen ihre Gedanken gelesen. »Ich glaube, ich sollte Sie warnen«, sagte sie vorsichtig. »Ich habe in der Tat ein niederes Motiv für meinen Besuch – aber es hat nichts mit dem zu tun, was Sie neulich mit Andrew erörtert haben.«

»Dann können Sie mir vielleicht die Fahrt nach Kurrajong ersparen«, sagte Jenny erleichtert. »Da gäbe es nämlich etwas zu besprechen.«

»Ganz meine Meinung«, sagte Helen. »Aber nicht, solange der halbe Staat mithört. Ich bin in ungefähr drei Stunden da.«

Das Klicken am anderen Ende hallte durch die Wildnis. Nachdenklich legte Jenny den Hörer auf. Helen hatte ihr klargemacht, daß Ethans Feindseligkeit sie nicht beeinflußte. Aber würde sie bei ihrem Besuch die Vendetta erklären, die so lange im Gange war, oder würde sie nur neuen Nebel werfen?

Jenny nagte an der Unterlippe, als sie auf die Veranda zurückkehrte. Der Himmel war sturmgeschwängert – vielleicht ein Vorzeichen für das, was kommen würde?

Diane nahm die Neuigkeit von Helens Besuch erst überrascht, dann entzückt auf. »Nichts vertreibt den Blues so gut wie ein *girly lunch*«, erklärte sie fröhlich.

Jenny lächelte, aber sie empfand Unbehagen, als sie das Tagebuch ins Schlafzimmer brachte und sich frische Sachen anzog. Helen hatte offensichtlich etwas auf dem Herzen, und weil sie der Familie angehörte, die eine Vendetta gegen Matilda und Churinga geführt hatte, fragte Jenny sich jetzt, ob es damit zusammenhängen konnte.

»Es gibt Salat«, verkündete Diane. »Zu heiß für irgend was anderes.«

Jenny nahm Steaks aus dem Gefrierschrank und legte sie ins Fleischfach, an das Ripper mit seiner neugierigen Nase und die allgegenwärtigen Fliegen nicht herankommen konnten. Diane mixte einen Krug Limonade und deckte den Tisch, und Jenny rührte eine Apfelcreme und machte sich dann daran, aus dem Gemüse, das sie am Morgen aus dem Garten geholt hatte, einen Salat zusammenzustellen. Noch ein Dressing aus Öl und Knoblauch, und der Lunch war fertig.

Das Haus war so sauber und aufgeräumt, wie es nur sein konnte, und die großen Vasen mit Blumen, die Diane strategisch überall verteilt hatte, brachten einen Hauch Farbe in den düsteren Vormittag. Jenny und Diane traten zurück und bewunderten die Wirkung, aber der Gedanke, daß sie jetzt wahrscheinlich zum letzten Mal einen Gast bewirtete, machte Jenny unruhig.

»Ich gehe mit Ripper spazieren, während du dich umziehst«, sagte sie schließlich.

Brütende Hitze lag über den Weiden, als sie mit dem Hund an der Reihe der Bäume entlangspazierte, die am trockenen Bachbett Wache standen. Die Vögel zwitscherten lethargisch; schwarze, behaarte Spinnen hingen schläfrig in ihren riesigen, seidigen Netzen, und eine Meute Känguruhs ruhte im Schatten der Teebäume.

Ripper stöberte ein sonnenbadendes Goanna auf und jagte hinterher, als es erschrocken davonwieselte. Jenny rief ihn ein paarmal, aber Ripper sah sich offensichtlich auf einer Mission und zog es vor, sie zu ignorieren.

Seufzend lehnte sie sich an einen Baum und beobachtete, wie eine Termitenkolonie ihren beschädigten Hügel Korn um Korn wieder instand setzte. Die Ähnlichkeit zwischen ihrem Dasein und dem der Farmer entging ihr nicht. Zoll um Zoll hatten sie sich einen Lebensraum in diese Wildnis geschlagen. Es war ein verletzliches Leben, das in Sekundenschnelle vernichtet werden konnte – durch Feuer, Hochwasser und Dürre –, aber ihr Überlebensmut gab ihnen den Willen, immer wieder neu zu beginnen.

Ein verstohlenes Rascheln zu ihren Füßen riß sie aus ihren Gedanken. Die Schlange verharrte wenige Zoll vor ihrer Stiefelspitze, und Jenny erstarrte. Es war die tödlichste von allen – ein Biß nur, und alles wäre vorbei. Ihr Pulsschlag raste, und ihr Herz hämmerte gegen die Rippen. Endlos dehnte sich der Augenblick, bis das Reptil endlich davonglitt und Jenny wieder atmen konnte.

Ripper kam aus dem Unterholz gesprungen, sah die Schlange und wollte sich darauf stürzen. Jenny fand keine Zeit zum Nachdenken; sofort packte sie ihn am Nacken und riß ihn hoch.

»Du dummer Kerl«, fuhr sie ihn an, während er noch zappelte, um seiner Beute nachzusetzen. »Du wirst noch umgebracht, wenn du dich so aufführst.« Sie drückte ihn an sich, während das Reptil sich in Wellenlinien davonschlängelte. Mit einem erleichterten Seufzer kehrte sie zurück zum Haus.

»Was war denn das für ein Gekläff?« Diane stand auf der Veranda, prachtvoll anzusehen in ihrem pfauenblauen Kaftan.

»'ne Tigerschlange. Ripper glaubte, es wäre ein Spielzeug«, sagte Jenny grimmig. »Für den Nachmittag sperre ich ihn lieber ins Haus.«

Wenig später erschien Helen. Der blitzende Holden wirbelte den Staub auf dem Platz auf. Sie hielt vor dem Haus und stellte den Motor ab. Sie sah kühl und elegant aus in ihrem Baumwollkleid, und ihr platinblondes Haar schimmerte matt im stumpfen Sonnenlicht.

»Danke, daß ich kommen durfte«, sagte sie, als sie einander die Hand gaben. Sie ließen sich auf der Veranda nieder. »Ich war nicht sicher, ob Sie einverstanden sein würden.«

»Warum denn nicht? Schließlich habe ich Ihre Gastfreundschaft auch genossen, und hier draußen gibt es so wenige Frauen, daß es albern wäre, einander zu ignorieren, nur weil vor vielen Jahren irgend etwas vorgefallen ist«, antwortete Jenny leichthin und goß Limonade in die Gläser.

Helen hob ihres. »*Cheers.* Auf den gesunden Menschenverstand.«

Jenny wunderte sich über den Nachdruck, mit dem Helen ihren Trinkspruch vorbrachte.

»Denken Sie sich nichts dabei.« Helen lachte. »Ich lebe schon zu lange hier, um nicht zu wissen, daß die meisten Männer unglaublich törichte Kreaturen sind. Sie stolzieren herum wie Hähne auf dem Misthaufen und versuchen, ihren Machismo unter Beweis zu stellen, indem sie sich gegenseitig im Schießen, Reiten und Trinken übertreffen, und immer sind es die Frauen, die alles wieder in Ordnung bringen.« Sie lächelte, als sie die verblüfften Gesichter der beiden sah. »Keine Angst, ich bin nicht die Kurrajong-Version des Trojanischen Pferdes. Ich bin als Freundin hier, denn ich finde, es ist an der Zeit, daß der Unfug zwischen Kurrajong und Churinga ein Ende nimmt.« Sie trank einen großen Schluck der hausgemachten Limonade und stellte ihr Glas ab. »Aber vergessen wir das alles für einen Augenblick, und essen wir lieber. Es ist ewig her, daß ich mich bei Freundinnen entspannen konnte.«

Sie aßen auf der Veranda, wo es kühl war. Jenny fühlte sich merkwürdig hingezogen zu dieser Frau, die alt genug sein mußte, um ihre Mutter zu sein, aber im Geiste noch jung genug war, um kenntnisreich über die neueste Popmusik zu plaudern, über den Zwischenfall in der Schweinebucht und die Mode aus der Carnaby Street.

»Wir bekommen hier draußen schließlich auch Zeitungen, wissen Sie«, lachte sie. »Und ich sehe zu, daß ich so oft wie möglich nach Sydney komme. Ohne diese kleinen Ausflüge in die Zivilisation würde ich hier verkümmern wie die meisten anderen Frauen auch.«

»Dann stammen Sie nicht aus dem Outback?« Jenny hatte das Geschirr weggeräumt, und sie tranken den Wein, den Helen mitgebracht hatte.

Helen schüttelte den Kopf. »Du lieber Himmel, nein. James und ich haben uns auf einer der Geschäftspartys meines Vaters in Sydney kennengelernt. Mein Vater hat eine Fleischexportfirma, und wir hatten Farmer und Viehzüchter eingeladen.« Sie lächelte sanft. »James sah so gut aus – und charmant war er. Als er mir einen Heiratsantrag machte, habe ich sofort ja gesagt. Ich dachte mir, es würde ein Abenteuer sein, hier draußen zu leben, und in gewisser Weise stimmt das auch. Aber trotzdem muß ich hin und wieder zurück, um meine Batterien wieder aufzuladen.«

»Ich verstehe, was Sie meinen.« Diane spähte zum Horizont und zog eine Grimasse. »Es ist ganz okay, hierher zu Besuch zu kommen, aber leben möchte ich hier draußen nicht.«

Helen lächelte. »Verstehen Sie mich nicht falsch. Ich bin sehr glücklich. James und ich führen ein gutes und ausgefülltes Leben, aber ich glaube, man muß dazu geboren sein, hier ständig zu leben. Andrew ist der einzige, der die Großstadt vorzuziehen scheint; der Rest der Familie verläßt Kurrajong wirklich nur, wenn es sein muß. Er ist Anwalt, wissen Sie, und zwar ein sehr guter.«

Jenny nickte. »Ich bin sicher, er ist sehr eindrucksvoll bei Gericht. Hier wirkt er jedenfalls fehl am Platze – viel zu sauber und kultiviert.« Sie verstummte; zu spät erkannte sie, wie unhöflich sie sich anhören mußte.

Helen lachte und trank ihren Wein aus. »Ich weiß genau, was Sie meinen. Manchmal erfaßt mich das unwiderstehliche Bedürfnis, ihn im Staub zu wälzen oder ihm das Haar zu zerzausen. Aber James sagt, er ist sein Leben lang so gewesen, und jetzt ist er viel zu alt, um sich noch zu ändern.«

Es wurde still, und sie alle schauten in die Richtung, in der Kurrajong lag.

»Sie sind sehr geduldig, Jennifer«, sagte Helen schließlich. »Ich rede und rede – aber es gibt einen Grund für meinen Besuch, wie ich Ihnen schon am Telefon gesagt habe.«

»Hat es mit dem unentwegten Gefeilsche um Churinga zu tun?« fragte Jenny.

Helen sah sie eine ganze Weile an. Dann nickte sie. »In gewisser Weise, nehme ich an – obgleich das nur daher rührt, daß ein alter Mann nicht einsehen will, daß die Vergangenheit längst vorüber ist und es keinen Sinn hat, sie lebendig zu erhalten.«

Jenny versuchte ihre wachsende Aufregung zu verbergen, indem sie die Ellenbogen auf den Tisch und das Kinn auf beide Hände stützte. Endlich würde sie die Geheimnisse erfahren, die in den Tagebüchern nicht standen – Geheimnisse, die vielleicht selbst Matilda nicht gekannt hatte.

»Das alles fing Mitte des letzten Jahrhunderts an, als die beiden Familien in diesen Teil von New South Wales kamen. Sie waren Pioniere, die Squires aus England und die O'Connors aus Irland. Aber die O'Connors waren als erste hier, und sie nahmen das Land, das wir heute als Churinga kennen. Es war gutes Land, das beste in dieser Gegend, mit vielen artesischen Brunnen und Bergflüssen.«

Helen schwieg einen Augenblick, und ihr Blick war verschleiert, als sie über das Land hinausschaute.

»Trotz der Feindseligkeit, die zu jener Zeit zwischen Engländern und Iren herrschte, versteht dieses Land sich darauf, die Leute gleichzumachen, und die Familien kamen gut miteinander aus. Die O'Connors hatten eine Tochter, Mary. Sie war das einzige überlebende Kind. Das Leben war damals noch härter als heute, und die Kindersterblichkeitsrate war hoch. Jeremiah Squires hatte drei Söhne, Ethan, Jacob und Elijah. In jenen Tagen war die Familie Squires sehr religiös; die Namen mögen heute merkwürdig wirken, aber damals waren sie ganz alltäglich.«

Diane griff nach ihren Zigaretten und bot auch Helen eine an; diese steckte sie in eine Elfenbeinspitze, bevor sie sie anzündete. Jenny war in Gedanken in der Vergangenheit; sie versuchte sich die Leute vorzustellen, die hier vor so vielen Jahren gelebt und gearbeitet hatten.

»Ethan war siebzehn, als er anfing, der fünfzehnjährigen Mary den Hof zu machen. Sie war nach allem, was man hört, zu einer feurigen Schönheit herangewachsen, und es hieß, sie sei ihrer Zeit weit voraus gewesen.« Helen lächelte. »Sie war offensichtlich ein beherztes Mädchen, aber das mußte sie auch sein, wenn sie Ethan heiraten sollte.«

»Aber das hat sie nicht getan«, sagte Jenny leise. »Was ist passiert?«

»Etwas, womit niemand gerechnet hat, und das ist Teil der Geschichte, die seitdem als Geheimnis in der Familie bewahrt wird.« Helen schaute dem Rauch ihrer Zigarette nach, der sich in der warmen Luft auflöste. »Sie ist so geheim, daß sie wahrscheinlich außer mir niemand kennt.«

Das Schweigen lastete greifbar und schwer zwischen ihnen.

»Wie hat ...«

»Ich komme noch darauf, Jenny. Aber es muß Ihnen klar sein, daß ich Ihnen hier etwas anvertraue, das nicht nach außen gelangen darf.«

Sie sah die beiden mit ernster Miene an, bevor sie fortfuhr. »Vor ein paar Jahren hatte Ethan einen Schlaganfall, und wir dachten alle, er würde sterben. In einer seiner depressiven Phasen vertraute er sich mir an.« Sie seufzte. »Ich mußte ihm schwören zu schweigen; er glaubte wohl auch, daß er nicht mehr lange leben würde. Aber natürlich wurde er wieder gesund, und jetzt haßt er mich, weil ich zuviel weiß und weil er mich nicht entbehren kann.« Sie lächelte traurig. »Es bedeutet zumindest, daß ich zur Abwechslung einmal ein bißchen Autorität über ihn habe. Er ist ein nahezu perfekter Patient – und da er beinahe jedermann verabscheut, empfinde ich seine Grobheit nicht als beleidigend.«

»Ich verstehe nicht, wie Sie ihn ertragen«, sagte Diane. »Wenn ich zuständig wäre, hätte ich ihm wahrscheinlich schon längst etwas in den Tee getan.«

Helen lachte. »Glauben Sie ja nicht, ich hätte es nicht schon in Betracht gezogen. Aber er ist James' Vater.«

Die Gläser wurden neu gefüllt, und die drei Frauen lehnten sich in ihren Korbsesseln zurück. Die Hitze war durchdringend, der Himmel bleiern. Es war, als hielte das Outback den Atem an wie Jenny.

»Ethan und Mary waren fast zwei Jahre verlobt, als er plötzlich fand, er könne nicht mehr bis zur Hochzeitsnacht warten. Er wandte seine ganze Überredungskunst auf, und weil Mary ihn liebte, schob sie alle Konvention beiseite und gab nach. Zwei Monate später ritt sie hinüber nach Kurrajong, um ihren Vater zu suchen. Er war hingekommen, um bei der Schur zu helfen, aber da zu Hause Probleme entstanden waren, brauchte ihre Mutter ihn. Mary ging gerade draußen am Wohnzimmerfenster vorbei, als sie etwas hörte, was sie nicht hätte hören sollen – und damit fing der Ärger an.« Helen seufzte und drehte den funkelnden Ring an ihrem Finger. »Jeremiah Squires und Patrick O'Connor hatten einen heftigen Streit. Jeremiah drohte die Hochzeit abzusagen, wenn Patrick nicht mehrere tausend Hektar erstklassiges Weideland als Mitgift an Kurrajong überschrieb. Patrick nannte ihn einen Erpresser und mehr. Seiner Tochter waren Versprechungen gemacht worden, die Hochzeit sollte in einer Woche stattfinden, und zwei Jahre zuvor, als man die Verlobung bekanntgegeben hatte, war keine Rede von einer Mitgift gewesen. Jetzt sah er sich in einem schrecklichen Dilemma. Seine Tochter wäre entehrt, wenn sie jetzt verschmaht würde, aber der Verlust von so viel gutem Land würde Churinga ausbluten lassen. Er lehnte Jeremiahs Forderungen ab. Da lachte Jeremiah ihn höhnisch aus und sagte, sein Sohn habe Mary ohnehin nie heiraten wollen, ja, er liebe sie nicht einmal. Er habe nur getan, was sein Vater ihm befohlen habe, und wenn das Weideland nicht in den Ehevertrag aufgenommen würde, dann werde Jeremiah seinen Sohn mit der Witwe Abigail Harmer verheiraten, deren Vater die große Farm nördlich von Kurrajong besaß. Dieser werde bereitwillig ein großes Stück Land abtreten, wenn er seine Tochter dafür ein zweites Mal loswürde.

Patrick flehte Jeremiah an, vernünftig zu sein, aber der Alte ließ sich nicht umstimmen. Bestürzt machte Mary sich auf die Suche nach Ethan. Sie stellte ihn zur Rede, und nach einem langen, hitzigen Streit warf sie ihm seinen Ring vor die Füße und kehrte mit ihrem Vater nach Churinga zurück. Wenige Wochen später war sie mit Mervyn Thomas verheiratet, der als Viehknecht auf Churinga gearbeitet hatte, und sie zogen aus dem Distrikt fort.«

Jenny fröstelte es trotz der Hitze. »Aber so glücklich ist sie nicht davongekommen«, sagte sie leise.

Helen sah sie fragend an. »Ich erklär's Ihnen später«, sagte Jenny. »Bitte erzählen Sie weiter.«

»Ethan war betrübt. Das Ganze hatte wohl mit dem Ziel begonnen, das Land von Churinga in Besitz zu nehmen, aber während er Mary den Hof gemacht hatte, war daraus eher so etwas wie Liebe geworden, und mit der Vorstellung, daß sie jetzt mit einem anderen verheiratet war, konnte er sich nicht abfinden.«

»Typisch Mann!« schnaubte Diane. »Die Kerle wissen nie, was sie wollen, bis es ihnen jemand wegnimmt.«

Helen nickte. »Das stimmt, aber es war nicht der einzige Grund. Monate später kehrten Mary und Mervyn nach Churinga zurück. Patrick war an einem Fieber gestorben, und sie wollten der Mutter helfen, die Farm zu führen. Aber sie kamen nicht allein. Mary hatte ein kleines Mädchen zur Welt gebracht und es auf den Namen Matilda getauft. Es war zwar gerade noch möglich, daß das Kind von Mervyn stammte, aber Ethan war überzeugt, daß es seine Tochter war. Er nahm sich vor, sie beide zurückzuholen und dazu das Land, das Mary von ihrer Mutter geerbt hatte.«

»Dann war Matilda Thomas also Ethans Tochter?« Jenny verschlug es den Atem.

Helen nickte. »Mary bestritt es mit Nachdruck, und sie lehnte es lange ab, darüber zu diskutieren – bis sie viele Jahre später wußte, daß sie bald sterben würde. Ethan tobte vor Wut. Er war nicht der Mann, der Niederlagen leicht verkraftete. Ist er heute noch nicht, der elende alte Halunke«, fügte sie mit grimmigem Lächeln hinzu.

Jenny öffnete eine neue Flasche Wein. »Und was hat Ethan dann getan? War das der Anfang seines Feldzugs, Churinga in seinen Besitz zu bringen?«

»Sozusagen. Denn, sehen Sie, er fühlte sich nicht nur um das Land betrogen, sondern auch um die Frau, die er liebte, und um das Kind, das er gezeugt hatte. Schließlich heiratete er Abigail und bekam einen Sohn mit ihr, den sie Andrew nannten; Kurrajong bekam dreißigtausend Hektar dazu und wurde die größte Schafzuchtfarm in diesem Teil von New South Wales.« Helen nahm einen Schluck Wein. »Seine beiden Brüder überließen ihm nur allzu bereitwillig ihre Anteile an der Farm, als der alte Jeremiah gestorben war, und mit dem Geld, das Ethan ihnen dafür auszahlte, begründeten sie eine Vertriebsfirma für Wolle in Melbourne. Jetzt war er reich und mächtig, ein Mann von großem Einfluß. Aber nie hat er vergessen, daß ihm eines verwehrt geblieben war.«

Ihr Ton klang bitter, als sie Jenny anschaute. »Als der Erste Weltkrieg anfing, machte er seinen Einfluß als Offizier geltend, um Mervyn ins dickste Kampfgetümmel zu schicken. Sein Plan war es, den Rivalen umkommen zu lassen. Wenn sie keinen Mann mehr hätte, der sich um sie und um das Land kümmern konnte, würde Mary ihm Churinga sicher verkaufen.«

»Aber dieser Plan ging daneben. Mervyn kam zurück.«

Helen nickte. »Nicht nur das – Mary hielt den Betrieb in Gang und machte ihre Arbeit besser, als Mervyn es je vermocht hatte. Ihre Pfade kreuzten sich in den Jahren nach dem Krieg häufig, und es entstand ein prekärer Waffenstillstand zwischen ihnen, vielleicht sogar eine Art Freundschaft. Der entscheidende Schlag traf ihn, als er einen Privatdetektiv beauftragte, sich Einblick in die Besitzdokumente zu verschaffen, und dabei herausfand, daß Mary das volle Besitzrecht besaß und es für Matilda treuhänderisch verwaltete. Niemand außer ihr konnte über das Land verfügen. Nicht Ethan. Nicht Mervyn. Kurz nach Marys Tod erschien Mervyn auf Kurrajong und bat Ethan, ihm den Betrieb abzukaufen. Es war ein kleiner Triumph für Ethan, den Mann abzuweisen, der alles bekommen hatte, was ihm einst teuer gewesen war, aber ihm entging auch nicht die Ironie dieser Situation.«

»So wie ich Mervyn kenne, wird er ganz schön wütend gewesen sein«, brummte Jenny.

Helen schaute sie verwundert an. »Woher wissen Sie soviel über Mervyn Thomas?«

»Ich weiß nur, daß er ein Tyrann und ein Trinker war«, antwortete Jenny. Es hatte keinen Sinn, mehr zu sagen; manche Leichen ließ man besser im Keller.

Helen nickte. »Das habe ich auch gehört. Und Ethan ebenfalls. Aber Mary ließ sich nicht dazu überreden, ihn zu verlassen – nicht einmal, als er anfing, sie und das Kind zu schlagen. Scheidungen gab es selten, und nach dem Skandal mit der geplatzten Verlobung wollte Mary nur noch unauffällig sein. Ethan wußte, was vor sich ging, aber er konnte nichts tun. Als Mary starb, brach es ihm das Herz. Ich glaube, er hat sie wirklich geliebt. Aber nach ihrem Tod wurde das Bedürfnis, sich zurückzuholen, was er für sein rechtmäßiges Eigentum hielt, zur Besessenheit. Er entwickelte Haß auf Churinga und auf alles, wofür es stand. Als Mervyn bei einem Hochwasser ums Leben kam, versuchte er mit Matilda Frieden zu schließen. Aber sie hatte zuviel Ähnlichkeit mit ihrer Mutter und wollte nichts mit ihm zu schaffen haben.«

»Und er hat ihr nie erzählt, daß sie seine Tochter war?«

Helen schüttelte den Kopf. »Er war entweder zu stolz oder zu störrisch, um ihr die Wahrheit zu sagen. Wenn er es getan hätte, wäre alles vielleicht anders gekommen.«

Schweigend hingen alle drei den eigenen Gedanken nach.

»Traurig, nicht wahr, wenn Männer zu stolz sind, um ihre Gefühle zu zeigen, und sie statt dessen in Haß und Rachsucht vergraben?« meinte Diane versonnen.

»Noch trauriger, wenn man bedenkt, daß es Jeremiah war, der die ganze Geschichte mit seiner Habgier in Gang gebracht hat. Um wieviel anders wäre das Leben aller Beteiligten verlaufen, wenn nur einer von ihnen fähig gewesen wäre, der Wahrheit ins Auge zu sehen und sie auszusprechen!«

Jenny dachte an die schrecklichen Zeiten, die Matilda durchgemacht hatte, und sie war den Tränen nahe. Das Schicksal war ungerecht – zumal Matildas Leben von einem bösen, habgierigen Mann wie Jeremiah Squires verdorben wurde.

»Und dann ist die Sache außer Kontrolle geraten. Ethan fing an, ihr

Schafe zu stehlen und das Wasser abzugraben. Er benutzte Andrew als Köder und versuchte, ihn mit ihr zu verheiraten, um dafür Churinga zu kassieren; gleichzeitig beauftragte er Billy, den jüngsten der Brüder, mit der Schmutzarbeit auf den Weiden von Churinga.«

Sie lächelte sanft und traurig. »Es begann schiefzulaufen, als Charlie ihm klarmachte, daß er sich für Matilda interessierte. Dem Alten platzte der Kragen, und ohne dem Jungen zu sagen, warum, drohte er, ihn zu enterben, wenn er noch einen einzigen Blick auf Matilda werfen sollte.«

»Das erklärt die Sache natürlich«, sagte Jenny. »Ich habe mich aber gefragt, warum er das getan hat, wenn er doch so scharf darauf war, Churinga in seine Hände zu bringen.«

Helen runzelte die Stirn. »Für jemanden, der erst kürzlich hergekommen ist, scheinen Sie aber eine Menge zu wissen.«

Jenny schaute sie nicht an. »Die Leute reden. Das wissen Sie doch, Helen.«

Helen schwieg eine Weile, bevor sie dann fortfuhr. »Matilda gewann jede Runde gegen ihn, und ich vermute, am Ende empfand Ethan widerwillig Respekt vor ihr. Es entwickelte sich zu einer Schlacht, die den beiden im Grunde Spaß machte, glaube ich. Aber als Abigail starb und sein Sohn Billy im Zweiten Weltkrieg fiel, wurde seine Verbitterung tiefer. Es fiel ihm immer leichter, alle Schuld auf Mary, Matilda und Churinga zu schieben.«

Helen zündete sich wieder eine Zigarette an und blinzelte durch den Rauch. »Ich will nicht so tun, als ob ich wüßte, was in seinem Kopf vorgeht. Vielleicht dachte er, wenn er und Mary damals geheiratet hätten, dann hätte er keine lieblose Ehe und keinen gefallenen Sohn zu beklagen. Er hätte das Land bekommen, das sein Vater ihm versprochen hatte, und eine Tochter, die er nie in den Armen hatte halten dürfen. Ich weiß nur, daß die Bitterkeit an ihm nagte und er sich wieder gegen Churinga wandte, um Rache zu nehmen.«

»Und an dieser Stelle bin ich ins Spiel gekommen«, sagte Jenny betrübt. »Dabei habe ich nichts zu tun mit dieser alten Fehde. Die Leute, die hier einmal gelebt haben, sind tot und dahin.«

Helen sah sie lange unverwandt an. Ihre Finger spielten mit der Zigarette. Schließlich griff sie nach ihrem Glas und trank einen Schluck. »Wie Sie sagen«, murmelte sie. »Es ist niemand mehr übrig.«

Jenny merkte, daß Helen mit irgend etwas hinterm Berg hielt, und sie fragte sich, was es sein mochte, aber sie beschloß, nicht in sie zu dringen. Helen war von sich aus hergekommen und hatte ihr viel mehr erzählt, als sie hatte erhoffen können, und damit mußte sie sich begnügen.

»Fast tut Ethan mir leid. Der arme alte Mann. Er muß Mary sehr geliebt haben. Was für ein vergeudetes Leben – und das alles nur wegen Jeremiahs Habgier!«

Helen legte ihre zarten Finger auf Jennys Hand. »Ich würde mein Mitleid an Ihrer Stelle nicht an diesen alten Gauner verschwenden, Jennifer. Wenn er Mary wirklich geliebt hätte, dann hätte er sich seinem Vater widersetzt und sie geheiratet. Er ist ein niederträchtiger, haßerfüllter Mann. Sollte er Churinga je in die Hand bekommen, würde er es wahrscheinlich dem Erdboden gleichmachen.«

»Danke, daß Sie hergekommen sind und mir das alles erzählt haben. Es rückt die Dinge in ein gewisses Licht, und ich weiß jetzt, wenn ich je verkaufen werde, dann nicht an Ethan.«

»Alte Männer muß man bei Laune halten, aber der Rest der Familie will mit dieser Vendetta nichts zu schaffen haben. Andrew hängt es zum Hals heraus, immer nur zu tun, was sein Vater befiehlt, und nur ein Schmiergeld von dreihunderttausend Dollars hat ihn veranlassen können, herzukommen und Ihnen ein Angebot für Churinga zu machen. Und was Charlie angeht ...«

Sie zuckte die Achseln, und ein leises Lächeln umspielte ihren Mund. »Der wird sich niemals ändern. Er liebt Kurrajong und die Frauen, und zwar nicht unbedingt in dieser Reihenfolge. Er war zweimal verheiratet, aber er wird niemals zur Ruhe kommen. Genießen Sie sein Flirten, aber nehmen Sie es nicht allzu ernst.«

Jenny lachte. »Das war nicht meine Absicht. Charlie ist so leicht zu durchschauen wie eine Glasscheibe.«

Helen legte die Leinenserviette auf ihrem Schoß in kleine Falten. »Kurrajong wird in die Hände meiner Tochter und ihres Mannes übergehen, wenn es an der Zeit ist, daß wir das Ruder weitergeben, und wenn Sie beschließen hierzubleiben, wird kein Wort mehr fallen, das garantiere ich Ihnen. Mein Mann ist ganz angetan von Ihnen, müssen Sie wissen. Es freut ihn, wieder einen so jungen Menschen auf Churinga zu sehen. Was vor all den Jahren passiert ist, war unglückselig, aber die Vergangenheit ist tot, und die meisten der Beteiligten sind es ebenfalls. Jetzt liegt es an uns, aus dem, was wir haben, das Beste zu machen.«

Jenny lächelte. »Das hat jemand anders kürzlich auch zu mir gesagt.« Bei der Erinnerung an das Gespräch mit Brett verschwand ihr Lächeln. Sie stand auf. »Wie wär's mit einem richtigen Drink, bevor Sie fahren? Ich habe irgendwo noch eine Flasche Gin.«

Helen kam mit in die Küche. »Dieser andere war doch wohl nicht zufällig der hinreißende Brett Wilson, oder?«

Jenny hielt beim Einschenken inne. »Wie kommen Sie darauf?«

Helen lächelte. »Ich habe gesehen, wie Sie sich angeschaut haben. Beim Tanzen. Sie sind offensichtlich beide verliebt.«

Jenny antwortete nicht, sondern befaßte sich angelegentlich mit den Drinks.

»Verzeihung, Jennifer, ich habe hoffentlich nichts Unpassendes gesagt. Hier im Outback gibt es so wenig, was unsere Gedanken beschäftigt, daß wir sehr gute Beobachter werden. Der Klatsch, der über Telefon und Funk die Runde macht, ist ja ganz nett, aber die einzige Gelegenheit, wirklich mal ein paar saftige Brocken aufzuschnappen, bietet sich auf den gesellschaftlichen Veranstaltungen. Sie glauben nicht, wieviel man über die Menschen erfahren kann, wenn man nur dasteht und ihnen zuschaut.«

»Nun, aber diesmal haben Sie sich doch geirrt, Helen.« Jenny lachte, aber es klang schrill und unecht. »Gibt noch genug Fische im See«, murmelte sie stirnrunzelnd, aber dann hellte ihre Miene sich wieder auf. »Trinken wir auf die Zukunft, was immer sie uns bringen mag.«

Die drei Frauen plauderten bei ihren Drinks, während der Himmel sich weiter verfinsterte. Schließlich stand Helen auf. »Es wird Zeit, daß ich verschwinde.«

Jenny und Diane lehnten sich ins Autofenster und sahen, wie Helen ihre zierlichen Sandalen abstreifte.

»Mit den Dingern hab' ich kein Gefühl für die verdammten Pedalen«, sagte sie und bekam einen Schluckauf.

»Können Sie wirklich noch fahren? Sie haben ja ziemlich getankt.« Diane wandte sich an Jenny. »Vielleicht sollte sie lieber hier übernachten.«

»Keine Sorge, Mädels.« Helen lachte. »Wogegen kann ich hier draußen schon fahren?« Sie tätschelte Jennys Hand. »War schön, mit Ihnen zu reden, Jen. Mir ist sehr viel wohler jetzt, da alles einmal ausgesprochen wurde.« Sie lächelte. »Melden Sie sich, und wenn Sie wirklich beschließen sollten, nach Sydney zurückzugehen, besuchen Sie mich. Hier ist meine Adresse in Paramatta.«

Der Wagen fuhr in einer Staubwolke davon. Als er nur noch ein Punkt am Horizont war, gingen Jenny und Diane wieder ins Haus. Es wurde zusehends dunkler, in der Ferne grollte der Donner, und Fliegen schwärmten in schwarzen Wolken über den Pferden auf der Koppel.

»Eine tolle Geschichte«, bemerkte Diane.

Jenny nickte. »Und sie erklärt mir vieles. Mervyn muß geahnt haben, daß sie nicht seine Tochter war – darum hat er getan, was er getan hat. Aus Bosheit.«

Diane gähnte. »Ich weiß nicht, wie es mit dir ist, Jen, aber ich habe Kopfschmerzen. Wird Zeit, ins Bett zu gehen.«

Jenny nickte. Die Gewitterluft und der Gin hatten die gleiche Wirkung auf sie. Das letzte Tagebuch würde bis zum nächsten Morgen warten müssen.

Brett war nicht überrascht gewesen, als er Helen hatte kommen sehen. Wenn es eine Heirat geben sollte, dachte er, ist sie schließlich diejenige, die alles arrangieren muß. Aber es wunderte ihn, daß sie allein kam. Ethan mochte ein alter Mann und an den Rollstuhl gefesselt sein, aber diese Heirat wäre die Vollendung seiner jahrelangen Ränkespiele, und es verblüffte Brett, daß er nicht dabei war, wenn die Beute zur Strecke gebracht wurde. Sicher rieb er sich die Hände bei dem Gedanken daran, daß Churinga jetzt in den Schoß der Familie geholt wurde.

Der Tag hatte sich hingeschleppt, und die Arbeit hatte erfordert, daß Brett in der Nähe der Farm blieb. Verstohlen beobachtete er die Frauen, als sie auf der Veranda aßen. Er hörte sie lachen und schwatzen, aber er war nie nah genug, um zu verstehen, was sie so ernsthaft erörterten. Er vermutete indessen, daß da ein Komplott ausgeheckt, eine Hochzeit geplant wurde. Sobald Helen abgefahren wäre, würde er zu Jenny gehen und ihr seine Kündigung übergeben. Es hatte keinen Sinn mehr hierzubleiben, wenn der Betrieb erst den Squires gehörte.

Es war fast unerträglich, sich auf der Farm aufzuhalten; schließlich gelang es ihm, auf die Koppeln zu verschwinden, aber seine Gedanken waren nicht bei dem, was er hier zu tun hatte. Jenny war anders als alle Mädchen, die er je kennengelernt hatte, und betrübt mußte er zugeben, daß sie ihm selbst nach drei Monaten noch ein Rätsel war. Anfangs hatten sie mit Worten und Gesten gegeneinander gekämpft, aber nach und nach hatte er bei ihr wie auch bei sich selbst eine Veränderung gespürt. Und der Tanzabend hatte ihm die Chance eröffnet, ihr seine Gefühle zu offenbaren.

Aber diese Chance hatte er verpatzt, denn er hatte nicht den Mut dazu aufgebracht. Er hatte Angst vor einer Zurückweisung gehabt, Angst auch davor, daß die Sticheleien seiner Kollegen, er wolle sich an den Boß ranmachen, ihr zu Ohren kommen und sie das gleiche denken könnte.

Mit bitterem Lächeln lenkte er sein Pferd nach Hause. Die Zurückweisung war trotzdem gekommen – und um so schmerzhafter durch die Distanz, die Jenny zwischen sie beide gebracht hatte. Lorraine machte die Sache auch nicht besser, und ihr Verhalten in letzter Zeit trug nicht gerade dazu bei, sein Gewissen zu erleichtern. Sie hatte sich einen billigen Ruf erworben, indem sie in dem Bungalow, in dem er untergebracht gewesen war, mit einem der Viehknechte geschlafen hatte. Bei dem Lärm, der aus dem Zimmer des Mannes gekommen war, hatte er dort nicht bleiben können, und am nächsten Morgen hatte Brett nur allzu deutlich gespürt, daß sie es nur getan hatte, um ihn zu ärgern.

Er dachte daran, wie er seine Wolldecke genommen und es sich bei den Pferden bequem gemacht hatte. Wie sie im ersten Morgengrauen in den Stall geschlichen war und ihm erzählt hatte, wie hervorragend sie sich amüsiert hatte. Und wie sie dann geflucht und ihn beschimpft hatte, bevor sie wieder hinausgestolpert war.

Er seufzte tief. Es war Zeit weiterzuziehen. Jenny würde bald heiraten, und Squires würde eigene Leute nach Churinga bringen. Die kleine Schafzucht in Queensland erschien ihm allmählich als eine attraktive Alternative.

Er schaute in den düsteren Himmel hinauf, wo dicke Wolken sich heranwälzten. Da braute sich ein höllisches Unwetter zusammen; es wäre ratsam, sich noch einmal zu vergewissern, daß die Schafe eingepfercht waren und nicht ausbrechen konnten. Die verdammten Viecher würden sich sonst bei einem Blitzschlag überall verstreuen.

Es war schon dunkel, als er schließlich zur Farm zurückkehrte. Der Holden war nicht mehr da, und im Haus brannte kein Licht. Der Gedanke an seine Kündigung deprimierte ihn.

»Herrgott, Brett«, knurrte er, »du entwickelst dich zu einem verdammten alten Schlappschwanz. Reiß dich zusammen!« Wütend rieb er sein Pferd ab und ging dann zum Bungalow.

Er schlug die Tür hinter sich zu, warf sich auf sein Bett und starrte an die Decke. Wenn das Unwetter in der Nacht losbräche, würde niemand hier viel Schlaf bekommen, aber er bezweifelte ohnedies, daß er schlafen würde. Er sah immer nur Jennys Gesicht vor sich, und sosehr er sich auch hin und her wälzte, ihr Bild wollte nicht verblassen.

NEUNZEHN

Dunkles, bedrohliches Donnergrollen weckte Jenny auf. Träume und Bilder aus der Vergangenheit hatten sie ohnehin nur unruhig schlafen lassen. Sie paradierten vor ihr auf und ab mit verschwommenen Gesichtern und unverständlichen Stimmen.

Eine Zeitlang blieb sie liegen, in der Hoffnung, daß die Bilder verblassen würden. Aber obwohl sie mit den letzten Schleiern des Schlafs langsam verwehten, spürte sie ihre Anwesenheit immer noch. Es war, als seien sie überall um sie herum, verborgen in den Schatten, schwebend über ihrem Bett, verbunden mit allen Bauteilen des Hauses.

Jenny schwang die Beine aus dem Bett und tappte in die Küche. Ihr Nachthemd war durchgeschwitzt. Es war warm, obwohl es mitten in einer Winternacht war, und der Donner rollte unbarmherzig über das Land, als suche er einen Platz, wo er sich niederlassen konnte.

Ein Blitz zuckte in gelben Adern über den schwarzen Himmel. Es fröstelte sie. Gewitter waren ihr immer ein Greuel gewesen, seit ihr erster Stiefvater sie über Nacht in der Scheune eingesperrt hatte. Sie hatte entsetzliche Angst gehabt, als sich ein Gewitter zusammenbraute und die Erde erschütterte, und sie hatte geschrien, man möge sie doch herauslassen. Nur die Gefahr eines Brandes hatte seine Frau schließlich veranlaßt, sie zu retten, und seitdem ließ jedes Gewitter dieses Grauen von neuem erwachen.

Jenny holte sich den Rest Limonade aus dem Kühlschrank und trank davon in tiefen Zügen, aber das löschte ihren Durst nicht und brachte auch keine Kühlung, denn die Hitze schien tief in ihr zu sitzen, und nichts konnte sie erreichen. Mit rastloser Energie wanderte sie durch das Haus.

Sie fühlte Matilda an ihrer Seite, aber ihre Anwesenheit wirkte weder beruhigend noch beunruhigend auf Jenny. Die Erinnerung an die Vergangenheit war allzu lebendig – der eindringliche Refrain des Walzers allzu vertraut.

Das Unwetter schien immer näher zu kommen, und die Hitze lastete schwer auf allem. Jenny duschte mit lauwarmem, trübem Wasser, ging ins Schlafzimmer zurück und legte sich erschöpft auf ihr Bett. Die Fenster standen offen; nur die Fliegengitter hielten die Insekten ab, und die nächtlichen Laute des Outback wehten mit dem Donnergrollen herein.

So lag sie da und dachte an das, was Helen ihr erzählt hatte. Schließlich griff sie nach dem letzten Tagebuch. Die Mosaiksteine, die Matildas Leben und ihre Zeit darstellten, waren fast alle an ihrem Platz, und auch wenn Jenny bezweifelte, daß sie sich würde konzentrieren können, während die Elemente am Himmel ihren Kampf führten, war sie bereit, die Geschichte zu Ende zu lesen.

Churinga warf endlich Gewinn ab. Matilda sprach darüber mit Finn und entschied dann, daß sie Hilfe brauchte, wenn sie diesen Gewinn für die Zukunft investieren wollte. Das Leben hier draußen war unsicher; bald herrschte Überfluß, bald Hungersnot, und nach der Plackerei der Kriegsjahre war sie entschlossen, nicht wieder in zermürbende Armut zurückzufallen.

Etliche Briefe gingen zwischen ihr und dem Unternehmensberater der Bank of Australia in Broken Hill hin und her, bevor Matilda beschloß, die lange Reise auf sich zu nehmen und ihre Geschäfte von Angesicht zu Angesicht mit ihm zu erörtern. Sie war den Umgang mit Männern gewöhnt, die etwas von den Fallgruben des Lebens im Outback verstanden, aber sie hatte keine Ahnung, wie die Städter ihre Geschäfte betrieben.

Die Vorstellung, eine so wichtige Angelegenheit wie die Zukunft Churingas mit einem Fremden zu besprechen, bereitete ihr Unbehagen.

Zum ersten Mal hatte sie die vertraute Umgebung von Churinga und Wallaby Flats hinter sich gelassen. Finn hatte sich zwar erboten mitzukommen, doch das hatte Matilda abgelehnt. Sie hatte bisher alles allein geschafft, und sie wollte verdammt sein, wenn sie jetzt vor einer solchen Kleinigkeit kapitulierte.

Die vorsichtige Fahrt auf der neuen Landstraße nach Broken Hill dauerte mehrere Tage. Wenn sie nachts, in eine Decke gewickelt, auf der Ladefläche ruhte, legte sie sich zurecht, was sie dem Berater, Geoffrey Banks, alles sagen wollte.

Sein Büro lag im zweiten Stock eines eleganten viktorianischen Gebäudes, das früher, so vermutete Matilda, ein Privathaus gewesen war. Die Fassade zierte eine weiße Kolonnade, und es war umgeben von gut gepflegten Gärten, in denen elegant gekleidete Damen im Schatten blühender Eukalyptusbäume auf Bänken saßen.

Ein bißchen unbeholfen in ihren neuen Schuhen und dem Sommerkleid, stülpte sie sich den Hut fest auf die widerspenstigen Locken und stieg die Treppe hinauf.

Geoffrey Banks war ein junger Mann mit festem Händedruck und angenehmem Lächeln. Matilda achtete auf jedes Anzeichen von Falschheit, als er ihr erzählte, daß er die Probleme auf Churinga verstehe; aber als er erwähnte, daß der Eigentümer von Nulla Nulla sein Bruder sei, verflog ihre Bangigkeit.

Es dauerte einige Zeit, bis man sich auf ein Investment-Portefeuille geeinigt hatte, aber schließlich war es doch erledigt, und Geoffrey schenkte ihr ein Glas Sherry ein. Er musterte sie eine Zeitlang über sein Glas hinweg und sagte schließlich: »Haben Sie schon mal daran gedacht, ein Testament aufzusetzen, Miss Thomas?«

Matilda war verblüfft. Darauf war sie noch nie gekommen. »Hat wenig Sinn«, sagte sie. »Es gibt niemanden, dem ich den Besitz hinterlassen könnte, wenn ich mal nicht mehr bin.«

Er stützte die Ellenbogen auf den Tisch. In seinen Augen war ein Zwinkern, das man als Flirten hätte deuten können, wenn Matilda es nicht besser gewußt hätte. »Sie sind immer noch eine junge und, wenn ich so sagen darf, attraktive Frau, Miss Thomas. Wer weiß, was die Zukunft noch bringt? Wenn Sie nicht wollen, daß der Staat Ihr Vermögen in Beschlag nimmt, wenn Sie einmal verstorben sind, schlage ich vor, daß Sie den ganzen Besitz für Ihre Erben in einen Treuhandfonds überführen – wie Ihre Frau Mutter und Ihre Frau Großmutter es vor Ihnen getan haben.«

Matilda schaute ihn mit strenger Miene an. Was glaubte er, wer er war, daß er hier einer Frau gegenüber keß wurde, die alt genug war, seine Mutter zu sein? »Es gibt keine Erben«, erklärte sie mit Nachdruck. »Und es ist nicht absehbar, daß sich in meinem Leben etwas ändert.«

»Das ist mir klar, Miss Thomas«, antwortete er bedächtig. »Aber ich rate Ihnen dennoch, sich die Sache noch einmal zu überlegen. Das Leben hat die Gewohnheit, uns zu überraschen, und wer weiß? Vielleicht wollen Sie doch noch heiraten und sogar eine Familie gründen. Wenn Sie dann ohne Testament sterben, wird die Familie vor Gericht um das kämpfen müssen, was ihr von Rechts wegen als Erbe zusteht. Das würden Sie doch nicht wollen, oder?«

Matilda dachte an Ethan und Andrew und an die Familie Squires, die schon immer Churinga in ihren Besitz hatte bringen wollen. Wenn es stimmte, was er da sagte, dann würden sie zuschlagen, kaum daß sie unter der Erde wäre. Dieser Geoffrey Banks war ein frecher Teufel, aber auch wenn sie vermutlich als alte Jungfer sterben würde, so begriff sie doch, worauf er hinauswollte.

»Wahrscheinlich wird's kaum drauf ankommen, aber vermutlich kann es nicht schaden«, meinte sie schließlich. »Was muß ich tun?«

Geoffrey Banks lächelte. »Zuerst müssen wir entscheiden, wer nach Ihrem Willen Churinga erben soll. Gibt es denn da niemanden?«

Ihr Blick wanderte ins Leere. Mit ihrer Lebensweise hatte sie wenige Freunde und keine Verwandten gewonnen. Sie und April hatten noch Briefkontakt, aber Matilda spürte, wie der Abstand zwischen ihnen wuchs, und im Laufe der Jahre wurde es immer schwieriger, noch etwas zu finden, worüber sie schreiben konnte. Sie lebten jetzt auf sehr verschiedene Weise; April wohnte in der Stadt und arbeitete in einem Büro mit schicken, kultivierten Leuten, die nach den engstirnigen Provinzlern des Outback sehr interessant zu sein schienen. Aprils Kinder würden nach dem Tod der Großeltern versorgt sein, und Matilda hatte ihre Zweifel daran, daß sie ins Outback würden zurückkehren wollen.

Wenn sie verhindern wollte, daß Churinga den Squires in die Hände fiel, mußte sie jemanden finden, dem sie vertraute.

Sie überlegte eine Weile, und dann faßte sie einen Entschluß, der sie selbst überraschte. Aber als sie sich den Gedanken genauer durch den Kopf gehen ließ, wurde ihr klar, daß er durchaus einleuchtete. Sie war vor Finn McCauley auf der Hut gewesen, als er angekommen war, doch im Laufe der Monate hatte sie angefangen, ihn zu mögen und seine Freundschaft zu schätzen. Trotz seiner Jugend und seines guten Aussehens war er ein stiller, fast schüchterner Mann, der das Land liebte und Fremden gegenüber Zurückhaltung zeigte. Bei ihr hingegen wirkte er entspannt; mindestens einmal in der Woche unternahm er die dreistündige Fahrt von Wilga nach Churinga, und Matilda hatte sich angewöhnt, jeden Samstag abend eine besondere Mahlzeit für sie beide zuzubereiten. Nach dem Essen hörten sie ein wenig Radio, oder sie plauderten über die Arbeit der Woche, und dann verschwand er so ruhig, wie er gekommen war.

Sie lächelte bei sich, als sie an diese wachsende Freundschaft dachte, an das Vertrauen, das durch sie geschmiedet worden war. Irgendwann würde er sicher eine Frau finden, aber es war doch ein schöner Gedanke, daß sie Churinga jemandem hinterlassen konnte, der sich darum kümmern würde.

Aber er durfte nicht wissen, daß sie es getan hatte, nahm sie sich vor. Ich will nicht, daß unsere Freundschaft dadurch beeinträchtigt wird.

»Ich will, daß Churinga an Finbar McCauley von der Farm Wilga übergeht«, sagte sie. »Und dann in einen Treuhandfonds für seine Erben.«

Geoffrey hinterfragte ihre Entscheidung nicht; bald darauf reichten sie einander die Hand. »Ich lasse die entsprechenden Papiere ausfertigen, und in zwei Stunden können Sie alles unterschreiben, Miss Thomas. Es war mir ein Vergnügen, Sie endlich einmal kennenzulernen.«

Matilda lächelte und verließ das Büro. Sie war zufrieden mit dem Verlauf der Angelegenheit, und in diesen zwei Stunden hätte sie Zeit, sich in Broken Hill umzusehen.

Sie spazierte an der Reihe der Geschäfte vorbei und bestaunte die Auslagen in den Schaufenstern. Alles hier war so erlesen, verglichen mit der schäbigen Alltäglichkeit der Läden in Wallaby Flats. Ihr Baumwollkleid wirkte trist vor den Gewändern, die an den Gipspuppen hingen, und obwohl sie wußte, daß sie es wahrscheinlich bereuen würde, konnte sie nicht widerstehen: Sie kaufte sich drei neue Kleider, eine Hose, eine Jacke und fertiggenähte Vorhänge für ihr Schlafzimmer.

Aber die Unterwäsche verblüffte sie besonders. Nie hätte sie gedacht, daß Frauen solche feinen Sachen auf der Haut trugen. Das Material war weich und glatt und schmolz zwischen den Fingern wie Butter. Und die Farben … Die Auswahl war so groß, ganz anders als bei der schlichten weißen Baumwollwäsche aus dem Katalog, die sie sonst kaufte.

Mit wachsender Begeisterung amüsierte Matilda sich zum ersten Mal seit Jahren.

Mit Paketen beladen, suchte sie sich schließlich den Rückweg zu ihrem Wagen. Als sie an dem breiten, einladenden Fenster einer Kunstgalerie vorbeikam, zögerte sie. Fasziniert sah sie die bunten Plakate, die eine Ausstellung ankündigten.

Die einzigen Bilder, die sie seit ihrer Kindheit zu Gesicht bekommen hatte, waren die in den Büchern und Zeitschriften gewesen, die sie aus der fahrenden Bibliothek entliehen hatte. Dies war eine Gelegenheit, die sich vielleicht nie wieder bieten würde.

Sie bezahlte ihre Sixpence und betrat eine Welt voller Outback-Farben und Aboriginal-Folklore. Der Anblick so vieler Bilder verschlug ihr den Atem. Die Farbenfülle und die Klarheit, mit der die Maler die Welt darstellten, die sie kannte, ließ tief in ihrem Innern ein Prickeln erwachen, und sie erkannte darin das Verlangen, selbst etwas so Schönes zu schaffen.

Lange war es her, daß sie stundenlang zugeschaut hatte, wie ihre Mutter malte. Wasserfarben hatten die Landschaft von Churinga und die Vögel und anderen Tiere, die sie bewohnten, wie durch Zauberei auf Marys Papier entstehen lassen, und Matilda hatte es wie gebannt beobachtet. Es war eine Begabung, die ihre Mutter ihr vererbt hatte, aber seit ihrem Tod war keine Zeit mehr für kindliche Spiele gewesen – und ihr Bedürfnis nach Schönheit war durch den Anblick der Schafe befriedigt worden, die fett und gesund auf den Weiden standen.

Aber als sie jetzt vor einem besonders hübschen Ölgemälde einer einsamen Rinderfarm stand, spürte sie, wie diese Sehnsucht machtvoll zurückkehrte. Seit dem Krieg hatte sich das Leben für sie geändert. Sie hatte Geld auf der Bank und Leute für die schwere Arbeit, und jetzt hatte sie Zeit für alles, was sie bisher vernachlässigt hatte. In wachsender

Erregung wanderte sie durch die Galerie, bis sie an die Verkaufstheke kam.

Es gab hier eine so verwirrende Ansammlung von Malerbedarf, daß sie lange brauchte, um sich zu entscheiden, aber schließlich kaufte sie eine Schachtel Wasserfarben, ein paar feine Pinsel, Bleistifte, Aquarellpapier und eine leichte Staffelei. Mit schlechtem Gewissen reichte sie das Geld über die Theke und wartete, bis man ihr alles eingepackt hatte. Allmählich wurde diese Reise kostspielig.

Es dauerte nur ein paar Minuten, die Dokumente zu unterschreiben und bei der Bank in Verwahrung zu geben. Als sie danach wieder auf die Straße trat, wurde ihr klar, daß sie jetzt von Broken Hill genug hatte. Das Hotel war teuer, die Menschen waren Fremde, und sie verspürte Sehnsucht nach Churinga. Sie kletterte in ihren Wagen neben ihre Einkaufspakete und fuhr heimwärts.

Auf Churinga angekommen, machte Matilda sich daran, all das zu tun, was sie immer hatte tun wollen, ohne je die Zeit dafür zu haben. Es gab Bücher zu lesen und Kleider zu nähen; in einer Scheune hatte sie eine alte Pedalnähmaschine ausgegraben – ein paar Tropfen Öl und neue Nähnadeln, und sie funktionierte wunderbar.

Dann die Freuden der Malerei. Das angenehme Gefühl des neuen Papiers unter dem Pinsel. Das sanfte Schwingen des Farbpinsels, das sie von ihren Alltagsproblemen forttrug und sie ganz und gar in der Malerei aufgehen ließ.

Matilda betrachtete ihr jüngstes Werk mit kritischem Blick. Es ist besser, als ich hatte hoffen können, erkannte sie, als sie ihre impressionistische Darstellung Churingas vor der Erneuerung studierte. Wer hätte geahnt, daß diese stumpfen, abgearbeiteten Hände mit Pinsel und Farbe etwas von so zarter Schönheit hervorbringen konnten? Sie strahlte vor Vergnügen, aber ihr war auch klar, daß es noch ein weiter Weg war, bevor sich ihre Arbeit mit den Bildern in der Galerie vergleichen ließ.

Das Krachen eines Getriebes ließ sie aufschrecken, und sie blickte auf die Uhr. Die Zeit war wie im Fluge vergangen, während sie gemalt hatte. Jetzt war Finn da, und sie hatte noch nicht einmal angefangen mit dem Kochen. Hastig stopfte sie die Pinsel in ein Marmeladenglas mit Wasser und nahm die Schürze ab. Ihr neues Baumwollkleid war gottlob ohne Farbflecke, aber ihr Haar stand wie immer in alle Himmelsrichtungen. Sie steckte es mit Klammern zurück und betrachtete sich grimmig in dem kleinen Spiegel an der Wand.

Was für ein Anblick, dachte sie. Von der Sonne gegerbt, sommersprossig und struppig – allmählich sieht man dir dein Alter an.

Aber ohne wirklich zu wissen, warum, hatte sie angefangen, auf ihr Äußeres zu achten, seit Finn sie besuchte; sie achtete darauf, daß ihr Kleid sauber und gebügelt war und daß sie geputzte Schuhe an den Füßen hatte. Vorbei war die Zeit der alten Moleskinhosen und der Stiefel, der Filzhüte und des ungebürsteten Haars. Sie redete sich ein, sie tue es, weil sie die Eigentümerin einer reichen Schafzuchtfarm war, für die es sich schickte, daß sie wie eine Lady aussah und nicht wie ein Wildfang. Aber tief im Innern fragte sie sich, ob es nicht vielleicht mehr mit Finns Besuchen zu tun hatte.

Er klopfte, und sie rief ihn herein. Sie freute sich auf die Abende mit ihm, und eigentlich hatte sie ein neues Rezept ausprobieren wollen, das sie in einer Illustrierten gefunden hatte, aber dazu war es jetzt zu spät. Sie würden sich mit den Überresten des Bratens von gestern begnügen müssen.

»Tag, Finn«, sagte sie, als er eintrat. »Ich wirtschafte immer noch herum. Irgendwie läuft mir jedesmal die Zeit davon, wenn ich male.«

»Wenn das der Grund ist, habe ich nichts dagegen. Du hast die Stimmung auf der alten Farm wirklich gut eingefangen. Ich wußte nicht, daß du so gut malen kannst.«

Er wandte sich von der Staffelei ab und lächelte sie an. Zum ersten Mal bemerkte Matilda die subtilen Veränderungen an ihm. Sein Hemd war frisch gewaschen, seine Hose gebügelt. Er hatte sich rasiert, die Nägel gesäubert, die Haare geschnitten. Seine Versuche, die wilden irischen Locken zu zähmen, indem er sie sich mit Wasser an den Kopf klebte, waren löblich, aber nicht besonders erfolgreich. Doch das alles war ein Teil seines Charmes.

Sie errötete und wandte sich ab. »Das Essen wird heute abend eher behelfsmäßig ausfallen. Du bist hoffentlich nicht allzu hungrig?«

»Keine Angst«, sagte er mit seiner milden Stimme. »Gib mir ein Bier, und ich kann die Kartoffeln schälen.«

Sie arbeiteten schweigend zusammen, und als das Essen – kalter Braten, Kartoffeln und Gurken – fertig war, aßen sie es im warmen Schein der Kerosinlampe auf der Veranda. Matilda genoß seine sanfte Art, als er ihr von seinen Erlebnissen mit seinen geliebten Pferden erzählte. Er war in Einklang mit seinem Leben und dem Land, und während sie seiner dunklen, melodischen Stimme lauschte, wußte sie, daß diese Augenblicke kostbar waren. Denn er war jung und gutaussehend, und bald würde er ein Mädchen kennenlernen und sich verlieben und dann die Freundschaft zwischen ihnen notgedrungen in den Hintergrund treten.

Sie schob diesen Gedanken beiseite und nahm einen Schluck Bier. Vielleicht wurde es Zeit, ihm klarzumachen, wie draußen über ihre unschuldige Freundschaft geredet wurde, und ihm Gelegenheit zum Rückzug zu geben, bevor es zu spät war. »Die Leute zerreißen sich das Maul, das weißt du, nicht wahr?« sagte sie leise.

Seine Augen waren dunkle Edelsteine im Schein der Lampe. Er fuhr sich mit den Fingern durchs Haar. »Worüber?«

»Über deine Besuche hier, Finn. Erzähl mir nicht, daß du es noch nicht gehört hast.«

Lächelnd schüttelte er den Kopf. »Auf den Klatsch darf man nichts geben, Molly. Dafür ist mir meine Zeit zu schade.« Er trank einen Schluck. »Und was geht es die Leute überhaupt an, wenn ich meine freie Zeit auf Churinga verbringe?«

Sie lachte. »Gar nichts. Aber das hindert sie nicht. Die Mütter im Outback wetzen ihre Klauen, Finn. Dir ist offenbar nicht klar, daß du Gegenstand fieberhafter Spekulationen bist. Die Einheimischen werden unruhig. Sie haben Töchter zu verheiraten.«

Finn wandte sich lachend wieder seinem Essen zu. »Sollen sie nur zappeln, Molly. So sind die Kleingeister wenigstens beschäftigt. Im übrigen glaube ich, daß ich alt genug bin, mir selbst auszusuchen, mit wem ich meine Zeit verbringen möchte. Findest du nicht auch?«

Matilda sah ihn an. Es war schön, ihn hier zu haben, mit ihm zu essen und den Rundfunkkonzerten zu lauschen. Nach den Jahren der Einsamkeit bedeutete seine Gesellschaft ihr viel, aber sie verstand auch, weshalb der Klatsch in Gang gekommen war. Sie war viel zu alt, um mit

Finn befreundet zu sein. Er sollte sich gleichaltrige Gesellschaft suchen – eine Ehefrau.

Bei diesem Gedanken verlor sie den Appetit, und die jähe, beinahe schmerzhafte Erkenntnis ließ ihr Herz schneller schlagen. Wie töricht sie gewesen war, ihn zu diesen Besuchen zu ermuntern! Eines Tages würde er eine Ehefrau nach Wilga heimführen, und dann würde ihre enge Freundschaft zu höflicher Konversation und Zufallsbegegnungen auf der Weide oder in der Stadt verblassen – und mit schwindelerregendem Schrecken erkannte sie, daß sie auf seine zukünftige Frau eifersüchtig war. Sie ertrug den Gedanken nicht, daß er mit jemand anderem zusammensein und das Essen und die leisen Vertraulichkeiten mit ihr teilen könnte, die bis jetzt ihr allein gehört hatten.

Stumm saß sie da und vergaß ihr Essen, als die schreckliche Erkenntnis dämmerte. Sie hatte angefangen, Finn mit den Augen einer Frau zu sehen – und dabei war sie alt genug, es besser zu wissen, denn was konnte dieser gutaussehende junge Mann schon von einer vertrockneten Jungfer mittleren Alters wollen?

»Molly? Ist dir nicht gut?«

Seine Stimme ließ sie aufschrecken, obwohl er leise gesprochen hatte. Sie wandte den Kopf ab, denn sie fürchtete, daß er in ihren Augen lesen konnte, was sie dachte. Sie zwang ihre angespannten Gesichtsmuskeln zu einem Lächeln. »Ein leichtes Magendrücken«, sagte sie. »Es geht gleich wieder.«

Er musterte sie, wie sie mit Serviette und Besteck herumfummelte. »Der Klatsch stört mich nicht; das weißt du, und dich sollte er auch nicht stören. Wenn man lange genug in Tasmanien wohnt, gewöhnt man sich daran.«

»Ich vergesse immer, daß du nicht aus dieser Gegend kommst«, sagte sie mit einer Leichtigkeit, die sie nicht empfand. »Irgendwie sehe ich dich immer als einen Teil dieses Landes. Du scheinst dich hier ganz wie zu Hause zu fühlen.« Ihre neu entdeckten Gefühle beunruhigten sie. Sie starrte in ihr Bierglas.

Finn schob den Stuhl zurück, legte die Stiefel übereinander und zündete sich ein Zigarillo an. »Ich habe dir nie sehr viel über mich erzählt, nicht wahr?« sagte er schließlich. »Anscheinend reden wir immer über das Land und die Farmen, aber nie über das, was uns tatsächlich hierhergebracht hat.«

»Meine Geschichte kennst du zum größten Teil«, antwortete sie. »Aber ich wüßte gern etwas über dein Leben, bevor du nach Wilga gekommen bist.«

Er paffte an seinem Zigarillo, hakte die Daumen in die Hosentaschen und schaute hinaus über die Koppel. »Mum und Dad hatten eine kleine Farm mitten in Tasmanien; sie hieß Meander. Sie liegt in einer weiten Ebene, von Bergen umgeben, und es wird dort sehr heiß und sehr kalt. Wir züchteten Pferde. Ich kann mich nicht erinnern, daß es in meinem Leben einmal eine Zeit gegeben hätte, in der es keine Pferde gegeben hat. Deshalb habe ich nach dem Krieg beschlossen, das staatliche Angebot anzunehmen und hier eine eigene Zucht aufzumachen.«

Im Lampenschein bemerkte sie, daß sich ein Schatten auf sein Gesicht legte. »Wieso bist du denn nicht nach Tasmanien zurückgegangen und hast dort wieder angefangen?«

Finn verlagerte sein Gewicht auf dem Stuhl, nahm das Zigarillo aus dem Mund und betrachtete eingehend die Glut, bevor er die Asche in eine Untertasse schnippte. »Dad ist vor ein paar Jahren gestorben, und ich habe die Zucht bis zu Mums Tod weitergeführt. Dann kam der Krieg, und ich war bald alt genug, um einberufen zu werden; also habe ich alles verkauft und das Geld auf die Bank gebracht, bis ich zurückkäme. Irgendwie war es auf der Farm nicht mehr wie früher ohne Ma.«

Matilda seufzte. »Das kenne ich. Es tut mir leid, wenn ich meine Nase in Angelegenheiten stecke, über die du lieber nicht sprechen möchtest.«

Er zuckte die Achseln. »Keine Sorge, Molly. Der Alte war ein Halunke. Um ehrlich zu sein, es war fast eine Erleichterung, als er nicht mehr da war. Aber Ma … Tja, mit ihr war es anders.«

Widersprüchliche Empfindungen huschten über sein Gesicht, flakkerten in seinen Augen. Finn sprach selten über seine Vergangenheit, aber heute abend schien er sich von der Seele reden zu wollen, was ihn belastete, und sie wollte seinen Gedankengang nicht stören.

»Du findest vielleicht, daß es nicht schön ist, wenn ich so über meinen Dad denke, aber er hat mich gehaßt, weißt du. Ich war sein einziger Sohn und wollte ihn immer zufriedenstellen, aber von Anfang an kann ich mich nicht erinnern, daß er mir je seine Zuneigung gezeigt hätte. Ma hat mich ermuntert; sie hat mich zu dem Mann gemacht, der ich heute bin.«

Es wurde still, als er in seinen Gedanken versank, und Matilda sah plötzlich Mervyn vor sich. Eltern waren für eine Menge verantwortlich – es war ein Wunder, daß sie und Finn überhaupt erwachsen geworden waren.

»Nach Dads Tod habe ich verstanden, was hinter seiner Kälte steckte«, sagte Finn schließlich. »Ich war nämlich nicht sein Sohn. Erst Jahre später, als Ma im Sterben lag, hat sie es mir erzählt. Sie hatten mich adoptiert. Ich glaube, im Grunde meines Herzens hatte ich schon so was geahnt. Aber es schien ohne Bedeutung zu sein, als Ma und ich allein waren. Sie war eine gute Mutter, und ich habe sie sehr geliebt.«

»Und deine richtigen Eltern? Bist du nie neugierig gewesen?«

»Nein. Ma starb, bevor sie mir mehr erzählen konnte, und ich habe mir nie die Mühe gemacht, Nachforschungen anzustellen. Ma war Ma. Die einzige Mutter, die ich hatte, und die einzige, die ich haben wollte. Nach ihrem Tod dachte ich daran, Priester zu werden. Das war etwas, das sie sich als Katholikin immer gewünscht und erhofft hatte, aber ich liebte das Land zu sehr, das Land und die Freiheit, mit den Pferden zu arbeiten.« Er lächelte. »Ich dachte mir, ich kann die Werke des Herrn besser tun, wenn ich mein Leben dieser Arbeit weihe, statt mich in einem Kloster einsperren zu lassen.«

Matilda sah das Leuchten in seinen Augen und erkannte, daß dies eine Seite seiner Persönlichkeit war, von der sie nie etwas geahnt hatte. Es erweckte Unbehagen in ihr. »Religion ist nichts für mich«, sagte sie vorsichtig. »Auf dieser Welt ist zuviel passiert, als daß ich noch an einen alles verzeihenden, liebenden Gott glauben könnte.«

Er seufzte. »Ich weiß, was du meinst. Der Krieg hat auch mir die Augen geöffnet. Immer wieder wurde mein Glaube auf harte Proben gestellt. Es ist schwer, inmitten solcher Gemetzel an Gott zu glauben, während rechts und links die besten Freunde getötet werden.« Er drückte sein Zigarillo aus. »Aber mein Glaube ist ein Teil von mir. Ein sehr persönlicher Teil. Ich will keine frommen Predigten halten oder versuchen, dich zu bekehren, ich will nur mein Leben leben, so gut ich kann.«

Er lächelte. »Ich weiß gar nicht, warum ich dir das alles erzähle. Du mußt mich für einen frommen Spinner halten – oder bestenfalls für einen Schlappschwanz. *Sorry.*«

Matilda beugte sich über den Tisch und nahm seine Hände. »Danke, daß du mir so sehr vertraust«, sagte sie sanft.

Er zog die Hand nicht weg, sondern fing an, ihre Finger zu streicheln. »Es fällt leicht, mit dir zu sprechen, Molly. Irgendwie wußte ich, daß du mich verstehen würdest.«

Sie schluckte den Kloß in ihrem Hals herunter und wünschte, sie könnte die dunklen Locken zurückstreichen, die ihm in die Augen fielen. Sie wünschte, sie könnte ihn in die Arme nehmen und festhalten, bis die dunklen Schatten aus seinem Gesicht verschwunden wären. Der Krieg hatte Schlimmes angerichtet, und sie bedauerte, daß sie nicht glauben konnte wie er.

Dann gewann die Vernunft wieder die Oberhand, und sie zog ihre Hand weg und machte sich daran, das Geschirr zusammenzuräumen. Was um alles in der Welt tat sie denn hier? Reiß dich zusammen, Weib, dachte sie wütend. Hast du denn jedes Fünkchen Verstand verloren, das du jemals besessen hast?

Sie stellte das Geschirr ins Spülbecken und schaltete das Radio ein. Dann warteten sie, bis es warm geworden war. »Du darfst dich nicht auf Wilga vergraben, Finn«, sagte sie schroff. »Man kann auch hier draußen ein gutes gesellschaftliches Leben führen, und es wird Zeit, daß du ein bißchen Spaß bekommst.«

Ein wunderschöner Strauß-Walzer kam aus dem Rundfunkgerät und erfüllte die Stille, die sich zwischen sie gesenkt hatte.

»Du bist sehr weise für eine, die Churinga kaum jemals verläßt«, stellte er fest. »Wieso bist du nie zum Tanzen und auf Partys gegangen? Wieso hast du nicht geheiratet?«

»Weil ich zuviel zu tun habe«, antwortete sie kurz angebunden. »Außerdem brauche ich keinen Mann für ein erfülltes Leben.«

Finn war plötzlich an ihrer Seite. Seine warmen Hände umfaßten die ihren, und er zog sie zu sich herum. »Warum ist so viel Zorn in dir, Molly? Wer hat dir nur so weh getan, daß du dich hier draußen verkrochen hast?«

Matilda wollte sich losreißen, aber er hielt sie fest. Ihr Scheitel reichte ihm kaum bis an die Brust. So nah waren sie einander noch nie gewesen, und es erweckte seltsame Empfindungen in ihr.

»Ich bin nicht zornig«, flüsterte sie atemlos. »Mein Leben verläuft nur in eingefahrenen Gleisen. Du vergißt anscheinend, Finn, daß ich eine alte Frau bin und mich nicht mehr so leicht ändern kann.«

»Du hast meine Frage nicht beantwortet, Molly«, sagte er leise. Er schob ihr den Zeigefinger unters Kinn und hob ihren Kopf, so daß sie ihn anschauen mußte. »Etwas ist passiert, daß du dich hier versteckst. Warum vertraust du mir nicht genug, um es mir zu erzählen?«

Weil es Dinge gab, die sie ihm nicht erzählen konnte. Weil ihr der Mut dazu fehlte. Sie schluckte, und nach einigem Stocken begannen die Worte in einem fast nicht mehr endenden Strom zu fließen, und sie erzählte ihm vieles aus ihrer Vergangenheit. Es war, als sei ihr eine große Last von den Schultern genommen. Als sie ihn anschaute, lag in ihrem Blick die flehende Bitte, er möge sie verstehen und sie nicht weiter befragen.

Mit einem tiefen Seufzer nahm er sie in die Arme und drückte sie fest an sich. »Du bist eine wunderschöne Frau, Molly. Und sehr tapfer. Du solltest dich nicht hier verkriechen nur wegen der Ereignisse in der Vergangenheit. Jeder anständige Mann wäre stolz, dich zur Frau zu haben.«

»Blödsinn«, murmelte sie an seiner breiten, warmen Brust. Sie konnte kaum atmen, und ihr Herz raste, weil das Gefühl seiner Nähe so überwältigend war. Wie sehnte sie sich danach, den Kopf dort anzulehnen, seinen wunderbaren, frischen Duft zu atmen und das gleichmäßige Pochen seines Pulses zu spüren!

Sie widerstand dem instinktiven Drang, ihrem Verlangen nachzugeben. »Ich bin alt. Ich habe eine Haut wie eine sommersprossige Dörrpflaume und Hände wie ein Viehtreiber. Mein Haar hat die Farbe von Karotten und fühlt sich an wie Zaundraht. Ich bin ganz zufrieden als ledige Frau. Das Land mag einen hin und wieder im Stich lassen, aber es lügt dich niemals an.«

Sie wollte sich von ihm lösen, aber seine Umarmung war fest, sein Blick entschlossen, als er langsam und verführerisch den Walzer mit ihr zu tanzen begann. Sie war eine Motte im intensiven Licht seiner Augen, und als er den Kopf senkte und sie küßte, fuhr sie zusammen. Einen flüchtigen Augenblick lang war es, als verglühe sie in diesem Schmetterlingskuß wie in einer Flamme, die sie durchströmte und ihre Gedanken ins All zerstieben ließ. Alle Grundsätze ihres einsamen Lebens zerfielen zu Asche. Aber es war doch nicht richtig. Er war zu jung. Sie war zu alt. So etwas sollte nicht passieren. Sie sollte sich jetzt von ihm losreißen und der Sache ein Ende setzen.

Aber sie war wie gebannt. Es war, als habe sie keine Macht mehr über sich. Er führte sie in diesem Walzer, und sie wünschte, er würde ewig dauern – trotz allen Unbehagens konnte sie nichts dagegen tun.

Langsam bewegten sie sich im Takt der Musik und wurden zu einem Teil von ihr, bis die letzten Klänge in der Stille von Churinga verhallten. Finn nahm ihr Gesicht in beide Hände. Er war so nah, daß sie seinen Atem auf ihren Wimpern spürte, und sie sah die violetten Splitter im Veilchenblau seiner Augen. Es war nicht richtig – jede Faser ihres Instinktes rebellierte lauthals in ihr –, und doch wünschte sie, er wollte sie noch einmal küssen. Sie wollte seine weichen Lippen auf ihren spüren. Wollte den elektrisierenden Schauer fühlen, der so widersprüchliche und köstliche Empfindungen in ihr entfachte.

Seine Lippen kamen näher, erreichten fast ihren Mund, und dann berührten sie sie, langsam, ganz langsam.

Ein Strudel des Verlangens erfaßte Matilda, wie sie ihn noch nie verspürt hatte – nie für möglich gehalten hätte. Sie klammerte sich fest, fuhr mit gespreizten Fingern durch sein Haar und preßte sich an ihn. Sie ertrank in seinen süßen Berührungen, als er ihren Hals und die pulsierende Stelle an ihrer Kehle küßte, bevor er zu ihren Lippen zurückkehrte. Seine Zunge erkundete das zarte Innere ihres Mundes, und Wirbel eines unglaublichen Entzückens durchfluteten sie. Sie zerschmolz an ihm, verströmte sich ganz in seinem Dasein – und es war noch immer nicht genug.

»Ich liebe dich, Molly«, seufzte er. »Ich liebe dich so sehr, daß es weh tut. Heirate mich!« flehte er und zog eine feurige Spur über ihren Hals bis hinunter in die Mulde an der Kehle. »Heirate mich, Matilda, heirate mich, bevor ich verrückt werde.«

Sie kämpfte sich zurück in die Wirklichkeit und wand sich taumelnd aus seiner Umarmung. Wenn er sie noch einmal anfaßte, wäre sie verloren, und sie wußte, einer von ihnen mußte bei Verstand bleiben.

Die Verwirrung spiegelte sich in seinem Gesicht. »Warum nicht, Molly? Ich liebe dich, und nach dem, was gerade zwischen uns geschehen ist, weiß ich, daß du mich auch liebst. Warum darf unsere Sturheit uns in die Quere kommen?«

Er kam einen Schritt auf sie zu, versuchte jedoch nicht, sie zu berühren. »Nicht alle Männer sind wie Mervyn«, sagte er leise. »Ich verspreche dir, daß ich dir niemals weh tun werde. Du bist viel zu kostbar.«

Matilda brach in Tränen aus. Das hatte sie schon lange nicht mehr getan, aber ihre Gefühle waren so verworren, daß sie heute abend nichts mehr überraschen konnte. Sie liebte ihn, daran bestand kein Zweifel. Das Wunder war, daß er es auch so empfand.

Aber als sie durch ihre Tränen den Schmerz und die Ratlosigkeit in seinen Augen sah, versuchte sie sich ihre gemeinsame Zukunft vorzustellen. Wenn es nun nichts als die Einsamkeit war, was sie einander in die Arme trieb? Was wäre, wenn er sie eines Tages anschaute und sah, wie alt sie war? Was, wenn er feststellte, daß er sie gar nicht liebte, und sich einer jüngeren Frau zuwandte, die ihm Kinder und die Verheißung des gemeinsamen Alterns schenken konnte? Wie sollte sie es ertragen, ihn mit einer anderen zu sehen, wenn sie ihn erst so innig gekannt hatte?

Sie spürte diesen Schmerz, als habe ihr jemand ein scharfes Messer in den Leib gestoßen, und obwohl es eine alles verzehrende Qual war, wußte sie, wie ihre Antwort lauten mußte, und sie kannte die Konsequenzen, die sie haben würde. Sie würde ihn verlieren. Nach diesem Abend konnte ihre Freundschaft nie wieder so sein wie früher – und sie würde ihn nie als Liebhaber kennenlernen.

»Ich kann dich nicht heiraten, Finn. Ich bin fast siebenunddreißig und zu alt und zu verschlissen von der langen Arbeit auf dem Land. Such dir eine, die mit dir zusammen alt werden kann, mein Liebster. Eine, die dir Kinder und eine lange gemeinsame Zukunft schenkt.«

Mit starker Hand packte er sie beim Arm und drehte sie zu sich um. Er drückte sie fest an seine Brust und wiegte sie hin und her wie ein Baby.

»Ich werde dich heiraten, Matilda Thomas«, sagte er wütend. »Wir lieben uns, und ich will, daß du meine Frau wirst. Wir haben nur die eine Chance im Leben, und ich werde das Beste, was mir je passiert ist, nicht wegwerfen, weil du glaubst, du bist zu alt.«

Ihre Tränen durchnäßten sein Hemd, als sie an Gabriels Geschichte von dem ersten Mann und der ersten Frau dachte und wie sie beschlossen hatten, die Reise durch das Leben gemeinsam anzutreten. Sie liebte Finn, und er liebte sie – warum wollte sie versuchen, in eine Zukunft zu schauen, in der es doch ohnehin für sie beide keine Garantien geben konnte? Wenn ihr Glück nur von kurzer Dauer wäre, so wäre das doch sicher immer noch besser als die trostlose Leere ohne ihn.

Sie schaute ihm in die Augen, las darin seine Liebe zu ihr und entspannte sich. Sie zog seinen Kopf zu sich herab, spürte das Wunder seiner Lippen auf ihren und wußte, daß es richtig war. Sie würde jeden Tag, jeden Augenblick genießen, und wenn ihre gemeinsame Zeit zu Ende wäre, würde sie eine Schatzkammer voller Erinnerungen haben.

»Ja, Finn. Ich werde dich heiraten. Ich liebe dich zu sehr, um dich jetzt noch gehen zu lassen.«

»Dann komm, und tanze Walzer mit mir, Matilda. Tanze für immer Walzer mit mir.« Jubelnd wirbelte er sie herum.

Sie hielt sich an ihm fest, und Tränen des Glücks liefen ihr übers Gesicht. So lange, wie's dauert, versprach sie sich insgeheim. So lange, wie's dauert.

Jenny wischte sich die Tränen ab und legte das Tagebuch beiseite. Matilda war eine außergewöhnliche Frau. Sie hatte ein Leben überstanden, das selbst starke Männer umgeworfen hätte, und beinahe hätte sie ihr Glück geopfert, weil sie bezweifelte, daß jemand, der so jung und gutaussehend wie Finn war, sich für sie interessieren könnte. Und dann hatte sie dennoch den Mut gehabt, sich dieser ungewissen Zukunft zu stellen, so schmerzhaft sie auch werden mochte – denn sie wußte, daß es im Leben keine Garantien gab und er das Risiko wert war.

Jenny seufzte, als sie an Peter und Ben dachte. Ihr eigenes Leben war ihr so geregelt und so sicher erschienen, und doch war das Schicksal dazwischengetreten und hatte es in Scherben gelegt. Jetzt waren ihre Erinnerungen alles, was sie noch besaß, aber sie waren besser als nichts.

Die ersten Sonnenstrahlen kämpften sich durch die Gewitterwolken ins Zimmer, und sie fragte sich, ob sie die Erinnerung an Brett und Churinga bewahren würde, wenn sie erst wieder in Sydney wäre.

Die Erinnerung an Matilda ganz gewiß, denn wie sollten diese Tagebücher keinen Eindruck auf die Leserin machen? Aber Brett? Der war kein Finn McCauley, das stand fest.

»Noch einen Tag, Ripper. Mehr bleibt uns nicht.« Sie zog den Hund aus seinem Versteck unter dem Bett hervor und drückte ihn an sich. Er leckte ihr übers Gesicht, aber bei jedem Donnergrollen erzitterte er und klemmte den Schwanz ein. »Na komm, mein Kleiner. Schnell ein bißchen hinaus mit dir, und dann gibt's was zu fressen.«

Sie trug ihn auf die hintere Veranda hinaus; er scharrte kurz im hohen Gras und war gleich wieder bei ihr. Jenny schaute zum Himmel. Es fröstelte sie trotz der Hitze. Die Elektrizität in der Luft war mit Händen zu greifen, und der unheimliche Odem sich zusammenballender Kräfte hielt Himmel und Erde fest in einem reglosen Gleichgewicht. Alles wartete auf den Augenblick, da die Furien endlich entfesselt würden.

Sie blickte über die Koppel. Die Pferde waren in einer hinteren Ecke zusammengepfercht, abseits der Bäume, die im heißen Wind schwankten und mit ihren langen, biegsamen Zweigen die trockene Erde peitschten. Die Schafe drängten sich in wolligen Klumpen an die Zäune und kehrten dem Wind ihre Hinterteile zu, und ihr dummes Blöken hallte über die Weide.

Jenny wußte, daß sich diese Szene im Laufe der Jahrzehnte stets wiederholte, und daran würde sich wahrscheinlich auch in Zukunft kaum etwas ändern. Das Outback änderte sich nicht, und die Menschen, die es bewohnten, auch nicht; es war ein starker, unbezwingbarer Menschenschlag, hart wie das Land, auf dem sie arbeiteten, und wie die Elemente, gegen die sie zu kämpfen hatten.

Sie kehrte ins Haus zurück und füllte Ripper Futter in seinen Napf. Die Angst beeinträchtigte seinen Appetit offenbar kein bißchen. Sie ließ ihn fressen und ging zu dem Aquarell hinüber, das sie faszinierte, seit sie hier war.

Das war Churinga, wie Matilda es gekannt hatte. Jedes Detail war liebevoll wiedergegeben, mit zarten Pinselstrichen und in sanften Farben. Jenny war froh, daß sie und Matilda diese Liebe zur Malerei teilten. So fühlte sie sich ihr noch enger verbunden, dieser Frau, der sie nie begegnet war und die ihr durch eine glückliche Fügung doch so vertraut hatte werden können.

Sie nahm das Aquarell und die anderen Bilder von der Wand, legte sie sorgsam in eine Apfelkiste und stopfte ihre eigenen zusammengerollten Leinwände darüber. Als sie ihre Zeichenblöcke, Ölfarben und Pinsel dazugepackt hatte, verschnürte sie alles in braunem Papier. Sie würde die Bilder mit nach Sydney nehmen – nicht nur als Erinnerung an das, was hätte sein können, sondern auch als greifbaren Beleg für das Leben und den Einfluß einer einzelnen Frau in einem kleinen Winkel von New South Wales.

Noch ein Tag, dachte sie wehmütig und schaute sich in dem stillen Haus um. Nur noch ein Tag, und dies alles ist nur noch Erinnerung. Sie ärgerte sich über sich selbst, und weil sie das Bedürfnis nach Gesellschaft verspürte, suchte sie Diane.

Ihre Freundin lag auf dem Bett, und die Nachttischlampe warf einen gelben Lichtkreis ins Halbdunkel. Die Tagebücher waren auf dem Bett verteilt. Sie schlief mit leicht gerunzelter Stirn, und ihre Lippen bewegten sich in lautlosem Zwiegespräch mit ihren Träumen.

Jenny schloß leise die Tür und kehrte in das eigene Schlafzimmer zurück. Nur noch ein paar Seiten, und es wäre vorbei. Den letzten Tag könnte sie dann mit einem Ritt über das Land verbringen, das sie lieben gelernt hatte, und sich von allem verabschieden.

Matilda ließ sich von Finns Begeisterung mitreißen. »Ich finde, wir sollten noch ein Weilchen warten, Finn«, protestierte sie. »Vielleicht überlegst du es dir ja noch anders.«

»Nein, das tue ich nicht«, antwortete er fest. »Wir haben keinen Grund zu warten, Molly. Wir haben weiß Gott lange genug gebraucht, um uns zu finden.«

»Dann laß uns einfach zum Standesamt nach Broken Hill fahren«, bat sie eindringlich. »Ich glaube nicht, daß ich im Mittelpunkt von soviel Aufmerksamkeit und Klatsch stehen möchte, und bei einer kirchlichen Trauung käme ich mir vor wie eine Heuchlerin.«

Er nahm sie in die Arme und küßte ihren feuerroten Scheitel. »Ich schäme mich nicht für das, was wir tun, Molly. Ich weiß nicht, warum wir nicht auch Gottes Segen bekommen sollen, und von mir aus kann die ganze Welt dabei zuschauen. Auf dich und mich und das Versprechen, das wir uns geben – nur darauf kommt es an und auf niemanden sonst.«

Matilda war nicht so ganz davon überzeugt, daß er recht hatte. Zu viele Jahre lang hatte sie sich bemüht, die schwatzenden Stimmen im Buschtelefon zum Schweigen zu bringen, aber, mitgerissen von seiner Entschlossenheit, konnte sie nicht mehr verhindern, daß die Fassade, die sie zu ihrem Schutz errichtet hatte, allmählich ins Bröckeln geriet.

Father Ryan war gealtert. Sein langes, schmales Gesicht war von Falten der Erschöpfung gezeichnet, und das einst dunkle Haar war jetzt eisengrau. An die Stelle seines Maultiergespanns war zwar ein Auto getreten, aber das jahrelange Reisen durch die endlosen Weiten seiner Gemeinde forderte jetzt doch seinen Tribut.

Er lächelte, als er hörte, warum Matilda und Finn zu ihm gekommen waren. »Ich freue mich für euch beide«, sagte er in seinem sanften irischen Tonfall, der vom australischen Näseln kaum gefärbt war. »Ich weiß, das Leben war nicht leicht für dich, Matilda, und es wäre mir eine Ehre, wenn ich die Trauung vollziehen dürfte.«

Finn nahm ihre Hand und legte sie auf sein Knie. Er tat sein Bestes, um sie zu ermutigen, aber sie fühlte sich in Gegenwart des Priesters immer noch unbehaglich.

Father Ryan blätterte in seinem Terminkalender. »So viele Trauungen nach dem Krieg«, stellte er mit glücklichem Seufzen fest. »Ich werde gleich am Sonntag das Aufgebot verkünden, die Hochzeit kann in vier Wochen sein.« Er blickte auf. »Paßt euch das?«

Matilda und Finn wechselten einen Blick. »Es kann gar nicht schnell genug gehen, Father«, erklärte Finn.

Der Priester musterte sie streng über die halbmondförmigen Gläser seiner Brille hinweg, und Matilda wurde rot. »Das ist es nicht, Father«, sagte sie hastig. »Wir möchten nur nicht mehr warten.«

Sie hatte feuchte Hände, und das Zimmer schien sie zu erdrücken.

Es war ein Fehler gewesen herzukommen. Ein Fehler zu glauben, sie könnte dem Priester nach dem, was mit ihrem Vater geschehen war, jetzt wieder in die Augen schauen.

»Deine Mutter hat dich als gute Katholikin erzogen, Matilda«, ermahnte er sie. »Ich möchte nicht gern glauben, daß du diese Ehe mit einer Sünde auf deiner Seele eingehst.«

Ich habe größere Sünden auf der Seele, als du für möglich halten würdest, dachte sie und umklammerte hilfesuchend Finns Hand.

Finn beugte sich vor. »Matilda und ich haben nichts Unrechtes getan, Father. Wir warten gern bis zur Hochzeit.«

Der Priester klappte seinen Kalender zu und lehnte sich zurück. Er zog eine verbeulte Taschenuhr hervor und klappte sie auf. »Möchtet ihr, daß ich euch die Beichte abnehme, wenn ihr schon einmal hier seid? Zeit hätte ich.«

»Es waren zu viele Jahre, Father«, sagte Matilda eilig. »Ich glaube nicht, daß ich mich noch an alle meine Sünden erinnern kann.« Sie lächelte und bemühte sich, leichthin darüber hinwegzugehen, und wich seinem bohrenden Blick aus. Sie wollte hinaus aus seinem Arbeitszimmer, hinaus an die frische Luft. Weg von dem Geruch von Möbelpolitur und muffigen Büchern. Wieso hatte sie sich von Finn hierherschleppen lassen, nachdem sie doch so schlimm gesündigt hatte, daß sie sich schämte, einem Priester davon zu erzählen? Father Ryan würde ihr Hölle und Verdammnis predigen, wenn er hörte, was sie mit Mervyn getan und welche Konsequenzen diese entsetzliche Tat gehabt hatte.

Finn drückte ihr stumm die Hand und ermutigte sie, stark zu bleiben. Aber sie wußte, daß sie ihn dieses eine Mal enttäuschen mußte.

»Es tut mir leid, Father. Es ist zu lange her, und es wäre Heuchelei, wenn ich jetzt versuchen wollte zu beichten«, erklärte sie lahm.

Father Ryan nahm die Brille ab und massierte sich die Nasenwurzel. »Ich kann dich nicht zwingen, Matilda, und würde es auch nicht tun. Aber die Beichte gehört zu der Zeremonie, und ich hoffe, daß du es dir noch anders überlegen wirst. Wenn du mich sprechen willst, weißt du ja, wo du mich findest. Das gilt auch für Sie, junger Mann.«

Er stand auf, reichte beiden die Hand und führte sie zur Tür. »Ich erwarte, daß ihr beide an den nächsten drei Sonntagen zur Messe kommt und bei der Verlesung des Aufgebots dabei seid. Gott segne euch!«

Matilda eilte über den Pfad zwischen den verstaubten, windschiefen Grabsteinen auf die Straße hinaus. Sie wollte so weit weg wie möglich vom bedrängenden Zugriff der Kirche. Zu viele Jahre waren vergangen, seit sie das letzte Mal an Gott gedacht hatte. Zuviel war geschehen, und ihr Glaube war nicht stark genug gewesen, um diesen Ansturm zu überstehen.

Finn holte sie ein und griff nach ihrem Arm. »Warte doch, Matilda. Warum so eilig? Wovor hast du Angst?«

Sie schaute ihn lange an, und der Staub des Friedhofs umwehte ihre Füße. »Ich habe dir etwas zu sagen, Finn«, gestand sie leise. »Aber nicht hier. Bitte bring mich zurück nach Churinga.«

Er schwieg ratlos, als sie zum Wagen zurückgingen, und sie war dankbar für sein Schweigen. Sie hatte keinen Blick für die großartige Pracht des weiten Graslands, als sie Wallaby Flats verließen, sondern überlegte sich, was sie ihm sagen wollte. Es wäre nicht recht, ihm dieses letzte Geheimnis vorzuenthalten – das Geheimnis des Kindes, das sie vor so langer Zeit begraben hatte.

Gleichwohl hätte sie fast alles gegeben, wenn sie dieses Geheimnis für sich hätte behalten dürfen. Sie fühlte sich immer noch mißbraucht und schmutzig. Besudelt von Mervyns Wollust und der Lüge, mit der sie seither hatte leben müssen. Wie würde Finn reagieren? Würde er sie immer noch wollen? Würde er verstehen, warum sie unmöglich zur Beichte hatte gehen können?

Sie mußte ihm vertrauen. Mußte glauben, daß er verstehen würde, warum sie ihr neues Leben nicht mit dieser Gewissenslast beginnen konnte. Ihre katholische Erziehung erwies sich am Ende als zu übermächtig.

Finn hielt vor dem Haus, und Matilda stieg aus. Sie wandte sich zu ihm um und nahm ihn stumm in die Arme. Eine Weile standen sie so da, dann trat sie ins Haus. Ihr Schicksal lag in seiner Hand.

Irgendwann hörte sie auf zu reden. Mit tränenlosen Augen sah sie, wie das Entsetzen sein Gesicht verdüsterte, aber bis jetzt hatte er nichts gesagt.

»Jetzt weißt du alles, Finn«, sagte sie leise. »Wenn du die Hochzeit absagen willst, kann ich es verstehen.«

Er stand auf und kniete zu ihren Füßen nieder. Er umfaßte sie und ließ den Kopf in ihren Schoß sinken. »Meine Liebste«, flüsterte er. »Dachtest du, meine Liebe zu dir ist so zerbrechlich? Es war nicht deine Schuld – und nicht deine Sünde –, und du brauchst dich für nichts zu schämen.«

Matilda seufzte und fuhr mit den Fingern durch seine dichten schwarzen Locken, und als er den Kopf hob und ihr in die Augen schaute, wußte sie, daß keine Worte nötig waren. Und in der Ruhe des Wissens, daß sie endlich heimgekehrt war, überließ sie sich seiner Umarmung.

Drei Wochen später wurden sie in der kleinen Holzkirche von Wallaby Flats getraut. Zwei ihrer Treiber waren die Trauzeugen, und die einzigen Gäste waren die Männer, die auf Wilga und Churinga arbeiteten.

Matilda hatte beschlossen, nicht in Weiß zu heiraten. Es erschien ihr unpassend und wäre nur wieder eine Lüge gewesen. Sie war noch einmal nach Broken Hill gefahren und hatte sich nach langer Unschlüssigkeit für ein seegrünes Kleid entschieden. Von der kleinen Rose an der Taille fiel ein Wirbel von Seide fast bis auf den Boden, und wie es im Sonnenlicht schimmerte, stellte sie sich die Wogen an einem fernen Strand vor. Dazu fand sie ein Paar Schuhe in der passenden Farbe, und ihren Brautstrauß band sie sich aus Rosen, die sie am Morgen in ihrem Garten geschnitten hatte.

Das grüne Kleid ließ ihr feuerrotes Haar erst recht erstrahlen; sie hatte es gebürstet, bis es wie Kupfer glänzte und in duftigen Locken über ihren Rücken wogte. Ein Kranz aus cremefarbenen Rosen schmückte sie statt eines Schleiers. Zum ersten Mal im Leben fand sie sich selbst schön.

Sie stand allein in der Kirchentür und schaute den schmalen Gang entlang zum Altar. Die Orgel spielte, Father Ryan erwartete sie, und neben ihm stand Finn.

Matilda empfand ein ehrfurchtsvolles Flattern. So gut sah er aus in seinem Anzug. Das dunkle Haar lockte sich glänzend über Ohren und

Stirn. Und sie liebte ihn von ganzem Herzen – und doch war da diese kleine, leise Stimme, die sie an das Versprechen erinnerte, das sie sich selbst gegeben hatte, als er ihr den Heiratsantrag gemacht hatte.

So lange, wie's dauert, dachte sie. Bitte laß es ewig sein!

Die Tasten der ächzenden Orgel wurden enthusiastisch gedrückt, und Matilda bereute plötzlich, daß sie nicht einen der Männer gebeten hatte, sie zum Altar zu geleiten. Aber dazu war es jetzt zu spät. Sie war so viele Jahre lang allein gewesen; was waren da jetzt noch ein paar Schritte in eine hellere Zukunft?

Sie umfaßte ihren Blumenstrauß fester, holte tief Luft und ging Finn entgegen.

Der Gottesdienst war ein Kaleidoskop aus Weihrauch, Blumen, Finns dunklem Bariton und seinen hypnotischen Augen. Schließlich steckte der Ring an ihrem Finger, und ihr neuer Ehemann schaute mit solchem Stolz auf sie herab, daß sie vor Glück am liebsten geweint hätte.

Finn hatte dafür gesorgt, daß im Hotel ein Hochzeitsfrühstück auf sie wartete. Als sie die Kirche verließen und die Straße überquerten, bemerkte Matilda erstaunt, wie groß die Zuschauermenge war, die hier zusammengeströmt war.

»Achte nicht auf die Leute«, flüsterte er, nahm ihre Hand und legte sie in seine Armbeuge. »So etwas Schönes haben sie noch nie gesehen.«

Sie warf einen Blick in die neugierigen Gesichter, die Münder, die sich hinter vorgehaltenen Händen bewegten und so verschlagen lächelten – und sie wußte, daß sie aus ganz anderen Gründen gekommen waren. Aber um Finns willen sagte sie nichts.

Das Hotel war für diesen Anlaß eigens mit Fahnen und Luftballons geschmückt, und die Tische bogen sich unter den Speisen. Sogar eine Drei-Mann-Kapelle war da: Geige, Klavier und Kontrabaß. Finn streckte die Hand aus und führte sie auf die winzige viereckige Tanzfläche.

»Komm und tanze Walzer mit mir, Matilda«, sagte er lächelnd, als die Kapelle die Melodie von »Banjo« Paterson intonierte.

Lachend kam sie in seine Arme. »Immer und ewig«, sagte sie leise.

Zwei Stunden später hatten sie die Torte angeschnitten, ihre Reisekleidung angezogen und sich zur Hintertür des Pub hinausgeschlichen.

»Niemand wird was merken«, beharrte Finn. »Ich habe dem Wirt genug Geld gegeben, um die Leute noch mindestens eine Stunde mit Bier zu versorgen, und dann sind wir längst weg.«

»Wo fahren wir denn eigentlich hin?« Matilda lachte, als sie in den Geländewagen stieg. »Du bist ein solcher Geheimniskrämer!«

Er tippte sich seitlich an die Nase. »Das ist eine Überraschung.« Und mehr sagte er nicht.

Ihr war es gleich, wo sie landeten, solange sie nur zusammen waren. Sie saß neben ihm im Wagen, ihr Kopf ruhte an seinem Arm, und sie fuhren nach Dubbo.

Es wurde schon dunkel, als sie am Flugplatz eintrafen, und Finn wollte ihr immer noch nicht sagen, wie das geheime Ziel hieß, als er ihr jetzt half, die Stufen in das leichte Flugzeug hinaufzusteigen und sich anzuschnallen.

»Was soll denn das werden, Finn?« Sie lachte, aber ihr war unbehaglich zumute. Sie hatte noch nie ein Flugzeug aus so großer Nähe gesehen, geschweige denn in einem gesessen. »Du willst mich doch nicht entführen, oder?«

Er bedeckte ihr Gesicht mit Küssen. »Doch, Mrs. McCauley. Wart's nur ab!«

Die Propeller heulten auf, das Flugzeug schüttelte sich, und dann rasten sie die Startbahn entlang. Matilda umklammerte die Armlehnen, als sie in den Himmel hinaufstiegen. Dann ließ sie den angehaltenen Atem entweichen und schaute staunend auf die Erde hinunter.

»Ich wußte immer, daß es schön ist, Finn, aber nie war mir klar, wie großartig es wirklich ist. Sieh doch den Berg und die Bäume da unten am See!«

Lächelnd nahm er ihre Hand zwischen die eigenen. »Von jetzt an, Mrs. McCauley, wirst du Dinge sehen und Orte besuchen, von denen du bisher nur geträumt hast. Ich will, daß du dein Leben wieder genießt und daß du alles bekommst, was du dir je gewünscht hast.«

Wo war jetzt die Frau, die so rauh und zäh war und fluchen und brüllen konnte wie ein Mann? Wo war diese harte kleine Frau, die mit der Herde geritten war und Churinga über all die Jahre hinweggerettet hatte? Sie ist dahingeschmolzen, erkannte Matilda. Ist weich und weiblich geworden. Und das alles nur wegen dieses Mannes, der ihr zeigte, was Liebe bedeutete.

Sie seufzte glücklich. Das Leben hatte einen neuen Sinn bekommen, und sie gedachte jede wunderbare Sekunde zu genießen.

Sie landeten in Melbourne. Nach einem kurzen Abendessen holte er die Koffer und packte sie in ein Taxi. »Wir bleiben nicht hier, Molly. Aber ich verspreche dir: Noch vor morgen früh fangen unsere Flitterwochen an.«

»Genug jetzt, Finn McCauley!« Sie hatte Mühe, ein ernstes Gesicht zu behalten. »Ich gehe keinen Schritt weiter, wenn du mir jetzt nicht sagst, wohin wir fahren.«

Er schlug die Taxitür zu und wedelte mit zwei Tickets vor ihrem Gesicht herum. »Tasmanien.« Er strahlte.

Sie fand keine Worte, um ihrer Überraschung Ausdruck zu verleihen.

Finn umarmte sie, sie lehnte sich an ihn, und er küßte ihren Scheitel. »Du hast mich in deine Vergangenheit gelassen. Jetzt bin ich an der Reihe. Ich will dir zeigen, wie schön es in Tasmanien ist, und es mit dir zusammen genießen.«

In den Docks von Melbourne herrschte geschäftiges Treiben. Das Taxi schlängelte sich zwischen hohen Stapeln von Frachtkisten und schweren Maschinen hindurch. Die *Tasmanian Princess* zerrte sanft an ihren Leinen. Finn faßte Matilda beim Ellenbogen und führte sie durch den Passagierterminal, und sie schaute ehrfurchtsvoll in die Höhe. Blau und weiß war das Schiff angestrichen; an einem riesigen Schlot prangte die australische Flagge, und die Decks wimmelten vom farbenfrohen Gedränge der Passagiere.

»Ich habe eine der größten Kabinen gebucht«, sagte Finn leise, als sie einem Matrosen durch die schmalen Korridore folgten. »Hoffentlich gefällt sie dir.«

Matilda wartete, bis der Matrose die Tür aufgeschlossen und die Koffer drinnen abgestellt hatte. Der Mann lächelte, tippte sich an die Mütze und steckte das Trinkgeld ein. Dann drehte Finn sich zu ihr um und hob sie auf.

»Das ist vielleicht nicht die Schwelle von Churinga oder Wilga, aber für die nächsten zwölf Stunden ist es unser Zuhause.«

Sie schlang die Arme um seinen Hals und schmiegte ihr Gesicht an seine Schulter. Andere Passagiere beobachteten sie wissend. Sie war nervös und aufgeregt und wußte, daß sie heftig errötete – aber wie behütet fühlte sie sich in seinen Armen, und wie sicher war sie, das Richtige getan zu haben.

Finn trug sie in die Kabine und warf die Tür mit einem Fußtritt hinter sich zu. Er hielt sie fest in den Armen, und sein heftiges Herzklopfen war wie der Widerhall ihres eigenen. Seine Augen waren dunkel, als er den Kopf senkte und seine Lippen sanft, aber drängend auf ihren Mund legte.

Matilda klammerte sich an ihn. Halb hatte sie Angst vor dem, was kommen würde, und halb brannte sie ungeduldig darauf, und als er sie behutsam wieder auf die Füße stellte, war sie schmerzlich enttäuscht.

»Ich lasse dich jetzt allein, damit du dich frisch machen kannst«, sagte er. »Die Bar ist ganz in der Nähe, und ich bin gleich wieder da.«

Sie wollte, daß er dablieb, wollte ihm sagen, daß ihr die Hochzeitsnachtkonventionen gleichgültig seien – aber ein bebender Zweifel verbot es ihr. Als die Tür klickend hinter ihm ins Schloß fiel, stand sie lange da und starrte sie an. Die Erinnerung an Mervyn war plötzlich übermächtig in dieser Kabine voller Blumen. Sie glaubte seine rauhen Hände zu fühlen und hörte seinen Atem.

Fröstelnd schlang sie die Arme um sich selbst, um seine Gegenwart abzuwehren. Was wäre, wenn der Sex mit Finn das Grauen jener Zeit wieder auferstehen ließe? Was, wenn sie ihrem neuen Ehemann nicht gefällig war, wenn sich herausstellte, daß sie ihm nicht geben konnte, was er wollte?

Sie schlug die Hände vors Gesicht. »Oh, Finn«, schluchzte sie. »Was habe ich nur getan?«

»Molly?« Seine Stimme war sanft, und er schloß sie in die Arme. »Ich hätte dich nicht allein lassen sollen. Es tut mir leid.«

Sie hatte ihn nicht hereinkommen hören. Er legte ihr einen Finger an die Lippen. »Pssst, meine Liebste, ich weiß. Und ich verstehe.«

Er küßte sie, leicht und flüchtig. Sie schlang ihm die Arme um den Nacken, und die Küsse wurden inniger.

Matilda spürte, wie Mervyns Gegenwart ins Nebelhafte verwehte, als Finns behutsame Hände ihr Gesicht umfaßten und an ihrem Hals herunterstrichen. Jetzt konnte sie sich vorstellen, wie die wilden Fohlen sich fühlen mußten, wenn er sie besänftigte. Wie hatte sie nur auf die Idee kommen können, diese langsamen Liebkosungen mit der Gewalt ihrer frühen Erfahrungen zu vergleichen?

Finn küßte ihren Hals und die Mulde an ihrer Kehle, und seine Zungenspitze hinterließ eine glühende Spur. Seine Hände bewegten sich über ihren Körper und lösten eine Flutwelle des Verlangens aus, die endlos hoch und zugleich unergründlich tief zu sein schien – und als ihr seidenes Kleid raschelnd zu ihren Füßen auf den Boden glitt, bog sie den Rücken durch und gab sich der elektrisierenden Berührung seiner Hände auf ihrer Haut gänzlich hin.

Sein Körper war straff, und klare, feste Konturen fühlten sich unter ihren Fingern an wie feinstes Leder. Sie schmeckte seinen salzigen Schweiß, atmete seinen erdigen, männlichen Geruch und vergrub die Finger in den dichten Locken auf seiner breiten Brust.

Dunkles Haar strich federleicht über ihre Brüste, als er sie sanft auf den Bauch küßte und ihre Hüften streichelte. Sie schrie auf, als seine Zunge auf den Innenseiten ihrer Schenkel ein Feuer entfachte.

Die Außenwelt hörte auf zu existieren, als sie von einem Wirbelsturm der Empfindungen mitgerissen wurde. Sie wollte ihn verzehren, von ihm verzehrt werden. Als er sich über sie schob und langsam in sie eindrang, schlang sie die Beine um seine Hüften und zog ihn tiefer in sich hinein, bis sie in lustvoller Einheit verschmolzen. Haut an Haut mischte sich ihr Schweiß, und sie atmeten dieselbe Luft und ritten auf der rauschenden Brandungswelle, bis sie sich brach.

Matilda ruhte in der Krümmung seines Arms, sinnlich und träge wie eine Katze im Sonnenschein. Sie bog sich ihm entgegen, als seine Hand an ihrer Wirbelsäule hinunterstrich und dem Tal ihrer Taille und dem Berg ihrer Hüfte folgte. Noch jetzt, im Nachglanz des Liebesakts, konnten seine Hände sie erregen.

»Ich liebe dich, Mrs. McCauley«, sagte er.

Als sie Tasmanien zu Gesicht bekam, war sie verblüfft. Sie hatte bisher nie viel über diesen siebten Staat nachgedacht, sondern ihn nur einmal in einem alten Atlas nachgeschlagen, als Finn nach Wilga gekommen war. Aber als sie jetzt an Deck stand und zum Horizont schaute, wurde ihr klar, daß der winzige Fleck im Atlas nichts zu tun hatte mit dem ausgedehnten Gebirge dort hinten.

Devonport war ein verschlafener kleiner Hafen mit einem Städtchen, das sich zwischen den Mersey River und den Bass Strait schmiegte. Schwarze Felsen und gelber Sand säumten die Ufer; grüne Wiesen waren von Laubbäumen überschattet, und kleine Holzhäuser standen auf den Höhen und in den Tälern.

Überall war es bunt – die leuchtenden Blumen, die Schieferdächer, die saftigen Rasen –, und Matilda wäre mit Vergnügen gleich hiergeblieben. Aber Finn hatte eigene Pläne, und auch sie war erpicht darauf zu sehen, wo er aufgewachsen war; also mieteten sie ein Auto und fuhren nach Süden.

Meander lag mitten im Nirgendwo und erinnerte sie an zu Hause. Aber die Besitzungen lagen nicht so weit auseinander, das Gras war ein bißchen grüner, die Farben zarter. Was sie hier vermißte, waren die Schwärme von Vögeln, die schrillen Schreie der Papageien und Galahs und das Gelächter des Kookaburra.

Finn zeigte ihr das kleine Holzhaus auf der flachen Anhöhe, umgeben von weitem Grasland. Es sah zu klein aus für die große Familie, die jetzt dort wohnte, und sie fragte sich, warum sie nicht angebaut hatten.

»Wahrscheinlich haben sie kein Geld«, sagte Finn. »Die meisten Grundbesitzer in Tasmanien haben wenig Geld und viel Land. Sie haben oft keine Ahnung vom Wert des ererbten Grundes, denn alles, was sie interessiert, ist das Land.« Er lächelte sie an. »Ganz wie ihre Kollegen in New South Wales.«

»Das gilt nicht für alle«, sagte sie mit gespielter Strenge. »Ich weiß genau, was ich besitze, und ich habe nicht vor, je wieder arm zu sein.«

Lachend nahm er sie in die Arme. »Komm. Ich zeige dir meine alte Schule.«

Sie besuchten das Schulhaus, in dem es nur einen Klassenraum gab, und er zeigte ihr die geheimen Verstecke, die anscheinend alle kleinen Jungen hatten. In der zwanzig Meilen weit entfernten Kleinstadt führte er sie zum Kino, zu der Eisdiele und zu dem langgezogenen Strand, wo er im eiskalten Meer geschwommen war.

Manche Gegenden Tasmaniens waren ganz anders als das verdorrte Outback, und manchmal fiel es Matilda schwer, sich vorzustellen, daß dies alles zum selben Land gehören sollte. Hier war das Gras fett und meistens grün. Mächtige Berge ragten zu allen Seiten in die Höhe, und Seen, so groß wie das Meer, erfüllten mit majestätischer Weite die Täler. Auf den Bäumen wuchsen knackige rote Äpfel und weiches Obst, und Felder mit Mohn und Lavendel wogten im warmen Wind.

Schrundige Felsen bewachten die südöstliche Küste, und halsbrecherische Klippen überschatteten Sandstrände, die so weiß waren, daß es den Augen weh tat. Wasserfälle rauschten aus großen Höhen in Dschungeltäler hinab. Stille, abgelegene Buchten, wo Insekten summten, lagen schläfrig in der Hitze – wunderbare Zufluchtsorte für Verliebte, die dort schwimmen und in der Sonne liegen konnten. Kiefern- und Eukalyptuswälder erstreckten sich, so weit das Auge reichte. Der kuriose Tasmanische Beutelteufel, das Schnabeltier und der Wombat waren scheue Geschöpfe, und man sah sie nur, wenn man endlose Geduld besaß und wußte, wo man sie suchen mußte.

Matilda und Finn verbrachten zwei Wochen damit, die Inselwelt zu erkunden, und sie nahmen sich Zeit, um faul in der Sonne zu liegen und im eiskalten Wasser zu schwimmen. Sie besichtigten Hobart und bestiegen den Mount Wellington; sie spazierten über den Markt am Hafen und segelten zwischen den kleinen Inseln umher. Abends aßen sie köstliche Langusten oder Regenbogenforellen, und dazu tranken sie den herrlichen Wein aus den jungen Weingärten bei Moorilla.

Nachts lag sie in seinen Armen, trunken vom Liebesspiel, satt und zufrieden. In ihren schönsten Träumen hätte sie sich vollkommenere Flitterwochen nicht vorstellen können.

»Ich wünschte, wir könnten noch länger bleiben«, sagte sie wehmütig, als das Flugzeug von der schmalen Startbahn abhob.

Finn nahm ihre Hand. »Ich verspreche dir, daß ich dich wieder herbringen werde, bevor wir beide alt und grau sind.« Er lächelte. »Dies wird immer ein ganz besonderer Ort für uns beide sein.«

Als sie wieder nach Churinga kamen, stellten sie fest, daß die Bitjarra fort waren. Der ein oder andere war schon im Laufe des vergangenen Jahres weggegangen, aber jetzt waren die Gunyahs leer und das Kochfeuer kalt.

Matilda sah es betrübt. Es war das Ende einer Ära – aber auch der Anfang von etwas viel Besserem. Vielleicht hatten sie auf ihre eigene mysteriöse Art erkannt, daß Matilda sie nicht mehr brauchte.

Das Leben verfiel in einen gemächlichen Rhythmus. Finn zog mit seinen Sachen nach Churinga und stellte einen Verwalter ein, der auf Wilga wohnte. Er würde dort weiter Pferde züchten, und es mußte jemand auf dem Anwesen nach dem Rechten sehen. Sechs Monate später reisten sie nach Broken Hill, und nachdem sie ein oder zwei wichtige Dinge erledigt hatten, besuchten sie Geoffrey Banks und unterzeichneten die Vereinbarung, die aus Wilga und Churinga einen einzigen Besitz machte.

Matilda ergänzte ihr Testament so, daß es den ganzen Besitz umfaßte, und dabei mußte sie Geoffrey Banks unwillkürlich anlächeln. Wie recht er doch mit seinem Rat gehabt hatte! Das Leben war wirklich voller Überraschungen.

Sie waren nach Churinga zurückgekehrt, und Matilda wartete, bis sie zu Abend gegessen hatten und auf der Veranda saßen. Finn zog sie auf seinen Schoß, und zusammen schauten sie zum Mond hinauf, der zwischen den Bäumen dahinzog.

»Ich habe dir etwas zu sagen, Finn«, sagte sie schließlich. »Es hat mit dem zu tun, was ich gestern erledigen mußte, als du deine neuen Reitstiefel bestellt hast.«

Er küßte sie auf den Hals, und bei der Berührung seines Stoppelkinns durchrieselte es sie wohlig. »Mmmmm?«

Sie löste sich lachend von ihm. »Wie soll ich mich konzentrieren, wenn du das machst, Finn? Jetzt laß es sein, und hör mir zu.«

Er biß sie sanft in den Hals. »Ich habe immer noch Hunger«, knurrte er.

»Finn«, erklärte sie mit Nachdruck, »ich muß dir etwas sagen, und es ist wichtig.«

Sein Gesicht war plötzlich ernst. »Was gibt's denn, Molly?«

»Wir bekommen ein Kind«, sagte sie leise und wartete auf seine Reaktion.

Er starrte sie an, und dann erschien ein breites Grinsen auf seinem Gesicht voller Staunen und Entzücken. Er sprang auf, nahm sie in die Arme und wirbelte sie auf der Veranda im Kreis herum. »Du tüchtiges, tüchtiges Mädchen! Warum hast du nichts gesagt?«

Lachend flehte sie ihn an, sie abzusetzen. »Ich wollte ganz sicher sein«, antwortete sie dann atemlos. »In meinem Alter kam es mir so lächerlich vor.«

Er küßte sie mit quälender Zärtlichkeit. »Mein kostbares, kostbares Mädchen«, murmelte er, seine Lippen an ihre geschmiegt. »Ich verspreche dir, unser Kind bekommt den schönsten Besitz und die liebevollsten Eltern in ganz New South Wales. O Molly, Molly! Das ist das schönste Geschenk, das du mir machen konntest.«

Matilda war selbst glückselig. Sie konnte es immer noch nicht glauben, und während die Monate ins Land gingen, legte sie immer wieder die Hände auf den Bauch, um sich zu vergewissern, daß sie nicht träumte. Die Zeit verging ihr nicht schnell genug, und doch war sie fast eifersüchtig bei dem Gedanken, ein solches Wunder mit jemandem zu teilen.

Was für ein Glück ich doch habe, sagte sie sich immer wieder. Geliebt und gebraucht zu werden, nach all den Jahren der Einsamkeit. Diesem Kind würde es an nichts fehlen. Sie und Finn würden es lieben und behüten, und es würde in der guten Luft von Wilga und Churinga groß und stark werden.

Das Kind sollte im Winter zur Welt kommen. Die Schersaison war vorbei, und als die letzten sechs Wochen der Schwangerschaft begannen, spürte Matilda, wie ihre Energie in der Schwüle nachließ. Es hatte bereits angefangen zu regnen, und der Bach drohte über die Ufer zu treten. Finn war mit den Leuten hinausgeritten, um die Herde auf eine höher gelegene Weide zu treiben, und dann wollte er nach Wilga hinüber, um nachzusehen, ob für den Winter alles bereit war.

Matilda bewegte sich langsam im Haus; das Gewicht des Kindes ließ die Hitze noch intensiver erscheinen. Sie hatte vorgehabt, das Kinderzimmer fertig einzurichten, das er an der Seite des Hauses angebaut hatte; er hatte ihr zwar befohlen, diese Arbeit ihm zu überlassen, aber sie wollte ihn gern überraschen.

Außerdem, sagte sie sich wütend, wirst du weich und faul, wenn du den ganzen Tag im Haus hockst und nichts tust. Es wird Zeit, daß du dich mal wieder ein bißchen bewegst.

Sie nahm einen Eimer Wasser, ein Federmesser, um damit alten Lack abzukratzen, Putztücher und Bienenwachs, und damit tappte sie in das Kinderzimmer. Es war klein und hell mit seinem großen Fenster zur Koppel, und es roch nach frisch gesägtem Holz. Sie hatte die Wände weiß gestrichen und wollte ein Bild von Churinga an die Wand hinter dem Kinderbett malen, das Finn schon vor ein paar Wochen gebaut hatte. Das Wandbild sollte eine Überraschung sein, und sie war froh, daß er lange genug unterwegs sein würde, so daß sie Zeit hatte, es zu Ende zu bringen. Er macht zuviel Aufhebens, dachte sie nachsichtig, und ist mir nur im Weg.

Finn hatte eine Kommode und einen Kleiderschrank von Wilga herübergebracht. Bevor sie mit dem Wandbild anfangen konnte, würde sie beide Möbelstücke säubern müssen. Alles mußte in Ordnung sein, wenn das Baby kam. Sie wußte, daß dieses beinahe besessene Bedürfnis, zu putzen und zu schrubben, aus ihrem Nestbauinstinkt herrührte – ganz wie bei den wilden Tieren des Outback.

Mit warmem Wasser wischte sie den Staub vom Boden des Kleiderschranks, und sie summte vor sich hin, als sie die Borde mit Papier auslegte. Dann polierte sie das Holz mit Wachs, bis es glänzte, und schließlich trat sie zurück, um ihr Werk zu bewundern. Die Möbel, die Finn mitgebracht hatte, hatten schon bessere Zeiten gesehen. Die Stücke waren hereingetragen und dann im Trubel der Schersaison so gut wie vergessen worden. Aber jetzt war sie zufrieden mit dem Zustand des Kleiderschranks und wandte sich der Kommode zu.

Als sie die oberste Schublade aufzog, hörte sie ein Klappern und einen dumpfen Schlag. Was immer darin lag, Finn hatte es offenbar vergessen. Und jetzt war es nach hinten in den Hohlraum hinter der untersten Schublade gefallen.

Matilda zog eine Schublade nach der anderen heraus und türmte sie auf dem Fußboden übereinander. Dann ließ sie sich ächzend auf die Knie fallen und tastete in der staubigen Dunkelheit herum. Mit dem Baby zwischen ihr und dem Möbelstück war es schwer zu sehen, was sie tat.

Ihre Finger ertasteten etwas Glattes, Kaltes. Es fühlte sich an wie eine Blechschachtel. Sie zog es heraus, und mit angehaltenem Atem betrachtete sie es genauer. Es war eine lange, flache Keksdose mit einem verblichenen Schottenkaro und einem Distelbild auf dem Deckel. Sie hatte einmal Mürbeplätzchen enthalten.

Matilda schüttelte die Dose. Irgend etwas rutschte und rappelte darin hin und her. Fasziniert hebelte sie mit ihrem Federmesser den verrosteten Deckel herunter.

Statt der Plätzchen fand sie ein paar Briefe, zwei Zeitungsausschnitte und einige Fotografien. Sie legte die Briefe beiseite und betrachtete die Fotos. Sie zeigten das Haus in Meander, den Strand von Coles Bay und Finn, stolz lächelnd in seiner Schuluniform.

Lächelnd küßte sie das Foto. Wie würde sie ihn aufziehen, wenn er nach Hause käme. Was für Knie!

Als sie das nächste Foto betrachtete, erstarrte ihre Hand, und das Kind in ihrem Bauch versetzte ihr einen heftigen Tritt. Da stand Finn zwischen zwei Leuten, die sie überall wiedererkannt hätte.

»Aber das ist unmöglich«, flüsterte sie.

Als sie die Augen wieder öffnete und die Todesanzeigen in den beiden Zeitungsausschnitten gelesen hatte, wußte sie, daß es stimmte.

Und doch ergab es keinen Sinn. Überhaupt keinen Sinn. Denn wie hätte der Schuljunge Finn McCauley jemals Peg und Albert Riley kennenlernen sollen? Die beiden Wanderarbeiter waren doch nach Queensland zurückgegangen – oder nicht?

Die Gesichter verschwammen vor ihren Augen, und ihre Gedanken wurden immer wirrer. Sie erinnerte sich an Pegs Stimme, wie sie sie das letzte Mal gehört hatte. Sie hallte wider in ihrem Kopf, und sie erfüllte das Zimmer, das Haus, die Koppeln und die Meilen zwischen den Jahren.

Sie starrte auf die Rückseite des Fotos, aber sie konnte nicht lesen, was dort stand – konnte nicht mehr klar sehen. Und sie wollte es auch nicht lesen – sie wollte lieber die Zeit zurückdrehen – vergessen, daß dieses Bild überhaupt existierte. Es konnte ja nicht existieren. Nicht hier auf Churinga. Nicht in einer Kommode, die Finn von Wilga herübergebracht hatte.

»Nein«, flüsterte sie wild. »Nein, nein, nein!«

Aber sie konnte die Worte auf der Rückseite des Bildes nicht ignorieren, und sosehr es ihr widerstrebte, fühlte sie sich von ihnen angezogen.

»Viel Glück, Sohn. Ma und Dad.«

Matilda schluckte heftig und wütend, und sie zwang sich, nüchtern zu denken. Das Ganze mußte ein Zufall sein, den sie allzu dramatisch betrachtete. Peg und Albert hatten ein Kind bekommen, sie hatten ihren Namen geändert und waren nach Tasmanien gegangen. Natürlich, das war es. Eigentlich logisch.

Finns Stimme hallte in ihrem Kopf wider.

Ich war nicht sein Sohn. Ma hat es mir erzählt. Sie hatten mich adoptiert.

»Das hat immer noch nichts zu bedeuten«, sagte Matilda in die Stille hinein. »Sie haben ihn in Tasmanien adoptiert. Es ist eine Laune des Schicksals, daß er hergekommen ist.«

Sie saß auf dem Boden des Kinderzimmers, preßte das Foto an die Brust und versuchte verzweifelt an der Ruhe festzuhalten, die sie doch brauchen würde. Meine Phantasie geht mit mir durch, sagte sie sich entschlossen. Frauen in meinem Zustand sind manchmal ein bißchen verrückt.

Ihr Blick fiel auf das fest verschnürte Bündel Briefe. Ein rascher Blick zeigte ihr, daß die meisten von Freunden stammten, von Leuten, mit denen Finn im Krieg gewesen war, von Pferdezüchtern und Farmern. Und allmählich glaubte sie, daß sie sich tatsächlich geirrt hatte.

Und dann fand sie einen Brief von Peg.

Er war voller Schreibfehler und fast unleserlich, und er war offensichtlich dazu gedacht, nach ihrem Tod gelesen zu werden. Die Worte tanzten vor Matildas Augen und hämmerten ihr die Botschaft ins Bewußtsein wie Nägel in einen Sarg.

Liebster Sohn,

nie ist es mir schwerer gefallen, einen Brief zu schreiben, als jetzt, aber Du sollst die Wahrheit wissen, und jetzt, da ich nicht mehr bin, wirst Du mir hof-

fentlich verzeihen können, was ich getan habe. Ich nehme die ganze Schuld auf mich. Dein Dad wollte nichts damit zu tun haben – aber das Schicksal hat mir eine Chance geboten, und ich habe sie ergriffen.

Deine Mum war selbst noch ein Kind, als sie Dich zur Welt brachte; sie hatte keine große Zukunft und keinen Mann, der für sie sorgen konnte. Nachdem sie Dich geboren hatte, ging es ihr sehr schlecht, und als ich Dich in meinen Armen hielt, wußte ich, daß ich Dich nicht mehr hergeben konnte.

Ich habe Dich gestohlen, Finn. Habe Dich dem armen, mißhandelten Kind weggenommen und Dir das Beste gegeben, was ich Dir zu geben hatte. Ich wußte ja, daß sie nicht für Dich würde sorgen können, selbst wenn sie es wollte – was ich bezweifelte. Vor Jahren haben wir unseren Namen in McCauley geändert, und Du wirst keine Papiere finden, die irgend etwas beweisen. Es ist auch besser, wenn Du nicht weißt, woher Du kommst. Sie glaubt, Du wärest bei der Geburt gestorben, Finn – Gott möge mir die Lüge verzeihen. Aber ich und Bert, wir konnten keine Kinder bekommen, und als ich Dich sah, wußte ich, daß es so bestimmt war.

Matilda war betäubt von dem Schock, und das Grauen kehrte mit voller Wucht zurück. Ihre gefühllosen Finger warfen die Blechdose um, als sie die Hände in den Schoß fallen ließ, und etwas Blinkendes fiel zu Boden.

Sie hob es auf und ließ es wie ein Pendel baumeln. Gold und Email funkelten, und sie saß da wie gebannt.

Sie ergriff das fein ziselierte Herz, fuhr mit der Fingerspitze über die Initialen, die auf die Rückseite graviert waren, und erstarrte. Sie holte tief Luft, zwang sich, den winzigen Verschluß zu öffnen, und schaute dann in die beiden Gesichter in den zierlich gearbeiteten Rähmchen. Ein Irrtum war nicht mehr möglich.

Wo das Medaillon ihrer Mutter geblieben war, war ihr immer ein Rätsel gewesen. Aber jetzt war es nach Churinga zurückgekehrt, um sie heimzusuchen.

Das Kind lastete schwer in ihrem Leib, als sie sich mühsam aufrichtete.

»Es ist unmöglich«, murmelte sie. »Ganz unmöglich.«

Stille umgab sie. Der Tag hatte seine strahlende Helligkeit verloren, und ihr war, als höre sie Pegs Stimme wieder.

Das arme kleine Ding war tot. Das arme kleine Ding war tot. Das arme kleine Ding war tot.

Matilda preßte die Hände an die Ohren und stolperte hinaus. Ihre Füße trugen sie unausweichlich dorthin, wohin sie jetzt gehen mußte, ohne es zu wollen – sie wußte, daß es sein mußte. Zur Küche hinaus, auf die Veranda, den alptraumhaften Weg, den sie schon einmal gegangen war. Und sie hätte alles getan, um aus diesem Alptraum aufzuwachen. Über den Hof und durch das weiße Tor auf den Friedhof.

Im feuchten Gras sank sie auf die Knie und schaute das kleine Marmorkreuz an, das sie gekauft hatte, als die Farm die ersten Gewinne abgeworfen hatte. Regennasse Haare hingen ihr ins Gesicht. Ihr Kleid klebte ihr am Körper wie eine zweite, eiskalte Haut, als sie anfing, mit beiden Händen die Erde aufzuwühlen. Ohne es zu merken, murmelte sie das längst vergessene Gebet aus der Kindheit.

»Heilige Maria, Mutter Gottes, du bist gebenedeit unter den Weibern, bitte für uns Sünder …«

Ihre Hände bewegten sich immer schneller; sie schaufelten die schwere, regennasse Erde auf, warfen sie beiseite, bis sie auf roh gezimmerte kleine Bretter stießen.

Finn ist vierundzwanzig. Finn ist vierundzwanzig.

Der Gedanke flog in ihrem Kopf im Kreis herum, während ihre tauben Lippen beteten. »Bitte für uns Sünder. Vergib uns. Bitte, lieber Gott, vergib uns.«

Regen und Tränen machten sie blind. Verzweifelt scharrte sie in der Erde, um den Sarg freizulegen. Immer tiefer grub sie mit den Händen, packte die Bretter, zerrte sie aus dem klebrigen Boden, der sie nicht aus seinem Versteck entlassen wollte.

Sie achtete nicht auf den Schmerz in ihrem Leib und nicht auf die abgebrochenen Fingernägel. Sie kümmerte sich nicht um die Holzsplitter in ihrer Hand und nicht um den Regen. Sie mußte es sehen. Sie mußte wissen, was Peg und Albert vor vierundzwanzig Jahren auf diesem Friedhof begraben hatten.

Ihr Federmesser glitt in einen Spalt zwischen verrosteten Nägeln, und mit wütendem Kreischen und krachendem Splittern hob sich der Deckel.

Da lag nichts als ein großer Stein.

Dann saß Matilda im Regen und hielt die roh gezimmerten Bretter des kleinen Sarges auf dem Schoß. Sie fühlte nichts. Sie war wie tot. Wenn doch der Regen die gräßliche Sünde abwaschen könnte, die sie begangen hatte. Wenn sie doch in der Erde verrinnen und verschwinden könnte. Wenn es doch möglich wäre, für den Rest des Lebens nichts mehr zu fühlen und einfach im Vergessen zu versinken.

Aber es sollte nicht sein. Der tiefe, hartnäckige Schmerz, der in großen, flutenden Wellen über sie kam, riß sie aus ihrer Benommenheit und zwang sie, sich aufzurichten. Die Sargbretter fest an die Brust gepreßt, kroch sie zum Haus zurück. Ihr unschuldiges Kind kam in die Welt, und sie konnte nichts dagegen tun.

Matilda schleppte sich die Stufen hinauf, über die Veranda und in ihr Schlafzimmer. Der Schmerz war allesverzehrend, er bohrte sich bis in ihre Brust, und sie konnte nicht mehr atmen, nicht mehr gehen, nicht mehr denken. Sie wußte, daß sie sterben würde, und das Schicksal würde entscheiden, ob ihr ungeborenes Kind am Leben bleiben konnte – aber als die Angst aus Kindheitstagen vor dem katholischen Höllenfeuer wieder erwachte, wußte sie auch, daß dies die gebührende Strafe für einen Frevel wie ihren war.

»Finn?« rief sie in die Stille des Hauses. »Finn, wo bist du?« Sie sackte auf dem Bett zusammen und wußte nichts von der schlammigen Erde an ihren Kleidern, die das Bett beschmierte. »Ich muß es dir sagen, Finn. Muß dir alles erklären«, keuchte sie unter Qualen.

Die Zeit verlor alle Bedeutung, und sie schloß die Augen. Als sie sie wieder öffnete, fühlte sie klebriges Naß zwischen den Beinen. Fast am Ende ihrer Kräfte, griff sie nach dem Tagebuch und begann zu schreiben. Finn mußte es erfahren. Aber wenn das Kind am Leben blieb, mußte es Fürsorge und Liebe finden, irgendwo in weiter Ferne, wo es die schreckliche Wahrheit niemals entdecken würde. In diesem Haus hatte es genug Sünde gegeben.

Der Stift fiel ihr aus der Hand. Matilda hatte geschrieben, was sie konnte, und ihr Kind wollte geboren werden. Das Ende war nah.

ZWANZIG

Jenny ließ das Tagebuch zu Boden fallen, und die Tränen strömten ihr übers Gesicht. Sie hatte die ganze Zeit recht gehabt. Churinga war verflucht. Kein Wunder, daß Matilda hier spukte. Kein Wunder, daß der Walzer jedesmal erklang, wenn ihr Kleid getragen wurde.

Sie blieb auf dem Bett sitzen und trauerte um Matilda und Finn, und ihre Finger umfaßten das Medaillon, das sie um den Hals trug. Matilda mußte gestorben sein, aber was war aus Finn geworden? Ihr Schluchzen brach jäh ab. Und aus dem Kind? Es war ja der wahre Erbe Churingas.

Sie wischte sich die Tränen ab. Die Fragen in ihrem Kopf verlangten eine Antwort. Finn hatte Matildas Tagebücher aus irgendeinem Grund hier zurückgelassen. Er hatte gewollt, daß jemand sie las.

»Aber wer?« flüsterte sie. »Hast du gehofft, dein Kind würde irgendwie den Weg hierher finden, um die Wahrheit zu entdecken?«

»Führst schon Selbstgespräche, wie? Junge, das sieht ja übel aus.« Dianes Stimme riß sie aus ihren Gedanken. Jenny schrak auf, putzte sich die Nase und bemühte sich um Fassung. Sie wußte, daß sie blaß war und geschwollene Augen hatte.

»Was ist denn los?« Diane setzte sich zu ihr aufs Bett und legte ihr tröstend den Arm um die Schultern.

»Matilda hat Finn geheiratet«, stammelte sie, und schon drohte ein neuerlicher Tränenstrom.

Diane zuckte die Achseln. »Na und?« Diane lachte. »Sag mir nicht, die große Zynikerin hat plötzlich ihre romantisch-sentimentale Ader entdeckt. Jen, ich muß mich wundern.«

Jenny löste sich aus ihrer Umarmung. »Du verstehst das nicht«, flüsterte sie und wischte sich die Tränen ab. »Finn war Matildas Sohn.«

Diane starrte sie mit dunkelbraunen Augen an und stieß einen leisen Pfiff aus. »Na, das ist ja eine tolle Wendung.«

Jenny hob das Tagebuch auf und hielt es der Freundin entgegen. »Und das ist nicht alles, Diane. Sie hatten ein Kind. Peter hatte kein Recht auf diesen Besitz. Und ich hab' auch keins.« Sie zerknüllte ihr Taschentuch, und dann verhedderte sie sich in der Kette, als sie das Medaillon abnehmen wollte. »Nicht mal das gehört mir. Es hat Matilda gehört und vorher ihrer Mutter. Kein Wunder, daß sie mich verfolgt, seit ich ihre Tagebücher in die Hand genommen habe.«

Diane ignorierte das Tagebuch und starrte Jenny an. »Das ist doch Unsinn, Jen. Peter hatte jedes Recht der Welt, diese Farm zu kaufen, wenn sie auf dem Markt angeboten wurde. Vielleicht wollte das Kind sie nicht haben. Und wer könnte es ihm verdenken, bei einer solchen Geschichte?« Sie ließ die Schultern hängen. »Komm schon, Mädchen! Du läßt dir die Sache zu nahgehen. Du hast dich über diese verdammten Tagebücher aufgeregt, und deine Phantasie geht mit dir durch.«

Jenny dachte darüber nach und schüttelte dann den Kopf. Irgend etwas stimmte daran nicht. Es gab immer noch zu viele unbeantwortete Fragen, und nachdem sie mit Matildas Geschichte einmal so weit gekommen war, hatte sie das Gefühl, daß sie weitermachen mußte, bis sie alles wußte.

Sie riß das Tagebuch wieder an sich, blätterte die letzten paar Seiten auf und gab es Diane. »Lies das, und dann sag mir, wie du darüber denkst.«

Offenbar sah Diane ihr am Gesicht an, daß es keinen Sinn hatte, sich zu weigern. Sie begann zu lesen. Als sie fertig war, klappte sie das Buch zu und blieb lange Zeit schweigend sitzen, bis Jennys Geduld zu Ende ging.

»Ich finde, die ganze Sache ist sehr tragisch, und man sollte sie auf sich beruhen lassen«, erklärte sie schließlich. »Entweder ist das Kind nicht am Leben geblieben, oder es hat entschieden, den Besitz zu verkaufen. Kein Drama. Schlichte Tatsachen. Und was dein Medaillon angeht …« Sie nahm es ihr ab und befingerte die feine Gravur. »Wahrscheinlich hat Peter es hier gefunden, als er Churinga kaufte, und fand, es wäre ein schönes Geschenk für dich.«

Jenny wurde immer ungeduldiger mit Diane. »Verstehst du denn nicht?« platzte sie heraus. »Die Tagebücher wurden aus einem bestimmten Grund hiergelassen. Es muß so gewesen sein.« Sie holte tief Luft. »Wenn das Kind am Leben geblieben ist, warum läßt man sie dann hier, damit sie irgend jemand lesen kann? Warum vernichtet man sie nicht?«

»Jen«, warnte Diane, »fang nicht schon wieder damit an.«

Sie nahm Dianes Hände und versuchte sie dazu zu bringen, daß sie die Angelegenheit mit ihren Augen sah. »Wenn das Kind nun noch lebt und die Wahrheit nicht kennt? Was ist, wenn Finn die Tagebücher hiergelassen hat, weil er wußte, daß das Kind eines Tages herkommen würde? Was dann?«

»Nichts als Vermutungen.«

Jenny riß das Medaillon an sich und ging zur Tür. »Das werden wir sehen.«

»Wo willst du hin?« rief Diane ihr besorgt nach.

»Ich will John Wainwright anrufen«, rief sie zurück.

Diane lief ihr nach und riß ihre Hand zurück, als sie nach dem Telefonhörer greifen wollte. »Wozu soll das gut sein? Laß die Sache auf sich beruhen, Jenny. Freu dich an Churinga, an deinem Medaillon und an der Geschichte, die du hast lesen dürfen, und lebe dein eigenes Leben. Gebrauchter Schmuck hat immer eine Geschichte. Das macht ihn ja so interessant. Aber alte Tagebücher soll man da lassen, wo sie hingehören: in der Vergangenheit. Nichts von dem, was du sagen oder tun kannst, wird an den Tatsachen etwas ändern, Jen. Was geschehen ist, ist geschehen.«

»Aber ich muß herausfinden, was aus ihnen allen geworden ist, Diane. Muß wissen, warum Peter Churinga kaufen konnte. So viel bin ich Matilda schuldig.«

Sie wandte sich ab und wartete auf die Verbindung, und sie hörte Diane störrisch sagen: »Wenn ich dich nicht zur Vernunft bringen kann, dann wird John Wainwright es tun.«

Jennys Hand umklammerte den Hörer, als die Stimme mit dem vertrauten britischen Akzent sich meldete. »John? Jennifer Sanders.«

»Hallo, meine Liebe. Was kann ich für Sie tun?«

»Wie und wann hat Peter Churinga gekauft?«

»Das habe ich Ihnen doch schon erzählt«, antwortete er geschmeidig.

»John«, sagte sie entschlossen, »ich weiß Bescheid über Matilda und Finn McCauley, und ich trage Matildas Medaillon. Das Medaillon, das Peter mir letztes Jahr zu Weihnachten geschenkt hat. Das Medaillon, von dem er sagte, es habe etwas mit meiner Geburtstagsüberraschung zu tun. Und jetzt will ich wissen, wie er an Churinga und an das Medaillon gekommen ist und was aus der Person geworden ist, die das Anwesen hätte erben müssen.«

»Ah.« Es war lange still in der Leitung.

Jenny warf Diane einen Blick zu. Beide hielten die Ohren an den Telefonhörer. Jenny fror plötzlich, obwohl es in der Küche warm war, und sosehr sie darauf brannte, mehr zu erfahren – irgend etwas in ihr hätte das Gespräch beinahe beendet.

»Was ist denn, John? Warum zögern Sie, mit mir darüber zu sprechen?«

Sie hörte ein Seufzen am anderen Ende der Leitung, und dann raschelte Papier. »Es ist eine lange, verwickelte Geschichte. Vielleicht wäre es besser, Sie kommen nach Sydney zurück, damit ich es Ihnen erklären kann.«

Sein hoffnungsvoller Unterton ließ sie beinahe lächeln. »Mir wäre es lieber, Sie könnten es mir jetzt gleich erzählen, John. So kompliziert kann es doch auch wieder nicht sein.«

Wieder ein Seufzer, wieder Geraschel.

»Peter kam ein paar Jahre vor seinem Tod zu mir. Er hatte ein Anwesen gefunden, Churinga, und ich sollte den Papierkram übernehmen. Wie es aussah, verbarg sich hinter dem Besitz eine faszinierende Geschichte, und er hatte lange Zeit mit Recherchen zugebracht, bevor er schließlich zu mir kam. Als die rechtliche Seite erledigt war, bat er mich, seinen Neuerwerb geheimzuhalten, bis er Ihnen alles erklärt hätte.«

Jenny runzelte die Stirn. »Wieso denn geheimhalten, wenn die Geschichte so faszinierend war? Das verstehe ich nicht.«

»Er wußte, daß es Sie aufregen würde«, antwortete er nach langer Pause.

»Und wieso hat er den verdammten Besitz gekauft, wenn er das wußte?« Sie atmete tief durch. »Sie sprechen in Rätseln, John. Gibt es da etwas, was Sie mir nicht erzählen wollen?«

»Wie haben Sie von den McCauleys erfahren?« fragte er, statt zu antworten.

Dieses Spiel konnte sie auch spielen. »Ist Peter je hier draußen gewesen, John?«

»Nicht, daß ich wüßte. Er hatte vor, das erste Mal mit Ihnen zusammen an Ihrem Hochzeitstag dorthin zu fahren. Und bei dieser Gelegenheit wollte er Ihnen dann die Geschichte des Anwesens erzählen.«

»Aber statt dessen ist er verunglückt.«

John Wainwright räusperte sich. »Peters Tod bedeutete, daß ich die Übergabe Churingas an Sie auf spezielle Weise beaufsichtigen sollte. Er wollte, daß sie hinfahren, sich alles ansehen und sich an alles gewöhnen, bevor man Ihnen mehr erzählt.«

»Ja, ich kann mir vorstellen, weshalb er wollte, daß ich mich zuerst in diesen Ort verliebe.« Jenny schaute auf ihre Handfläche. Die Kette des Medaillons lag dort zusammengerollt wie eine Schlange – bereit zuzuschlagen. »Wenn Peter nie auf Churinga war, wie konnte er mir dann Matildas Medaillon schenken?«

»Er hat es bei seinen Recherchen zur Geschichte von Churinga gefunden. Aber wo, das hat er mir nie gesagt«, antwortete der Anwalt hastig. »Um aber auf die Frage Ihres Erbes zurückzukommen: Peter war der gewissenhafteste Mann, den ich je kennengelernt habe. Er hat stets sämtliche Eventualitäten berücksichtigt, und er hat darauf bestanden, ein Testament zu machen und die Reihenfolge festzulegen, in der alles geschehen sollte, falls das Undenkbare passieren und ihm etwas zustoßen sollte. Deshalb erwischen Sie mich jetzt sozusagen auf dem falschen Fuß. Noch einmal: Wie haben Sie von den McCauleys erfahren?«

»Peter hat einen Fehler gemacht. Eine Eventualität übersehen. Er ist nicht hier gewesen.« Jenny holte tief Luft, als sie an die Tagebücher dachte. »Wieviel wissen Sie über die McCauleys, John?«

»Nicht viel.« Sein Ton änderte sich, wurde schärfer, und sie hatte den kurzen Verdacht, daß ihr da etwas entgangen war. »Sie waren Schafzüchter. Es kam zu irgendeiner Tragödie, und der Besitz wurde in einen Treuhandfonds für ihr Kind überschrieben. Der Treuhandfonds wurde von einem unserer Seniorpartner verwaltet, der sich inzwischen zur Ruhe gesetzt hat, aber es hatte offensichtlich im Laufe der Jahre zwischen dem Waisenhaus und unserer Kanzlei eine Korrespondenz über die Struktur des Treuhandvermögens gegeben.«

»Und wie ist Peter an Churinga gekommen? Und was ist aus dem Kind geworden?«

John schwieg so lange, daß sie schon glaubte, die Verbindung sei unterbrochen worden. »John? Sind Sie noch da?«

Mit hörbarem Widerstreben antwortete er: »Peter hatte sehr eingehende Nachforschungen angestellt, bevor er zu mir kam. Ich habe ihm erzählt, was ich wußte, aber das war nicht viel. Das Kind war verschwunden, und das Kloster war keine große Hilfe. Es gab eine ausgedehnte Suche, das müssen Sie mir glauben; Peter war äußerst gründlich. Aber ich muß betonen, daß alles strengstens nach den gesetzlichen Verfahren gehandhabt worden ist. Die Besitztitel gehören Ihnen und Ihnen allein.«

»Das heißt, der Treuhandfonds wurde aufgelöst?«

»So ähnlich, ja. Tut mir leid, daß ich Ihnen nicht weiterhelfen kann«, fügte er lahm hinzu. »Aber Peter hat die Geschichte größtenteils für sich behalten.«

Jenny überlegte kurz. »Nach soviel sorgfältiger Planung wundert es mich aber, daß er keinen Brief zur Erklärung hinterlassen hat«, sagte sie hoffnungsvoll.

»Es gab ursprünglich einen solchen Brief«, sagte John Wainwright langsam. »Aber er hat ihn vernichtet; er meinte, es sei am besten, wenn Sie die Geschichte Churingas von ihm erfahren. Ich nehme an, er ging trotz all seiner sorgfältigen Planung nie ernsthaft davon aus, daß er es Ihnen nicht würde erzählen können.«

Die Frustration saß ihr wie ein Kloß in der Kehle, und sie schluckte. »Sie haben diesen Brief also auch nie gelesen und wissen nicht, was drinstand?«

»Nein. Er lag versiegelt in meinem Tresor, und er sollte erst im Fall seines Todes und nach Ihrem Besuch auf Churinga geöffnet werden. Tut mir leid, Jennifer. Ich kann Ihnen nichts weiter erzählen.«

»Dann muß ich den Rest allein in Erfahrung bringen«, sagte sie entschlossen. »Danke, John. Ich melde mich wieder.« Sie unterbrach das Gespräch, während er noch redete, und legte auf. »Komm«, sagte sie zu Diane, »wir fahren zu Helen.«

Diane machte große Augen. »Warum denn das? Was hat sie mit alldem zu tun?«

»Sie wird wissen, wo ich den Priester finde.« Aufgeregt zog Jenny sich Jeans und ein Hemd an. »Finn wird zu ihm gegangen sein, da bin ich sicher.«

Sie zog ihre Stiefel an und stand auf. »Ich muß wissen, was geschehen ist, als Matilda gestorben war. Wo war Finn? Und wieso konnte man das Kind nicht mehr finden?«

Diane hielt ihren Arm fest. »Überleg's dir, Jen. Ich kenne dich. Du setzt dir was in den Kopf und stürzt dich Hals über Kopf in dein Unglück. Willst du wirklich noch tiefer graben?«

Jenny riß sich los und stieß die Fliegentür auf. »Ich kann es nicht dabei belassen, Diane. Das läßt mein Gewissen nicht zu. Außerdem« – sie kletterte in den Geländewagen und drehte den Zündschlüssel um – »willst du denn nicht auch den Rest der Geschichte erfahren? Bist du nicht neugierig?«

Diane stand immer noch im Nachthemd auf der Veranda. Unschlüssig nagte sie an der Unterlippe, aber in ihren Augen glomm Neugier.

»Kommst du jetzt mit oder nicht?«

»Augenblick.« Diane lief ins Haus, und die Fliegentür schlug hinter ihr zu.

Jenny trommelte mit den Fingern auf das Lenkrad; die Sekunden verstrichen, und ihre Gedanken überschlugen sich. Father Ryan mußte inzwischen uralt sein. Vielleicht war er tot oder senil oder in irgendeinem Kloster, wo sie ihn nicht erreichen konnte. Helen war vermutlich ihre einzige Chance, ihn zu finden.

Diane riß die Wagentür auf und kletterte hinein. »Wenn du soweit bist – ich bin es auch«, brachte sie atemlos hervor. »Aber ich finde immer noch, daß du mit dem Feuer spielst.«

»Ich verbrenne mir nicht zum ersten Mal die Finger«, erklärte Jenny finster, als sie durch das erste der automatischen Gatter fuhren.

Konzentriert umfuhr sie Schlaglöcher und Gräben und manövrierte den Wagen durch die Tore. Heißer Wind wirbelte den Staub auf und ließ die Bäume schwanken, und trockene Erde wehte über die Piste, so daß sie kaum zu erkennen war. Ungerufen kamen ihr Gedanken in den Sinn, die sie sogleich beiseite schob. Matildas Kind war in einem Waisenhaus aufgewachsen, ohne je die Wahrheit über seine Herkunft zu erfahren. Was das für ein Gefühl war, wußte Jenny. Sie konnte dem Kind seinen Schmerz nachfühlen, und sie wußte, wie verloren und allein es sich vorgekommen sein mußte. Das alles bestärkte sie nur in ihrer Entschlossenheit, die Wahrheit ans Licht zu bringen. Wenn ihre Nachforschungen sie zu dem unbekannten Kind von Churinga führten, dann könnte sie den Rest ihres Lebens in Frieden verbringen.

Als sie Kurrajong erreichten, waren die Männer dort dabei, den letzten Teil der Herde auf die Koppeln beim Haus zu treiben. Von Andrew oder Charlie war nichts zu sehen, und kein Rollstuhl stand auf der Veranda. Jenny bemerkte es mit einem Seufzer der Erleichterung. Ethan war der letzte, den sie jetzt treffen wollte. Er wußte zwar auf die meisten Fragen sicher eine Antwort, aber sie wußte, er würde ihr nichts sagen.

Sie drückten die Wagentüren auf, sprangen hinaus und stiegen die Stufen zur Veranda hinauf. Jenny griff nach dem Glockenstrang und läutete. Es schien eine Ewigkeit zu dauern, bevor jemand öffnete.

»Jennifer? Diane? Wie nett, Sie zu sehen!« Helen, elegant wie immer in einer glattgebügelten Baumwollhose und einer frischen Bluse, begrüßte sie strahlend.

Jenny hatte keine Zeit für höfliche Konversation. Sie stürmte in die Diele und packte Helen beim Arm. »Ich muß Father Ryan finden«, rief sie aufgeregt. »Er weiß die Antwort auf meine Fragen, wissen Sie, und Sie sind die einzige, die mir vielleicht sagen kann, wo er ist.«

»Moment, Jenny. Beruhigen Sie sich, und erzählen Sie mir, was passiert ist. Ich kann Ihnen nicht folgen.«

Jenny sah, wie erschrocken Helen war; sie zog ihren Arm weg, und dann wurde ihr klar, daß sie die Sache mit ihrem windzerzausten Aussehen und diesem wilden Benehmen nur schwieriger machte. Helen hatte keine Ahnung von den Tagebüchern oder von dem schrecklichen Geheimnis, das so lange auf Churinga vergraben gewesen war. Jenny holte tief Luft und strich sich das wirre Haar aus der Stirn.

»Ich muß Father Ryan finden«, wiederholte sie entschlossen. »Und Sie sind die einzige, die mir dabei helfen kann.«

Helen schaute sie sorgenvoll an. »Aber warum denn, Jenny? Was ist denn passiert?«

Jenny schaute Diane an und biß sich auf die Unterlippe. Sie hatte einfach nicht genug Zeit, jetzt alles zu erklären. Sie war zu ungeduldig, endlich die Wahrheit zu erfahren.

»Die Sache ist sehr kompliziert«, sagte sie und trat von einem Bein aufs andere. »Aber es ist wichtig, daß ich den Priester finde.«

Helens kühle Gefaßtheit verbarg ihre Besorgnis. »Kommen Sie in mein Arbeitszimmer«, meinte sie schließlich. »Dort können wir uns unterhalten.«

Jenny fuhr herum, als sie schwere Schritte hörte, und atmete erleichtert aus. Es war nur der Verwalter.

»Der alte Herr schläft, und alle andern sind draußen beim Treiben«, sagte Helen sanft, als habe sie Jennys Gedanken gelesen. »Niemand wird uns stören.«

Jenny und Diane folgten ihr in ein von Regalen mit Büchern gesäumtes Arbeitszimmer und hockten sich Seite an Seite auf die Kante eines Ledersofas. Ein dumpfer Schmerz hatte eingesetzt, der hinter Jennys Augen pulsierte, und die schrecklichen Ereignisse in Matildas letzten Stunden strahlten neonhell in ihrem Kopf. Sie nahm eines der Gläser mit purem Whisky, die Helen ihnen anbot, und stürzte den Alkohol hinunter, daß er ihr in der Kehle brannte und die Augen tränen ließ. Sie verabscheute Whisky, aber jetzt war er genau das richtige, um ihr einen klaren Kopf zu verschaffen.

»Fangen Sie noch einmal ganz von vorn an«, sagte Helen. Sie hatte es sich in dem Ledersessel hinter dem von Kontobüchern übersäten Schreibtisch bequem gemacht. »Es hat doch nichts mit dem zu tun, was ich Ihnen neulich erzählt habe, oder?« Ihre Stimme klang besänftigend in diesem friedvollen Zimmer.

Jenny verknotete die Finger vor ihren Knien. Ihre Ungeduld war vergangen, und sie war gefaßt wie noch nie zuvor.

»Es ist wahrscheinlich das letzte Kapitel«, antwortete sie leise.

Diane drückte ihr aufmunternd die Hand. Sie fing stockend an, wurde aber dann immer beredter. Als ihre letzten Worte wie kühles Wasser in den Teich des Schweigens getropft waren, wartete sie auf eine Reaktion.

Helen kam hinter ihrem Schreibtisch hervor und setzte sich neben die beiden Freundinnen. »Ich habe nicht gewußt, daß Matilda ein Tagebuch geführt hat oder daß ein Baby im Spiel war.«

Jenny zog das Medaillon aus der Jeanstasche. »Das hat mein Mann mir geschenkt. Ich habe mich immer gefragt, wem es wohl gehört haben mochte.« Ihre Finger zitterten aufgeregt, als sie es aufklappte. »Kennen Sie einen von diesen beiden Leuten?«

Helen betrachtete die kleinen Porträts. »Wer die Frau ist, weiß ich nicht«, sagte sie schließlich. »Aber angesichts der Frisur und des Kleides vermute ich, daß es sich um Mary handelt, Matildas Mutter. Der junge Mann ist Ethan. Ich habe ähnliche Fotos in den Familienalben gesehen. Er muß achtzehn oder neunzehn gewesen sein, als das Bild aufgenommen wurde.«

Diane und Jenny schauten einander erstaunt an. »Ich muß Father Ryan finden«, sagte Jenny atemlos. »Finn war tief religiös, und deshalb ist es naheliegend, daß er sich an den Priester wandte, als Matilda gestorben war. Der Priester ist die einzige Verbindung zur Vergangenheit, Helen. Der einzige, der vielleicht weiß, was aus dem Kind geworden ist.«

Helen nagte an der Unterlippe. »Da wäre natürlich auch noch Ethan«, sagte sie zweifelnd.

Jenny dachte an den bösartigen alten Mann im Rollstuhl und schüttelte den Kopf. »Nur, wenn es sonst niemanden mehr gibt.«

»Ich rufe im Pfarrhaus an«, sagte Helen. »Wir spenden der Kirche genug; da wird es Zeit, daß sie auch einmal etwas für uns tut.« Lächelnd sah sie Jenny und Diane an. »Als guten Katholiken liegt uns daran, die Himmelspforte ein wenig zu ölen, und die Kirche hat immer eine offene Hand.«

»Wieso willst du's nicht mit dem Alten versuchen, Jen?« zischelte Diane durch den Rauch ihrer Zigarette. »Mensch, der hat doch mittendrin gesteckt. Er muß doch wissen, was passiert ist.«

Helen legte eine Hand über die Muschel. »Ich würde ihm nicht glauben, wenn er mir sagt, wie spät es ist«, meinte sie grimmig. »Versuchen wir es erst mal auf diese Weise.«

Jenny nickte zustimmend.

Helen erreichte schließlich jemanden namens Father Duncan, aber das einseitige Gespräch warf wenig Licht auf das, was am anderen Ende der Leitung gesagt wurde, und Jenny und Diane mußten warten, bis Helen fertig war.

»Aha. Verstehe. Nun, vielen Dank, Father. Ach, übrigens, wie macht sich der neue Jeep? Ich wette, damit kommt man leichter voran, nicht wahr?« Lächelnd legte sie den Hörer auf.

»Und?« Jenny stand auf.

»Father Ryan lebt noch. Er ist in einem Heim für pensionierte Geistliche in Broken Hill. Father Duncan sagt, er schreibt ihm regelmäßig, um ihn über den örtlichen Klatsch auf dem laufenden zu halten. Er kann zwar nicht mehr gut sehen, aber ansonsten scheint bei ihm noch alles ganz gut zu funktionieren.«

Sie riß ein Blatt von einem Schreibblock. »Hier ist die Adresse.«

Jenny nahm den Zettel entgegen. Die Adresse sagte ihr nichts, aber sie bebte innerlich vor Aufregung. »Hoffentlich ist nicht alles umsonst«, murmelte sie.

»Das wissen wir erst, wenn wir da sind, Jen«, sagte Diane. »Und da du ja ganz versessen darauf bist, jetzt gleich alles auf einmal herauszufinden, sollten wir uns wohl besser gleich auf den Weg machen. Wie lange fährt man bis Broken Hill, Helen?«

»Wir nehmen normalerweise das Flugzeug, aber bei diesem Wind wäre das nicht so ratsam, zumal sich ein Gewitter zusammenbraut.«

»Sie haben ein Flugzeug?« Diane war gebührend beeindruckt.

Helen lächelte. »Ein bißchen übertrieben, nicht? Aber so kann ich schnell mal weg von hier, wenn es hart auf hart kommt.«

Sie musterte die beiden, und dann schien sie einen Entschluß zu fassen. »Es ist ein weiter Weg bis Broken Hill, und wenn man sich nicht auskennt, kann man sich leicht verirren. Soll ich Sie nicht hinfahren?«

Jenny warf Diane einen Blick zu, und beide nickten.

»Besser gleich als gar nicht. Ich werfe ein paar Sachen in eine Tasche, hinterlasse eine Nachricht für James, und schon sind wir unterwegs.«

Wenig später war die Tasche gepackt und eine Nachricht auf dem Tisch in der Diele hinterlegt, und die drei Frauen standen in der riesigen Küche, in der es nach frischgebackenem Brot und Braten duftete.

Helen füllte zwei Thermosflaschen mit Kaffee und befahl der Köchin, einen Berg Sandwiches zu machen. »Wir müssen Ihren Geländewagen benutzen«, sagte sie. »James hat unseren, und der andere ist in der Werkstatt. Holen Sie ihn schon mal, Diane, und fahren Sie ihn zu den Garagen neben dem Haus.«

Jenny folgte Helen hinaus, und als Diane vor den Garagen angehalten hatte, half sie mit, die Vier-Gallonen-Kanister mit Benzin auf die Ladefläche zu stellen. Auf zwei Wasserkanister folgten zwei Reserveräder, ein Wagenheber, ein Gewehr, ein Spaten und ein Erste-Hilfe-Koffer. Ein Jutesack mit Werkzeug und ein paar Ersatzteile kamen zum Schluß dazu.

»Warum brauchen wir denn das alles?« fragte Diane staunend. »So weit kann Broken Hill doch auch wieder nicht weg sein?«

»Wenn man hier draußen auf Reisen geht, nimmt man das alles immer mit. Wir können einen Motorschaden haben, eine Reifenpanne, wir können im Sand steckenbleiben – und dann sitzen wir tagelang da draußen, bis uns jemand findet. Und wenn sich so ein Unwetter zusammenbraut, ist es noch wichtiger, auf alles gefaßt zu sein.« Helen stieg ein und setzte sich auf Dianes Platz hinters Steuer. »Kommen Sie, fahren wir los.«

Jenny und Diane quetschten sich neben sie hinein, und sie starteten. »Sie sehen aus, als würden Sie sich auf einer Gartenparty wohler fühlen«, bemerkte Diane. »Aber Sie sind ein harter Brocken, Helen.«

Helens lackierte Fingernägel funkelten, als sie den Wagen von einer fast unsichtbaren Straße auf eine andere lenkte. »Das hier ist keine Gegend zum Veilchenpressen«, sagte sie. »Das habe ich verdammt schnell rausgefunden, als ich erst hier war.« Sie warf den beiden jungen Frauen einen Seitenblick zu und lachte. »Aber es macht Spaß, sich mit den Elementen und den verfluchten Schafen zu messen – die sind auch nicht viel anders als die Frauen auf den Cocktailpartys, wissen Sie. Immer in der Herde, und dann blöken sie hirnlos.«

»Wie weit ist es denn nun genau bis Broken Hill?« fragte Diane zwei Stunden später.

»Ungefähr vierhundert Meilen. Wenn wir erst in Bourke sind, geht es fast schnurgeradeaus auf der Straße, die dem Darling River folgt – bis Wilcannia und zum Highway 32. Der Highway führt über Broken Hill weiter nach Adelaide.«

Jenny schaute aus dem Fenster. Es war fast Mittag, aber der Himmel war dunkel von dicken, schweren Wolken. Donner grollte in der Ferne, und gezackte Blitze fuhren auf die Bergzinnen der Moriarty Range nieder. Es war seltsam, wie das Leben ringsum weiterging und die Erde sich drehte – während sie sich von alldem losgelöst in der Welt der Matilda McCauley verloren hatte, die plötzlich allzu real geworden war.

»Ich wünschte, das Gewitter ginge los und wir bekämen ein bißchen Regen«, sagte Helen, als sie die Schotterstraße nach Wilcannia erreicht hatten. »Das Gras ist zu verdorrt für ein trockenes Gewitter, und da drüben braut sich ganz schön was zusammen.« Mit dem Kopf deutete sie zu den fernen Bergen hinüber, wo sich die dicksten Wolken auftürmten.

»Wenn Sie sich Sorgen machen und lieber umkehren möchten, sagen Sie es nur. Wir können auch später fahren.« Jenny bemühte sich, mit ihren Gedanken in die Gegenwart zurückzukehren. Sie hatte jetzt ein schlechtes Gewissen, weil sie Helen auf diese Schnitzeljagd gelockt hatte, aber der Gedanke, jetzt umzukehren, gefiel ihr auch nicht – nicht, nachdem sie schon so weit gekommen waren.

Helen lachte. »Das geht schon. Wir haben Schlimmeres erlebt, und der Himmel weiß, daß auf Kurrajong genug Männer sind, die sich um alles kümmern können.«

Jenny entging der sorgenvolle Unterton dieser munteren Worte nicht. Nur weil es ihr gleichgültig war, was aus Churinga wurde, konnte sie schließlich nicht erwarten, daß Helen ihr geliebtes Kurrajong dem aufziehenden Unwetter überließ.

»Sind Sie sicher? Es ist noch nicht zu spät zum Umkehren.«

»Völlig sicher. Ich bin viel zu neugierig. Hoffentlich kann Father Ryan Ihnen Ihre Fragen beantworten. Aber ich habe mich schon gefragt, ob Sie es nicht vielleicht mir überlassen sollten, den alten Knaben zu befragen.«

Jenny sah die ältere Frau an. Wußte Helen etwa mehr, als sie sagte? Aber dann entschied sie, daß sie ihrer Phantasie schon wieder die Zügel schießen ließ, und schüttelte den Kopf. »Ich weiß, wonach ich ihn zu fragen habe, Helen. Besser, ich tue es selbst.«

Sie klang ruhig und beherrscht, aber dennoch war sie aufgeregt und ängstigte sich vor dem, was sie vielleicht erfahren würde. Die letzten paar Stunden waren verrückt gewesen, und wenn sie nicht mit Helen und Diane am hellichten Nachmittag in einem holpernden Wagen mitten durch das Outback rumpeln würde, hätte sie wohl geglaubt zu träumen. Aber die Fragen, die aus den Auslassungen in Matildas Tagebuch entstanden waren, schrien nach Antwort, und sie hatte keine andere Wahl, als sie aufzuklären.

Sie wechselten sich am Steuer ab, und als sie in Broken Hill ankamen, schimmerte der Mond durch die jagenden Wolken. Für einen Besuch bei dem Priester war es zu spät, und so gingen sie in ein Motel, nahmen noch ein spätes Abendessen zu sich und fielen dann in die Betten. Sie waren alle drei erschöpft.

Der nächste Morgen dämmerte trüb herauf. Eine kraftlose Sonne mühte sich durch die dicken Wolken. Der Wind hatte nachgelassen, und es war sehr schwül. Noch ehe sie zu Ende gefrühstückt hatten, fühlten sie sich reif für eine neuerliche Dusche.

Das Altenheim St. Joseph war ein langgestrecktes weißes Gebäude in einem großen, schattigen Park am Stadtrand. Helen zog die Handbremse an und stellte den Motor ab.

»Wir können immer noch kehrtmachen und die ganze Sache vergessen.«

»Keine Angst. Nicht, nachdem wir so weit gefahren sind.«

»Okay. Kein Problem.« Helens Lächeln war strahlend. »Dann kommen Sie. Mal sehen, ob der alte Knabe uns was Interessantes zu erzählen hat.«

Brett erwachte in einer allzu vertrauten Stille, die nichts Gutes ahnen ließ. Er sprang aus dem Bett und spähte hinaus. Die Dämmerung erschien düster und paßte zu seiner Stimmung. Obwohl es noch sehr früh am Morgen war, lastete eine brütende Hitze auf dem Land, und drohende Wolken hingen tief über Churinga. Kein Lufthauch regte sich in den Bäumen oder raschelte im spröden, trockenen Gras. Das Unwetter würde bald losbrechen.

Er warf einen Blick auf den Brief, an dem er am Abend zuvor so lange geschrieben hatte, und dann stopfte er ihn in die Tasche. Er konnte warten. Jetzt mußte man sich um die Tiere kümmern und die Zäune noch einmal kontrollieren; die Schafe waren zwar schon auf den beiden nächsten Koppeln zusammengetrieben, aber wenn das Gewitter losging, würden sie in Panik geraten.

Brett zündete sich eine Zigarette an, schaute zum Haupthaus hinüber und runzelte die Stirn. Da stimmte etwas nicht. Etwas fehlte. Dann sah er, daß der Hippiebus zwar noch dastand, der Geländewagen aber nicht.

»Hat einer von euch den Wagen weggefahren?« rief er in die Treiberbaracke.

Alle schüttelten die Köpfe und drehten sich auf ihren Pritschen noch einmal um.

Er schaute wieder zum Haus. Das Licht brannte, und die Vorhänge waren geschlossen; alles sah aus wie immer, aber er hatte dennoch das Gefühl, daß etwas nicht stimmte.

»Bill, du und Clem, ihr reitet heute auf die Koppeln. Jake, Thomas, ihr holt die anderen und seht nach dem Hausvieh. Macht die Gebäude sturmfest, und sorgt dafür, daß alle Maschinen in die Schuppen kommen! Die Jungs sollen nachsehen, ob die Hundezwinger und die Schweinekoben verriegelt sind, und wenn sie schon mal dabei sind, sollen sie gleich den verdammten Hof aufräumen. Da liegt Werkzeug und anderer Kram herum, der bis in den nächsten Staat fliegen wird, wenn der Sturm losgeht.«

Er wandte den murrenden Männern den Rücken zu und marschierte von der Baracke zum Haus hinüber. Der Brief an Jenny war ein guter Vorwand, um sich zu vergewissern, daß alles in Ordnung war. Er klopfte an die Fliegentür und wartete.

Ripper bellte, und Brett hörte ihn aufgeregt innen an der Tür kratzen. Er klopfte noch einmal. Inzwischen hätte sie an der Tür sein müssen. Selbst wenn sie und ihre Freundin noch geschlafen hatten, Ripper machte jetzt so viel Krach, daß er damit Tote aufgeweckt hätte…

»Mrs. Sanders? Jenny? Ich bin's, Brett.«

Noch immer keine Antwort. Jetzt reichte es ihm. Das Gefühl, daß etwas nicht stimmte, ließ sich nicht länger ignorieren. Er öffnete die Tür, und Ripper fiel über ihn her.

»Was ist denn los, mein Junge?« Brett hockte sich nieder und streichelte dem kleinen Hund den Kopf, während er sich im stillen Haus umschaute. Das Licht brannte, die Schlafzimmertüren standen auf, doch es war offensichtlich niemand da. Mehrere Pfützen auf dem Boden ließen vermuten, daß Ripper schon seit geraumer Zeit allein war, und sein Wimmern deutete darauf hin, daß er auch nicht gefüttert worden war.

Brett ging in die Küche und öffnete rasch eine Dose Hundefutter. Nachdenklich schaute er zu, wie der Hund alles verschlang.

»Armes Kerlchen«, brummte er. »Ich wünschte, du könntest mir sagen, was hier los ist.«

Er überließ den Hund seinem Freßnapf und durchsuchte rasch das verlassene Haus. Er blieb in der Tür zu Jennys Zimmer stehen und schaute sich das Durcheinander an. Die Tagebücher lagen verstreut auf dem ungemachten Bett, Kleider waren auf dem Fußboden verteilt und hingen über dem Stuhl.

»Jenny«, rief er. »Wo zum Teufel stecken Sie? Antworten Sie, verdammt!«

Mitten in der Küche blieb er stehen und rieb sich das Kinn. Er hatte vergessen, sich zu rasieren, aber das war die geringste seiner Sorgen. Auch draußen war keine Spur von den beiden Frauen. Da noch alle Pferde auf der Koppel standen, mußten sie den Jeep genommen haben.

Er stieß die Fliegentür auf, lief von einem Schuppen zum anderen, von der Scheune zum Schlachthaus, und keiner der Männer, die er dort antraf, hatte den Wagen ausgeborgt. Und niemand hatte die Frauen wegfahren sehen.

»Es hilft nichts«, murmelte er, »ich muß ans Funkgerät und sie aufspüren.« Er stapfte zum Wohnhaus zurück, und sein Zorn wuchs mit jedem Schritt. »Diese dummen Kühe«, fauchte er. »Was für ein Einfall, so eine Spazierfahrt zu machen, wenn ein Unwetter bevorsteht! Herrgott!«

Er stürmte ins Haus und griff nach dem Mikrofon. Wahrscheinlich fährt sie Charlie hinterher, dachte er wütend. Je eher ich hier verschwinde, desto besser. Ich bin viel zu alt, um für eine verdammte Stadtgöre die Amme zu spielen.

»Kurrajong. James hier. *Over.*«

»Brett Wilson«, antwortete er knapp. Jetzt war keine Zeit für Höflichkeiten. »Ist Mrs. Sanders bei euch?«

»*Sorry*, mein Freund. Sie ist mit meiner Frau nach Broken Hill gefahren, um irgend was zu erledigen. Ich hab' die Nachricht erst gestern abend gefunden. War bei der Herde draußen. *Over.*«

Bretts Hand ballte sich um das Mikrofon zur Faust. Was für eine dumme, schwachsinnige, rücksichtslose, alberne Idee! Er holte tief Luft und bemühte sich, Ruhe zu bewahren. »Haben Sie 'ne Ahnung, wann sie zurück sein wollen? *Over.*«

»Sie kennen doch die Frauen, mein Lieber. Wenn die einkaufen gehen, kann es wochenlang dauern. Wie sieht's denn bei euch drüben aus? Hier braut sich ordentlich was zusammen. *Over.*«

Brett schob seine ungnädigen Gedanken beiseite. »Hier auch. Schätze, es wird bald losgehen – hat ja lange genug auf sich warten lassen. *Over.*«

»Wird ziemlich heftig werden. Gut, daß die Frauen nicht da sind. Ich werde Jenny sagen, sie soll sich bei Ihnen melden, wenn sie zurückkommt. *Over.*«

»Okay. Alles Gute für euch. *Over and out.*« Brett hängte das Mikrofon ein und stellte das Funkgerät auf die Wetterstation ein. Es gab keine guten Nachrichten. Im Südwesten hatte der trockene, wütende Sturm bereits zugeschlagen. Jetzt zog er schnell zu ihnen herauf. Man konnte nichts weiter tun, als alles niet- und nagelfest zu machen und abzuwarten.

Er rief Ripper und verließ das Haus. In einem hatte James recht, das mußte er zugeben. Es war gut, daß die Frauen nicht da waren. Das letzte, was er hier gebrauchen konnte, waren zwei verängstigte Ladys, die sich an ihn klammerten, während er anderswo gebraucht wurde. Zugleich konnte er sich aber des Gedankens nicht erwehren, daß er eigentlich nichts dagegen hätte, wenn Jenny sich an ihn klammern wollte – genaugenommen würde es ihm sogar ganz gut gefallen.

»Hör auf zu spinnen, Brett Wilson«, knurrte er mürrisch. »Laß das Schmachten, und tu deine Arbeit!«

Ripper folgte ihm in den nächsten drei Stunden überallhin, während er die Leute einteilte und dafür sorgte, daß alles verstaut wurde. Ohne Jenny wirkte der kleine Hund ganz verloren, und Brett wußte, wie ihm zumute war.

Immer wieder kehrte er ins Haus zurück, hörte den Wetterbericht ab und lauschte Schadensmeldungen anderer Farmer. Auf diese Weise verfolgte er den Weg, den das Unwetter nahm. Und dann hörte er die Worte, vor denen ihm graute.

»Ein Buschbrand kommt auf uns zu. Position etwa fünfzig Meilen südlich von Nulla Nulla, schnell fortschreitend. Wir brauchen jeden Mann, den wir kriegen können.«

Jenny stieg hinter Diane aus dem Wagen und schaute zu den alten Männern hinüber, die in einer Reihe auf der Veranda saßen. »Ob Father Ryan dabei ist?«

Diane zuckte die Achseln. »Vielleicht. Ich finde nur, daß sie alle schrecklich einsam und vergessen aussehen, wie sie da in ihren Schaukelstühlen sitzen. Schätze, wir sind für manche die ersten Besucher seit Jahren.«

Sie betraten den Empfangsraum, und Jenny hatte das beunruhigende Gefühl, schon einmal hier gewesen zu sein. Aber dann wurde ihr klar, daß es an dem Geruch von Möbelpolitur und Desinfektionsmitteln lag, der sie an das Waisenhaus erinnerte. Das Kruzifix an der Wand, eine kleine Madonnenstatue – all das weckte Erinnerungen, und sie konnte es Diane am Gesicht ansehen, daß es ihr genauso erging.

Das Klicken von Rosenkranzperlen an einer raschelnden Tracht ließ sie herumfahren. Eine Nonne war durch eine blankpolierte Tür hereingekommen. Fast hätte Jenny der Mut verlassen; hilfesuchend griff sie nach Dianes Hand.

Aber als sie der Nonne ins Gesicht schaute, erkannte sie, daß es nicht Schwester Michael war. Immerhin, eine nahe Verwandte hätte es sein können. Groß und streng stand sie vor ihnen, das Gesicht von der weißen Haube grausam eingezwängt. Sie hatte die Hände in die weiten

Ärmel ihrer Tracht geschoben und musterte sie mit unverhohlener Feindseligkeit.

Helen war unbeeindruckt. »Wir möchten Father Ryan besuchen«, erklärte sie kühl. »Ich weiß, daß Father Duncan Sie telefonisch über unser Kommen informiert hat.«

Die Nonne ignorierte sie. Mit kalten, scharfen Augen musterte sie Jenny und Diane. »Ich kann nicht zulassen, daß Father Ryan aufregenden Besuch erhält«, sagte sie mit Nachdruck. »Er braucht seine Ruhe. Fünf Minuten – mehr erlaube ich nicht.«

Sie machte kehrt und ging ihnen durch einen langen Korridor voraus.

Jenny und Diane wechselten einen entsetzten Blick, bevor sie ihr folgten. Dies war Schwester Michael, wie sie leibte und lebte, und im Handumdrehen hatten sie sich wieder in die kleinen Mädchen verwandelt, die in ständiger Angst vor ihrer Grausamkeit gelebt hatten.

Als sie das Rascheln der Schwesterntracht hörte, erinnerte Jenny sich daran, wie sie es als Fünfjährige erlebt hatte. Damals hatte sie sich gefragt, ob Nonnen überhaupt Beine haben oder ob sie sich auf Rädern umherbewegen, denn sie schienen auf den blankgebohnerten Böden überallhin zu gleiten. Als sie danach gefragt hatte, war eine heftige Ohrfeige die Antwort gewesen, und zur Buße hatte sie zwei Rosenkränze beten müssen.

Erst viel später wurde ihre Frage durch eine Windbö beantwortet, die Schwester Michaels Gewänder hochgewirbelt hatte. Staunend hatte Jenny die von Krampfadern marmorierten Fleischsäulen in dicken, von Strumpfbändern gehaltenen Strümpfen angestarrt, und der Preis für dieses neugewonnene Wissen war eine gut gezielte Backpfeife gewesen.

Bösartiges, gemeines altes Luder, dachte sie. Schwester Michael hatte nur eines erreicht: Sie hatte ihr jegliche Liebe zur Religion aus dem Leib geprügelt. Heutzutage konnte sie keine Kirche betreten, ohne daß es sie schauderte.

»Sie haben Besuch, Father. Achten Sie darauf, daß es Ihnen nicht zuviel wird«, sagte die Nonne streng, während sie an seinem Kopfkissen zerrte und es in Form prügelte. »Ich komme in fünf Minuten zurück«, warnte sie und warf den drei Frauen einen eisigen Blick zu, ehe sie hinausging.

Diane und Helen hielten sich im Hintergrund, und Jenny näherte sich dem alten Mann zögernd. Er sah so zerbrechlich aus auf den weißen Baumwollaken und Kopfkissen, daß sie plötzlich gar nicht mehr sicher war, ob es richtig war, was sie hier tat.

Behutsam nahm sie die von blauen Adern überzogene Hand und hielt sie fest. Lange und angestrengt hatte sie darüber nachgedacht, wie sie diese heikle Situation in Angriff nehmen sollte, und sie war zu dem Schluß gelangt, daß es das beste wäre, sofort zur Sache zu kommen. »Ich bin Jennifer Sanders, Father. Und das sind Helen und Diane.«

Der Priester hob den Kopf, und sie sah die milchigen Wolken der Blindheit in seinen Augen. Unsicherheit durchzuckte sie schmerzlich. Was konnte dieser alte Mann ihr erzählen, was sie nicht schon wußte oder wenigstens vermutete? Sie hätte ihn in Frieden lassen sollen.

»Jennifer, ja? Nun, das ist ja was.« Er schwieg eine Weile und begann dann unbeholfen hin und her zu rutschen. »Könnten Sie wohl diese verdammten Kissen ein bißchen zurechtrücken? Der Teufel hat sie zerdrückt, damit ich davon Nackenschmerzen kriege.«

Jenny lächelte. Father Ryan mochte alt sein, aber seine irische Unverblümtheit hatte er nicht verloren. Rasch schüttelte sie die Kissen auf und schob sie zurecht. Viel Zeit hatte sie nicht. Die Schwester würde bald zurückkommen.

»Ich muß mit Ihnen sprechen, Father«, begann sie. »Über Finn McCauley und über das, was aus ihm geworden ist. Erinnern Sie sich an ihn?«

Der Priester lag lange Zeit still da. Dann richtete er seine tränenden Augen auf sie. »Wie, sagten Sie, ist Ihr Nachname?«

Jenny bezwang ihre Ungeduld. »Sanders, Father«, sagte sie.

»Ist das Ihr Mädchenname, Kind?« fragte er sanft.

Verwirrt runzelte sie die Stirn und schüttelte den Kopf. »Nein, Father, mein Mädchenname ist Jennifer White. Offenbar war man auf der Liste bei W, als ich ins Waisenhaus kam.«

Der alte Mann nickte, und sein Seufzer klang wie das Rascheln des trockenen Laubs auf rauher Erde.

»Es ist Gottes Wille, daß Sie noch rechtzeitig gekommen sind, meine Liebe. Viele lange Jahre hindurch haben Sie auf meinem Gewissen gelastet.«

Jenny fuhr zurück. Damit hatte sie nicht gerechnet. »Wieso habe ich Ihr Gewissen belastet, Father?«

Der alte Mann schloß die Augen. »Es ist alles so lange her. So viele Jahre der Qual für Ihre arme Mutter. Aber es hat lange vorher begonnen … lange vorher.«

Jenny erstarrte. Seine Worte tropften wie Eis in ihr Herz und gruben sich tief dort ein. »Meine Mutter?« wisperte sie. »Was ist mit meiner Mutter?«

Er schwieg so lange, daß Jenny sich schon fragte, ob er eingeschlafen war oder nur vergessen hatte, daß sie hier war. So oder so verwechselte er sie jedenfalls mit einer anderen Frau, das stand fest.

»Der alte Knabe hat die Übersicht verloren, Jen. Ich wußte ja, daß es ein Fehler ist.« Diane nahm ihre Hand. »Komm, wir lassen ihn in Ruhe.«

Jenny wollte aufstehen, als seine schwache Stimme sie innehalten ließ. »Daß das alles nicht in Ordnung war, wurde mir klar, als ich Mary Thomas auf dem Sterbebett die Beichte abnahm. Sie hatte einen Mann geheiratet und einen anderen geliebt. Ihr Kind war nicht von ihrem Ehemann.«

»Es gab also keinen Zweifel daran, daß Matilda die Tochter von Ethan Squires war?« fragte Helen.

Der alte Priester hob den Blick seiner milchweißen Augen, als er ihre Stimme hörte. »Nicht den geringsten. Aber sie bewahrte ihr Geheimnis bis zum Ende. Mary war sehr stark, wissen Sie. Wie ihre Tochter.«

Jenny entspannte sich. So verworren er sich auf Anhieb anhören mochte, sie erfuhr jetzt doch endlich die Wahrheit über Matilda und ihre Familie. Was tat es da schon, wenn er sie für eine andere Frau hielt?

»Ich weiß noch, wie Matilda und Finbar wegen ihrer Hochzeit zu mir kamen. Da waren sie so glücklich. Voller Freude blickten sie in die Zukunft. Es war grausam, was dann passierte. Grausam und ungerecht nach allem, was Matilda schon durchgemacht hatte.«

»Ich weiß, was passiert ist, Father. Ich habe Matildas Tagebücher gefunden. Erzählen Sie mir, was Finn getan hat, als Matilda gestorben war.« Sie nahm seine zerbrechliche Hand und konnte seinen Pulsschlag fühlen. Er war dünn, aber sein Griff war fest.

»Ihr Vater hat mich nach Churinga gerufen, damit ich sie anständig begrabe. Es war ein Wunder, daß sie lange genug durchgehalten hatte, um Ihnen das Leben zu schenken, Jennifer.«

»Mein Va …?« Jenny stockte der Atem. In ihrem Kopf drehte sich alles, und der Boden wogte unter ihr. Das war verrückt! Der alte Mann war von Sinnen. »Father, Sie irren sich«, brachte sie schließlich stammelnd hervor. »Mein Name ist Jennifer White. Ich bin nicht verwandt mit Matilda und Finn.«

Er seufzte wieder und umfaßte ihre Hand ein wenig fester. »Jennifer White ist der Name, den sie Ihnen gegeben haben. Jennifer McCauley ist der, mit dem Sie geboren wurden.«

Er schien die Spannung in der Luft nicht zu bemerken und auch nicht das betäubte Schweigen. Grauen lag in Jennys Miene; sie saß wie erstarrt da, und ihr Herz schlug so hart und laut, daß sie glaubte, es werde ihr die Brust sprengen.

»Sie waren ein klägliches kleines Krümelchen. Haben nach der Mutterbrust geschrien und das ganze Haus mit Ihrem Lärm erfüllt. Ihrem armen Vater hat es das Herz gebrochen, und er war am Ende seiner Weisheit.«

Das Schweigen, als er Atem holte, war fast greifbar. Jenny spürte es kaum, als Diane ihre Hand drückte. Die Bilder aus dem Tagebuch wurden lebendig, stiegen ihr vor Augen und drohten sie zu zerreißen. Aber der Priester sprach weiter.

»Wir haben Ihre Mutter auf dem kleinen Friedhof von Churinga begraben. Und es war richtig, daß sie mit Gebeten und Weihwasser bestattet wurde. Sie hatte nicht wissentlich gesündigt – man hatte sich vielmehr an ihr versündigt. Ich bin dann noch ein paar Tage geblieben, um Finn zu helfen. Er brauchte jemanden, der ihm über diese furchtbare Zeit hinweghalf.«

Der Priester verlor sich in seinen Erinnerungen, und man hörte nur das Rasseln des Atems in seiner Lunge.

Jenny liefen die Tränen heiß über das kalte Gesicht, aber der Zwang, nun wirklich alles zu erfahren, war unwiderstehlich geworden. »Weiter, Father«, drängte sie. »Erzählen Sie mir den Rest.«

»Finn las die Tagebücher.« Er richtete die blicklosen Augen auf sie und wollte sich aufrichten. »Finn war ein gottesfürchtiger Mann. Ein guter Mann. Aber daß er so kurz nach Matildas Tod diese Tagebücher lesen mußte, verwirrte seine Gedanken. Es war seine dunkelste Stunde. Dunkler als jedes Schlachtfeld. Er erzählte mir alles. Es ist schrecklich, einen Mann vernichtet und seine Seele in Scherben zu sehen. Ich konnte nichts tun – außer für ihn zu beten.«

Das Bild, das seine Worte heraufbeschworen, war unerträglich schmerzhaft. Jenny kämpfte um ihre Beherrschung; wenn sie jetzt zusammenbräche, wäre sie verloren.

Der alte Priester sank in die Kissen zurück. »In meinem ganzen Leben habe ich mich nie so hilflos gefühlt. Wissen Sie, Finn konnte nicht glauben, daß Gott ihm verzeihen würde. Und das war es, was ihn vernichtet hat.«

Die Tür ging auf, und die Nonne stand mit verschränkten Armen und grimmiger Miene auf der Schwelle. Jenny funkelte sie an; sie sollte verschwinden, damit sie die Geschichte des alten Mannes zu Ende hören konnte, obwohl sie wußte, daß sie ihr nur Schmerzen bringen würde.

»Es ist Zeit, daß Sie gehen. Father Ryan darf sich nicht aufregen.«

Aber Father Ryan schien zu einer inneren Kraft gefunden zu haben. Er richtete sich in den Kissen auf und schrie: »Machen Sie die Tür zu, und lassen Sie mich mit meinen Besuchern allein!«

Das strenge Gesicht sah verdattert aus. »Aber Father …«

»Kein Aber, Weib. Ich habe hier wichtige Dinge zu besprechen. Hinaus! Raus!«

Die Nonne starrte sie alle an, kalte Wut im Blick. Dann warf sie den Kopf in den Nacken und schloß die Tür ziemlich heftig von außen.

»Die lernt es niemals, Demut zu zeigen«, brummte er und griff wieder nach Jennys Hand. »Wo war ich?« Sein Atem pfiff in seiner Brust, während er seine Gedanken sammelte.

Jenny konnte ihm nicht antworten. Qualen der Verwirrung und des Unglaubens erfüllten sie.

»Finbar saß stundenlang da und hielt Sie in den Armen. Ich hoffte, es werde ihm eine Art Frieden bringen. Aber Matilda hatte ihm einen Brief hinterlassen und ihm aufgetragen, Sie fortzubringen, weg von Churinga, und er war verzweifelt darauf bedacht, jetzt alles richtig zu machen.«

Der Priester tätschelte ihre Hand und lächelte. »Er hat Sie sehr geliebt, Jennifer. Ich hoffe, das tröstet Sie.«

Sie erwiderte seinen Händedruck. Es war eine Geste, die ihnen beiden half, und mit ihr kam die Erkenntnis, daß seine Worte ihr nach der Seelenqual der letzten paar Minuten tatsächlich einen gewissen Trost spendeten. »Ja, Father«, murmelte sie schließlich. »Ich glaube, das tut es.« Sie wischte sich die Tränen ab und straffte die Schultern. »Aber ich muß wissen, wie es dann weiterging.«

Der Priester seufzte, und auch über seine eingefallene Wange rann eine Träne. »Ihr Vater setzte ein Testament auf, und ich war Zeuge. Er sprach mit dem Leiter der Bank of Australia in Sydney und sorgte dafür, daß Churinga bis zu Ihrem fünfundzwanzigsten Geburtstag treuhänderisch für Sie verwaltet wurde. Und dann zog er – gegen meinen Rat – den Verwalter von Wilga hinzu und übergab ihm alles.«

Er umfaßte Jennys Hand noch fester, und Jenny beugte sich über ihn. Ihr graute vor dem, was noch kommen würde, aber sie wußte, daß sie alles erfahren mußte, wenn sie verstehen wollte, was ihr Vater für sie gewollt hatte.

»Ich hatte keine Ahnung, was ihm durch den Kopf ging, Jennifer. Nicht die leiseste Ahnung. Er wollte nicht auf mich hören, wissen Sie, und auch im Gebet kam er nicht zur Vernunft. Ich bin gescheitert, als Priester und als Mensch. Ich konnte nur dastehen und zuschauen, wie er alles zerstörte, was er und Ihre Mutter zusammen aufgebaut hatten.«

»Wie er es zerstörte? Sie meinen, er wollte Churinga zerstören?« Jenny strich eine Haarsträhne aus dem alten Gesicht und wischte ihm die Tränen ab.

»Nein.« Die Stimme des Priesters hatte einen bitteren Klang. »Er wollte es für Sie bewahren. Sich selbst hat er zerstört, Ihr Leben und jede Hoffnung, Ihnen ein Zuhause zu geben.«

»Wie hat er das getan, Father?« wisperte sie, aber die Antwort kannte sie schon.

»Er brachte Sie nach Dajarra. Ins Waisenhaus der Barmherzigen Schwestern, wo Ihre Identität hinter einem neuen Namen versteckt werden sollte. Die einzige Verbindung mit Churinga bestand in dem Medaillon Ihrer Mutter, das er bei den Nonnen in Verwahrung gab bis zu dem Tag, an dem Sie Ihr Erbe antreten würden. Ich wollte ihn daran hindern, aber da war er meinen Worten nicht mehr zugänglich. Ich mußte zusehen, wie er davonfuhr – mit Ihnen in einem Korb auf dem Beifahrersitz. Wenn ich nur gewußt hätte, was er vorhatte – vielleicht hätte ich es noch verhindern können. Aber hinterher ist man natürlich immer klüger.« Er verstummte.

So also war Peter an das Medaillon gekommen. Seine Nachforschungen hatten ihn nach Dajarra ins Waisenhaus geführt. Jenny schaute den Priester an, und wieder ließen Tränen ihren Blick verschwimmen. Er war alt und müde, und die Last, die er so lange getragen hatte, hatte ihn erschöpft. Sie lehnte sich auf ihrem Stuhl zurück, und noch immer hielt sie seine zerbrechliche Hand in der ihren, während sie versuchte, sich ihre letzte Reise mit ihrem Vater vorzustellen. Was für schreckliche Dinge mußten ihm da durch den Kopf gegangen sein? Wie hatte er sie den Nonnen übergeben können, wenn er doch gewußt hatte, daß er sie nie wiedersehen würde?

Die Stimme des Priesters riß sie aus ihren Gedanken und holte sie zurück in die Gegenwart des freudlosen Zimmers.

»Ich fuhr zurück nach Wallaby Flats. Mein Gewissen plagte mich, und zum ersten Mal in meinem Leben als Erwachsener ließ mein Glaube mich im Stich. Was taugte ich schon als Priester, wenn ich nicht die richtigen Worte fand, um einen Menschen in seiner Seelenqual zu trösten? Was taugte ich als Mann, wenn ich nie erfahren hatte, was es hieß, eine Frau zu lieben – und wenn ich niemals eine Entscheidung über mein eigenes Kind fällen mußte? Ich war in beiderlei Hinsicht gescheitert. Viele Stunden verbrachte ich auf den Knien, aber der Friede, den ich im Gebet sonst immer gefunden hatte, wollte sich nicht einstellen.«

Mit einem flauen Gefühl im Magen wartete Jenny darauf, daß der alte Priester in Worte faßte, wovor ihr graute.

»Ich schrieb nach Dajarra und erfuhr, daß Sie angekommen waren; Ihr Vater habe veranlaßt, daß für Ihren Unterhalt und Ihr Wohlergehen regelmäßig ein bestimmter Betrag auf ihr Konto eingezahlt würde. Ich habe mich nach Ihnen erkundigt, aber sie haben mir immer nur gesagt, es ginge Ihnen gut. Ich hatte im Laufe der Jahre regelmäßig Kontakt mit ihnen, aber sie haben mir nie viel gesagt. Sehen Sie, mein Kind, ich fühlte mich verantwortlich für Sie, denn wäre ich in meinem Glauben stark genug gewesen, dann hätte ich Ihren Vater daran hindern können, die größte Sünde von allen zu begehen.«

Jetzt kommt es, dachte sie; ich will es nicht hören, ich will es nicht glauben – aber es ist unausweichlich.

»Finn verschwand, kurz nachdem er Sie in Dajarra abgeliefert hatte. Ich dachte, er wäre vielleicht auf Wanderschaft gegangen wie die Aborigines, um in der Einsamkeit seinen Frieden wiederzufinden. In gewisser Weise war das eine Erleichterung, denn ich hatte viel Schlimmeres befürchtet ...«

Doch der Hoffnungsfunke erstarb in der kalten Realität seiner nächsten Worte.

»Aber zwei Treiber fanden ihn draußen im Busch und riefen die Polizei. Zum Glück hatte ich ein bißchen Einfluß, und als seine Identität festgestellt worden war, konnte ich die Polizei überreden, die Sache geheimzuhalten. Schwierig war das nicht. Die Treiber waren nur auf der Durchreise, und der Polizei war es gleichgültig; sie waren nicht von hier, wissen Sie.«

Er tätschelte ihre Hand, und das alte Gesicht war voller Sorgenfalten. »Ich wußte, daß Sie eines Tages zurückkommen würden, Jennifer, und ich wollte nicht, daß Ihre Zukunft den Makel dessen trug, was passiert war. Aber ich nehme an, Sie haben es bereits erraten, nicht wahr?«

»Ja«, sagte Jenny leise. »Trotzdem – erzählen Sie es mir. Es ist besser, wenn ich alles erfahre, damit es keinen Platz mehr für Zweifel gibt.«

Er drehte den Kopf auf dem Kissen zur Seite. »Es war schrecklich, was er tat, Jennifer. Eine Todsünde in den Augen der Kirche – und doch konnte ich als Mensch verstehen, warum er es tat. Er war in den Busch gefahren und hatte sein eigenes Gewehr auf sich gerichtet. Der Gerichtsmediziner meinte, er müsse schon mindestens sechs Monate dort gelegen haben, als die Treiber ihn fanden. Aber ich wußte, wann er es getan hatte: an dem Tag, als er Sie in Dajarra abgeliefert hatte. So hatte er es die ganze Zeit vorgehabt.«

Jenny dachte an den einsamen Tod ihres Vaters. Sie dachte an die schmerzlichen Qualen, die dieser sanfte, fromme Mann durchlitten haben mußte, um mitten ins Nichts hinauszufahren und sich das Gewehr an den Kopf zu setzen. Sie ließ den Kopf in die Hände sinken und ergab sich ihrer Trauer.

Aber sie weinte nicht um sich allein, sondern auch um ihre Eltern, die einen so furchtbaren Preis für ihre Liebe hatten zahlen müssen, und um den Priester, der die Bürde seines verlorenen Glaubens bis an diesen freudlosen Ort getragen hatte, an dem er sein Leben beschließen würde, ohne je zu wissen, was er hätte tun sollen, um diese Tragödie zu verhindern.

Als die Tränen schließlich versiegten und Jenny allmählich ihre Fassung wiederfand, schaute sie den alten Priester an. Er war sehr grau in seinem weißen Bett – als habe er seine Lebenskraft darauf verwandt, ihr zu offenbaren, was sein Herz belastete.

»Father Ryan, Sie müssen mir glauben, daß Sie nichts anderes hatten tun können. Ich bin stark und gesund nach Churinga zurückgekehrt, und durch die Tagebücher meiner Mutter weiß ich, daß meine Eltern nur mein Bestes wollten. Durch Sie und die Tagebücher habe ich meine Liebe zu ihnen finden und verstehen können, warum mein Leben so angefangen hat. Sie sind ohne Schuld, und ich bin sicher, Ihr Gott erwartet Sie mit offenen Armen. Sie sind ein guter und lieber Mann, und ich wünschte, es gäbe mehr von Ihrer Sorte. Gott segne Sie! Und ich danke Ihnen.«

Sie beugte sich über das Bett und küßte ihn auf die Wange, und dann nahm sie ihn in die Arme. Ihre Tränen vermischten sich mit seinen, und beide Köpfe ruhten auf dem Kissen. Er war so zerbrechlich. Sie suchte nach tröstenden Worten, aber sie wußte, Erlösung gab es für ihn nur in der Wiederherstellung seines Glaubens.

»Kann ich irgend etwas für Sie tun, Father? Brauchen Sie etwas?«

»Nein, mein Kind«, flüsterte er. »Ich kann jetzt in Frieden sterben, denn ich weiß, daß aus dieser Tragödie noch etwas Gutes gekommen ist. Wenn Sie jetzt gehen, sagen Sie der Schwester, daß Father Patrick zu mir kommen soll. Ich glaube, es wird Zeit, daß ich meine letzte Beichte ablege.«

Jenny nahm seine Hand. »Father, lassen Sie jetzt nicht alles los. Ich werde hier in Broken Hill bleiben und Sie jeden Tag besuchen. Ich bringe Ihnen Obst und Leckereien und halte Ihnen die Schwester vom Leib. Was Sie wollen.«

Der Priester lächelte. Es war ein sanftes, freundliches Lächeln. »Es ist Zeit, mein Kind. Das Leben ist ein Kreislauf, und Sie sind dahin zurückgekehrt, wo Sie hingehören. Wir alle kehren irgendwann zurück. Und jetzt gehen Sie, und führen Sie Ihr Leben weiter, und überlassen Sie einen alten Mann seinem Beichtvater.«

Jenny küßte seine knotige Hand. »Dann leben Sie wohl, Father! Gott segne Sie.«

»Gott segne Sie, mein Kind!« flüsterte er. Sein Kopf sank ins Kissen, die Augen schlossen sich, und sein Gesichtsausdruck entspannte sich.

»Ist er …?«

»Nein, Diane. Er schläft«, sagte Jenny leise.

»Dann kommt, ihr zwei, hinaus mit euch«, sagte Helen. »Ich suche die Drachenschwester, und ihr wartet im Wagen.«

Jenny nahm die Wagenschlüssel und ging mit Diane durch die stillen Korridore. Ihre Schritte hallten auf den gebohnerten Dielen, ein einsames Geräusch, ein Echo in der Leere ihres Herzens.

Sie traten in das matte Sonnenlicht hinaus, und sie schaute in den dräuenden Himmel. Wie gern würde sie die Uhr bis in die Zeit ihrer Unwissenheit zurückstellen. Was taugte ihr Erbe, wenn es mit Täuschung und Verrat verschmolzen war? Wie sollte sie weiterleben in dem Wissen, daß ihr Vater von eigener Hand und ihre Mutter an gebrochenem Herzen gestorben war?

Schwester Michael hatte die ganze Zeit recht gehabt. Sie war ein Ungeheuer. Ein Bastard aus einer unheiligen Verbindung – und das Mal des Teufels an ihrem Fuß bewies es.

Blind kletterte sie in den Wagen. »Es ist so ungerecht«, brachte sie erstickt hervor. »Warum, Diane? Warum mußte ihnen so etwas passieren? Warum mir?«

»Ich weiß es nicht, Darling. Zum ersten Mal im Leben finde ich nicht die Worte, die du von mir hören willst. Es tut mir so leid.«

»Ich muß jetzt allein sein, Diane. Bitte versuch das zu verstehen.«

Jenny starrte aus dem Fenster, als die Freundin ins Altenheim zurückkehrte, aber durch ihre Tränen sah sie nichts. John Wainwright hatte sie belogen. Er hatte über das Treuhandvermögen Bescheid gewußt und ihre wahre Identität gekannt. Er hatte nur nicht den Mumm besessen, es ihr zu sagen. Und Peter mußte es auch gewußt haben. Darum hatte er ihr Churinga verheimlicht. Darum hatte sie es erst an ihrem Geburtstag bekommen können. Geheimnisse und Lügen. Was für ein vertracktes Netz sie da gewoben hatten …

Der Schmerz verwandelte sich in Wut, dann in Trauer. Sie verlor jedes Gefühl für Zeit und Ort, und dann wehten leise, ferne Orchesterklänge in ihr Bewußtsein, und sie glaubte eine Frau in einem grünen Kleid zu sehen, die mit ihrem gutaussehenden Mann Walzer tanzte. Sie schauten einander lächelnd an, versunken in ihrem Glück.

Und bevor sie in der Weite des Outback verschwanden, wandten sie sich ihr zu, und Matilda flüsterte: »Dies ist mein letzter Walzer, liebes Kind. Nur für dich.«

Jenny sackte über dem Lenkrad zusammen, und die Erlösung kam über sie, reinigte sie bis in die Tiefe und heilte ihre Wunden.

Als sie schließlich mühsam in die Wirklichkeit zurückkehrte, erkannte sie, daß ihr eine Wahl eröffnet worden war. Matilda und Finn waren in der Hoffnung gestorben, daß die Vergangenheit sich begraben ließe, so daß sie Churinga übernehmen und neues Leben und eine hellere Zukunft in das Land bringen könnte, auf dem sie mit solcher Liebe gearbeitet hatten. Entweder konnte sie den Traum der beiden jetzt erfüllen, oder sie konnte alldem den Rücken zuwenden und nach Sydney fliehen.

Die Worte des alten Aborigine kamen ihr in den Sinn.

»Der erste Mann sagte zu der ersten Frau: ›Reist du allein?‹

Und die erste Frau antwortete: ›Ja.‹

Da nahm der erste Mann ihre Hand. ›Dann wirst du meine Frau, und wir reisen zusammen.‹«

Jenny saß reglos da. Ihr war klar, wie ihre Entscheidung aussehen mußte. Sie liebte Brett, und sie konnte sich Churinga ohne ihn nicht vorstellen. Trotz allem, was zwischen ihnen vorgefallen war, würde sie ihm sagen, was sie empfand. Wenn ihm wirklich nichts an ihr lag, würde sie eine Zeitlang allein reisen müssen. Aber wenn doch, dann …

»Was ist los, Jen? Du hast eine sehr merkwürdige Gesichtsfarbe bekommen.«

Dianes Stimme holte sie in die Gegenwart zurück. »Einsteigen, Diane! Wir fahren nach Hause. Nach Churinga.«

EINUNDZWANZIG

Brett griff nach dem Mikro. Nulla Nulla lag nur zweihundert Meilen weit südlich von Wilga.

»Churinga hier. Ich schicke euch meine Leute. Sie müßten in ungefähr fünf Stunden da sein, Smokey. Schafft ihr's bis dahin?«

Smokey Joe Longhorns müde Stimme kam über den Äther. »Keine Ahnung, Brett. Hab' schon die halbe Herde verloren. Es ist 'n Höllenwetter. Bewegt sich schneller als ein Güterzug. Kommt her, so schnell ihr könnt! Ihr seid die nächsten, wenn wir es nicht aufhalten. *Over.*«

Brett hängte das Mikrofon ein und rannte zur Tür hinaus. Ripper folgte ihm auf dem Fuße, die Ohren angelegt, die Augen weit aufgerissen. Es war glühend heiß, und in der südlichsten Ecke von Churinga begann es zu blitzen. Donner rollte krachend heran, und drohende Wolken verdüsterten den Himmel, als er die Feuerglocke läutete.

Die Männer kamen aus Scheunen und Nebengebäuden und von den Weiden herbeigelaufen. Sie rannten auf den Hof und drängten sich erwartungsvoll zusammen. In allen Gesichtern sah Brett die gleiche Mischung aus Angst und Aufregung. Mit dem Kampf gegen die Elemente war nichts zu vergleichen. Nichts trieb einen Mann dichter an die Grenzen seiner Kraft als ein Buschfeuer.

»Es brennt auf Nulla Nulla. Ich brauche Freiwillige.«

Hände fuhren in die Höhe, und er suchte sich die Jüngsten und Kräftigsten aus. Den anderen befahl er, am Südrand der inneren Koppel einen breiten Graben auszuheben. Es mußten Bäume gefällt und Büsche gerodet werden, und die Herde mußte so weit wie möglich nach Norden getrieben werden. Churinga mußte um jeden Preis gerettet werden.

Die Männer liefen los, um Äxte und Spaten, Hacken und Schaufeln zu holen. Brett sperrte Ripper ins Haus, und dann holte er den alten Allradwagen aus dem Schuppen. Der Jeep war schnell auf steinigem Gelände, und der kürzeste Weg nach Nulla Nulla führte über die Weiden, vorbei an Wilga und weiter nach Süden. Aber es war verdammt ärgerlich, daß der große Geländewagen nicht da war. Er würde der hochmögenden Mrs. Jenny Sanders ordentlich die Meinung sagen, wenn sie zurückkäme, das stand jetzt schon fest.

Und wenn er richtig sauer wäre, würde er sie übers Knie legen und ihr den Hintern versohlen.

Die zehn Freiwilligen kletterten mit Säcken und Spaten, Wasserschläuchen und Gewehren hinten in den Wagen. Ihre Stimmen klangen schrill vor Aufregung, als sie lachend und scherzend über das redeten, was vor ihnen lag. Brett wußte, daß sie hinter der Fassade dieser Tapferkeit eine Mordsangst hatten. Er trat das Gaspedal bis zum Bodenblech durch, und in einer Staubwolke rasten sie vom Hof.

Blitze beleuchteten die Landschaft im Dunkel der Gewitterwolken. Während der Wagen über die Weide flog, sah er, wie ein Blitz an den Wipfeln der Geistergummibäume leckte und von Hügel zu Tal, von Wolke zu Wolke sprang.

Smokey Joe hatte recht. Ein Höllenwetter. Und wenn dies nur der Rand war, dann würde es schlimmer werden, wenn sie weiter nach Süden vordrangen.

Im Jeep war ein Funkgerät, und so konnte Brett sich über den Fortgang des Feuers auf dem laufenden halten.

»Es wird unangenehm«, meldete Smokey Joe keuchend. »Es hat sich geteilt und kommt von Süden und Westen her auf euch zu. Nulla Nulla ist eingekreist.«

»Seid ihr okay, Smokey?« schrie Brett durch das Brüllen des Motors.

»Die Familie ist okay, aber die Herde ist hin. Und zwei gute Männer hab' ich verloren. Sind jetzt unterwegs nach Wilga. Wir sehen uns da.«

Brett starrte grimmig nach vorn. Er sah die große Rauchwand in der Ferne und die orangegelb leuchtenden Zungen des Feuers, das an den Bäumen südlich von Wilga heraufloderte. Känguruhs, Wallabys, Goannas und Wombats kamen auf ihrer verzweifelten Flucht vor den Flammen aus dem Busch geschossen, ohne auf den Jeep zu achten. Vögel erfüllten die Luft mit Geflatter und panischen Schreien, und Koalas galoppierten mit ihren Jungen auf dem Rücken durch das spröde Gras, von Lärm und Rauch verwirrt. Es war, als sei jedes Lebewesen auf der Flucht.

Endlich brachte Brett den Jeep vor dem Farmhaus von Wilga mit einem Schleudern zum Stehen.

Curly Matthews, der Verwalter, kam heraus, um sie zu begrüßen. Er war unrasiert. Sein Gesicht war rauchgeschwärzt und streifig vom Schweiß verschmiert, und seine Augen waren rotgerändert.

»Die Männer arbeiten auf der Linie der unteren Weiden«, berichtete er. Er nahm den Hut ab und wischte sich mit einem schmutzigen Taschentuch über die Stirn. »Ich weiß nicht, ob wir es aufhalten können, Brett«, sagte er müde. »Es ist weitgehend außer Kontrolle.«

»Habt ihr einen Graben ausgehoben?« Die wabernde Rauchwolke schien mit jeder Sekunde näher zu kommen.

Curly nickte. »Ja, aber das Feuer springt schneller von Baum zu Baum, als wir die Scheißdinger fällen können. Laß deine Leute bei den Bäumen da drüben anfangen. Wenn wir sie fällen und ein Gegenfeuer anzünden können, können wir es vielleicht abbremsen. Das ist unsere letzte Möglichkeit.«

Brett spähte in die Richtung, in die der Mann zeigte. Ein paar Bäume zu fällen würde nicht viel helfen, sah er. Das Feuer kroch wie zahllose Schlangen durch das zundertrockene Gras und schleppte die Hauptfront seiner baumverzehrenden Macht hinter sich her.

»Ihr habt gehört, was der Mann sagt«, rief er den Männern zu, die aus dem Jeep sprangen. »Also los!«

Er drehte sich um und schlug Curly auf die Schulter. »Gut gemacht, Junge. Aber wir sollten uns darauf vorbereiten, schnell von hier zu verschwinden.« Mit einer Axt bewaffnet, schwang er sich auf ein Pony und galoppierte dem Feuer entgegen.

Es war eine große, brodelnde Flutwelle aus Rot und Orange, Grau und Blau, so hoch wie der Himmel und brüllend wie ein Ungeheuer. Der Rauch war so dicht, daß Brett sich das Halstuch vor Mund und Nase zog, um atmen zu können. Wenn man die Bäume auf dieser Seite des Anwesens fällen und anzünden und zugleich einen Graben anlegen könnte, dann würden sie Wilga vielleicht noch retten.

Er sprang vom Pferd und hobbelte es, damit es nicht in Panik geriet und geradewegs in die Bahn des Feuers lief; er würde es vielleicht noch brauchen, um zu fliehen.

Er eilte zu der langen Reihe der axtschwingenden Männer. Die Kette der anderen, die dabei waren, die Feuerschneise zu verbreitern, konnte er gerade noch erkennen. Seine Axt biß mit sattem Geräusch ins Holz, und er schwang sie immer schneller und kraftvoller, bis der Baum stürzte.

Und weiter zum nächsten. Hacken, fällen, weiterlaufen. Hacken, fällen, weiterlaufen.

Der Schweiß brannte ihm in den Augen, und der Rauch drang durch sein Halstuch und brachte ihn zum Husten. Aber er konnte jetzt nicht aufhören.

Sie arbeiteten schweigend – so grimmig und unerbittlich wie das Feuer, bis die Bäume gefällt und abgeräumt waren. Ein Gegenfeuer anzuzünden war inzwischen zu riskant. Die Flammenfront war zu nah. Mit Schaufeln, Hacken und bloßen Händen halfen sie beim Graben.

Als Brett aufblickte, sah er, daß Smokey Joe an seiner Seite arbeitete. Sie schauten sich einen Moment lang vielsagend an, beugten sich dann vor und gruben weiter. Worte würden sie nicht retten und die Toten nicht zurückbringen – nur Kraft und animalische Entschlossenheit.

Ein Blitz leckte ein paar hundert Meter weiter am toten Ast eines verdorrten Eukalyptusbaums herunter. Eine Flamme schoß heiß und hungrig in einer blauen Linie an der weißen Rinde nach unten ins Gras, und Sekunden später stand der ganze Baum in hellen Flammen. Er explodierte in einem Funkenregen, der sich im Eukalyptusgezweig verfing und es mannshoch auflodern ließ. Die Flammen breiteten sich im Gras aus, wurden höher und höher und rasten ihnen entgegen.

Brett und die anderen sprangen aus dem Graben und schlugen mit ihren Schaufeln auf die Flammen ein. Der Rauch ließ ihre Augen tränen und brannte ihnen in der Kehle. Die Hitze ließ den Schweiß verdunsten, während er noch an ihnen herunterrann; sie verbrannte ihnen die Augenbrauen und versengte die Haare auf Armen und Brust.

»Raus hier! Es dreht sich!«

Brett hob den Kopf und sah, daß das Feuer sie fast umzingelt hatte. Das Pony zerrte mit wilden Augen an seiner Fessel und hatte die Ohren flach an den Kopf gelegt. Smokey Joe schlug noch immer mit seiner Schaufel auf die Flammen ein. »Komm schon!« schrie Brett durch das Tosen der Flammen.

Der Alte erstarrte, und Brett sah das blanke Entsetzen in seinen Augen. Er packte Smokey beim Arm und rannte zu seinem Pferd. Die Flammen leckten an seinen Stiefelabsätzen, und die Hitze versengte ihm den Rücken.

Smokey Joe stolperte und fiel hin. Er blieb still liegen; seine Brust rang nach Atem, und sein Haar verschmorte in der Hitze.

Brett riß ihn hoch und warf ihn über die Schulter. Er löste dem Tier die Beinfessel, warf Smokey ohne weitere Umstände quer über den Sattel, sprang hinter ihm hinauf und lenkte es auf die Lücke zwischen den Flammen zu.

Das Pony scheute, tänzelte, bäumte sich auf und verdrehte die Augen.

Brett packte die Zügel und stieß ihm die Fersen in die Flanken. Er schlug ihm mit der flachen Hand aufs Hinterteil, und das Tier jagte in gestrecktem Galopp den Flammen entgegen.

Näher und näher kam das Feuer; es war ein Wettlauf um Leben und Tod.

Kleiner und kleiner wurde die Lücke; die Flammen schlossen sich schnell.

Brett merkte, daß Smokey ins Rutschen geriet. Er packte ihn mit einer Hand bei den Haaren und faßte mit der anderen die Zügel fester, und mit letzter Kraft trieb er das Pferd noch einmal voran.

Die Flammen griffen von beiden Seiten nach ihnen. Hitzewellen wie von der Glut im Hochofen loderten ihnen entgegen. Der Rauch nahm ihnen die Sicht und die Luft. Wenn es je eine Hölle auf Erden gegeben hatte, so war sie hier.

Und dann hatten sie plötzlich den Feuerkreis hinter sich. Hände streckten sich ihnen entgegen und zogen Smokey aus dem Sattel. Brett rutschte von dem völlig verängstigten Pferd herunter und führte es zu einem Wassereimer. Er lehnte sich gegen die pochende Flanke und streichelte ihm den Hals, bis es sich soweit beruhigt hatte, daß es saufen konnte.

Bretts Rücken tat weh, und seine Arme waren bleischwer. Völlig erschöpft griff er nach einem Wasserschlauch, spülte sich Rauch und Hitze aus Mund und Kehle und goß sich das Wasser über den Kopf. Der Kampf war noch nicht zu Ende. Das Feuer war weiter vorgedrungen und außer Kontrolle.

Er schaute zu den anderen hinüber; sie saßen mit hängenden Köpfen auf dem Boden, und jeder Muskel ließ Müdigkeit erkennen. Das Tosen des Infernos war ohrenbetäubend. Sie konnten jetzt nur noch darauf hoffen, daß der Wind sich drehte oder daß es regnete. Aber nach Regen sah es nicht aus.

Jenny fuhr auf dem Highway nach Churinga, nach Hause. Sie brannte darauf hinzukommen, und die Straße wollte kein Ende nehmen.

Father Ryans Enthüllungen verfolgten sie noch immer und ebenso die Erinnerung an all die Jahre im Waisenhaus. Sie hatten sie belogen, sie um ihr rechtmäßiges Erbe betrogen und das Vertrauen mißbraucht, das ihr Vater in sie gesetzt hatte. Wenn Peter nicht so entschlossen gewesen wäre, die Wahrheit ans Licht zu bringen, hätte sie es nie erfahren.

Sie spürte eine Hand auf ihrem Arm und warf einen Blick zu Diane hinüber.

»Ich weiß, wie verbittert du sein mußt, Jen. Ich empfinde es genauso.«

»Verbittert?« wiederholte sie nachdenklich. »Was hätte das für einen Sinn? Die Nonnen haben getan, was sie getan haben, und ich nehme an, sie hatten ihre Gründe.« Sie lächelte grimmig. »Wie Helen schon sagte, die Kirche hat immer eine offene Hand. Ich muß für sie die Gans gewesen sein, die goldene Eier legt. Aber das alles habe ich jetzt hinter mir. Ich habe endlich eine Identität – und ein Zuhause. Und daraus gedenke ich das Beste zu machen.«

»Du hast auch eine Familie, Jen«, sagte Helen leise. »Und ich weiß, daß ich für alle spreche, wenn ich sage, wie willkommen du uns bist.«

»Auch dem alten Herrn?« Jenny lachte. »Das bezweifle ich.«

Helen verzog spöttisch den Mund. »Es ist doch das, was er immer gewollt hat, Jen: daß Churinga jemandem aus der Familie gehört.«

»Ironie des Schicksals, nicht wahr? Aber er bekommt es nicht, solange ich lebe, das verspreche ich dir.«

Helen drückte ihr den Arm. »Recht so! Es dürfte alles viel lebendiger werden, jetzt wo du hier bist. Ich bin froh, daß ich dich Schwester nennen kann.«

Jenny lachte. Sie hatte noch nicht in seiner ganzen Tragweite erfaßt, was es bedeutete, Jennifer McCauley zu sein, aber es würde schön sein, eine Familie zu haben und endlich irgendwo hinzugehören.

»Was wird denn mit dem Haus in Sydney?«

Diane rauchte eine Zigarette nach der anderen, und Jenny begriff, daß die letzten Stunden auch für sie hart gewesen waren. »Wahrscheinlich werde ich's vermieten oder sogar verkaufen. Malen kann ich hier so gut wie überall, und es gibt so viel, was ich auf die Leinwand bringen muß – ich glaube, die Themen werden mir nicht ausgehen.«

Diane schwieg, und Jenny wußte, was sie dachte. »Ich kann immer noch zu Ausstellungen in die Stadt kommen, Diane. Und meinen Anteil an der Galerie will ich behalten.«

Ihre Freundin seufzte erleichtert. »Danke. Ich könnte die Galerie unmöglich allein führen, und ich möchte eigentlich nicht, daß Rufus sie übernimmt und sich überall einmischt.«

»Der Himmel da drüben gefällt mir nicht«, unterbrach Helen plötzlich und schaltete das Radio ein. »Sieht aus, als steht uns da Schlimmes bevor.«

Sie hielten am Straßenrand an, denn das Motorengeräusch übertönte die Stimme des Nachrichtensprechers.

»Ein Buschfeuer wütet seit heute im nordwestlichen Teil von New South Wales. Gegenwärtigen Schätzungen zufolge sind bereits sechs Menschen ums Leben gekommen und Anlagen und Viehbestände im Wert von mehreren Millionen Dollars vernichtet worden. Was als vier isolierte Brände begonnen hat, ist infolge der Gewitterstürme der letzten Tage zu einem rasenden Inferno geworden, und die Trockenheit der letzten Zeit hat dazu beigetragen, daß dies möglicherweise der schlimmste Brand in der australischen Geschichte ist. Feuerwehren aus allen Staaten des Festlandes sind im Einsatz.«

Jenny warf den ersten Gang ein und trat das Gaspedal durch. »Festhalten, Mädels. Jetzt wird's holprig.«

Blitze zerfetzten den Himmel und tanzten in den Wolken. Sie knatterten durch das Baßgrollen des Donners, spalteten Bäume und hinterließen Feuerflammen auf ihrem Weg. Der Wind frischte auf und jagte in kleinen Spiralen über die Erde; er wirbelte in die Flammen und fachte sie zu stärkerem Lodern an. Verkohlte Bäume blieben zurück und reckten die Äste empor wie Hände, die um Regen flehten. Aber es kam keine Rettung.

Männer trafen zu Hunderten ein. Aus Kurrajong und Willa Willa, aus Lightning Ridge und Wallaby Flats und von noch weiter her. Abwechselnd schlugen sie auf die Flammen ein, fällten Bäume und zogen Gräben. Aber noch immer kroch die Feuerwand auf Churinga zu. Glühende Funken stoben im Wind, und Flammen leckten das spröde, trockene Gras und fraßen es gierig. Der Rauch schwärzte die Haut und rötete die Augen und stieg in dicken, alles erstickenden Wolken zum Himmel hinauf.

Was von Wilgas Schafen noch übrig war, hatte man zu den Nordweiden von Churinga hinaufgetrieben, aber niemand konnte wissen, ob sie dort in Sicherheit waren. Das Feuer hatte sich bereits fünfhundert Meilen weit gefressen, und nichts deutete darauf hin, daß es nachlassen würde.

Sie hatten versucht, die Farmgebäude von Wilga zu retten, aber es gab nicht genug Wasser, um das sonnengebleichte Holz zu durchnässen. Brett wußte, daß Churinga das gleiche Schicksal erleiden würde, wenn sie nicht die ganze Farm gründlich mit Wasser getränkt hatten. Er stand mit Curly und seiner Familie da und beobachtete, wie Wilga von den Flammen verzehrt wurde. Zoll um Zoll brachen die Dächer ein, und am Ende stand nur noch ein verkohlter Kamin wie ein einsamer Wächter.

»Steigt in den Jeep, und fahrt nach Wallaby Flats! Ich habe hier schon genug Sorgen.« Curly umarmte seine Kinder und küßte seine Frau, und der Jeep verschwand in den Rauchschwaden.

»O Gott, hoffentlich passiert ihnen nichts«, murmelte er, und laut schniefend wandte er sich ab, griff nach einer Schaufel und ging zu den anderen.

Brett dachte an Jenny; hoffentlich waren sie und die anderen noch in Broken Hill. Aber er hatte das unangenehme Gefühl, daß sie schon auf dem Rückweg waren, wenn sie die Nachricht im Radio gehört hatten.

Er verschlang den Rest seines Sandwiches, hob Sack und Schaufel auf und wandte sich müde dem Feuer zu. Die anderen Männer waren kleine dunkle Schatten vor der monströsen gelben Glut. Ohnmächtig schlugen sie auf die Flammen ein.

Jenny fuhr auf den Hof von Kurrajong und hielt mit kreischenden Bremsen an. Helen sprang aus dem Wagen und rannte zum Haus, und Jenny und Diane folgten ihr dicht auf den Fersen.

»James ... wo bist du? Wo sind denn alle?« Helens Stimme klang schrill vor Angst; sie riß die Türen auf und lief von Zimmer zu Zimmer.

Jenny trat von einem Fuß auf den anderen. Sie wollte nach Churinga, und Helens panische Suche machte sie immer nervöser. Aber sie wußte, daß sie jetzt nicht einfach wegfahren und Helen sich selbst überlassen konnte.

»Sie sind alle nach Wilga gefahren. Ich habe ihnen gesagt, sie sollen hierbleiben und sich um ihr eigenes Anwesen kümmern, aber sie haben nicht auf mich gehört. Dummköpfe!«

Es klang schnell und wütend wie aus einer Maschinenpistole. Die drei Frauen fuhren herum und erblickten Ethan Squires.

Hektisch rote Flecken leuchteten auf seinen Wangen. Sein Blick war wild, und mit knorrigen Händen umklammerte er die Armlehnen seines Rollstuhls.

»Fahren Sie lieber gleich zurück zu Ihrem kostbaren Churinga, Mädchen! Lange wird es nicht mehr da sein.« Seine Augen glitzerten bösartig, und Speichel sammelte sich in seinen Mundwinkeln.

»Das reicht, Ethan.« Helens Stimme war klar und kalt. Sie beugte sich über den Rollstuhl. »Wie groß ist der Schaden bisher? Und wie nah ist das Feuer?«

Jenny hielt den Atem an, als die Augen unter den schweren Lidern sich auf sie richteten. »Nulla Nulla und Wilga sind erledigt. Als nächstes ist Churinga an der Reihe. Ich würde alles dafür geben, wenn ich dabei zusehen könnte.«

»Ich muß hinfahren, Helen. Vielleicht brauchen sie mich.« Jenny war schon auf dem Weg zur Tür.

»Warte. Ich komme mit.« Helen wandte sich von dem alten Mann ab. »Mich hält hier nichts, und James muß auch schon drüben sein.«

»Du!«

Das Wort klang wie ein Schuß, und sie erstarrten. »Kind des Satans! Teufelsbrut! Ich weiß, wer du bist – ich weiß alles über dich. Du verdienst in der Hölle zu brennen, zusammen mit deinem kostbaren Churinga!«

Jenny hörte, wie Diane nach Luft schnappte, und sie fühlte, wie sie an ihrem Arm zog, aber sie stand starr vor Entsetzen da, als der alte Mann sich aus seinem Rollstuhl stemmte.

»Ich weiß, wer du wirklich bist, Jennifer McCauley. Es gibt keine Geheimnisse, die Churinga vor mir verbergen kann. Ich habe lange darauf gewartet, daß du zurückkommst.«

In seinem Blick loderte der Wahnsinn, der ihm schreckliche Kräfte verlieh. Schlurfend kam er auf sie zu, und seine ausgestreckten Hände zitterten vor Wut. »Jetzt soll der Teufel die Freude deiner Gesellschaft genießen. In der Hölle sollst du schmoren, zusammen mit deiner Mutter.«

Jenny erschauerte, als seine Klaue nach ihrem Arm griff. Sie wich einen Schritt zurück und dann noch einen, wie hypnotisiert von diesen irrsinnigen Augen, ohnmächtig vor dem Haß, den er vor ihr ausspie.

Und dann brach Ethan vor ihren Füßen zusammen, und sein Kopf schlug mit ekelhaft dumpfem Klang auf die Bodendielen. Er rollte auf den Rücken, und seine verzerrten Lippen entblößten lange gelbe Zähne. »Du hast mich verraten, Mary. Hast mir gestohlen, was mir gehört.« Dann bewegte er sich nicht mehr.

Die Stille schien nicht enden zu wollen. Sie starrten auf ihn hinunter, und Jenny fragte sich, wie Mary einen solchen Mann je hatte lieben können. Aber vermutlich hatten die Umstände ihn zu dem gemacht, was er geworden war. Wenn sein eigener Vater nicht so habgierig gewesen wäre, hätten sie damals zusammenbleiben können, und niemand hätte unter den gräßlichen Folgen leiden müssen.

»Es tut mir so leid, Jenny. So furchtbar leid.« Verloren stand Helen vor den kläglichen Überresten Ethan Squires'. »Er muß es die ganze Zeit gewußt haben. Aber woher? Wer könnte es ihm gesagt haben?«

Jenny hob den Kopf und dachte angestrengt nach. »Ist er in den Jahren zwischen Finns Verschwinden und meiner Ankunft je auf Churinga gewesen?«

Helen verdrehte nervös ein Taschentuch. »In den ersten Jahren war er ein paarmal drüben, ja«, sagte sie nachdenklich. »Ich weiß noch, wie James sagte, es gefalle ihm nicht, daß er dort herumschnüffelt und Sachen mitgehen läßt.«

Jenny ging um Ethans Leichnam herum, ergriff Helens Hände und hielt sie fest. »Denk nach, Helen! Was genau hat er von dort mitgehen lassen?«

Blaue Augen starrten sie an und leuchteten dann auf, als die Erkenntnis kam. »James sagte, eine alte Truhe. Er hat sie jahrelang in seinem Arbeitszimmer eingeschlossen und schließlich zurückbringen lassen.«

»Die Tagebücher waren in dieser Truhe, Helen. Daher wußte er alles. Und ich wette zehn zu eins, daß er die Truhe genau zu dem Zeitpunkt zurückschaffen ließ, als Peter die Verbindung zwischen mir und Churinga entdeckte.«

Helen war entsetzt. »Dann *wollte* er, daß du sie liest?« hauchte sie.

Jenny nickte. »Er wußte, daß Churinga ihm nie gehören würde, wenn man mich erst gefunden hätte. Es war der letzte Akt seiner Bosheit.«

»Du lieber Gott. Wie kann jemand so schlecht sein? Aber wie konnte er über das, was geschah, auf dem laufenden bleiben? Er hat Kurrajong seit Jahren nicht mehr verlassen.« Helen runzelte die Stirn und schlug dann die Hand vor den Mund. »Andrew«, stieß sie hervor. »Er hat Andrew für sich spionieren lassen.«

»Das können wir nicht mit Sicherheit wissen«, sagte Jenny. »Aber das würde mich kein bißchen überraschen.«

Sie schaute aus dem Fenster. Am dunklen Himmel brodelte das Unwetter. »Ich will jetzt nur noch zurück zu Brett und nach Churinga. Kommst du mit?«

Helen nickte. Ohne den Toten auf dem Boden noch eines Blickes zu würdigen, liefen sie aus dem Haus.

Das Tageslicht verschwand. Die Männer waren erschöpft, aber das Feuer wütete weiter. Der Himmel war nicht mehr zu sehen; und die Erde war vom gespenstisch gelben Schein der Flammen erhellt, die über Churinga loderten. Die Männer hatten die Schafe und das Hausvieh zum Wasserloch am Fuße des Tjuringa gebracht; dort waren die Bäume grün und die Erde feucht von unterirdischen Wasserläufen. Nur hier konnte man hoffen, etwas zu retten.

Aus weitem Umkreis waren Löschwagen gekommen, aber das Wasser war knapp, und die Pumpen versiegten bald. Die Feuerwehrleute begannen mit Säcken und Zweigen und allem anderen, was sie in die Hände bekommen konnten, auf die Flammen einzuschlagen.

Und noch immer wütete der Brand über die Weiden, immer weiter auf Churinga zu.

Füße zertrampelten den kleinen Friedhof und den Gemüsegarten, Spaten rodeten mit verzweifelter Hast das Buschwerk, und Äxte fällten Bäume. Wasser wurde eimerweise vom Bach herangeschleppt und gegen die trockenen Holzwände geschleudert. Und noch immer marschierten die Flammen voran.

Brett rannte ins Haus, packte Ripper, der sich in Jennys Schlafzimmer verkrochen hatte, und warf ihn in Dianes Wohnmobil. Dann kehrte er zurück ins Haus, um zu retten, was zu retten war.

Das Funkgerät wurde aus der Wand gerissen und hinten verstaut. Es folgte eine Kiste mit Bildern, die Jenny offensichtlich verpackt hatte, um sie mit nach Sydney zu nehmen, und ein Armvoll Kleider. Er sah das hübsche Kleid, das Jenny beim Tanz getragen hatte, und ertrug den Gedanken nicht, daß es verbrennen sollte; also warf er es mit auf den Haufen. Die Tagebücher lagen verstreut im Zimmer, und nach kurzem Zögern ließ er sie liegen. Das Schicksal würde entscheiden, ob sie erhalten blieben oder nicht.

Zum letzten Mal rannte er ins Haus zurück. Das Silber und das Leinen war seit Jahren auf Churinga. Es war zu wertvoll, um es einfach zurückzulassen. Er warf alles in den Camper, und dann tat er Clem auf, der müde an der Scheune lehnte und Tee trank.

»Fahr damit nach Wallaby Flats, und sieh zu, daß du alles gut abschließt, wenn du den Wagen dort abstellst.« Er gab ihm die Autoschlüssel. »Und den Hund bringst du in den Pub.«

»Ich kann doch meine Kumpel nicht hierlassen und hier einfach verduften, Brett«, protestierte der Mann.

»Du tust, was ich dir sage, verflucht! Du wirst schnell jemanden finden, der dich mit zurücknimmt; im Augenblick bis du sowieso zu müde, um hier von Nutzen zu sein.« Er beendete die Diskussion, indem er die Wagentür zuschlug und davonging.

Zumindest wird Jenny eine Erinnerung an Churinga haben, dachte er, als das Wohnmobil davonfuhr. Denn wie es im Moment aussieht, ist die Farm verloren.

Die meisten Männer waren jetzt seit über drei Tagen und Nächten auf den Beinen; niemand hatte zwischendurch mehr als ein paar Stunden Schlaf finden können. Aber sie kämpften weiter. Der Wind hatte nachgelassen, und so bestand jetzt die winzige Chance, daß sie das Feuer noch abwenden konnten, bevor es das Anwesen erreichte. Hoffnung war alles. Sie hielt die Männer auf den Beinen.

Dann flog ein Funke aus einem Pfefferbaum herüber und sank auf die Veranda, und Sekunden später war daraus eine Flamme geworden.

»Bildet eine Eimerkette«, schrie Brett, als das Feuer sich ausbreitete und an der Wand heraufleckte.

Er hörte, wie Glas zerbarst. Die Hitze wurde so intensiv, daß man nicht mehr nah genug an die Flammen herankommen konnte, um sie zu löschen. Das Feuer war nur zu besiegen, indem man es auf dem Hof isolierte. Den Jackaroo-Bungalow und zwei Scheunen hatten die Männer bereits abgerissen, und jetzt taten sie, was sie konnten, um die übrigen Gebäude naß zu machen, bevor das Feuer Lagerschuppen und Garagen erreichte. Winterfutter und Heu, Benzin und Kerosin, Gasflaschen und Maschinenöl – das alles würde dem Inferno nur neue Nahrung geben.

Eimer um Eimer füllten sie im Rinnsal des Baches, aber es ging langsam voran, und das Wasser reichte einfach nicht aus. Brett schaute sich verzweifelt zum Haus um, und dann wußte er, daß er nur eine einzige Chance hatte, Churinga vor dem Untergang zu retten: die Wassertanks neben dem Haus.

Er verließ die Eimerkette, sammelte ein paar Männer um sich und erklärte ihnen, was er tun wollte. Und mit Seilen und Flaschenzügen näherten sie sich dem Inferno.

Um zu tun, was er vorhatte, mußte man ein Held oder ein Dummkopf sein. Was von beiden er war, das wußte er genau – denn wieso machte er sich überhaupt noch die Mühe, wenn sowieso bald alles zu Kurrajong gehören würde? Aber er wollte verdammt sein, wenn er dastände und zuschaute, wie alles niederbrannte! Und von den anderen würde er nicht verlangen, daß sie dafür ihr Leben aufs Spiel setzten.

Er nahm die Seile und näherte sich dem nächsten Wassertank. Die Hitze versengte ihm das Gesicht und trieb ihn zurück. Er tauchte ein Tuch in einen Eimer Wasser und wickelte es sich um den Kopf, und dann atmete er tief durch und rannte los. Er schlang das Seil um den Tank, zog es stramm und flüchtete.

»Ziehen!« schrie er dann. »Um Gottes willen, zieht!«

Zusammen mit den anderen legte er sich ins Seil, bis der große Tank auf seinen Stützen ins Wanken kam und dann krachend auf das Dach des Hauses stürzte. Hunderte Gallonen Wasser fluteten über das schwelende Holz und das rotglühende Wellblechdach. Glas klirrte, Holz krachte, aber die Flammen waren so weit gelöscht, daß er zum nächsten Tank laufen konnte.

Wieder wickelte er sich ein nasses Tuch um den Kopf. Er hörte, wie irgendein Idiot mit einem Geländewagen auf den Hof gefahren kam, aber darum konnte er sich jetzt nicht kümmern.

Er sog die Lunge voll Luft und stürmte zum Tank. Die Überreste von Churinga fauchten und knisterten, als er über die glühenden Trümmer rannte. Das Seil brannte in seinen Händen, als er es um den Tank schlang, der Rauch erstickte ihn, die Asche brannte ihm in den Augen und versengte sein Haar. Dann die Flucht zurück in halbwegs kühle Luft, nach Atem ringend – und mit aller Kraft am Seil gezogen.

Wieder strömten Hunderte von Gallonen über Haus und Hof. Die Flammen erloschen, die Erde wurde zu Schlamm, und das trockene

Holz der übriggebliebenen Gebäude sog das Wasser auf wie Löschpapier.

Die Hauptmacht des Feuers war noch näher gekommen. Auf dem weiten Weg, den es zurückgelegt hatte, war es nicht schwächer geworden.

Noch ein Tank. Noch mehr Wasser. Die Erde war Schlamm, die Hände brannten, die Augen sahen nichts, die Haut war versengt. Der Geruch von verbrannten Haaren und heißem Fleisch mischte sich mit beißendem Rauch, brennendem Eukalyptusöl und Asche. Die Welt war erfüllt vom Geschrei panischer Tiere, die Flammen waren außer Kontrolle, die Männer brüllten durcheinander.

Jenny sah das Wohnmobil schon von weitem. Sie sah auch die mächtige Rauchwolke und das orangegelbe Leuchten, das den Tag zu makabrer Nacht hatte werden lassen – und sie wußte, was das alles bedeutete. Sie hielt an und sprang aus dem Wagen. Ripper sah sie, kam mit einem Satz durch das Autofenster geflogen und stürmte ihr entgegen.

Jenny drückte den zappelnden Hund fest an sich. »Wie schlimm ist es, Clem? Wo ist Brett? Ist er gesund?«

»Sieht nicht gut aus, Mrs. Sanders«, antwortete er. Sein rußgeschwärztes Gesicht war fast nicht zu erkennen. »Brett ist bei den andern. Mußte selbst auch wieder hin, aber er hat gesagt, ich soll die Sachen hier nach Wallaby Flats bringen.«

»Zum Teufel mit dem Zeug, Clem!« sagte sie entschlossen. »Du fährst zurück zum Löschen, wenn du das willst.«

Das ließ er sich nicht zweimal sagen. Während Jenny wieder in den Geländewagen stieg, wendete er den Camper und fuhr zurück in die Richtung, aus der er gekommen war.

»Binde Ripper an den Sitz, Diane«, sagte Jenny. »Brett ist in Schwierigkeiten, und ich will mir nicht noch um andere Sachen Sorgen machen müssen.«

»Dann hast du dich also dafür entschieden, daß du ihn doch willst?« schrie Diane durch den Motorlärm. »Wurde aber auch Zeit, verdammt.« Sie zog das lange Seidentuch aus ihrem Haar und band Ripper damit an die Eisenstange unter dem Sitz.

»Aber wie ist es mit Kindern, Jen? Meinst du nicht, du solltest fachkundigen Rat einholen, bevor du dich mit ihm einläßt?« schrie Diane und stemmte sich gegen das Armaturenbrett.

Jenny umklammerte das Lenkrad. Sie hatte den gleichen schrecklichen Gedanken gehabt und verworfen. »Ich habe doch Ben bekommen. Er war ein makelloses Kind. Warum soll ich nicht noch andere gesunde Kinder kriegen?«

»Du hast ganz recht«, meinte Helen. »Wenn die Wahrscheinlichkeit bestände, daß es nicht gutgeht, hätte es sich bei deinem ersten Kind gezeigt. Und da die inzestuöse Verbindung zwischen Mervyn und Matilda sich nicht negativ ausgewirkt hat, ist die Wahrscheinlichkeit sehr gering.«

»Woher weißt du so gut Bescheid?« wollte Diane wissen.

»Grundlagen der Genetik«, rief Helen ihr zu. »Hab' ein Fernstudium gemacht, als die Kinder im Internat waren.«

Jenny trat das Gaspedal durch und raste heimwärts. Hoffentlich kam sie nicht zu spät.

Am Bach brachte sie den Wagen schlingernd zum Stehen, und in ihrer Hast, Brett zu finden, wäre sie fast hinausgefallen.

»Ich bleibe hier«, sagte Diane und rutschte auf den Fahrersitz. »Einer muß ja den Wagen im Auge behalten, wenn's plötzlich schnell gehen muß.«

»Und ich suche James. Viel Glück, Jenny«, schrie Helen durch das Tosen des Feuers und das Geschrei der löschenden Männer.

Jenny hörte das alles nicht mehr. Sie sah nur noch den Mann, der sich mit einem Seil in der Hand in den Schlund des wütenden Feuers wagte, um es um einen der Wassertanks zu binden. Diese Gestalt hätte sie überall erkannt, obwohl der Mann sich ein Tuch um den Kopf geschlungen hatte.

Was zum Teufel hatte er denn da vor?

Sie preßte die Hände vor den Mund und beobachtete entsetzt, wie er wieder und wieder in den Flammen verschwand und die Tanks umstürzte. Sie fing an zu beten, murmelte Gebete, die sie längst vergessen geglaubt hatte, rezitierte Rosenkränze, die ihr nie wieder hatten über die Lippen kommen sollen. Sie beschwor den Gott, von dem sie sich abgewandt hatte, er möge Brett Wilson beschützen.

Denn sie wußte, wenn sie ihn jetzt verlor, dann würde sie wirklich glauben, daß Churinga verflucht war, und es könnte niemals ihre Heimat sein.

Hände halfen, die Seile zusammenzuraffen. Nasse Tücher löschten die Funken in seinen Haaren und an seinen Kleidern. Seine Lunge wollte platzen, seine Haut brannte, aber Brett wußte, daß er noch den Rest seiner Kräfte aufbringen mußte, um diesen letzten Tank zu stürzen.

Vor Erschöpfung verschwamm ihm alles vor Augen, als er die rauchige Luft in die Lunge sog und den letzten Anlauf nahm. Er drang in die wirbelnde, wabernde Welt des Feuers ein und schlang das Seil fest um den breiten Bauch des Tanks.

Etwas Kaltes spritzte auf seinen Arm. Er schaute hoch. Schwankte der Tank schon auf seinem Gerüst? Er trat zurück, und weitere Tropfen klatschten ihm kalt ins verbrannte Gesicht.

Das Seil fiel ihm aus den gefühllosen Fingern, und er fing an zu lachen, als er langsam zurückwich. Es waren Regentropfen. Süße, gesegnete Regentropfen. Keinen Augenblick zu früh.

Er kehrte zu den anderen zurück und schaute in den Himmel. Sie rissen die Münder auf und spreizten die Arme in dem kalten, wunderbaren Wasser, das ihre Haut kühlte und den Schmutz und den Schweiß von ihnen abwusch.

Die Flammen verzischten im Wolkenbruch, und binnen weniger Augenblicke verkroch sich das Feuer wie eine riesige, verwundete Bestie in der Erde und verstummte.

Brett schloß die Augen und weinte.

Plötzlich überfiel ihn ein Wirbelwind von Armen und eine Sturzflut von Küssen. Er riß die Augen auf und schaute in das hübsche, rußgestreifte Gesicht, von dem er geglaubt hatte, er werde es nie wiedersehen. Er schloß sie fest in die Arme und wollte sie nie mehr loslassen.

»Oh, Jen«, flüsterte er. »Jen, Jen, Jen.«

»Ich dachte, du mußt sterben! Oh, Brett, ich liebe dich. Ich habe dich immer geliebt. Verlaß mich nicht. Verlaß Churinga nicht.«

Er schob ihr einen Finger unters Kinn und lächelte, und seine Tränen mischten sich mit dem Regen, der ihm übers Gesicht strömte. »Ich dachte, du heiratest Charlie?« Er mußte sicher sein, daß er nicht träumte.

»Charlie?« Lachend warf sie den Kopf zurück. »Ich liebe dich, du großer Galah. Doch nicht den alten Playboy Charlie.«

Der Regen prasselte ihnen auf die Köpfe, und er drückte sie immer fester an sich. Dann küßte er sie. »Ich liebe dich, Jenny. Ich liebe dich so sehr«, murmelte er an ihren Lippen.

Lauter Jubel brachte sie auseinander, und wie Schlafwandler kehrten sie zurück in die wirkliche Welt und sahen sich umringt von rauchgeschwärzten Gesichtern. Sie grinsten betreten und hielten sich bei der Hand, und als sie Beifall und gute Wünsche über sich hatten ergehen lassen, führte sie ihn hinter das Haus.

Der kleine Friedhof war überflutet, und die Grabhügel verschwanden fast unter den Trümmern des Farmhauses. Der Lattenzaun war nicht mehr weiß, und die Kreuze lagen zerbrochen und zertrampelt im Schlamm.

Brett folgte ihr verwirrt, als sie sich ihren Weg durch die rauchenden Trümmer bahnte, bis sie an dem großen Grabstein angekommen war. Jenny winkte ihm, und er blieb neben ihr stehen.

»Das alte Churinga gibt es nicht mehr, Brett. Die Tagebücher, die Erinnerungen, die Vergangenheit. Ich weiß jetzt, warum Finn diese Worte auf Matildas Grabstein geschrieben hat. Aber das Feuer hat Churinga gereinigt und die Geister zur Ruhe gebettet. Die Musik ist zu Ende. Matildas letzter Walzer hat uns die Chance zu einem neuen Anfang gegeben. Eines Tages werde ich dir alles erklären – aber jetzt muß ich nur eines wissen: Willst du Teil dieses neuen Anfangs sein?«

»Du weißt, daß ich es will«, flüsterte er und legte den Arm um ihre Schultern.

Sie drehten sich zusammen um und lasen die Worte, die Finn so sorgfältig hineingemeißelt hatte:

Hier liegt Matilda McCauley,
Mutter, Geliebte, Schwester und Ehefrau.
Möge Gott uns vergeben.